CW00522104

TRAÎNÉE DE POUDRE

Patricia Cornwell est internationalement connue pour sa série mettant en scène le médecin légiste Kay Scarpetta, traduite en trente-six langues dans plus de cinquante pays. Elle compte plus de vingt titres ayant figuré en tête des ventes du *New York Times*, avec cent millions de livres vendus à travers le monde. Son premier livre, *Postmortem*, est le seul roman à avoir remporté la même année cinq des plus importants prix récompensant un roman policier, dont celui du Roman d'aventure en France. Patricia Cornwell fut la pionnière du « polar scientifique » grâce à sa grande maîtrise des sciences légales, et sa connaissance des techniques et des méthodologies scientifiques. Elle est la cofondatrice de l'Institut de sciences médico-légales de Virginie et membre du conseil national de l'hôpital McLean, affilié à Harvard. En 2011, elle a été nommée chevalier de l'Ordre des Arts et des Lettres.

Paru dans Le Livre de Poche :

Les enquêtes de Kay Scarpetta

MÉMOIRES MORTES
UNE PEINE D'EXCEPTION
ET IL NE RESTERA QUE POUSSIÈRE
POSTMORTEM
LA SÉQUENCE DES CORPS
UNE MORT SANS NOM
MORDOC
MORTS EN EAUX TROUBLES
COMBUSTION
CADAVRE X
DOSSIER BENTON
BATON ROUGE
SIGNE SUSPECT
SANS RAISON
TOLÉRANCE ZÉRO
REGISTRE DES MORTS
L'INSTINCT DU MAL
SCARPETTA
HAVRE DES MORTS
VOILE ROUGE
VENT DE GLACE

Les enquêtes de Judy Hammer et Andy Brazil

LA VILLE DES FRELONS
LA GRIFFE DU SUD
L'ÎLE DES CHIENS

JACK L'ÉVENTREUR AFFAIRE CLASSÉE
TROMPE-L'ŒIL

PATRICIA CORNWELL

Traînée de poudre

Une enquête de Kay Scarpetta

ROMAN TRADUIT DE L'ANGLAIS (ÉTATS-UNIS)
PAR ANDREA H. JAPP

ÉDITIONS DES DEUX TERRES

Titre original :

DUST
Publié par G.P. Putnam's Sons, New York.

ISBN : 978-2-253-00054-9 – 1re publication LGF

Comme toujours,
Pour Staci
(Tu es le meilleur de tout)

Je te montrerai la peur
dans une poignée de poussière.

T. S. ELIOT,
La Terre vaine, 1922

Chapitre 1

Cambridge, Massachusetts
Mercredi 19 décembre
4:02

La sonorité métallique du téléphone brise l'écho obstiné mais monotone de la pluie qui tambourine sur le toit. Je me redresse dans le lit, le cœur battant, et jette un regard au cadran lumineux pour découvrir qui m'appelle.

Rien ne transparaît dans ma voix lorsque je réponds à Pete Marino.

— Que se passe-t-il ? Rien de bon à cette heure, n'est-ce pas ?

Sock, le lévrier des champs de courses que j'ai recueilli, se presse contre moi et je pose la main sur sa tête pour l'apaiser. Allumant une lampe de chevet, je récupère un bloc-notes et un stylo dans un tiroir pendant que Marino m'annonce qu'un cadavre a été retrouvé à plusieurs kilomètres de chez moi, au Massachusetts Institute of Technology, le MIT.

— Dehors, dans la bouillasse, à l'extrémité d'un terrain de sport, un truc qui s'appelle Briggs Field. On l'a découverte il y a environ trente minutes, explique Marino. Je file à l'endroit où on suppose qu'elle a disparu, puis je me rends sur la scène de crime. On a bouclé le périmètre jusqu'à votre arrivée.

À la voix inchangée de Marino, on pourrait croire que rien ne s'est produit entre nous.

J'en reste presque sidérée.

— Écoutez, je ne sais pas au juste pourquoi vous m'appelez.

De fait, il n'aurait pas dû, mais je devine ses motivations. Je poursuis d'une voix relativement polie et calme, quoiqu'un peu enrouée :

— Je n'ai pas repris le travail. En réalité, je suis toujours en congé maladie. Le mieux serait sans doute que vous contactiez Lucy.

— Je parie que vous allez vouloir vous occuper de ce cas, Doc. Ça va virer au cauchemar en termes de relations publiques, et c'est clair que vous n'avez pas besoin qu'on en rajoute une couche.

Il n'a pas perdu de temps pour faire une allusion à mon week-end dans le Connecticut, amplement relayé par les médias, et dont je ne discuterai pas avec lui. Il m'appelle parce qu'il va agir et enquêter comme il l'entend et pour me faire comprendre qu'après dix ans passés sous mes ordres, les rôles sont soudain inversés. C'est lui qui dirige aujourd'hui. Une métaphore du monde selon Marino.

— Ça va virer au cauchemar pour qui, au juste ? Et je ne suis pas RP de métier, Marino.

— Un cadavre retrouvé sur le campus du MIT, ça devient le cauchemar de tout le monde. J'ai un mauvais pressentiment à ce sujet. Vous savez, j'serais venu avec vous si vous me l'aviez demandé. Vous auriez pas dû partir là-bas toute seule. Sans blague, je pouvais vous accompagner.

Il en revient au Connecticut et je prétends ne pas comprendre. Je lâche, sans intention d'aller plus loin :

— Vous ne travaillez plus pour moi, Marino,

— Je suis désolé de ce que vous vous êtes coltiné là-bas.

Une quinte de toux m'oblige à récupérer mon verre d'eau avant de rectifier :

— Je suis désolée pour ce que tout le monde a dû endurer. Avez-vous des détails sur l'identité de la victime ?

Je tapote les oreillers derrière moi. La tête effilée de Sock s'appuie contre ma cuisse.

— Peut-être une étudiante de troisième cycle du nom de Gail Shipton.

— Quel troisième cycle ?

— Ingénierie informatique, au MIT. Sa disparition a été signalée aux environs de minuit. Vue pour la dernière fois au Psi Bar.

Le lieu de prédilection de ma nièce, Lucy, et cette pensée me trouble. Le bar en question s'élève non loin du MIT et attire une clientèle d'artistes, de physiciens ou de génies de l'informatique tels que Lucy. De temps en temps, elle et Janet, sa compagne, m'entraînent là-bas pour un brunch dominical.

— Oui, je connais l'endroit.

Je songe que Marino m'a abandonnée mais que je ne m'en porterai que mieux. Si seulement je pouvais en être convaincue.

— Il semble que Gail Shipton ait été vue dans le bar hier, tard dans l'après-midi, en compagnie d'une copine qui prétend que le téléphone de Gail a sonné aux alentours de dix-sept heures trente. Celle-ci est sortie pour mieux entendre son correspondant et elle n'est jamais revenue. Vous n'auriez pas dû vous rendre seule dans le Connecticut. J'aurais pu au moins vous y conduire, répète Marino, qui n'a nulle intention de me demander comment je me porte après les remous engendrés par son départ, remous qui se résument au fait qu'il avait envie de recommencer une nouvelle vie ailleurs.

Il est redevenu flic et semble heureux. Et au diable ce que je peux penser de son comportement. Rien ne l'intéresse hormis le Connecticut. C'est d'ailleurs ce qui fascine tout le monde, et je n'ai pas accordé une seule interview, d'autant que ce n'est pas le genre d'affaires dont on discute. J'aurais donné cher pour qu'il n'aborde pas le sujet. Il s'agit d'une chose révoltante, si hideuse que je l'aurais planquée au fond d'un tiroir si je l'avais pu. Soudain, elle m'est à nouveau brandie devant le nez.

Branchée sur pilotage automatique, je me montre efficace alors que je ne veux plus me préoccuper de Marino :

— Et l'amie en question n'a pas jugé inhabituel, voire inquiétant, que cette jeune femme sorte discuter au téléphone et qu'elle ne réapparaisse pas ?

— Tout ce que je sais, c'est qu'elle a commencé à avoir les boules qu'un truc louche soit arrivé quand Gail a cessé de répondre au téléphone ou à ses SMS.

Il la nomme déjà par son prénom, une jeune femme qui est peut-être décédée. On pourrait croire qu'un lien s'est créé entre eux. Il a planté ses boots dans cette enquête et rien ne lui fera lâcher prise.

— Vers le milieu de la nuit, alors qu'elle n'avait aucune nouvelle de Gail Shipton, elle a décidé de la chercher, ajoute-t-il. La copine s'appelle Haley Swanson.

— Qu'avez-vous appris d'autre à propos de cette Haley Swanson, et que voulez-vous dire au juste par *copine* ?

— C'était juste un appel de signalement de disparition.

Une autre façon de sous-entendre qu'en fait il n'en sait pas beaucoup plus. J'en conclus que lorsque Haley Swanson a signalé la disparition de son amie, on ne l'a sans doute pas prise au sérieux.

— Ça ne vous trouble pas que cette Haley Swanson ne se soit pas inquiétée avant ? Si Gail Shipton a été vue pour la dernière fois à dix-sept heures trente, six ou sept heures se sont écoulées avant que la fameuse copine appelle la police.

— Doc, vous savez bien comment se comportent les étudiants dans ce coin. Ils boivent et suivent quelqu'un, sans faire gaffe. Ils remarquent que dalle !

— Gail était-elle du genre à suivre quelqu'un ?

— J'ai plein de questions à poser, si ça tourne de la façon que je prévois.

— Je n'ai pas le sentiment que vous sachiez grand-chose.

Je regrette ma phrase au moment où je la prononce.

— Ben, j'ai pas discuté très longtemps avec Haley Swanson, lâche-t-il, sur la défensive me semble-t-il. Officiellement, on n'enregistre pas les disparitions signalées par téléphone.

— En ce cas, dans quelles circonstances lui avez-vous parlé ?

— Elle a d'abord appelé le numéro d'urgence et on lui a suggéré de passer au département de police pour remplir le formulaire. Bref, la procédure standard. Faut venir en personne.

Sa voix a gagné en ampleur au point que je règle le volume de l'appareil à la baisse. Il poursuit :

— Et ensuite, elle rappelle un peu plus tard et demande à me parler, nominalement, j'veux dire. J'ai bavardé quelques minutes avec elle mais j'avoue l'avoir pas trop prise au sérieux. Si elle était si inquiète que ça, elle avait qu'à se déplacer pour remplir un rapport, et au trot ! On est ouvert vingt-quatre heures sur vingt-quatre et sept jours sur sept.

Marino n'a intégré la police de Cambridge que depuis quelques semaines et il me semble assez aberrant qu'une personne extérieure connaisse son nom. Aussitôt, des soupçons se forment dans mon esprit à l'égard de Haley Swanson, mais je les garderai pour moi, cela n'arrangerait rien de les divulguer. Marino se fermera s'il a le sentiment que je tente de lui expliquer comment faire son travail. Je m'enquiers :

— Avait-elle l'air bouleversé ?

— C'est le cas de beaucoup de gens quand ils appellent les flics, mais ça veut pas dire pour autant qu'ils racontent la vérité. Quatre-vingt-dix-neuf fois sur cent, un étudiant qui a disparu… n'a pas disparu. Ce genre d'appels n'est pas véritablement une exception dans le coin.

— On a une adresse pour Gail Shipton ?

— Ces très chouettes appartements de standing près du Charles Hotel.

Il me donne des détails que je note.

Je revois les élégants immeubles de brique, non loin de la Kennedy School of Government et de la Charles River, pas très loin non plus de mon quartier général.

— De l'immobilier très cher.

— Sans doute que sa famille règle les factures, rien d'étonnant ici. Ça fait quand même partie des huit plus grandes universités privées du nord-est du pays !

Marino adopte toujours ce ton narquois au sujet des habitants de Cambridge, où la police vous filera un PV juste parce que vous êtes stupide, aime-t-il à répéter.

— Quelqu'un est-il passé vérifier si elle n'est pas tout simplement rentrée chez elle, sans répondre au téléphone ?

Je gribouille un tas de notes, plus concentrée maintenant, au fond distraite d'une tragédie par une autre, la dernière en date.

Pourtant, alors que je suis assise dans mon lit, au téléphone, les choses me reviennent telles qu'elles se sont déroulées, et je ne peux m'ôter ces visions de l'esprit. Les corps et le sang. Les douilles de cuivre parsemaient les sols de cette école primaire de brique rouge, comme une pluie de pièces de monnaie neuves. Tout est gravé de manière indélébile, au point que j'ai l'impression de me trouver encore là-bas.

Une tuerie dans une école primaire du Connecticut, Sandy Hook. Le 14 décembre. Vingt-sept autopsies, des enfants pour la plupart. Lorsque j'ai retiré ma blouse ensanglantée pour entrer dans la douche, je me suis efforcée de ne plus penser aux heures que je venais de passer.

J'ai zappé, compartimenté. J'ai appris il y a bien des années à ne pas imaginer la chair humaine saccagée après que j'ai plongé les mains dedans. J'ai bagarré pour que les images ne sortent jamais de la scène de crime, de la salle d'autopsie. À l'évidence, j'ai échoué. Lorsque je suis rentrée chez moi samedi dernier, j'avais de la fièvre et mal partout comme si une chose démoniaque m'avait infectée. Une brèche s'était ouverte dans mes défenses. J'avais proposé mon aide aux bureaux du médecin expert en chef de l'État du Connecticut. Cependant, aucune bonne action ne reste impunie. Une sanction tombe toujours lorsqu'on essaie de faire les choses comme il se doit. Les forces ténébreuses n'aiment pas cela et le stress vous rend malade.

Marino continue :

— Elle affirme s'être rendue chez Gail pour s'assurer qu'elle n'était pas rentrée. Elle a demandé à la sécurité de vérifier dans l'appartement. Aucun signe d'elle, ni du fait qu'elle aurait pu faire un saut après être sortie du bar.

Je souligne que Haley Swanson doit bien connaître les gens qui travaillent dans l'immeuble de Gail Shipton. La sécurité n'aurait jamais ouvert un appartement pour le premier venu.

Mon attention est soudain attirée par la ridicule montagne de paquets FedEx toujours fermés qui s'amoncellent à côté du canapé, à l'autre extrémité de la chambre. Des cadeaux. Cette vision me remet en mémoire à quel point il n'est pas souhaitable que je reste isolée des jours entiers, trop malade pour cuisiner, travailler ou mettre le nez dehors, mais terrifiée à l'idée de rester seule avec mes pensées. Je trouve alors un moyen de me distraire, et cette occasion n'a pas dérogé à la règle.

Un blouson de cuir Harley-Davidson vintage et une ceinture avec une boucle en forme de crâne sont réservés à Marino. J'ai commandé une eau de Cologne Hermès et des bracelets Jeff Deegan pour Lucy et Janet, et pour mon époux Benton une montre en titane avec cadran en fibre de carbone que Breguet ne fabrique plus. Son anniversaire tombe demain, cinq jours avant Noël. Faire des emplettes pour lui est très ardu, d'autant qu'il n'a pas besoin de grand-chose et qu'il possède déjà à peu près tout.

Il me reste pléthore de paquets-cadeaux à enrubanner, tous destinés à ma mère et ma sœur, sans oublier Rosa, notre employée de maison, des membres de mon personnel et bien sûr plein de petits présents pour Sock, pour le bouledogue de Lucy et la chatte de mon chef du personnel. Je ne sais pas trop ce qui m'a prise, lorsque j'étais malade, clouée au fond de mon lit. J'ai commandé frénétiquement sur Internet. J'accuserai la fièvre. Nul doute que j'aurai droit à maints commentaires. Comment, Kay Scarpetta, d'habitude si raisonnable et réservée, et qui se jette à corps perdu dans des dépenses en ligne pour les cadeaux de Noël ? Lucy, en particulier, ne me ratera pas, en dépit de mes tentatives pour faire oublier ma folie dépensière.

La pluie gifle les fenêtres et tambourine bruyamment sur les carreaux. Marino reprend :

— Gail ne répond pas à ses appels téléphoniques, mails ou SMS. Elle n'a rien *posté* sur Facebook, Twitter ou autre. La description physique que nous avons d'elle colle avec la morte, et c'est sans doute l'essentiel. Je me demande si elle n'a pas été enlevée, séquestrée quelque part. Ensuite, son corps à été enveloppé dans un drap et elle a été balancée. Ça m'ennuie de vous déranger dans ces circonstances, mais je sais comment vous êtes.

De fait, il me connaît, mais il n'en demeure pas moins que je ne conduirai pas jusqu'au MIT, ou nulle part, d'ailleurs, certainement pas alors que je ronge mon frein, coincée par une presque quarantaine depuis cinq jours, et je le lui dis. Je me montre obstinée mais professionnelle avec mon ancien directeur des enquêtes opérationnelles. *Ancien* !

— Comment vous vous sentez ? J'vous avais dit de pas vous faire vacciner contre la grippe. C'est probablement ça qui vous a rendue malade, déclare-t-il.

— Un virus tué ne peut pas vous rendre malade, Marino.

— Ouais, eh ben les deux fois où j'me suis fait vacciner contre la grippe, je l'ai chopée et j'ai été malade comme un chien. Bon, mais votre voix est meilleure, j'suis content.

Il s'inquiète de ma santé parce qu'il poursuit un but dont je fais partie.

— Tout est relatif. Je pourrais me sentir mieux ou plus mal.

— En d'autres termes, vous êtes furax contre moi. Autant jouer cartes sur table, Doc.

— Je faisais référence à ma santé.

Dire que je suis furax banaliserait ce que je ressens. Marino ne semble pas avoir considéré une seconde ce que son soudain abandon de poste pouvait suggérer à mon égard, le médecin expert en chef du Massachusetts et directrice du CFC, le Centre de sciences légales de Cambridge. Au cours des dix dernières années, il a été mon directeur des enquêtes opérationnelles et, brusquement, il divorce professionnellement d'avec moi. Je ne peux que trop imaginer ce que les flics en particulier vont penser, pensent déjà.

J'anticipe les doutes qui vont entourer mes paroles, mes faits et gestes sur les scènes de crime, dans les salles d'autopsie, devant la cour. J'imagine que d'aucuns vont spéculer à mon sujet alors qu'en fait sa décision n'a aucun rapport avec moi. Tout tourne autour de Marino et de cette crise de l'âge mûr qui l'affecte depuis que je le connais. Soyons clairs : si j'étais indiscrète, j'expliquerais au monde entier que Pete Marino, né d'un père violent et alcoolique et d'une mère faible et soumise dans un coin peu glorieux du New Jersey, a souffert d'une très médiocre estime de lui et d'une confusion d'identité depuis qu'il a vu le jour.

Je suis hors de sa portée, la femme qu'il punit, peut-être l'amour de sa vie et en tout cas sa meilleure amie. Sa motivation première en m'appelant aux aurores chez moi, alors que je suis clouée au lit par la grippe, n'est ni rationnelle ni honorable. J'ai été si malade qu'à un moment j'ai craint de mourir et qu'une pensée a dérivé dans mon esprit : *Ça y est, cela ressemble à ça.*

Chapitre 2

Au cours d'un intense accès de fièvre, j'eus soudain une révélation, sorte d'épiphanie personnelle. Je perçus la signification profonde de toutes choses : la vie – collision des particules divines qui forment toute la matière de l'univers – et la mort, inverse absolu de la première. Lorsque le thermomètre indiqua 39,9 degrés, l'explication devint encore plus claire, transmise de façon simple et éloquente par l'homme encapuchonné qui se tenait debout au pied de mon lit.

Si seulement j'avais pu noter tout ce qu'il me révéla, l'insaisissable formule qui expliquait que la nature offrait la matière que reprenait ensuite la mort, toute la création depuis le Big Bang évaluée par les vestiges de la décomposition. La rouille, la maladie, la folie, le chaos, la corruption, les mensonges, la pourriture, la ruine, les squames, les cellules agonisantes, l'atrophie, les remugles, la sueur, les déchets organiques, la poussière redevenue poussière, rejoignant un niveau subatomique pour à nouveau créer de la matière en un cycle infini. Je ne parvenais pas à entrapercevoir le visage de l'homme, mais je le savais fascinant et bienveillant alors qu'il me parlait en termes scientifiques et poétiques, éclairé en arrière-plan par un feu sans chaleur.

Des instants de sidérante clarté me firent comprendre ce que nous cherchons à dire lorsque nous évoquons le fruit défendu et le péché originel, lorsque nous parlons d'entrer dans la lumière et de rues pavées d'or, d'extraterrestres, d'auras, de spectres, d'enfer, de paradis et de réincarnation, d'être guéri, ou ressuscité d'entre les morts, de revenir sous forme d'un corbeau ou d'un ange. Un recyclage d'une parfaite précision et d'une beauté irréelle se révéla à moi. Le Plan de Dieu, le Suprême Physicien, miséricordieux, juste mais drôle aussi. Dieu qui est créatif. Qui est nous tous.

Je vis et je sus. Je possédai la Vérité parfaite. Et puis la vie réaffirma ses droits, entraîna la Vérité loin de moi. Je suis toujours ici, plaquée au sol par la loi de la gravitation. Une amnésique. Je ne parviens ni à partager, ni même à me souvenir de ce que je pourrai enfin expliquer aux êtres dévastés après que j'ai pris soin de leurs défunts. Je me montre, au mieux, clinique lorsque je réponds à leurs questions, toujours les mêmes.

Pourquoi ? Pourquoi ? Mais pourquoi ?

Comment quelqu'un peut-il faire ça ?

Je n'ai jamais trouvé d'explication qui se tienne. Pourtant, il en existe une et durant un moment fugace, elle m'appartint. Ce que j'avais toujours voulu dire était enfin à ma portée. Et je suis revenue à moi. Ce que je savais enfin fut remplacé par le travail que je venais d'effectuer. Ces invraisemblables images que nul ne devrait jamais voir. Du sang et du cuivre dans un couloir aux murs parsemés de tableaux d'affichage décorés pour les fêtes. Ensuite, cette salle de classe. Ces enfants que je ne pouvais pas sauver. Ces parents que je ne pouvais pas réconforter. Les assurances qu'il m'était impossible de donner.

Ont-ils souffert ?

Vous pensez que la fin fut rapide ?

C'est la grippe, je me répète. Il n'est rien que je n'aie déjà vu ou ne puisse supporter. Je sens la colère s'éveiller en moi, le dragon endormi s'étire.

— Vous pouvez me croire, c'est le genre d'affaires que vous ne souhaitez laisser à personne d'autre. Je veux dire qu'on peut pas se permettre qu'un seul foutu truc déraille, persévère Marino.

À la vérité, je suis contente d'entendre sa voix. Pourtant, je n'ai pas envie que sa compagnie me manque, comme ce fut juste le cas. Je ne voyais personne d'autre à qui infliger un tel carnaval médiatique. Les rues étaient encombrées de camionnettes de télévision sur des kilomètres, de cars-régie, d'antennes satellite. Le battement incessant des pales d'hélicoptères nous parvenait, au point qu'on avait l'impression qu'un film se tournait.

Des tirs à bout portant ?

La colère à nouveau. Mais je ne peux me permettre d'éveiller le dragon qui sommeille en moi. Il valait mieux que Marino ne m'accompagne pas. Je n'en avais pas envie. Je sais exactement ce qu'il peut supporter et il aurait explosé, à la manière d'une paroi de verre qui éclate sous des vibrations trop intenses. Sa voix familière résonne :

— Tout ce que je peux vous affirmer, Doc, c'est que mon instinct me trompe pas. Un connard de tordu est lâché et ça ne fait que commencer. D'ailleurs, peut-etre qu'il a pêché l'idée dans ce qui vient de se produire.

Néanmoins, je sens le grand flic différent, plus fort et sûr de lui. Ne voyant pas ce qui lui permet de sauter à cette conclusion et assez désireuse qu'il cesse de ramener cela sur le tapis, je demande :

— Dans ce qui vient de se produire à Newton, dans le Connecticut ?

— Ouais, ça fonctionne de cette manière. Un connard de tordu copie l'idée d'un autre connard de tordu qui a ouvert le feu dans un cinéma ou dans une école pour se faire remarquer.

J'imagine Marino, sillonnant les rues de Cambridge, plongées dans l'obscurité, par ce temps. Je parie qu'il n'a pas attaché sa ceinture de sécurité et ce serait peine perdue que je lui en fasse à nouveau le reproche, surtout depuis qu'il est redevenu flic. Étonnant qu'il reprenne si vite ses mauvaises habitudes.

D'un ton cassant, tant je suis désireuse de le détourner d'un sujet horrible et déplacé, je résume :

— Elle n'a pas été abattue, n'est-ce pas ? Et vous n'êtes même pas certain qu'il s'agisse d'un homicide ?

— Non, *a priori*, elle n'a pas pris de balle, confirme-t-il.

— Gardez-vous de tout mélanger, notamment en comparant cette affaire avec ce qui s'est produit dans le Connecticut.

— J'en ai ras le bol de voir des enfoirés encensés par les médias, crache-t-il.

— À l'instar de nous tous.

— Ça ne fait qu'aggraver le truc et augmenter le risque de répétitions. On n'a qu'à les enterrer dans une foutue fosse commune, anonymement.

— Concentrons-nous sur l'affaire en cours. Présentait-elle des blessures visibles ?

— Rien, à première vue. Mais bon, le truc certain, c'est qu'elle ne s'est pas enveloppée toute seule dans un drap pour avancer pieds nus jusque là-bas, se coucher dans la terre battue boueuse, pour mourir sous la pluie.

Que Marino contourne mon médecin expert directeur adjoint, Luke Zenner, et tous mes pathologistes du CFC, ne signifie aucunement qu'il pense que je suis la plus compétente, même si c'est une réalité. Tout se résume au fait qu'il réintègre son ancienne vie afin de redevenir ce qu'il était lorsque nous nous sommes rencontrés. Il ne travaille plus pour moi. Il peut me sommer, me téléphoner lorsqu'il le décide. Il envisage les choses ainsi et me le rappellera à la première opportunité.

— J'veux dire… si vraiment vous vous sentez pas de… commence-t-il d'un ton de défi, à moins qu'il ne s'agisse de harcèlement.

Je ne sais pas au juste. D'ailleurs, comment serais-je apte à juger de quoi que ce soit en ce moment ? Épuisée et affamée, je n'arrête pas de penser à des œufs à la coque avec du beurre et du poivre moulu, sans oublier un expresso et du pain frais encore chaud. Je donnerais n'importe quoi pour un verre de jus de sanguines frais pressé.

— Non, non, le pire est passé. Attendez que je me ressaisisse un peu.

J'attrape la bouteille d'eau posée sur la table de chevet mais n'avale qu'une gorgée, ma soif s'apaise, mes lèvres et ma langue ne me semblent plus aussi sèches.

— J'ai pris du sirop contre la toux hier avant de me coucher, à base de codéine.

— Veinarde !

— Je suis un peu groggy mais ça va. Néanmoins, je ne me sens pas d'attaque pour conduire, surtout par ce temps. Qui a découvert le corps ?

Peut-être me l'a-t-il déjà dit ? Je presse le dos de ma main contre mon front. Pas de fièvre. Je suis certaine que je me suis débarrassée de l'infection et qu'il ne s'agit pas simplement de l'effet de l'Advil.

— Une fille du MIT, accompagnée d'un type de Harvard, son petit ami. Ils avaient décidé de chercher un peu d'intimité dans sa chambre d'étudiante. Vous connaissez Simmons Hall ? Cet énorme bâtiment qu'on croirait construit avec des Lego, celui qui s'élève de l'autre côté des terrains de base-ball et de rugby du MIT ? précise Marino.

J'entends son scanner de police, avec le squelch, la commande d'accord silencieux du récepteur, tourné au maximum. Marino frétille dans son élément. Armé et dangereux, son badge de policier pendu à son ceinturon, conduisant une voiture banalisée équipée de phares spéciaux, d'un gyrophare et d'une sirène, en plus de je-ne-sais-quoi. Lorsqu'il était flic, il y a si longtemps de cela, il avait pour habitude de bricoler ses véhicules de police, habitude qu'il a conservée avec ses Harley.

— Ils ont remarqué ce qu'ils ont d'abord pris pour une sorte de mannequin, habillé d'une toge, allongé à l'extrémité du terrain, sur la terre battue du monticule du lanceur, du côté de la clôture qui le sépare d'un parking, déclare le Marino du passé, Marino l'enquêteur. Alors ils ont ouvert la barrière pour mieux voir et ils ont enfin compris qu'il s'agissait d'une femme enveloppée dans un drap, nue en dessous. Elle ne respirait plus et ils ont appelé le numéro d'urgence.

— Le cadavre est dévêtu ?

En réalité, je cherche à savoir s'il a été manipulé et par qui.

— Ils ont assuré qu'ils ne l'avaient pas touché. Le drap est trempé par la pluie et il ne doit pas être compliqué de s'apercevoir qu'elle est à poil. Machado a discuté avec eux. Il affirme qu'il ne croit pas un instant que ces deux jeunes aient quoi que ce soit à voir dans cette histoire. De toute façon, on leur prendra un prélèvement pour l'ADN, on vérifiera leurs antécédents, bref la totale.

Marino poursuit en m'expliquant que Sil Machado, un inspecteur de Cambridge, soupçonne que la femme est décédée d'une overdose.

— … qui pourrait être liée à ce suicide complètement dingue de l'autre jour, souligne-t-il. Vous savez bien que de vraies saloperies circulent et occasionnent de sacrés problèmes dans le coin.

Malheureusement, un certain nombre de cadavres a défilé dans les salles d'autopsie pendant que j'étais absente ou malade.

— Quel suicide ?

— Cette femme, une créatrice de mode qui a sauté du toit de son immeuble de Cambridge et s'est explosée contre la baie vitrée du club de remise en forme du rez-de-chaussée, alors que des clients faisaient travailler leurs muscles à l'intérieur. On aurait dit qu'on avait bombardé l'endroit avec des spaghettis. Quoi qu'il en soit, ils pensent qu'un lien entre les deux n'est pas exclu.

— Et pourquoi ?

— La came, une vraie merde qu'elle aurait pu prendre.

Je n'ai effectivement pas investigué ce suicide et me penche pour récupérer les piles de dossiers abandonnés par terre, à côté du lit.

— Qui ça, *ils* ?

— Machado, son sergent et son lieutenant, précise Marino. C'est remonté jusqu'en haut, depuis les inspecteurs jusqu'au préfet de police.

J'étale les dossiers sur le lit, au moins une douzaine de chemises cartonnées, des sorties d'imprimante de rapports de décès et de photographies que mon chef du personnel, Bryce Clark, a laissées chaque jour sous la véranda pour mon information, avec les provisions qu'il a eu la gentillesse d'apporter.

— La crainte, c'est que ça pourrait être la même amphèt' pourrie ou une autre drogue *designer* de merde, la dernière version des fameux sels de bain qui ont déferlé dans les rues du coin. Peut-être que la suicidée était chargée à ce genre de truc, observe Marino. On peut penser que Gail Shipton, si c'est bien elle la morte, s'est défoncée avec une dope de merde en compagnie de quelqu'un et qu'elle a claqué d'une overdose. Du coup, il a balancé son corps.

— S'agit-il de votre théorie ?

— Bordel, non ! Si vous cherchez à vous débarrasser d'un cadavre, pourquoi le mettre en scène sur le terrain de sport d'une foutue université pour choquer ? C'est là où je veux en venir, à la plus grande menace à laquelle nous devons faire gaffe. Faites dans le sensationnel et vous décrocherez la une des informations du pays, peut-être même que vous attirerez l'attention du président des États-Unis. Selon moi, l'individu qui a abandonné le corps dans Briggs Field est de ce poil-là. Il l'a fait pour attirer l'attention.

— Cela peut, en effet, être une composante de ses actes, mais ça n'explique sans doute pas tout.

— Je vous envoie quelques photos que Machado vient de m'expédier, poursuit Marino d'une voix rude, insistante.

Je tends le bras vers mon iPad tout en déclarant :

— Vous ne devriez pas envoyer des messages en conduisant.

— Ouais, tout juste. Allez, je vais me coller un PV.

— Des traînées sur le sol, ou des indications de la façon dont le corps a pu atterrir à cet endroit ?

— Vous pourrez constater sur les photos que c'est vraiment de la gadoue. Malheureusement, des traces ou des empreintes de chaussures auront été complètement effacées par la pluie. Mais bon, je me suis pas rendu sur les lieux, et faut qu'je vérifie.

J'ouvre les photos qu'il vient de m'envoyer et remarque l'herbe détrempée, la terre rouge boueuse de Briggs Field. Je zoome ensuite sur la morte enveloppée de blanc. Mince, allongée sur le dos, sa longue chevelure châtain, mouillée, arrangée avec soin autour de son joli visage juvénile incliné légèrement vers la gauche et vernissé de pluie. Le tissu est enroulé autour de sa poitrine à la manière d'un drap de bain, comme ces immenses serviettes d'éponge dont les gens s'emmaillotent lorsqu'ils paressent dans un spa.

Soudain, un sentiment de déjà-vu. Je suis stupéfaite par la ressemblance de ce que je découvre avec ce que Benton m'a envoyé il y a quelques semaines, en prenant d'énormes risques. Sans requérir l'autorisation du FBI, il a voulu connaître mon opinion sur les meurtres qu'il investigue à Washington D.C. Mais les victimes féminines avaient la tête recouverte d'un sac en plastique, pas la jeune femme de Cambridge. Leur cou était entouré d'un ruban adhésif très particulier, et orné d'un nœud du même ruban. La signature spécifique du tueur, absente dans ce cas.

On n'est même pas certain qu'il s'agisse d'un homicide, je me serine. Je ne serais guère surprise qu'elle soit morte subitement et qu'un compagnon affolé l'ait enveloppée dans un drap de lit peut-être emprunté à la résidence universitaire, avant de l'abandonner dehors, pour s'assurer qu'elle serait rapidement découverte.

— J'crois que quelqu'un a garé son véhicule sur le parking situé de l'autre côté de la clôture, ouvert le portillon et tiré ou porté le cadavre.

Laissant Marino à ses supputations, je scrute la photo reçue sur mon iPad, troublée par une puissante intuition. Je tente de rationaliser, sans succès, et je ne peux rien lui en dire.

Benton se ferait virer du FBI si on apprenait ce qu'il a fait : partager des informations classifiées avec sa femme. Peu importe que je sois un expert dont la juridiction couvre également des enquêtes fédérales, d'autant qu'il eût été souhaitable que le Bureau me consulte pour cette affaire. C'est en général le cas. Pas cette fois-ci cependant, et pour une raison que j'ignore. Le patron de mon mari, Ed Granby, ne me juge pas d'une grande utilité et serait ravi s'il pouvait déposséder Benton de sa réputation et lui ordonner de faire ses cartons.

Marino reprend :

— Bon, le couple qui a découvert le cadavre a précisé que le portillon était fermé lorsqu'ils sont arrivés, mais pas verrouillé. Tous les autres portails ou barrières sont munis de chaînes et de cadenas pour que des petits malins ne puissent pas accéder au terrain après les heures de fermeture. En d'autres termes, le tordu savait que cette barrière-là ne serait pas bouclée : soit il a utilisé une pince pour couper la chaîne, soit il possédait une clé du cadenas.

Ma tête est lourde des vestiges d'une migraine. Je tranche :

— Le corps a été mis en scène. Sur le dos, les jambes serrées, allongées, un bras reposant gracieusement sur son ventre, l'autre étendu, le poignet incliné de façon exagérée, rappelant celui d'une danseuse. Rien n'est en désordre, le drap est arrangé autour d'elle avec soin. D'ailleurs, je ne suis pas certaine que ce soit un drap.

J'augmente le zoom autant que je le peux, jusqu'à ce que l'image se décompose.

— Certes, il s'agit d'un tissu blanc. Sa position est symbolique, ritualisée.

J'en suis convaincue et ressens un désagréable pincement dans la poitrine. Un pincement de peur. Et s'il y avait un lien ? Et s'il se trouvait ici ? Il est vrai que les meurtres de Washington D.C. sont encore frais dans mon esprit. Je viens juste d'en examiner les photographies et les rapports d'autopsie ou de labo. Un corps enveloppé d'un linge blanc, positionné de manière langoureuse mais pudique, ne signifie en aucun cas que ces affaires soient liées.

— C'est pas un hasard si elle a été laissée comme ça, c'est volontaire, martèle Marino. Ça signifie quelque chose pour l'enfoiré de malade qui a fait le coup !

Je tente de me concentrer sur ce qui importe :

— Comment quelqu'un a-t-il pu abandonner le corps à cet endroit sans être vu ? Sur un terrain de sport, au beau milieu des immeubles d'habitation et des résidences universitaires du MIT ? Peut-être avons-nous affaire à un individu qui connaît bien cette zone, un étudiant, un employé, une personne qui vit ou travaille à proximité.

— L'endroit où elle a été abandonnée n'est pas éclairé durant la nuit. C'est derrière les courts de tennis couverts, vous savez, la grosse bulle blanche, et les terrains d'athlétisme. Bon, je passe vous prendre d'ici trente à quarante minutes. Là, je m'arrête devant le Psi Bar, fermé, bien sûr. Pas de lumière, personne. Je vais faire le tour, voir où elle pourrait avoir utilisé son téléphone, et je fonce chez vous.

— Vous êtes seul, bien sûr ?

— Affirmatif.

— Soyez prudent, je vous en prie.

Je suis assise dans mon lit, triant des dossiers, seule dans notre grande chambre, dans cette maison du dix-neuvième siècle, construite par un célèbre transcendentaliste.

Je commence par le suicide mentionné par Marino. Quatre jours plus tôt, le dimanche 16 décembre, Sakura Yamagata, âgée de vingt-six ans, s'est jetée du toit de son immeuble de dix-huit étages situé à Cambridge. La cause de la mort ne m'étonne pas un instant. Multiples blessures traumatiques, avulsion du cerveau de la boîte crânienne, cœur, poumons, foie, rate lacérés. Tous les os de son visage, de sa cage thoracique, de ses bras et jambes, sans oublier le pelvis, ont été fracturés en maints endroits.

J'étudie des photos 20 x 25 de la scène. Sur certaines, on distingue des gens en état de choc, bouche bée, la plupart d'entre eux en tenue de sport, plaquant les bras sur leur torse pour se protéger du froid. Je remarque également un homme à l'air distingué, aux cheveux gris, vêtu d'un costume-cravate. Il semble défait, comme étourdi. Sur l'une des photos, il se tient à côté de Marino qui parle en pointant du doigt en direction de quelque chose. Sur une autre, l'homme aux cheveux gris est accroupi non loin du corps, tête baissée, dans une attitude tragique et désespérée.

De toute évidence, il entretenait une relation avec Sakura Yamagata, quelle qu'en soit la nature. J'imagine la panique qu'ont dû ressentir les membres du club de remise en forme du rez-de-chaussée de l'immeuble s'ils regardaient dehors au moment où le corps de la jeune femme s'est abattu. « Ça a provoqué un choc affreux, comme un lourd sac de sable », décrit l'un des témoins à un journaliste, déclaration ayant été ajoutée au dossier. La baie vitrée était maculée de traces de sang et de tissus humains. Des éclats de dents et des fragments du corps ont été retrouvés sur un périmètre de quinze mètres autour du point d'impact. Sa tête et son visage étaient endommagés au-delà du reconnaissable.

J'associe ces morts impliquant de très sévères mutilations aux états psychotiques ou à l'influence des drogues. Je survole les pages du rapport de police particulièrement détaillé. Je suis presque surprise lorsque je tombe sur le nom du rédacteur :

Officier de rapport : Marino P. R. (D33).

Je n'ai pas vu un rapport de police signé de sa main depuis qu'il a quitté le département de police de Richmond, dix ans plus tôt. Je lis ses mots, sa narration de ce qui s'est produit dimanche dernier, dans l'après-midi, dans une tour d'habitation de très grand standing s'élevant sur Memorial Drive à Cambridge.

> … Je me suis rendu à l'adresse mentionnée plus haut après la survenue des faits et j'ai interrogé le Dr Franz Schoenberg. Il m'a déclaré être psychiatre et exercer dans son cabinet de Cambridge. Sakura Yamagata, créatrice de mode de profession, était l'une de ses patientes. Ce jour, à 15 h 56, elle lui a envoyé un SMS lui annonçant qu'elle comptait « s'envoler pour Paris » depuis le toit de son immeuble.
>
> À 16 h 18, le Dr Schoenberg est arrivé au domicile de sa patiente. On l'a fait pénétrer par une porte située à l'arrière et il a été escorté jusqu'au toit. Il m'a précisé qu'elle lui tournait le dos, nue, et qu'elle avait enjambé la balustrade de sécurité qui borde le périmètre. Il l'a appelée en lui disant : « Suki, je suis là. Tout va bien se passer. » Selon lui, elle n'a pas répondu et n'a même pas paru l'entendre. Elle a basculé vers l'avant à ce moment-là, dans ce qu'il décrit comme un saut de l'ange, parfaitement intentionnel…

Luke Zenner a pratiqué son autopsie et envoyé les échantillons appropriés de fluides ou de tissus au laboratoire de toxicologie. Prélèvements de cœur, poumons, foie, pancréas, sang…

Je caresse le corps mince et bringé de Sock, ses flancs se soulèvent paisiblement au rythme de sa respiration.

Je me sens soudain à nouveau épuisée, comme si parler avec Marino avait aspiré toute mon énergie. Luttant contre l'assoupissement, je passe en revue les photographies, cherchant celles sur laquelle apparaît l'homme aux cheveux gris, que je suppose être le Dr Franz Schoenberg. Cette qualité a d'ailleurs encouragé la police à lui permettre d'approcher le corps et Marino à l'interroger. J'ai du mal à imaginer ce que l'on ressent lorsque son patient se jette d'un toit devant vos yeux. Comment se remet-on d'une chose pareille ? Je fouille dans mes souvenirs qui s'emmêlent et s'estompent, me demandant si j'aurais pu rencontrer le psychiatre quelque part.

Non, on ne s'en remet pas, je pense. *Il est des choses dont on ne se remet pas, jamais, on ne peut…*

Des drogues de merde, les mots de Marino me reviennent. Des drogues de synthèse, ces fameux sels de bain qui ont déferlé dans le Massachusetts cette année avec leur cohorte de suicides étranges et d'accidents. La police a alors enregistré une augmentation alarmante d'homicides, de vols en tous genres et de cambriolages, surtout dans la région de Boston avec ses logements sociaux, ce que la police nomme les « cités ». Des trafiquants de drogue, des membres de gangs qui obtiennent un joli toit au-dessus de leur tête pour une bouchée de pain. Ils délabrent tout et nuisent au voisinage. Je passe mentalement en revue tout ce que je dois faire en me connectant à ma messagerie professionnelle. J'envoie un message au labo de toxicologie pour leur demander d'accélérer les dosages des prélèvements obtenus de Sakura Yamagata et de procéder au dosage de toutes les substances stimulantes de synthèse.

Méphédrone, méthylènedioxypyrovalérone, ou MDPV, et méthylone. Luke n'a pas pensé à inclure les hallucinogènes mais nous devons également les rechercher : LSD, méthylergométrine, ergotamine…

Mes pensées s'égarent puis se focalisent à nouveau.

Les alcaloïdes de l'ergot de seigle peuvent engendrer l'ergotisme ou l'ergotoxicose, encore nommée le « Feu de Saint-Antoine ». En une lointaine époque, les symptômes de cette intoxication évoquèrent ceux que l'on attribuait à un ensorcellement, et certains pensent qu'ils pourraient être à l'origine des procès des sorcières de Salem. Convulsions, psychose, délires, manie, spasmes…

Ma vision se trouble, puis s'éclaircit. Je dodeline de la tête, puis me redresse d'un mouvement brusque. Et la pluie s'abat toujours contre les fenêtres et sur le toit. J'aurais dû recommander à Marino de s'assurer que quelqu'un protège le corps d'une tente improvisée, d'une bâche imperméable ou de draps plastifiés. Pour le préserver des éléments, du regard des curieux, pour me préserver aussi. Je n'ai nulle envie de traîner sous cette pluie battante, dans ce froid mordant, filmée par les médias…

Les camionnettes de télévision et les cars-régie se massaient partout. Nous nous étions assuré que tous les stores avaient été baissés. Une moquette marron foncé. Des coulées épaisses et sombres de sang coagulé qui commençaient à se décomposer, son odeur caractéristique me parvenant. Collant à la semelle de mes chaussures alors que je me déplaçais dans cette pièce. Tant et tant de sang. Je m'efforçais de ne pas marcher dedans, de m'investir dans cette scène de crime le plus professionnellement possible. Comme si cela avait encore une quelconque importance.

Il n'y avait personne à punir. D'ailleurs, aucune punition n'eût été suffisante. Et je reste tranquillement assise, adossée à mes oreillers, ma colère lovée en sa tanière obscure reste immobile. Pourtant, elle observe. Je vois sa puissante silhouette et je sens son poids.

Marino se sera assuré que le corps est protégé.

La colère se déplace lourdement. L'écho et le rythme de la pluie qui tombe à verse évoluent. *Fortissimo* puis *pianissimo*...

Marino sait ce qu'il fait.

Fugue d'*adagio* à *furioso*...

Chapitre 3

Dix ans plus tôt
Richmond, Virginie

Une pluie drue éclabousse l'allée, inonde les pavés de granit, et gifle sans ménagement les arbres. La tempête d'été s'en prend au ciel hostile qui pèse sur la ville que je m'apprête à quitter.

En sueur dans mon garage, je coupe un bout de ruban adhésif, un peu désinhibée. Je me sens dans un état second, conséquence de l'alcool que j'ai bu. Le détective Pete Marino de la police de Richmond est en train d'essayer de me saouler, pour prendre le dessus en profitant d'une faiblesse due à l'ébriété.

Peut-être devrais-je coucher avec lui pour en finir.

Je distingue les cartons de déménagement en inscrivant dessus les différentes pièces de ma maison de Richmond, celle que je vais quitter, que j'avais fait construire à partir de matériaux anciens, celle qui était censée être un rêve enfin réalisé et durable : *salon*, *salle de bains principale*, *chambre d'invités*, *cuisine*, *office*, *buanderie*… Un codage qui me rendra les choses plus aisées de « l'autre côté », alors même que je n'ai aucune idée de ce que sera cette destination.

Le dévidoir à ruban adhésif émet un son de tissu déchiré quand je le tire sur la surface d'un carton, et je bougonne :

— Mon Dieu, je déteste déménager.

— Ben alors, bordel, pourquoi vous n'arrêtez pas ? rétorque Marino, en flirtant de manière appuyée, sans que j'y mette le holà pour l'instant.

D'un ton moqueur, tant il exagère, je rétorque :

— Je n'arrête pas ?

— Et dans cette même foutue ville, en plus. D'un quartier à un autre, insiste-t-il en haussant les épaules, oublieux de ce qui se passe vraiment entre nous. À la fin, on peut plus suivre.

— Je ne déménage jamais sans bonnes raisons.

Je m'en veux de mon ton d'avocate. Mais je suis avocate, médecin, chef.

Ses yeux injectés de sang m'épinglent, alors qu'il devient sentimental :

— Fuir, fuir aussi vite que vous le pouvez.

Je suis un papillon. Un amiral, un argus bleu, ou un papillon de lune.

Si je vous laissais faire, vous éteindriez les couleurs de mes ailes. Je deviendrais un trophée dont vous ne voudriez plus. Soyez mon ami. Pourquoi n'est-ce pas suffisant ?

Je scotche un nouveau carton, réconfortée par la pluie qui dégringole devant la porte ouverte de mon garage. Une buée s'infiltre, véhiculant avec elle une humidité de cent pour cent, tiède et dégoulinante, évoquant un long bain chaud. La sensation de se retrouver dans un ventre. Un corps tiède lové dans le mien, échange de fluides qui caressent la peau et s'immiscent au plus profond de recoins désolés. J'ai envie que la chaleur et la moiteur me bercent, m'embrassent, collent à ma peau à la manière de vêtements humides. Marino me dévisage depuis la chaise pliante sur laquelle il est avachi, vêtu d'un pantalon de jogging coupé et d'un sweat-shirt sans manche, son gros visage rouge de désir, de lubricité et de bière.

Je me demande qui sera le prochain enquêteur autoritaire auquel je serai confrontée, tout en songeant que je n'en veux pas, quel qu'il soit. Quelqu'un que je devrai former, dont il faudra que je m'accommode. Quelqu'un que je devrai respecter, tout en le détestant, qui me hérissera par moments mais me manquera lorsque je serai solitaire. Bref, quelqu'un que j'aimerai à ma façon. Il pourrait s'agir d'une femme. Une de ces enquêtrices dures à cuire qui partira du principe qu'elle forme un binôme de lutte contre le crime avec le nouveau médecin expert en chef et qu'elle sait ce que chacune doit faire.

J'imagine une enquêtrice du genre carnassier, présente sur chaque scène de crime, assistant à chaque autopsie. Une femme qui surgira dans mon bureau et allant et venant dans le vrombissement de son pick-up ou de sa moto à la manière de Marino. Une armoire à glace bronzée, tatouée, avec une prédilection pour les chemises en jean sans manches et les bandanas, prête à me dévorer toute crue.

Je me sais irrationnelle et injuste, sotte et pleine de préjugés. Lucy ne se met pas en concurrence avec les femmes qu'elle désire, ne cherche pas à les contrôler. Elle n'arbore ni tatouages ni bandana. Ce n'est pas son style. Elle n'a pas besoin de se transformer en prédatrice pour obtenir ce qu'elle veut.

Je ne supporte pas ces pensées obsessionnelles, importunes. Mais que s'est-il passé ?

Une houle de chagrin m'étreint la poitrine et je suffoque presque. Je suis accablée à l'idée de ce que je quitte. En réalité, il ne s'agit pas tant de cette maison, de Richmond ou même de la Virginie. Benton n'est plus, assassiné il y a maintenant cinq ans. Cependant, tant que je demeurerai entre ces murs, je le percevrai dans chacune des pièces, lors de chaque trajet que j'effectuerai, les jours d'été abrutissants, et les maussades soirées d'hiver, au point que je pourrais croire qu'il me surveille, qu'il sait tout de moi, chaque émotion qui me traverse.

Je le perçois dans chaque bouleversement d'air, chaque odeur. Je le ressens dans ces ombres qui flattent mes humeurs. Une voix lointaine m'affirme qu'il n'est pas mort. Il revient. Il ne s'agit que d'un cauchemar. Un matin, je m'éveillerai et il sera là. Ses yeux noisette me fixeront et ses longs doigts me caresseront. Je sentirai à nouveau sa chaleur, sa peau, la forme parfaite de ses muscles, si familière lorsqu'il me serre contre lui. Et je serai en vie, comme je le fus.

Je n'aurai pas à déménager dans un lieu déjà mort où d'autres fragments de moi se faneront centimètre par centimètre, cellule après cellule. J'imagine les bois touffus qui s'étendent derrière ma propriété, puis le canal et la voie de chemin de fer. En bas de la berge de la James River, construit sur un sol rocailleux, s'élève un quartier de la ville suspendu dans le temps, derrière Lockgreen, une enclave protégée de grilles, ponctuée de maisons contemporaines où vivent ceux qui ont de l'argent et qui convoitent intimité et sécurité.

Des voisins que je ne vois presque jamais. Des privilégiés qui ne me posent jamais de questions concernant les dernières tragédies arrivées sur ma table d'acier inoxydable. Je suis d'origine italienne, native de Miami, une étrangère. La vieille garde de Richmond West-End ne sait pas trop de quelle manière me considérer. Ils ne me disent pas bonjour de la main, ni ne s'arrêtent pour me saluer. Ils contemplent parfois ma maison comme si elle était hantée.

J'ai arpenté mes rues, seule. Je me suis faufilée dans les bois non loin du canal et de la vieille voie ferrée, longeant les eaux peu profondes. J'ai imaginé la guerre de Sécession et les siècles avant cela, lorsque la colonie s'était établie plus bas sur la rive, à Jamestown, première implantation anglaise. Moi qui suis environnée par la mort, ce passé qui devenait présent m'a apaisée, grâce à ces commencements qui ne s'achèvent jamais, et à ma certitude qu'il existe des raisons à ce qui se produit et que tout se terminera au mieux.

Comment les choses en sont-elles arrivées là ?

Je scotche un autre carton. Dans cet air saturé d'humidité, j'ai presque l'impression que l'haleine de Benton me caresse le cou. Je me sens vide, insupportablement aspirée par le gouffre. Mais le lourd martèlement de la pluie m'apaise.

— On croirait que vous allez pleurer, lâche Marino en me dévisageant. Pourquoi vous pleurez ?

— La sueur me pique les yeux. Il fait une chaleur de four ici.

— Ben, vous pourriez fermer cette foutue porte et allumer l'air conditionné.

— Je veux entendre la pluie.

— Et pourquoi ça ?

— Parce que c'est la dernière fois que je l'entendrai de cette façon, à cet endroit.

— Bordel ! La pluie, c'est la pluie.

Il jette un regard par la porte ouverte du garage comme si la pluie le surprenait, une sorte de pluie qu'il n'aurait jamais vue avant. Il fronce les sourcils, signe chez lui d'intense réflexion. Son front bronzé plissé, il mordille sa lèvre inférieure et frotte sa mâchoire carrée.

Il est à la fois rude et formidable, énorme, et tout en lui respire l'agressivité. On aurait pu le dire beau avant que ses mauvaises habitudes prennent le pas, relativement tôt au cours de sa vie difficile. Sa chevelure sombre grisonne. Il l'a repoussée d'un côté, tentative pour masquer une calvitie débutante qu'il n'admettra pas. Il mesure plus d'un mètre quatre-vingts, avec de larges épaules et des attaches robustes. Lorsque ses bras et jambes sont dénudés comme aujourd'hui, il redevient l'ancien boxeur Golden Gloves qui n'a jamais eu besoin d'un flingue pour tuer quiconque.

— Enfin merde, je vois vraiment pas pourquoi vous avez dû proposer votre démission. (Il me regarde effrontément, sans ciller.) Et tout ça pour traîner encore un bout de temps et permettre à ces enfoirés de vous trouver un remplaçant. Vraiment crétin ! Vous n'auriez jamais dû leur faire de cadeau. Qu'ils aillent se faire foutre.

— Soyons honnêtes, j'ai été virée. C'est la formule consacrée : on prétend donner sa démission simplement parce qu'on a mis le gouverneur dans l'embarras.

Je me sens un peu plus sereine maintenant, m'accrochant aux vieilles raisons que l'on fournit en pareil cas.

— Ben, c'est pourtant pas la première fois que vous avez gavé le gouverneur.

— Et ça ne sera sans doute pas la dernière.

— Tout ça c'est parce que vous ne savez pas quand vous devez vous arrêter.

— Au contraire, je crois que je viens de faire la démonstration inverse.

Il épie le moindre de mes mouvements comme il observerait un suspect pouvant brandir une arme dissimulée. Je continue à étiqueter des cartons avec le même soin que j'accorde aux preuves : *Scarpetta*, suivi de la date du jour, des affaires qui doivent parvenir dans la *penderie principale* d'une maison de Floride du Sud que j'ai louée et dans laquelle je ne souhaite pas habiter. J'ai la sensation d'une effroyable défaite en rentrant dans le coin de terre où j'ai vu le jour.

En effet, je considère ce retour aux sources comme un cuisant échec, une démonstration sans appel que je ne vaux pas mieux que mes racines, que ma mère qui ne pense qu'à elle, que mon unique sœur, Dorothy, narcissique et accro aux mâles, qui a négligé sa fille Lucy de façon criminelle.

— En fait, c'est quand que vous êtes restée le plus longtemps quelque part ?

Marino m'interroge sans répit, se risquant sur des territoires qu'il n'a jamais eu le droit de frôler.

Il s'y sent encouragé et c'est de ma faute, puisque j'ai bu en sa compagnie, que mes adieux ressemblaient fort à un : « S'il vous plaît, ne me quittez pas. » Il devine mes pensées.

Si je vous y autorisais, peut-être que cela n'aurait plus beaucoup d'importance ensuite ?

— Miami, je suppose. J'y suis restée jusqu'à mes seize ans pour partir ensuite à Cornell.

— Seize ans ! Encore un de ces génies... Vous et Lucy êtes faites du même bois. Bof, ça fait aussi longtemps que je suis à Richmond, et le moment est venu de plier bagages.

Ses yeux injectés de sang sont rivés à moi, sans faux-semblants.

Je scotche un autre carton. Sur celui-ci est inscrit *Confidentiel.* Il renferme tous les rapports d'autopsie, les pièces des enquêtes, tous les secrets que j'ai envie de conserver alors que je sens que Marino me déshabille en imagination. Ou peut-être m'examine-t-il parce qu'il est inquiet, se demande si je ne perds pas pied, si je ne suis pas déstabilisée par ce qui vient d'arriver à ma fabuleuse carrière.

Le Dr Kay Scarpetta, la première femme nommée au poste de médecin expert en chef de l'État de Virginie, vient de décrocher une autre distinction en étant la première à être limogée... Si j'entends encore une fois cette fichue annonce aux fichues informations...

— Je démissionne du département de police demain, lâche-t-il.

Je ne prétends même pas être surprise. D'ailleurs, je ne manifeste aucune réaction.

— Vous savez pourquoi, Doc. Vous vous y attendiez. C'est exactement ce que vous vouliez. Mais pourquoi vous pleurez ! C'est pas de la sueur. Vous pleurez. Qu'est-ce qui se passe, hein ? Vous seriez vraiment pas contente si je ne démissionnais pas et si je fichais pas le camp avec vous, admettez-le. Hé, tout va bien.

Il prononce ces phrases avec gentillesse, une certaine douceur, se trompant d'interprétation comme à son habitude, et ces mots produisent une sorte de dangereux soulagement en moi. Il reprend :

— De toute façon, vous vous débarrasserez pas de moi.

Au fond, il est en train de me dire ce que je souhaiterais être la vérité, mais pas de la manière dont il l'entend. Nous continuons chacun avec son langage, sans jamais parler le même.

Il tapote son paquet de cigarettes et en extrait deux, puis se lève pour m'en tendre une. Son bras m'effleure lorsqu'il avance son briquet vers mon visage. Une flamme jaillit puis il referme le briquet, le dos de sa main me frôle. Je ne bouge pas. J'inhale une longue bouffée et lâche :

— Eh bien, bravo !

Je faisais allusion au fait que j'avais arrêté de fumer, et non à sa démission du département de police de Richmond. Démission que je ne devrais pas souhaiter, d'autant que je n'ai pas besoin d'être une voyante pour en prédire les conséquences. Tôt ou tard, il éprouvera de la colère, se sentira déprimé, émasculé. Sa frustration, sa jalousie, son manque de contrôle ne feront que croître. Un jour, il me rendra la monnaie de la pièce. Il me fera mal. Tout a un prix.

Un nouveau bruit de déchirure alors que je scotche un autre carton. J'empile le long de mes murs blancs des boîtes qui sentent le renfermé et la poussière.

— Vivre en Floride. Pêcher, conduire ma Harley, fini la neige. Vous savez bien ce que je pense du temps froid et pourri.

Il souffle des volutes de fumée, réintégrant sa chaise, se laissant aller contre le dossier, et son odeur forte s'atténue. Il poursuit :

— D'ailleurs, j'en ai rien à foutre de ce trou, il me manquera pas.

Il tapote sa cigarette et fait tomber une cendre sur le sol de béton, fourrant le paquet et le briquet dans la poche de poitrine de son sweat-shirt sans manches, taché de transpiration.

— Marino, vous seriez malheureux si vous quittiez la police.

Je lui dis la vérité, et pourtant je ne l'en empêcherai pas.

— Être flic n'est pas simplement votre métier, c'est ce qui vous tisse, j'ajoute.

Je m'efforce à l'honnêteté avec lui, insistant :

— Vous avez besoin d'arrêter des délinquants. Besoin de défoncer des portes. Besoin de remédier même lorsque vous menacez. Besoin de mépriser les ordures que vous envoyez devant le tribunal puis en prison. C'est votre raison d'être, Marino. Je veux dire…

— Je sais très bien ce qu'est une raison d'être. Pas besoin de me faire un dessin.

— Vous avez besoin de ce pouvoir qui vous permet de punir certaines personnes. C'est ce qui donne un sens à votre vie.

— Des conneries ! Et où elles sont, toutes ces grandes affaires sur lesquelles j'ai enquêté, hein ?

Il hausse les épaules, avachi sur sa chaise. Le rythme de la pluie change. Elle tape, puis dégringole, puis tambourine. La silhouette puissante et massive de Marino se dessine dans la lueur grise et irréelle de cet après-midi instable.

— Et j'suis assez grand pour faire ma propre liste.

— Et quelle serait-elle ?

Je m'assieds sur un carton, secouant la cendre de ma cigarette.

— Vous.

— Une seule personne ne peut pas constituer une liste, et en tout cas, nous n'allons pas nous marier.

Si je m'efforce d'être honnête, je me garde bien de dire toute la vérité.

— Je vous ai jamais fait cette proposition. Quelqu'un m'a entendu vous faire une proposition pareille ? s'exclame-t-il comme si des témoins à notre conversation se trouvaient dans le garage. D'ailleurs, je vous ai même jamais proposé une sortie.

— Cela ne pourrait pas marcher.

— Bordel non ! Qui pourrait vivre avec vous ?

Je glisse ma cigarette dans une bouteille de bière vide. Elle grésille en s'éteignant. Le regard de Marino s'évade alors qu'il jette :

— La seule chose à laquelle je voulais en venir, c'était d'obtenir un boulot avec vous. Je pourrais être votre enquêteur en chef, constituer une bonne équipe pour vous, mettre sur pied un programme de formation. Le meilleur du monde.

— Vous ne pourriez pas vous respecter.

J'ai raison mais il refuse de le voir. Il fume et boit. La pluie heurte les pavés de granit gris derrière la large ouverture carrée, puis au loin les arbres dont les cimes sont agitées par le vent. De sombres nuages roulent dans le ciel. Encore plus loin s'étend la voie de chemin de fer. Puis coule la rivière, qui traverse la ville que je m'apprête à quitter.

— Et ensuite, vous cesseriez de me respecter, Marino, c'est ainsi que les choses se dérouleront.

— C'est tout décidé. De toute façon, j'ai tout prévu. Lucy et moi, on a pensé à tout.

Il avale une autre gorgée de bière, et on dirait que le verre de la bouteille transpire des gouttes de condensation. Il évite toujours mon regard. Toujours assise sur un carton sur lequel est inscrit *Ne pas toucher*, je rétorque :

— Souvenez-vous de ce que je viens de vous dire. Chaque mot.

Chapitre 4

Cambridge, Massachusetts
Mercredi, 19 décembre
4:48

Un moteur gronde devant ma maison et j'ouvre les yeux, m'attendant à découvrir des cartons portant des inscriptions au feutre, sans oublier Marino transpirant, affalé sur une chaise pliante. Je ne vois que de sobres meubles en merisier, possession depuis un siècle de la famille de Nouvelle-Angleterre de Benton.

Je reconnais les doubles-rideaux en soie champagne tirés devant les fenêtres, les canapés à rayures et la table basse poussée devant. Puis, le parquet se transforme en moquette marron. Les remugles douceâtres du sang en décomposition me parviennent. Des fougères rouge sombre et des gouttes semées sur les tables et les chaises. Des dessins et des photos coloriés au crayon et au marqueur, et des rangées de crochets auxquels sont suspendus des sacs à dos d'enfants à l'intérieur d'une salle de cours préparatoire au joli désordre, et dans laquelle tout le monde est mort.

L'air s'est imprégné des molécules volatiles du sang qui s'autolyse, des globules rouges qui se séparent du sérum. Coagulation et décomposition. Je le sens. Et puis l'odeur s'atténue et s'efface. Une hallucination olfactive, la stimulation des récepteurs de mon premier nerf crânien par une sensation dont je me souviens mais qui a disparu. Je masse ma nuque raide et inspire. La puanteur imaginaire est bien vite remplacée par l'odeur des meubles anciens et celle du parfum d'ambiance agrume-gingembre diffusé par les longues pailles de bambou qui trônent sur le manteau de la cheminée. Je perçois les légers effluves de fumée et de bois brûlé qui persistent du dernier feu que j'ai allumé avant que Benton quitte la ville, avant le Connecticut. Avant que je tombe malade. Je jette un regard au réveil et murmure :

— Mince !

Il est presque cinq heures du matin. J'ai dû somnoler après l'appel de Marino et il attend maintenant dans l'allée de mon garage. Je lui envoie un texto, lui demandant de patienter encore quinze minutes avant que je le rejoigne, tout en me souvenant du Marino auquel j'étais juste en train de parler, avec lequel je buvais de la bière dans l'atmosphère saturée d'humidité de Virginie. Chaque image, chaque mot de cette sorte de rêve demeure aussi vivace qu'un film, mélange d'éclats véridiques de ce qui s'est produit l'été où j'ai définitivement quitté la Virginie, dix ans plus tôt, et de fabulation tissée de mes plus profondes désillusions et peurs.

En réalité, tout est vrai, du moins dans ce que cela représente. Tout ce que j'ai su, senti durant cette période la plus sombre de ma vie. Que Benton avait été assassiné. Que j'avais été contrainte de quitter mon poste, acculée par les politiques, par des hommes blancs en costume qui n'avaient rien à faire de la vérité, rien à faire de ce que j'avais perdu, à peu près tout. Du bout des pieds, je retrouve mes chaussons. Je dois me rendre sur une scène de crime avec Marino qui vient me chercher comme jadis, à l'époque de Richmond. Il prédit que l'affaire sera épineuse et je ne doute pas un instant qu'il le souhaite. Il espère un crime sensationnel afin que rayonne à nouveau ce qu'il fut, afin d'émerger des cendres de ce qu'il croit avoir perdu à cause de moi.

— Je suis désolée, j'annonce au lévrier en le déplaçant et en me levant.

Je suis affaiblie et la tête me tourne, mais je me sens quand même mieux. Je vais bien et suis étrangement euphorique. La présence de Benton m'environne. Il n'est pas mort, merci mon Dieu, mille fois merci. Son meurtre était une mise en scène, une manigance retorse du FBI pour le protéger du crime organisé, d'un cartel français qu'il était en train de saper. On ne l'avait pas autorisé à me dire qu'il vivait, sous la protection d'un programme réservé aux témoins cruciaux. Il ne pouvait se manifester, par quelque moyen que ce fût, alors qu'il me surveillait de loin, s'assurant que j'allais bien sans que j'en aie jamais conscience. Pourtant, je sentais sa présence. Je sais que je l'ai sentie. Ce que j'ai rêvé à ce sujet était véritable. Il n'en demeure pas moins qu'existait une bien meilleure solution pour parvenir au même résultat, ce qui implique que je ne pardonnerai jamais au FBI toutes ces années qu'ils ont gâchées. Des années cruelles, blessantes alors que je croupissais, misérable, pataugeant dans les mensonges du Bureau, mon cœur, mon âme, ma destinée régentés par un immeuble monstrueux et laid, baptisé du nom de J. Edgar Hoover. Aujourd'hui, ni Benton ni moi n'autoriserions qu'une telle chose se reproduise, plus jamais. Nous sommes d'une absolue loyauté l'un envers l'autre et il me révèle des choses. Il trouve toujours un moyen de me faire comprendre ce qu'il veut que je sache, de sorte que nous n'ayons jamais à retraverser une épreuve aussi insensée et atroce. Il est en vie, en pleine forme et juste en déplacement. C'est tout, et je compose son numéro de portable juste pour lui dire qu'il me manque et lui souhaiter un presque-anniversaire. Je tombe sur sa messagerie.

Je tente ensuite de le joindre dans l'hôtel de Virginie du Nord où il séjourne, le Marriott. Il y descend toujours lorsqu'il est en déplacement avec ses collègues de l'unité d'analyse du comportement du FBI, la BAU.

— M. Wesley a réglé sa note, annonce l'employé de la réception lorsque je lui demande de me passer la chambre de mon mari.

Je ne comprends pas.

— Mais quand cela ?

— À peu près au moment où j'ai pris mon service, aux environs de minuit.

Je reconnais la voix de l'employé, une voix douce, aux inflexions mélodieuses, typiques de la Virginie. Il travaille dans le même hôtel Marriott depuis des années et je lui ai déjà parlé en maintes occasions, notamment ces dernières semaines, après le deuxième et le troisième meurtre.

— Je suis Kay Scarpetta…

— Oui m'dame, je sais. Comment allez-vous ? C'est Carl. Vous semblez avoir le nez un peu bouché. J'espère que vous n'avez pas attrapé le microbe qui traîne dans le coin. J'ai entendu dire qu'il était méchant.

— C'est gentil de vous préoccuper de ma santé mais je vais bien, merci. Mon mari a-t-il précisé pourquoi il quittait l'hôtel plus tôt que prévu ? Il devait rester chez vous jusqu'au week-end, peut-être davantage, du moins est-ce ce qu'il m'a précisé la dernière fois.

— Oui m'dame, je vérifie. À l'origine, il devait nous quitter samedi.

— En effet, dans trois jours. Eh bien, je suis étonnée. Savez-vous pour quelle raison il est soudain parti, à minuit ?

Je radote un peu, tentant d'y voir clair dans cette charade dépourvue de sens.

— M. Wesley n'a rien précisé. J'ai lu des choses au sujet des affaires sur lesquelles il travaille, enfin le peu que l'on sait. Le FBI n'est pas du genre bavard, et ça n'arrange rien si vous voulez mon avis. Je préférerais savoir ce qui se passe. Vous savez, on est pas mal à ne pas appartenir aux forces de l'ordre… je veux dire qu'on ne trimballe pas des armes ou des badges, mais on n'est pas rassurés lorsqu'il s'agit d'aller au supermarché ou dans une salle de cinéma. Il faut que je vous dise, docteur Scarpetta, que ce serait chouette de savoir ce qui se passe dans les parages, parce qu'il y a pas mal de gens inquiets, pas mal de gens qui ont vraiment la trouille, dont moi. Si ça ne tenait qu'à moi, ma femme ne sortirait plus de la maison.

Je le remercie et me sors de cette conversation aussi poliment que je le peux, tout en me demandant s'il ne s'est pas produit une nouvelle affaire. Peut-être Benton a-t-il été envoyé ailleurs ? D'un autre côté, il m'aurait prévenue, un tel départ ne lui ressemble pas. Je consulte mes mails, mais il ne m'a rien envoyé.

— Il ne voulait sans doute pas me réveiller, dis-je à mon vieux chien paresseux. C'est un des avantages lorsqu'on est malade, en quelque sorte. On se sent mal, et les gens vous font sentir encore plus mal parce qu'ils ne veulent pas vous déranger.

J'aperçois mon reflet dans la glace, pâle, vêtu d'un pyjama de soie noire froissée, mes cheveux blonds plaqués sur le crâne, les yeux bleu terne. J'ai perdu quelques kilos, hantée par des rêves, répétition d'un passé dont je songe qu'il me manque sans en être certaine. J'ai besoin d'une douche mais ça devra attendre.

J'ouvre les tiroirs de ma commode, en tire des sous-vêtements, des chaussettes, un pantalon de treillis noir, et une chemise noire à manches longues, aux armes brodées en doré du Centre de sciences légales de Cambridge. J'extirpe mon Sig neuf millimètres de ma table de nuit et le fourre dans une banane de ceinture, tout en me demandant : *Quelle importance ?* Nul ne s'intéresse à ce que je porte sur une scène de crime boueuse. En tout cas, je n'ai guère besoin d'une arme dissimulée si Marino m'accompagne.

La moindre décision me pèse, peut-être parce que je n'ai pas eu grand-chose à faire ces derniers jours. Faire réchauffer un peu de bouillon de poule, changer le bol d'eau de Sock, le nourrir, ne pas oublier sa chondroïtine associée à de la glucosamine. Boire encore et encore, autant que je peux le supporter. Ne pas toucher aux dossiers qui traînent sur le sol de ma chambre, les rapports d'autopsie et de laboratoire qui attendent que je m'intéresse à eux, pas avec cette fièvre. Et, bien sûr, juguler les pensées qui s'évadent, les rêves qui ressurgissent, en dépensant de l'argent pour tous les gens que je veux voir heureux, ces êtres pour lesquels je remercie la vie, même ceux qui m'ont déçue telles ma mère ou ma sœur Dorothy, sans oublier, peut-être, Marino.

Je suis restée confinée seule dans cette chambre. Benton se trouvait à plus de sept cents kilomètres au sud de Boston – une bonne chose, me suis-je seriné jusqu'à presque y ajouter foi. La plupart des médecins font de mauvais patients, et je suis peut-être le pire d'entre eux. Lorsque je suis rentrée du Connecticut, mon mari a décidé de quitter Washington D.C. immédiatement, et je savais qu'il ne le devait pas. Il essayait d'agir en bon époux. Il a déclaré qu'il sautait dans le premier avion mais je l'en ai dissuadé. Lorsqu'il est sur la trace d'un prédateur, il n'y a plus de place pour autre chose, pas même moi. Peu importe ce que je traverse alors, et je le lui ai affirmé.

— Je ne suis pas morte, contrairement à d'autres, ai-je tempêté au téléphone. J'ai assez pataugé dans la mort. Je l'ai côtoyée bien plus qu'on ne le devrait. Mais qu'est-ce qui ne tourne pas rond chez les gens ?

— Je rentre à la maison. Quelques jours plus tôt que prévu, et ça n'a aucune importance. Tu peux me croire. C'est affreux ici, Kay.

— Une mère s'occupe de son fils qui présente de sérieux troubles psychologiques, et elle lui apprend à se servir d'un foutu fusil d'assaut Bushmaster ? Mais où on va, là ?

— Tu as besoin de moi à tes côtés et j'ai besoin de rentrer à la maison, a-t-il déclaré.

— Et ensuite, il peut massacrer une école primaire entière et se sentir puissant pendant quelques instants avant de se suicider ?

— Je comprends ta colère, Kay.

— Mais la colère ne change rien, ça ne fait aucun bien.

— Je peux sauter dans le premier avion, ou alors Lucy viendra me chercher.

Je lui ai rappelé que la priorité pour lui et ses collègues du FBI consistait à arrêter un tueur que les médias avaient affublé du surnom de « Meurtrier Capital ».

— Benton, arrête cet *infamia bastardo* avant qu'il tue de nouveau. Je vais bien. Je peux me débrouiller. J'ai la grippe.

Certes, j'ai tenté de me débarrasser de lui simplement, insistant encore :

— En plus, je risque d'être odieuse et je ne veux pas transmettre mon virus. Ne rentre pas.

— Les choses ne se passent pas bien, ici. De pire en pire, en fait, a-t-il alors lâché. Je crains qu'il ne soit parti ailleurs, et qu'il tue là-bas en ce moment même, ou alors très prochainement. Ajoute à cela que tous les gens du BAU sont en désaccord avec moi au sujet de la moindre chose.

— Tu es toujours convaincu qu'il n'est pas de Washington D.C. ?

— Selon moi, il va et vient, ce qui expliquerait pourquoi nous n'avons pas eu de meurtres entre avril et Thanksgiving. Sept mois d'interruption et puis soudain deux coup sur coup. Il s'agit de quelqu'un qui connaît parfaitement certaines zones parce qu'il a un boulot qui exige qu'il se déplace.

Ce qu'il m'a alors révélé semblait logique. En revanche, je ne comprends par pourquoi ses collègues l'ignorent. Benton a toujours reçu le respect qu'il méritait. Plus aujourd'hui, toutefois, dans ces affaires de Washington. Je sens son exaspération qui ne fait que croître. Raison de plus pour qu'il ne s'inquiète pas de moi en ce moment. Il a eu son compte de réunions avec un groupe d'analystes d'investigation criminelle – ce que les gens nomment toujours des « profileurs » –, de théories et d'interprétations psychologiques qui proviennent en droite ligne de Boston, et non de l'unité BAU. Ed Granby a semé ses empreintes partout sur cette affaire, et c'est bien là le véritable problème. Benton doit se préoccuper de tout cela, certainement pas de sa femme.

Sock trottine derrière moi jusque dans la salle de bains. Je cligne des paupières sous l'éclairage cru du plafonnier qui se réverbère sur les vieux carreaux de faïence de métro. De grands draps de bain blancs, pliés sur un panier non loin de la baignoire, me remettent en mémoire le cadavre enveloppé du MIT.

Je repense aux victimes de la ville de Washington et à ce que j'ai retenu de ces affaires, le mois dernier, après que deux autres femmes eurent été assassinées à une semaine d'intervalle. Dois-je transmettre à Benton la photographie prise au MIT ? Cela étant, il ne me revient pas de le faire. C'est sous la responsabilité de Marino et prématuré. Surtout, je ne peux d'aucune manière divulguer des détails concernant les affaires sur lesquelles travaille Benton.

Je me passe de l'eau sur le visage pour me rafraîchir. Me revient ce que Benton a déclaré au sujet de comportements répétitifs qui vont bien au-delà des meurtres, des sacs, du ruban adhésif : chaque victime portait les sous-vêtements de la victime précédente à l'exception de la première, Klara Hembree. Elle était originaire de Cambridge, et cela me tracasse aussi.

Empêtrée dans le divorce acrimonieux qui l'opposait à son riche mari promoteur immobilier, elle avait déménagé à Washington au printemps dernier pour se rapprocher de sa famille. À peine un mois plus tard, elle était enlevée et tuée. L'ADN retrouvé sur sa culotte avait été identifié comme appartenant à une femme inconnue, d'origine européenne, et Benton est presque certain que ce détail indique qu'il y a eu d'autres victimes.

Malheureusement, il n'y a guère de possibilités de comparer ou de relier différentes affaires, parce que le FBI n'a lâché les informations qu'au compte-goutte. Rien n'a été communiqué aux médias au sujet des sacs ou du ruban adhésif. Il n'a pas été fait mention d'un drap blanc, et encore moins des sacs, en plastique transparent, ornés de l'hologramme d'une pieuvre, une tête oblongue et des tentacules iridescents.

Klara Hembree a été assassinée en avril dernier, et deux autres femmes ont suivi un mois avant Thanksgiving – Sally Carson, professeur, et Julianne Goulet, pianiste concertiste. Ces deux femmes, tout comme la première, semblent avoir été suffoquées à l'aide d'un sac en plastique provenant d'une boutique de Washington, spécialisée dans les arts du bain, Octopus. Le magasin a été cambriolé il y a environ un an. Des cartons de sacs à leur enseigne et d'autres articles ont été dérobés de la baie de chargement. Benton est convaincu que le tueur est en surenchère, qu'il a complètement perdu le contrôle de lui-même, mais le FBI ne l'écoute pas, pas plus que sa suggestion répétée de rendre publics certains détails.

Peut-être d'autres départements de police ont-ils été confrontés à un crime similaire... Cependant, les arguments de Benton continuent d'être systématiquement balayés par son patron, Ed Granby. Celui-ci a ordonné qu'il n'y ait absolument aucun partage d'informations concernant l'enquête au sujet de l'ancienne résidente de Cambridge, Klara Hembree. Du coup, on ne peut pas non plus révéler quoi que ce soit à propos des deux dernières victimes. Des détails pourraient être montés en épingle par les médias, inspirer un imitateur, un *copycat*. Granby ne bougera pas d'un iota, fermement campé sur sa position. Alors même que son argument est recevable, il a complètement bloqué l'enquête, selon Benton.

Depuis qu'Ed Granby a repris l'antenne FBI de Boston à l'été dernier, Benton s'est senti de plus en plus ostracisé, marginalisé. Je n'ai cessé de lui rappeler que certaines personnes sont jalouses, manipulatrices, et qu'elles ne fonctionnent que dans la compétition. Il s'agit là d'une des affligeantes réalités de la vie. Il n'en demeure pas moins qu'aujourd'hui, les deux hommes se méprisent cordialement, une des raisons probables – quoique non avouées – pour lesquelles mon mari veut rentrer à la maison. Ce n'est pas simplement parce que je suis malade ou que l'on célèbre son anniversaire demain, ni même parce que les fêtes approchent. Je l'ai senti terriblement malheureux lorsque je lui ai parlé la dernière fois, m'attendant presque à ce qu'il débarque d'une minute à l'autre, à moins que je ne réécrive l'histoire à ma convenance. Il est parti pour Washington il y a à peu près un mois, et il me manque vraiment.

Je repasse dans la chambre, escortée de Sock. Marino devra patienter quelques minutes. Récupérant mon iPad sur le lit, je me connecte à la banque de données de mes bureaux et retrouve les documents que Benton a scannés à mon intention le mois dernier. Je les passe rapidement en revue. Les trois homicides se déroulent dans mon esprit comme s'ils se produisaient sous mes yeux et certains détails m'intriguent toujours autant. Je les imagine de la même façon que la première fois, me fiant à tout ce que je connais de la biologie, à tout ce qu'elle implique ou rend impossible. Je vois ces femmes périr. Je les vois.

Une femme, la tête recouverte d'un sac en plastique transparent, retenu par du ruban adhésif serré autour de son cou, un ruban très particulier orné d'un motif de dentelle noir. Le plastique suit les mouvements rapides de son souffle, les yeux de la femme s'emplissent de panique cependant que son visage prend une couleur bleu-rouge. La pression augmente, provoquant des hémorragies pétéchiales qui parsèment ses joues, ses paupières, pointillé rouge vif signalant la rupture des vaisseaux. Elle se débat pour rester en vie mais ses entraves l'en empêchent. Et puis le silence retombe et elle reste immobile pour le dernier acte. Un nœud décoratif est fabriqué grâce au même ruban adhésif et attaché sous son menton, le tueur emballant son révoltant présent.

Et pourtant, les paramètres physiques sont incohérents avec ce que je m'attendais à trouver. Ce qu'ils disent ressemble à un mensonge. Les victimes auraient dû se débattre frénétiquement. Elles auraient dû tenter de respirer avec l'énergie du désespoir, or aucun indice ne corrobore ce scénario. Ainsi que Benton le dit, on pourrait presque croire qu'elles se sont laissé faire, qu'elles souhaitaient mourir, alors que je suis bien certaine que tel ne fut pas le cas.

Il ne s'agit en aucun cas de suicides, mais de meurtres sadiques. Le tueur a certainement limité leurs mouvements, peut-être à l'aide de liens qui ne laissent pas de marque. Toutefois, je ne parviens pas à me représenter leur nature. Même le matériau le plus doux, le plus souple laissera un hématome ou une égratignure si la victime panique et se débat. Comment se fait-il que le ruban adhésif n'ait provoqué aucune blessure ? Comment parvient-on à suffoquer quelqu'un sans laisser aucun indice trahissant cette mise à mort ?

Les corps ont été retrouvés dans des parcs publics, en Virginie du Nord et dans le Maryland du Sud. Je continue à faire défiler rapidement ce que Benton m'a envoyé fin novembre, consciente que je dois me dépêcher et que je ne peux pas révéler à Marino ce qui me trotte dans l'esprit. Trois parcs différents, deux avec un lac, un troisième équipé d'un terrain de golf, tous trois très proches de voies ferrées et situés à environ trente kilomètres de Washington D.C. Sur les photographies de scène de crime, les différentes victimes n'étaient habillées que d'une culotte, identifiée ultérieurement comme ayant appartenu à la victime précédente, sauf dans le cas de l'ancienne résidente de Cambridge, Klara Hembree. L'empreinte ADN réalisée à partir de la culotte qu'elle portait désigne un donneur de sexe féminin, d'origine européenne – une blanche, en d'autres termes.

Je clique sur les photographies. J'examine des visages morts qui me regardent, derrière un sac plastique à l'enseigne de la boutique Octopus, située non loin de Lafayette Square, à quelques rues de la Maison-Blanche.

Rien n'indique qu'il y ait eu agression sexuelle, puisque aucun indice – ou très peu – n'a été recueilli sur les corps, à l'exception de deux types de fibres Lycra, l'une de teinture bleue et l'autre blanche. La morphologie de ces fibres est légèrement différente dans les trois cas. Il a été envisagé qu'elles pouvaient provenir de vêtements de sport portés par le tueur, ou peut-être d'une garniture de fauteuils de son domicile.

Je m'assieds sur le canapé pour me vêtir, économisant mes forces, avant de m'aventurer sur un terrain de sport du MIT pour examiner un cadavre auquel je dois arracher la vérité, ainsi que je l'ai fait des milliers de fois durant ma carrière. Sock saute sur le canapé et pose son museau grisonnant sur ma cuisse. Je caresse sa tête allongée et duveteuse, prenant garde de ne pas lui faire mal puisque ses oreilles ont été mutilées durant sa vie antérieure de chien de course.

— Il va falloir que tu te lèves, lui dis-je. Je dois te sortir, et puis je dois aller travailler. Et je ne veux pas que tu te rendes malade à ce sujet. Tu promets, n'est-ce pas ?

Je le rassure en lui expliquant que notre employée de maison, Rosa, arrivera bientôt et qu'elle lui tiendra compagnie.

— Allez. Ensuite tu auras ton petit déjeuner et tu iras faire une sieste. Je serai de retour avant même que tu ne te rendes compte de mon absence.

J'espère que les chiens ne perçoivent pas les mensonges. Rosa n'arrivera pas avant quelques heures et je ne serai pas de retour sans que Sock se soit rendu compte de mon départ. Il est très tôt et la journée s'annonce longue. Une alerte de message sonne sur mon téléphone, un texto de Marino : *Bon, ben vous arrivez ou quoi ?* Je lui réponds : *Prête.*

J'ajuste la ceinture de nylon de ma banane autour de ma taille, et ouvre un des doubles-rideaux.

Chapitre 5

La pluie tourbillonne en voiles autour des lumières qui pointillent la rue, devant notre demeure de style fédéral du centre de Cambridge, qui s'élève non loin de la Divinity School de Harvard et de l'Académie des arts et des sciences.

Marino descend d'un SUV qui ne lui appartient pas. La Ford Explorer noire ou bleu marine est garée dans mon allée qui se transforme en piscine, ses vieilles briques semblant bouillir sous l'impact des lourdes gouttes de pluie. Il ouvre une des portières passager, ignorant que je le regarde depuis la fenêtre du premier étage, désireux d'oublier ce que je ressens lorsque je le vois, indifférent à ce qui peut m'affecter.

Il ne m'a jamais annoncé son départ. Inutile, d'ailleurs, puisque j'étais au courant. Le département de police de Cambridge n'aurait pas été un instant intéressé par sa requête de dispense, et aucune lettre de recommandation, aussi superlative soit-elle, n'aurait eu d'incidence si je n'avais personnellement appuyé sa candidature pour un transfert vers leur unité d'enquête. Quand je pense que c'est moi qui lui ai obtenu son nouveau boulot ! Quelle ironie.

Au fond, j'ai fait du lobbying pour le compte du commissaire divisionnaire de Cambridge et pour le *district attorney* local, insistant sur le fait que Marino représentait le parfait postulant. Fort de sa vaste expérience et de son passé, il n'était pas souhaitable qu'il repasse par l'académie de police, en compagnie des nouvelles recrues, et qu'avait-on à faire de la limite d'âge ? Marino était exceptionnel, bref une perle. Je l'ai aidé de toutes mes forces parce que je veux qu'il soit heureux. Je refuse qu'il m'en veuille encore, ou me reproche quoi que ce soit.

Je ressens un petit tiraillement de tristesse et de colère tandis qu'il ouvre la cage du chien installée à l'arrière du véhicule pour laisser sortir son berger allemand, un sauvetage qu'il a baptisé Quincy. Il accroche la laisse au harnais et je perçois le choc sourd de la portière qui se referme sous la pluie obstinée. Mon regard se faufile par la vitre, puis au travers des branches dénudées d'un vieux chêne. Je regarde cet homme que j'ai fréquenté la majeure partie de ma vie professionnelle alors qu'il emmène son chien en promenade, encore un chiot, et le dirige vers les buissons.

Ils suivent le chemin délimité par les vieilles briques, et l'éclairage à capteur de mouvement s'allume, saluant l'approche du détective Pete Marino de la police de Cambridge. Sa large carrure est encore exagérée par l'ombre qu'il projette, alors qu'il se tient sur les marches du porche, inondé par la lueur de lampes à gaz en acier patiné. Les griffes de Sock crissent sur le plancher. Le lévrier me précède vers l'escalier. Je m'adresse au vieux chien aussi silencieux qu'une image :

— Selon moi, ça ne fonctionnera pas de la façon qu'il croit. En réalité, il a pris sa décision pour les mauvaises raisons.

Mais bien sûr, Marino n'en a pas conscience. Il s'est persuadé qu'il a quitté la police dix ans plus tôt contre sa volonté, influencé par mon idée. Si on le soumettait au détecteur de mensonges et qu'on lui demandait : « Selon vous, toutes vos déceptions sont-elles dues à Kay Scarpetta ? », il répondrait par l'affirmative et le polygraphe attesterait qu'il s'agit de la vérité.

J'allume les lumières et les vitraux français qui ornent les paliers s'illuminent, scènes sylvestres colorées de nuances chaudes et brillantes.

Une fois parvenue dans l'entrée, je désactive le système d'alarme et ouvre la porte. La grande carcasse de Marino se découpe sur le seuil, son chien tout en pattes tirant désespérément sur sa laisse pour nous offrir, à Sock et à moi, un bonjour joyeux et désordonné.

— Entrez. Sock doit aller faire ses besoins et il faut que je le nourrisse.

Je commence à réunir mon équipement rangé dans le placard du vestibule.

— Vous avez une sale tête.

Marino repousse la capuche de son coupe-vent imperméable. Son chien porte une sorte de manteau de travail sur lequel est inscrit en larges lettres blanches d'un côté *EN APPRENTISSAGE*, et de l'autre, *NE PAS CARESSER*.

Je tire ma grosse mallette de scène de crime, une lourde boîte à outils en plastique épais que j'ai achetée pour une bouchée de pain, comme beaucoup des instruments médico-légaux dont je me sers et que j'ai trouvés chez Walmart, Home Depot, ici ou là. Pourquoi dépenser des centaines de dollars pour une scie ou un burin chirurgicaux si je peux les trouver pour trois fois rien, avec un résultat similaire.

Marino me détaille depuis le porche d'un regard impavide, comme dans mon rêve.

— Je veux pas tremper le sol.

— Ne vous inquiétez pas de cela. Rosa vient aujourd'hui. De toute façon, l'endroit est sens dessus dessous. Je n'ai même pas eu le temps d'acheter un sapin de Noël.

— On dirait que Scrooge vit ici.

— Pas faux ! Allez, entrez, il fait trop mauvais dehors.

— Le ciel devrait se dégager assez vite.

Marino essuie ses grands pieds sur le paillasson, ses boots de cuir résonnant lourdement.

Je m'assieds sur le tapis alors qu'il entre et referme la porte derrière lui. Quincy tire dans ma direction, sa queue bat frénétiquement, heurtant à chaque oscillation le porte-parapluie. Marino, le maître-chien, ou plus exactement ce que Lucy appelle le « chauffeur du chien », le retient et lui ordonne de s'asseoir. Le chien n'obéit pas.

— Assis ! répète Marino avec fermeté. Couché, ajoute-t-il d'un ton presque désespéré.

— Que savons-nous de plus sur cette affaire, en dehors de ce que vous m'avez raconté au téléphone ? D'autres détails au sujet de la victime, Gail Shipton, s'il s'agit bien d'elle ?

Sock s'est aplati sur mes genoux, tremblant de tout son corps parce qu'il sait que je vais partir.

— Y a une contre-allée derrière le bar avec une petite zone de parking, déserte, et pas mal des lumières de la rue ont grillé, décrit Marino. Ça me semble évident que c'est là qu'elle est allée pour discuter au téléphone. J'ai localisé l'appareil, et une chaussure qui lui appartenait.

J'enfile des boots en nylon noir, isolantes et imperméables, qui montent au-dessus des chevilles.

— Vous êtes sûr que ces objets lui appartiennent ?

— Le téléphone, ça, c'est certain.

Il fouille dans sa poche à la recherche d'un biscuit, en coupe un morceau et Quincy s'assied enfin, adoptant ce que j'ai appelé sa « position d'alerte ». Prêt à s'élancer.

— Et ces friandises que je vous ai données ? À base de patate douce, toute une boîte…

— Ben, j'en ai plus.

— Ce qui prouve que vous lui en donnez trop.

— Ouais, mais il grandit encore.

— Si vous continuez à ce rythme, il est certain qu'il va grandir mais en largeur, pas en hauteur.

— En plus, ça lui nettoie les dents.

— Et le dentifrice pour chien que je vous ai préparé ?

— Il aime pas ça.

Je noue mes lacets.

— Son téléphone n'est pas protégé par un mot de passe ?

— J'ai mes petites astuces pour en venir à bout.

Lucy, selon moi. Marino serait-il déjà en train d'importer les vieilles ruses de ma nièce dans sa nouvelle affectation, alors que nous savons tous que ses tours ne sont pas nécessairement légaux ?

— Marino, prenez garde à ce que vous ne voudriez pas devoir justifier devant la cour.

— Les gens peuvent pas demander ce qu'ils ne savent pas.

À son attitude, il est clair qu'il ne veut pas de mes conseils. Pourtant, je ne peux m'empêcher de lui parler de la même façon que lorsqu'il était sous mes ordres. Il n'y a pas un mois de cela.

— Je suppose que vous avez d'abord relevé les empreintes digitales et l'ADN sur le téléphone ?

— Ouais, sur le téléphone et sur sa protection.

Je me redresse et il me montre la photographie d'un Smartphone protégé par une coque noire, abandonné sur le bitume craquelé et humide non loin d'une benne à ordures. Il ne s'agit pas d'un étui classique, mais d'une protection résistante aux chocs et à l'eau, avec une face écran rétractable, ce que Lucy appelle la « qualité militaire ». En bref, il s'agit des coques qu'elle et moi possédons, et ce détail trahit quelque chose d'important à propos de Gail Shipton. Il est peu fréquent que des gens s'équipent d'une telle protection.

— J'ai son journal d'appels.

Marino m'explique alors comment il est parvenu à extraire le mot de passe et d'autres données en utilisant un analyseur physique qu'il n'est pas supposé détenir.

Une invention de Lucy. Un scanner mobile qu'elle a modifié pour parvenir à ses fins, ce qui dans son cas se résume au piratage. Abandonnez ma nièce seule en présence de votre Smartphone ou de votre ordinateur durant cinq minutes et elle saura tout de votre vie.

Les yeux fixés sur la banane attachée autour de ma taille, Marino déclare :

— Gail a passé un dernier appel hier après-midi, à dix-sept heures cinquante-trois. À Carin Hegel, qui venait juste de lui envoyer un texto pour lui demander de la rappeler. Et depuis quand vous vous trimballez avec un flingue, bordel ?

— Carin Hegel, l'avocate ?

— Vous la connaissez ?

— Fort heureusement, je n'ai jamais été impliquée dans de grands procès, donc non. Mais je l'ai rencontrée un certain nombre de fois.

Dont la dernière, dans l'immeuble abritant la cour fédérale de justice de Boston. Je tente de me souvenir quand.

Tôt dans le mois, deux semaines auparavant, peut-être. Nous nous sommes croisées dans le petit café du premier étage et elle a précisé se trouver là pour une audience avant procès. L'affaire impliquait une compagnie fiduciaire qu'elle avait décrite comme « une bande de voyous ».

— J'suis quasi certain que Gail a quitté le Psi Bar, s'est avancée jusqu'au parking, derrière. Bref, à peu près ce que m'a confié son amie Haley Swanson, continue Marino. Gail a répondu à l'appel d'un correspondant au numéro masqué et a dû sortir du bar parce qu'elle entendait mal. Sur le journal d'appels, il est juste mentionné *inconnu* et *téléphone mobile*. Et l'écran indique la date, l'heure, et la durée de l'appel, dans ce cas dix-sept minutes.

Il offre un autre morceau de biscuit à Quincy.

— Gail a mis fin à cet appel lorsqu'est arrivé le texto de Carin Hegel. Elle a tenté de la rappeler et cette autre communication n'a duré que vingt-quatre secondes. Je trouve ça très intéressant. Soit elle a pas réussi à la joindre et a laissé un message, soit elle a été interrompue.

Un malaise m'envahit et je conclus :

— En d'autres termes, nous devons contacter Carin Hegel.

L'avocate m'avait révélé autre chose alors que nous étions en train de régler nos cafés au tribunal, il y a quelques semaines de cela. Elle avait souligné qu'elle n'habitait plus chez elle. J'en avais déduit qu'elle séjournait dans un endroit très discret où elle prévoyait de rester le temps que durerait le procès.

Il n'était pas prudent pour elle de conserver ses habitudes, m'avait-elle alors précisé. Ce serait tellement pratique si elle pouvait décéder dans un accident de voiture en ce moment, avait-elle plaisanté d'un ton qui n'avait rien de léger. Elle me prévenait de façon amicale, dans l'éventualité où elle atterrirait dans ma morgue sans rendez-vous et horizontalement, avait-elle ajouté, pensant peut-être faire un mot d'esprit et, pour le coup, c'est moi qui n'avais pas trouvé ça drôle. De fait, rien dans cet échange ne relevait de l'humour.

— Je lui ai déjà laissé un message en lui demandant de me rappeler aussi vite que possible, dit Marino.

— Avez-vous mentionné que quelque chose aurait pu arriver à sa cliente dans votre message ?

— Ouais. Mais bon, elle me connaît pas et je sais pas si elle me rappellera ou si elle demandera à une fichue secrétaire de s'en charger. Vous savez comment sont ces avocats haut de gamme, lâche Marino pendant que j'enfile mon manteau. La chaussure se trouvait à proximité du téléphone, trempée par la pluie, mais il ne semble pas qu'elle ait traîné dans cet endroit très longtemps. Quelques heures peut-être, certainement pas plusieurs jours, ajoute-t-il. Je pense que quelqu'un a empoigné

Gail. Elle s'est débattue, a fait tomber le téléphone et a perdu une de ses godasses. Mais bordel, pourquoi vous trimballez un flingue ?

— À quoi ressemble la chaussure ?

Il ouvre une nouvelle photographie stockée sur son téléphone pour me montrer une sorte de mocassin vert en imitation crocodile, renversée sur le bitume sale et mouillé.

— Le genre qui peut quitter facilement le pied, contrairement à des boots, à des chaussures à lacets ou à fermeture Éclair.

— Tout juste, Doc. Moi, ça me dit qu'elle s'est débattue quand quelqu'un a tenté de la traîner de force vers sa bagnole.

— Personnellement, je ne sais pas ce que cela nous dit. Pas d'autres effets personnels ?

— Il est possible qu'elle ait porté un sac marron en bandoulière. Du moins en avait-elle un, et on ne l'a pas retrouvé dans son appartement. D'après la déclaration de son amie Haley.

— Celle à qui vous n'avez pas reparlé depuis une heure du matin.

— Y a jamais que soixante minutes par heure. Celui qui a enlevé Gail a dû embarquer son sac.

Marino tend à Quincy un autre morceau de biscuit. Nous en sommes donc à trois en moins d'un quart d'heure.

— Et personne ne l'a entendue hurler ? Un individu l'empoigne ou la traîne de force vers une voiture, le tout dans un quartier très fréquenté de Cambridge et durant le *happy hour*, et personne ne remarque rien ?

— Le bar était très bruyant. Ça dépend aussi de la quantité d'alcool qu'elle avait descendue.

— Bien sûr, l'ébriété l'aurait rendue bien plus vulnérable.

Il s'agit d'une évidence que je répète depuis des années. Les violeurs, les meurtriers, bref tous les agresseurs préfèrent que leur victime soit ivre ou droguée. Une femme qui sort d'un bar non accompagnée en titubant fait une proie idéale.

— Ça doit être assez désert, derrière le bar, la nuit, précise Marino. Y a rien d'autre qu'un petit passage qui file vers Massachusetts Avenue. En gros, c'est super simple pour un sale type d'aboutir sur ce parking et d'en repartir. Faut vraiment être idiote pour aller discuter au téléphone, en pleine obscurité, dans ce genre d'endroit, et il devait faire nuit noire à cinq heures trente, six heures.

— Ne commençons pas à rendre la victime responsable.

J'avance dans le couloir, talonnée par Sock, m'arrêtant un instant pour rectifier les eaux-fortes victoriennes suspendues aux murs lambrissés.

J'ai l'impression que l'humidité et la poussière m'environnent. Mon petit univers privé me semble négligé, en désordre, peut-être un effet de mon imagination. Cependant, pas une seule bougie ou ampoule de fête n'est allumée. Une odeur d'abandon règne dans la maison, rien ne mijote dans la cuisine, aucun son de vie ne me parvient. D'ailleurs, depuis que je suis rentrée du Connecticut, rien ne semble avoir fonctionné normalement.

— Elle aurait jamais dû s'éloigner, poursuit Marino. Elle aurait jamais dû être pendue au téléphone, sans faire attention à ce qui se passait alentour, ajoute-t-il en haussant la voix.

Chapitre 6

La cour-jardin située à l'arrière de la maison est presque inondée. Les rafales de vent maltraitent les arbres et l'écho de la pluie me semble anormalement fort. Elle grésille sur les pavés du patio situé à l'arrière, évoquant le crépitement d'une huile trop chaude. L'air est imprégné d'une humidité brumeuse.

Les maisons alentour sont plongées dans l'obscurité, les décorations lumineuses de Noël sont éteintes de minuit jusqu'à l'aube. Je connais leurs cycles, maintenant. Depuis que je suis alitée, j'ai reproduit chaque jour la même routine lorsque je sortais Sock. Je monte la garde dans l'encadrement de la porte, ma main gauche reposant sur la banane serrée autour de ma taille. J'ai conscience du poids du pistolet alors que mon timide lévrier traumatisé trottine vers son coin favori, reniflant derrière les buis, disparaissant par intermittence dans des recoins obscurs où je ne peux plus l'apercevoir. Il semble être devenu un expert lorsqu'il s'agit d'éviter les zones de la cour qui sont équipées d'éclairage à détecteur de mouvement.

Je tente de percer les ombres épaisses jusqu'au vieux mur de brique qui sépare notre propriété de celle de nos voisins. Peut-être la remarque de Benton, l'autre jour, est-elle justifiée. Ma vigilance semble accrue. Il a précisé qu'avec tout ce qui se produisait, il n'était pas étonnant que je me sente à vif et inquiète. Je ne l'ai pas contredit, pas plus que je n'ai offert de détails. Il a assez de soucis et je ne voulais pas en ajouter. Il n'en demeure pas moins que je ne parviens pas à me débarrasser de cette sensation alors que mon regard fouille l'obscurité pluvieuse. J'ai l'impression que quelqu'un me surveille. Je suis sur le qui-vive depuis mon retour du Connecticut.

J'ai entendu des bruits, des bruits subtils, une brindille qui craquait, le geignement des feuilles mortes dérangées, et je redoute maintenant de sortir Sock à la nuit tombée, d'autant que cette perspective semble le terroriser lui aussi. Il déteste l'hiver et le mauvais temps. M'efforçant à la logique, j'en suis venue à penser que l'espèce de trouble qui m'habite l'influençait probablement. Il lève le museau, flaire le vent comme s'il cherchait une trace et mon cœur se serre. Il se raidit soudain et saute vers moi, toujours plantée dans l'embrasure de la porte. La queue rabattue entre les pattes, il tente de se faufiler pour rentrer à la maison ainsi qu'il le fait depuis plusieurs jours.

— Va faire tes besoins, je lui ordonne. Tout va bien. Je suis là.

Je scrute la nuit, tentant de localiser ce qui a pu l'effrayer, dans l'éventualité où il s'agirait de quelque chose d'autre que moi. Mais quoi ? Un raton laveur, une chouette, un écureuil ?

Sans quitter mon prudent poste d'observation, je tends l'oreille, mais je n'entends rien d'autre que le bruyant clapotement de l'eau sur les pavés. La lumière filtre par la porte ouverte, éclairant avec parcimonie un tapis d'herbes et de feuilles enchevêtrées et détrempées et la silhouette du muret de pierre qui entoure le magnolia planté au centre de la cour. Au-dessus de moi, les vitraux français scintillent, tels des joyaux. Leurs reflets chatoyants attirent l'attention et signalent lorsque je suis chez moi ou lorsque je sors le chien. Je pourrais aussi bien faire une annonce publique aux individus animés de mauvaises intentions. Il serait bien plus raisonnable de ne pas allumer les lumières de l'escalier. Cependant, je m'y refuse. Les teintes pleines de vie et les animaux mythiques me réconfortent et me procurent un immense plaisir. Je refuse de me laisser dominer par une peur irrationnelle. Je ne tolérerai pas que des monstres, ou même la simple pensée d'eux, me privent d'encore plus qu'ils ne l'ont déjà fait.

— Que se passe-t-il ? Oh, mais viens, à la fin !

Je m'écarte de la porte qui donne sur l'arrière et Sock me suit dans la cour, sa truffe frôlant ma jambe. Je m'adresse à lui avec un calme et un détachement que je suis bien loin de ressentir :

— Allez.

Mon esprit me serine que tout est normal, mais une autre zone de mon cerveau crie que quelque chose ne va pas. Je le ressens très profondément, et ce n'est pas la première fois. Des bourrasques de vent chargé de pluie secouent les branches épaisses et les feuilles d'un vert profond du magnolia. Mon pouls s'accélère. La tempête mugit, semblant s'attaquer au toit, aux buissons, et mon corps réagit à quelque chose que je ne parviens pas à identifier.

Une pierre ou une brique choit dans un tintement de l'autre côté du mur sombre. Un frisson électrise mon crâne. Mes jambes sont lourdes. Cependant, l'époque où la terreur m'empêchait de bouger ou de respirer appartient à mon enfance. J'ai vécu tant de choses qui ont fini par durcir une partie primitive de moi, au point qu'elle est devenue réfractaire à la panique. J'ouvre la banane et en tire l'arme, rabattant ma capuche afin d'escorter Sock jusqu'au banc de pierre poussé sous le magnolia. Des arbustes nous environnent.

— Allez. Je suis là.

Il s'accroupit non loin d'épais buis, ses oreilles couchées vers l'arrière. Son regard ne me lâche pas.

De grosses gouttes d'eau glacée s'écrasent sur la capuche imperméable qui me protège et je demeure immobile, scrutant autour de moi. Je détaille le mur. J'écoute et j'attends. Je me rends compte avec consternation que je n'ai pas armé le pistolet et qu'il me sera difficile d'actionner la culasse. Le Sig est mouillé. Quelle bêtise de ne pas l'avoir armé avant de sortir. Sock se rue soudain vers la porte et je le suis sans jamais tourner le dos au mur qui sépare notre cour de la propriété voisine.

Je la ressens dans chacune de mes fibres, une présence malveillante tapie dans l'obscurité derrière le mur, si proche que je peux presque la sentir, une désagréable odeur électrique comme en produit un vieil appareil qui court-circuite. L'odeur que perçoivent certains sujets lorsqu'ils vont avoir une crise d'épilepsie, mais je ne fais que l'imaginer. Il n'y a aucune odeur, juste celle un peu musquée des feuilles mortes détrempées et celle de l'ozone de la pluie. Cette pluie qui tambourine sans répit, escortée d'un vent glacial et humide. Tout ce qui a pu bouger reste maintenant silencieux et immobile. Seules les lois de la physique ont déplacé les choses.

Comme lorsqu'on retrouve une pièce de monnaie sur un tapis sans avoir la moindre idée de la façon dont elle a pu atterrir là, alors que la dernière fois qu'on l'a vue, elle traînait sur le plateau d'une commode, me dis-je pour me rassurer.

Je regarde autour de moi et ne remarque rien d'anormal. Je pénètre à l'intérieur de la maison, referme la porte et la verrouille. Par l'œilleton, j'épie la cour déserte, puis essuie Sock, tout en le complimentant pour ses besoins. Je nettoie le pistolet et le replace dans la banane. Je regarde à nouveau par l'œilleton et, d'un geste inconscient, j'entoure la poignée de ma main avant de réaliser ce que je suis en train de voir. La silhouette qui se dresse de l'autre côté du mur est celle d'un homme jeune, tête nue, petit et au teint clair, peut-être un adolescent, j'en suis presque certaine. Durant un instant, il dirige son regard vers la porte, vers moi qui le surveille par l'intermédiaire du judas. J'aperçois sa chair blafarde et les trous d'ombre de ses orbites, puis j'ouvre à la volée et il détale. Je crie :

— Hé !

Il disparaît aussi soudainement qu'il était apparu.

*

Je pénètre dans la cuisine équipée d'appareils ménagers en acier inoxydable, d'éléments de vieux bois, illuminée par d'anciens chandeliers d'albâtre champagne.

Marino est en train de remplir son verre d'eau gazeuse, n'hésitant pas à se servir seul. Il doit penser que je me suis énervée contre Sock. Ce dernier se dirige vers ses gamelles posées sur un tapis de sol et s'assied d'un air plein d'espoir.

— Qu'est-ce qui se passe ?

— Nous avons eu un visiteur. Probablement un jeune homme, blanc, aux cheveux bruns, me semble-t-il, peut-être un adolescent. Il se tenait derrière le mur. Je me demande s'il n'est pas resté là durant toute la promenade de Sock. Puis, il s'est sauvé.

— Sur votre propriété ? s'emporte Marino en reposant son verre et la bouteille, prêt à se ruer vers l'arrière de la maison.

— Non.

Je me sens étonnamment calme, confortée, d'une certaine manière. Après tout, mon imagination ne me jouait pas de tours.

— Il se tenait derrière le mur, dans le jardin de mes voisins, j'explique en suspendant la serviette mouillée à une barre de placard.

— Ben alors, pas une violation de propriété en ce cas. Du moins pas de votre propriété.

— J'ignore ce qu'il fabriquait.

— Vous êtes certaine qu'il s'agit pas de votre voisin ?

— À cette heure et par ce temps ? Et pourquoi mon voisin se cacherait-il derrière le mur pour s'enfuir ensuite ? Je n'ai pas eu le sentiment de connaître cet individu, mais d'un autre côté je n'ai pas pu le détailler.

Je prends mon sac à main posé sur le comptoir, non loin du téléphone, et en extirpe mon portefeuille, mes papiers d'identité, dont ma carte de médecin expert en chef, sans oublier mes clés.

— Donc un jeune homme qui ne semblait pas du coin. Vous êtes formelle ? insiste Marino en replaçant la bouteille dans un réfrigérateur, pas celui dont il l'avait tirée.

— Je ne suis sûre de rien, hormis ce que je viens de vous dire.

Je récupère mon badge du CFC, protégé d'un étui et pendu au bout d'un cordon. Une puce de radio-identification est incluse dans le plastique. Je poursuis :

— Quoi qu'il en soit, depuis que je suis chez moi, j'ai éprouvé une étrange sensation, l'intuition que quelqu'un surveillait la maison. Et le comportement de Sock n'a pas non plus été normal durant ces derniers jours.

Marino réfléchit quelques secondes, soupesant les différentes options. Il pourrait se ruer dans l'obscurité pluvieuse et faire un tour de ronde pour débusquer l'individu que j'ai entraperçu, mais aucun crime ou délit n'a été commis, du moins pour ce que nous en savons. De surcroît, je suis presque certaine que mon rôdeur a disparu, ainsi que je l'explique à Marino. Je lui indique qu'il s'est sauvé en direction de l'Académie des arts et des sciences, une étendue plantée de bois touffus qui se poursuit plus au nord, après Beacon Street et la voie ferrée, par Somerville. En d'autres termes, il est sans doute sorti de la juridiction de Cambridge. Il pourrait se trouver à peu près n'importe où maintenant.

— Peut-être un gamin à l'affût d'un coup facile, du genre « je pète une vitre et je fauche tout ce qui me tombe sous la main », suggère Marino.

Je récupère une petite torche très puissante à LED dans un tiroir de la cuisine et m'assure que les piles fonctionnent encore pendant qu'il enchaîne :

— Surtout à cette époque de l'année, on a plein d'actes de vandalisme, de vols dans les voitures, de fenêtres explosées, avec des gosses qui piquent des ordinateurs portables, des iPad, des iPhones. Vous seriez sciée si vous saviez combien de gens riches de Cambridge n'ont pas de système d'alarme, lâche-t-il comme si je n'avais aucune idée de ce qui se passe dans la ville où je vis et travaille. Ces gosses repèrent une maison, se débrouillent pour savoir où se trouvent les appareils électroniques, et puis ils explosent une fenêtre, raflent tout ce qu'ils peuvent et se barrent à la vitesse de l'éclair.

— Nous faisons de très mauvais candidats pour ce genre de délit. Il est évident que la maison est protégée par un système d'alarme. Il y a des pancartes dans le jardin, et si quelqu'un regarde par une fenêtre, il verra très vite les pavés numériques scellés aux murs avec les témoins rouges qui indiquent que la maison est sous surveillance.

Je récupère mon sac de nylon à longue bandoulière accroché dans le cellier, celui que j'emporte toujours lorsque je souhaite voyager léger.

— Vous la branchez toujours quand vous êtes chez vous, hein ?

— Surtout quand je suis seule.

Mais enfin, il le sait très bien !

— Et vous avez commencé à avoir cette étrange intuition après le départ de Benton pour Washington ?

— Non, un peu plus tard. Ça fait environ un mois qu'il est parti, juste après les deux derniers meurtres. Je ne pense pas avoir remarqué quelque chose d'inhabituel à ce moment-là.

Il tâte le terrain pour déterminer si les affaires sur lesquelles travaille Benton m'ont effrayée, ces enlèvements suivis d'assassinat dont Marino ignore tout, hormis le peu qui a été rapporté aux informations.

— D'accord. En ce cas, quand avez-vous commencé à ressentir cette sensation bizarre ?

— Depuis mon retour du Connecticut. En réalité, ça a commencé samedi soir.

Mon portefeuille, mes clés, mes papiers d'identité, le badge et la torche rejoignent le fond de mon sac qui épouse ma hanche lorsque je passe la bandoulière par-dessus mon épaule.

Marino me scrute et je sais ce qu'il a conclu. Le week-end que j'ai passé m'a traumatisée, je me montre paranoïaque, et par-dessus tout, je ne me sens plus autant en sécurité que lorsqu'il travaillait pour moi. Il veut se convaincre que son absence me marque profondément, que ma vie n'est plus aussi stable et rassurante qu'auparavant. Et sur ce point, il a raison. J'ouvre le placard scellé au-dessus de l'évier.

— Ben, c'est compréhensible, bougonne-t-il.

— Ce que j'ai ressenti n'a rien à voir avec cela, je vous l'assure.

Je dépose une conserve de nourriture pour Sock et une paire de gants d'examen en nitrile gris sur le comptoir.

— Vraiment ? Alors, vous pouvez me dire pourquoi vous pensez soudain nécessaire de trimballer un flingue sur une scène de crime ? Surtout une scène de crime où je vous accompagne ?

Il continue de me pousser dans mes retranchements parce qu'il veut croire que j'ai peur.

Surtout, il veut croire que j'ai besoin de lui.

— Et puis d'abord, vous n'aimez même pas les flingues, lâche-t-il.

Je contre, suivant le rythme de l'ouvre-boîte qui fend le métal :

— Le problème n'est pas ce que j'aime. Je ne pense pas que l'on doive éprouver des sentiments pour les armes à feu. L'amour, la haine, l'affection ou le dédain devraient être réservés aux gens, aux animaux de compagnie, à la nourriture. Pas aux armes.

— Et depuis quand vous en portez une, et que vous déverrouillez le cran de sûreté ? Depuis quand vous vous préoccupez d'un truc pareil ?

— Et comment sauriez-vous ce qui me préoccupe ? Vous ne passez pas votre vie à mes côtés, et surtout pas dernièrement.

Je vide la boîte dans le bol de Sock alors qu'il patiente, assis sur son tapis, son museau effilé pointé vers moi.

— Eh bien, moi, je pense que c'est pas une coïncidence que vous trimballiez soudain un flingue partout alors que je ne travaille plus pour vous.

— Je ne trimballe pas un flingue partout, comme vous dites, sauf lorsque je suis seule à la maison – ou d'ailleurs à l'extérieur et en pleine nuit.

Marino avale la dernière gorgée de son eau pétillante et rote doucement. J'ajoute :

— Vieille tactique, que d'attendre qu'une personne désactive son alarme pour sortir le chien.

Je nourris Sock de ma main gantée, des boulettes de poisson blanc et de hareng sans céréales, m'assurant qu'il ne mange pas trop vite et qu'il n'aspire pas la nourriture.

Mon compagnon à quatre pattes présente une fâcheuse prédisposition à la pneumonie. Il engloutit son repas, vestige de ses jeunes années de chien de course, lorsqu'il n'était pas toujours nourri.

D'un ton raisonnable et tout en me dirigeant vers le vestibule, je souligne :

— Vous ne pensez tout de même pas que je prendrais le risque de ne pas être armée ?

Marino dépose son verre dans l'évier et me suit, nos vêtements gouttant sur le sol.

Peut-être que j'espère le mettre mal à l'aise. Quoi qu'il en soit, j'assène :

— Combien de fois avons-nous vu qu'un rôdeur savait que sa future victime possédait un chien et étudiait ses habitudes ?

Marino a quitté son emploi au Centre. Il ne s'est pas préoccupé de me faire part des changements survenus dans sa vie. Depuis que je suis tombée malade, il ne m'a jamais appelée pour prendre de mes nouvelles. J'active le système d'alarme et nous presse vers la sortie, ayant pris la précaution d'occuper Sock avec un biscuit à la patate douce. J'en ai fourré un second dans ma poche et Quincy le flaire, comme toujours. Il tire dans ma direction pour me suivre le long des marches et de l'allée.

La pluie semble se calmer et il fait inhabituellement doux pour la saison, dix, douze degrés environ. Sans les jolies couronnes qui ornent les portes, les rubans rouges et les nœuds qui décorent les réverbères, nul ne pourrait penser que nous ne sommes qu'à une semaine de Noël. Nous n'avons pas encore connu une seule gelée sérieuse. Cette saison très clémente pour un mois de décembre, quoique particulièrement couverte, ne devrait pas durer. De la neige est prévue pour ce week-end.

— Au moins, j'ai pas à m'inquiéter de la façon dont vous manipulez une arme. (Marino aide son chien à rentrer dans sa cage et sécurise sa porte.) C'est moi qui vous ai appris à tirer.

Quincy s'assied sur son coussin en polaire et me dévore de son grand regard marron et brillant.

J'extirpe le biscuit de patate douce de ma poche, ironisant :

— Je ne veux pas perturber son entraînement.

— Un peu tard pour s'en inquiéter, balance Marino comme si je devenais responsable de l'absence totale de discipline de son chien, à l'instar de tout le reste.

Quincy écrase sa truffe derrière la paroi grillagée, et je peux l'entendre broyer sa friandise alors que je m'installe sur le siège passager.

Marino démarre le véhicule et tend la main vers sa radio portable. Il entre en contact avec le dispatcher et demande que toutes les unités de la zone restent sur le qui-vive concernant un jeune homme blanc qui pourrait repérer des propriétés à la limite nord de Harvard, sujet aperçu pour la dernière fois alors qu'il courait en direction de l'Académie des arts et des sciences. La voiture treize répond immédiatement qu'elle n'est pas très loin, un peu au sud, à proximité de la Divinity School.

— D'autres détails descriptifs ? s'informe la voiture treize.

— Tête nue, sans doute plutôt mince, peut-être un ado, j'énumère à voix basse au profit de Marino. Probablement à pied.

— Pas de casquette, rien sur la tête, répercute le grand flic à la radio. Vu pour la dernière fois en train de filer vers les bois, en direction de Beacon.

Chapitre 7

Le SUV banalisé de Marino est truffé d'équipements : scanner de police, radio, sirènes et éclairage de calandre. Des boîtes et tiroirs de rangement lui permettent d'organiser toutes ses possessions et surtout de les dissimuler. Quant au revêtement des banquettes et au tapis de sol, ils sont d'une propreté méticuleuse. Il rayonne de fierté à l'égard de sa *caisse*, ainsi qu'il nommait déjà son inséparable Crown Victoria durant nos années à Richmond.

Je passe un doigt sur le tableau de bord nettoyé de frais à la lingette lustrante et m'exclame :

— C'est aussi beau que neuf et en excellent état ! Un hybride, en plus. Deviendriez-vous écolo ? Je suis impressionnée. Aussi net qu'un miroir. On pourrait patiner dessus.

— V4, deux litres Eco-Boost, dingue, non ? grogne-t-il. Le département de police vient de s'offrir des V6 turbo tout neufs, mais ceux-là sont réservés aux huiles. Et qu'est-ce qui se passe si j'engage une course-poursuite ?

— Eh bien, vous remportez la palme de celui qui a produit la plus petite empreinte carbone.

Je jette un regard par la vitre, espérant presque repérer le rôdeur.

— Ouais, c'est comme de dire « allez, hue, cocotte ! » à une tortue. Tant qu'à faire, ils n'ont qu'à nous filer des pistolets à eau pour économiser sur les munitions.

Je souris à cette remarque, du Marino pur jus au mieux de son humeur ronchon.

— On ne peut quand même pas comparer les deux.

— Ma dernière caisse, avant que je quitte Richmond, c'était un V8 Interceptor. Je pouvais le pousser à deux cent cinquante bornes à l'heure, ce bébé.

— Fort heureusement, je doute que vous ayez besoin d'une telle vitesse dans Cambridge, sauf en avion.

Les rues sont désertes. Plusieurs minutes s'écoulent sans que nous apercevions une autre voiture. Je me demande pourquoi quelqu'un m'espionnerait, surtout depuis mon retour du Connecticut. Je ne crois pas un instant qu'il s'agisse d'un individu repérant la maison pour préparer un vol. *Mais qui est-il ? Que veut-il ?*

Marino roule à la limite de la vitesse imposée sur le campus de Harvard, cinquante kilomètres à l'heure, et personne dans le coin n'a besoin d'aller plus vite.

— Benton aurait dû rentrer. Vous étiez malade comme un chien et toute seule ? Sans parler de ce que vous avez subi récemment.

Il ne peut s'empêcher de revenir là-dessus, d'ailleurs il n'arrêtera jamais.

— Son retour n'aurait rien arrangé.

Pourtant, je suis consciente qu'il s'agit d'un mensonge.

Si Marino a raison et que quelqu'un est en train de repérer notre demeure ou de me traquer, il est évident que la présence de Benton aurait été d'une grande aide et je n'aime pas qu'il s'absente. Ces dernières semaines ont été trop longues et trop difficiles, peut-être n'aurais-je pas dû lui dire que j'allais mieux et que je n'avais pas besoin de sa présence, un mensonge. J'aurais dû faire preuve d'un peu d'égoïsme.

— On aurait pas dû vous laisser toute seule. J'aurais préféré être informé de ce qui se passait.

Marino l'aurait appris s'il s'était donné la peine de m'appeler. Le musée d'art de Harvard, tout de brique et de verre, défile derrière la vitre. Le Harvard Faculty Club est pomponné pour les fêtes, et les bibliothèques Houghton et Lamont semblent encore plus formidables, silhouettes de brique derrière les vieux arbres du Harvard Yard. Les pneus chuintent sur la chaussée mouillée.

Quincy ronflote paisiblement à l'arrière, assoupi dans sa cage, et la radio de police de Marino ne cesse de grésiller.

Quelqu'un a appelé le numéro d'urgence puis raccroché. Un appel du coin. Des individus suspects dans un SUV rouge avec des pare-chocs réfléchissants, qu'on a vu démarrer en trombe du parking d'un lotissement de logements sociaux de Windsor Street. Marino écoute avec attention tout en conduisant. Je le sens heureux, plein d'énergie, à nouveau comme un poisson dans l'eau, et je n'ai pas eu une seule occasion d'exiger des explications de lui. Le moment idéal est sans doute passé. Pourtant, je ne puis m'empêcher de demander :

— Lorsque vous vous sentirez disposé, peut-être pourrez-vous me dire ce qu'il y a ?

Il ne répond pas, et quelques minutes plus tard, nous obliquons sur Memorial Drive. Sur notre droite, les eaux noires de la Charles River étincellent d'éclats sombres. La rivière s'arrondit avec élégance vers Boston, dont la silhouette illuminée nous parvient à travers le rideau opaque des nuages. La haute antenne juchée sur le toit du Prudential Building projette des éclairs de lumière rouge sang.

— Nous en avons discuté dans une vie antérieure, je lâche. Je l'avais prédit ce jour-là, à Richmond, peu avant mon déménagement. Et dix ans plus tard, nous y voici. J'aurais apprécié que vous discutiez avec moi de votre changement de carrière.

Il incline la tête vers la radio, écoutant un appel relatant de possibles cambriolages dans le lotissement social de Windsor Street évoqué quelques minutes plus tôt.

— Une simple courtoisie, à défaut d'autre chose, j'ajoute.

— Contrôle à la voiture treize, répète le dispatcher.

La voiture treize ne répond pas. Marino arrache la radio portable de son chargeur et augmente le volume :

— Merde !

Le voilà qui tente de trouver n'importe quel prétexte pour éviter un sujet dont il ne veut pas parler. Cela étant, je suis perplexe. Il n'y a pas quinze minutes de cela, la voiture treize a annoncé par radio qu'elle se trouvait non loin de ma maison, et vérifierait si elle repérait le rôdeur. Mais peut-être l'officier de police a-t-il lâché cette mission pour répondre à une autre.

Le dispatcher insiste :

— Contrôle à voiture treize, vous me recevez ?

— Voiture treize, reçu, annonce enfin la voix du policier, le signal de sa radio faible, son souffle très audible.

— Avez-vous terminé ?

— Négatif. Je suis à pied et me rapproche du bâtiment trois, où il semble que les portières de plusieurs voitures aient été fracturées. On a vu un SUV rouge avec des pare-chocs réfléchissants partir à toute vitesse. Plusieurs individus à l'intérieur. La description concorde avec celle d'un véhicule déjà impliqué dans des problèmes ici. Peut-être des vols de voitures avec vandalisme liés à des gangs. Demande du renfort.

— Bordel, ce coin est dangereux, même s'ils l'ont nettoyé. (Marino est captivé.) Il se passe un tas de merdes là-bas, des dealers qui font un petit arrêt pour dire coucou à leur maman, et un peu de business au passage. De la méthamphétamine, de l'héroïne, des sels de bain. Plus des vols dans les voitures, des actes de vandalisme, sans oublier une fusillade en voiture il y a deux semaines de cela. Ils foutent leur merde et ils détalent aussi vite que des lapins, pour parfois revenir sur les lieux dès la police partie. Un foutu jeu pour eux.

Cela faisait très longtemps que je ne l'avais pas vu ainsi. Tout excité, il poursuit :

— Une vraie histoire de dingue, ce coin. Vous avez des logements sociaux construits juste à côté de baraques à un million de dollars ou au beau milieu de Tech Square, avec ses innovations qui valent des milliards. Du coup, on nous met la pression pour essayer de nettoyer un peu la zone.

— Réponse à voiture treize. Reçu à Main Street, intervient une autre voiture qui patrouille dans le secteur. Je m'y rends.

— Bien reçu, annonce le dispatcher.

— Vous vous souvenez du jour auquel je fais allusion ? j'insiste.

— Qu'est-ce que vous aviez prédit ?

Il pose la radio sur ses cuisses. Je lui décris cet après-midi pluvieux que j'ai revu dans mon rêve, me remémorant l'ancien Marino, tout en jetant un regard à celui qui est assis à côté de moi, plus âgé, le visage raviné, son crâne chauve rasé de frais.

Il est toujours aussi puissant et formidable, vêtu de jeans et d'un coupe-vent noir Harley-Davidson. À sa réaction évasive, je suis certaine qu'il feint d'avoir oublié. Je le perçois à la façon qu'il a de fixer le regard loin devant, puis de se retourner rapidement pour s'assurer que Quincy va bien, avant de rectifier sa position derrière le volant, l'agrippant de ses deux énormes mains. Surtout, il se débrouille pour ne pas croiser mon regard. Il ne le peut parce que, ce jour-là, nous avons été si près de ce qu'aucun de nous deux n'admettra jamais.

Avant de quitter ma maison de Richmond, il est monté pour utiliser la salle de bains. Lorsqu'il en est ressorti, je l'attendais dans la cuisine. J'ai déclaré qu'il devait manger, et qu'il ne pouvait pas reprendre la route dans cet état. Il avait trop bu, moi aussi.

— Et c'est quoi que vous m'offrez ? (Il ne faisait pas référence à la nourriture.) On pourrait s'en sortir tous les deux, vous savez. Je suis un morceau du puzzle et vous êtes l'autre, et on va ensemble, à la perfection.

Il ne s'agissait pas de m'aider à préparer le repas, pas plus qu'il n'évoquait notre travail commun.

Marino a toujours cru que nous pourrions former un couple idéal. Le sexe devenait dans son esprit l'alchimie qui nous transformerait en ce qu'il souhaitait, et lors de cet après-midi pluvieux de Virginie, nous avons presque essayé. Mais je ne l'ai jamais aimé, jamais désiré. J'avais peur de ses réactions si je ne cédais pas. Puis peur de ce qui se produirait si je me laissais aller. Marino aurait été plus meurtri que moi, et je ne voulais pas qu'il me suive partout, du moins s'il pensait que mon offre incluait ce genre de dépendance.

C'est au fond la raison pour laquelle j'ai mis un terme à cette scène. Il ne s'agissait plus seulement de sexe. Il était amoureux de moi, et me l'avoua. Il le répéta à plusieurs reprises durant notre dîner. Puis plus jamais il ne l'évoqua.

— Je vous avais mis en garde. J'avais prédit que vous agiriez exactement ainsi, je déclare d'un ton volontairement vague. Néanmoins, je ne parviens pas à comprendre pourquoi vous ne pouviez pas discuter de votre plan de carrière avec moi, ce qui m'aurait évité… d'être sollicitée par téléphone pour des références et des lettres. La façon dont vous avez mené cette affaire n'était pas correcte.

— Ben, peut-être que la façon dont vous vous y êtes prise ce jour-là à Richmond n'était pas correcte non plus, me rembarre-t-il.

Il sait. Il se souvient.

— Je suis assez d'accord.

— Je voulais pas que vous tentiez de me dissuader cette fois-ci, OK ?

— Oh, j'aurais essayé. En effet, j'aurais tenté de vous dissuader de quitter le CFC. Vous avez raison.

Je déverrouille mon iPhone pour accéder à Internet. Il semble satisfait de ma réponse :

— Au moins, pour une fois vous l'admettez.

— Tout à fait, et vous dissuader d'une décision aussi importante pour votre vie n'aurait pas été juste. D'ailleurs, ça n'était pas non plus juste les autres fois et j'en suis désolée. Sincèrement. Mais, très égoïstement, je n'aurais pas voulu vous perdre, et j'espère que tel n'est pas le cas.

Sur l'écran de recherche, je tape le nom de Gail Shipton. En dépit de la pénombre, je lis sur le visage de Marino qu'il est touché par ce que je viens de déclarer. Pourquoi m'est-il si ardu d'expliquer ce que je ressens ? J'ai toujours été incapable de verbaliser mes sentiments.

— Bon, faut qu'on bosse sur une affaire, comme d'hab, lâche-t-il.

— Mieux qu'à l'accoutumée. Il nous faut être encore meilleurs. Le monde ne s'est pas vraiment amélioré au cours des dix dernières années.

— Ouais, une des raisons de ma décision. Les forces de l'ordre ont besoin de gens avec une vision globale, qui se souviennent de la façon dont les choses étaient et dans quel sens elles ont évolué. Quand vous et moi avons commencé, on ne parlait que de tueurs en série. Et puis, il y a eu le 11-Septembre et il a fallu qu'on s'inquiète des terroristes, ce qui ne signifie pas oublier les tueurs en série, parce qu'ils ont proliféré.

Je tombe sur un fil d'information en continu sur Fox, réalisé il y a trente-cinq minutes, relatant que la diplômée du MIT Gail Shipton a disparu et qu'elle a été vue pour la dernière fois hier en fin d'après-midi à Cambridge, au Psi Bar.

On soupçonne qu'elle pourrait être la femme morte que l'on vient de découvrir sur le terrain de sport Briggs Field du MIT. Une vidéo montre la police de Cambridge et celle du MIT disposant un éclairage auxiliaire sur la terre battue rouge, non loin du parking. Puis, à l'écran, Sil Machado débite un communiqué. La pluie tambourine bruyamment sur le micro et dégouline de sa casquette de base-ball.

« Pour l'instant, nous ne faisons aucun commentaire formel concernant la situation. »

Machado a hérité du surnom de « Galère Portugaise », mais il n'a certainement pas l'air féroce lorsqu'il fixe la caméra.

Une certaine nervosité se perçoit derrière son attitude austère. Il se tient voûté pour résister à la pluie et au vent et a les traits crispés, comme s'il était mal à l'aise et tentait de le dissimuler.

« Nous avons, en effet, un sujet décédé, dit-il, mais aucune confirmation sur ce qui a pu se produire ou s'il s'agit de la femme présumée disparue. »

— Bordel, j'peux pas le croire ! s'exclame Marino en jetant un regard à mon téléphone. Machado et ses quinze minutes de gloire.

« A-t-on contacté le Dr Scarpetta ? s'enquiert le journaliste.

— Dès que nous aurons examiné la scène, le corps sera transporté dans les bureaux du médecin expert en chef, déclare Machado.

— Mais le Dr Scarpetta se rendra-t-elle sur les lieux ? »

Dans le ballet bruyant des essuie-glaces, j'explore Internet, à la recherche d'autres éléments qui pourraient m'intéresser. Le portable de Marino sonne. Il a opté pour un rugissement de Harley-Davidson équipée de pots d'échappement Screamin' Eagle. Il frôle un bouton de son écouteur et la voix de Sil Machado se déverse du haut-parleur.

— Quand on parle du loup, hein ? plaisante Marino.

— La Cinq a diffusé une photo, commence Machado. Ils reçoivent plein d'appels de gens qui pensent l'avoir vue au Psi Bar. Rien d'intéressant jusque-là.

— Et comment la Cinq s'est-elle procuré sa photo ?

L'écouteur de Marino pulse d'une lumière bleue crue.

— Ben, il semble que la fille qui a signalé sa disparition l'ait postée sur leur site Web aux alentours de minuit, explique Machado. Haley Swanson.

— Vachement bizarre !

— Pas nécessairement. Tout le monde s'improvise journaliste aujourd'hui. Elle a appelé le numéro d'urgence et puis a posté la photo en expliquant que Gail Shipton avait disparu. Je suppose qu'elle essayait de nous aider à faire notre boulot, non ? Il faut dire que la femme de la photo ressemble à celle qu'on a retrouvée morte. Trait pour trait.

— Gail Shipton, confirme Marino au moment où je tombe sur une information qui attire mon attention.

— Ouais, sauf si elle a une sœur jumelle.

Gail Shipton est impliquée dans un litige qui met en jeu une très grosse somme d'argent, litige qui devrait passer sous peu au tribunal. Carin Hegel fait une incursion dans mon esprit et je me souviens de ce qu'elle m'a dit, quelques semaines auparavant, lors de notre rencontre au tribunal fédéral. Elle a évoqué une bande de voyous et précisé avoir quitté son domicile. Je survole le résumé d'un article relatant une action en justice intentée par Gail. Les maigres détails fournis m'étonnent dans le cas d'une affaire qui semble importante. Je tente d'en découvrir davantage.

— Est-ce que Haley Swanson est passée dans nos bureaux pour rédiger un formulaire ? demande Marino.

— Pas que je sache.

— Ça, ça m'ennuie.

La voix de Machado emplit l'habitacle :

— Peut-être qu'elle se dit que ça n'en vaut plus la peine, que Gail n'est plus portée disparue, que c'est bien pire que ça. T'es où, là ?

— Temps estimé d'arrivée : environ cinq minutes.

— La Doc est avec toi ?

— Ouais, précise Marino en coupant la communication.

Je parcours les informations qui se sont affichées sur mon téléphone portable :

— Gail Shipton se trouvait au cœur d'une bataille juridique qui l'opposait à son ancien gestionnaire de fortune, Dominic Lombardi. La compagnie internationale de celui-ci, Double S, une société fiduciaire, est basée dans le coin, un peu à l'ouest, à Concord.

Agacé, Marino fait des appels de phares à une voiture qui arrive face à nous et nous éblouit.

— Jamais entendu parler. D'ailleurs, j'en ai rien à cirer des sociétés financières, d'autant que j'en ai jamais eu besoin, et je suis convaincu que la plupart des mecs de Wall Street sont des escrocs.

Je sonde Internet au sujet de Double S. Pas mal de commentaires émergent, la plupart si élogieux qu'ils ont sans doute été rédigés par leur service de relations publiques.

— Il semble qu'ils soient spécialisés dans une clientèle possédant un patrimoine important.

Je laisse défiler plusieurs pages et clique sur une autre entrée, celle-ci indiquant que tout n'a pas été rose pour Double S. Je poursuis :

— Ils ont eu des problèmes avec la commission chargée de l'autorité des marchés financiers, la SEC, au sujet de placements qui auraient violé la règle du *connaissez votre client*. À ceci s'ajoutent des ennuis avec l'administration fiscale. Ah, ce qui suit est très intéressant. Ils ont été poursuivis en justice au moins six fois au cours des huit dernières années. Étrangement, aucune de ces affaires n'est passée au tribunal.

— Sans doute un arrangement. Tout le monde cherche un arrangement. Les poursuites juridiques sont la nouvelle industrie nationale. Le dernier truc *made in America*, ironise Marino d'un ton acide. L'extorsion légalisée. Je vous accuse de façon fallacieuse de n'importe quoi et vous me filez du blé pour que je la ferme. Et si vous ne pouvez pas vous offrir un ténor du barreau, vous l'avez dans l'os. Tout juste ce qui vient de m'arriver, une action de groupe défendue par un petit cabinet d'avocats merdique. Du coup, j'en ai pour deux mille dollars de réparations sur mon pick-up parce que le concessionnaire a eu recours au plus gros cabinet de Boston et à une société de relations publiques, tout le tintouin. Un foutu problème de conception du plateau qu'est pas dans l'alignement et ils ont prétendu que c'était le p'tit gars qui conduisait comme un dingue dans les ornières.

Marino, qui n'a rien d'un « p'tit gars », ne cesse de fulminer à propos de ce pick-up qu'il a acheté l'automne dernier. Il répète si souvent son histoire d'un ton hargneux que je la connais par cœur. Après avoir conduit son pick-up tout neuf durant une semaine, il a remarqué que l'arrière *s'accroupissait*, ainsi qu'il le formule. Lorsqu'il aborde le sujet des amortisseurs amochés par l'essieu arrière et du châssis trop léger, je l'interromps. Je tente de ramener son attention sur le litige opposant Gail Shipton et Double S et sur le fait troublant qu'elle serait opportunément morte moins de deux semaines avant le début du procès :

— Je ne sais pas si ces affaires se sont réglées à l'amiable. Jusque-là, je n'ai pas vu mention d'arrangement financier, juste que les poursuites avaient été abandonnées. C'est le mot utilisé dans un article du *Financial Times* il y a quelques jours de cela. *Double S est une grosse compagnie internationale gérée par une petite société basée dans l'État des amateurs des chevaux, le Massachusetts.*

Je survole l'article jusqu'à la partie la plus intéressante. *Les accusations formulées par d'anciens clients n'avaient aucune base et ont été abandonnées*, si l'on en croit le PDG, Dominic Lombardi. Dans une récente interview donnée au *Wall Street Journal*, il a expliqué que *malheureusement, les clients espèrent parfois des miracles et nous en veulent lorsqu'ils ne se réalisent pas*. Il a ajouté que *Double S continue d'être une société de management financier très respectée, à la clientèle internationale.*

— Curieux comme nom, pour une société qui gère de l'argent. Ça m'évoque plutôt un ranch, commente Marino alors qu'apparaît devant nous la silhouette en forme de silo du CFC.

Toutefois, il ne s'agit pas aujourd'hui de notre destination, bien que ce détail me rappelle à quel point la scène de crime est proche de mon quartier général.

— Ça pourrait tout à fait être l'une de ces fermes-haras du coin, en effet.

Une autre proximité me frappe. Double S est situé à moins de deux ou trois kilomètres du domaine de vingt hectares de Lucy, une propriété entourée d'une clôture percée de portes sécurisées, surveillée par une multitude de caméras, dotée d'une hélisurface, d'un stand de tir couvert et de nombreux garages. S'y élèvent des dépendances rustiques qui tranchent sur le décor spartiate et l'abondance de technologie que ma nièce a installée dans la maison principale. L'un de ses murs a été remplacé par un vitrage unidirectionnel qui offre une vue panoramique sur la Sudbury River. Je me demande si elle connaît son voisin Dominic Lombardi, et j'espère de tout cœur qu'elle ne lui a pas confié sa clientèle, quoique j'en doute. Ma nièce s'est déjà mordu les doigts d'avoir accordé sa confiance, et elle fait maintenant très attention à la gestion de son argent.

Je continue de sonder Internet à la recherche de détails concernant Gail Shipton, sans grand succès. Je ne découvre pratiquement aucune entrée au sujet de son litige, et soupçonne que Double S s'en est assuré. Incertaine, je suggère, tout en poursuivant ma lecture :

— Peut-être dirige-t-il sa société fiduciaire de chez lui ? À l'évidence, Gail Shipton a opté pour une action en justice il y a environ dix-huit mois. Elle exigeait des dommages à hauteur de cent millions de dollars pour violation des règles fiduciaires et rupture de contrat. Je doute fort qu'un jury du coin accorde une telle enveloppe. Le nœud de l'histoire semble être un logiciel de management financier utilisé par Double S et qui aurait rendu la comptabilité non fiable avec, à la clé, de l'argent manquant.

— En d'autres termes, piqué, traduit Marino.

— De toute évidence cela ne peut pas être prouvé, sans ça il s'agirait de droit pénal et pas de civil.

À nouveau, Carin Hegel fait une incursion dans mon esprit, et je me souviens de l'affaire qu'elle a évoquée lors de notre dernière rencontre, quelques semaines auparavant. Je me demande s'il s'agit de la même. Une troublante intuition m'en convainc.

Marino enclenche le dégivrage et bougonne :

— Bordel, où un étudiant peut-il gagner autant de fric ?

— La technologie, des applications pour téléphone mobile…

J'affiche d'autres fichiers. Lucy a amassé une véritable fortune dès son plus jeune âge en créant et vendant des moteurs de recherche et des logiciels.

Je lui expédie un texto.

Marino se penche vers moi pour ouvrir d'une pichenette la boîte à gants et en extrait un chiffon microfibre pour nettoyer le pare-brise. Il commente :

— Ouais… et on se retrouve pété de thunes grâce à des machins de haute technologie. Ben, en tout cas, j'espère vraiment que ces deux-là ne se connaissent pas !

Chapitre 8

Les bateaux amarrés pour l'hiver sont enveloppés dans des linceuls de plastique blanc et le triangle rouge de Citgo brille au-dessus de Fenway Park, sur la rive bostonienne du Harvard Bridge.

Je consulte à nouveau ma messagerie : aucune nouvelle de Lucy. Une brume persiste au-dessus de la surface ridée de l'eau. Alors que je suis installée dans le SUV de Marino, une impression de menace s'immisce en moi et ne me lâche plus. J'ignore si le trouble qui m'habite est un vestige du week-end, ou si le rôdeur en est la cause.

Marino est intarissable, ne parlant que de lui-même, de sa philosophie de la police, de ses plans. Ses pronostics sur les grandes tendances criminelles ne pourraient être plus déprimants et lugubres. Il n'a pas cessé une seconde de parler, alors même que je l'écoute à peine, mon esprit piégé en un endroit hideux et épouvantable où je n'ai aucune envie de me trouver.

Les mains en l'air !

Ne tirez pas !

Des mots hurlés dans l'interphone d'une école font irruption dans mes pensées au moment où je m'y attends le moins. Je suis toujours aussi sidérée que l'échange entre un criminel de masse et ses victimes ait pu être si banal.

— De l'imitation, a suggéré Benton, une explication qui ne me satisfait pas. Imiter les shows télévisés, les films, les jeux vidéo. Lorsqu'on réduit les gens à leurs pulsions les plus primaires, ils se mettent à parler comme dans les dessins animés.

— Ils hurlent et appellent leur mère à l'aide. Ils supplient. Oui, je sais, et pourtant je ne sais rien. Nous ne savons rien, Benton. Il s'agit d'un nouvel ennemi.

La conversation se déroulait au téléphone, samedi dernier après mon retour à la maison.

— Des meurtres théâtraux.

— N'est-ce pas une façon de banaliser les choses ?

— Une mise en scène publique et spectaculaire, Kay. Le barrage a commencé à s'effondrer après Columbine. Ça n'a rien de nouveau, seule la classification a changé. Les gens sont devenus accros à la gloire. Des individus profondément perturbés tueront et mourront pour cela.

Je n'ai pas non plus de nouvelles de lui et je commence à m'inquiéter. Ma vision du monde a radicalement changé après que je l'ai cru mort. Je l'ai déjà perdu. Je pourrais le perdre de nouveau. La plupart des gens ne bénéficient pas d'un seul miracle, et plusieurs m'ont été offerts. J'en viens presque à redouter d'avoir épuisé ma réserve de miracles et que plus aucun ne me sera accordé.

Marino tourne dans Fowler Street, sorte de trait-d'union qui relie Memorial Drive à une contre-allée étroite et sans éclairage. Il essuie à nouveau le pare-brise avec le chiffon microfibre bleu. Je dois manger quelque chose. Demain, c'est l'anniversaire de Benton, et je ne sais même pas où il se trouve. J'ai tellement faim que mon estomac se contracte. Tout ira bien mieux une fois que j'aurai avalé un morceau, et durant un instant je fantasme sur les plats que je vais concocter dès que je serai rentrée.

Je préparerai mon ragoût spécial. Du veau, du bœuf maigre, des asperges, des champignons, des pommes de terre, des oignons, des poivrons, de la purée de tomate, un beau bouquet de basilic frais, de l'origan, de l'ail écrasé, du vin rouge, du piment de Cayenne. Le plat mijote toute la journée et répand dans la maison son arôme appétissant.

Tout le monde sera réuni et nous décorerons la maison pour les fêtes, nous boirons et mangerons.

J'envoie un second texto à ma nièce : *Où es-tu ?*

Je patiente dix secondes et expédie cette fois un texto à sa compagne, Janet : *J'essaye de joindre Lucy.*

Janet me répond aussitôt : *Je le lui dirai.*

Une réponse assez étrange, puisqu'elles vivent ensemble.

— On a posté quelqu'un à chacun des endroits d'où l'on pourrait accéder au corps, précise Marino. Personne ne peut ni entrer ni sortir sans qu'on le voie.

Je me concentre à nouveau sur l'affaire. Un officier en patrouille dans une voiture de police de Cambridge nous fait un petit appel de son gyrophare, fugitive cascade de lumières rouges et bleues. Je baisse et relève ma vitre de portière dans l'espoir de me débarrasser de la condensation qui l'opacifie.

Marino me répète ce qu'il vient juste de me dire :

— Ce que j'appelle un périmètre invisible. Les uniformes sont à pied ou planqués hors de vue dans des véhicules de police scrutant le périmètre.

— Une très bonne idée.

— Ouais, une bonne idée parce que c'est moi qui l'ai eue, opine-t-il.

Je subodore qu'il va continuer sur cette lancée durant un moment, si prétentieux que cela en devient difficilement tolérable, et n'ayant pas la moindre idée du fait que ces paroles le rendent odieux. Mais je n'en manifeste rien, me contentant de demander :

— A-t-on remarqué une activité inhabituelle jusque-là ?

Je vérifie à nouveau mon téléphone portable. Lorsque j'ai envoyé un premier texto à Lucy, je lui ai demandé si les noms de Gail Shipton et Double S lui évoquaient quelque chose. Je ne peux me défaire du sentiment que son étrange silence est annonciateur d'ennuis.

— Nan. Rien qui sorte de l'ordinaire. Mais le mec pourrait être n'importe où, genre en train de surveiller par l'une des milliers de fenêtres à sa disposition, ajoute Marino alors que la sonnerie de son téléphone retentit à nouveau.

La voix tendue et pourtant hésitante de Carin Hegel se déverse des haut-parleurs du SUV. Elle commence par informer Marino qu'elle a passé la majeure partie d'hier à préparer Gail Shipton pour l'audience.

— On commencera par la partie plaignante, et Gail est mon premier témoin. Il est clair qu'il s'agit du témoignage le plus important pour moi et que nous essayons de prendre un bon départ avant les fêtes, lâche l'avocate bostonienne de sa voix d'alto caractéristique, mâtinée d'un fort accent du Massachusetts qui m'évoque la famille Kennedy.

— Et à quelle heure avez-vous terminé la préparation ? demande Marino.

— Elle a quitté mon cabinet aux alentours de seize heures. Quelque chose d'important est survenu peu après, expliquant que j'aie besoin de la joindre au plus tôt. Je lui ai envoyé un texto lui demandant de me rappeler, ce qu'elle a fait, mais nous avons été déconnectées. Elle va bien ?

— Et quand avez-vous été coupées ?

— Patientez quelques instants, je vais vérifier l'horaire exact sur mon téléphone. On sait si elle va bien ?

Nous nous enfonçons dans la partie du campus du MIT où s'élèvent les bâtiments réservés au logement des étudiants et les maisons communautaires de fraternité toutes de brique et d'ornements de pierre calcaire. Ils se suivent le long de l'allée située à notre gauche. À droite s'étend une vaste succession de courts de tennis et de terrains d'athlétisme protégés de hautes clôtures grillagées. J'aperçois au loin le pouls lumineux des voitures de police, sinistre halo.

La voix de Carin Hegel reprend :

— Elle m'a appelée à dix-sept heures cinquante-sept. Elle m'a précisé qu'elle passait un moment au Psi Bar et qu'elle sortait pour trouver un coin un peu tranquille. J'ai alors embrayé sur le sujet dont je voulais discuter avec elle…

— Et c'était quoi ? la coupe Marino.

— Je ne suis pas en mesure de… Je suis liée par le secret professionnel.

— C'est pas le meilleur moment pour se cacher derrière le secret professionnel, maître Hegel. Si vous avez des informations qui pourraient nous aider…

Elle l'interrompt :

— Ce que je peux vous dire, c'est qu'alors que j'étais en train de discuter avec Gail, j'ai soudain compris au bout d'une minute qu'elle n'était plus en ligne.

— Qu'est-ce que vous voulez dire, *plus en ligne* ? interroge Marino qui conduit doucement le long de la voie étroite plongée dans l'obscurité. Les phares du SUV illuminent la chaussée mouillée.

— L'appel s'est perdu.

— Et vous n'avez rien entendu ensuite ? Elle ne s'est pas adressée à quelqu'un d'autre ? Une personne qui aurait pu l'approcher durant sa conversation ?

L'avocate marque un temps d'arrêt, sa tension devient perceptible. Puis elle reprend :

— Non, l'appel s'est interrompu et je n'ai plus rien entendu.

— Et juste avant cela ? Quelque chose ?

— Avant cela, elle me parlait. Gail va-t-elle bien ? (La voix de Carin Hegel s'est faite péremptoire, intransigeante.) Mais qu'est-ce que c'est que cette histoire de disparition ? Vous m'avez laissé un message m'indiquant qu'elle avait disparu et l'information a été relayée par Internet. Si j'en crois ce que j'ai lu, la dernière fois où elle a été aperçue, elle se trouvait dans ce bar d'où elle m'a rappelée, un endroit qu'elle fréquente souvent. C'est un des coins préférés des gens du MIT, et le corps dont on parle aux informations a été trouvé non loin de là, n'est-ce pas ?

— Il est exact qu'un corps a été découvert.

— Quelque chose est-il arrivé à Gail ? En est-on certain ?

En dépit de sa réputation de pitbull des prétoires qui ne perd jamais un procès, Carin Hegel semble maintenant terrifiée.

— Y a une raison pour que l'affaire dont vous vous occupez et qui va bientôt passer au tribunal constitue une menace pour sa sécurité personnelle ? demande Marino.

— Oh, mon Dieu ! C'est elle.

— Nous n'en avons pas encore confirmation.

— Le Dr Scarpetta est-elle impliquée ? Il faut que je lui parle. Il faut que vous lui disiez que je dois m'entretenir avec elle, débite-t-elle. Précisez-lui, s'il vous plaît, qu'il est impératif que nous discutions.

— Et qu'est-ce qui vous fait croire que je pourrais avoir un contact avec elle ?

— Vous avez travaillé avec elle.

Marino hésite, me lançant un regard.

Je hoche la tête en signe de dénégation. Je n'ai rien dit à l'avocate. J'ignore comment elle peut savoir que Marino travaillait, au passé, avec moi. Son récent départ du CFC est resté très discret. Il s'agit d'un détail – sans grand intérêt, d'ailleurs – que peu de gens connaissent.

— Gail aurait-elle été menacée par quiconque en lien avec votre affaire ? Selon vous, devrions-nous nous intéresser à un individu en particulier ?

— Le procès commence dans moins de deux semaines. Il suffit de relier les points, détective Marino. Ça ne peut pas être une coïncidence. Pensez-vous qu'il s'agisse d'elle ? Ce cadavre découvert au MIT ? Vous avez l'air de le penser.

— Ben, en toute honnêteté, ça sent pas très bon.

— Oh, mon Dieu. Mon Dieu !

— Si le pire était avéré, est-ce que ça serait suffisant pour mettre un terme au procès ? En fait, je cherche un mobile, si l'identité de la victime est confirmée, et nous n'en sommes pas encore là.

Lorsque l'avocate reprend, je perçois les efforts qu'elle fait pour conserver son sang-froid. Sa voix tremble et elle s'éclaircit la gorge.

— Raison de plus pour continuer. Les pourris ! Quant à votre question – le mobile –, oui, en effet. Vous n'avez pas idée de qui sont ces gens ou de leurs relations, ni même jusqu'où elles remontent si ce que je crois est vrai. Je n'en dirai pas davantage au téléphone, d'autant que le mien est probablement sur écoute, et que quelqu'un a tenté de pirater l'ordinateur de mon cabinet. Je ne révélerai rien d'autre, mais ça devrait être suffisant.

— Si un détail vous revient, un truc qui vous semble important, vous avez mon numéro.

Marino non plus ne veut pas en dire davantage. Pas par téléphone. Et surtout pas sachant que cette affaire a peut-être un lien avec le crime organisé ou la corruption politique, voire les deux.

Chapitre 9

La tour lumineuse portative que j'ai aperçue aux informations éclaire le terrain de sport dont la terre battue rouge a viré à la boue. Une bâche jaune est maintenue au sol par des fanions de scène de crime d'un orange criard, chahutés par le vent. Le cadavre a été protégé des éléments et des curieux, la scène sécurisée par Sil Machado et deux officiers de police en uniforme. Ils arpentent le périmètre, attendant mon arrivée.

— Et vous n'avez aucune idée de la raison pour laquelle elle voulait vous parler ? demande Marino en faisant référence à Carin Hegel.

— Sans doute pour la même raison que les autres. Cependant, si l'on exclut les questions habituelles que tous me posent, non. Certes, je l'ai croisée au tribunal fédéral le mois dernier et elle a fait allusion à une affaire qui lui avait été confiée et qui impliquait des gens infréquentables. Des « voyous », les a-t-elle appelés. J'ai eu le sentiment qu'elle s'inquiétait pour sa propre sécurité. Il est donc probable qu'il s'agisse du même litige que celui qu'elle vient d'évoquer. Peut-être a-t-elle fouiné et découvert la patte de Double S dans un certain nombre d'indélicatesses.

— Et en quoi vous pourriez l'aider ?

— Les gens se laissent aller. Ils savent qu'ils peuvent me dire n'importe quoi.

— Des escrocs. Je crois que je peux plus supporter les gens riches.

— On ne peut rien reprocher à Lucy. Ni à Benton. Tous les gens riches ne sont pas détestables, je rétorque.

— Au moins, Lucy a gagné son argent.

Marino ne peut pas laisser passer une occasion d'y aller d'une réflexion désobligeante sur la fortune familiale de Benton.

— Mais comment a-t-elle pu savoir que vous ne travailliez plus avec moi ?

— Ben, apparemment quelqu'un lui a dit.

— J'ai du mal à imaginer que ça puisse devenir un sujet de conversation.

— Quelqu'un du département de police de Cambridge a pu lui confier un truc, suggère Marino. Ou alors du CFC.

— Oui, mais pourquoi ?

Le long de Vassar Street, de l'autre côté des terrains de sport bordés de clôtures grillagées, s'élève la résidence universitaire Simmons Hall, une construction massive d'alvéoles recouvertes d'aluminium et aérée de vides de rupture. Elle brille à la manière d'un vaisseau spatial. Je remarque deux autres policiers en uniforme sur le trottoir de la résidence. Un joggeur les dépasse sans ralentir et un cycliste en vêtements réfléchissants disparaît en direction du stade de foot.

— Ben, selon moi, elle a quand même de quoi se faire de la bile si Gail a été assassinée.

— En effet, et probablement à juste titre, si l'on considère les détails qu'elle pouvait connaître au sujet de Double S.

Marino traduit d'un ton cynique :

— En d'autres termes, ce qui préoccupe Carin Hegel c'est elle-même, son affaire. Une affaire qui devrait lui rapporter une fortune. Est-ce que je vous ai déjà dit à quel point je détestais les avocats ?

— Il fera jour dans environ une heure. Nous devons transporter le corps dans les plus brefs délais.

Je ne suis pas d'humeur à entendre une nouvelle diatribe de Marino contre les avocats, qu'il nomme les « parasites ».

Je suis du regard le joggeur, distante silhouette habillée de noir, à peine visible. J'ignore pourquoi il a attiré mon attention, élégant et mince, léger, moulé dans un caleçon de course, un individu de petite taille, peut-être un jeune étudiant.

Le MIT les recrute avant même qu'ils soient en âge de quitter leur famille, à quatorze ou quinze ans, pour peu qu'ils soient étonnamment doués. Mon joggeur court et traverse un parking, avant d'être englouti par l'obscurité en direction d'Albany Street.

— Balancer un corps en pleine nature pour que tout le monde puisse le voir en circonstances normales. Mais bon, c'est pas vraiment Normalville ici. (Marino détaille les environs tout en conduisant avec lenteur.) Il a probablement emprunté cette allée, à moins qu'il ait préféré l'accès depuis Vassar Street, ce qui l'a amené à hauteur du département de police du MIT pour rejoindre l'endroit où nous sommes. Il n'y a que ces deux options si vous êtes en voiture. Et il devait avoir un véhicule pour charrier le cadavre, sauf s'il l'a transporté depuis l'une des résidences universitaires ou des immeubles d'appartements. Quoi qu'il en soit, il l'a abandonné en plein milieu du terrain de sport. Complètement dingue !

— Pas dingue mais délibéré. Il était entouré d'un public qui ne regarde rien.

— Ouais, vous avez tout bon, là. Et le MIT c'est encore pire que Harvard, cent fois pire, assène Marino, devenu expert autoproclamé du milieu universitaire. Ils distribuent des déodorants et du dentifrice à la bibliothèque. Les mômes y vivent quasiment et se conduisent comme dans un foyer pour sans-abri, surtout à cette époque de l'année. C'est la dernière semaine d'examens. Si vous récoltez un B, vous vous suicidez.

Je souligne, presque certaine qu'il s'en attribuera le mérite :

— Vos collègues se sont très bien débrouillés en termes de discrétion. Rien ne paraît trop évident, sauf si vous avez vu les nouvelles sur Internet.

— Mais rien n'est évident pour les Einstein qui traînent dans le coin. J'vous le dis, ils sont pas sur la même planète que vous et moi.

— Je ne suis pas certaine de souhaiter le contraire.

Nous arrivons devant un complexe résidentiel tentaculaire de brique rouge, le Next House. Les carrés réservés aux plantations sont fanés, les branches nues se rejoignent par-dessus l'étroite chaussée et frissonnent dans le vent. Puis l'allée incline brutalement à droite, après une sculpture tétraédrique d'acier rouge, et nous nous dirigeons vers le parking, clôturé et bordé d'arbres. La barrière de sécurité a été relevée, figée en position ouverte.

Le parking est désert à l'exception de voitures de police et d'une fourgonnette blanche sans vitre du CFC,

portant les armoiries du Centre sur les portières, le caducée et les plateaux de la balance de la justice peints en bleu. Mon équipe de transport est arrivée. Rusty et Harold nous aperçoivent et descendent de la banquette avant de la fourgonnette.

Nous pénétrons dans le parking et Marino résume :

— Ouais, moi, je viendrais par là.

— Si tant est que vous puissiez accéder à l'intérieur du parking. Il n'est pas ouvert au public.

— Si vous passez par l'autre côté, là-bas, c'est jouable.

Il désigne le côté opposé du parking qui longe Vassar Street, où un portillon pour les piétons est grand ouvert et se balance sous le vent. Une voiture pourrait aisément se faufiler par là, à condition de rouler sur le trottoir juste devant le commissariat de police du MIT, un bâtiment de brique et de carrelage bleu.

— S'il s'agit de l'option qu'il a prise, c'est audacieux.

Où que se pose mon regard, je ne vois que des clôtures, des barrières, et un parking réservé à ceux qui possèdent des cartes magnétiques et des clés.

Rien n'est accueillant ici, lorsque vous ne faites pas partie du sérail. À l'instar de Harvard, le MIT est un club privé et élitiste, à peu près aussi privé et haut de gamme qu'on peut l'imaginer.

— Peut-être pas si gonflé que cela, à deux ou trois heures du matin et sous une pluie battante ! Y a pas d'autre moyen de pénétrer ici, sauf si vous avez une carte magnétique pour commander l'ouverture de la barrière.

— Justement, était-elle relevée ainsi lorsque la police est arrivée sur les lieux ?

— Non. Le parking était désert et sécurisé, à l'exception du portillon pour le passage piéton là-bas, entrouvert comme maintenant.

— Le couple qui a découvert le cadavre aurait-il pu l'ouvrir ?

Marino change de vitesse pour manœuvrer.

— Machado affirme que c'était déjà comme ça. D'après ce qu'on m'a dit, le portillon est jamais fermé. Me demandez pas pourquoi parce qu'à l'évidence, ça n'empêchera personne de se garer, même sans autorisation.

— Peut-être pas. Mais la plupart des gens ne prendront pas le risque de rouler sur un trottoir, sous le nez du quartier général de la police du campus. De plus, je suppose que les véhicules autorisés à se garer ici sont signalés par des stickers. Admettons que vous arriviez à pénétrer sans carte magnétique, votre voiture sera quand même embarquée par la fourrière.

Marino coupe le contact mais laisse les phares allumés pour embêter Rusty et Harold qui sortent de la fourgonnette. Criant sur le grand flic, ils font mine de protéger leurs yeux de leurs mains.

— Bordel !

— Tu veux nous aveugler ?

— Éteins ces foutus trucs !

— Brutalités po-li-ci-ères !

— Sous l'un de ces grands arbres, avec la flotte et dans l'obscurité, personne ne verra rien, même en faisant attention.

Marino continue de m'expliquer comment il aurait agi s'il avait été à la place d'un tueur dérangé.

Il semble persuadé que nous avons affaire à ce genre d'individu, et j'ai bien peur qu'il ait raison. Je repense aux meurtres sur lesquels travaille Benton, tout en me demandant où il se trouve et ce qu'il fait.

Marino baisse sa vitre de quelques centimètres.

— Vous pensez qu'il sera bien, là ? je demande en faisant allusion à son chien.

Quincy est éveillé, assis dans sa cage, et il geint comme à chaque fois que Marino le quitte. J'ajoute :

— Franchement, je ne vois pas l'utilité de le transporter partout si c'est pour le laisser dans sa cage.

— Il est à l'entraînement, me rappelle Marino en ouvrant sa portière. Il doit s'habituer aux scènes de crime et à passer sa journée dans une caisse de flic.

— Selon moi, il s'est, en effet, habitué à cela : être trimballé en voiture.

Je descends du véhicule à l'instant où Rusty et Harold déplient les pieds d'une civière en aluminium, détail qui me rappelle que je viens de perdre mon enquêteur en chef.

La civière ne sera pas d'une grande utilité dans ces conditions. Mais cette fois-ci, Marino ne le soulignera pas. La pluie s'est métamorphosée en ondées intermittentes, à peine un crachin, et le ciel se dégage. Inutile de me couvrir de ma capuche, de remonter la fermeture Éclair de ma veste. Je détaille la clôture qui sépare le parking de Briggs Field. Une barrière ouverte est condamnée par du ruban jaune réfléchissant de scène de crime.

J'imagine un individu se garant sur ce parking, ayant un moyen d'ouvrir la barrière, peut-être en sectionnant le cadenas. Cet individu a ensuite transporté le cadavre de l'autre côté de la clôture, sur une cinquantaine de mètres à travers herbe et boue, l'abandonnant au milieu d'une zone en terre battue. Durant la saison de base-ball elle sert de monticule au lanceur. J'observe la scène, prenant l'environnement en considération. Je repense aux paroles de Marino : *Un connard de tordu est lâché et ça ne fait que commencer*. D'ores et déjà, je ne suis pas d'accord avec le « et ça ne fait que commencer ».

Mon intuition m'oriente plutôt vers un sujet calculateur, intelligent, un sujet qui tend vers un but précis. Il n'est pas novice. Il n'a pas eu à faire face à une situation inattendue. Il ne s'agissait pas d'un acte de panique. Il possède déjà une méthode qui le satisfait. Transporter le cadavre de la femme, l'abandonner de cette manière recèle une signification à ses yeux. C'est ainsi que je le ressens. Certes, je pourrais me tromper, et d'ailleurs je l'espère, alors que je continue à me remémorer les affaires de Washington D.C. En revanche, je suis certaine d'une chose : le meurtrier a laissé des indices ici. Personne n'échappe au principe d'échange de Locard. Vous apportez quelque chose sur une scène de crime, vous emportez quelque chose avec vous.

M'adressant à Rusty et Harold, ou Double-patte et Patachon, surnom très discourtois dont Marino les a affublés dans leur dos, je conseille :

— L'herbe est gorgée d'eau et la femme allongée dans une boue épaisse. Vous pouvez oublier la civière. Utilisez plutôt une planche de transfert. Il va falloir la porter. N'oubliez pas de vous munir d'un surplus de draps et d'une bonne quantité de ruban adhésif.

— Et une housse à cadavre ? me demande Rusty.

— Nous devons tenter de préserver la posture du cadavre, tout comme la façon dont il est enveloppé. Il convient de le transporter en l'état. Je ne veux pas qu'on place la victime dans une housse. Nous devons nous montrer créatifs.

— OK, chef.

Rusty m'évoque toujours un réfugié des années 1960, avec ses longs cheveux gris, son goût marqué pour les pantalons amples et les bonnets tricotés, ce que Marino appelle « l'uniforme du surfeur ». Ce matin, il s'est habillé d'un ciré de pluie orné d'un dessin d'éclair, de jeans fatigués, de hautes bottes en caoutchouc, et a serré un bandana teint artisanalement autour de son crâne.

— Ben, à partir de maintenant, on n'a plus à faire ce que tu nous ordonnes, chambre-t-il Marino, son ancien chef.

— Et moi, j'ai pas à m'emmerder à te dire ce qu'il faut faire, ou même à prétendre que j't'aime bien, rétorque Marino d'un ton qui semble sincère.

— C'est un flingue, ce que tu portes sous ta veste, ou alors t'es juste content de nous voir ? le rembarre Harold. Je pensais que tu avais amené ta brigade canine personnelle, au cas où on parviendrait pas à trouver le cadavre qui est en pleine vue.

Harold ressemble à ce qu'il était dans une ancienne vie, employé des pompes funèbres, avec son costume et sa cravate, son imperméable croisé, les jambes de son pantalon au pli impeccable roulées au-dessus de ses bottes.

— Ben, la seule chose que Quincy arrive à dégotter, c'est son bol de croquettes.

— Fais gaffe, mon pote. Fous pas le dé-tec-tive Marino en rogne. Il pourrait te coller un PV pour stationnement interdit.

Rusty et Harold continuent leurs plaisanteries et leurs piques. Ils rangent la civière pliable dans la fourgonnette et ramassent des draps, la planche de transfert, et d'autres équipements pendant que je tire ma mallette de scène de crime de l'arrière du SUV et que Quincy pleurniche.

— On ne part pas très loin. Tu vas être un bon chien et faire une petite sieste. Je t'assure, on ne s'écarte pas trop, juste de quelques mètres.

Voilà que je discute à nouveau avec un chien, celui-ci très vocal, bien différent de mon lévrier. Je lève le regard vers les fenêtres éclairées des appartements qui nous environnent. Au moins une vingtaine de silhouettes nous observent. La plupart me paraissent jeunes, peut-être sur le point de se coucher après avoir révisé toute la nuit. Personne ne semble rôder alentour, animé d'intentions troubles, hormis les officiers de police qui patrouillent sur le trottoir, non loin de la clôture, de l'autre côté des terrains de sport.

Je m'imagine jetant un regard par la fenêtre d'une résidence universitaire au moment précis où quelqu'un traîne un cadavre sous la pluie, dans la boue de Briggs Field, pratiquement à la vue de tous. Il faisait trop sombre pour que l'on puisse discerner ce qui se passait exactement, si ce n'est que quelque chose aurait dû paraître étrange. Mais les étudiants du coin ne font guère attention. Marino a raison sur ce point. Ils ne regardent même pas avant de traverser une rue passante, leur vigilance vis-à-vis de leur environnement presque réduite à néant, surtout en cette période de l'année.

Dans quelques jours, ils seront assommés de fatigue et rentreront dans leur famille pour les fêtes. Le campus sera désert et je ne peux m'empêcher de repenser au *timing*, durant la dernière semaine d'examens, à quelques jours de Noël. Quant à la proximité, elle m'ennuie aussi beaucoup. Juste de l'autre côté de la rue, en face du quartier général de la police du MIT, à faible distance du CFC, situé à moins de deux kilomètres d'ici.

Chapitre 10

Je tire la torche tactique de mon sac et braque son pinceau lumineux, brillant tel un diamant, vers la clôture.

Toutes les autres ouvertures semblent sécurisées par des cadenas et je ne comprends pas pourquoi celle-ci déroge à la règle, sauf à admettre l'hypothèse de Marino. Quelqu'un a utilisé une clé ou bien des tenailles pour couper le mécanisme de fermeture. Je projette le faisceau lumineux sur les poteaux d'acier galvanisé, remarquant de multiples éraflures à l'endroit où devrait se trouver le pêne à fourche si la barrière était fermée.

Désignant les marques à Marino, je déclare en éclairant une rayure profonde qui brille comme du platine poli :

— Des stries probablement occasionnées par la chaîne et le cadenas. Mais cette entaille, là ? On dirait que cela a été fait récemment, peut-être par l'outil utilisé pour cisailler le cadenas, si les choses se sont déroulées ainsi.

Marino sort à son tour sa torche.

— Ouais, très récent. Le MIT sera pas content, mais je vais m'assurer qu'on prélève le pilier de la clôture pour l'expédier au labo, pour analyser une éventuelle marque laissée par un outil.

— J'agirais de même.

— Bon, je vais attendre qu'on ait fini ici.

Son regard ne cesse de se déplacer, inventoriant chaque détail qui nous environne. Il porte sa radio à ses lèvres et vocifère à l'adresse de Machado.

— Faut un renfort pour sécuriser la barrière et le parking. Quelqu'un, et vite, pour que personne puisse pénétrer sur la scène ou modifier quoi que ce soit. Mais on veut pas non plus que les flics grouillent ici. Pourquoi y a tellement d'uniformes à côté de toi ?

— Juste deux.

La radio de Machado lui obscurcit le bas du visage.

— Je sais compter. C'est les deux seuls ? J'ai pas l'impression. Il faut qu'on garde une trace de qui pénètre sur le terrain ou tente de le faire. Est-ce que quelqu'un consigne ce genre de choses ?

— Affirmatif.

— Combien de journalistes, jusque-là ?

— Une équipe de télé a déboulé y a environ une heure, la Cinq. Ils n'arrêtent pas d'aller et venir, en attendant l'arrivée de la Doc.

Machado nous fixe depuis le monticule du lanceur décoré de sa bâche jaune incongrue, maintenue par des fanions d'un orange flamboyant. Il poursuit :

— Et puis la Sept est arrivée il y a une vingtaine de minutes. Dès l'instant où ce qu'ils sont en train de filmer passera en direct, on peut s'attendre à ce que d'autres rappliquent.

J'interviens :

— Ça passe déjà sur Internet, Marino.

— Et ça, grâce à la petite causette que t'as offerte à Fox. Tu t'entraînes pour un reality-show, Machado ?

Marino répète qu'ils doivent conserver une trace de quiconque entre ou sort de la zone, sans oublier de surveiller l'approche de « non-essentiels », bref, des voyeurs, et peut-être même le coupable. Je me souviens du Marino de nos jeunes années. Il fumait comme un pompier, se conduisait en abruti de macho en plus d'être chroniquement d'humeur aigre. Il n'en demeure pas moins qu'il connaissait son travail sur le bout des doigts. Un remarquable enquêteur et je l'avais presque oublié.

Il s'accroupit à côté de l'ouverture de la clôture et braque le faisceau lumineux de sa torche au travers. Les grandes croix de ruban jaune étincellent à la manière de néons. La lumière intense inonde l'endroit où le trottoir s'interrompt et où commence une zone d'herbe marron imbibée d'eau qui a été aplatie et ravagée, laissant à penser que quelque chose de dur et de lourd a été traîné dessus. Puis cette partie abîmée s'estompe plus loin, en direction du monticule, devenant une piste à peine visible, un vestige qui semble plus imaginaire que véritable.

Marino se relève :

— Elle a été traînée.

— Oui, on dirait bien, approuve Harold.

— Il lui a fait passer cette barrière, ajoute Marino. Il a bien fallu qu'il trouve un moyen pour y parvenir, à moins que le portillon ait été déverrouillé ou que le cadenas et la chaîne aient déjà été providentiellement cisaillés.

— Ça m'étonnerait, contre Harold. La police du campus du MIT patrouille tous azimuts. On se croirait au Vatican.

— Ils remarqueraient si l'une de ces barrières avait été forcée, ou si un cadenas manquait, renchérit Rusty.

Feignant avec mépris d'ignorer la présence de Rusty et Harold, le grand flic lâche :

— Tiens, un écho ? Ah non ! raté, c'est juste le poulailler…

Il se tourne vers moi et poursuit :

— Ce que je veux dire, c'est que la personne à l'origine de cette merde avait un plan pour se débarrasser du corps.

Son regard se perd vers le carré plastifié jaune vif plaqué au milieu d'une mer de boue rouge à moins de cinquante mètres de nous.

Le vent soulève et maltraite la bâche et l'on pourrait presque croire que le corps qu'elle dissimule cherche à s'en défaire.

Marino insiste :

— Quelqu'un qui savait qu'il n'avait pas besoin d'une carte magnétique pour entrer à l'arrière du parking. Quelqu'un qui savait qu'il pouvait passer par le portillon des piétons, parce qu'il est assez large pour qu'un véhicule s'y faufile. Quelqu'un qui savait que toutes les barrières menant au terrain de sport seraient bouclées et qu'il devait trouver un autre moyen pour pénétrer.

— Sauf s'il s'agit d'un individu qui possède une carte magnétique, des clés, bref un accès autorisé. Genre : un étudiant ou quelqu'un qui bosse ici, observe Rusty, et Marino l'ignore.

Le grand flic scrute les fenêtres allumées, la bruine luisant comme de la transpiration sur son visage dur, impitoyable au point que l'on pourrait croire que ce qui est arrivé à cette jeune femme le touche à titre personnel et qu'il est capable de cogner le coupable. Il surveille la camionnette de la Cinq – équipée d'une parabole satellite arrimée au toit et d'une antenne hertzienne à l'arrière – alors qu'elle pénètre sur le parking et s'arrête. Les portières avant coulissent.

La correspondante descend du véhicule, une femme à l'allure saisissante, que je reconnais aussitôt. Marino aboie :

— Hors de question que vous passiez la clôture ! Personne franchit le ruban. Bordel, vous pénétrez pas !

La journaliste se nomme Barbara Fairbanks. J'ai déjà eu maintes occasions de la rencontrer, des occasions peu agréables.

— Bon, si je reste ici et que je me conduis en gentille fille, est-ce que je pourrais avoir une déclaration, s'il vous plaît ?

— J'ai rien à dire, la rembarre Marino.

— Je m'adressais au Dr Scarpetta, rectifie Barbara Fairbanks, un large sourire aux lèvres, en s'avançant vers moi, micro tendu, un cameraman sur ses talons. Avez-vous appris des choses ? Pouvez-vous confirmer qu'il s'agit bien de la femme portée disparue ?

Le témoin de prise de vue de la caméra s'allume, suivant Barbara Fairbanks à la manière d'une petite lune suspendue. Je ne commettrai certainement pas l'erreur de lui fournir une réponse. Si je déclare que je viens juste d'arriver, que je n'en sais rien ou que je n'ai pas encore examiné le corps, ça finira d'une façon biaisée et hors de contexte sur Internet.

— Docteur Scarpetta, pourriez-vous nous parler de Newton ? Pensez-vous que l'étude du cerveau du tueur nous apportera quelque chose… ?

— Allons-y, je lance à Rusty et Harold.

Marino nous jette :

— Surtout, vous marchez pas sur l'herbe chamboulée, longez la bande. Il faut que je la fasse photographier, si c'est pas déjà fait. Je prélèverai probablement aussi des échantillons de terre. Faut qu'on vérifie qu'il n'y a pas de fibres pouvant provenir du drap qui la recouvre, qu'on essaie de reconstituer ce qui a pu se produire ici, bordel !

Nous nous frayons un chemin dans l'herbe détrempée et la boue qui colle à nos semelles, en direction de Machado et des deux officiers, l'un de la police de Cambridge, l'autre de celle du MIT.

Ils ont monté la garde près du corps durant plus d'une heure et sont très mouillés, l'air frigorifié, dans leurs bottes recouvertes d'une gangue d'argile rouge. Le visage juvénile de Machado est tiré de fatigue, tendu, ombré d'un duvet de barbe, et je perçois son inquiétude légitime. Cambridge est une véritable pépinière, entre Harvard et le MIT, sans oublier des sociétés de haute technologie valant plusieurs milliards de dollars, auxquelles s'ajoutent des visiteurs en flux ininterrompu, célébrités, membres de familles royales, élus au plus haut niveau de l'État. Le *district attorney* et le maire vont mener une vie infernale aux enquêteurs si cette affaire n'est pas rapidement et discrètement élucidée.

— Je vois personne en faction devant la barrière, lâche Marino. On a une équipe de télé qui nous épie, de vrais vautours. Barbara la Terreur, en chair et en os. Où il est, le renfort que j'ai demandé ?

Machado reporte son attention vers le parking où stationne la camionnette de télévision, phares allumés, moteur tournant, et affirme :

— Une autre voiture arrive.

Je soutiens le regard d'épervier de Barbara Fairbanks durant un instant. Grande, la silhouette souple et légère, elle est étonnamment jolie, mais très dure, avec son insondable regard sombre et ses courts cheveux noir corbeau. Elle m'évoque une gemme, une tourmaline admirablement taillée, ou alors une spinelle de Thaïlande. Elle détourne la tête et remonte dans la fourgonnette, mais elle n'est pas du genre à rater un scoop.

— Le corps a pu être déposé sur quelque chose et tiré, explique Marino à Machado. L'herbe aux alentours de la barrière est écrasée par endroits avec des petites mottes de terre arrachées çà et là.

Machado ne semble pas préoccupé par le fait que Marino agit comme s'il était aux commandes et rétorque :

— Y a plein de mottes de terre et de zones retournées. Le problème, c'est de cerner le moment où ça s'est produit. Difficile de parvenir à une certitude en raison des conditions.

Rusty et Harold déposent leurs mallettes dans la gadoue et placent la planche de transfert et les draps par-dessus, attendant mes instructions. Marino extrait une paire de gants d'examen de sa poche et réclame un appareil photo. J'établis mon plan d'action. J'envisage la suite des événements en jetant un regard à la camionnette de télévision qui sort du parking, certaine que Barbara Fairbanks n'a pas lâché le morceau. Je subodore qu'elle va tenter de pénétrer de l'autre côté du terrain de sport, le plus proche de nous, pour filmer au travers de la clôture. Quoi qu'il en soit, je n'entreprendrai pas l'examen du corps tant que je ne saurai pas exactement ce qu'elle mijote.

Marino rallume sa torche, prenant garde où il pose les pieds dans la glaise. Il balaie les flaques d'eau et la terre rouge du pinceau lumineux et annonce :

— Je vais examiner un peu le périmètre et prendre des photos.

Le policier du MIT s'adresse à moi :

— Moi, je parierais qu'il n'a rien fait dehors, ici. Il l'a juste laissée pour qu'on puisse la trouver très vite.

Je dépose à mon tour ma mallette de scène de crime. Il continue à me faire part de ses opinions. Avec sa mâchoire virile et sa silhouette parfaite, il a probablement l'habitude d'attirer les regards. Je me souviens l'avoir déjà rencontré, lors d'une affaire il y a quelques semaines. Un étudiant en première année au MIT était mort de façon subite pendant un entraînement de lutte.

— La came. Moi, c'est mon hypothèse, Doc.

J'ai oublié son nom. En revanche, je me rappelle comment Bryce le suivait bouche bée lorsqu'il est apparu dans la salle de radiographie à grandes dimensions. J'étais en train d'injecter un produit de contraste dans l'artère fémorale du lutteur décédé grâce à une machine à embaumer, une procédure sans doute déroutante pour quiconque n'est pas familier avec l'angiographie *post mortem*. Les images numérisées de la tomographie tridimensionnelle me révélèrent la cause de la mort avant même que je n'entaille le corps à l'aide d'une lame de scalpel.

Je m'accroupis à côté de ma mallette et déclare :

— Nous nous sommes déjà rencontrés. Il y a quelques semaines.

Il se présente à nouveau, son regard gris me pénètre :

— Andy Hunter. Ouais, c'était assez dingue. Durant une minute, j'ai pensé que vous étiez une scientifique folle en train de lui injecter des fluides pour tenter de le ressusciter d'entre les morts. Le père du garçon est prix Nobel. On pourrait espérer que des gens aussi intelligents fassent passer des examens à leurs gamins pour leur éviter ce genre de trucs.

Je soulève les fermetures en plastique de ma mallette.

— L'anévrisme de l'aorte abdominale n'est pas baptisé « le tueur silencieux » sans raison. Bien souvent, il n'existe aucun signe avant-coureur, aucun symptôme.

— Mon grand-père en est mort.

Il me dévisage et je me souviens qu'il avait flirté sans vergogne avec moi, au CFC.

— Un ouvrier, pas de sécurité sociale, qui n'avait jamais été voir le médecin. Il a eu une soudaine migraine, et la minute suivante il était mort. J'ai bien pensé à me faire examiner de la tête aux pieds mais j'ai la trouille des radiations.

— L'IRM n'émet pas de radiations ionisantes. Cela devrait vous convenir, sauf si vous avez des problèmes rénaux sérieux, en raison du produit de contraste.

Je m'installe à proximité de la bâche jaune ancrée par les fanions, qui révèle les contours de la pathétique forme cachée en dessous.

— Pas que je sache, non.

— Parles-en à ton médecin, le charrie Machado. Tu sais, celui dont tu paies la consultation.

Je vérifie avec Machado :

— Gail Shipton a été vue pour la dernière fois au Psi Bar, entre dix-sept heures trente et dix-huit heures, hier soir. Je suppose que l'information n'a pas changé.

— Tout juste, et on a une identification préliminaire. Visuelle. La photo est partout aux informations, et en tout cas, ça lui ressemble. Je suis bien conscient qu'on doit s'en assurer officiellement, mais selon moi il s'agit bien de Gail Shipton. Elle a quitté le bar pour pouvoir discuter au téléphone, aux environs de dix-sept heures trente, dix-huit heures. Voilà ce qu'on sait.

J'ouvre une boîte de gants d'examen, ceux que je préfère, sans latex, microtexturés pour faciliter la préhension.

— Je suppose qu'il ne pleuvait plus lorsqu'elle est sortie ? Elle est restée à l'extérieur durant un moment, au moins dix-sept minutes, si l'on se fie à la durée de son premier appel à un correspondant avec numéro masqué.

Ses yeux aux orbites enfoncées brillent de curiosité alors qu'il cherche où je veux en venir avec mes commentaires sur la météo. Il confirme :

— Non, il ne pleuvait pas lorsqu'elle a disparu. D'ailleurs, ça n'a commencé à dégringoler que plus tard.

— Plus tard quand ? On sait quand, exactement ? Je suis allée me coucher aux environs de vingt-trois heures. Il ne pleuvait pas encore, mais je me suis fait la réflexion que ça n'allait pas tarder.

Je remarque à cet instant que l'équipe de Barbara Fairbanks est arrivée en face du Simmons Hall, sur Vassar Street, ainsi que je le prévoyais.

M'adressant à Rusty et Harold, j'exige :

— Au moment où je découvrirai le corps, il va falloir que vous mainteniez quelque chose pour faire écran. Je ne veux pas que la télévision le filme.

— On a plein de draps.

— Et on sera prêts, si jamais ils viennent vers nous.

Machado précise :

— L'orage a débuté aux environs de minuit. De la pluie mêlée de grêle, puis juste de la pluie, mais alors des trombes.

Je récupère deux thermomètres et un scalpel stérile rétractable.

— Si elle a bien été enlevée aux environs de dix-huit heures, le coupable devait connaître l'évolution des conditions météo, ou alors se douter de ce qu'elles seraient au moment où il déposerait le cadavre ici. À l'évidence, le mauvais temps ne le préoccupait pas, et il s'est bien débrouillé de la pluie et du vent.

— Selon son humeur du moment, renchérit Andy Hunter. Faut dire que les gens du coin ont l'habitude de ce type de temps.

Je surveille Barbara Fairbanks du coin de l'œil. Elle longe la clôture, son cameraman derrière elle. Ils vont devoir filmer au travers du grillage, mais je n'ai pas non plus l'intention de le tolérer. D'ailleurs, Marino ne le permettra pas. Il avance vers nous péniblement. Il patauge dans la boue, se dépêchant autant qu'il le peut, pendant que Rusty et Harold récupèrent des draps pour improviser une barricade.

— Balance-m'en un ! crie Marino, et Rusty lui lance comme un Frisbee un drap à usage unique plié.

Le grand flic le rattrape d'une main. Il arrache l'enveloppe en cellophane. Il chancelle presque dans les flaques boueuses et se dirige vers l'équipe de télé. Il déplie le drap et le plaque contre la clôture, empêchant la caméra de filmer.

Un des membres de l'équipe de télé proteste :

— Oh, merde quoi, mon pote !

M'adressant à Machado, je précise :

— Vous le savez sans doute déjà, mais le procès intenté par Gail Shipton devait avoir lieu au tribunal dans moins de deux semaines.

Je résiste à la tentation de consulter à nouveau mon téléphone. La possibilité que Lucy ait une relation quelconque avec Gail Shipton, ingénieur en informatique, détentrice d'une coque de Smartphone de qualité militaire, continue de me tourmenter. Que ma nièce ne réponde pas à mes appels attise encore mes soupçons, et je suis à un cheveu de penser que j'ai vu juste. Janet m'a affirmé qu'elle la préviendrait que je tentais de la joindre. Lorsque Lucy m'ignore, cela signifie que quelque chose se mijote. Quelque chose qui s'avère rarement bon.

— Non, j'ignorais tout d'un procès.

— Avez-vous déjà entendu parler d'une compagnie fiduciaire du nom de Double S ?

Marino suit l'équipe le long de la clôture. Le drap tenu à bout de bras, il anticipe leurs mouvements, afin de leur bloquer la vue.

— Franchement ça m'évoque rien, pas plus qu'un procès.

À l'expression de Machado, je devine que je viens de lui fournir d'autres éléments de réflexion.

Peut-être cessera-t-il maintenant de s'obstiner à croire que cette jeune femme est décédée des suites d'une overdose. Peut-être cessera-t-il de s'inquiéter de relations publiques et d'un possible retour peu élogieux de la part de la presse.

— Harold, si vous pouviez vous tenir juste là avec Rusty, je pense que ça fera l'affaire.

Leur barricade en drap s'élève et claque sèchement sous le vent, telle la voile d'un navire. Le plastique geint lorsque je tire la bâche jaune.

Chapitre 11

Sa vue me trouble à nouveau. La même sensation m'envahit, celle que j'ai éprouvée lorsque Marino m'a expédié plus tôt des photographies par mail. Le corps est allongé avec grâce, drapé de blanc au milieu d'un océan de terre battue.

Ses paupières sont presque totalement baissées, évoquent une dormeuse sur le point de s'assoupir. Ses lèvres pâles, légèrement entrouvertes, laissent apercevoir l'arête blanche de ses incisives supérieures. J'examine la position de ses bras, le poignet arqué avec recherche, la main en arrondi qui repose sur son ventre. Le plastique bruisse à nouveau lorsque je replie la bâche et la tends à Harold, en lui demandant de l'emballer comme indice. Je ne veux pas risquer de perdre des débris microscopiques qui pourraient avoir été transférés dessus.

— Dingue ! souffle Rusty. Peut-être qu'il fallait qu'elle ressemble à une vierge.

Son compère Harold, incapable de résister à une blague bien lourdingue, lâche :

— Parce que tu sais à quoi ressemble une vierge ?

— Une minute, s'il vous plaît.

Qu'ils se taisent ! Je ne suis pas d'humeur à entendre de l'humour potache et je n'ai pas besoin de leurs opinions en ce moment. Je continue d'examiner le corps. Je me relève et le contourne afin d'en conserver une vue d'ensemble, alors que mes doutes croissent. Je détaille une peau sans défaut bien trop propre, des mains bien trop indemnes et un visage trop paisible et préservé.

Rien de lubrique, ni même de sexuel dans la façon dont elle a été disposée. Ses jambes sont serrées l'une contre l'autre, ses seins et organes génitaux sont dissimulés par le tissu arrangé avec soin autour d'elle, qui la recouvre de la base du cou au bas des jambes. Sa gorge laiteuse ne porte aucune marque de liens, aucun hématome. La plaque rouge sombre qui s'étend le long de sa nuque résulte de la *livor mortis.* Celle-ci s'installe lorsque le sang se dépose, après que le cœur et la circulation sanguine se sont arrêtés. Je ne vois aucune blessure sur ses chevilles ou ses poignets. À première vue, aucun signe ne trahit une lutte. Rien ne me permet de penser qu'elle a tenté de résister un tant soit peu à la mort, et cette déroutante constatation me frappe.

Je me baisse à nouveau, si proche d'elle que je peux sentir l'odeur de la terre mouillée. Les premiers phénomènes de décomposition ne sont pas encore apparents. Ils s'intensifieront dès qu'elle aura été transportée dans mon immeuble, où la température ambiante est bien plus clémente. Je perçois des effluves de parfum, fruités et floraux, avec une trace de santal et de vanille plus discernable lorsque je me penche vers son visage et ses longs cheveux bruns. L'étoffe blanc ivoire, d'une netteté suspecte, évoque un matériau synthétique. Je palpe l'ourlet de la pièce de tissu. Passé sous les aisselles de la morte, il couvre sa poitrine à la manière d'un drap de bain. Je murmure :

— Ce n'est pas un drap de lit. Il s'agit d'un mélange synthétique modérément extensible, plié en deux, une pièce de tissu longue mais pas très large.

Perplexe, Machado suggère :

— Un rideau ?

J'examine le tissu sans le déplacer.

— Non, je ne crois pas. Ni doublure, ni rabat pour passer une tringle et je ne vois rien qui indique que des anneaux ou des crochets aient jamais été cousus dessus. C'est très doux d'un côté, plus grainé de l'autre, un tissage assez similaire aux collants, une sorte de jersey fin, bref, un tissu à mailles.

— Je sais pas trop ce que c'est.

— Ce genre de tissu à mailles est utilisé pour les gants, les caleçons longs, les sweaters très légers, par exemple.

J'étudie la position du corps et la façon dont l'étoffe a été drapée autour, la couvrant pudiquement depuis les clavicules jusqu'à une dizaine de centimètres au-dessus des chevilles.

Tracassée par les affaires de Washington sur lesquelles travaille Benton, j'énumère :

— Ça m'évoque la Rome antique, Jérusalem, ou un spa. Du moins est-ce ce qui me vient à l'esprit.

Marino nous a rejoints et s'accroupit non loin, ses bottes dérapant dans la glaise.

— Ben, c'est pour ça que ces dingues mettent en scène leurs victimes. Juste pour qu'on se creuse la tête.

— Si j'en juge par mon expérience, nous ne dictons pas leurs actes. Ça les concerne intimement. Il s'agit de leurs propres fantasmes, de leurs émotions à un instant précis.

J'aimerais lui parler des affaires de Washington, de la façon dont les corps des victimes étaient enveloppés, mais je ne m'y risque pas.

Harold, un expert dans ce domaine, lâche :

— Ça me fait penser à un linceul. Ça devient assez à la mode lors des enterrements, pour emmailloter le corps, notamment ceux faits main. Au cours de la dernière année où j'ai travaillé pour les pompes funèbres, on a eu deux enterrements *verts*, du cent pour cent naturel et biodégradable.

— Ce tissu-là n'a rien de naturel et il ne se biodégradera pas, Harold.

Des fibres de couleur pâle, dont l'origine est probablement le tissu, adhèrent à la peau blafarde et mouillée. Je remarque que ses ongles courts, sans vernis, sont intacts et que des fibres bleuâtres sont coincées dessous, sans que je devine leur provenance. Peut-être un matériau dans lequel on l'a enveloppée alors qu'elle était toujours en vie ? Les gens qui sont immobilisés ne récoltent en général pas de fibres ou autres traces sous leurs ongles, pas jusqu'à la chair. Je récupère une loupe et une petite lampe à UV dans ma mallette.

Machado prend d'autres photos et demande :

— Selon vous, y a des pompes funèbres dans le coin qui vendraient ce genre d'étoffe ?

Harold tend le cou pour vérifier la position de l'équipe de télé alors que Rusty et lui maintiennent toujours le drap en hauteur. Il répond :

— Des articles biodégradables, par exemple des urnes, oui. En revanche, je ne sais pas trop où vous pourriez trouver des suaires faits main dans le coin. Les rares que j'ai vus avaient été achetés à l'ouest du pays.

Peut-être en Oregon. Mais on peut les commander sur Internet.

Je répète :

— Un mélange synthétique n'est pas biodégradable. Nous ne connaissons pas au juste la nature de celui-ci.

J'allume la lampe UV et la lentille s'embrase d'une lueur violette en émettant de la lumière noire invisible. Cet examen préliminaire du corps m'alertera en cas de traces, notamment des fluides biologiques tels que le sperme. Je veux m'assurer de prélever tout ce qui pourrait être perdu ou délogé durant le transport jusqu'au Centre de sciences légales de Cambridge. Je braque la lumière sur le corps. Des couleurs électriques, fluorescentes, brillent. Rouge sang, vert émeraude, et un intense pourpre-bleu.

Andy Hunter se penche davantage pour mieux voir et lâche :

— C'est quoi, ce truc ? On dirait de la poudre de paillettes, des paillettes de Noël peut-être.

— C'est bien plus fin que cela, et je doute que ce genre de poudre s'allume en fluorescence sous une lumière ultraviolette…

Je déplace la source lumineuse en parlant. Chaque endroit qu'elle frôle réagit en émettant ces trois mêmes couleurs brillantes.

— … On dirait une poudre très fine, répandue sur tout le tissu et le corps, avec une très forte concentration autour du nez et des lèvres, sur les dents et à l'intérieur des narines.

Machado se rapproche de moi, ses bottes s'enfoncent dans l'épaisse boue rouge. Il me demande :

— Vous avez déjà vu un truc pareil ?

— Pas exactement, mais quoi que ce soit, c'est assez tenace pour résister à une pluie torrentielle. À moins qu'il n'y en ait eu beaucoup plus avant que le corps soit abandonné ici.

Je dirige le faisceau de la lampe UV vers la terre rouge détrempée qui environne le cadavre. Des éclats s'allument çà et là, les trois mêmes couleurs. Je récupère un paquet d'écouvillons.

— Je récolte quelques échantillons pour les envoyer à l'analyse. Ensuite, je prendrai sa température et nous la transporterons à la morgue.

Je scelle les écouvillons dans des conteneurs à indices que je distingue à l'aide d'un feutre, puis palpe le bras gauche tendu de la femme morte et son poignet incliné de façon théâtrale. Elle est froide et rigide. La *rigor mortis* s'est installée.

Je dégage le tissu enroulé sous son cou et l'entrouvre. Elle ne porte rien, à l'exception d'une culotte trop grande pour elle. Le sous-vêtement de couleur pêche, orné d'une bande de dentelle à la ceinture, monte haut sur le ventre. L'étiquette cousue au dos est celle d'une marque de lingerie onéreuse, Hanro. La culotte de taille médium conviendrait à une femme portant habituellement du 40-42. L'entrejambe est taché de jaune pâle, et je repense avec un certain malaise à ce que m'a révélé Benton.

Les trois femmes assassinées à Washington D.C. portaient chacune la culotte souillée d'urine de la victime précédente, et pour l'une, celle d'une femme non identifiée. Benton avait alors conjecturé qu'elles avaient perdu le contrôle de leur vessie durant la suffocation. Des fibres bleues et blanches de Lycra avaient été retrouvées dans les trois cas, pouvant provenir d'un revêtement de meuble, ou peut-être de vêtements de sport portés par le tueur.

De la pointe de la lame du scalpel, je pratique une petite incision en haut à droite de l'abdomen. Un sang d'une étrange couleur rouge terne suinte. Le sang des morts. Froid et sombre, il évoque une eau stagnante.

J'insère un long thermomètre dans le foie et en place un second sur ma mallette de scène de crime afin de relever la température ambiante.

— Elle est morte depuis un moment. Au moins six heures mais selon moi davantage, en fonction des conditions.

Machado m'adresse un regard intense, teinté d'une lueur d'effroi, et demande :

— Peut-être depuis hier soir, lorsqu'elle a disparu ?

À l'évidence, il n'a jamais vu de cas semblable. Moi non plus d'ailleurs, du moins pas tout à fait. Cependant, j'ai examiné des photographies dont je ne peux pas discuter avec lui ou Marino. Seul Benton est à même de prendre une telle décision.

— Si elle a été enlevée aux environs de dix-huit heures, ça voudrait dire qu'elle est morte depuis douze heures, selon votre hypothèse.

Je palpe son crâne à la recherche de fractures ou d'autres blessures et n'en décèle aucune avant de poursuivre :

— Trop longtemps. J'en doute sérieusement. Selon moi, elle a été maintenue en vie quelque part, pendant un moment.

— Vous voulez dire en otage ? s'inquiète Machado.

Je soulève ses bras raides et ses mains, examine avec soin leur surface afin de vérifier encore l'éventuelle présence de lésions.

— Je l'ignore. Jusque-là, je n'ai vu aucun signe permettant de penser qu'elle ait été ligotée ou se soit débattue. Je ne vois aucune blessure de défense ou de lutte.

Sa chair est froide sous mes gants, presque réfrigérée quoiqu'un peu plus tiède que l'air ambiant. Je me rapproche de ses pieds nus, braquant la lumière UV sur eux, et le même résidu coloré scintille. Rouge sang, vert émeraude, et un profond pourpre-bleu. La combinaison des couleurs semble pointer vers une source unique, une poudre fine composée de trois substances qui s'allument en fluorescence à la longueur d'ondes courtes de la lumière ultraviolette. J'en récolte encore à l'aide de bandes adhésives et le résidu étincelle lorsque je les fourre dans des sachets à indices.

Andy Hunter suggère :

— Peut-être qu'elle avait un maquillage branché. Aujourd'hui, les filles aiment bien les trucs scintillants.

J'enfile des gants neufs afin de m'assurer que je ne transfère pas le résidu d'un endroit du corps à un autre et rétorque d'un ton sceptique :

— Sur tout le corps et sur le tissu ? Pour l'instant, je pars du principe que son corps a séjourné dans un endroit dans lequel on trouve ce résidu. Ça permet d'expliquer sa présence sur elle et sur l'étoffe dans laquelle elle était enveloppée.

Je soulève les mollets rigides. Le tissu est relativement propre en dessous. Machado intervient :

— Une sorte de poussière qui étincellerait sous une lumière UV.

— Probablement pas de la poussière. Un résidu fin, fluorescent de façon régulière, m'oriente plutôt vers une substance manufacturée, un produit commercial. On tentera un examen au microscope électronique à balayage, du moins dans un premier temps. Avec un peu de chance, Ernie sera là aujourd'hui.

Les plantes de ses pieds nus sont propres, à peine souillées de légères éclaboussures de boue, sans doute provoquées par la forte pluie tombée plus tôt. Je détecte le résidu scintillant sous une lumière ultraviolette, partout, des pieds à la tête, à croire qu'on l'en a pulvérisée.

M'aidant d'une loupe et d'une pince fine, je récolte des fibres bleuâtres piégées sous les ongles de la morte, les déposant ensuite dans un petit sachet plastique à indices. Je la bascule sur le flanc et conclus :

— Elle n'a pas été traînée jusqu'ici, sauf s'il y avait quelque chose sous elle.

— Peut-être qu'on la portait, réfléchit Andy Hunter. Un coupable très costaud, ou alors ils s'y sont collés à plusieurs.

Une couleur rouge sombre a envahi son dos, avec des zones blanches indiquant que ses omoplates reposaient sur une surface dure au moment où la circulation sanguine s'est arrêtée. La *livor mortis* est fixée. Elle est donc restée sur le dos durant des heures après son décès, peut-être sur un plancher, dans un endroit tiède, dans la position où elle se trouve à l'heure actuelle puisque le corps est maintenant rigide. Néanmoins, elle n'est pas morte ainsi. Son corps a été mis en scène *post mortem*, les jambes allongées et serrées l'une contre l'autre, ses bras positionnés ainsi qu'ils sont maintenant, jusqu'à ce que la *rigor mortis* les raidisse.

Machado prend de nombreuses photographies, son flash crépite. Marino l'assiste et note les indications. Il positionne une règle en plastique longue de quinze centimètres qui servira d'étalon. De l'autre côté de la clôture longeant Vassar Street, des curieux se rassemblent, des téléphones sont brandis pour prendre des photos. Plusieurs policiers en uniforme surveillent les lieux.

Marino conseille à Hunter :

— Peut-être que tu devrais les rejoindre pour leur donner un coup de main ?

Je sais pourquoi. Il en a assez de contempler le magnifique spécimen Andy Hunter, et ne supporte plus l'insistance avec laquelle il me dévisage ni son obstination à rester le plus près possible de moi. D'un ton autoritaire, il ajoute :

— Faut s'assurer qu'on sait qui est en train de mater la scène et de prendre des photos.

Hunter jugule sa colère et sourit :

— Ouais, mais je travaille pas pour ton département. Du moins, pas la dernière fois que j'ai vérifié. D'ailleurs, toi-même, tu bosses à peine pour le tien. J'espère que t'aimes bien ton nouveau boulot.

Il repart en piétinant dans la boue, optant pour la solution de facilité qui consiste à traverser le parking. Je récupère les thermomètres.

— Température corporelle : 14,5 degrés. Température ambiante : 10,5 degrés. Le décès remonte à environ huit heures, peut-être plus longtemps. Elle a passé la majeure partie de ce temps dans un endroit beaucoup plus tiède qu'ici, sans quoi la *rigor mortis* et la *livor mortis* ne seraient pas aussi avancées. Elles se seraient installées plus lentement à cause de la température très fraîche et de la pluie glacée. Les conditions nocturnes qui règnent à l'extérieur sont proches de la réfrigération. Ça ralentit les processus.

— Donc, elle est morte plusieurs heures après sa disparition du bar, résume Machado. Peut-être qu'elle a suivi quelqu'un, un type qu'elle connaissait, et que ça s'est terminé par sa mort.

— Je ne peux certainement pas préciser à ce stade si elle a suivi quelqu'un volontairement ou involontairement.

Machado insiste :

— Mais vous avez dit qu'elle ne présentait pas de blessure de défense, Doc. En d'autres termes, elle se serait pas débattue, hein ?

— Il n'y a pas de blessure évidente mais je n'ai pas eu l'opportunité de l'examiner avec soin et sous un éclairage correct. Il se peut qu'elle présente des blessures internes. Nous en saurons davantage lorsque nous scannerons le corps.

Je change à nouveau de gants d'examen et fourre ceux que je viens de retirer dans la poche de ma veste.

Chapitre 12

Je repousse avec douceur les paupières de la morte de mes doigts gantés de nitrile violet. La conjonctive est semée d'hémorragies ponctiformes. Le blanc de l'œil est presque totalement rouge.

Je braque la lumière de ma lampe UV vers ses cornées et le même résidu étincelle de tous ses feux. Rouge sang, vert émeraude, pourpre-bleu.

— Il ne s'agit pas d'une mort accidentelle. Quelle que soit cette substance, elle en est couverte. Elle a peut-être été étouffée, bien que les hémorragies pétéchiales ne soient pas toujours associées à la suffocation. Je ne vois aucune marque, ni aucune contusion sur le cou qui pourrait indiquer une strangulation. Quoi qu'il en soit, quelque chose a causé des ruptures vasculaires.

Marino s'accroupit à côté de sa tête pour constater ce que je décris et demande :

— Et qu'est-ce qui pourrait provoquer ça, à part une strangulation ?

Je retire à nouveau mes gants qui rejoignent mes poches déjà pleines de paires usagées :

— Une augmentation de la pression intrathoracique engendrant un effet similaire à la manœuvre de Valsalva. En d'autres termes, une importante augmentation de la pression artérielle avec pour conséquence de minuscules hémorragies.

— Et dans quelles circonstances ce genre de truc peut-il survenir ? s'informe Machado.

— Quand on se défend, qu'on panique, peut-être en cas de privation d'air. Toutefois, peut-être une autre cause est-elle à l'origine de l'atteinte cardiaque. Je ne puis être formelle à ce stade, mais partons du principe qu'il s'agit d'un meurtre et abordons l'affaire sous cet angle. Transportons-la dans la fourgonnette et je vous rejoins au CFC, j'indique à Rusty et Harold en me relevant. Le tissu ne doit pas être déplacé. Enveloppez-la dans des draps de sorte à maintenir son corps dans la même position.

— Et comment Anne va-t-elle se débrouiller pour scanner le corps avec un bras dans cette position ?

— Je pense pas que le tunnel soit assez large.

— Ça passera, je réplique. On ne casse surtout pas la *rigor*.

J'explique que je veux que le bras tendu et le poignet incliné soient enveloppés séparément et préservés à l'aide de ruban adhésif. Un autre drap servira à protéger le reste du corps, à l'exception de la tête. Un grand sac en papier pour indices sera utilisé pour la recouvrir jusqu'au cou et de plus petits scelleront les mains et les pieds. Elle s'enfoncera dans le CT-scanner ainsi.

Je répète afin d'être parfaitement claire, parce que la façon dont son corps a été disposé constitue un indice que je veux conserver :

— Posez la planche de transfert sur un drap propre, que la boue ne la macule pas. Je veux qu'elle soit transportée ainsi que je l'ai précisé.

Un indice qui pourrait rapprocher ce décès des trois autres. Je ne puis m'en ouvrir à Marino ou Machado, alors qu'un sentiment d'urgence m'envahit. Il est exclu que j'occasionne des ennuis à Benton pour avoir fait ce qu'il devait, le plus approprié. Il sollicitait mon aide pour une raison que j'appréhende maintenant. Le Bureau a organisé une censure sur l'information concernant les affaires de Washington et le tueur a pu quitter cette zone. Il se peut qu'il assassine ailleurs, et les départements de police ne reconnaîtront donc pas sa signature. Peut-être a-t-il débarqué à Cambridge, d'où était originaire une de ses précédentes victimes, Klara Hembree ? Cependant, Benton n'est pas encore au courant de ce développement. Il me faut l'en avertir.

Je continue d'énumérer ce que je veux :

— Elle part directement en salle de radiographie à grandes dimensions. Je vais m'assurer qu'Anne est prête pour son arrivée. Nous avons bien des photographies de tout cela *in situ*, n'est-ce pas ?

Machado me l'affirme, tout en regardant vers l'autre extrémité du terrain de sport, en direction d'Andy Hunter. Celui-ci a rejoint les policiers de faction sur le trottoir de l'autre côté de la clôture, où se masse une foule de plus en plus compacte. Barbara Fairbanks est plantée devant le Simmons Hall, interviewant quiconque accepte de lui parler. Je perçois au loin un son indistinct.

Une traînée bleu de Prusse teinte l'horizon, premier indice de l'aube. Je demande à Machado de me transférer ses photographies aussi vite que possible, alors que le bruit de fond devient audible et reconnaissable. Nous nous retournons d'un bloc vers la rivière et découvrons la même chose. Le lointain vrombissement haché se rapproche, celui d'un hélicoptère volant bas au sud-est de la Charles River. Il vient vers nous à vive allure.

— J'espère que c'est pas encore une de ces foutues chaînes de télévision, grogne Marino.

Je regarde le ciel sombre et le détrompe :

— J'en doute. Trop gros pour un hélicoptère de télévision.

— Militaire, ou alors les garde-côtes ?

— Non.

Je reconnais le vrombissement aigu et plaintif des turbomoteurs et le battement saccadé de ses pales en matériau composite qui tournent presque à la vitesse du son.

— Il faut la couvrir jusqu'à ce que ce truc soit parti ! s'exclame Harold. On ne peut pas maintenir le drap avec le brassage d'air que ça provoque.

Je leur indique de garder leur position, de maintenir la barricade improvisée en place pour soustraire le corps aux regards de l'équipe de télé et des spectateurs. Je lève la voix jusqu'à crier, et les rassure :

— Tout se passera bien, ne bougez pas ! Tout se passera bien !

L'hélicoptère apparaît dans un vacarme assourdissant, ses phares inondent les toits des résidences universitaires. Il traverse le terrain de sport, volant au-dessus de nos têtes à environ trois cents mètres d'altitude, assez haut pour nous éviter les turbulences de son rotor. Lucy sait naviguer sur une scène de crime. Son Nightsun d'une puissance de cinquante millions de bougies éclaire d'une lumière blanche le corps et la boue rouge avant de s'écarter.

Une main en visière, nous suivons tous des yeux l'EC 145 à l'allure inquiétante pendant qu'il survole en rond le terrain de sport. L'appareil descend à la verticale, tournant toujours, beaucoup plus bas et plus lentement. Il effectue ce que ma nièce appelle des « reconnaissances hautes et basses », qui lui servent à vérifier de possibles obstacles tels des antennes, des lignes à haute tension ou des pylônes, bref tous les dangers repérables. Je distingue son casque. La visière ambre est baissée sur son visage. Je n'identifie pas la personne à ses côtés, coiffée d'un écouteur, pourtant je sais déjà de qui il s'agit. En revanche, je ne suis pas certaine de comprendre la raison de sa présence. Quoi qu'il en soit, un immense soulagement m'envahit.

Hurlant pour couvrir le bruit assourdissant, je lance à Rusty et Harold :

— Restez où vous êtes. Ne bougez pas !

Je m'empresse de rejoindre le parking désert, pataugeant dans la gadoue et l'herbe détrempée. L'appareil à la large carlingue et au nez retroussé descend verticalement. On le dirait suspendu dans les airs. Les arbres plantés en bordure de la surface d'asphalte ploient. Ils ruissellent d'une lumière aveuglante. Puis l'hélicoptère se pose avec douceur. Lucy ne coupe pas les moteurs : elle n'a pas l'intention de s'éterniser.

La porte avant gauche s'ouvre, Benton pose un pied sur l'un des patins, puis l'autre, et descend.

Les pans de son manteau claquent dans les bourrasques de vent. Il ouvre une porte arrière et récupère ses bagages à l'intérieur de l'appareil. Ma nièce tourne sa tête casquée vers moi et me salue d'un petit mouvement. Je lève la main, ne sachant pas trop pour quelle raison elle a décidé d'amener Benton. Peu importe. J'en suis si heureuse. J'ai presque l'impression d'un miracle, d'une prière exaucée, si toutefois j'avais songé à prier.

Benton traverse le parking à grandes enjambées et je récupère l'un de ses sacs. Il passe son bras autour de ma taille, m'attire vers lui et caresse le haut de mon crâne de sa joue. L'hélicoptère s'arrache du sol dans un abrupt mouvement ascendant. Son nez s'oriente vers la rivière. Il prend de la vitesse au-dessus des arbres et des immeubles. Son vrombissement et la pulsation de ses lumières disparaissent aussi vite qu'ils sont apparus.

Après que le bruit s'est atténué, je murmure :

— Merci, mon Dieu, tu es là, mais je ne comprends pas.

— Normalement, c'était ma surprise d'anniversaire.

— Étrange, je ne crois pas qu'il s'agisse de l'unique raison.

— En effet, d'autant que je n'avais pas prévu d'arriver aussi tôt, admet-il.

— Samedi, du moins est-ce ce que j'avais retenu.

— Non, je veux dire aussi tôt aujourd'hui.

Il m'embrasse et son attention se focalise sur la scène illuminée au beau milieu de la boue, où Rusty et Harold continuent de brandir le drap plastifié tel un morbide étendard. Benton reprend :

— Un cadeau pour moi, une surprise pour toi, il fallait que je dégage au plus vite de Washington D.C.

Tout commence à devenir cohérent, et je déduis :

— Lucy a donc reçu mon texto.

Il scrute l'herbe détrempée et la glaise rougeâtre avant de répondre et son regard s'attarde sur le corps drapé de blanc :

— En effet. Lucy savait depuis minuit environ que Gail Shipton avait disparu. Ses moteurs de recherche avaient déniché l'information sur le site Web de la Cinq.

Il m'explique que ma nièce s'est envolée pour Washington hier, se posant à Dulles en fin d'après-midi, et que son plan incluait de dîner avec Benton, puis de le ramener aujourd'hui. La surprise consistait à le conduire jusqu'à la maison, puisqu'elle supposait que je m'y reposerais toujours pour récupérer de la grippe. Son plan s'était vite modifié lorsqu'elle avait reçu une alerte au sujet de la disparition de Gail. Ma nièce avait alors décidé qu'ils repartaient immédiatement.

— La première chose que m'a dite Lucy, c'est que Gail était probablement morte, explique Benton. Le linge blanc serré autour d'elle vous appartient ?

— Non, nous l'avons trouvée ainsi.

Il regarde fixement la scène de loin et je sais qu'il est en train d'en mémoriser chaque détail, de comparer les données.

Je lui avoue ce qui me tracasse depuis un moment :

— La première victime était originaire de Cambridge. Klara Hembree. Le tissu est inhabituel et la façon dont il est drapé autour du corps ressemble en tout point à ce que j'ai vu dans le cas de Klara et pour les deux victimes plus récentes. Il a été passé sous les aisselles, à la manière d'un grand drap de bain.

Je lui apprends que mon examen préliminaire du cadavre n'a révélé aucun signe d'une éventuelle lutte, ou que la victime ait tenté quoi que ce soit pour se défendre. Je décris la position du corps sans oublier le résidu fluorescent répandu partout sur elle et sur l'espèce de linceul, dont je suppose qu'il s'agit d'un tissu à mailles, un mélange synthétique. Ce genre de matériau à modeste extensibilité est assez similaire au Lycra, dont sont composées les fibres récoltées sur les victimes de Washington. J'aborde ensuite la culotte trop grande et tachée d'urine.

Benton m'écoute attentivement, compilant les données, triant les informations, et je sais qu'il s'imprègne de ce que je lui révèle mais qu'il se gardera de sauter aux conclusions.

— De quelle sorte de culotte s'agissait-il ?

— La marque ?

— Oui.

— Une lingerie chère, je réplique.

Du coton de très bonne qualité, pêche pâle, une marque suisse, je souligne, et mon mari reste tout d'abord muet. Pourtant, je déchiffre les expressions qui se succèdent sur son visage. Ces informations ont un sens pour lui. Il commente enfin :

— La troisième victime de Washington, Julianne Goulet, appréciait la lingerie suisse haut de gamme, une marque du nom de Hanro.

— Précisément. Si je me souviens bien des rapports, Julianne Goulet mesurait environ un mètre soixante-dix et pesait soixante-trois kilos, ce qui correspondrait assez à une taille médium.

— Il pourrait s'agir de son sous-vêtement. Le tueur a un lien avec ce coin. Je crois qu'il a pisté Klara alors qu'elle vivait toujours ici et qu'il l'a suivie à Washington D.C. après son déménagement, énonce Benton au fur et à mesure que les pensées se succèdent dans son esprit. Klara était une cible, et les deux qui ont suivi, des opportunités. Mais que représente Gail ? S'il s'agit bien du même tueur, nous en sommes à au moins trois meurtres en un mois. Il se sent à l'aise ici – plus spécifiquement dans cette partie de Cambridge – mais il ne contrôle plus rien et est en pleine escalade. Il faut que je regarde tout cela de plus près. J'attends d'avoir des certitudes avant de tirer mes conclusions.

En d'autres termes, il ne communiquera pas cette information à Marino, ni à Machado, ni aux forces de police impliquées dans cette enquête. Benton n'a aucune intention de leur révéler qu'ils sont sur la trace d'un tueur en série avant d'être certain de ce qu'il affirme.

Contre toute attente, il ajoute :

— D'autant que, si nous avons affaire au même meurtrier, on va se retrouver avec un problème majeur. Le Bureau niera tout en bloc. Il va falloir que je reste un peu dans le coin.

Je jette un regard à ses chaussures en cuir marron lustré, des chaussures habillées à double boucle sur le côté.

— Je suppose que tu n'as pas de bottes, dans ton sac. Bien sûr que non. Quelle question !

Bien sûr qu'il n'a pas rangé une paire de bottes en caoutchouc dans son sac. D'ailleurs, il n'en possède pas. Même lorsque Benton est pris d'une envie de jardinage, il reste d'une parfaite distinction. C'est plus fort que lui. Grand, svelte et bien découplé, c'est le genre d'homme qui reste bien élevé en toutes circonstances et dont on sent qu'il est riche, même sur une scène de crime, les pieds enfoncés dans la boue.

Son beau visage aux traits fermes et élégants tourné vers moi, la ligne de sa mâchoire grave, son épaisse chevelure argentée ébouriffée par le vent, il me demande :

— Son identité est confirmée ?

Je le précède dans l'allée afin que nous déposions ses sacs non loin du SUV de Marino.

— Pas officiellement. Toutefois, il subsiste peu de doutes. Nous sommes partis du principe qu'il s'agissait bien de la femme qui a disparu hier soir, Gail Shipton.

Benton boutonne son long manteau de cachemire d'une main et précise :

— Lucy affirme en être presque certaine. Nous étions loin mais elle a zoomé. Elle a tout filmé, la position du corps, la façon dont il est enveloppé, un détail significatif, vraiment. Tu auras une vue du ciel, si tu le souhaites. Il y a beaucoup à dire, mais le lieu n'est guère propice.

— Dis-moi au moins pourquoi ?

— Marino a ramassé le téléphone portable de Gail Shipton non loin du bar. *A priori*, l'appareil est toujours en sa possession.

— Comment peux-tu savoir…

Il m'interrompt d'un ton calme alors que nous approchons du SUV. Quincy pousse des petits jappements désespérés.

— Pas maintenant, Kay. Nous ne pouvons pas évoquer cela devant Marino, pas ce qui concerne le téléphone ou le fait qu'il l'a découvert et que Lucy le sait. Elle l'a littéralement vu le ramasser puisqu'elle surveille l'appareil à distance depuis qu'elle a appris que Gail Shipton avait disparu. Lucy a compris vers minuit que le téléphone de Gail se trouvait toujours non loin du Psi Bar, où il a été utilisé pour la dernière fois.

— Elle travaillait donc avec Gail.

J'en suis sûre maintenant, et cela explique la coque de type militaire, similaire à celles que Lucy et moi possédons.

— C’est un problème.

Il sous-entend que Lucy est un problème ou qu’elle va le devenir. Si le Smartphone de Gail Shipton représente un tel intérêt pour ma nièce, c’est en lien avec un projet sur lequel elle a travaillé. Elle n’hésitera pas à interférer avec une enquête de police. D’ailleurs, peut-être est-ce déjà le cas.

— Bien sûr, tu es conscient de l’enchaînement des événements, Benton. Gail devait témoigner devant la cour dans moins de deux semaines.

Il ne fait aucun doute dans mon esprit qu’il est au courant, et mon malaise croît. *Dans quoi s’est fourrée Lucy, cette fois ?*

Benton masse le bas de ma nuque, et pourtant je ne suis en rien rassurée.

— Nous allons devoir discuter de beaucoup de choses, Kay.

— Lucy est-elle impliquée dans cette action en justice ? Éclaire-moi, du moins sur ce point. Est-elle mouillée dans la guerre à cent millions de dollars de Gail Shipton contre Double S, une compagnie fiduciaire dont le quartier général s’élève à proximité de sa résidence secondaire, à Concord ?

Nous nous arrêtons à l’arrière du SUV de Marino et déposons ses sacs. Quincy se met à geindre plus fort et à aboyer.

— Lucy est un témoin. Le conseil du défendeur l’a citée à déposer l’été dernier.

S’agit-il de ce dont Carin Hegel voulait discuter avec moi ? Je m’étonne :

— Et elle ne nous en a jamais parlé ?

— Kay, tu devrais pourtant savoir que Lucy gère ses affaires à sa manière.

— Dans le cas présent, ce qu'elle a « géré à sa manière » pourrait impliquer un homicide, dont il n'est pas exclu qu'il soit lié à ceux sur lesquels tu travailles ! Peut-être que l'audience n'est rien d'autre qu'une coïncidence. Néanmoins, avoue que c'est troublant. Je connais son avocate, Carin Hegel, assez préoccupée de sa propre sécurité pour avoir quitté son domicile. Selon elle, les individus de Double S sont dangereux, et ils pourraient même avoir des accointances avec des gens haut placés.

— La position des corps, le tissu utilisé, rien de cela n'a fuité à ma connaissance, résume mon mari, accompagné par les aboiements de Quincy et ses gémissements qui vont *crescendo*.

— En d'autres termes, il est peu probable que nous ayons affaire à un imitateur, un *copycat*.

— Ce n'est sans doute pas la véritable justification de Granby pour retenir la moindre information concernant ces affaires, mais en l'occurrence, on peut s'en féliciter.

Son ton s'est fait cassant, le ton qu'il adopte lorsqu'il parle de son patron.

J'envoie un texto à Harold pour qu'il vienne déverrouiller les portières de la fourgonnette du CFC.

Je tente de plaisanter :

— Tes chaussures vont rester collées dans la boue. Avec un peu de chance, nous devrions avoir une paire de bottes en caoutchouc supplémentaire pour toi.

Puis, je murmure à l'adresse de Quincy dans l'espoir de le réconforter en tapotant sur le pare-brise arrière du SUV de son maître :

— Tout va bien. Tout va bien, je te promets.

Benton détaille le chiot de Marino, qui aboie et gratte le grillage de sa cage, l'air malheureux.

— Pauvre chien, résume mon mari.

Chapitre 13

La scène de crime s'est métamorphosée en territoire de boue retournée, minuscule désert au centre d'un empire universitaire qui s'éveille à peine. Il est huit heures passées de quelques minutes. Le corps a été transporté au Centre peu avant, au lever du jour.

Un soleil encore bas rase les bâtiments de brique derrière lesquels la Charles River s'écoule avec paresse vers un bassin pour rejoindre le port de Boston avant de se perdre dans l'océan. Des nappes de bleu s'immiscent au travers des cumulus qui changent de forme et s'éloignent. Le vent s'est apaisé. Le ciel semble lavé de toute menace de pluie et je patiente sur le parking, non loin du portillon ouvert, attendant Benton. Je ne partirai pas tant qu'il sera sur les lieux, seul, alors que je le sais enfermé dans cet endroit qu'il rejoint parfois, un recoin douloureux, à peine tolérable, de son esprit.

Entre deux conversations téléphoniques, j'arpente l'asphalte encore humide, consciente de l'isolement de Benton pendant qu'il travaille. La raison pour laquelle il m'a toujours attirée, même lorsque je l'ignorais, me revient. Je le regarde et suis consciente de l'intensité avec laquelle je l'aime. Je ne me souviens même plus de l'époque où je ne l'aimais pas, et pourtant les choses commencèrent ainsi. Au début, alors que j'étais le tout nouveau médecin expert en chef de Virginie, et lui le « Monsieur Irma des timbrés » ainsi que l'avait baptisé Marino, narquois, j'éprouvais une vive antipathie à son égard. Je trouvais la beauté virile et le flair de Benton Wesley un peu trop évidents dans un genre tranchant. J'avais aussitôt décidé que son austérité supérieure se lisait jusque dans ses costumes discrets mais très onéreux, et que son attitude était amidonnée à l'instar de ses chemises.

En cette période de ma vie, je m'étais fait une spécialité des liaisons masculines interchangeables, qui ne demandaient aucun effort, sans toutefois se solder par des conséquences douloureuses pour les protagonistes. J'optais pour des hommes ne laissant pas de trace dans mon existence, des hommes « faciles » avec lesquels je pouvais passer quelques nuits, et qui me permettaient d'oublier durant un instant ce que je sais. Je n'éprouvais donc aucun intérêt pour un profileur star du Bureau, certainement pas doublé d'un élitiste, triplé d'un homme marié, l'un de ceux que sa légende précédait lorsqu'il pénétra dans mon bureau environné du léger parfum d'humus de son after-shave.

Je résidais depuis peu de temps à Richmond. J'affrontais des obstacles totalement imprévisibles après avoir accepté ce travail dans un Commonwealth dirigé par un pouvoir strictement masculin. J'étais donc toute prête à détester et à écarter Benton Wesley. J'avais entendu parler de sa famille privilégiée de Nouvelle-Angleterre. L'agent très spécial armé, capable de lire dans une boule de cristal, avait une réputation d'homme talentueux et désinvolte. Le magazine *Time* avait rapporté une citation dans laquelle il comparait les psychopathes sexuels violents à des Rembrandt du crime.

L'analogie m'avait choquée. Je me souviens avoir alors pensé : quel narcissique, quel pédant ! Pourtant, rétrospectivement, je m'étonne que nous ne soyons pas devenus amants plus tôt. Il avait fallu pour cela que nous nous retrouvions en déplacement, enquêtant sur une affaire, à des centaines de kilomètres au sud-ouest, dans les collines rurales du Blue Ridge. Nous étions logés dans un motel bas de gamme où je retournerais volontiers des milliers de fois si j'étais certaine qu'il existe toujours, conforme à mes souvenirs.

Nos mensonges et nos ruses n'avaient rien à envier à ceux de camés ou d'ivrognes. Nous avions profité du moindre moment d'intimité, sans honte, et faisant preuve d'une rare intrépidité, rusés au possible lorsqu'il s'agissait de ne pas nous faire pincer. Nous nous donnions rendez-vous dans les parkings. Nous n'utilisions que les taxiphones. Nous ne laissions jamais de messages sur un répondeur, ni n'écrivions de lettres. Nous nous retrouvions pour discuter de dossiers, sans aucune nécessité, assistions aux mêmes séminaires. Nous nous invitions l'un l'autre à donner des conférences dans les structures académiques que nous dirigions, et nous nous précipitions dans des hôtels, usant de pseudonymes. Nous ne laissions jamais d'indices de nos rencontres. Après qu'il eut divorcé et que ses filles avaient décidé de ne plus jamais lui adresser la parole, nous continuâmes notre liaison, véritable addiction, comme si elle était illégale.

Parvenu sur Vassar Street, Benton disparaît à l'intérieur du Simmons Hall, sorte d'énorme ruche aux fenêtres cubiques qui m'évoquent une éponge de métal. Je n'ai pas la moindre idée de ce qu'il va y faire ni pourquoi, bien que soupçonnant qu'il cherche une lecture émotionnelle du monolithe qui semble d'un autre monde. Benton veut qu'il lui dise s'il est impliqué dans ce que je sais être un homicide, un homicide que l'on pourrait aisément mal interpréter, puisque je suis certaine que la mort de cette femme n'a été ni rapide ni paisible. Je peux le lire dans ses yeux rougis de sang et j'imagine le rugissement dans sa tête alors que la pression artérielle augmentait.

Je regarde mon téléphone à l'instant où me parvient un texto, expédié par Anne, ma technicienne, une experte en radiologie. Agréable et raisonnable, Anne a embrassé nombre de disciplines en autodidacte. Le corps se trouve dans le CT-scanner et Anne vient de découvrir un détail évocateur.

— Un petit pneumothorax du côté droit, m'explique-t-elle sans préambule dès qu'elle prend mon appel. Le scan révèle de l'air piégé dans l'espace pleural du lobe supérieur, suggérant un traumatisme quelconque.

— Je n'ai rien remarqué lors de mon examen ici, sur la scène, aucune blessure à la poitrine. Cela étant, les conditions n'étaient guère optimales. Je ne pouvais m'éclairer que d'une torche.

— On a donc un collapsus pulmonaire, reste à savoir pourquoi.

— Une hypothèse, Anne ?

— Je ne peux pratiquer un examen externe que si vous m'autorisez à la découvrir, docteur Scarpetta.

— Pas avant mon retour. Des dommages aux tissus mous ? Avez-vous vu des hémorragies internes ?

Je contemple Marino et Machado qui s'échinent sur l'extraction du pilier de barrière et arpente le parking ; je suis agitée, trop de choses se télescopent dans mon esprit. Ma technicienne poursuit :

— On remarque un saignement vraiment modeste à l'intérieur de la poitrine, en haut à droite. Légèrement au-dessus et à gauche du sein.

— Aucune côte fracturée ?

— Aucune fracture. Je présume que nous n'avons pas récupéré ses vêtements, docteur Scarpetta ?

— Rien d'autre qu'une chaussure dont on suppose qu'elle lui appartient.

— Ça c'est dommage. Vraiment dommage. J'aurais vraiment aimé qu'on récupère ses vêtements.

— Vous n'êtes pas la seule. D'autres anormalités radiographiques ?

Si j'en juge par l'éclat de la bulle blanche qui abrite les courts de tennis couverts après les terrains de sport, le temps se dégage indiscutablement. La température doit flirter avec les douze, treize degrés et va encore s'adoucir.

— On remarque des zones denses correspondant à un matériau quelconque à l'intérieur de son nez et dans sa bouche.

— Et qu'en est-il des sinus, des bronches, des poumons ? Anne, pensez-vous *a priori* que cette substance ait pu être aspirée ?

— Je n'en ai pas le sentiment.

— Voilà qui est révélateur. Si elle a été étouffée à l'aide d'un matériau quelconque porteur du résidu fluorescent, on pourrait s'attendre à ce qu'elle en ait inspiré.

Les découvertes d'Anne sont contradictoires et me laissent perplexe.

— Quoi que ce soit, c'est assorti d'un Hounsfield d'environ trois cents, c'est-à-dire la radiodensité typique de petits calculs rénaux, par exemple, continue Anne. Je n'ai pas la moindre idée de sa nature.

Je regarde Marino alors qu'il récupère des cisailles puissantes dans sa boîte à outils.

— J'ai trouvé une forte concentration du résidu autour de son nez, dans la bouche et les yeux. Cependant, vous me dites qu'elle n'en a pas aspiré. Très étonnant. Ça m'encourage à penser que, peut-être, cette substance a été transférée *post mortem*.

— Possible, docteur Scarpetta. En effet, je la repère aussi à l'intérieur de son nez, dans sa bouche. Cependant, cela ne s'est pas enfoncé très loin dans les voies respiratoires et il n'est donc pas exclu que ce résidu soit arrivé sur elle alors qu'elle ne respirait plus. On en retrouve également pas mal entre ses lèvres et ses dents, des petits amas… agrégats, précise Anne, ça se voit très clairement sur le CT.

— Des agrégats ?

— À défaut d'un meilleur mot pour le décrire. Des sortes de caillots de forme irrégulière, plus denses que le sang, mais pas tout à fait autant que l'os.

— Je n'ai remarqué aucun de ces *agrégats*, comme vous dites. Rien de similaire lors de l'examen externe. Le résidu fluorescent est un matériau poudreux très fin, aussi fin que la poussière, et je doute qu'on puisse le voir sans grossissement. Peut-être est-ce ce que vous avez repéré de plus dense dans le nez et la bouche ?

— On croirait presque que quelqu'un lui a maintenu la tête dans quelque chose.

— À ceci près qu'il n'y a aucune abrasion ou contusion sur son visage ou son cou. En général, lorsqu'on maintient de force la tête de quelqu'un dans de la poussière, de la boue, ou même dans une eau peu profonde, on constate des marques ou des blessures sur les lèvres, le nez, les joues. De surcroît, il y a alors aspiration lorsque la personne se débat pour respirer. On retrouve donc de la poussière ou de l'eau dans les sinus, les voies respiratoires, parfois même dans l'estomac et les poumons.

— Tout ce que je peux vous dire avec certitude, docteur Scarpetta, en me fiant à ce que je vois sur son scan, c'est que le collapsus pulmonaire ne l'a pas tuée.

— Bien sûr. Toutefois, si sa respiration était déjà compromise, ça la rendait encore plus vulnérable à l'asphyxie.

Je soupçonne de plus en plus fortement que la poudre fluorescente a été déposée sur Gail Shipton après sa mort. Pourquoi ? Et où se trouvait-elle à ce moment-là ? Ce résidu résulte-t-il d'un transfert accidentel d'indice, ou d'une volonté de son tueur ? À l'évidence, cette substance scintillante n'est pas originaire du terrain de sport. Elle provient d'ailleurs.

— Il est clair, Anne, qu'un collapsus pulmonaire modeste n'a pas pu la tuer. Jusqu'ici, j'ignore ce qui a causé la mort. Pas des causes naturelles, cependant. J'aborde donc cette affaire en homicide et entends l'appeler ainsi, suffocation possible avec complications aggravantes. J'apprécierais que vous communiquiez cette information à Bryce. Surtout, de grâce, rappelez-lui que nous ne faisons aucun communiqué aux médias à ce stade. Nous devons d'abord nous assurer de l'identité de la défunte.

— Ah, j'oubliais, Lucy m'a dit que son dentiste était Barney Moore, à qui nous avons déjà eu affaire. Le noyé de l'été dernier, m'a-t-il précisé. À croire qu'il n'y en a eu qu'un seul.

L'information me prend de court.

— Le dentiste de Gail Shipton ?

— Tout juste. Il nous envoie son dossier dentaire. On devrait le recevoir d'une minute à l'autre.

J'approuve tout en me demandant comment ma nièce Lucy connaît un détail aussi personnel concernant Gail Shipton :

— Le moyen le plus rapide de confirmer son identité. Pourriez-vous demander à Bryce de contacter le Dr Adams aussi vite que possible ?

Ned Adams est le dentiste du coin qui collabore avec nous, un odontologiste certifié, un excentrique obsédé par les plus infimes détails des dents. À chaque fois que je le rencontre, il ne peut s'empêcher de répéter sa blague éculée, m'assurant qu'il n'aime rien mieux qu'une bouche qui lui parle.

*

Je cherche Benton du regard pendant que je discute avec Anne. Il se trouve toujours à l'intérieur du Simmons Hall. Certains résidents sortent, jetant leur sac à dos sur l'épaule. Ils récupèrent leur bicyclette ou partent à pied.

Ils semblent indifférents ou à peine curieux. Le corps a été emporté. Il ne reste plus rien de la scène, hormis deux policiers en civil qui se bagarrent avec un poteau de portillon, un chiot berger allemand qui aboie par intermittence, bouclé dans une voiture, et une anatomopathologiste de genre féminin pendue à son téléphone sur un parking.

— Souhaitez-vous que je la laisse dans le scanner jusqu'à ce que vous arriviez ? me demande Anne.

— Non. Transportez-la sur ma table d'autopsie. Il va falloir que je la prépare pour l'angiographie. Je veux tenter de comprendre ce qui a pu occasionner le collapsus pulmonaire mais aussi vérifier l'état des vaisseaux au niveau cardiaque. Je parierais qu'elle a été victime d'une importante augmentation de la pression artérielle avec pour conséquence cette multitude d'hémorragies ponctiformes. L'idéal serait de préparer l'agent de contraste. Quatre cent quatre-vingts millilitres de solution d'embaumement.

— Solution artérielle ? Injection manuelle ou à la machine ?

— Manuelle. Des cathéters à angiographie standard, 5-F et un trocart à solution d'embaumement, en plus des habituels trente millilitres d'Optiray 320.

— Quand arriverez-vous ?

Je regarde Marino pendant qu'il coupe le grillage, le métal claque et grince.

— D'ici une heure, j'espère. S'ils n'en terminent pas rapidement, Benton et moi partirons sans eux. Nous rentrerons à pied au Centre. Je crains que l'extraction du poteau prenne pas mal de temps.

Un pan de clôture s'effondre au sol dans une cascade de sons métalliques. À la façon dont Machado et Marino se concertent, on croirait deux archéologues en train de cogiter pour extraire le sarcophage de Toutankhamon.

Le poteau éraflé du portillon s'est révélé plus coriace que prévu, planté dans des fondations de ciment ensevelies profondément en terre. Les deux flics ont palabré plus d'une heure pour savoir s'ils devaient scier la partie intéressante du tube d'acier galvanisé ou déterrer le poteau dans son entier et, tant qu'à faire, embarquer l'intégralité du portillon avec son pêne à fourche rayé. Profitant de cet épineux débat, Marino a fait sortir Quincy à plusieurs reprises du SUV. Il a improvisé des mini-sessions d'entraînement que l'on peut juger comiques ou pathétiques selon l'humeur du moment.

Les séances d'exercice ont commencé il y a des semaines, depuis que Marino a décidé que Quincy deviendrait un chien de travail. Le maître cache un bout d'étoffe saturée de fluides de décomposition humaine qu'il a sans nul doute prélevés d'un des réfrigérateurs du CFC. Quincy repère alors la guenille nauséabonde et se roule dedans, voire urine dessus, une attitude totalement inappropriée pour ce que l'on nomme un « chien de cadavres ». D'ailleurs, j'en ai été témoin à trois reprises ce matin : le chien se précipite de tous côtés, renifle, creuse, se roule avec délices, et pisse, pendant que Marino, le maître-chien, le récompense d'un coup de sifflet.

J'ai donc observé durant un moment l'absurde parade de Marino arc-bouté sur un poteau de portillon puis cachant des lambeaux de tissu répugnants. Surtout, j'ai surveillé Benton pendant qu'il allait et venait, flairait la piste. Il est assez rare que nous nous retrouvions sur une scène de crime ensemble et je suis à la fois émue et déroutée. Il semble guidé par des signes que le commun des mortels ne peut déceler, mené par un don de divination. Il avance d'un pas résolu, ses jambes de pantalon fourrées dans des bottes en caoutchouc orange bien trop grandes pour lui. Dans un premier temps, il s'est approché du corps avant que celui-ci soit enveloppé à la manière d'une précieuse statue, puis transporté sur la planche de transfert. Benton n'a adressé la parole à personne, pas même à moi. Il a tourné autour du cadavre, tel un chat évaluant sa proie.

Il ne m'a pas fait part de ses opinions quant au résidu brillant ou à sa nature. Il n'a émis aucun commentaire, n'a pas posé de questions alors qu'impavide, il écoutait en silence ce que je lui révélais à propos des artefacts *post mortem* présentés par la morte ou de l'heure du décès. Je suppute que celui-ci est survenu au plus tard dans les trois heures après sa disparition, sans doute aux environs de vingt ou vingt et une heures hier soir. Benton s'est contenté de jeter un regard indifférent aux curieux massés de l'autre côté de la clôture, devant le Simmons Hall, de jeunes étudiants qui semblaient hagards, indifféremment vêtus pour la journée ou le coucher. On aurait pu croire que mon mari s'était déjà forgé une opinion sur eux, comme s'il connaissait d'ores et déjà le démon qui dansait avec lui.

Je l'ai détaillé, aussi stupéfaite que fascinée par son sinistre théâtre. Son comportement semblait aussi ritualisé que celui des monstres qu'il poursuit. Il a suivi la dépouille alors qu'elle était transportée à travers le terrain de sport, puis chargée à l'arrière de la fourgonnette du Centre, ne lâchant le véhicule qu'une fois parvenu dans Memorial Drive. Il a alors rebroussé chemin et regagné le campus, solitaire dans les premières lueurs d'un jour gris. Il a remonté l'allée jusqu'au parking désert, où il est demeuré figé un moment. Il s'est imprégné de la vue en adoptant la perspective du « sujet », ainsi qu'il appelle ceux qu'il traque.

Chapitre 14

Benton émerge du Simmons Hall. Il avance à grands pas vers nous.

Il n'adresse la parole ni à Marino ni à Machado. Il ne me dit mot mais franchit le portillon, foulant l'herbe et la boue. Il se dirige vers le lieu où le corps a été découvert. On pourrait croire qu'il a appris ou compris un élément qui exigerait qu'il retourne à l'endroit précis où l'on a abandonné le cadavre d'une jeune femme talentueuse dont l'erreur fatale se résume sans doute à une circonstance aléatoire : sortir d'un bar à la nuit tombée pour écouter une communication téléphonique. À ceci près que Benton n'est pas en train de penser de la sorte. Ce n'est pas ce que son dialogue intérieur lui indique. Je le vois à son attitude. À cet instant précis, elle m'évoque un missile à tête infrarouge.

Je ne sais que trop ce qui le mène, une programmation nécessaire mais dangereuse, conséquence de son expertise. L'abus de pouvoir, dit Benton. Tout se résume à cela. Nous voulons égaler Dieu. Et si nous ne pouvons pas créer, nous détruisons, mais un seul ravage ne nous satisfait jamais. Ainsi vont les choses, à la fois simples et prévisibles, pense-t-il. Il se doit de comprendre les pulsions, les besoins impérieux, sans jamais y céder.

Il doit intégrer des comportements dont il ne tolérera jamais qu'ils prennent le dessus sur lui. En dépit du fait que je l'ai toujours su, et depuis le début de notre relation, l'ambivalence me saisit lorsque je suis confrontée à cet aspect de sa personnalité. J'appréhende que le poison finisse par corroder le réceptacle.

Benton s'arrête à l'endroit précis où la bâche jaune était ancrée à l'aide de fanions. Il s'accroupit dans la glaise rouge et regarde alentour, ses avant-bras reposant sur ses cuisses. Puis il se relève, recule de plusieurs pas et remarque quelque chose en bordure du monticule du lanceur. Il se baisse à nouveau, le regard fixe, et enfile une paire de gants d'examen noir en nitrile.

Il frôle ce qu'il vient de trouver et approche un doigt ganté de son nez. Son regard cherche le mien. D'un léger mouvement de tête, il m'invite à le rejoindre, et je sais qu'il ne souhaite pas que Marino ou Machado m'emboîtent le pas.

Je repars vers le terrain de sport. Je charrie avec moi ma lourde mallette et la pose sitôt que je rejoins Benton. Il désigne une trace translucide et irrégulière, de la taille d'une pièce de monnaie, qui ressemble à de la vaseline.

Cela brille sur des brins d'herbe marron, raidis par le froid, en bordure de la glaise rouge. Il me montre la traînée luisante abandonnée sur son doigt de gant par la substance et l'approche de mes narines. Je perçois l'odeur forte et pénétrante du menthol.

— Du Vicks.

J'ouvre ma mallette en plastique noir et confirme :

— Ou quelque chose d'approchant.

Son regard balaye le terrain de sport détrempé.

— Insoluble dans l'eau, expliquant sa persistance sous la pluie. Cependant, avec toute la flotte qui est tombée, cette matière aurait dû glisser le long des brins d'herbe. Nous ne l'aurions sans doute alors pas détectée.

Je tire une échelle de photographie et mon appareil photo et demande :

— Ça aurait été déposé après que la pluie a cessé ?

— Ou lorsqu'elle s'était déjà considérablement calmée. Comment ça se présentait vers deux ou trois heures du matin ?

— Il pleuvait des trombes, du moins chez nous.

Où veut-il en venir ?

— Les flics se tartinent-ils encore le nez de Vicks ? Ont-ils toujours recours à ce truc crétin ?

Il m'interroge pendant que je prends des photographies, tournant la tête vers Marino et Machado.

Je lui rappelle que la décomposition n'avait pas encore commencé. Aucune odeur nauséabonde n'exhalait du corps, et de toute façon j'aurais détecté la présence de Vicks ou de toute autre pommade mentholée décongestionnante. Le genre d'odeur que je repère à un kilomètre. En tout cas, Marino n'a pas utilisé de Vicks. Il a tout de même appris certaines choses avec moi, notamment après que je l'ai vu sortir son pot la première fois où nous nous sommes retrouvés dans la morgue. Eh bien voilà, vous venez juste de piéger toutes les molécules de putréfaction à l'intérieur de vos narines, mieux que des mouches sur du papier collant, me souviens-je lui avoir dit, ce qui a mis un terme définitif à sa pratique. J'insiste en enfilant une paire de gants neufs :

— J'étais en compagnie de Marino. Nous sommes arrivés ensemble sur la scène de crime et restés côte à côte durant tout l'examen. Ça fait vingt ans que je ne l'ai pas vu trimballer un pot de Vicks. Quant à Machado, je doute qu'il en utilise. Non, impossible. À de rares exceptions près, cette génération de flics est mieux informée, assez pour ne pas faire des trucs de ce genre. Ils savent que les odeurs nous offrent d'importantes informations et qu'introduire une substance sur une scène de crime, vaseline ou fumée de cigarette, peut la contaminer.

— Et tu n'as rien vu de tel sur le corps ? insiste Benton.

— J'ai remarqué de légers effluves de parfum, mais c'est tout. Il est clair que j'aurais repéré une odeur de Vicks.

— Il ne l'a pas utilisé sur elle.

Benton ne juge pourtant pas déraisonnable d'envisager qu'un tueur masse sa victime à l'aide de ce type d'onguent.

— Je n'ai pas senti de menthol et je ne serais pas passée à côté. Il s'agit d'une odeur très forte, difficile à ignorer.

Il pose alors une question qui semble de pure forme et qui pourtant m'inquiète :

— En ce cas, comment cette substance est-elle arrivée là ?

— La police est présente sur les lieux depuis environ quatre heures du matin. Si un suspect s'était trouvé dans les parages, et donc en l'occurrence très proche du corps, il aurait été vu.

Benton, le regard perdu au loin, plongé dans ses pensées, persiste :

— Et le temps à cette heure-là ?

J'appelle Marino. Je le vois répondre à son téléphone et se tourner dans ma direction alors que je lui demande à quelle heure précisément la police est arrivée sur les lieux ce matin. Il se dirige vers Machado puis me répond :

— Pas loin de quatre heures du mat'. Peut-être trois heures cinquante quand la première voiture de police s'est pointée.

— Et quel temps faisait-il à ce moment précis ? Ici, je veux dire. Je sais qu'il pleuvait à verse de l'autre côté de Cambridge lorsque vous êtes arrivé chez moi. Il tombait des cordes lorsque j'ai sorti Sock.

Marino se tourne à nouveau vers Machado avant de m'indiquer :

— Des averses dans le coin, pas trop méchantes sur cette partie de la ville. En réalité, c'est plutôt les conditions d'accès qui étaient pourries à ce moment-là. Vous avez vu la quantité de boue qu'on se coltine ?

Je mets un terme à la communication en le remerciant et communique à Benton ce que je viens d'apprendre.

— Cette pommade a probablement été laissée peu avant que la police arrive sur les lieux, peut-être quelques minutes avant, déduit-il. En d'autres termes, à un moment où la pluie s'était considérablement calmée et ne risquait plus de la laver.

— Et ce couple, ces deux étudiants qui ont découvert le corps et appelé la police ? N'auraient-ils pas remarqué un individu traînant alentour ?

— Excellente question. Mais si tel a été le cas, ils n'ont pas eu de raisons de s'en inquiéter.

Benton sous-entend qu'il connaît le tueur et qu'il s'agit d'une créature qui se fond dans la masse, peut passer inaperçue. Il suggère que cet individu a laissé une tache d'onguent mentholé sur l'herbe à proximité de l'endroit où le corps était allongé.

Je range l'appareil photo et la règle dans ma mallette de scène de crime et vérifie :

— Tu penses qu'il a laissé cela exprès ?

— Je n'en suis pas certain.

— Cet individu plonge les doigts dans un récipient de pommade mentholée ou en fait sortir d'un tube et il en tombe un peu ? Ou alors, il essuie la pommade en excès dans l'herbe ?

Un sentiment de malaise et de doute m'habite. Mon mari enchaîne :

— Je ne sais pas. L'important est qu'il a pu la laisser parce que cela fait partie de son mode opératoire.

Il me semble insensé qu'il parvienne à une telle conclusion en se basant sur une découverte aussi minime. Aussi, je l'interroge :

— Et tu déduis cela de ce que tu as observé dans ce cas, sur le seul examen de cette scène de crime en particulier ? Ou alors les autres affaires viennent corroborer ton jugement ?

— Non, pas d'éléments similaires dans les autres cas. Mais il a pu l'abandonner sans le savoir. Selon moi, il perd le contrôle de ses actes. Un truc assez catastrophique est en train de se produire en lui.

Benton répète ce qu'il m'a déclaré à plusieurs reprises comme s'il savait qui et ce qu'est au juste le tueur, et mes doutes ne font que croître. Je redoute qu'il ne se soit trop rapproché de cet individu, une crainte qui n'a rien de nouveau. J'espère qu'il n'existe pas de raison légitime pour que ses collègues de la BAU ne l'écoutent plus.

— Il aurait pu dénicher cette idée de pommade mentholée. Rien de très novateur, observe-t-il.

Je fourre son gant dans un sachet à indices. Dans un autre, je récolte le gel et les brins d'herbe sur lesquels il adhère. Il souligne du même ton posé que les entraîneurs hippiques tartinent du Vicks sous les narines des chevaux de course pour les contraindre à se concentrer.

— On l'utilise principalement sur des étalons.

Il pourrait aussi bien parler d'un film que nous venons de voir ou de ce que nous allons faire à dîner. L'anormal doit devenir normal à ses yeux, faute de quoi il ne parviendrait pas à le comprendre. Il ne peut pas éprouver de répugnance pour les démons, s'il souhaite qu'ils lui parlent. Il doit les accepter et même les inviter. Néanmoins, être le témoin du mode de pensée qu'il adopte me perturbe à nouveau. En réalité, ça me perturbe encore plus qu'avant.

— L'odeur leur évite de se laisser distraire. Ils ne peuvent que se concentrer sur la course parce qu'ils ne sentent plus rien, hormis le menthol.

Je rabats les lourdes fermetures en plastique de ma mallette et complète :

— En d'autres termes, ils ne flairent plus les juments.

— Rien de ce qui pourrait les tenter. Donc en effet, surtout les juments. Autre avantage, le menthol aide les chevaux à respirer. Quelle que soit la façon dont tu considères les choses, nous parlons du même objectif.

— Et plus précisément ?

— La performance, résume-t-il. Gagner. Se montrer plus malin que quiconque, c'est ce qui l'excite.

Rebroussant chemin en direction du parking, je repense aux paroles de mon mari et tente de déchiffrer leur signification. Des chevaux de course et du Vicks.

Une telle futilité, absconse de surcroît, dans le contexte d'un homicide, me paraîtrait parfaitement insensée si elle n'émanait de Benton. Je suis certaine qu'il existe une excellente raison derrière cette parole qui n'a rien d'un détail parachuté. Cela vient de quelque part, et ce quelque part est malfaisant.

Entre deux grands coups de pelle dans une terre dure et caillouteuse, au point que l'on croirait qu'une tombe est creusée, Machado me jette :

— Vous avez dégotté un truc ?

Déposant ma mallette de scène de crime sur l'asphalte, non loin du SUV de Marino, je demande :

— Quelqu'un utilise du Vicks chez vous ? Je suis presque certaine de l'inverse, mais je tiens à m'en assurer.

Marino se masse les reins, un air belliqueux sur le visage, comme si je venais de l'accuser d'un péché qu'il n'a pas commis depuis des lustres et proteste :

— Bordel non !

— En tout cas, quelqu'un a utilisé du Vicks ou une pommade mentholée décongestionnante du même genre il y a peu de temps.

Machado tourne le regard vers le terrain de sport alors que Benton avance dans notre direction à grandes enjambées dans la boue, chaussé de ses grosses bottes en caoutchouc orange vif. Il renchérit en cessant de creuser :

— Ben, pas à ma connaissance. Vous voulez dire qu'il a trouvé du Vicks ? Dans l'herbe ?

— Un truc de ce genre.

— Après tout, on est sur un terrain d'athlétisme. Il s'agit peut-être d'une pommade pour échauffer les muscles, éviter les claquages.

Il détaille Benton du regard qu'il réserverait à un individu bizarre, un peu bancal psychologiquement. Pourtant, ils ont déjà travaillé ensemble. L'examen du jeune détective fait naître un frisson glaçant en moi. Je me sens si déconcertée. D'un ton sceptique, comme s'il soupçonnait mon mari d'être une sorte de planche Ouija humaine, bref, un instrument peu fiable de divination, il me demande :

— Vous avez une idée de ce qu'il pense ?

Marino me devance, non que j'aurais répondu à la question, et certainement pas de cette façon :

— Il se prend pour le tueur.

Je ne leur révélerais pas ce que je soupçonne des pensées de mon mari, même si je les connaissais avec certitude. Là n'est pas mon rôle. Je suis moi-même souvent perdue. Quoi qu'il en soit, ça ne me surprend pas qu'il ne fréquente aucun groupe d'amis masculins, ni ses collègues du FBI, ni les flics, ni d'autres agents fédéraux, ni des avocats. Il ne traîne pas en compagnie de ses pairs ni n'apprécie leurs lieux de prédilection tels que Tommy Doyles's, Grafton Street ou le préféré de Marino : Paddy's.

Benton est une énigme. Peut-être est-il né ainsi, contradiction vivante entre une apparence dure et un intérieur tendre. Le tout s'assemble parfaitement en un long corps mince d'homme à la chevelure coupée avec soin, argentée depuis que je le connais, aux costumes sur mesure, chaussettes assorties et chaussures qui semblent toujours neuves. Il est beau et élégant dans un genre anguleux qui paraît une métaphore de la précision de ses perceptions. Quant à son attitude distante, elle se résume à une sorte de sas de sécurité destiné à le protéger des êtres qui transitent par ses espaces intimes.

Marino balance une pleine pelletée de graviers d'un côté, manquant de peu Benton au moment où il repasse par le portillon sans nous dire un mot et résume au profit de son collègue :

— Tu sais bien qu'il a besoin de pénétrer dans leur esprit.

En pareil moment, Benton m'évoque un savant bizarre, antisocial et presque rebutant. Il peut arpenter une scène de crime durant des heures sans adresser la parole à quiconque. Benton a toujours été respecté, ce qui ne signifie pas nécessairement qu'il soit aimé. Il est bien souvent incompris. Nombre de gens ne parviennent pas à déchiffrer sa personnalité. Ils le jugent froid et étrange. Selon eux, un être aussi contrôlé et posé ne peut éprouver d'émotions vis-à-vis des monstruosités dont il est témoin. Ces gens sont certains qu'il est incapable de m'apporter ce dont j'ai besoin.

Je le regarde s'éloigner sur le parking en direction de Vassar Street et de sa résidence universitaire argentée.

D'un air suffisant, Marino continue de pontifier sur un sujet dont il connaît peu de choses. Moqueur, il ajoute :

— Il a besoin de voir avec leurs yeux, de prétendre que c'est lui qui agit.

Mais Benton ne se contente pas de pénétrer dans l'esprit d'un criminel violent. En réalité, c'est bien plus effrayant que cela. Il rejoint le pire de son âme, cette pénible obscurité qui lui permet d'entrer en relation avec sa proie pour la battre à son jeu hideux. Parfois, lorsqu'il rentre à la maison après avoir travaillé durant des semaines sur une affaire cauchemardesque, il est si épuisé qu'il en devient psychiquement malade. Il passe la journée à prendre des douches. Il mange et boit à peine, évite de me toucher.

Les nuits sans repos, de sommeil perturbé, se succèdent jusqu'à ce que le sortilège s'évapore à la manière d'une mauvaise fièvre. Je cuisine alors de vigoureux plats, souvent siciliens, dont son préféré, un *Campanelle Pasta con Salsiccia e Fagioli*, accompagné d'un barolo ou d'un bourgogne rouge, des montagnes de nourriture, avant que nous rejoignions notre lit. Il boute les monstres hors de lui, désespérément, agressivement, exorcisant ce qu'il a dû inviter à pénétrer dans son esprit, dans sa chair. La force vitale se bagarre pied à pied et je la lui restitue. Le combat se poursuit jusqu'à ce que nous en ayons terminé. Ainsi va la vie entre nous. Nous ne correspondons pas à l'idée que les gens se font de nous, nous ne sommes ni réservés ni convenables. Cependant, nous ne nous lassons jamais l'un de l'autre.

Je le suis du regard alors qu'il longe le trottoir devant le Simmons Hall. Il pénètre sur le parking où il déambule au milieu de quelques voitures d'étudiants, prenant des photographies à l'aide de son téléphone. Derrière la résidence universitaire, il scrute la voie ferrée avant de la traverser en direction d'une zone de terre battue et de ciment lézardé où s'amassent des machines de terrassement, des semi-remorques, et des abris temporaires en toile.

Benton se dirige vers un pick-up noir garé non loin d'une benne à ordures dégorgeant de déchets de chantier. Je le vois se pencher pour inspecter l'intérieur du véhicule, puis le contourner afin d'examiner son plateau arrière. Son assurance pourrait indiquer qu'il a reçu des informations, et c'est le cas. Il est guidé par son esprit, par le cheminement de son raisonnement inconscient, qui l'oriente sans effort à la manière des sous-routines d'un ordinateur.

Il avance ensuite vers un bulldozer d'un jaune tapageur dont la lame est levée en position d'arrêt, lui donnant l'allure d'un crabe belliqueux. S'accroupissant à côté du soc arrière, le rippeur, il tourne le regard dans ma direction à l'instant où mon téléphone sonne.

Chapitre 15

— Demande à l'un d'eux de me rejoindre, intime la voix de mon mari dans l'écouteur. Tu dois m'écouter d'abord, et avec attention, Kay.

Nos regards se rencontrent et ne se lâchent plus. Il se redresse et arpente le chantier de construction pendant que je reste plantée sur le parking. Je surveille par intermittence Marino et Machado pour m'assurer qu'ils ne se doutent pas de l'identité de mon interlocuteur.

— Ce que je vais te dire doit, pour l'instant, rester strictement entre nous. Je peux les guider sans entrer dans les détails. Il nous faut être absolument sûrs de nous, insiste-t-il. De plus, nous ignorons à qui nous pouvons faire confiance. C'est, d'ailleurs, le point le plus critique. Un seul dérapage, et Granby me débarque de l'affaire. Il n'attend que ça.

— De cette affaire ou des autres ?

— De toutes. D'autant que personne ne connaît leur nombre exact, bien qu'il semble aujourd'hui y en avoir au moins quatre.

— Nous sommes pourtant confrontés à une incohérence, et de taille.

Je fais référence aux sacs en plastique utilisés pour suffoquer les trois victimes de Washington D.C.

— Quelque chose le gênait, je ne vois pas d'autre explication, sauf s'il a déguisé ce crime pour qu'on ne puisse pas le rapprocher des autres. Cependant, cette hypothèse ne me convainc pas. Cambridge est un terrain de chasse qu'il connaît bien. Il a déjà traqué des victimes ici, et je ne suis pas surpris qu'il y revienne. Néanmoins, cette dernière victime n'a pas été choisie au hasard. Pas plus que la première, Klara Hembree. La deuxième et la troisième peuvent être des meurtres d'opportunité.

Benton ne paraît ni excité ni à bout de nerfs. Ces deux comportements ne lui ressemblent pas. Mais je le connais bien. Je perçois toutes ses nuances, et lorsqu'il se rapproche de sa proie, sa voix se tend comme s'il venait de harponner quelque chose d'énorme et de pugnace. Je l'écoute tout en sachant ce qui va suivre. La même menace glaçante demeure sous-jacente. Je le sens avec une intensité croissante alors que nous échangeons par téléphone, séparés par un champ de boue.

Depuis plusieurs semaines déjà, Benton n'a cessé de mentionner ce problème de confiance. Le sujet a refait surface de manière répétée depuis qu'il est parti pour Washington D.C. Il s'est d'ailleurs montré particulièrement insistant il y a plusieurs nuits de cela, alors qu'il avait sans doute bu un peu trop de whisky, en affirmant que les affaires liées au Meurtrier Capital ne seraient jamais résolues. Quelqu'un ne veut pas qu'elles le soient, a-t-il souligné, et je ne l'ai pas cru.

Comment aurais-je pu ajouter foi à une telle déclaration ? Trois femmes ont été brutalement assassinées, Benton fait partie du FBI, et il sous-entendait que ce même FBI ne désirait pas que le meurtrier soit arrêté. Il semble probable que le tueur vienne de frapper à nouveau, et mon mari s'inquiète. Peut-être s'est-il trop rapproché ? Il a été ébranlé. J'ai toujours redouté que cela arrive. Pourtant, aussi effarante que soit cette hypothèse, rien ne pourrait être pire que ce qu'il a suggéré.

Il m'annonce :

— Le compartiment de stockage à l'arrière du pick-up a été fracturé. Un outil est tombé par terre. Il est mouillé mais je doute qu'il traîne ici depuis longtemps. Il a cessé de pleuvoir quelques heures auparavant, ce qui implique qu'il se trouvait au sol avant.

— Quel genre d'outil ?

— Équipé d'une sorte de lame à rochet, peut-être destiné à couper des tubes en métal. Il a été délibérément abandonné à cet endroit avec un caillou placé dessus.

— Un caillou ?

— Un caillou assez lourd, qui a été ramassé et placé sur l'outil.

— Et pour quelle raison ?

— Pierre, papier, ciseaux.

Je demeure coite un instant, et me demande s'il plaisante. À l'évidence pas.

— Tout cela est né d'un esprit malade et enfantin, sans doute attardé, mais qui s'est encore dégradé. Le tueur est très atteint et décompense rapidement, quoique cela semble prématuré et que je ne parvienne pas à l'analyser. Mais il lui arrive quelque chose, insiste Benton. Le caillou et l'outil sont le signe d'une régression atavique vers un jeu qu'il pratiquait dans le passé. J'ai déjà ressenti cela la première fois que j'ai vu ce qu'il avait laissé non loin du corps. Il faut regarder et chercher ce qui n'est pas évident, une démarche que la police n'adopte en général pas.

— Contrairement à toi.

— En effet, c'est moi qui l'ai découvert dans chaque homicide, parfois même deux jours après les faits, lorsque je suis arrivé sur place. Le caillou bat les ciseaux, qui battent le papier, et les flics ne sont que du papier – des officiels qui remplissent de la paperasse, des adultes qui créent des règles et qu'il trouve ridicules. La police ne représente pas une audience digne de ce nom, et il dépose un caillou sur des outils qu'il a utilisés pour commettre ses crimes – le caillou contre les ciseaux – pour rappeler aux policiers qu'ils sont incompétents comparés à lui. Survient alors une montée d'adrénaline. C'est excitant et amusant.

Je résume :

— La police ne mérite pas son attention, contrairement à toi.

— Je pense qu'il me trouve digne d'intérêt. Il doit savoir que je comprends ce qu'il est en train de faire, du moins ce qu'il y a à comprendre, et même davantage qu'il ne le perçoit lui-même avec ses moyens intellectuels limités. C'est toujours le cas avec des criminels de son profil. Ce sont des déments, et la démence rend très peu perspicace. Voire pas du tout.

Je jette un regard à Marino qui s'active toujours autour du poteau, maintenant dénudé et sévère avec son bout de grillage découpé. Je peux d'ores et déjà prévoir qu'il se mettra sur la défensive. Marino monte très rapidement sur ses grands chevaux lorsqu'il s'agit de Benton, et le fait que le premier détienne à nouveau du pouvoir risque de déclencher une véritable guerre entre les deux hommes. Une guerre de nature à dégénérer et je ne peux guère imaginer que les choses s'arrangent.

Je ne parviens pas à m'ôter de l'esprit cette concordance de temps. Benton est ramené en hélicoptère par Lucy trois jours plus tôt que prévu et le Meurtrier Capital frappe ici, où nous vivons, telle une tornade qui se serait soudain déroutée et déferlerait sur notre propre maison. Je repense à la silhouette que j'ai aperçue derrière le mur, tête nue sous la pluie, scrutant la porte arrière de ma demeure – j'ai d'ailleurs passé la matinée à jeter des regards furtifs autour de moi pour m'assurer que personne ne me surveillait.

Alors même que je me refuse à envisager cette hypothèse, je m'enquiers :

— Tu penses que le tueur savait que tu serais de retour ?

— Très franchement, ça m'inquiète.

Certes, ce genre de chose est déjà arrivé. Des criminels violents lui ont adressé des notes, des lettres, des morceaux de cadavre, des photographies, des vidéos et des enregistrements audio de leurs victimes pendant qu'ils les torturaient et les tuaient. Des souvenirs malsains, macabres, de la chair humaine cuite, l'ours en peluche d'un enfant assassiné. J'ai vu les affreuses menaces, les railleries vomitives et rien ne pourrait me surprendre, hormis ceci. Je ne veux pas ajouter foi à ce que Benton envisage pour une raison qui m'échappe, peut-être parce que je la refuse.

Il était supposé rester à Washington D.C. jusqu'à samedi. S'il n'avait pas décidé de rentrer à la maison plus tôt, il ne se trouverait pas à Cambridge en ce moment même, tenant ces propos et découvrant un outil et un caillou. Je jette un regard aux immeubles baignés de soleil, aux étudiants qui marchent ou pédalent, à la lumière qui étincelle sur les voitures garées sur les parkings.

— Comment le saurait-il, Benton ?

— Il m'a probablement vu, nous a tous vus. Il était inévitable que je sois ici. Peut-être pas à cet instant précis, mais dès que j'aurais été averti. Des heures, une journée plus tard. Quoi qu'il en soit, il était évident que je rentrerais pour y faire ce que j'y fais.

— Surveiller est une chose. Savoir que tu rentrais à la maison aujourd'hui en est une autre.

— Peut-être ignorait-il que je serais présent à Boston aujourd'hui, mais il se doutait que je me montrerais très vite. Je n'ai pas de réponse précise, Kay, mais je me dois de considérer cette possibilité, toutes les possibilités. Ce que je sais, sans l'ombre d'un doute, c'est que cette scène de crime est identique aux trois autres. Cet outil surmonté d'un caillou est un drapeau rouge intentionnel et le BAU part du principe qu'il s'agit d'une mise en scène, du pipeau. Ils affirment que c'est du même tonneau que le Beltway Sniper et la carte de tarot retrouvée non loin d'une douille à l'endroit où un adolescent de treize ans avait été abattu. Dix personnes tuées par balle, dont certaines en Virginie à peu près à l'époque où tu en es partie.

À peu près à l'époque où je pensais que tu étais mort. La phrase se forme dans mon esprit, étrange et douloureuse et en un éclair je repense à mon rêve. Puis, il m'échappe. Benton recommence à arpenter le chantier à proximité du bulldozer d'un jaune criard. Il parle très vite, avec fluidité, un débit inhabituel chez lui. Il me rappelle les faits :

— *Appelez-moi Dieu, ne le communiquez pas à la presse*, était écrit sur la carte de tarot. Une mise en scène pour couillonner la police, pour les orienter vers une fausse piste, pour qu'ils pensent que le tueur avait un rapport avec les boutiques de magie ou l'occulte. Une pure connerie, selon le FBI, et dans ce cas précis peut-être s'agissait-il en effet d'un écran de fumée. En tout cas, c'est ce que j'entends depuis des semaines : ces outils, ces cailloux, sans oublier les linceuls blancs, les sacs de ce magasin Octopus, bref, tout cela ne serait que des conneries. Mais je suis certain du contraire. Je te le garantis. Cela signifie quelque chose pour lui. Un jeu. Il parade. Je m'inquiète que ses délires le mènent.

— Et notamment ceux qu'il a conçus à ton sujet ?

D'un ton égal, celui qu'un gardien de zoo adopterait pour ses pensionnaires les plus dangereux, mon mari déclare :

— Peut-être se convainc-t-il qu'il m'impressionne. Je ne peux l'affirmer avec certitude, mais je pense qu'il connaît mon travail. Il est assez narcissique pour fantasmer que j'éprouve de l'admiration à son égard.

Je m'efforce à la logique et contre :

— Mais peut-être vient-il de frapper pour une autre raison ? Peut-être son mobile n'a-t-il rien à voir avec ta présence ici ? Rien à voir avec toi ?

— Cela m'inquiète, répète-t-il. Peut-être a-t-il entendu quelque chose. Cependant, il possède un lien avec cet endroit, un lien puissant. S'il a déposé le corps ici, c'est parce que ce lieu signifie quelque chose pour lui et je refuse d'en parler à qui que ce soit, insiste-t-il. Je m'y résoudrai le moment venu, mais pas maintenant. Je dois d'abord passer des coups de téléphone. La décision ne m'appartient pas – du moins selon ma hiérarchie. Il ne s'agit pas de cette affaire en particulier. Il y a derrière un agenda troublant. Il faut que j'en réfère à Granby. Une affaire de protocole, et cela va poser un problème.

Il va devoir informer son patron, l'agent spécial en charge des affaires, Ed Granby, qui fait de l'obstruction systématique et ne peut pas supporter Benton, et je sais comment la situation va évoluer. De la façon la plus défavorable qui soit.

— Je suppose que Granby reprendra l'enquête ?

— Nous ne pouvons pas laisser faire ça, Kay.

— Comment le tueur aurait-il pu déduire que tu rentrerais à Cambridge aujourd'hui ?

— Bien résumé. Si c'était le cas, en effet, comment l'aurait-il su ? Peut-être est-il en relation avec une personne proche de l'enquête.

Je me souviens de ce que Carin Hegel a lâché au sujet de la corruption qui remontait très haut, au plus haut niveau, et je songe aussitôt au ministère de la Justice, au FBI, puis refuse de m'appesantir sur le sujet. Mon esprit se retire dans un petit coin plus rassurant, ce que m'a déclaré Benton juste après être descendu de l'hélicoptère de Lucy il y a quelques heures. Il m'a alors dit que ma nièce avait suggéré qu'il rentre à la maison quelques jours avant son anniversaire.

— Quand, exactement, l'idée de ton retour anticipé a-t-elle germé ?

Je récupère ma mallette. Je me déplace, m'éloignant de Marino et Machado afin qu'ils ne puissent pas entendre notre conversation.

— Il y a trois jours, m'informe Benton. L'idée a émergé le dimanche matin. Lucy savait ce que tu avais dû endurer au cours du week-end passé dans le Connecticut. Elle s'inquiétait de ce que cela ait pu contribuer à te rendre malade.

— Un virus m'a rendue malade.

— Elle voulait que je rentre, tout comme moi. J'avais pratiquement menacé de le faire, mais tu m'en avais dissuadé. J'étais certain que si tu étais mise au courant, tu refuserais à nouveau.

Me l'entendre dire sans ambages me rappelle de désagréable manière d'autres révélations récentes. Je ne montre pas toujours ce que je ressens ni ne dis ce que je pense véritablement et c'est injuste, blessant.

— Lucy et moi avons décidé que ce serait une surprise, ajoute-t-il.

— Qui d'autre est au courant ?

— C'était connu en interne.

Il poursuit en me révélant que le FBI savait dès le dimanche qu'il quitterait Washington D.C. plus tôt que prévu. Au demeurant, l'antenne de Boston devait approuver son retour à Cambridge, et Ed Granby ne s'était montré que trop heureux à l'idée que Benton dégage de Washington. Aussi l'avait-il encouragé, souligne Benton. Je me souviens alors de l'hôtel dans lequel il séjournait.

Les employés ont dû se rendre compte de ce que fabriquait Benton. Je suppose qu'il avait modifié sa réservation à l'avance, peut-être dès dimanche dernier, dès l'instant où il s'est décidé. Bien sûr, Lucy était dans le secret, et mon esprit en revient toujours à elle. A-t-elle mentionné cette surprise d'anniversaire à Gail Shipton et, dans l'affirmative, pourquoi ? Que cela signifierait-il ?

Lucy a dû déposer son plan de vol avant de quitter le Massachusetts à destination de Dulles International Airport. Les appareils privés ne sont pas autorisés à atterrir dans la zone de Washington D.C. sans permission, pour des raisons de sécurité. De surcroît, ils doivent remplir un plan de vol pour la Federal Aviation Administration. L'hôtel et les gens du FBI, les employés de l'aéroport et les contrôleurs aériens… j'établis la liste de tous ceux qui auraient pu connaître des détails tels que dates, localisation, type d'appareil, et peut-être même le numéro de queue de l'hélicoptère de Lucy et le type d'équipement qu'elle avait embarqué. Qui avait accès à toutes ces informations ? Qui avait eu vent des projets de Benton et de Lucy ?

Il n'est pas invraisemblable de penser que quelqu'un connaît nos faits et gestes, et que cette personne a peut-être fourni des informations à un individu malintentionné. Je ne peux exclure l'hypothèse qu'un tueur dérangé mentalement, rusé, fasse une fixation sur Benton, commette des actes violents pour attirer son attention ou pour avoir le sentiment de lui être supérieur. Toutefois, ce genre de choses n'arrive que rarement. Je ne suis pas certaine d'avoir connu un seul cas où un tueur en série aurait développé une obsession érotomaniaque sur un psychologue légal ou un profileur. Certes, cela n'exclut pas qu'une telle situation ait pu survenir un jour. D'ailleurs, tel est sans doute le cas.

L'être humain est capable de tout, et j'ai été témoin de comportements sadiques que je n'aurais jamais pu imaginer. Il n'existe aucune monstruosité qui soit originale, aucune atrocité qui n'ait pas déjà été perpétrée, et Benton n'est pas n'importe qui. Il a publié des ouvrages et des articles, et on le voit souvent aux informations. De plus, il a été publiquement lié aux crimes du Meurtrier Capital, très fréquemment après les deux derniers. Si le tueur suit les médias, il sait que Benton se trouve dans la capitale, que les recherches là-bas ont été intensives, même si les détails des crimes sont demeurés confidentiels, soigneusement protégés par les consignes de secret du FBI.

Le moment était donc idéal pour que le tueur fasse exactement ce que Benton a suggéré : changer de terrain de chasse. Peut-être que cet individu cruel et rusé anticipe ce que mon mari pourrait déduire ou percevoir. En effet, Benton est convaincu depuis le début que le Meurtrier Capital possède un lien avec Cambridge, qu'il s'agit d'un endroit qu'il connaît, d'une sorte de havre pour lui.

Il l'a dit et répété depuis avril, depuis le meurtre de Klara Hembree, à peine un mois après son déménagement à Washington D.C. Mon mari affirme qu'elle a été pistée à Cambridge et que le tueur l'a suivie dans la capitale, ce qu'il n'aurait jamais tenté s'il ne se sentait pas à l'aise dans ces deux villes. Il connaît bien son territoire de chasse, affirme mon mari. Le tueur fait une sorte de tournée meurtrière, s'arrête dans les endroits où il se sait en contrôle, frappe en des lieux dont nous n'avons peut-être aucune connaissance. Je n'ai entendu que cela depuis le départ de Benton, juste avant Thanksgiving.

Je pourrais comprendre qu'il redoute de devenir la cible de ce tueur, de n'importe quel tueur qu'il pourchasse, même si cela s'avère erroné. Jusqu'où pourra-t-il tenir avant que ses barrières commencent de se fissurer, avant que son métier s'immisce en lui tels un parasite, une infection ? La question me hante depuis que je suis amoureuse de lui.

Au téléphone, Benton reprend :

— Il était évident que je viendrais étudier les indices jusqu'à ce chantier. Peut-être même que la police aurait fini par découvrir l'outil. Sans doute, en dépit du fait que c'est assez éloigné de l'endroit où son corps a été retrouvé.

— Mais pourquoi t'es-tu intéressé à ce lieu précis ?

— À cause du pick-up, Kay.

— Celui dont on a fracturé le compartiment.

Je reporte mon attention sur le véhicule noir autour duquel il tourne.

— Il n'a pas sa place ici, remarque mon mari. Il n'a aucun lien avec le chantier. Il s'agit d'un pick-up qui appartient à un particulier, il ne devrait pas être garé ici, et il était donc logique qu'il attire mon attention.

Il s'immobilise et me regarde depuis le chantier. J'argumente :

— Si toutefois on part du principe que cet outil a bien été utilisé sur le cadenas et la chaîne de la barrière.

Je jette un regard en direction de Marino et Machado qui déclarent forfait et abandonnent leurs pelles, optant pour la scie à métaux.

— Il s'est servi de cet outil, je te le garantis, Kay. Il voulait que nous le trouvions. Dès que le labo l'aura examiné, tu te rendras compte que j'avais raison. Nous sommes son public, et il veut que nous connaissions tous les efforts qu'il a dû fournir. Cela fait partie de son plaisir…

Je l'interromps, soudain en colère parce qu'il me fait peur :

— Tous les efforts qu'il a fournis ?

Une vague de fureur me submerge, cette fureur que je m'efforce de museler. Je me contrains ensuite à ne plus rien ressentir. Il serait inepte de réagir comme un sujet normal. Je bannis tout ce qui interfère avec la raison et la discipline que j'ai acquises. Je le repousse très loin de moi. Après toutes ces années, j'excelle à me vider de qui je suis.

Marino farfouille dans son énorme mallette de scène de crime, qui n'est rien d'autre qu'une boîte à outils. Je prends une longue inspiration. Gail Shipton fait une nouvelle incursion dans mon esprit un peu calmé. Elle pourrait représenter un lien assez cohérent. En pareil cas, cela signifierait qu'elle avait une relation avec son tueur même sans le connaître, même s'ils ne se sont jamais rencontrés, ainsi que Benton l'a dit.

Chapitre 16

L'outil possède une poignée rouge en fibre de verre et une lame en métal. Ça ressemble à un coupe-tube assez robuste pour découper des métaux durs tels le cuivre et même l'acier.

Un seul coup d'œil a suffi à Marino pour nous expliquer cela. Il prend des photographies de l'objet avec le caillou posé dessus, un morceau de pierre du coin, d'un volume un peu supérieur à une balle de base-ball. Puis il l'enlève et ramasse l'outil.

— Bon, ben, où sont le cadenas et la chaîne ?

L'outil semble disparaître dans les grandes mains gantées de Marino. Il le tourne et retourne, l'étudie, prenant garde à ne pas détruire des indices tels que des empreintes digitales, dont je suis pourtant certaine que nous n'en trouverons pas. Il grogne :

— S'il voulait que nous tombions sur ce foutu outil, il pouvait au moins nous laisser le cadenas et la chaîne. Il a l'intention de nous balader, hein ? Plus on est de fous, plus on rigole, non ?

Marino fait glisser l'objet dans un sachet à indices. De sombre, son humeur vient de basculer dans l'aigreur et le sarcasme. Il s'agit de la première scène de crime qu'il aborde en flic depuis dix ans. Il se sent perdu et bousculé, malmené. Benton le ramène, involontairement, à son infériorité et Marino gâche tout pour provoquer un conflit. Il s'obstine en déchirant brutalement une bande adhésive pour indices :

— C'que je veux dire, c'est qu'on devrait pas partir du principe qu'il a utilisé cet outil. Parce que c'était peut-être pas le cas. Peut-être que vous vous êtes écarté des sentiers battus et que vous avez dégotté quelque chose qui n'a aucun lien avec l'affaire.

Cette réflexion est destinée à Benton, qu'il regarde d'un air de défi mêlé d'autre chose. Le doute. Puis il se tourne vers moi comme s'il espérait un soutien. Ou alors peut-être qu'il cherche à m'évaluer, à évaluer Benton, ne sachant plus que penser. Nous nous retrouvons tous les trois plantés à côté d'un bulldozer sur un chantier de construction, et je me demande comment Benton va se débrouiller pour communiquer à Marino ce que ce dernier a besoin de savoir. Mon mari ne peut pas être direct et Marino ne lui facilitera pas les choses, même s'il croit Benton. De plus, j'anticipe que tel ne sera pas le cas, du moins pas tout de suite. Il poursuit du même ton narquois :

— Peut-être que quelqu'un a juste fracturé le pick-up, ça arrive tous les jours. Sans doute qu'il faut pas aller chercher plus loin.

— Je suggère que vous embarquiez aussi le caillou, dit Benton. Il l'a touché. Il est fort probable qu'il ait porté des gants, mais on ne sait jamais, tout dépend de l'état d'esprit dans lequel il se trouvait à ce moment-là.

— Mais bordel, de qui vous parlez ?

— De l'individu que vous cherchez. Ce qui en revanche est certain, c'est qu'il a manipulé ce caillou. Il l'a ramassé et posé sur l'outil. Nous devrions faire une recherche d'ADN, de n'importe quel résidu qu'il aurait pu transférer sur sa surface.

— Bordel de merde ! Vous rigolez, là ?

Benton continue d'un ton assuré en désignant le parking situé juste à côté de la résidence universitaire :

— Il a transporté le corps dans un véhicule. Il s'est d'abord garé là. Il est sorti du véhicule pour se diriger vers ce chantier, a fracturé le casier du pick-up pour prendre l'outil. Ensuite, il a repris son véhicule pour se garer dans cet autre parking, ajoute-t-il en désignant la zone que j'ai arpentée durant l'heure qui vient de s'écouler, téléphone vissé à l'oreille.

Le portillon réservé aux piétons est toujours grand ouvert, se balançant au gré du vent, et je rappelle à Benton le risque couru. Ce parking est situé juste en face du bâtiment de la police du MIT, de l'autre côté de la rue. Le tueur aurait alors dû longer le caniveau puis monter sur le trottoir avec son véhicule. Je conclus :

— Avec le risque non négligeable que la police l'aperçoive.

Mon mari contre d'un ton plat :

— Absolument pas. Cet individu est calculateur et il surveille. Il espionne. Le risque le grise, tenter le coup l'excite, et il se débrouille pour se fondre dans son environnement où qu'il soit, en supposant que ton regard s'arrête sur lui. Il s'est garé sur ce parking, a cisaillé le cadenas et la chaîne de la barrière. Il a déposé le corps sur une surface lui permettant de le traîner, une luge improvisée, expliquant que l'herbe soit aplatie, que des mottes de terre aient été arrachées. Il a tiré le cadavre jusqu'au monticule du lanceur et l'a disposé ainsi qu'il le souhaitait.

Marino le dévisage puis se tourne vers moi, roulant presque des yeux. Il éructe :

— Et pourquoi ?

— Parce que ça l'excite et que c'est symbolique. Nous ne savons pas au juste pourquoi. D'ailleurs, on l'ignore presque toujours, mais ce que nous voyons ici, ce sont des hiéroglyphes qui traduisent sa pensée déviante.

Le grand flic pose les mains sur ses hanches, signe de défi, et s'exclame :

— Alors là, c'est sûr, on est dans le grand n'importe quoi ! Ce qui est arrivé à cette fille, c'est pas le foutu *Da Vinci Code*. Elle est aussi morte qu'un hamburger et j'ai rien à foutre de la « pensée déviante » de l'autre.

— Marino, accordez-moi votre attention. Il a passé du temps à mettre en scène le corps, à tourner autour, à l'examiner sous différents angles. C'est de cette façon qu'il prend son pied, un jeu qui devient de plus en plus risqué et dans lequel il perd le contrôle. Il a ses méthodes et tout ce qu'il fait recèle une signification à ses yeux, mais il ressemble à une toupie qui tourne vers le bord de la table et n'est pas loin de tomber.

— Mais bordel, comment vous pouvez savoir tout ça à partir de vos constatations sur place ?

— Parce que je connais ce profil et que ce que je vois me dit qu'il a déjà tué et qu'il va continuer.

J'écoute Benton en repensant à la pommade semblable à du Vicks découverte à proximité du corps. J'imagine le tueur. Il considère sous différents angles le cadavre et admire son travail, ainsi que Benton vient de le décrire. L'acte final, un triomphe meurtrier obtenu sur un terrain de sport boueux, plongé dans l'obscurité. Il s'applique encore de la pommade, inspirant son odeur pénétrante de sorte de ne rien oublier de son but ou de ne pas commettre d'erreurs. Mais peut-être est-il déjà en train d'en semer. Un cheval galopant à la pleine puissance de ses muscles, concentré sur sa course, mais à un cheveu de trébucher, de percuter un obstacle ou de ne pas s'arrêter à temps au bord de la falaise.

Benton reprend :

— Lorsqu'il en a eu terminé, il est revenu ici pour nettoyer l'outil et l'abandonner. Il l'a laissé à notre intention.

Marino bougonne à nouveau :

— C'était vraiment pas gagné, qu'on le repère ici. Ce chantier, c'est pas le plus pratique par rapport à l'endroit où le cadavre a été découvert.

— Il savait que nous finirions par le découvrir.

Marino arrache ses gants d'un geste coléreux.

— Et pourquoi ça le préoccuperait ? Et puis, comment pouvait-il savoir ce qu'il trouverait dans le pick-up ? Et on devrait croire que le coupe-tube provient de là ? Mais enfin, ça n'a aucun sens ! C'est idiot. Il faut commencer par là. Et si l'outil n'avait pas été dans ce compartiment ? Et si le type s'était garé ici avec un cadavre dans sa bagnole pour s'apercevoir qu'il n'avait pas d'outils pour couper la chaîne du portillon ?

Benton explique avec patience :

— Il récolte des informations, Pete. Il ne s'agit pas d'un tueur impulsif. Le crime a été prémédité avec soin, avec un mobile qui n'est pas la véritable raison pour laquelle il l'a tuée. Il l'a fait parce qu'il le voulait, parce qu'il est mené par une irrésistible pulsion. D'ailleurs, il ne le voit pas de cette façon, même s'il s'agit de la réalité que nous devons prendre en compte.

— Vous en parlez comme si vous le connaissiez.

— Je connais ce profil.

Il biaise et ne fournira pas d'explication sur le reste. Pas maintenant.

D'un ton hargneux mais presque anxieux, Marino accuse :

— Vous savez quelque chose et vous ne dites rien.

— Il appartient au profil qui cible ses victimes, qui recueille des informations détaillées à leur sujet. C'est le genre à pénétrer dans leur résidence. Il flâne dans leurs lieux privés, surfe sur Internet pour en savoir davantage, pour glaner les détails disponibles. Cela fait partie de son schéma d'excitation.

Marino argumente pied à pied :

— On a vérifié le dossier de Gail Shipton. Aucun rapport de police. Pas d'effraction à son domicile. Rien qui puisse suggérer que quelqu'un soit rentré chez elle.

— Vous devriez discuter avec des gens qui la connaissent, savoir si à un moment quelconque, notamment ces derniers temps, elle a eu le sentiment d'être surveillée.

Une rougeur remonte le long du cou de Marino.

— Sympa de me le préciser, j'y aurais pas pensé. Et rien ne nous dit que ce soit pas un tordu local et que cette morte ne soit pas une victime isolée. Comment ça se fait que vous ne vous soyez pas arrêté à cette hypothèse ?

Le grand flic tourne le regard vers Simmons Hall avec ses milliers de fenêtres cubiques et son revêtement argenté avant de reprendre :

— Peut-être qu'il a appris certains détails parce qu'il opère dans son propre voisinage ? Peut-être qu'on va avoir un coup de bol et que ce foutu pick-up lui appartient ? Peut-être qu'il a oublié l'outil, involontairement je veux dire ? Peut-être qu'il voulait le ranger dans le compartiment et que ça lui est sorti de la tête ?

Benton ignore l'intervention de Marino et réitère :

— Il surveille. Il savait que ce pick-up se trouverait là. Je parie que son propriétaire vous révélera que ce n'est pas la première fois qu'il gare son véhicule ici pour la nuit. Il est possible qu'il ait pris cette habitude parce qu'il aime bien boire un verre après le travail.

— Pures spéculations ! Du vent ! balance Marino d'un ton sec, adoptant la posture d'un avocat de la défense qui balaye l'argument de la partie adverse.

Imperturbable mais implacable, Benton poursuit :

— Vous apprendrez probablement qu'il a déjà été arrêté pour conduite en état d'ivresse et qu'il n'a certainement pas l'intention de récidiver. Vous découvrirez aussi sans doute qu'il jouit d'un statut spécial au MIT, peut-être travaille-t-il ici, ce qui l'autorise à laisser son véhicule sans que personne y trouve à redire. Il utilise ses propres outils pour exercer son métier, quel qu'il soit, et un individu rusé peut vite découvrir ce qu'il garde bouclé dans le compartiment de son pick-up.

Marino me lance de fréquents regards et rétorque :

— Et c'est quoi, l'intérêt ?

— Ce que je peux vous dire, c'est que quelque chose est important pour le tueur. Son comportement est calculé, et tout commence par ce qu'il voit et la façon dont ses fantasmes surgissent.

Benton prédit et projette, offrant des détails qui pourraient paraître absurdes s'ils ne venaient pas de lui.

Il n'en demeure pas moins que mon mari a raison la plupart du temps, même si j'aimerais tant parfois qu'il se trompe. Ça n'a rien à voir avec de la chance ou de la clairvoyance. Ses conclusions sont tirées d'une banque de données insondable qui s'est construite sur des décennies à partir de toutes les atrocités qu'il a vues. Il a payé le prix fort pour exceller dans son domaine.

— Marino, gardez tout ceci à l'esprit pour aborder cette scène de crime et enquêter sur cette affaire. Vous vous porteriez préjudice à vous-même, à défaut…

Benton désigne d'un signe de tête le pick-up, avant de conseiller :

— … À votre place, je vérifierais le compartiment de rangement. Il n'est pas exclu que vous y découvriez d'autres choses que des outils.

Marino appelle Machado par radio et lui indique qu'ils doivent vérifier un véhicule.

— T'as déjà jeté un œil ?

La voix de Machado résonne fortement et on pourrait croire que lui et Marino s'interpellent, chacun d'un côté de Briggs Field.

— Pas encore.

— Tu penses que ça a un rapport ?

— C'est comme ça qu'on doit l'aborder, répond Marino, une intonation lasse dans la voix, intonation destinée à Benton. Je vais appeler le contrôle, voir ce qu'on peut dénicher.

Machado lâche le poteau de la barrière, maintenant déterré et partiellement enveloppé dans un épais papier marron. Il se dirige vers nous pendant que Marino appelle le dispatcher par radio pour lui demander d'identifier la plaque minéralogique du pick-up.

Marino nous précise :

— Quand on aura localisé le propriétaire, je pourrai savoir depuis combien de temps le véhicule est garé ici et me faire une idée du moment où le compartiment a été fracturé.

Benton, qui s'intéresse maintenant à la voie ferrée courant entre le chantier et l'arrière du Simmons Hall, rétorque :

— Je pense que nous en avons déjà une petite idée. Le corps a été découvert aux alentours de trois heures trente.

Marino, qui ne peut s'empêcher d'avoir le dernier mot, corrige :

— Non, on a reçu l'appel à trois heures trente-neuf exactement.

Le Grand Junction Corridor traverse le campus du MIT et relie en ligne droite Cambridge-Est à Boston en passant tout près du CFC, juste avant de traverser la Mystic River. Lorsqu'un cirque s'installe dans les villes ou bourgades voisines, les wagons se garent sur la voie de raccordement de Grand Junction, à deux pas d'ici.

Hormis cette utilisation manifeste autour de laquelle on fait grand battage, la presque moribonde voie ferrée n'est plus empruntée que par de rares trains de marchandises qui s'y engagent avec fracas, principalement durant le week-end. Je ne compte plus les occasions où je suis restée coincée après le travail, attendant que passe un train qui transportait des fruits et légumes frais jusqu'au

Chelsea Produce Market. D'ailleurs, quelques semaines auparavant, j'ai dû patienter pendant que défilait un convoi d'au moins deux kilomètres de long, aux voitures rouges peintes de lettres d'or appartenant au cirque d'Orléans de Floride du Sud, dont je suis originaire.

Benton décrit le comportement du tueur, du moins ce qu'il en a compris :

— Il voulait que le corps soit vite découvert, et il a très probablement assisté au spectacle, sans doute depuis ce chantier. Il a dû repartir bien avant le jour.

Machado vient de nous rejoindre et détaille avec curiosité le pick-up noir. Puis il se retourne vers Benton et lâche d'une voix dubitative :

— Vous voulez dire qu'il a traîné dans le coin tout le temps que nous nous occupions de la scène de crime ?

— Peut-être pas du début à la fin, mais assez longtemps pour voir Kay à l'œuvre et Lucy atterrir.

— Et pour vous regarder aussi ?

— Possible. Il faisait encore nuit lorsqu'il est reparti, à pied. Il a dû suivre la voie ferrée pour sortir du campus, ce qui lui permettait d'éviter la circulation, le service de sécurité du campus et les étudiants. Personne ne risquait de l'apercevoir. Les voies ne sont pas éclairées, ni jouxtées par un sentier piétonnier. Bref, un moyen très efficace d'aller et venir. Sauf bien sûr si un train arrive. En d'autres termes, il connaissait l'existence de cette voie ferrée. Elle lui était familière, et le rassurait.

Machado tente de traduire :

— Vous soupçonnez qu'il s'agit peut-être d'un étudiant qui connaît ce coin comme sa poche.

— Non.

Marino enfile ses mains puissantes dans une paire de gants neuve, écartant ses doigts épais, les pliant et les dépliant.

— Ben alors, pourquoi vous avez photographié les bagnoles sur le parking de la résidence universitaire ?

— Parce qu'elles se trouvaient là et qu'il nous les faut, surtout à fin d'exclusion. Je doute qu'elles se révèlent utiles à autre chose.

Marino récupère un kit de saupoudrage de sa mallette et ironise :

— Je vois. Donc, vous tombez du ciel pour nous expliquer comment on doit faire notre boulot.

Sans la moindre trace d'agressivité dans la voix, Benton corrige et s'en tiendra là :

— Je suis tombé du ciel parce que Lucy a offert de me servir de taxi aérien pour rentrer chez moi.

Marino s'appuie contre le flanc du pick-up noir, sale et éraflé, une Toyota vieille de plusieurs années qui n'a pas connu de lustrage depuis longtemps.

— Juste histoire que vous soyez informé, Benton, on a relevé toutes les plaques des bagnoles garées dans tous les parkings du coin. Bref, les endroits où quelqu'un pouvait s'être arrêté pour se débarrasser d'un cadavre.

— Bien, commente mon mari d'un ton affable.

Marino inspecte la partie endommagée du couvercle en acier losangé du compartiment de rangement, là où le métal a été forcé à proximité du trou de la serrure. Il le soulève et le laisse retomber sur la lunette arrière du véhicule.

— Merde ! grommelle-t-il.

Chapitre 17

Marino plonge le bras à l'intérieur et en retire un sac à main de cuir marron, à deux brides, une sorte de sacoche sans prétention, sans doute peu onéreuse. Il ouvre la fermeture Éclair et jette, sarcastique :

— Bingo ! Et encore un petit cadeau pour nous faire chier !

À quoi Benton répond d'un ton sans emphase :

— Ce n'est pas la raison pour laquelle il a laissé son sac.

Il ne semble pas surpris, ni même particulièrement intéressé, alors que Marino extrait un portefeuille de la sacoche. Il l'ouvre et en tire le permis de conduire de Gail Shipton avant de l'étudier, mâchoires crispées.

— Bon, s'il l'a d'abord traînée quelque part, expliquant qu'on ne retrouve pas ses vêtements, pourquoi avoir laissé ce sac ici ? Pourquoi pas le balancer ailleurs, dans une benne à ordures ?

La photographie de Gail a été prise alors qu'elle devait sortir de l'adolescence ou avoir une petite vingtaine d'années. Ses cheveux sont beaucoup plus courts, coupés en frange. Des lunettes à lourde monture dissimulent son joli visage, et elle semble gênée, le sourire figé et le regard méfiant. Elle n'évoque pas une personne ouverte, chaleureuse ou accessible, mais peut-être l'appareil photo l'impressionnait-il.

Marino inventorie les différents soufflets du porte-feuille pendant que Benton répète :

— Sa motivation première n'est pas de nous « faire chier ». Il veut juste se mettre en valeur, et ce qu'il fait est profondément intime. Il se laisse mener par ce qu'il ressent et certainement pas par nous.

— Et en quoi laisser derrière lui le sac à main de sa victime lui permettait de se mettre en valeur, hein ?

— De l'effronterie, de l'audace. Il nous donne un coup de main pour l'identification de sa victime. Il nous aide parce que ça l'excite.

Je comprends alors que mon mari a retrouvé les pièces d'identité des victimes dans les trois autres affaires.

— J'vois pas, s'obstine Marino.

Machado intervient, impressionné mais aussi incrédule :

— On dirait que vous faites référence à un genre de psychopathe, une sorte de tueur en série. Moi, je ne fais pas remonter l'info sans certitude.

— Mais je ne suggère aucunement que vous fassiez remonter l'information à votre hiérarchie ou nulle part ailleurs.

Machado argumente avec Benton, d'une voix suffisamment autoritaire pour nous rappeler que son département de police est chargé de l'affaire :

— Ce procès qui doit commencer, perso, je crois que c'est ça qu'on doit considérer. Vous voyez, peut-être que quelqu'un voulait se débarrasser d'elle. Et je ne comprends pas pourquoi vous vous accrochez à l'idée qu'il s'agit d'un psychopathe givré. C'est certain que je ne veux pas qu'une telle rumeur se propage. Et si on doit impliquer le FBI dans l'enquête, il faut qu'on établisse quelques règles.

Il dévisage Benton et je peux presque lire ses pensées. Le FBI n'a pas été formellement invité à participer à cette enquête. On a toléré l'intervention de Benton par courtoisie, simplement parce qu'il est arrivé sur les lieux. Il s'agit de mon mari, ils le connaissent, et le doute m'envahit à nouveau. J'ai le sentiment que Marino s'est répandu en critiques auprès de Machado, se donnant le beau rôle en dénigrant Benton.

Marino énumère les différentes cartes bancaires, sans les sortir de leurs encoches :

— American Express, Visa, cartes de retrait, peut-être qu'elle en possédait d'autres. Pas de liquide. On va rechercher l'ADN et les empreintes digitales sur tout ça.

Il semble réfléchir et poursuit :

— Bon, si elle avait du liquide, il l'a piqué. Assez contradictoire avec un meurtre planifié en raison du prochain procès, non ? C'est pas que je me prétende expert au sujet des meurtriers professionnels, mais faucher du fric ne cadre pas avec ce que j'en sais. En général, ces types ne veulent aucun lien avec leur victime, j'ai tort ? Juste une idée comme ça, une possibilité puisque Gail Shipton était impliquée dans une action en justice à cent millions de dollars.

Benton étudie Marino pendant que celui-ci fouille le sac, ses doigts gantés frôlant à peine les objets, les soulevant par leurs coins ou leurs bords, touchant aussi peu que possible leur surface. Un poudrier. Un bâton de rouge à lèvres. Du mascara. Des stylos noirs. Un sachet de mouchoirs jetables. Des pastilles pour la gorge. Une brosse à cheveux ronde.

Il confirme :

— Les tueurs à gages ne volent en général pas.

Machado persiste :

— J'émets juste une hypothèse. C'est clair que sa mort soudaine tombe pile pour la partie adverse.

— Les tueurs sur contrat se débrouillent pour avoir le moins de contacts physiques possible avec leur cible, répète Benton. Ils s'appliquent à ne pas laisser des indices tels qu'un outil ou une sacoche pour que la police les trouve. Ces professionnels n'ont certainement aucun intérêt à se faire remarquer ou à tenter d'impressionner ceux qui vont enquêter. C'est tout le contraire. Ils s'efforcent de ne pas attirer l'attention, et ils ne sont pas délirants.

— Ce mec est délirant ?

— Je dis que les tueurs à gages réputés ne le sont pas.

Marino extirpe un petit carnet de notes noir fermé par une bande élastique verte. Il l'ouvre pendant que Machado conclut :

— On en revient donc à la possibilité d'un crime aléatoire. Un mobile qui impliquait le vol.

Marino parcourt le carnet de notes. Ces étroites feuilles blanches quadrillées de rouge m'évoquent un papier utilisé pour les mathématiques ou les diagrammes. Le carnet est noirci d'une petite écriture très nette, avec de soigneuses colonnes de dates et de nombres qui paraissent codées et mystérieuses. L'écriture s'interrompt à peu près au milieu du carnet, sur une ligne à l'encre noire :

61 : ENT 18/12 1733-1752 (<18m) REC 13-5-14-1-3-5

— Permettez…

Je prends une photo de cette entrée cryptique à l'aide de mon téléphone, protégé par sa coque « qualité militaire » identique à celles de Gail Shipton et de Lucy.

Marino range le carnet dans le sac puis en sort un feuillet d'autocollants, tous rouges avec un X blanc au centre. Il bougonne en les replaçant où il vient de les trouver.

— On dirait des coordonnées, un point de rendez-vous. Peut-être un truc que ses avocats voulaient qu'elle surveille. Quant aux stickers, pas la moindre idée de ce que c'est.

Je repense au dernier coup de téléphone que Gail Shipton a reçu, celui qui provenait d'un numéro masqué.

Je tente de percer le secret de cette dernière ligne. Selon moi, *ENT* signifie que l'appel était entrant, hier, le 18 décembre à dix-sept heures trente-trois, conversation d'un peu moins de dix-huit minutes, reçue au moment où Gail aurait pu se trouver derrière le Psi Bar, non loin d'une benne à ordures, environnée par l'obscurité.

Bien que n'étant pas certaine de l'interprétation du reste, *REC* pourrait indiquer que l'appel a été enregistré. La suite de nombres est sans doute un chiffrage, une sorte de code. J'imagine la jeune femme mettant un terme à sa conversation et qui s'attarde assez longtemps pour noter cette série de lettres et de chiffres dans son carnet noir. Peut-être a-t-elle utilisé l'éclairage de son Smartphone afin de voir ce qu'elle écrivait. L'impression que j'avais d'elle se précise. Introvertie et peu sûre d'elle. Précise, posée, peut-être rigide et obsessionnelle compulsive.

Je l'imagine absorbée par sa tâche fastidieuse ou ses pinaillages, au choix, transcrivant en code une information, si concentrée qu'elle n'était pas particulièrement consciente de ce qui se passait autour d'elle. Une voiture était-elle garée là-bas ? Quelqu'un a-t-il pénétré sur le parking à ce moment-là sans qu'elle y prenne garde ? Ce que je sais, en revanche, c'est qu'elle a ensuite appelé Carin Hegel et que la connexion a été très rapidement perdue. Aux environs de dix-huit heures. Gail venait sans doute de rencontrer son tueur.

M'adressant à Marino, je demande :

— Lorsque vous avez examiné le téléphone de Gail, avez-vous vérifié s'il y avait des enregistrements dessus ? Vidéo ou audio, par exemple ?

— Rien de tout ça, juste des appels entrants ou sortants, des mails aussi, des textos, me répond-il d'un ton distrait tout en écoutant l'échange entre Machado et Benton, qui se renvoient la balle poliment mais avec obstination. Le premier martèle :

— Elle se trouvait au mauvais endroit, au mauvais moment. Elle est sortie du bar pour passer un coup de téléphone et son tueur était là, assis dans sa voiture.

— Non, je n'adhère pas cette explication.

— Et ensuite il l'a vue, une cible facile, une victime d'opportunité.

— Gail se trouvait exactement à l'endroit où il l'attendait.

L'irritation de Machado devient perceptible :

— Comment pouvez-vous affirmer que le vol n'était pas le mobile ?

— Je n'affirme pas qu'il n'ait pas pris l'argent ou même des souvenirs. Le comportement humain ne se résume pas à un bloc inamovible. Il peut s'agir d'un mélange de traits parfois incohérents ou contradictoires.

J'interviens :

— Il a pu dérober ses bijoux. Sauf, bien sûr, si elle n'en portait pas ce jour-là, pas même des boucles d'oreilles. Certes, nous ignorons ce qu'elle avait au juste sur elle lorsqu'elle a été enlevée.

Je n'hésite plus à utiliser ce dernier mot.

Au moment même où le dispatcher le contacte par radio, Marino résume :

— Bon, il a piqué son fric et peut-être ses bijoux. Ses vêtements aussi, sans doute. Peut-être qu'on aura du bol et qu'il a laissé son ADN sur le portefeuille, ou sur la sacoche. Peut-être aussi sur le coupe-tube, ajoute-t-il non sans ironie.

Lèvres collées à sa radio, il s'annonce :

— Trente-trois.

Le dispatcher l'informe que le propriétaire du pick-up est un homme de cinquante et un ans, répondant au nom d'Enrique Sanchez. Il travaille pour la maintenance au MIT. Pas de mandat d'arrêt en suspens, pas d'arrestation à l'exception d'une accusation en 2008 pour conduite dangereuse en état d'ivresse. On l'a contacté et il est en route. Benton ne se laisse pas aller à un : « Je vous l'avais bien dit. » Il reste silencieux.

Je me rapproche de ma mallette et lance à la cantonade :

— Il faut que je retourne à mes bureaux.

Je l'ouvre et récupère les sachets contenant le résidu fluorescent que j'ai récolté à l'aide d'écouvillons, les fibres et la pommade ressemblant à du Vicks. Je scelle les indices dans des enveloppes, les paraphe et les fourre dans mon sac au moment où le bruit d'un moteur se rapproche de nous. Je lève le regard lorsqu'une voiture pie de la police de Cambridge apparaît derrière nous.

— Marino, je vais faire porter les indices le plus rapidement possible aux labos, mais si ça ne vous ennuie pas, je laisserai ma mallette ici. Nous allons rentrer à pied au Centre et je n'ai pas trop envie de la trimballer. Peut-être pourriez-vous me la ramener lorsque vous passerez pour l'autopsie ? Les chaussures de Benton et ses bagages sont dans votre SUV, et ce serait très gentil de les déposer aussi.

Je prends garde à ne surtout pas avoir l'air de lui donner des ordres.

La voiture de police s'arrête juste derrière le pick-up noir et un policier en uniforme en descend, un carnet de notes en main. Son nom est écrit sur sa plaque de poitrine en acier brillant : G. B. Rooney.

— Je voulais pas que ce soit relayé par radio, déclare-t-il à Machado et Marino. L'appel auquel j'ai répondu plus tôt… Celui sur Windsor…

— Mon pote, il va falloir que tu sois un peu plus explicite, rétorque Machado.

G. B. Rooney s'interrompt, incertain, nous dévisageant Benton et moi.

Marino nous présente d'un ton blasé :

— Ils sont OK. Benton Wesley appartient au FBI. Le Dr Scarpetta, c'est le médecin expert en chef…

Je comprends alors que G. B. Rooney n'est autre que la voiture treize.

Un peu plus tôt ce matin, il a répondu à l'appel au sujet de mon rôdeur, puis a cessé de communiquer par radio durant un moment.

Chapitre 18

Il semblait à bout de souffle lorsqu'il a finalement pris l'appel du dispatcher aux environs de cinq heures quarante-cinq. Je le détaille. Il est grand, mince, la petite quarantaine.

J'étais étonnée que la voiture treize puisse se trouver à Tech Square, alors qu'elle patrouillait à plusieurs kilomètres de distance sur le campus de Harvard, dans mon quartier, quelques instants plus tôt. Sur le moment, j'avais pensé que l'officier avait abandonné cet appel lorsque les éventuels vols dans des voitures avaient été signalés, mais G.B. Rooney nous fournit une autre explication.

— Je m'étais pas éloigné de deux rues quand j'ai remarqué un individu dans un véhicule garé derrière l'Académie des arts et des sciences sur Beacon Street. Bref, la zone dans laquelle le rôdeur avait été signalé. Le sujet collait à la description, du moins assez pour que je me dise que ça valait le coup de vérifier.

La façon dont il raconte cela attise ma curiosité. Je peux d'ores et déjà sentir que G.B. Rooney a songé que quelque chose n'était pas normal chez cette personne, et je perçois la soudaine attention de Benton. La partie de la ville dont le policier parle est très proche de chez nous.

— Taille moyenne, mince, jeune, blanc. Pantalon et tennis noirs, un sweat-shirt de même couleur décoré d'un portrait de Marilyn Monroe, avec capuche, récite G.B. Rooney à la manière d'un rapport de police. J'ai attendu qu'il démarre et je l'ai suivi, mais avec discrétion. Il s'est dirigé sans hésitation vers les cités de Windsor. Ça explique que je me sois trouvé sur les lieux au moment où les voitures ont été fracturées, sans doute un truc lié aux gangs. Ça pullule dans ce coin, des jeunes qui écument les parkings, piquent tout ce qu'ils peuvent, sans oublier le vandalisme. Je me trouve dans un parking, et ils s'activent sur un autre. Ils explosent les vitres, puis reviennent pour piquer encore un peu plus. Incroyable.

Marino s'enquiert :

— Je suppose que tu as vérifié la plaque minéralogique du gars ?

— Un SUV Audi de 2012, bleu, appartenant à un homme de vingt-huit ans domicilié à Somerville, pas très loin de la patinoire de hockey de Conway Park. Un certain Haley Davis Swanson, résume G.B. Rooney.

Marino éructe comme s'il venait de recevoir un grand coup de poing dans le dos :

— Quoi ? Haley Swanson ?

— Ben oui, son oncle habite le bâtiment deux de la cité de Windsor.

— Haley Swanson est un homme ?

Perdu, Marino le fixe, yeux écarquillés.

— Ouais, d'accord, c'est pas un nom courant pour un mec. Un nom de famille, m'a-t-il dit. Tout le monde l'appelle par son surnom, Swan.

— Mais enfin, ça n'a aucun sens.

La frustration se lit sur le visage de mon ancien enquêteur en chef. Sa colère est si palpable que je redoute qu'il nous fasse une attaque cérébrale.

Machado prend la relève :

— Et t'as parlé à ce mec ? Tu sais pourquoi il était garé derrière l'Académie des arts et des sciences, à l'orée du bois là-bas ?

— Il m'a dit qu'il avait acheté des cafés au Dunkin' Donuts, celui de Somerville Avenue, et qu'un des gobelets s'était renversé. Du coup, il s'est garé pour nettoyer. Y avait bien deux gobelets de café sur la banquette avant et l'un d'eux retourné, donc ça, au moins, c'était pas un bobard.

— Et tu lui as demandé ce qu'il fichait dans la cité au moment précis où nous nous trouvions sur une scène de crime ici ?

G.B. Rooney semble un peu interloqué et hésite :

— Ben non, j'ai pas mentionné la scène de crime.

Machado ne pose pas d'autres questions, et je crois savoir pourquoi. Il attend de voir si le policier va nous informer du fait que Haley Davis Swanson est un ami de Gail Shipton. Le flic veut savoir si Rooney a conscience de ce que ce fameux Haley « Swan » Swanson est l'individu qui a signalé la disparition de Gail, peu avant de mettre en ligne l'information et la photographie de la jeune femme sur le site de la Cinq. Il se contente de demander :

— Et qu'est-ce que tu sais d'autre à son sujet ?

G.B. Rooney tourne une page de son carnet et le renseigne :

— Il bosse pour une boîte locale de relations publiques.

À l'évidence, il ne semble pas au courant du lien entre les deux personnes. Il paraît peu probable que Haley Davis Swanson ait mentionné Gail Shipton à l'officier Rooney, une discrétion vraiment suspecte. En effet, Swanson a signalé la disparition de la jeune femme et voilà qu'il pourrait être celui qui rôdait autour de ma propriété. Rien ne paraît logique dans cette histoire. Pourquoi s'arrêter pour acheter des cafés puis soudain décider de laisser sa voiture dans Beacon Street et se rendre à pied jusque chez moi, sous une pluie battante, dans l'unique but de m'espionner ?

Benton nous observe, le visage impavide, mais avec grande attention et je demande à G.B. Rooney :

— Semblait-il mouillé lorsque vous lui avez parlé ? Je veux dire, paraissait-il avoir été trempé par la pluie ?

— Non. J'ai le nom de la boîte pour laquelle il bosse…

Il feuillette plusieurs pages de son carnet.

— … Lambant et Associés, à Boston.

Benton passe en revue les mails qui sont arrivés sur son téléphone et nous renseigne :

— Spécialisés dans le management de crise. Ce qui dans le monde juridique est connu comme des experts en relations publiques qui se débrouillent pour reconstruire une réputation à leurs clients.

Je tente de trouver un lien :

— Gail Shipton les avait-elle engagés ? Peut-être est-ce de cette façon qu'elle a rencontré Haley Swanson.

Sans particulièrement s'adresser à moi, mon mari précise :

— Le cabinet est bien connu de l'antenne FBI de Boston. Il représente des inculpés ou des défendeurs riches et très en vue, surtout des hommes d'affaires, des politiciens corrompus, ou même des noms du crime organisé, sans oublier, de temps en temps, un athlète célèbre impliqué dans un scandale.

Il jette un regard appuyé à Marino avant de poursuivre :

— Il y a peu, Lambant et Associés se sont occupés du recours collectif en justice en lien avec la série de pick-up qui vous a occasionné des ennuis, Pete. Pas de presse défavorable, aucune séquelle en termes d'image. En réalité, ce sont les plaignants qui ont trinqué parce qu'ils conduisaient en irresponsables sur des chemins impraticables, dans des conditions extrêmes, avec un essieu et un châssis trafiqués.

Le visage de Marino vire au rouge brique.

— Conneries ! Non, parce que le quidam moyen peut s'offrir un cabinet de management de crise, peut-être ! Comme d'habitude, les petits se font entuber.

Je redoute un instant qu'il se lance à nouveau dans sa diatribe voiture, mais il parvient à se contrôler.

— Je me contente de suggérer que Haley Swanson pourrait vous connaître, Pete. S'il a travaillé sur cette affaire pour le cabinet, il a dû tomber sur votre nom puisque vous faisiez partie des plaignants.

Machado prend des notes et marmonne :

— Bon, j'ai l'impression qu'il faut vérifier plein de trucs. En commençant par la nature exacte de la relation qui existait entre Swanson et Gail Shipton. Et où il se trouvait hier soir, au moment approximatif où elle est sortie du bar pour passer son appel, avant de disparaître. Et pourquoi il a signalé sa disparition, sans prendre la peine de venir faire une déclaration à la police et nous fournir toutes les informations qu'il possédait. Comme ça, je dis qu'on pourrait avoir un suspect.

Benton ne commente pas. Son attention est à nouveau attirée par la voie ferrée.

— Je vais me renseigner au Psi Bar, leur demander si quelqu'un se souvient si Gail Shipton était accompagnée, si ça pouvait être Swanson et s'ils le connaissent, décide Marino.

Rooney se laisse aller contre le capot de sa voiture et fourre les mains dans les poches de son blouson. Il commence :

— Tu veux mon opinion personnelle ? Bon, c'est pas politiquement correct mais je me dis qu'il faut que ça sorte. Je suis pas certain que ce soit un homme. Bien sûr, je sais pas à quel point mais quand tu l'entends parler, ça pourrait être une fille. En tous les cas, il pourrait se faire passer pour une femme. Mais bon, c'était pas le genre de trucs que je pouvais lui demander. S'il est en train de changer de sexe, ou s'il prend des hormones, je me voyais pas l'interroger à ce sujet, d'autant que ça n'avait pas de rapport avec ce qui nous occupe… Enfin, je suppose.

— Et il s'est présenté comme une femme ou un homme ? demande Machado.

— Tout ce que je peux te dire c'est qu'à première vue, j'ai pensé qu'il s'agissait d'une femme. Quand je l'ai interrogé au sujet de la cité, j'ai dit : « Et qu'est-ce qu'une charmante jeune femme telle que vous fait ici à cette heure ? » Il m'a pas corrigé et je parierais qu'il portait un soutien-gorge. J'veux dire… il a des seins. Il a affirmé qu'un de ses oncles vivait là, dans ce coin plombé par la criminalité liée à la came, un vétéran du Vietnam, un invalide. Alors voilà mon deuxième soupçon : peut-être que Swanson exerce un petit boulot d'appoint ? Peut-être que c'est de cette façon qu'il peut s'offrir un SUV haut de gamme, tout neuf ? Je l'ai pas mal poussé pour savoir ce qu'il fabriquait là-bas. Il a affirmé que parfois il rendait visite à son oncle avant de rejoindre son travail à Boston, pour lui apporter un café. J'ai vérifié ses dires. Il a bien un oncle handicapé qui vit dans la cité. J'ai son nom, et tout sera consigné dans mon rapport.

Marino se sent ridicule. Il a parlé avec Haley Swanson aux environs d'une heure du matin et n'avait pas la moindre idée de ce que vient de nous révéler Rooney. Il aboie :

— Ouais, fais-le-moi passer au plus vite.

Machado demande à Rooney :

— Et c'est tout ? Il t'a rien expliqué d'autre, genre pourquoi il se baladait en bagnole dans les parages de Cambridge ? Ou la raison pour laquelle il était garé à côté de Harvard dans Beacon Street ? T'es sûr que c'est parce qu'il a renversé un gobelet de café et pas plutôt parce qu'il était en repérage dans le voisinage ? Est-ce qu'il a mentionné la maison du Dr Scarpetta ?

Benton s'étonne :

— Et pourquoi s'intéresserait-il à l'endroit où nous vivons ?

Rooney nous jette un regard perdu tout en changeant de position, prenant garde que son lourd ceinturon de flic n'érafle pas la peinture de sa voiture de patrouille.

Avant que je puisse placer un mot, Marino le renseigne :

— Quelqu'un rôdait autour de chez vous ce matin et j'ai demandé à des unités en patrouille de jeter un œil, voilà pourquoi.

Benton m'adresse un regard inquisiteur avant de s'absorber à nouveau dans la contemplation de la voie ferrée.

— Je veux dire que peut-être ce mec espionnait la Doc, ajoute Marino avec satisfaction, heureux de savoir à mon sujet une information que mon mari ignore.

Benton ne relève pas. Au lieu de cela, il lâche d'un ton péremptoire :

— Il ne s'agit pas d'un individu qui s'occupe de relations publiques et qui deale peut-être de la drogue dans les cités. Ce genre de profil ne doit pas nous inquiéter. Le sujet que vous recherchez ne tue pas des gens pour ensuite signaler leur disparition à la police et décliner son identité à un policier dont il connaît le nom.

— Vous pouvez rien affirmer de tel. On va loger ce Swanson et il a intérêt à s'expliquer.

Rooney résume :

— Il m'a dit qu'il avait passé une super mauvaise nuit, qu'il était contrarié et se baladait en voiture. Après, il est rentré chez lui pour prendre une douche et se changer. Ensuite, il est allé chercher le café avant de rejoindre Boston.

— Il avait l'air contrarié ? demande Machado.

— Ben, j'ai eu l'impression qu'il était nerveux… Ouais, contrarié. On aurait dit qu'il avait peur. D'un autre côté, c'est le cas de pas mal de gens quand des policiers les interrogent…

Rooney s'interrompt et se retourne au moment où une vieille camionnette Chevrolet avec des échelles sur le toit émerge de Vassar Street et se dirige vers nous.

— … On n’a pas de mandat contre lui. Y avait aucune raison de le retenir.

— Ouais, ben maintenant y en a une, rétorque Marino.

Un homme baraqué et lourd, le visage tendu, nous dévisage depuis le siège passager. Sa portière s’ouvre à la volée avant que la camionnette soit complètement à l’arrêt. Il avance d’un pas vif vers le pick-up noir, *a priori* son véhicule. Enrique Sanchez paraît effrayé. Vêtu de jeans, d’un coupe-vent et de boots de travail éraflées, il a le nez rouge, le visage bouffi et le gros ventre d’un buveur excessif.

D’une voix forte mâtinée d’un lourd accent espagnol, son regard passant nerveusement de l’un à l’autre, il déclare :

— Je la laisse là quand je me fais raccompagner par des potes. Au cas où on boirait une bière.

Benton me fait un signe et nous nous avançons vers la voie de chemin de fer.

Marino se rapproche d’Enrique Sanchez et exige :

— Quand est-ce que vous l’avez laissée là ? Et où avez-vous bu un verre ?

— Hier à dix-sept heures. On est allé au Plough. Je suis pas resté plus de deux heures et ensuite mon copain m’a ramené à la maison. Il est passé me chercher ce matin.

— Le Plough sur Massachusetts Avenue ? Ils préparent un super bon sandwich cubain. Et vous laissez souvent votre pick-up ici toute la nuit, mon pote ?

Chapitre 19

Nous suivons la ligne de chemin de fer et dépassons un abri à générateurs puis un centre de recherche dédié à la fusion et à la physique des plasmas. Le tentaculaire laboratoire réservé aux champs magnétiques leur fait suite. Encadrés de grillages, dépassant des parkings aériens, environnés de bennes à ordures, nous avançons le long des plaques de ciment fissuré, enjambant des squelettes de broussailles. Nous prenons notre temps, tentant de repérer le moindre signe.

Benton est certain que le tueur a emprunté ce chemin pour s'enfuir juste avant l'aube. Je ne perçois en lui nulle hésitation, pas le plus petit doute alors que j'ai du mal à concevoir que quelqu'un opte pour un tel choix dans l'obscurité. Je ne peux m'imaginer progressant dans la boue, sur des détritus métalliques aussi glissants que du verre, des branchages, zigzaguant derrière des immeubles sans doute désertés à cette heure, toutes lumières éteintes. De quoi se blesser sérieusement. Comment cet individu qui fuyait une scène de crime aurait-il pu voir où il posait les pieds ?

M'épargnant un ton accusateur, Benton me reproche avec calme mais inquiétude :

— Tu aurais dû m'avertir. Si tu as senti que quelqu'un t'observait, pourquoi ne pas en avoir parlé ?

— J'ai pensé que mon imagination me jouait des tours. Et puis, j'ai entraperçu un homme ce matin et il s'est sauvé. Marino a émis l'hypothèse qu'un gamin repérait ce qu'il pouvait voler chez nous sans trop de risques.

— Mais tel n'était pas le cas.

— Il est maintenant convaincu qu'il s'agissait de Haley Swanson.

— Non, et la menace est bien plus préoccupante, tu le sais. Mais je suis rentré, et s'il l'ignorait encore, tel n'est plus le cas.

Benton énonce cela comme s'il faisait référence à une vieille connaissance malveillante.

— Parce qu'il surveille ?

— En effet, Kay. Il surveille et fantasme, et on n'a pas cessé de te voir aux informations, dernièrement. C'est le genre d'individu qui suit d'autres affaires que les siennes.

— Sous-entends-tu qu'il pourrait s'en prendre à moi ?

— Je ne le permettrai jamais.

Nous arrivons à hauteur des systèmes de chauffage-climatisation et des générateurs massifs, sans oublier des conteneurs d'azote liquide reliés à des lignes de transfert en acier inoxydable protégées d'épais manchons recouverts de glace. Les pylônes électriques plantés dans le ciment craquelé m'évoquent des moulins à vent ou des tuyaux d'orgue. Nous évitons avec soin un camion transportant de l'hélium et une infinie tristesse m'envahit. J'ignore d'où elle provient.

Benton est parti depuis moins d'un mois, mais il m'a semblé que son absence s'éternisait. Il n'est plus le même, ou alors c'est moi qui ai changé, et je ne le vois pas avec le même regard. Je suis ébranlée. J'ai peur d'ajouter foi à ces perceptions. Je m'inquiète qu'il prenne cette affaire trop à cœur et devienne paranoïaque. Je me souviens du nombre de fois où je l'ai mis en garde, lui conseillant de ne jamais trop se rapprocher de ceux qu'il chasse. Ne t'attable jamais avec le diable, lui ai-je sans cesse répété.

Je lui jette un regard sans parvenir à déceler ce qui ne va pas. Il avance avec prudence, chaussé de ses bottes en caoutchouc orange maculées de boue, son manteau en cachemire plié avec soin sur son bras. Il porte un costume anthracite, et une chemise bleu foncé. Un motif de minuscules interrupteurs d'ordinateur égaye sa cravate violette en sergé de soie, un présent en clin d'œil de Lucy.

Un rayon de soleil oblique caresse son visage, fait ressortir les rides joyeuses au coin de ses paupières et le long des ailes de son beau nez droit. La matinée lumineuse accentue les fines marques du temps et sa haute silhouette paraît plus mince que lorsqu'il est parti. Il ne mange jamais assez lorsque je ne suis pas dans les parages.

— As-tu procédé de la sorte avec les autres ?

J'ai la ferme intention de lui extirper la vérité. Ce matin, j'ai été témoin de ce que je ne vois habituellement pas, et j'exige de tout savoir. A-t-il retracé les pas du tueur dans les différentes affaires de Washington ? A-t-il agi de la même manière qu'aujourd'hui ?

D'une voix plus douce, il explique :

— Les environnements sont très différents. Dans le premier cas, Klara Hembree, il a quitté une route très fréquentée et cisaillé une chaîne de sécurité.

Benton ne cesse de regarder son téléphone, et je sens qu'une part de lui est restée ailleurs, dans un endroit sinistre.

— Et il a abandonné un outil avec un caillou posé dessus ?

— Oui.

— Volé ?

Il me répond tout en tapant un texto, une expression presque rageuse sur le visage :

— L'abri d'un terrain de golf avait été visité. Un petit abri en métal où les employés de la maintenance et les jardiniers remisent leur équipement. C'est là qu'il a dérobé l'outil, un coupe-câble, ce qui sous-entend qu'il savait qu'il le trouverait là.

Quelque chose vient de survenir et je m'inquiète :

— Que se passe-t-il ?

— Je ne laisse pas tout tomber pour revenir séance tenante au *travail*. Ce que je fais ici ne serait donc pas du travail ?

Ed Granby, ou quelqu'un de son équipe, lui a probablement envoyé un mail.

Benton consulte à nouveau son téléphone, l'air irrité, puis le visage à nouveau impavide, il ajoute :

— Le tueur s'est orienté sans difficulté. Il a sectionné la chaîne de sécurité, puis roulé le long d'un chemin de terre jusqu'à l'extrémité de la zone boisée réservée aux pique-niques. L'endroit qu'il avait choisi pour mettre en scène le corps. Lorsque je suis arrivé sur les lieux, plusieurs jours après les faits, j'ai découvert l'outil avec le caillou dessus, derrière l'aire de pique-nique, à proximité des voies ferrées.

— Tu veux dire qu'il a traversé un terrain de golf en voiture ? Cela revient à prendre des risques insensés. On parle donc de témérité, d'imprudence.

Benton se baisse pour faufiler les mains dans ses bottes et tirer sur ses chaussettes.

— Tous les parkings des endroits qu'il a sélectionnés sont équipés de caméras de sécurité, et il le savait. Il pense de la même façon que la police. Il sait ce qu'il doit rechercher afin de l'éviter. Il fait l'inverse de ce que la police attend, fracturer la porte d'un abri à outils, ou traverser en voiture un terrain de golf à la nuit tombée parce que, ainsi que tu le dis, on partira du principe qu'il s'agirait d'une témérité insensée, impossible. La police n'y pensera pas, ne vérifiera pas.

Je le regarde pendant qu'il se débat avec les revers de son pantalon, tentant de les rentrer dans ses bottes, et résume :

— Mais toi, si.

Benton se redresse, jette à nouveau un regard à son téléphone, un fugace éclat de colère brillant dans les yeux.

— Je pense qu'il a agi ainsi. J'ai vu l'endroit où les pneus de sa voiture ont quitté le chemin de terre pour mordre sur l'herbe. Des Goodyear adaptés aux terrains boueux, qui équipent en général les pick-up ou les tout-terrain. Ils m'ont fourni une information à son sujet.

— Laquelle ?

— Il a vingt-huit, vingt-neuf ans, ou la petite trentaine. Un Blanc. Il aime les activités à haut risque, peut-être les sports extrêmes, exerce un métier qui lui permet d'aller et venir à horaires irréguliers sans attirer l'attention. Il vit seul, possède un QI dans la fourchette supérieure mais n'a jamais terminé ses études. Il est charmant. Il attire et plaît en société mais se vexe facilement s'il pense que tu lui as manqué d'égards. En résumé, un psychopathe sexuel violent à tendance narcissique avec troubles de la personnalité borderline. La façon très ritualisée dont il capture, contrôle et tue ses victimes remplace le sexe pour lui. Cela étant, il a tué les deux dernières à une semaine d'intervalle, et maintenant celle-ci. Il perd toute maîtrise, Kay.

— Mais tes collègues ne sont pas d'accord avec toi.

— Un euphémisme.

— Tu as découvert les marques de pneus parce que tu cherchais l'imprévu, parce que tu ne fais pas partie de la police.

— Je ne réfléchis pas de la même façon qu'eux.

Ses jambes de pantalon s'échappent de ses bottes.

— Mon Dieu, je n'arrive pas à croire que je marche avec des trucs pareils.

Il se baisse et tente à nouveau de coincer les revers.

— Tu penses différemment de la police et de tes collègues. Tu parviens à te mettre dans la tête de ce tueur.

Il reprend sa marche et admet :

— Quelqu'un doit s'y coller. Quelqu'un doit le faire en toute honnêteté.

— Tu sembles si convaincu.

— Je le suis.

— Mais agit-il d'une façon que tu n'avais pas envisagée ?

— Plus maintenant.

— Tu prévois ses actes. Dont le Vicks.

— J'émets une hypothèse, Kay. On n'en a pas découvert sur les autres scènes de crime, mais je comprends l'utilité de la pommade pour lui et je me doute d'où il aurait pu tirer cette idée.

Benton se bagarre à nouveau avec ses bottes, ou peut-être son agacement naît-il de ma salve de questions, alors que je creuse avec opiniâtreté. J'insiste pour déterminer jusqu'où il s'est enfoncé dans ce gouffre sombre et hideux :

— Comment cela ?

— Tu as lu mes publications au sujet d'Albert Fish, et avant cela, mon mémoire de thèse. La souffrance comme extase. Un parfum qui brûle. Se tartiner les organes génitaux d'une pommade mentholée pour ne pas être tenté de violer. Fish s'autocongratulait pour sa maîtrise. Après tout, il s'était contenté d'étrangler Grace Budd et de faire cuire ses morceaux en ragoût avec des légumes et des pommes de terre. Mais, il ne l'avait pas agressée sexuellement. Il s'était assuré que la mère de sa victime en serait informée. Ses fesses avaient été le morceau le plus goûteux. Mais du moins ne l'avait-il pas violée.

— Tu penses que le tueur aurait pu appliquer ce type de pommade sur ses parties génitales.

— Une référence que j'avais faite à Baudelaire, *Les Fleurs du mal*, plus spécifiquement au salicylate de méthyle utilisé en parfumerie. Les effluves de la souffrance, ce qu'Albert Fish désirait plus que tout. La souffrance était son parfum démoniaque. Il s'enfonçait des aiguilles dans l'aine et des tiges de rose dans le pénis. Il adorait être battu avec une raquette hérissée de clous. Pourquoi ? Parce qu'il avait été placé dès l'âge de cinq ans dans un orphelinat de Washington D.C., dénudé et fouetté devant les autres garçons. Ses petits copains l'avaient ensuite humilié et persécuté parce que les raclées lui provoquaient des érections. Il s'était donc reprogrammé pour aimer la souffrance, pour qu'elle devienne érotique.

Je souligne la coïncidence :

— Washington D.C. ? Suggères-tu que le Meurtrier Capital aurait été influencé par l'un des tueurs les plus célèbres de l'Histoire ?

Benton poursuit d'un ton détaché :

— Nous ne savons pas qui a pu lire ce que j'ai publié au sujet d'un phénomène psychiatrique unique en son genre. Fish est passé au travers des mailles du filet durant des décennies. Il s'est marié et a eu six enfants. On pense qu'il aurait apprécié son exécution.

— Espérons ne pas avoir affaire à un individu de ce type.

— Il doit éprouver le besoin impérieux d'atteindre ce genre de sinistre célébrité. Quoi de plus logique en ce cas qu'il s'informe au sujet de tueurs célèbres, une façon de vivre par procuration les effroyables atrocités qu'ils ont commises, déclare Benton. Nous parlons d'un individu qui passe la majeure partie de son temps dans un monde fantasmatique déviant et violent enraciné dans son passé. Il est programmé pour aimer des événements que la plupart des gens jugent révoltants et qui l'excitent. Peut-être est-il né ainsi, peut-être un événement est-il survenu durant son enfance. Probablement les deux.

— Et tu as donc fait part à tes collègues de tout ce que tu viens de me révéler ?

— Ils pensent que je devrais démissionner tant que je suis au top. Je suis assez riche pour faire ce dont j'ai envie. Profite de l'argent de ta famille, durement gagné, voilà leur argument. Passe un peu plus de temps à Aspen. Achète-toi un pied-à-terre à Hawaï.

— Savent-ils que tu t'inquiètes de ce que le tueur ait pu lire ce que tu avais publié, qu'il y puise certaines de ses idées ?

Et je refuse d'imaginer le genre de réactions auxquelles Benton aurait à faire face dans l'éventualité d'une telle suspicion.

À ma surprise, Benton avoue :

— Ce n'est pas moi qui ai manifesté cette inquiétude, mais Ed Granby, ce qui n'arrange rien.

— Quelle terrible accusation !

— Ça ne fait qu'apporter de l'eau à son moulin. Il répète que le Bureau ne devrait plus s'impliquer, je cite, *dans le profilage des années 1980-1990*. Son vœu est que la BAU soit absorbée par la Joint Terrorism Task Force mise en place pour combattre les actes terroristes. Désormais, il ne s'agira plus que de combattre le terrorisme et ces tueurs de masse décérébrés. Bref, il faudrait se désintéresser des tueurs en série. Je suis devenu obsolète, et peut-être que je ne fais qu'aggraver le problème. Les gens pêchent mes publications sur Internet. Nul ne peut savoir entre les mains de qui elles tombent, et nous ne devrions pas dispenser des informations de nature à inspirer des imitateurs. Ce genre de discours.

Je m'efforce de me montrer rassurante alors que nous marchons sous le soleil et dans le vent :

— Un bureaucrate mesquin ! Il t'en veut de la façon dont tu t'habilles, de la voiture que tu possèdes, de ta maison, et il n'a pas non plus une passion pour moi, quoi qu'il prétende. Il éprouve du ressentiment à ton égard puisque tu es pratiquement à l'origine du profilage. Tu es un lanceur de tendances, et une autorité dans le domaine. Lui n'a rien fait dont il puisse se prévaloir. Ed Granby ne sera jamais connu pour quoi que ce soit, sauf des gens qui, comme nous, en disent du mal.

— Surviendra un moment où il me contraindra à partir. Marino ne m'a certainement pas aidé en avertissant mon bureau que je vous assistais dans une enquête dont ils ne savent rien…

Benton jette un regard vers ses grands pieds orange qui s'enfoncent dans la boue.

— … Je n'ai pas parlé à Granby pour des raisons évidentes. J'ai été un peu trop occupé.

Contrariée, je demande :

— Et qu'a dit Marino ?

— Il a suggéré que nous nous réunissions pour discuter de l'affaire. La première chose qui lui passait par la tête.

— Vraiment regrettable. Et stupide. Il voulait rouler des mécaniques. Dès qu'il se trouve dans cet état d'esprit, il perd tout sens commun. Et bien sûr, il faut qu'il s'en prenne à toi, Benton. Surtout en ce moment, parce qu'il n'a pas très confiance en lui.

— Peu importe sa raison. Je souhaiterais juste qu'il se soit abstenu.

— D'un autre côté, ils t'ont déjà demandé de démissionner. Et ils font toujours machine arrière parce que les gens sensés connaissent ta valeur.

Il fourre le téléphone dans sa poche de pantalon.

— Cette affaire pourrait me couler. Surtout s'il s'avère que j'ai aidé un individu à devenir un meilleur meurtrier.

— C'est grotesque, et rien ne dit que le tueur ait lu tes écrits.

— Ça aurait pu lui donner des idées. En revanche, ça ne l'a pas poussé à tuer. Les choses ne fonctionnent pas ainsi. Granby a modifié la perception qu'ont les autres de moi, de ce que je suis, et je ne peux rien y changer.

Décidant d'être plus directe, j'ajoute :

— Il y a de quoi être perturbé. Je vais être franche. Je suis inquiète à ton sujet, inquiète de ton état d'esprit.

Il saisit mon coude avec douceur comme nous manœuvrons dans la boue épaisse et place la main contre mes reins, geste qu'il adopte lorsqu'il veut me faire savoir qu'il est là. Puis, il regarde où il pose les pieds, à nouveau séparé de moi, et je ressens la distance qui s'est établie entre nous, un vide glaçant. Je me sens troublée, anxieuse. Tout me paraît dangereux. Je me surprends à jeter des regards alentour, me demandant si nous sommes surveillés ou suivis.

— Dis-moi comment tu vas, Kay.

Il me regarde, tout en continuant d'inventorier les environs, autour de nous, droit devant, son profil bien découpé.

— Bien. Et toi ? Si l'on exclut le fait que tu n'as pas assez mangé ni dormi…

Je me lance et laisse sortir ce que je retiens :

— Qui chasse qui ?

— Non, tu ne vas probablement pas bien. J'en suis même certain. Lorsque ce que nous pensions maîtriser nous échappe, nous n'allons pas bien. Le monde devient soudain très effrayant. Il perd de son charme.

— Son charme ? je répète, avec une froide ironie. Le monde a perdu de son charme la première fois que j'ai rencontré la mort. Nous avons été présentées de sinistre manière lorsque j'avais douze ans, et nous ne nous sommes plus quittées depuis.

— Et voilà que maintenant tu rencontres quelque chose que tu ne peux pas disséquer. Même si tu le découpais en morceaux mille fois, tu ne parviendrais pas à le comprendre.

Il ne parle pas de Washington ou de Cambridge mais du Connecticut. Je ne réponds pas tout de suite. Le vent se lève pour devenir mordant. Je m'arrête un instant pour enfiler ma veste et plonge les mains dans mes poches bourrées de gants d'examen usagés, cherchant du regard une poubelle, en vain.

Je tente de repousser cette pensée comme j'ai repoussé la grippe, ou la mort de mon père lorsque j'étais enfant. Comme j'ai repoussé tant de choses depuis que Benton me connaît, et j'argumente :

— Soyons honnêtes, le monde a toujours été un endroit effrayant doté de bien peu de charme.

— Tu as tenté de vider un puits dont tu ignorais qu'il était sans fond, pour découvrir que l'inhumanité n'avait pas de limite. Tu ne peux résoudre ce genre de boucherie sans justification, parce que c'est déjà terminé lorsque tu arrives – un centre commercial, une église, une école décimés. Et je ne peux pas utiliser le profilage pour tenter de cerner quel sera le prochain coupable, quel individu vide, dément, sorti de nulle part, frappera. Ed Granby a raison sur ce point, du moins puis-je lui accorder cela.

— Ne lui accorde rien !

— J'en suis réduit à ne pouvoir prédire que les conséquences, les séquelles, parce que ce genre d'individus ne frappe qu'une fois. Il meurt sur place et on attend de voir qui sera le prochain.

— Et combien y en aura-t-il ?

La colère en moi relève la tête. Je peux sentir sa brûlure. Pourtant, je refuse qu'elle m'envahisse.

— Ce genre de monstruosités enfante ses propres répétitions, Kay. Avant, le plus petit dénominateur commun se résumait à des pulsions primaires, aussi perverses soient-elles. Le meurtre, le viol, la torture, le cannibalisme, même les exécutions publiques organisées par les Romains des temps anciens pour divertir les foules du Colisée. Mais rien dans l'Histoire ne s'apparente à ces tueries de masse, qui prennent les allures d'un jeu vidéo. Abattre des enfants, des bébés, arroser une foule anonyme avec des armes semi-automatiques, créer un spectacle macabre juste pour la gloire. Non, tu ne vas pas bien. Nous n'allons pas bien.

Le regard baissé, prêtant attention à l'endroit où je pose les pieds, je murmure :

— Bon nombre de ceux qui répondent aux appels d'urgence vont partir. C'était trop, même pour les plus expérimentés d'entre eux, les ambulanciers et les policiers que j'ai rencontrés. Ceux qui sont arrivés les premiers ressemblaient à des zombies. Ils agissaient mécaniquement, accomplissaient leur travail. Cependant, on sentait que leur énergie vitale avait été aspirée hors d'eux. On aurait cru qu'une lumière venait de s'éteindre en eux, pour toujours.

— Tu ne lâcheras pas.

— Je ne suis pas arrivée dans les premiers, Benton.

J'enjambe une barre d'armature et évite un crampon de traverse à moitié enseveli sous les graviers.

— Tu as été témoin des mêmes choses qu'eux.

Je glisse mon bras autour de sa taille mince et laisse aller ma tête contre son épaule, humant son subtil parfum, celui de sa peau, de son eau de Cologne, de la laine de sa veste tiédie par le soleil.

Il plaque les lèvres contre mes cheveux et me rassure :

— Tu es en train de projeter à mon sujet. Je ne m'égare pas, ni ne dépasse mes propres limites. En revanche, tu t'inquiètes que ce soit ton cas. Tu es en train de projeter tes peurs personnelles sur moi. Une réaction assez classique lorsque quelque chose t'a véritablement minée. Peu importe ce que nous voyons, nous ne sommes jamais prêts pour la prochaine et inacceptable monstruosité.

— Eh bien, voilà une déclaration sinistre. Avec tout ce que toi et moi avons mis de nous-mêmes ? Et le monde est encore plus cinglé que jamais. Parfois, je me demande pourquoi nous nous impliquons tant.

— Non, je ne te crois pas.

— Et tu as raison. Je ne me le demande pas. À l'évidence, je n'ai rien appris, et c'est peut-être pire.

— As-tu cette petite lampe torche que tu trimballes en général dans ton sac ? demande-t-il.

Nous avons atteint l'institut qui se consacre aux recherches sur le cerveau. La voie ferrée le perce, pénétrant littéralement au milieu du bâtiment, dans un tunnel assez large. Une semi-pénombre règne à l'intérieur et la température chute de cinq ou six degrés. Je récupère ma lampe et j'illumine notre chemin rythmé par les claquements des cailloux que nous délogeons et qui s'entrechoquent ou cognent contre les rails. Ils me rappellent les sons qui provenaient de derrière le mur, dans l'arrière-cour de notre maison. Des feuilles et des brindilles retournées, un caillou ou un morceau de brique éboulé, puis ce jeune homme qui s'enfuyait.

Nous sortons du tunnel et retrouvons la lumière, le ciel matinal lavé par la pluie. Je range la torche dans mon sac. Nous progressons en évitant les flaques accumulées dans les cuvettes de ballast. Nous parvenons à une étendue de boue qui a dégouliné vers le rail en abandonnant une mince langue grise et luisante. Nos regards tombent en même temps sur une empreinte, ce qui ressemble à la marque laissée par un pied nu.

Chapitre 20

Une pensée me traverse l'esprit : Gail Shipton et ses pieds nus. Ridicule ! Elle n'a pas décidé de s'envelopper dans un linceul blanc, pour suivre des rails sous une pluie battante, avant de mourir au beau milieu de Briggs Field. Surtout, l'empreinte pointe en sens inverse, vers la sortie du campus et pas vers l'intérieur.

Nous nous arrêtons à la sortie du tunnel. Les clous d'acier rouillé ont perdu leurs traverses sur une longueur de un mètre cinquante à deux mètres et la voie semble soudain édentée. Puis les traverses reprennent. Sur la première s'étale une empreinte abandonnée dans la patine boueuse qui recouvre le vieux bois traité à la créosote. Je m'accroupis pour examiner la forme distinctive d'un pied, des cinq doigts, et d'étranges rayures à l'arrière du talon et sous la plante. L'empreinte est anatomiquement parfaite. Trop symétrique et trop parfaite. Elle semble fausse. Trois traverses plus loin, j'en trouve une deuxième, puis encore une autre, et quelques empreintes partielles prisonnières de la poussière amassée de l'autre côté des rails, éclaboussées de pluie. Bizarrement, elles pointent dans la direction inverse, vers le campus et trahissent qu'un individu se serait dirigé dans ce sens. Les empreintes ont été abandonnées à des moments différents, les partielles plus tôt, alors qu'il pleuvait toujours un peu, et les autres plus tard, lorsque la pluie avait cessé. Le bord des empreintes est hachuré. On dirait que la personne a sauté d'une traverse à l'autre, ou qu'elle a couru, ou les deux. Le pied sûr, fort et agile, il ne glissait pas ni ne trébuchait dans des conditions où la plupart d'entre nous n'aurions pu nous déplacer à vive allure.

Les empreintes de pieds paraissent inhumaines, abandonnées par un super-héros moulé dans une combinaison de latex qui aurait disparu le long de la voie ferrée aussi abruptement qu'il était apparu. Un Batman, un Super-Man, se posant avec douceur avant de s'élancer à nouveau vers les cieux. À ceci près que la vocation de cet individu n'est pas de combattre les dangers qui menacent l'humanité. Je revois la silhouette en caleçon noir qui s'éloignait en joggant lorsque je suis arrivée sur la scène de crime, bien avant le lever du jour. Agile et rapide. Sur le moment, je m'étais étonnée qu'il attire ainsi mon regard alors qu'il courait en direction de cette zone précise du campus où la voie ferrée passe juste derrière Simmons Hall.

— Une de ces chaussures-gants, ça me paraît évident. Lucy en porte parfois, on les appelle des gants de pieds, des chaussures de course à cinq doigts, prisées pour le jogging minimaliste ou la course de vitesse.

— Aussi minimaliste qu'un suaire blanc. Que le sac en plastique transparent orné d'un nœud de ruban adhésif. Des blessures minimales. Une lutte minimale, ou d'ailleurs inexistante, énumère Benton comme s'il appariait les informations grâce à un ordinateur. Il tue ses victimes selon un rituel minimaliste mais avec ostentation et moquerie. Il sait attirer l'attention.

— As-tu déjà repéré des empreintes similaires ?

Benton secoue la tête en signe de dénégation, les mâchoires crispées. Il le déteste, quel qu'il soit.

— Aucune empreinte de chaussure ou de pied n'a été repérée sur les autres scènes de crime. Il est arrivé en voiture puis a traversé les bois à pied. Ça ne signifie pas qu'il ne portait pas ce genre de chaussures à ce moment-là. Je l'ignore.

— Si on en croit les adeptes, ces gants de pieds sont ce qui se rapproche le plus des pieds nus, Lucy appelle ça « courir à poil ». En d'autres termes, ce n'est certainement pas ce que tu t'attendrais à voir aux pieds de quiconque dans le coin, particulièrement avec de telles conditions météo. Ils sont équipés de semelles protectrices mais tu peux sentir le terrain au travers, chaque caillou, brindille, ou fissure d'un chemin. D'après ce que j'ai compris. Lucy les porte dans la rue, sur la plage, mais pas en pleine nature.

Les patins des rails sont à nouveau doublés d'un ballast de gravier sur une longueur de dix traverses. Le bois dur et sombre est mouillé, mais relativement propre, et je me demande alors si ces empreintes ne sont pas une autre surprise préméditée. N'étions-nous pas censés les découvrir, à l'instar de l'outil, du sac de Gail Shipton et de son portefeuille ? Ou alors, faut-il croire que son tueur minimaliste et assoiffé d'attention ait finalement commis une erreur, une deuxième, après cette perle de pommade mentholée décongestionnante qui adhérait à l'herbe ? Je peux retrouver de l'ADN dans du Vicks. Je n'ai besoin que de quelques cellules d'épiderme.

Je tire mon téléphone de la poche de ma veste et prends plusieurs photos d'une empreinte. Au moment où je me relève, ma vision s'obscurcit. Durant un instant, j'ai l'impression que je vais m'évanouir. Une hypoglycémie, sans doute. Je lève le regard vers la cime dénudée des arbres qui se découpe contre le ciel lumineux, vers les branches qui ressemblent à des serres agitées par le vent changeant. L'air est sec et vif contre ma peau. Mon regard se perd alentour. Je le cherche. Je cherche cet être qui traque des femmes et les tue et qui très probablement me traque moi aussi. Je dois rentrer au CFC.

Il faut que le corps me parle, parce qu'il me dira la vérité dans un langage qui signifie quelque chose et que l'on peut croire. Les défunts ne se montrent jamais capricieux avec moi. Ils ne mentent pas. Ils ne créent pas de mise en scène ni ne pistent de proie. Je refuse de pénétrer dans l'esprit du tueur. Je ne veux pas être témoin de ce que Benton doit voir. Tout ceci me rappelle ce que j'éprouve lorsque je sens qu'il établit un inévitable lien avec un être qui dépose les morts devant ma porte.

Je décide :

— Je vais contacter Marino. Il faut qu'il nous rejoigne, pour que je puisse me rendre au Centre et entreprendre l'autopsie.

Je lui envoie les photos. Dans le message d'accompagnement, je précise que nous avons trouvé des empreintes inhabituelles le long de la voie de chemin de fer, de l'autre côté du tunnel qui traverse l'Institut de recherche sur le cerveau, à peu près à six cents mètres de la bulle qui abrite les courts de tennis.

Marino me rappelle moins d'une minute après. Il me demande de but en blanc :

— Et vous avez une bonne raison de penser que ces empreintes lui appartiennent ?

— Elles ont été abandonnées au cours des dernières heures, d'abord lorsque la pluie s'était calmée, et ensuite après qu'elle a cessé. Certaines, celles qui se dirigent vers le campus, sont partiellement effacées. D'autres sont intactes et en sens inverse. On peut conclure sans grand risque de se tromper qu'elles ont été laissées récemment par quelqu'un qui marchait, ou courait, une fois à l'aller et l'autre au retour, alors qu'il faisait encore nuit et que nous nous trouvions toujours sur la scène de crime.

D'une voix plus que dubitative, Marino observe :

— Il pouvait pas se diriger vers la scène à pied s'il avait le corps avec lui.

— Non, en effet.

— En ce cas, qu'est-ce qu'il foutait dans un sens ou dans l'autre ?

— Je n'en ai pas la moindre idée, mais ce serait bien si vous pouviez vérifier qu'il n'existe pas d'autres empreintes, que j'aurais manquées.

— Franchement, je comprends pas pourquoi il aurait pénétré dans le campus puis qu'il en serait reparti à pied. Peut-être que plusieurs personnes ont laissé ce que vous voyez.

— Connaissez-vous ces gants de pieds ?

— Les godasses invraisemblables que Lucy porte. Elle m'en avait offert une paire il y a deux Noël, vous vous souvenez ? Mais y a pas de soutien de voûte plantaire. J'avais l'air d'une grenouille là-dedans, et j'arrêtais pas de me cogner les orteils.

— Selon moi, les empreintes mesurent vingt-six ou vingt-sept centimètres de longueur.

— Et si on causait en pouces, Doc ? J'habite les États-Unis.

— Environ dix, ce qui représente approximativement un quarante-deux chez la femme et un quarante et un chez l'homme.

La voix forte de Marino résonne dans mon écouteur.

— Quarante et un pour un homme ? Drôlement petit pour un mec. Ça pourrait être un gamin qui s'amuse dans le coin, le long de la voie ferrée. Sans parler des trucs déjantés qu'adoptent les étudiants du MIT, d'autant que certains de ces petits boutonneux binoclards géniaux ont quoi ? Quatorze ans à tout casser ? Ça me surprendrait pas qu'il y en ait parmi eux qui portent des chaussures avec des doigts de pieds.

— Il faut que les empreintes soient photographiées en comparaison d'un étalon.

Je m'entends parler à Marino de la même façon que lorsqu'il travaillait pour moi. Aussi limpides soient mes intentions, il semble que je ne puisse résister à le superviser. Je le sens se hérisser au téléphone, du moins est-ce ainsi que j'imagine sa réaction.

J'entends en arrière-plan des raclements métalliques et la portière d'une voiture refermée sans délicatesse. M'efforçant à la diplomatie, j'ajoute :

— Certes, il se peut qu'elles n'aient aucune importance.

Au son, je devine que Marino fait sortir Quincy du SUV et lui passe la laisse. J'ajoute :

— Mais mieux vaut prendre toutes les précautions. Des photos et des mesures, s'il vous plaît. Je doute que vous puissiez couler des moules des empreintes, mais peut-être serait-il souhaitable de récolter quelques échantillons du sol alentour pour le labo des traces. Je demanderai à Ernie d'y jeter un coup d'œil. (Ernie Koppel est mon technicien le plus ancien, spécialisé en microscopie et en analyse de traces.) Je suis bien consciente que c'est un peu hasardeux. Cependant, s'il n'est ni nécessaire ni envisageable de conserver les empreintes intactes, autant que vous récupériez ce que vous voulez. Tant que c'est possible.

— J'arrive, annonce Marino. Je suis déjà en route. Patientez quelques minutes et je prendrai les photos, ce dont on a besoin. Ça n'a pas sens de porter des gants de pieds, mais s'ils sont en caoutchouc, vous pouvez les laver facilement, un peu comme des tongs. Quel truc de dingue. Fou à lier ! On devrait aussi vérifier auprès des institutions psychiatriques du coin, voir qui en est sorti récemment.

— À votre place, ce ne serait pas ma priorité.

Je me rends compte que je tente à nouveau de lui expliquer la manière d'agir.

— Et si vous me laissiez faire mon boulot ?

— Je n'attends rien d'autre.

Marino baisse la voix et vérifie :

— Il est là ?

Je jette un regard à Benton qui patiente mais dont l'agitation est palpable, alors qu'il longe la clôture. Il se baisse parfois pour enfoncer les revers récalcitrants de son pantalon dans ses bottes

— En effet.

Je ne sais si Benton écoute ma conversation, mais peu importe. Sans doute n'a-t-il aucune difficulté à imaginer ce que pense Marino. Benton n'a guère à fournir de gros efforts pour prévoir les espoirs de Marino. Le grand flic poursuit :

— Il a mentionné Lucy ? Est-ce qu'elle la connaissait ?

Il veut des détails sur la relation qui pourrait exister entre Lucy et Gail Shipton, mais je ne peux m'étendre là-dessus.

Je biaise, tout en suivant des yeux Benton qui va et vient, évite d'abord mon regard, puis se focalise sur moi :

— Pas vraiment.

— « Pas vraiment », ça signifie qu'elle la connaissait pas ou que vous n'en savez pas plus ?

— En effet, je ne sais pas grand-chose.

— Ouais… Mais elles se connaissaient, non ?

Je ne souhaite pas lui mentir.

— Ça semble probable, mais j'ignore à quel point.

— Un truc se passe avec le téléphone de Gail. Lorsque je l'ai consulté la première fois à l'aube, il y avait des textos, c'est d'ailleurs comme ça que j'ai su que Carin Hegel lui demandait de la rappeler. Il y avait aussi des mails. Et maintenant, tout a disparu.

Benton s'intéresse enfin à notre échange et je demande :

— Vous êtes certain de les avoir vus ?

Mon mari me regarde fixement.

— Un peu ! s'exclame le grand flic. Et tous les textos et mails se sont volatilisés, et avant ça, toutes les photographies aussi. Parce que j'peux pas croire qu'y en avait aucune. Qui n'a pas au moins une photo sur son téléphone ? Je pense que dès que je l'ai récupéré par terre, quelqu'un avait déjà commencé à nettoyer les mémoires de l'appareil.

La perplexité m'envahit, et à l'attitude de Benton, je sens que son attention vient de s'éveiller. Je vérifie :

— Marino, vous êtes en train de consulter son téléphone ?

— Pourquoi ?

— L'appareil doit être examiné par les laboratoires.

— C'est pas aussi simple que ça. Je montrais juste le téléphone à Machado parce qu'on se demandait ce qu'il fallait en faire. Et tout d'un coup, la seule chose qui reste dessus, ce sont des appels entrants ou sortants. Pas de messages audio, plus d'applications, plus de mails, le foutu vide.

— Il faut que vous le confiiez aux laboratoires, je répète.

— Bordel, et comment je suis supposé faire ça ? Faut prendre en compte qui va l'examiner. C'est d'ailleurs à ce sujet que Machado et moi on discutait. On se retrouve avec un sérieux conflit.

Lucy serait chargée de l'examen. Elle est l'expert du CFC pour tout ce qui concerne l'informatique et la technologie légales, et analyse tous les indices ou preuves en relation avec le cybercrime. Je comprends bien où Marino veut en venir, et pourquoi lui et Machado se sont concertés. J'imagine ma nièce en train de supprimer certaines informations contenues sur le téléphone lorsqu'elle a découvert qu'il traînait par terre, non loin du Psi Bar, aux alentours de minuit.

Plus tard, elle a ramené Benton en hélicoptère, tout en continuant à surveiller à distance ce qu'il advenait du téléphone de Gail. Je subodore que lorsque Lucy a compris que Marino avait retrouvé l'appareil sur le parking derrière le bar, elle a très rapidement supprimé d'autres informations, et peut-être ne reste-t-il maintenant presque rien dans la mémoire. À ceci près que Marino l'a dans le collimateur. Il est convaincu qu'elle a nettoyé le téléphone des informations qu'elle refuse d'offrir à la police ou à quiconque.

— En ce cas, Marino, je suggère que vous le remettiez au FBI. Que leurs laboratoires s'en occupent.

À mon grand étonnement, Benton repousse cette suggestion d'un mouvement vif de la tête : *Non, absolument pas !*

— Je fais un truc de ce genre, et je perds tout contrôle, résume Marino.

À l'expression de Benton, je sens qu'il ne veut plus que je mentionne le FBI. Je n'irai pas contre sa volonté que pourtant je ne comprends pas et qui me tracasse.

— J'ai l'impression que vous pensez l'avoir déjà perdu, je réponds à Marino.

— Jamais je saurai ce qu'ils trouveront. On peut pas dire qu'ils partagent avec les copains.

J'approuve, m'efforçant d'accentuer son appréhension, de revenir en arrière quant à ma suggestion qui a généré tant de réticence en mon mari :

— Certes, vous perdriez tout contrôle.

— Et puis pour être juste, faut que je parle d'abord à Lucy.

Pas avant moi, je rectifie mentalement. Je me rapproche de Benton et lis de la colère dans son regard. Il ne restera pas les bras croisés.

Marino poursuit d'un ton de conspirateur :

— Peut-être qu'il y a une explication logique, non ? Vous me préviendriez si vous étiez au courant, hein ?

— Faites attention. La boue est très glissante et il y a du métal rouillé partout. Nous sommes juste à la sortie du tunnel.

— D'accord, vous pouvez pas parler. J'ai vraiment pas besoin de ça en ce moment, avoir un problème avec elle, parce que vous et moi nous savons comment elle peut réagir. Bordel, j'ai vraiment pas besoin de ça, répète Marino. Ça fait un mois que j'ai pris ce boulot, même pas.

Benton me jette d'une voix péremptoire, parlant du Bureau comme s'il n'en faisait pas partie :

— N'encourage pas Marino à remettre le téléphone au FBI.

— C'est déjà fait, et d'ailleurs tu m'as entendue. Ça me paraissait raisonnable de le suggérer.

— Non, c'est faux.

— Mais que se passe-t-il, à la fin ?

— Simplement, n'émets plus cette suggestion.

— D'accord, si tu me le demandes.

— C'est très sérieux, Kay. Merde, je ne veux pas qu'Ed Granby soit au courant de ce téléphone. J'espère avoir l'occasion de conseiller à Marino de fermer sa grande bouche. Il n'a pas la moindre idée de ce qu'il a en face de lui.

Nos regards ne se lâchent pas. Nous patientons à côté d'empreintes dans une portion de voie de chemin de fer. Le réacteur nucléaire du MIT est situé juste devant nous, une structure qui ressemble à un gros camion-citerne blanc avec ses hautes cheminées de brique peintes en rouge. Ça fait des semaines que Benton parle d'un problème de confiance et nous y sommes. Il ne s'agit pas simplement de différends personnels, quelque chose ne va pas du tout, et sa réaction est très troublante.

— Rien de fâcheux ne peut arriver à Lucy, n'est-ce pas ? Que se passe-t-il, Benton ?

— Je ne veux pas qu'on puisse trouver des arguments pour lui coller une accusation d'obstruction à la justice. Elle pourrait se retrouver en taule et il n'hésiterait pas.

Incrédule, je vérifie :

— Marino ?

Les semelles de caoutchouc de ses bottes écrasent le gravier à chacun de ses pas et le vent ébouriffe ses cheveux.

— Pas lui, pas intentionnellement. Il ne faut pas que ma division soit impliquée. Le département de police de Cambridge peut parfaitement analyser le téléphone. Un de leurs détectives est assigné aux services secrets et ils peuvent l'expertiser dans leurs installations bostoniennes.

— Mais en quoi cela serait-il préférable au Bureau, à l'antenne pour laquelle tu travailles ? Les gens nous connaissent, là-bas.

Benton teste du pied une traverse, vérifie si elle glisse avant de répondre :

— Justement, c'est pire. Et je ne travaille pas pour les services secrets. Pour cette raison, je juge cette solution préférable.

— Mais que veux-tu dire ?

— Je ne peux pas leur faire confiance, Kay. Voilà ce que j'affirme. Tu n'as pas idée de la joie qu'éprouverait

Ed Granby s'il venait à être informé de l'existence de ce téléphone. Marino doit la fermer.

À la pensée que le patron de Benton se délecterait d'attaquer ma nièce, je m'alarme. J'ai toujours trouvé Ed Granby ennuyeux et inconsistant, un exemple typique de ceux que l'on voit arriver au sommet. Cependant, Benton suggère maintenant sans détour qu'il ne se contente pas d'être irritant et doué pour l'obstruction, et cela pas juste envers mon mari, mais envers nous tous.

— De toute façon, ce téléphone n'a rien à voir avec le meurtre de Gail Shipton, lâche Benton d'un ton cassant. Lucy te révélera ce qu'elle a fait et ce qu'elle tente d'empêcher. Néanmoins, cela doit venir d'elle. Je suis contraint de faire très attention à ce que je dis, et j'ai déjà trop parlé.

Agacée, je rétorque :

— Personnellement, je pense au contraire que tu n'en as pas dit assez, et le moment est mal choisi pour la prudence. Ce n'est pas la première fois que nous sommes confrontés à ce genre de choses. Tu t'es montré beaucoup trop loyal envers le Bureau, beaucoup trop scrupuleux, et que s'est-il passé ? Nous avons tous été laminés…

Je suis bouleversée, et je déteste me sentir ainsi.

— … Désolée. Je suis fatiguée, je n'ai rien mangé, et tout ça me secoue.

Il demeure silencieux, et je perçois le conflit qui fait rage en lui lorsqu'il lâche :

— Je ne tolérerai pas que cela se reproduise. Jamais.

— Tu l'as dit.

— Tu sais bien ce que le FBI attend. Il ne se contente pas de passer en premier. Tu lui appartiens, et lorsqu'il en a terminé avec toi, il te bazarde, t'expédie dans l'oubli, ou pire.

— Il ne nous possède pas, ni l'un ni l'autre. Il a joui de ce privilège une fois, plus jamais, et tes collègues ne toucheront pas à ma nièce.

Sa colère ressurgit et il fulmine :

— Ce ne sont pas mes collègues.

— Tu t'appartiens, Benton.

— Je ne l'ignore pas, je te le promets. D'ailleurs, je ne serais pas ici, en cet instant, si je n'en étais pas convaincu.

— Et de quoi dois-je me méfier au juste ? je demande alors en le fixant. Je pense qu'il est temps de mettre cartes sur table.

— Je ne suis pas certain d'en être capable. Cependant, je peux te dire ce qui m'inquiète et t'assurer que je suis seul là-dedans…

Des brindilles desséchées craquent alors qu'il s'éloigne de quelques pas.

— … Je ne veux pas qu'il t'arrive d'ennuis, ni à Lucy. Ed Granby n'hésitera pas à vous blesser. Il nous fera du mal à tous, expliquant que je refuse que Marino lui parle du téléphone, ni d'ailleurs à quiconque du Bureau. Merde ! Mais de quoi il se mêle, à la fin ? Il n'aurait jamais dû appeler l'antenne de Boston et ça tournera au cauchemar s'il leur confie l'appareil.

— Il ne s'y résoudra pas. Marino déteste le FBI.

— Peut-être avec raison.

Désireuse de le pousser aux aveux, j'insiste :

— Il faut que je sache en quoi tu es seul. Quoi que tu doives affronter, je suis à tes côtés. Nous le sommes tous.

— Maintenant, il a tué ici, c'est cela que tu dois affronter, sois-en certaine.

— Il ne peut plus y avoir de secrets entre nous, Benton. Je me fous du FBI. Il s'agit de nous. Il s'agit de ces gens qui meurent. J'emmerde le FBI !

Je peine à croire que je viens de proférer une telle chose.

— Marino vient probablement de me faire virer, mais je n'en ai rien à foutre. Nous ne pouvons pas laisser Granby s'en tirer.

— On ne le permettra pas, mais il faut que j'en sache plus.

Benton s'assied sur ses talons, son dos reposant contre la clôture, et je sens qu'il va enfin me dire ce qu'il croit devoir taire.

— Ils pensent savoir de qui il s'agit. Je vais te communiquer cette information parce que quoi qu'ils affirment, tu ne peux pas leur accorder la moindre confiance. Il s'agirait probablement d'un mensonge. Ces affaires te concernent maintenant directement, et je ne laisserai pas le Bureau te manipuler. Tu as raison. J'ai promis que ça n'arriverait plus jamais, et je m'y emploierai.

— Me manipuler ?

— Ils t'en ont déjà fait assez, à toi, à nous deux.

— Que s'est-il passé, Benton ?

Il m'explique que ses collègues de la BAU sont certains de connaître l'identité du Meurtrier Capital, alors qu'il est sûr qu'ils se fourvoient gravement. Ou plus exactement, ainsi qu'il le formule, qu'ils sont *complètement en tort*, parce que leur théorie est plus fautive qu'erronée, et que ses implications sont précisément ce à quoi Benton fait allusion depuis des semaines. La confiance. Il s'agit d'une possibilité qui ne pourrait être plus choquante ou décourageante.

— Merde, c'est tellement évident, tellement beau qu'on ne peut y croire, débite-t-il. Un individu aussi calculateur ne laisserait pas traîner son ADN avec tant d'obligeance que tu ne peux pas le manquer. Aucun besoin de lampes spéciales ou de tests de détection pour mettre la main dessus sans aucune difficulté. Ça ne collait pas, et selon mon expérience lorsqu'un détail ne cadre pas, il ne faut pas le prendre en considération.

— De qui s'agirait-il, selon le FBI ?

— Martin Lagos, lâche Benton, et ce nom éveille d'abord une étrange sensation en moi. Il a disparu il y a dix-sept ans après avoir assassiné sa mère, et je devrais utiliser le conditionnel. Il avait quinze ans à l'époque des faits. Le Bureau a stocké son nom. Rien d'autre, puisque personne n'a jamais retrouvé Lagos. Je suis le seul à ne pas être convaincu, absolument pas. Ils pensent tous que je suis dingue, Warren, Stewart, Butler, Weir…

Ses collègues de la BAU.

Un curieux sentiment se mêle à ma surprise. Ce nom de Lagos m'est familier. J'ignore pourquoi. Impossible de m'en souvenir. Je m'étonne :

— Mais pourquoi le FBI ne rendrait-il pas son nom public s'il le connaît ? Si la population était informée, quelqu'un pourrait se manifester et vous aider à découvrir l'individu en question.

— Le raisonnement officiel, celui de Granby, est qu'il ne faut pas l'avertir qu'il a été relié aux meurtres de Washington. Martin Lagos n'a pas la moindre idée que le FBI a découvert son identité ; voilà pour la théorie opérationnelle. Lorsque le moment sera venu, Granby donnera une conférence de presse, un grand show.

Je regarde l'interminable voie ferrée presque désaffectée, attendant l'arrivée de Marino, et m'enquiers :

— Pourquoi Ed Granby, et qu'est-ce qui déterminerait que le moment « est venu » ?

— La première victime était originaire de Cambridge. Selon lui, cette localisation est significative, et notre antenne a été impliquée depuis le début. Quand suffisamment de temps aura passé, qu'on n'aura arrêté personne d'autre et que le tueur aura cessé de frapper, l'information sera livrée au public.

Je souligne :

— À l'évidence, il a déjà frappé à nouveau.

— Il s'agit du problème auquel est confronté Granby. Si l'on part du principe que j'ai raison, les preuves ne pointent pas en direction de Martin Lagos. Impossible ! Ni dans ce dernier cas, ni dans les autres, et quel que soit leur nombre.

— Que veux-tu dire ?

— Rien ne peut surgir qui détourne les soupçons de Martin, ni aujourd'hui, ni plus tard, ni même dans le cadre des affaires passées. Son ADN ne sera pas retrouvé à nouveau, pas plus que celui de qui que ce soit. Voilà ce que je redoute. Les trois meurtres de Washington seront prétendument élucidés, les dossiers refermés, de sorte que les parties impliquées puissent se consacrer à autre chose. Selon moi, il s'agit du but de Granby, pour des raisons que je ne comprends pas. Mais je le sens. J'ai essayé de creuser un peu, tout seul, durant ce déplacement de trois semaines.

— Et qu'as-tu découvert ?

— Il n'existe aucun dossier Martin Lagos, et pas la moindre trace de lui, Kay.

Benton ramasse une brindille et entreprend de la réduire en miettes avant de poursuivre :

— Il a récolté une notice rouge dès sa disparition, lorsqu'un mandat d'arrêt international a été émis contre lui. Interpol a fait circuler des informations à son sujet durant dix-sept ans. Pas une seule piste, pas un seul témoignage ne s'est révélé intéressant.

Je traduis, ne voyant pas d'autre raison à l'implication d'Interpol :

— On est donc parti, dès le départ, du principe qu'il avait quitté le pays.

— On a supposé qu'il était bien armé pour se débrouiller en Europe, ou en Amérique du Sud. Un montant substantiel d'argent avait disparu du domicile, et Martin parlait le français, l'espagnol et l'italien en plus de l'anglais.

— Alors qu'il n'était âgé que de quinze ans ?

Lagos. Je connais ce nom, mais ne parviens toujours pas à mettre le doigt dessus.

— Sa mère l'avait élevé ainsi. Ils parlaient plusieurs langues à la maison et le gamin était un voyageur chevronné. Très intelligent mais perturbé. Solitaire, harcelé à l'école, il ne participait pas aux événements sociaux ni n'appartenait à un groupe sportif. Excellent élève, un dingue d'informatique jusque durant sa première année de secondaire, où ses notes ont commencé à baisser. Il est devenu plus renfermé, déprimé, s'est mis à boire, puis sa mère a été assassinée.

— Et on pense qu'il l'aurait tuée. Où et quand ?

Benton expédie de chiquenaudes les petits morceaux de bois et me renseigne :

— Fairfax, Virginie, en juillet 1996.

Soudain, ça me revient. Déferle en moi la vision d'une femme, très précise dans ma mémoire.

— Sa mère avait-elle quelque chose à voir avec l'art et la Maison-Blanche ?

Bouffie et violacée par la décomposition, sa peau et ses cheveux glissant de son corps. Ses dents visibles dans un visage d'un rouge noirâtre défiguré par les boursouflures. Nue et partiellement immergée dans une eau croupie.

— En effet, Gabriela Lagos a été un de tes cas, conclut Benton.

Chapitre 21

J'étais alors médecin expert en chef de Virginie. Cependant, je n'avais pas pratiqué l'autopsie de Gabriela Lagos. Mes bureaux du district nord s'étaient occupés d'elle. Je n'avais compris qu'un véritable problème se posait qu'une fois le corps autopsié et restitué à la famille.

Je me souviens m'être rendue aux pompes funèbres de Fairfax, en Virginie, et du peu d'enthousiasme des employés lorsque j'avais débarqué, mallette de scène de crime à la main. Le cadavre n'était plus présentable, mais cela ne signifiait pas pour autant que je pouvais encore davantage le mutiler en incisant les zones rougeâtres dont je soupçonnais qu'il s'agissait de contusions.

J'avais passé de longues heures avec Gabriela Lagos. Je l'avais examinée après avoir parcouru les rapports et les photographies réunis dans le dossier de ce décès à sensation, terriblement troublant. J'avais éprouvé le même mélange de sentiments que Benton aujourd'hui. J'étais l'empêcheuse de tourner en rond, convaincue qu'il s'agissait d'un homicide maquillé en mort naturelle ou en accident.

— Elle faisait partie des gens qui comptaient à Washington, divorcée d'un ancien attaché culturel à l'ambassade d'Argentine, une historienne de l'art pleine de vie, très belle, décrit Benton. Elle était conservatrice de la National Gallery et supervisait les expositions présentées à la Maison-Blanche, authentifiant les nouvelles acquisitions de la première famille, à l'époque les Clinton.

— Je me souviens de rumeurs de scandale qui n'ont jamais véritablement fait surface.

Du moment où j'avais informé la police qu'il s'agissait d'un homicide, et que Gabriela Lagos avait été noyée, j'avais senti que quelqu'un tentait de manipuler mes bureaux. L'attention s'était ensuite focalisée sur son enfant unique, le fils qu'elle élevait seule.

Le garçon de quinze ans avait disparu. Lorsqu'un mandat d'arrêt avait été lancé contre lui, j'avais reçu des appels acrimonieux du bureau du maire. Mon vieil ami, le sénateur Frank Lord, m'avait alors conseillé de surveiller mes arrières.

Je rappelle à Benton :

— À l'évidence, elle était morte depuis trois ou quatre jours, en plein été, l'air conditionné avait été arrêté, peut-être délibérément pour accélérer la décomposition. Inutile de préciser que le corps était en très mauvais état. Les contusions récentes ne sautaient pas aux yeux, mais on les décelait. Un motif typique laissé par des doigts, celui que je m'attends à trouver lors d'une noyade criminelle dans une baignoire, lorsque les victimes sont soulevées par les chevilles, leur tête s'enfonçant sous l'eau. On remarque presque toujours des contusions significatives en bas des jambes mais également sur les mains et les bras. Les victimes heurtent les parois de la baignoire en tentant désespérément de se débattre.

Benton, toujours assis sur ses talons, adossé à la clôture, ses avant-bras posés sur ses genoux, commente :

— Mon Dieu, le genre de mort que je ne me souhaite pas.

Les détails dévalent dans mon esprit, à la manière d'un mauvais rêve.

— Difficiles à détecter parce que les phénomènes de décomposition étaient déjà très avancés. Mon assistant en chef avait négligé d'inciser ces zones de décoloration pour rechercher des hémorragies. Il s'était trompé dans son interprétation en prenant les contusions pour des artefacts *post mortem*.

Mon mari expédie d'autres bouts de brindilles de pichenettes et hoche la tête :

— Je me souviens bien de son je-m'en-foutisme.

— Jerry Geist, dis-je d'un ton désobligeant.

— Difficile d'oublier un tel raseur, un vieil abruti pompeux de cette envergure.

— Plusieurs raisons concouraient au fait qu'on aurait pu aisément déclarer une mort accidentelle.

Benton précise, me rappelant le sérieux conflit qui m'était alors tombé dessus :

— Et tel eût été le cas si tu n'étais pas intervenue.

Le procureur s'arc-boutait sur le fait qu'un jury ne reconnaîtrait jamais Martin Lagos coupable, un adolescent, si tant était qu'on parvienne à le retrouver et à le placer en détention provisoire. Les preuves matérielles n'étaient, selon lui, pas assez solides, point sur lequel j'étais en complet désaccord. Une femme jeune, en bonne santé, dont les réactions n'avaient pas été altérées par la prise de drogues ou l'ingestion d'alcool, ne se noyait pas accidentellement dans une baignoire remplie d'une eau si chaude que son corps portait des marques de brûlures. Nous n'avions retrouvé aucun signe de crise épileptique, d'AVC, d'anévrisme, d'infarctus du myocarde. Il n'existait aucune raison objective pour que ses membres présentent des ecchymoses récentes. Elle avait été assassinée. Je ne démordais pas de l'idée que son meurtrier, quel qu'il fût, avait tenté de déguiser son acte.

— Le Dr Geist insistait pour que la cause de la mort portée sur le dossier soit « noyade accidentelle », et je m'y refusais.

Je n'ai pas pensé à lui depuis des années. Pathologiste de la vieille école, il avait une soixantaine d'années à cette époque. Misogyne assumé, il rayonnait lorsque j'avais démissionné, puisqu'il n'avait plus à recevoir d'ordres de moi. Je me souviens avoir songé sur le moment qu'il avait été influencé par une ombre puissante. Je soupçonne fortement qu'il avait manœuvré en coulisses pour que je sois contrainte d'abandonner mon poste.

J'explique :

— Il a maintenu que le relâchement de la peau et les ampoules étaient la conséquence de la mauvaise condition du corps. En réalité, Gabriela Lagos était couverte de brûlures au troisième degré. J'étais certaine qu'après son décès, quelqu'un avait rempli à nouveau la baignoire avec de l'eau bouillante, peut-être pour hâter la décomposition et maquiller les blessures. Ceci, ajouté au fait qu'on avait arrêté l'air conditionné en plein mois de juillet, avait rendu les conclusions ardues. Le Dr Geist en avait débattu avec moi avec une morgue presque irrespectueuse et en tout cas inacceptable.

Benton passe les doigts dans sa chevelure indisciplinée alors que le vent se renforce et résume :

— Un petit trou du cul arrogant.

Un front de hautes pressions a suivi la retraite de la tempête. Des bourrasques hargneuses soufflent le long des kilomètres de voie ferrée qui s'étirent en m'évoquant des sutures. J'aperçois au loin la silhouette de Marino flanqué de son chien. Je demande :

— Mais pourquoi le nom de Martin Lagos ressortirait-il aujourd'hui ?

— Son ADN a prétendument été détecté dans la troisième affaire, Julianne Goulet, sur la culotte que le tueur lui avait enfilée. Elle appartenait à la victime de la semaine précédente, Sally Carson.

Benton se lève, secouant les jambes, signe que ses genoux lui font mal.

— Comment l'avez-vous appris ?

— Identification visuelle. Son mari la lui avait offerte. Il se souvenait qu'elle la portait lorsqu'elle avait quitté la maison, la dernière fois qu'il l'avait vue. En revanche, nous n'avons pas retrouvé son ADN à elle sur le sous-vêtement.

— Peu banal, si elle le portait lorsqu'elle a été enlevée et assassinée.

— Peut-être commences-tu à réfléchir comme moi. Nous n'avons pas retrouvé l'ADN de Sally Carson, mais celui de Martin Lagos. Prétendument.

— Oui, tu as répété ce mot : *prétendument*.

— Le tueur enfile à sa dernière victime en date la culotte appartenant à la précédente, récapitule Benton. Le vrai cas d'école. J'ai écrit à ce sujet.

— Et pour une raison quelconque, lors du meurtre de Julianne Goulet, la troisième victime, il aurait abandonné son ADN ?

— C'est ce que nous étions censés trouver.

— Un abandon délibéré de preuve, selon toi ?

— Je pense que quelqu'un s'y est employé.

Benton enfile son manteau et son regard se perd en direction de Marino qui approche d'une démarche cahotante. Quincy le remorque avec l'énergie d'un chien de traîneau, humant les odeurs de Dieu sait quoi, sans omettre de lever la patte sur des touffes de broussailles. Benton continue :

— Nous ne parvenons pas à localiser Martin Lagos. Selon la théorie officielle, il se serait forgé une nouvelle identité, peut-être au moment où il s'est volatilisé. Il avait un ami proche. Je soupçonne fortement celui-ci de l'avoir aidé à disparaître ou même d'avoir été impliqué dans le meurtre de Gabriela. Nous ne savons pas non plus où se cache ledit ami. Toutefois, personne ne m'écoute.

— Avez-vous utilisé ce logiciel de sciences légales qui peut permettre d'établir à quoi Martin ressemble aujourd'hui ?

— J'ai essayé, tu peux me croire.

— Toi-même ? Tout seul ?

Je suis de plus en plus consternée par la façon dont il parle de lui-même. On croirait qu'il est totalement isolé dans cette enquête.

— Nous avons épluché les photos d'identité judiciaire des départements de police, des prisons, des passeports, des permis de conduire, sans oublier celles de la banque de données nationale de surveillance du Bureau. Nous avons également exploité ce que détenait Interpol, les notices noires dont sont assortis les cadavres non identifiés sur lesquels on cherche des renseignements, par exemple, bref tout. Chou blanc, pas la moindre piste.

— Qui est ce « nous » ?

Benton ne me répond pas. Marino se rapproche de l'entrée du tunnel.

À voix plus basse parce que je ne veux pas qu'il nous entende, j'affirme presque :

— Tu ne crois pas qu'il soit vivant.

— Tout juste ! Quel que soit le nom qu'ait pu emprunter Martin Lagos ou les moyens qu'il a utilisés pour modifier son apparence, les repères faciaux ne devraient pas avoir changé. L'écart entre le nez et la bouche, la largeur des yeux, des mesures de ce type.

J'ai l'impression d'entendre parler Lucy.

— Tout me fait penser qu'il n'est plus dans les parages depuis dix-sept ans, expliquant qu'on ne parvienne pas à le localiser, ajoute Benton. Peut-être est-il mort ? Peut-être s'est-il suicidé ou a-t-il été tué ?

Suggérant ce qui, selon moi, s'est déjà réalisé, je conseille :

— Lucy pourrait t'aider. Les programmes informatiques qu'elle a créés et qui utilisent les réseaux neuronaux parviennent à reconnaître des objets et des images d'une façon très similaire à ce dont est capable le cerveau. Je sais qu'elle a travaillé sur les iris, les traits du visage, pas mal de technologies biométriques. Mais tu dois être au courant. Peut-être plus que moi, j'ajoute ostensiblement.

Son regard suit les rails, surveillant Marino qui se rapproche.

— Une application de sciences légales. Avec le potentiel pour être utilisé dans des véhicules conduits par des humains ou pas. En d'autres termes, éventuellement, des drones ciblant des personnes d'intérêt. Un outil portable qui permet de rechercher à peu près tout ce que tu peux imaginer, pour peu que tu puisses te connecter à des banques de données inaccessibles au commun des mortels.

Je poursuis :

— Et si tu fournissais à Lucy sa photographie la plus récente ? Ou une vidéo ou un enregistrement, si tu en as ?

Je songe soudain que l'application de sciences légales aurait pu se trouver sur le téléphone de Gail Shipton. S'agirait-il d'un projet sur lequel les deux femmes travaillaient ? Benton serait-il en train de sous-entendre que Lucy l'a aidé en fouillant les banques de données auxquelles elle n'a pas d'accès légal ? Les banques de données gouvernementales, par exemple ?

— La photo la plus récente a été prise pour les quinze ans de Martin, le jour de son anniversaire. Quatre jours avant le décès de sa mère. Les logiciels de vieillissement et de reconnaissance faciale n'ont rien donné. Aucune touche, parce qu'il est mort. J'en suis convaincu, même si je ne peux pas encore le prouver.

Si Lucy l'a bien aidé, cette collaboration serait une violation directe du règlement du FBI, et une infraction encore plus grave. Ma nièce n'est pas supposée savoir ce que fait Benton, et encore moins l'assister, hormis si cette aide a été approuvée par sa division, et notamment par Ed Granby. D'un autre côté, je ne suis pas non plus censée savoir quoi que ce soit au sujet du Meurtrier Capital.

Il n'en demeure pas moins que le fait que Lucy mène des recherches clandestines dans des banques de données au profit de Benton souligne encore davantage à quel point il se méfie de ceux qui l'entourent. Ceci expliquerait également la raison pour laquelle ma nièce a nettoyé le téléphone de Gail Shipton. Si cette application de sciences légales était découverte, quelqu'un pourrait chercher à quoi elle fut utilisée. À la moindre supposition que ce programme est capable de fouiller dans les hangars de l'information classifiée des forces de l'ordre, Lucy et Benton seraient immédiatement sur la sellette avec d'énormes ennuis à la clé. Il s'en suivrait sans doute des poursuites criminelles. Jamais Benton n'encouragerait ma nièce à aller dans ce sens, sauf s'il est certain de ne pas avoir le choix.

— A-t-on idée de la raison qui aurait poussé Martin Lagos à tuer sa mère ?

Je ne me souviens pas qu'un mobile ait été évoqué à l'époque, et n'ai pas envie de continuer à l'interroger sur ce que lui et Lucy ont fabriqué.

— Un mobile hypothétique. Elle aurait commencé à abuser sexuellement de lui lorsqu'il avait six ans.

Le soleil inonde son visage alors qu'il se tourne vers la rivière que nous ne pouvons pas apercevoir d'ici. Puis ses yeux reviennent sur Marino qui pénètre dans le tunnel.

— Et d'où vient cette information, puisqu'elle était morte et qu'il avait disparu ?

— Un disque d'ordinateur. Au moment du meurtre de sa mère, on nous a communiqué des informations retrouvées sur un disque que la police avait découvert caché dans la chambre de Martin. En revanche, le disque dur de son ordinateur manquait. On a présumé qu'il l'avait extrait, précise Benton. Une caméra vidéo espion avait également sans doute été enlevée. Martin l'utilisait pour filmer sa mère lorsqu'elle prenait son bain. Du moins si l'on en croit ce qu'il avait écrit dans son journal intime.

J'ai soudain la détestable intuition d'une sorte de boucle qui se refermerait, et m'enquiers :

— Ed Granby ne se trouvait-il pas à Washington à cette époque ?

Granby ne peut résister à la griserie de rappeler à quiconque veut bien l'écouter qu'il était agent spécial assistant au commandement à Washington D.C. et quelle époque merveilleuse c'était lorsque tout ne tournait pas autour du 11-Septembre et de la guerre au Proche-Orient. Peu de temps après son emménagement à Boston, il m'avait demandé au cours d'un dîner si je me souvenais de lui alors que j'étais médecin expert en chef de Virginie. D'un ton d'excuse, je lui avais avoué n'avoir conservé aucun souvenir de lui. D'abord, il avait paru vexé. Puis soulagé.

— Oui, il était l'inspecteur en place et faisait partie du National Security Staff de la Maison-Blanche. Les détails des abus sexuels dont Martin Lagos aurait été victime n'ont jamais été transmis à tes bureaux. Il n'en a jamais été fait mention dans le rapport de police. Le médecin expert en chef n'avait pas besoin de les connaître et on ne voulait certainement pas que les médias déterrent l'information. Telle a été la décision à l'époque.

Pas celle de Benton, mais de quelqu'un d'autre. J'insiste :

— Et tu crois à ces abus sexuels ?

— Oui, si j'en juge par ce que j'ai lu dans le journal intime de Martin.

Marino se trouve à mi-chemin du tunnel obscur. Quincy tire de toutes ses forces dans notre direction, la langue pendante. On dirait qu'il nous adresse un large sourire. J'en profite pour dire à Benton :

— J'aimerais reprendre le dossier de Gabriela Lagos, me rafraîchir la mémoire. Tout ce que tu as à son sujet. Je préférerais ne pas le demander à l'État de Virginie. Personne n'apprécie l'ingérence d'un ancien chef. Ma… contribution ne serait pas la bienvenue.

En réalité, mes raisons sont autres.

Si un problème est véritablement survenu avec l'ADN de Martin Lagos, je ne veux certainement pas abattre mes cartes en appelant les bureaux du médecin expert en chef qui ont reçu le prélèvement initial, effectué l'analyse, même s'ils étaient sous ma responsabilité à cette époque, en 1996. Si quelque chose s'est produit, c'était il y a peu de temps, peut-être lorsque la troisième victime a été tuée, moins d'un mois auparavant.

Mon mari sourit :

— Je peux t'offrir bien plus que tes anciens bureaux, si je n'en réfère pas à Granby. Il ne refusera pas mais les choses n'aboutiront jamais… contrairement à d'autres.

— L'important est que j'obtienne des informations en lien avec ce qui se passe. Tu penses que mon affaire est reliée à celles de Washington. Il me faut donc le dossier et les preuves. J'en ai le droit, c'est sous ma juridiction. Comparons l'ADN, comparons les fibres à celles que j'ai retrouvées ce matin. Transfère-moi tout ce que tu as, aussi vite que possible.

L'ordre de Marino claque :

— Lâche ça !

— C'est plus compliqué pour l'ADN, Kay.

La voix de Marino nous parvient en écho depuis le tunnel, Quincy tirant dans tous les sens :

— Au pied ! Merde !

Benton précise :

— Je peux t'envoyer par mail les photographies en microscopie des fibres. Mais les empreintes ADN sont sur le CODIS auquel je n'ai pas d'accès direct. Il faudrait que je rédige une demande officielle.

— Qui a réalisé l'analyse initiale dans le cas de Julianne Goulet ?

— Le médecin expert en chef du Maryland, à Baltimore.

— Je le connais très bien.

— Lui fais-tu confiance sans réserve ?

— Tout à fait.

Quincy patauge dans une flaque dont il lape l'eau et Marino hurle :

— Non ! Arrête ! Bordel, arrête !

— Approximativement à l'heure où l'on pense que Gabriela Lagos est morte, un appel anonyme a signalé qu'un jeune homme venait de sauter dans le Potomac du pont de la Fourteenth Street. En pleine nuit, me relate Benton. Le corps n'a jamais été retrouvé.

— Jamais ? Voilà qui paraît étrange.

Marino crie, ou plus exactement aboie.

— On ne boit pas l’eau des flaques !

Je ne me souviens pas que Benton m’ait jamais indiqué à cette époque qu’il travaillait sur le meurtre de Gabriela Lagos. Aussi, je demande :

— Étais-tu le profileur sur cette affaire ?

Marino nous ayant rejoints, Benton se contente de répondre :

— On m’a consulté, en effet. Pas au sujet de la mère, mais à celui de Martin et de ce qui se trouvait dans son journal intime.

Benton caresse Quincy et le complimente. Il commente, gentiment sarcastique :

— Voilà, on est un gentil garçon. On sent que tu as été bien dressé.

De mauvaise humeur et essoufflé, Marino vitupère :

— C’est certainement pas un bon garçon. Ne sois pas un vilain chien !

Il flatte le chien et lui assène de grandes tapes affectueuses sur le flanc.

— Tu sais très bien ce qu’il faut faire. Allez, maintenant, assis !

Quincy n’obéit pas.

Chapitre 22

À peu de distance d'où nous nous tenons, quoique invisible, s'élève une borne de la Bank of America.

Benton décrit l'intersection où je me suis retrouvée coincée à plusieurs occasions, alors que le train du cirque progressait poussivement :

— Au coin de Massachusetts Avenue et d'Albany Street. L'endroit idéal où le tueur pouvait garer sa voiture.

La dernière fois remonte à peu, le 1er décembre, lorsque l'interminable succession de wagons rouges comme des pommes d'amour et ornés de lettres d'or sur les flancs est passée en brinquebalant devant moi durant ce qui semblait une éternité, se dirigeant vers le campus du MIT pour rejoindre une voie de garage à Grand Junction. J'étais assise derrière le volant. J'imaginais tous les animaux exotiques enfermés dans ces voitures. Originaire de Floride, le cirque présentait ses numéros à Miami plusieurs fois par an lorsque j'étais enfant. Le cirque d'Orléans assombrit mon humeur chaque fois qu'il donne une représentation dans le coin, ravivant mon passé, le souvenir de mon père qui m'y emmenait pour voir les éléphants qui avançaient le long de Biscayne Boulevard, la trompe de l'un tenant la queue de l'autre.

Je cramponne Quincy par la laisse et le caresse pendant que Benton évoque le tueur :

— Il aurait pu abandonner sa voiture là-bas, sur le parking public. Personne n'y aurait prêté attention. Les voitures vont et viennent à n'importe quelle heure du jour ou de la nuit à cause du distributeur automatique. Il a abandonné son véhicule là-bas. Puis il a suivi ces rails. Il pleuvait, à ce moment-là. Les empreintes qu'il a laissées lorsqu'il est revenu vers la scène de crime ont probablement été effacées, à l'exception des empreintes partielles que nous avons remarquées. Les empreintes intactes ont été laissées lorsqu'il est finalement reparti, peut-être juste avant l'aube, quand il ne pleuvait plus.

Marino commente :

— Ben, si ce sont les siennes, ce mec est une demi-portion. Des godasses de taille quarante et un ? Ça fait quoi, un type qui mesure un mètre cinquante ? Moi je dis que c'est un gosse qui faisait l'andouille dans le coin.

Je le détrompe :

— On ne peut pas déterminer la taille avec certitude. La corrélation entre une pointure de chaussures et la hauteur d'un individu ne relève pas de la science exacte. On peut, certes, émettre une estimation basée sur les données statistiques, mais il est impossible de se montrer précis.

Marino positionne à nouveau la règle jaune de quinze centimètres qu'il a utilisée plus tôt, en changeant toutefois l'étiquette. Il s'en prend à moi :

— Et si pour une fois on se faisait pas des nœuds au cerveau en discutant de la théorie du big-bang et que vous me donniez juste du grain à moudre, du genre bien basique, hein ?

— On peut estimer qu'un homme chaussant du quarante et un mesure environ un mètre soixante-deux, un mètre soixante-trois. Ce qui ne signifie aucunement que la personne qui a abandonné ces empreintes soit de cette taille. On trouve des gens petits avec de grands pieds, et l'inverse.

J'ai décidé d'ignorer sa rebuffade discourtoise, que je soupçonne davantage destinée à Benton qu'à moi.

Marino ne peut s'empêcher de jouer le coq, d'abord parce qu'il est piqué au vif par les prédictions émises par Benton. De fait, l'ouvrier de la maintenance du MIT, Enrique Sanchez, gare souvent son pick-up pour la nuit sur le chantier de construction. Le coupe-tube lui appartenait et il a recours à ses propres outils pour son travail. Il avait en effet été poursuivi pour conduite en état d'ivresse. Un autre délit de ce type et il pourrait perdre son permis de conduire, expliquant qu'il ne conduise jamais quand il boit. Tout ce qu'a dit Benton s'est vérifié, jusque-là. Marino a manifesté sa gratitude en le mettant dans l'embarras avec son antenne de Boston. Il a offert sans le vouloir d'autres cartouches au trouble Granby.

S'adressant à Benton, le grand flic balance :

— Bon, admettons un mètre soixante-trois. Un gosse, quelqu'un de petit. Il serait vraiment crétin s'il avait fait ce que vous pensez. Ça aurait été vachement plus intelligent de laisser le corps et de se barrer à toute vitesse. Retourner sur la scène de crime, c'est prendre le risque d'être arrêté.

À nouveau plongé dans la vérification de ses mails, Benton rétorque :

— Il ne peut pas résister à l'envie d'observer ce qui se passe. Il doit être témoin du spectacle qu'il a créé…

Ce mot, à nouveau. *Spectacle.*

— … Il est déjà revenu. Il sait où aller et quoi faire. Il se sent rassuré.

Mon mari voit avec les yeux du monstre qu'il pourchasse.

Avec les yeux de Martin Lagos.

Ou quelqu'un qui avait accès à son ADN.

Plus précisément, quelqu'un qui avait accès à son empreinte stockée sur la mémoire du CODIS, la banque de données ADN du FBI. Je me laisse aller à imaginer les pires scénarios. Que ferait un individu animé d'exécrables intentions mais performant en informatique ? Encore plus perturbant, quelqu'un qui travaillerait dans un laboratoire d'empreintes génétiques et exécuterait les ordres d'un individu très puissant et corrompu ?

Une empreinte ADN n'a rien à voir avec un échantillon biologique sur une lame de microscope, ni même avec un code barre autoradiographique. Il ne s'agit pas d'une représentation visuelle telle que, par exemple, un panache de sang ou les boucles et verticilles d'une empreinte digitale. Dans une banque de données, un profil de cet ordre se résume à une série de chiffres entrés manuellement à laquelle on assigne un identifiant généré par le laboratoire de sciences légales qui a conduit l'analyse. Ce sont ces chiffres que l'on compare à un profil inconnu entré dans une banque de données comme le CODIS. Lorsqu'on obtient une touche, cet identifiant numérique permet d'établir un lien avec le nom et les informations personnelles du donneur d'ADN.

L'importance croissante des informations trouvées dans ces banques de données génétiques est sujette à controverses depuis que ce type d'analyse a été adopté, à la fin des années 1980. Les gens s'inquiètent du respect de la vie privée. Ils craignent des discriminations basées sur la génétique et une violation des droits que leur garantit le Quatrième Amendement, qui les protège des enquêtes et des arrestations sans motif raisonnable. S'ajoute à cela une inquiétude de plus en plus vive sur des sortes de coups de filet ADN, qui consisteraient à rechercher des suspects en récupérant des échantillons d'individus localisés dans le périmètre géographique d'un crime.

J'ai entendu ces objections et ces craintes depuis des années. Je ne peux être en désaccord avec certaines d'entre elles. Même les procédures scientifiques les plus parfaites peuvent être détournées et mal utilisées. On ne peut exclure, en théorie, qu'une empreinte ADN puisse être délibérément altérée. Des nombres injectés dans un ordinateur par un technicien de laboratoire épuisé peuvent ainsi être accidentellement modifiés. Ils peuvent également être sciemment faussés. Je n'ai jamais entendu dire que tel ait été un jour le cas, ce qui ne signifie en rien que cela ne se soit jamais produit. En effet, quelle garantie pourrait-il y avoir qu'une telle erreur ou malfaisance soit communiquée au public, en toute transparence ?

Et si le numéro d'identification de Martin Lagos avait été remplacé par celui d'une autre personne dans chaque banque de données ? Nous n'aurions alors aucun moyen de nous apercevoir que l'empreinte ADN correspondant à son nom n'est pas biologiquement la sienne. Cela constituerait l'ultime usurpation d'identité, et je ne peux pas en parler devant Marino.

Il range son appareil photo et sa règle dans sa mallette de scène de crime. Quincy est assis sur mon pied et me lèche la main. Marino ordonne à son berger allemand, qui n'a pas l'air de vouloir bouger :

— Allez, viens. Je vous rejoins au Centre sous peu, me prévient-il, ignorant Benton. Machado et moi, on a des trucs sur le feu, par exemple mettre la main sur Haley Swanson qui nous évite comme la peste, maintenant. Ensuite, on pense faire un saut dans l'appartement de Gail Shipton, si des fois ça vous disait de nous accompagner.

Je me contente de répondre :

— Vous savez quoi faire. Assurez-vous de récupérer tout ce qui pourrait se trouver dans son armoire à pharmacie. Je veux savoir quels médicaments elle prenait. Ce serait parfait si vous pouviez établir une liste de ce qu'il y a dans son réfrigérateur et dans sa poubelle.

Il feint de geindre :

— Mon Dieu. Je porte un T-shirt sur lequel est inscrit *crétin* ?

J'attends que Marino et Quincy se soient engagés dans le tunnel, en direction de Briggs Field. Je suggère alors à Benton de cerner toutes les possibilités expliquant l'origine de l'ADN récupéré sur la culotte portée par Julianne Goulet.

Nous nous levons et repartons.

— Pour s'assurer sans équivoque que cet ADN était bien celui de Martin Lagos, le FBI aurait dû vérifier l'empreinte en la comparant à l'analyse initiale réalisée dans les labos de Virginie en 1996. Cette empreinte devait également être confrontée à celle de la mère. La carte avec les prélèvements sanguins réalisée au cours de son autopsie par mes anciens bureaux du district nord doit toujours se trouver dans son dossier.

Benton lâche d'une voix si plate qu'on croirait qu'il répète une leçon bien apprise :

— Si j'ai bien compris, toutes les étapes appropriées ont été respectées. L'ADN a été vérifié et appartiendrait bien à Martin Lagos. Rien dans la banque de données du CODIS n'est erroné ou altéré, m'a-t-on assuré.

— Car tu as soulevé ce point ?

— J'ai évoqué cette possibilité en présence de Granby. Il fallait quelqu'un de son grade pour poser la question de façon habile au directeur du laboratoire de Quantico.

— Eh bien, si jusque-là personne ne voulait te faire la peau, tu peux parier que c'est maintenant le cas.

— Rien ne sort des clous dans cette histoire. L'ADN retrouvé sur la culotte a un lien maternel direct avec celui de Gabriela Lagos.

— On aura donc effectué une nouvelle analyse de sa carte sanguine ?

— Je te répète ce que l'on m'a dit, résume-t-il d'un ton qui ne me dit rien qui vaille.

Je récapitule :

— S'il s'agit bien de l'ADN de Martin Lagos, c'est un argument prouvant qu'il est toujours en vie. Ces résultats d'analyse génétique semblent accréditer le fait qu'il ait assassiné Julianne Goulet… Hormis si son ADN a atterri sur la culotte sans qu'il l'y ait déposé.

— Il s'agit de la seule autre explication possible.

— Ce que tu suggères est exceptionnel sinon impossible. Une contamination de laboratoire après dix-sept ans n'a aucun sens.

— En effet.

— Du sperme, des cellules de peau ? je demande, puisque je suppose que l'un ou l'autre ont été collectés et analysés.

— Du sang.

— Du sang visible. Tu as raison, ça paraît vraiment gros. Pourquoi le tueur laisserait-il son sang sur une culotte ? Comment l'expliquer ? Il faudrait alors admettre qu'il ne s'en est pas rendu compte ni ne se doutait que la culotte serait analysée.

Benton réfléchit et suggère :

— Et si quelqu'un avait gardé un échantillon du sang de Martin durant toutes ces années ?

Dubitative, je réponds :

— Il aurait fallu qu'il soit conservé adéquatement. En d'autres termes, congelé. Tu évoques un plan ourdi de longue date par un individu qui savait très bien ce qu'il faisait. Et pourquoi cette personne aurait-elle conservé un échantillon sanguin de Martin ? Qui, et à quelle fin ?

— Et ces gens qui s'échangent ces nouveaux bijoux ? De petites fioles de sang qu'ils portent autour du cou.

Benton, hanté par des doutes sinistres qu'il refuse de verbaliser, cherche désespérément une explication plausible.

Il ne veut pas accuser de façon formelle. Il veut que je comprenne. Aussi persiste-t-il :

— Et s'il avait échangé un truc de ce genre avec quelqu'un d'autre ?

— Et donc, dix-sept ans plus tard, cette personne utilise ce sang pour faire accuser Martin Lagos d'homicides multiples ?

— Je sais seulement que de l'ADN récupéré d'un échantillon sanguin a été identifié comme appartenant à Martin, et je cherche n'importe quelle hypothèse qui expliquerait ce qui a pu se produire, Kay. Hormis la plus évidente.

— La plus évidente étant un problème avec le CODIS, et tu redoutes que des gens comme Ed Granby te mentent.

— Je regrette de lui en avoir parlé.

— Et à qui d'autre aurais-tu pu le mentionner ?

— À toi, à quelqu'un à qui je confierais ma vie, murmure-t-il sans mentionner Lucy. Je tenterai de contourner Granby à la moindre opportunité.

Un grand immeuble de brique sombre s'élève devant nous, ses centaines de fenêtres aveuglées de soleil. Je rebondis sur son idée :

— Admettons que quelqu'un ait conservé le sang de Martin Lagos dans une fiole pendue à son cou et décidé ensuite de l'utiliser pour lui faire porter le chapeau. Des jours, pour ne pas dire des années plus tard, alors qu'il n'était pas lyophilisé ni stocké convenablement ? Invraisemblable. Le sang se serait décomposé, l'ADN détruit par des bactéries ou des UV s'il a été exposé au soleil.

— Et s'il avait été conservé dans un laboratoire pour une raison quelconque ?

— Pas dans nos labos de Virginie ni de Washington. Il n'y a pas eu de sang prélevé, à l'évidence, parce qu'il n'y a pas eu d'autopsie. Surtout pas si Martin Lagos a sauté du pont de la Fourteenth Street et que son corps n'a jamais été retrouvé. Lorsque la police a enquêté sur le meurtre de sa mère et compris qu'il avait disparu, je suppose qu'ils ont réalisé son empreinte ADN à partir d'une brosse à dents, d'une brosse à cheveux, un truc de ce genre.

Benton approuve :

— En effet. Je ne prétends pas qu'il ne s'agit pas de son sang. Je dis simplement que je ne comprends pas comment il est arrivé sur cette culotte. Je n'ai pas confiance une seconde. C'est ce que quelqu'un tente de nous faire croire.

Alors même que j'imagine très bien leur attitude, je demande :

— Et comment réagit la BAU à tes suggestions ?

— Ils pensent que je fais ce boulot depuis trop longtemps.

— Tu ne décrocheras pas. Cela ne te ressemble pas, Benton.

Il ne deviendra pas enseignant, pas plus qu'il ne rejoindra le peloton des profileurs du FBI reconvertis en consultants de sécurité haut de gamme ou en facilitateurs, voire en experts improvisés à la télévision dès que survient un crime à sensation ou un procès très médiatique.

— J'exaspère tout le monde et je suis en train de discuter avec toi sans autorisation. J'ai également discuté avec Lucy. Tu l'as compris sans que j'aie eu besoin de te l'avouer. S'ils le découvrent… D'ailleurs, pourquoi je me casserais encore la tête avec ça ? Au point où nous en sommes, et étant entendu ce que ça suggère… Bordel, Granby et ses semblables peuvent aller se faire foutre !

Chapitre 23

Il est presque onze heures lorsque nous atteignons le parking arrière de mon immeuble de six étages, au revêtement de titane, construit en forme d'obus et surmonté d'un dôme géodésique en verre.

Le haut grillage anti-intrusion en PVC est peint de noir. Au-dessus se hérisse le bouquet blanc argenté des paraboles satellite et des antennes plantées sur le toit des laboratoires du MIT qui cernent le CFC sur trois côtés. Les transmissions s'échangent invisiblement, presque à la vitesse de la lumière, la plupart d'entre elles classifiées, certaines militaires et ayant trait à des projets gouvernementaux secrets.

La sonnerie de mon téléphone se déclenche. Je lève le regard vers la fenêtre de Bryce, étincelante au soleil, espérant presque distinguer sa silhouette. Stupide ! Les vieilles habitudes peinent à mourir. Mon immeuble est équipé de vitrages unidirectionnels. Ainsi, peut-être mon chef du personnel nous aperçoit-il, mais je ne puis le distinguer.

— Le Murmureur des Molaires est parti il y a une vingtaine de minutes, lâche Bryce au téléphone, en parlant du Dr Adams. Il s'agit bien de Gail Shipton. Le genre qui possédait une bouche parfaite parce qu'il y avait eu pas mal de boulot à réaliser… Je peux vous certifier qu'on s'est moqué d'elle à l'école, ça me rappelle ma propre histoire.

Je tape mon code sur la tablette de la barrière électrique. Un bip se fait entendre et durant quelques instants rien ne se produit. J'ai été absente durant cinq jours, et Marino ne travaille plus ici. L'idée qu'il a fallu nos deux volontés pour tenir à flot ce centre s'impose à moi. J'entre à nouveau mon code.

Le portail accepte de frémir et Bryce poursuit sur sa lancée :

— Peut-être une exposition à la tétracycline durant l'enfance, ça colore les dents. Vous savez, ces dents horribles couvertes de traces grisâtres ou noirâtres ou même blanchâtres qui vous font détester l'école tellement les autres gosses sont méchants ?

Le portail commence à glisser sur son rail en tressautant, et ne fonctionne toujours pas correctement alors qu'il a été réparé plusieurs semaines auparavant. Depuis que Marino est parti, plus personne ne supervise l'ingénieur de la sécurité. Il avait pour habitude de harceler quiconque répondait à l'appel de maintenance. Cette époque est révolue. J'éprouve un mal fou à l'intégrer.

— J'ai eu une dent bousillée à cause d'une fièvre. Bien sûr, une dent de devant. Mon surnom à l'école était « Dent de craie ». *Bryce peut écrire au tableau avec sa dent.* Je n'ai pas souri de toute mon enfance et mon adolescence.

De l'autre côté de la barrière brinquebalante, nos fourgonnettes blanches et camionnettes de scènes de crime sont garées au petit bonheur la chance. Je remarque qu'elles sont sales. La remorque que nous utilisons pour les décès de masse est tout aussi crasseuse. Marino aurait piqué une crise. Il va falloir que nous trouvions une compagnie de lavage abordable, fiable, qui accepte de s'occuper de notre équipement sur le site. Encore un autre problème d'intendance dont je vais devoir discuter avec Bryce, qui préfère papoter que respirer.

— Un boulot dentaire dingue, qui a coûté une somme folle. D'un autre côté, elle était assez riche pour attaquer quelqu'un et exiger cent millions de dollars de dommages, si l'on en croit ce qui traîne partout, poursuit-il. Sans vouloir manquer de respect.

— Benton et moi sommes arrivés.

Bryce se débrouille pour se trouver un point commun avec à peu près tous les cadavres que nous recevons.

— Peut-être pourrions-nous poursuivre cette conversation à l'intérieur, un peu plus tard ? Je dois faire la tournée des labos avec les indices, puis commencer l'examen de Gail Shipton et prendre contact avec à peu près tout le monde.

Je déboutonne ma veste et me souviens soudain que je transporte une arme à feu. Seules les forces de l'ordre ont l'autorisation d'être armées dans mon immeuble. Tous les membres du personnel du CFC, dont moi, doivent laisser leurs armes au bureau de la sécurité, où elles sont remisées dans un placard spécial en acier blindé. Cela étant, certaines personnes contournent cette règle. Marino n'a jamais abandonné son revolver, et je parierais que Lucy ne se plie pas davantage à cette procédure. Je dégrafe la banane en passant la main dans mon dos.

— Bien sûr que vous êtes là. Je peux vous voir sur les caméras de surveillance ou par la fenêtre, au choix. La barrière est preeesssque ouverte, exagère-t-il pour souligner la lenteur de ladite ouverture, et vous voilà, couple heureux, qui entrez et enfoncez le bouton pour refermer la barrière derrière vous, ce qui devrait prendre une petite heure. Visez-moi un peu ces énormes bottes d'un orange aveuglant. Laissez-moi deviner : il n'a rien d'autre parce que ses sacs de voyage sont dans la voiture de Marino, j'ai raison ? Benton a été ramené en hélicoptère par Lucy et a atterri sur la scène de crime et vous avez demandé à Marino de garder ses bagages, qui sont maintenant des otages. Ça signifie que le pauvre Benton va devoir traîner dans ces bottes hideuses toute la journée. Demandez-lui de me rejoindre en haut.

Je branche le haut-parleur pour que Benton puisse entendre.

La voix de Bryce résonne dans le parking, et je me demande qui d'autre est informé du retour de Benton en hélicoptère. Mon chef du personnel continue de parler sans reprendre son souffle :

— J'ai une paire de tennis de rechange qu'il peut emprunter. En cuir noir, ça ne devrait pas être trop affreux.

Je ne suis pas surprise que Bryce soit au courant de ce retour anticipé. En revanche, depuis quand l'a-t-il découvert, et par qui ?

— Je pense qu'on doit porter à peu près la même pointure.

— Bryce, vous saviez que Benton rentrait aujourd'hui ?

Je jette un regard à mon mari absorbé par son téléphone, en train de rédiger un mail. Il s'inquiète de diffuser des informations que n'approuveront pas ses collègues ou qu'ils ignoreront et s'entoure de précautions, encore plus qu'à l'accoutumée. Les agents du FBI, la plupart jeunes, qui ont commencé leur carrière en l'admirant telle une légende veulent maintenant prendre sa place. Ils s'attachent à prouver qu'ils sont plus compétents que lui. Il fallait s'y attendre. Le reste, en revanche, n'est pas tolérable. Benton soupçonne une conspiration et une volonté de sabotage qui pourraient bien s'avérer réelles.

Bryce précise d'un ton mystérieux :

— Bien sûr, j'avais ma petite idée. Et je devais faire quelques courses. C'est demain son anniversaire et je n'étais pas certain que vous vous en souveniez, clouée au lit par la grippe. Sans même évoquer les décorations de Noël, parce qu'il faut quand même qu'il rentre dans une maison festive et chaleureuse.

— Et quand l'avez-vous appris, qui vous l'a dit ?

— Lucy et moi avons papoté. Enfin quoi, vous n'avez même pas de sapin, pas une seule guirlande lumineuse, pas une bougie à vos fenêtres, me reproche-t-il. Ça sautait aux yeux à chaque fois que je suis passé déposer des trucs, au point que ça devenait une maison sombre et inamicale, sans même un feu de cheminée à moins d'une semaine de Noël. Je ne vois rien de plus déprimant. J'imagine le pauvre Benton rentrant chez lui. J'espère qu'il ne peut pas m'entendre ? Et, oui, en effet, la barrière doit encore être réparée. Et, non, elle ne se ferme pas. Elle tressaute et bégaye comme si elle souhaitait dire quelque chose ou qu'elle nous faisait une attaque. Je vais tenter de remédier à cela d'ici.

Je coince la banane sous mon aisselle, devinant le poids et la forme qu'elle dissimule.

— Le problème, Bryce, c'est qu'elle n'a pas été convenablement réparée la dernière fois que la maintenance s'en est occupée.

— Et c'est à moi que vous dites ça ? Si vous voyiez la file des véhicules, le matin, coincés les uns derrière les autres parce que ça prend des heures. Je me suis presque fait rentrer dedans par une Honda Element. Devinez qui aurait dû payer le pot d'échappement, même si ça n'était pas de ma faute ? Une petite caisse comme ça défonçant mon grand méchant X-Six, vous vous imaginez le tableau ? En réalité, je devrais dire celui d'Ethan. Je ne peux pas vraiment m'offrir un BMW, avec mon salaire. En parlant de ça, elle conduit quoi, Lucy, et qu'est-ce que vous venez d'ôter de votre ceinture ? Vous trimballez une arme ? Et depuis quand ?

Nous dépassons la place de parking réservée à Marino sur laquelle il ne garera plus son pick-up fautif et j'intime à Bryce :

— Aucune information sur son identité ou quoi que ce soit ne doit être communiquée pour l'instant. Qui d'autre est au courant du retour de Benton ?

— Bien, sauf erreur de ma part, vous transportez un pistolet. Sexy certes, mais pourquoi ? Et pourquoi avoir choisi un accessoire aussi hideux, ce gros truc noir encombrant ? Enfin, ils ne les font pas en cuir ou de couleurs joyeuses ? Je pourrais demander à la police de Cambridge de diffuser l'information. Ensuite, ce sera à elle de juger et plus notre problème.

— Sans doute la meilleure solution, si toutefois nous sommes absolument certains…

— Le Dr Adams y a passé une bonne demi-heure, m'interrompt à nouveau Bryce. Il semble qu'en plus de tout le reste, on lui avait extrait récemment la dent numéro 20…

— Bryce, à qui avez-vous dit que Benton rentrait à la maison et quand ? Il est important que je le sache…

— Une prothèse provisoire, avec un pivot en titane pour un futur implant qui n'était pas encore *installé*. Je sais qu'on ne dit pas comme ça.

— Bryce… ?

— Je sais bien qu'on n'installe pas les couronnes à la manière de moulures couronnées, lâche-t-il d'une voix plus grave. Bon, d'accord, une blague nulle !

*

Je soulève le couvercle de l'opérateur électrique juste à côté de la baie de déchargement et passe mon pouce sur la serrure biométrique.

Infatigable, Bryce continue :

— D'un autre côté, je suis pas très sûr de ce qu'est la numéro 20. Mais je crois bien qu'il s'agit d'une molaire.

— C'est Lucy qui vous a appris le retour de Benton aujourd'hui ?

Je presse un bouton et le moteur démarre. Le rideau métallique se soulève par à-coups, escorté de son habituel vacarme.

— Bien sûr, je l'ai encouragée à s'envoler avec son gros oiseau pour Washington et à le rapatrier ici. Quelqu'un vous a gâché la surprise ? Je vous assure que ce n'était pas moi.

Si Bryce était au courant, n'importe qui d'autre a pu l'apprendre. Si tant est que cela explique quoi que ce soit, ce dont je ne suis pas certaine. D'ailleurs, je ne vois pas ce que cela pourrait éclairer. Même si Bryce s'est montré indiscret, comment le tueur aurait-il pu découvrir un tel détail, en admettant que les soupçons de Benton soient fondés ? En quoi le fait qu'il rentre à la maison en hélicoptère aurait-il une importance ? Peut-être le tueur aime-t-il assister au spectacle qu'il crée, mais ça ne signifie en rien que la victime ou le moment choisi aient un lien avec Benton. Il semble plus vraisemblable qu'Ed Granby capitalise sur les peurs les plus profondes de mon mari. Il use sa résistance, le déstabilise en sachant parfaitement ce que Benton éprouverait s'il pensait qu'une de ses publications a influencé un prédateur violent. Peut-être Benton frise-t-il maintenant la paranoïa. Je ne pourrais lui en tenir rigueur à la lumière de ce qu'il vient juste de me confier.

— Ernie se trouve-t-il au Centre, aujourd'hui ? Je dois lui déposer des échantillons de traces, et un pilier de clôture accompagné d'un coupe-cadenas devrait arriver sous peu. Analyse de marques d'outil. J'ai également de l'ADN. Pouvez-vous prévenir Gloria ? Tant que vous y êtes, contactez le laboratoire de toxicologie afin de savoir où ils en sont des dosages additionnels que j'ai demandés pour le suicide de la semaine dernière, Sakura Yamagata. Je souhaite tous les résultats en urgence, aussi vite qu'il est humainement possible.

— Tiens, ça nous change, ironise-t-il.

— Oui, ça nous change. Je suis assez inquiète de ce qui pourrait se tramer.

— Mais vous n'allez pas me donner le moindre indice ?

— Tout juste. J'aimerais aussi savoir quand le Dr Venter, médecin expert en chef à Baltimore, pourra me consacrer quelques instants.

— Je m'en occupe tout de suite, déclare Bryce. Au fait, Ernie se trouve dans la salle des indices. Il travaille sur la voiture complètement bousillée de ce conducteur ivre qu'Anne est en train de scanner. En plus, une possible overdose devrait nous arriver sous peu, sans doute un suicide, une femme dont le mari s'est tué à moto il y a exactement un an, jour pour jour. La chance appelle la chance, dit-on. On arrive à une moyenne de dix suicides par semaine depuis Thanksgiving. À votre avis, le rythme empire ?

— Oui, d'environ vingt-cinq pour cent.

— Bien, voilà ma journée totalement foutue !

Au fur et à mesure que le rideau métallique se soulève, j'aperçois l'énorme SUV de Lucy à l'intérieur de la baie, où il n'a pas véritablement de raison de se trouver. Mais elle se gare où bon lui semble, qu'elle soit au volant d'une de ces super voitures ou pétarade sur une moto, les règles ne signifiant pas grand-chose à ses yeux. Je remarque deux civières abandonnées à la va-comme-je-te-pousse contre un mur, une housse à cadavre roulée en boule sur l'une d'elles. Un tuyau d'arrosage à l'embout fuyant se tortille non loin d'une bonde de sol.

Je demande à Bryce :

— Et pourquoi expertisons-nous la voiture impliquée dans un décès de la circulation ?

— Parce que les avocats sont pendus au téléphone.

— Mais les avocats passent leur temps à appeler. Ce n'est pas une raison.

— Pas n'importe quel avocat. Carin Hegel.

— Et que veut-elle au juste ?

— Elle n'a pas jugé bon de me le révéler.

Benton et moi nous penchons pour passer sous la porte métallique qui coulisse pendant qu'il communique avec quelqu'un, tapant à l'aide de ses pouces. Une fois à l'intérieur, j'enfonce le bouton *stop* puis celui qui commande la fermeture. J'allume et constate que tous les placards de rangement sont au moins fermés et que le sol est propre. Je ne décèle aucune mauvaise odeur.

Le lourd rideau métallique redescend en ronronnant et en cliquetant.

— Je pense que ça doit avoir un rapport avec le taux d'alcoolémie, débite Bryce, et peut-être faudrait-il que vous en discutiez avec Luke. Des procès, encore des procès. Ça vous irait, si je commande des pizzas chez Armando ? Je prévois que nous ferons salle comble dès le début de l'après-midi, et je ne parle pas de gens décédés. Il faut que vous mangiez, ça c'est le premier point. Ensuite, j'ai des vêtements pour vous. Votre tailleur bleu marine tout frais sorti de la teinturerie, des trotteurs à talons bas du genre raisonnable, et une paire de collants neuve, sans échelle ni fil tiré.

— Où dois-je me rendre ? Je n'étais même pas censée revenir aujourd'hui.

Je m'arrête à hauteur du tuyau et ferme correctement le robinet.

— Je suis en train de faire des entretiens pour dégotter le remplaçant de Marino, vous vous souvenez ? Jennifer Garate, qui rime avec karaté. Elle a travaillé à New York en tant qu'enquêtrice légale durant les cinq dernières années. Avant cela, elle servait d'assistante à un médecin. Nous avons épluché sa demande de poste il y a quelques semaines, bon, d'accord, parmi tout un paquet d'autres. Elle était très agréable au téléphone, et Luke a eu l'air d'apprécier sa photographie. J'admets qu'il m'a paru un peu étrange qu'elle se soit fait prendre en photo sur une plage vêtue d'un short de yoga très sexy, de manière à révéler où se situaient ses avantages, avantages qui semblent indiscutables d'après ce que j'ai compris. Mais heureusement que vous êtes là pour que nous examinions tout cela. Peut-être que Benton pourrait nous aider puisqu'il est dans les parages ?

J'éteins le haut-parleur puisque mon mari n'écoute pas et réponds :

— Non, ne comptez pas sur lui.

Je suppose qu'il se démène avec l'antenne locale de Boston ou la BAU, et que les politiques sont en train de passer la vitesse supérieure. Je me demande si le FBI va rechercher Martin Lagos dans le coin, rechercher un individu dont Benton est certain qu'il est décédé. J'évalue ce que je pourrais faire d'éventuelles empreintes ADN récupérées sur la culotte que portait Gail Shipton ou sur la pommade décongestionnante prélevée sur l'herbe. Pour la première fois de ma carrière, je me méfie du devenir des profils ADN que mon labo pourrait entrer dans le CODIS.

La voix de Bryce se déverse à nouveau dans mon écouteur :

— Eh bien, c'est sans doute le poste le plus important en ce qu'il affecte absolument tout le reste. Si vous vous retrouvez avec un enquêteur en chef pourri, vous savez ce qui se passera. Le bordel !

Nous traversons la baie aussi vaste qu'un hangar. Garé le long d'un des côtés, trône le SUV noir de deux tonnes appartenant à ma nièce. Sa carrosserie en acier renforcé résiste aux balles si on l'en croit, avec un système de protection contre les explosifs, des caméras de surveillance, des projecteurs et un gyrophare, un kit de survie, une sirène. Le véhicule est équipé, entre autres, d'une boîte noire à l'instar d'un avion et d'un amplificateur électronique de sons avec haut-parleurs. Je n'ai pas encore eu l'occasion de lui demander ce que son véhicule à l'air patibulaire pouvait coûter, ni pourquoi elle avait soudain l'impression d'en avoir besoin.

— Qui a envie de passer le reste de sa vie avec un tyran qui s'écroule sur un lit gonflable quand il est bourré, drague les femmes sur Twitter, et vit dans une maison de beauf de compétition ? s'exclame Bryce. Je ne pardonnerai pas à Marino de m'avoir appris sa démission par mail. Même pas la décence de me le dire face à face. Bon, vous êtes d'accord pour les pizzas d'Armando ? Est-ce que je peux piquer quelques billets dans la caisse ?

La porte qui mène à l'étage inférieur s'ouvre en haut de la rampe. Lucy est vêtue d'une combinaison de vol noire qui met en valeur sa silhouette mince et musclée, ses yeux d'un vert intense, ses cheveux qui évoquent l'or rose qu'elle porte très courts, une coupe de jeune garçon.

— … Docteur Scarpetta ? Je crois que je suis en train de vous perdre… Vous êtes dans la baie ? Allô, allô… ?

J'interromps la communication, ne supportant plus ce bavardage après ces jours passés seule, environnée de silence.

Lucy s'adosse contre la porte ouverte afin d'éviter une embrassade, et je perçois son humeur. Je l'enveloppe de mes bras, qu'elle apprécie ou pas et murmure :

— Ne me dis rien que je ne doive entendre.

— Peu m'importe ce que tu entends. Je suis certaine que Benton t'a résumé les points cruciaux.

Mes marques de tendresse envers ma nièce sont habituellement réservées à la sphère privée, et une ombre d'agacement se peint sur son joli visage. Elle se dégage de mon étreinte et semble tendue. Je perçois en elle une trace d'agressivité.

— Je suis désolée, Lucy.

Elle reste impavide, glaciale, au point qu'on pourrait croire qu'elle n'éprouve aucun sentiment vis-à-vis de ce qui est arrivé à Gail Shipton.

Je reconnais cette coutumière détermination en elle, une détermination tout à la fois prévisible et troublante. Ma nièce possède un talent certain pour la colère revancharde mais se montre démunie face à la tristesse.

Benton cramponne le chambranle de la porte pour garantir son équilibre, se bagarrant avec ses bottes, les tirant l'une après l'autre :

— Je vais accepter l'offre de Bryce et lui emprunter sa paire de chaussures de rechange.

Il les abandonne en haut de la rampe, et elles s'effondrent l'une sur l'autre. En chaussettes, il nous dépasse. Une fois dans le bâtiment, il oblique à gauche en direction de l'ascenseur, toujours concentré sur son téléphone, une expression indéchiffrable sur le visage, expression qui indique toujours qu'il est confronté à l'ignorance et à la résistance, et peut-être dans ce cas à bien pire.

Je prends Lucy par le bras et lui annonce :

— Nous devons parler.

Elle se décide à lâcher la porte.

Chapitre 24

Restées seules dans la baie, nous nous dirigeons vers une petite table ronde en plastique flanquée de deux chaises que Rusty et Harold ont baptisées Café La Morte. Lorsque le temps se montre à peu près clément, ils s'y installent pour boire leur café et fumer leur cigare avec le rideau métallique relevé, attendant que les défunts arrivent ou soient emportés.

Je pose la banane sur la table et Lucy la récupère. Elle en tire la fermeture Éclair pour vérifier ce qui se trouve à l'intérieur. Puis elle la referme et la repose sur la table en demandant :

— Pourquoi ?

— Sans doute une conséquence de la fièvre que j'ai eue et de trop de temps libre pour ressasser.

— Sans doute pas.

— Quelque chose me perturbait. J'ai considéré qu'il s'agissait du résultat de la grippe et de devoir sortir Sock.

Je ne veux pas me laisser dévier et évoquer l'individu qui espionnait peut-être ma maison, consciente que Lucy se lancera aussitôt sur le sentier de la guerre.

Je refuse qu'elle se mette en tête de rechercher Haley Swanson ou qui que ce soit d'autre. Elle a déjà assez d'ennuis potentiels avec Marino.

Elle me détaille et déclare :

— Tu devrais m'accompagner au stand de tir. Quand t'es-tu entraînée pour la dernière fois ?

— Nous irons, je te le promets.

Je dépose une dosette de café dans la Keurig installée sur un chariot chirurgical aux pieds écartés, aux roues branlantes et que la rouille ronge sur les bords. Sa décrépitude a été dissimulée sous une toile cirée rouge et jaune aux motifs provençaux, *vent du Sud*. Un bouquet de tournesols artificiels et un cendrier à la gloire des Boston Bruins, une équipe de hockey sur glace, tentent de l'égayer.

Lucy se tient debout derrière une chaise, les bras croisés.

— Je me doute que ça secoue. Tu n'es pas venue depuis vendredi et tu trouves tout ça à ton retour. Tu es pâle, fatiguée. Tu aurais dû me laisser te rendre visite.

J'ouvre un paquet de serviettes en papier bon marché, le genre que l'on trouve dans les toilettes publiques, et plaisante :

— Pour que tu attrapes la grippe ?

— Je peux l'attraper ailleurs, et jamais je ne te laisserais seule par crainte de ce qui pourrait m'arriver. Janet et moi voulions te conduire chez nous pour prendre soin de toi. J'aurais dû venir et t'emmener.

— Je ne souhaiterais ça à personne.

— Il ne s'agit pas d'une corvée, comme avec ma mère.

— *Corvée* n'est pas le mot qui vient à l'esprit lorsqu'on pense à Dorothy.

— Je voulais simplement te le dire.

Son regard vert perçant ne me quitte pas. Je tente de désamorcer :

— J'en suis bien consciente. Désolée de ne pas paraître plus reconnaissante.

Ma nièce ne cherche pas à me rassurer. Je me sens assez dépourvue lorsqu'il s'agit de faire semblant. Nous le savons toutes les deux, ce qui me remet à l'esprit tout ce que je n'aime pas chez moi.

— Ça n'a rien à voir avec de la reconnaissance, lâche-t-elle. Tu n'accepterais pas que je reste seule si la situation était inversée, si j'avais affronté la même chose que toi pour tomber ensuite malade. Surtout si la peur m'encourageait à trimballer une arme à feu en permanence.

— Mais tu n'as jamais peur et tu es en permanence armée, Lucy.

— Tu établirais ton campement à la porte de ma chambre et je te verrais débouler toutes les trente secondes en brandissant le thermomètre.

— J'admets que j'ai parfois des manies un peu pénibles pour les autres.

Le café s'écoule dans un cône de papier marron décoré d'un poisson, des surplus militaires de la Marine que Bryce commande par palettes. Je propose :

— Crème en poudre, sucre ? Ou le petit noir habituel ?

— Comme d'habitude. Rien n'a changé.

Elle me fixe et je détaille ce visage que j'aime, aux méplats marqués, aux lignes puissantes, plus étonnant que beau.

Je me souviens d'elle alors qu'elle n'était qu'une petite mademoiselle-je-sais-tout un peu grassouillette, trop intelligente pour son bien et dépourvue du boulon génétique qui code pour le respect des limites et des règles. Du jour où elle a su marcher, elle me suivait de pièce en pièce. Dès que je m'asseyais, elle s'installait sur mes genoux. Pour le plus grand déplaisir de sa mère, mon égoïste et lamentable sœur qui écrit des livres pour enfants mais ne manifeste aucun intérêt pour sa fille unique, ou d'ailleurs pour quiconque, seulement fascinée par les personnages qu'elle invente, qu'elle peut manipuler et faire disparaître. Je n'ai pas parlé depuis un bon moment à ma famille restée à Miami. Durant une fraction de seconde, j'en éprouve une certaine culpabilité. De cela aussi.

— Bryce nous commande des pizzas. Je pense que je vais en engloutir une entière.

Je pose un café et une serviette en papier devant Lucy qui peste :

— Ces gobelets sont vraiment nuls !

— Mais biodégradables.

— Juste ! D'ailleurs, ils commencent à se dégrader alors que tu es toujours en train de boire.

Je souris :

— Ils ne nuisent pas à l'écologie marine et sont invisibles depuis un satellite espion.

Lucy me scrute, ses bras toujours obstinément croisés.

— Mon conseil, tante Kay : mange une pizza entière et même davantage. Bryce répète à qui veut l'entendre que tu es devenue un vrai squelette.

— Vraiment ? Il m'a aperçue sur l'écran d'une caméra de sécurité il y a moins de cinq minutes. Assieds-toi, s'il te plaît. Nous devons discuter.

Je fais couler un second gobelet de café à l'arôme enivrant. Mon estomac désespérément vide proteste et je peux à peine croire que Marino m'a appelée à quatre heures ce matin, tant cela paraît déjà lointain. J'ai presque l'impression d'un mauvais rêve.

— Les pizzas n'ont pas encore été livrées, et elle peut attendre. Gail Shipton peut attendre, veux-je dire. En revanche, je m'inquiète bien plus de toi. Ce que j'entends me préoccupe, même si tu t'en moques. Je refuse que l'une d'entre nous soit compromise. Ni personne d'autre, d'ailleurs.

Elle me dévisage. Elle sait que je fais référence à Benton. Elle tire une chaise en plastique et relève :

— Compromise ?

Sans ambages, je souligne :

— Je ne veux rien apprendre qui soit illégal.

— Il n'y a rien à apprendre.

Mon gobelet de café à la main, je m'installe en face d'elle.

— Selon quelle définition ? J'ai une très vague idée de ce que tu as fait. Marino a compris que les mémoires du téléphone de Gail Shipton ont été effacées. Il me l'a dit et peut-être l'a-t-il confié à d'autres personnes.

Lucy plante son coude sur la table et appuie son menton contre sa paume. La petite table en plastique branle, ses pieds de guingois.

— Ce n'est pas le téléphone de Gail. Je devrais plutôt dire : *ce n'était pas*. De surcroît, ce qui lui est arrivé n'a rien à voir avec le fait qu'il s'agit d'un appareil tout à fait unique. Marino n'a pas à y avoir accès puisqu'il n'appartenait pas à Gail, répète-t-elle.

— À qui est-il ?

Elle enserre le gobelet de ses deux mains et admet :

— La technologie vient de moi, mais j'en suis arrivée au point où ça m'est égal.

— À t'entendre, on ne le croirait pas.

— Peu m'importait combien la technologie pouvait valoir puisque je voulais mettre un terme à ce partenariat. Il s'agit d'un des points dont Gail et moi avons discuté hier. Ce n'était pas la première fois, et le ton n'avait rien d'amical. Si elle gagnait son procès, elle me rachetait.

Surprise que Lucy puisse se montrer si naïve, je contre :

— On ne peut jamais être certain de gagner un procès. Les jurys sont parfois très imprévisibles. Les vices de procédure ne sont pas non plus une vue de l'esprit. Tout peut survenir.

— Elle était sûre qu'un arrangement à l'amiable interviendrait à la dernière minute.

— Je doute que Carin Hegel lui ait promis une telle chose.

— Très juste. Carin Hegel était prête pour l'audience et l'est toujours. Mais il n'y aura pas de procès.

— Ce serait en effet ardu puisque la plaignante est morte.

— Il n'y a pas d'affaire, tante Kay. Il n'y en a plus depuis un bon moment.

Déconcertée et stupéfaite par ce que ma nièce vient de me révéler, je demande :

— Carin Hegel est-elle au courant qu'il n'y a pas d'affaire, comme tu dis ?

D'un ton froid, dépourvu de passion, Lucy explique :

— J'allais le lui apprendre, dès que j'aurais pu le prouver, sous peu. Gail était certaine de pouvoir tirer pas mal d'argent de Double S. Son erreur a été de me le confier, tout en me promettant qu'elle me rachèterait. Je ne demandais pas beaucoup mais il fallait bien que je fixe une somme au risque de paraître louche sans cela. Il était important que je m'éloigne d'elle avec une précision chirurgicale et sans attirer l'attention. J'étais presque prête. Et maintenant, elle est morte.

— Heureusement que tu ne te trouvais pas en ville lorsqu'elle a disparu.

— Je suis convaincue qu'ils prétendraient que je suis mêlée à cela.

— À la façon dont tu en parles, ça fait peu de doutes.

Lucy est précédée d'une réputation que Marino ne connaît que trop bien. Il n'ignore pas non plus son histoire et ses capacités, dans le moindre savoureux détail. Elle n'a jamais blessé quiconque gratuitement, ou simplement pour régler un différend. Cependant, elle est capable de choses que d'autres éviteraient.

— Je n'étais pas dans les environs lorsqu'elle a disparu ou a été tuée, résume Lucy. Je venais juste d'atterrir à Dulles, pour rejoindre ensuite l'hôtel, facile à prouver.

— Tu n'as rien à me prouver.

— Tu t'inquiètes trop. Je n'aimais pas Gail. J'ai fini par n'éprouver aucun respect pour elle, mais je ne lui ai pas fait de mal. Bon, d'accord, j'aurais pu m'y résoudre.

— Lucy, tu ressembles de plus en plus à un témoin de la défense.

— Je ne voulais être témoin pour aucune des deux parties, mais dans une affaire telle que celle-ci, tout se résume à la manipulation et à beaucoup d'argent. Ils ont découvert que nous avions commencé à travailler ensemble sur un projet, et soudain j'ai reçu une assignation à déposer.

— Intéressant. Ce que tu fais n'est pas exactement grand public. Même moi, je n'étais pas informée de ta relation avec Gail Shipton, qu'elle soit professionnelle ou autre. Comment s'est débrouillé l'avocat de Double S pour la découvrir ?

— C'est le rôle des avocats. Découvrir des trucs.

— Quelqu'un a bien dû leur donner des informations, je rétorque. Se pourrait-il que Gail Shipton ait lâché quelque chose par inadvertance ?

Ma nièce me détrompe :

— Non. Au contraire, il s'agissait d'une tactique délibérée de sa part.

— Et qu'espérait Double S venant de toi ?

— Devenir mes bons amis.

— Je suis sérieuse, Lucy.

— Mais moi aussi.

La fureur l'a rendue inflexible. Elle n'éprouve aucune difficulté à détester si elle juge que c'est mérité. Lorsqu'elle fait confiance à quelqu'un, elle ira jusqu'au bout du monde pour l'aider. Au contraire, lorsqu'elle décide que les limites ont été franchies, rien ne l'arrêtera avant l'annihilation de la personne qui lui a porté tort. Elle ne peut agir autrement, incapable de s'en prendre au principal responsable, sa mère, qui jouit d'une immunité absolue. Lucy ne fera jamais de mal à la femme qui l'a le plus saccagée, ma sœur incapable d'amour, ingrate, qui mord la main qui la nourrit sans même une mise en garde ou une provocation. J'ai assisté au même syndrome durant des années et ça me rend folle. Dorothy continue de commettre ses actes de cruauté mesquine parce qu'ils lui apportent du plaisir.

Lucy poursuit :

— On m'a posé beaucoup de questions personnelles lorsque j'ai fait ma déposition, concernant mon travail dans l'informatique, mes années dans les forces de l'ordre, pourquoi j'avais quitté le FBI et l'ATF, ce que je recherchais dans la vie. Les avocats se sont montrés charmants avec moi, ils sont même allés jusqu'à plaisanter. J'ai marché dans leur plan parce que je sentais ce qui se passait véritablement.

— Carin Hegel se doutait-elle de quelque chose ?

— Des enfoirés manipulateurs, selon elle.

— Peut-être espéraient-ils te récupérer de leur côté, contre Gail.

— C'est la conclusion de Carin.

Je demande à Lucy pourquoi elle a, un jour, fait confiance à Gail Shipton, puisque cet état de grâce ne semble pas avoir duré longtemps.

— Au début, j'ai pensé qu'elle faisait partie de ces gens très intelligents qui se débrouillent comme des manches dans le business et se font avoir. Elle frayait avec les mauvaises personnes, un truc que je ne parvenais pas à comprendre. J'avais fini par me dire que c'était un de ces petits génies de la technologie avec une intuition archi-nulle, quelqu'un d'extraordinairement naïf au sujet du monde dans lequel nous vivons. Si tu cherches vraiment, les histoires qui courent au sujet de Double S devraient t'interpeller, bien qu'ils doivent avoir un chargé de relations publiques qui travaille à plein temps pour s'assurer que toutes les remontées négatives disparaissent. Je les soupçonne même de payer des rédacteurs en free-lance pour écrire du baratin élogieux.

— Tu soupçonnes, ou tu sais ?

— Je n'ai pas de preuves, mais ça tombe sous le sens.

Lambant et Associés, les employeurs de Haley Swanson, me reviennent en mémoire. Lucy reprend :

— Gail n'a pas fait de recherches approfondies avant de leur confier sa fortune, environ cinquante millions de dollars, qu'ils ont prétendu avoir perdus à la suite de mauvais investissements. Contrairement à d'autres anciens clients, elle a décidé de se battre. Gail n'était pas du genre courageux et elle fuyait la confrontation. Pourtant, elle ne s'est pas dégonflée, à l'inverse de tous les autres. Il convient de se demander pourquoi.

Lucy s'anime au fur et à mesure qu'elle parle. Ses mains accompagnent ses paroles, la lumière se réfléchit sur la chevalière en or rose qu'elle porte à l'index gauche. Trop grande, la bague est gravée d'un aigle et d'un paysage. De ce que j'ai compris, il s'agit d'un bijou qui se trouve dans la famille de Janet, sa compagne, depuis plus d'un siècle. Je demande :

— Depuis quand Gail Shipton avait-elle rejoint Double S ?

— Depuis sa première année de fac. Elle a toujours travaillé, dès l'enfance. Pas juste en Recherche et Développement mais sur la programmation de base, en ingénierie et sur la conception de banques de données. Double S l'avait engagée il y a deux ans et demi pour mettre au point un nouveau système de gestion de données. C'est ainsi que tout a commencé. Au cours de leur collaboration, ils sont parvenus à la convaincre de leur confier son argent, sans grande difficulté. Elle les a ensuite virés pour engager Carin Hegel.

Elle secoue la table, cherchant quel pied pose problème.

— Et ils ont perdu cinquante millions de dollars aussi vite ?

— Presque l'intégralité de la somme. Carin n'a pas exigé un pourcentage des dommages éventuellement obtenus en règlement de ses honoraires. Bref, elle s'est fait payer immédiatement. Il convient donc de s'interroger aussi à ce sujet : comment quelqu'un qui a presque tout perdu peut-il s'offrir ce genre de frais légaux ? C'est sans doute possible au début, mais ça ne dure pas longtemps. Au moment où nous parlons, les honoraires en question atteignent déjà plusieurs millions…

Lucy plie sa serviette en un petit carré et se penche pour glisser celui-ci sous le pied exaspérant.

— … T'est-il déjà venu à l'esprit que dans le monde du crime en col blanc, la technologie est une marchandise de grande valeur ? Le drone, par exemple. Imagine ce que deviendraient des outils de surveillance aussi sophistiqués s'ils tombaient entre de mauvaises mains ?

— Je ne peux pas encore l'affirmer, mais je pense que Gail a été assassinée. Tu t'en doutais certainement, mais je veux m'assurer que tu comprends qu'elle a très probablement été ciblée puis enlevée.

Lucy remue la table, un peu moins branlante.

— Dommage que je n'aie pas activé la caméra vidéo au bon moment, déclare-t-elle comme s'il s'agissait de la chose qui lui importe le plus.

Malgré son calme apparent, je la sens bouleversée. Je me souviens brusquement que je porte toujours ma veste, l'enlève et la plie sur mes genoux.

— Tu pouvais contrôler son téléphone à distance ?

Le regard vert de ma nièce étincelle, et elle ironise :

— Son téléphone ? La configuration de la puce, les capacités de la caméra, la connectivité, les bandes de fréquences de fonctionnement, tout est de moi. J'ai les spécifications techniques, les factures et les copyrights pour le prouver.

Je bois avec soulagement mon café. Le breuvage me réchauffe la gorge. J'ai l'impression qu'il fluidifie mon sang.

— Dans ce cas, que pouvait offrir Gail ?

— Les subsystèmes multimédias, des paquets de données, des fibres optiques avec vitesse de transfert en amont à peu près dix fois plus élevée que ce que l'on peut faire aujourd'hui, des moteurs de recherche qui fonctionnent à l'intention, pas juste aux mots-clés. Bref, tous les trucs qui m'intéressent véritablement et sur lesquels je travaille. Ses promesses m'ont alléchée, après deux verres.

— Je vois. Néanmoins, on dirait que peu après, elle s'est révélée parfaitement inutile.

— Pas inutile mais faible. Ensuite, elle a retourné sa veste. Je me suis efforcée de ne pas laisser paraître que j'en étais consciente. J'ai obtenu une application particulière. Je lui concède qu'elle a eu des idées très ingénieuses à ce sujet. Et puis, d'autres foutues idées lui sont venues, du genre très inquiétant.

La remarque de Benton au sujet du logiciel biométrique et de son utilisation possible avec des drones me revient.

— Tu l'as donc rencontrée par hasard ? Depuis quand fais-tu confiance à des étrangers ?

Lucy avale une gorgée de café qui lui tire une grimace.

— Il y a environ huit mois. Ce Kenya ressemble à du jus de chaussettes. Pourquoi faut-il que Bryce soit aussi radin ? Janet et moi l'avons rencontrée au Psi Bar et nous avons commencé à discuter. On bavarde souvent avec des gens du MIT. Après tout, ils font partie des individus avec lesquels je me sens le mieux.

— Et vous avez décidé de travailler ensemble ?

La caféine estompe les vestiges de la migraine qui ne m'a pas quittée depuis que Marino m'a réveillée. Je me rends compte que j'ai un impérieux besoin d'une grosse dose de café et repousse ma chaise.

Lucy joue avec son gobelet minable, lui faisant effectuer de lents cercles sur la table.

— Je ne sais pas pourquoi. Parfois, je me montre stupide, tante Kay.

— Tu n'es jamais stupide, et nous avons tous fait confiance à des êtres dont nous aurions dû nous méfier.

— J'ai d'abord éprouvé de la pitié pour elle parce qu'elle nous a raconté une histoire affreuse, son enfance très pauvre en Californie, avec un père alcoolique qui s'est suicidé lorsqu'elle avait dix ans. Sa mère atteinte d'un Alzheimer précoce dont une de ses sœurs, handicapée mentale, s'occupe. Et voilà qu'ensuite Gail fait confiance à des gens pour qu'ils s'occupent de ce qu'elle possède, et tout son argent se volatilise.

Je me lève pour me resservir un café médiocre. Pour l'instant, il me semble merveilleux. Ma nièce poursuit :

— J'ai pensé que ses compétences pouvaient être utiles. Malheureusement, je me suis basée sur le fait qu'adolescente, elle avait gagné beaucoup d'argent grâce à des applications pour téléphone vraiment cool.

— Tu as senti un lien avec elle parce que cela te rappelait ton enfance. Une gamine, une enfant prodige, qui devient soudain terriblement riche et dont tout le monde tente de tirer avantage, notamment ta propre mère, absente avant que tu gagnes beaucoup d'argent. Tu l'entretiens et plus tu en fais, pire elle devient.

— Qui ? Ma mère ? demande Lucy, sarcastique.

— L'absence d'amour est un endroit très solitaire.

— Elle sort avec un riche Vénézuélien de deux fois son âge. T'en avais-je parlé ? Lucio je-ne-sais-plus-quoi, qui possède beaucoup de biens immobiliers à Miami, South Beach, Golden Beach, Bal Harbour. Il a animé une émission de télé lorsqu'il était jeune, il vient de se faire poser un anneau gastrique pour être beau et faire plaisir à sa nouvelle *mujer fatal*. Elle nous appelle tous les deux *Luce*... un peu ennuyeux.

— Une vraie plaie que d'avoir ma sœur pour mère !

Lucy en a gardé une vulnérabilité dont je pense qu'elle ne guérira jamais. Elle accorde sa confiance sans réticence et lorsqu'elle est blessée, elle se met en chasse de l'ennemi avec une énergie époustouflante.

— Il faut dire que ses droits d'auteur ne lui rapportent plus grand-chose après qu'elle a mis en scène un vampire dans son avant-dernier livre pour enfants et plus récemment un gamin doté de pouvoirs magiques qui ne cesse de réciter des sorts en rimes bien lourdingues.

— Je ne les ai pas lus.

— Si je le fais, c'est juste par autodéfense. Elle devrait écrire son autobiographie. *Cinquante nuances de Dorothy*. Je suis sûre que ça se vendrait.

— Un de ces jours, il faudra que tu décides de ne plus la haïr.

— Je pense que mamie devient vraiment vieille.

— Ma mère est vieille depuis un bon moment.

— Je parle sérieusement. Elle ne devrait plus conduire. Elle va au supermarché avec cet énorme sac à main Chanel blanc, un truc dont ma mère ne voulait plus. Ensuite, elle ne peut plus retrouver sa voiture. Elle arpente le parking en poussant son chariot et en appuyant sur la commande d'ouverture jusqu'à ce que des clignotants s'allument. C'est un miracle qu'elle ne se soit pas encore fait agresser.

— Je dois l'appeler.

— Dans ce genre de cas, le verbe *devoir* n'est pas une bonne chose. J'espère que tu n'y as jamais recours lorsque tu parles de moi, murmure Lucy.

Chapitre 25

Je remplis la carafe filtrante au robinet de l'évier en acier inoxydable et explique :

— Si je l'appelle, elle va m'expliquer à quel point elle se sent mal et me balancer que je suis une fille affreuse. Bref, une répétition de ce qui s'est passé ce week-end, juste après mon retour.

— Était-elle au courant de ce que tu faisais dans le Connecticut ?

— Elle l'a vu aux informations.

Je n'ai pas l'intention de m'étendre sur les propos qu'a tenus ma mère à ce sujet. Elle me rendait presque responsable, tout en se lamentant sur le fait que je n'avais jamais sauvé de vie, insinuant que je devrais travailler aux pompes funèbres. En effet, une répétition. Je verse l'eau dans le réservoir de la cafetière Keurig.

— Dis-m'en davantage au sujet de ton travail avec Gail.

— Tout ce qu'elle était censée faire à cette étape consistait à tester nos avancées en laboratoire. Ça a traîné pour une excellente raison. Des mois et des mois de prétendues vérifications alors qu'elle était en train de copier secrètement les applications, d'ajouter des modifications que je n'aurais jamais permises. Elle pensait que je ne m'en apercevrais pas…

Ma nièce avale une gorgée de café et se laisse aller contre le dossier de sa chaise avant de poursuivre :

— … Sa programmation est maintenant réduite à néant. Personne ne doit détenir un truc de ce genre.

— Ils y parviendront d'une manière ou d'une autre. Si tu fais allusion aux technologies biométriques, notamment aux logiciels de reconnaissance faciale utilisés par les drones domestiques, tu ne pourras pas arrêter le développement de ces inquiétants progrès.

— Peut-être, mais je ne serai pas non plus à l'origine de la pullulation d'yeux digitaux au-dessus de nos têtes qui prennent pour cible nos concitoyens, nos forces de l'ordre ou nos politiciens. Le problème, c'est qu'il n'y aura pas que notre gouvernement sur le coup. Imagine un peu, si des criminels parvenaient à mettre la main sur la technologie de surveillance par drones. Un truc assez petit pour voler à travers une fenêtre ouverte ou faire du surplace à trois cents mètres d'altitude pour déterminer où vit ta cible, ou pour suivre des gens au volant ou orchestrer un gros braquage de banque, un cambriolage ou un assassinat. Je préfère inventer des moyens de combattre de tels cauchemars. Au fait, et ce jeune dont Benton t'a parlé, cet adolescent qui a disparu il y a dix-sept ans ?

Je demeure coite.

— Tu n'as pas à me répondre. Je sais que Benton a dû te mettre au courant. Il est souhaitable qu'il en discute avec quelqu'un en qui il a confiance en dehors de moi. Les choses se présentent mal en ce moment pour lui au FBI.

— Oui, je sais.

— Simulation de vieillissement, reconnaissance faciale. Pour faire court, Martin Lagos ne se trouve dans aucune des banques de données de cette fichue planète, tante Kay. En d'autres termes, l'idée selon laquelle il serait soudain devenu un tueur en série qui sème son ADN… Eh bien, je ne veux même pas en discuter. Je peux lancer une recherche de cet ordre depuis mon Smartphone.

— Est-il identique à celui que détenait Gail Shipton, celui que Marino a récupéré ?

Lucy le décroche de la ceinture de sa combinaison de vol et le dépose sur la table. Ça ressemble comme deux gouttes d'eau à un Smartphone classique, à l'exception toutefois de la coque qui le protège.

— Parfaitement normal, explique ma nièce. Juste un téléphone équipé d'applications banales.

Je récupère ma deuxième tasse de café dès que la Keurig a cessé de crachoter et observe :

— En apparence du moins.

— Impossible de déceler ce qui mouline derrière. Le truc intéressant.

— Le truc dangereux ?

— C'est vrai de toutes choses, tout dépend de l'utilisation que l'on en fait. Je possède l'adresse IP de l'appareil que Gail utilisait. Je pouvais donc contourner ses piètres tentatives pour le sécuriser. Tout ce qui se trouvait dans les mémoires filait directement sur mon Smartphone, ma tablette, mon ordinateur, si bien que lorsqu'elle modifiait un programme que j'avais développé avec elle, je pouvais suivre chacune des touches qu'elle enfonçait.

Je rejoins ma chaise et traduis :

— Tu ne lui faisais pas du tout confiance.

— Certainement pas ! La confiance s'est tarie à peu près au moment où j'ai été assignée.

D'où je suis assise, je jouis d'une vue imprenable sur le SUV massif, noir mat, de Lucy, sorte de bombardier furtif sur roues bénéficiant de l'ultra-luxe d'un avion privé. J'ai tant de questions à poser à ma nièce :

— Te faisait-elle confiance ?

— Je ne lui ai jamais donné de raisons de se méfier de moi.

— Mais tu as cessé de lui accorder la tienne l'été dernier. Pourtant, tu n'as pas mis un terme à votre collaboration.

— J'avais l'intention de le faire très vite.

— Ce qui s'est passé avec elle justifierait-il que tu conduises maintenant un véhicule blindé ?

Elle lance un regard aimant à son SUV, regard qu'elle destinerait à un enfant ou un animal.

— Je ne l'ai pas acheté pour une raison particulière.

— Qui as-tu exaspéré, si l'on exclut les éleveurs de porcs, Lucy ?

L'idée semble l'amuser et elle énumère :

— Al-Qaïda ne m'aime pas. Les Aryens non plus. Les homophobes, les phallocrates, les partisans de la loi sur la défense du mariage, les djihadistes, et je parierais que dans peu de temps, Double S ne voudra plus être mon meilleur ami. Et, en effet, s'ajoute à cela une longue liste de porchers et, plus récemment, une ferme qui produit du foie gras dans l'État de New York. Ce trou à rats aurait dû être brûlé et réduit en cendres, du moins si les oies avaient pu s'enfuir avant. Et puisqu'on est en train d'établir cet inventaire, admettons que Marino n'est probablement pas très content de moi en ce moment. Une jalousie de propriétaires de SUV, peut-être. Sa nouvelle voiture de po-li-ce est un V6, surtout du plastique, balance-t-elle d'un ton cynique et coléreux.

— Que sait-il au juste ?

— Au juste ? Rien, et je n'ai aucune intention de lui expliquer quoi que ce soit. Il n'a pas la moindre idée que je le surveillais en temps réel, au moment même où il ramassait le téléphone de Gail derrière le Psi Bar. Il n'a pas le plus petit indice de ce qui s'est passé et il n'en aura jamais, n'est-ce pas ?

— Rien ne sortira de ma bouche. Cependant, ça devrait venir de toi.

Elle lâche d'un ton cassant :

— Ça ne doit venir de personne. Nous avons un Marino qui joue aux gendarmes et aux voleurs après s'être senti réduit à la fonction de larbin durant des années.

— J'espère que tu ne l'as pas évoqué en ces termes avec lui.

— Lorsque j'ai compris que Gail avait disparu…

— Quand cela au juste ? Je t'ai envoyé un premier texto aux environs de cinq heures trente, alors que Marino nous conduisait à Briggs Field. Quand as-tu songé à pénétrer dans son téléphone ?

Je suis consciente de la soumettre à un interrogatoire et ne tente même pas de le déguiser. Confirmant ce que Benton m'a révélé, elle explique :

— À minuit, lorsque mes moteurs de recherche m'ont alertée qu'un post venait d'atterrir sur le site Web de la chaîne Cinq. J'ai immédiatement repéré la localisation

GPS de son appareil, le Psi Bar, que j'ai appelé pour m'entendre répondre qu'elle en était partie au moins six heures auparavant. J'ai aussitôt compris que les choses se présentaient mal, et activé la caméra vidéo pour la laisser en mode auto. Elle est équipée d'un zoom à détection de mouvement avec un dôme ultra-rapide à fonction panoramique qui pouvait enregistrer ce qui se passait jusqu'à ce que j'arrive sur les lieux.

— Tu avais donc l'intention de récupérer le téléphone dès ton retour à Boston.

— Oui.

— Mais Marino est arrivé le premier.

Lucy semble plus en colère contre elle-même qu'autre chose et admet :

— J'ai vu ce qu'il faisait. Je regrette vraiment de ne pas avoir pensé à allumer la caméra vidéo lorsque je lui ai parlé hier, tard dans l'après-midi. Toutefois, je n'avais aucune raison de soupçonner que quelque chose allait dérailler.

Elle se lève et jette son café dans l'évier avant de se retourner vers moi, appuyant ses reins contre le rebord :

— Si j'avais eu la moindre raison de m'inquiéter, j'aurais regardé. J'aurais vu Gail, ce qui a pu lui arriver une fois à l'extérieur du bar. Je suis certaine qu'il s'est agi d'une attaque éclair. Si elle avait eu une ou deux secondes pour réagir, elle aurait activé elle-même la caméra. Tout ce que l'appareil aurait enregistré serait arrivé en streaming directement sur mon téléphone. De plus, les appareils sont équipés de l'application une touche ICE, l'acronyme pour *en cas d'urgence*. Elle n'avait qu'à appuyer sur l'icône d'écran, ce qu'elle n'a pas fait. C'était extrêmement simple, mais elle n'y a pas pensé.

J'espère l'encourager à me dire ce qu'elle sait et déclare :

— Après la conversation que tu as eue avec Gail, elle a appelé Carin Hegel, mais la communication a été interrompue.

Lucy fait tomber son gobelet dans la poubelle avant de revenir s'asseoir. Elle précise :

— Après les vingt-quatre secondes.

— Voilà la partie que je ne saisis pas. On pourrait s'attendre à ce que Gail dise quelque chose, indique qu'une personne s'approchait d'elle, que peut-être elle était interrompue ou surprise. Si l'on en croit Carin, l'appel s'est perdu. Elle a continué à parler sans s'apercevoir que Gail n'était plus à l'autre bout de la ligne.

Lucy récupère son téléphone posé sur la table et rectifie :

— Non, l'appel ne s'est ni interrompu ni perdu. La communication s'est poursuivie jusqu'à ce que Carin y mette un terme. Le téléphone n'était alors plus entre les mains de Gail.

Ma nièce tape un mot de passe sur l'écran.

— Mais comment est-ce possible sans que Carin Hegel entende quoi que ce soit ? Une protestation, un hurlement, des gens qui parlent ou se disputent ?

Lucy ouvre un fichier audio.

Les intonations familières de l'avocate résonnent sur l'enregistrement que Lucy a dû réaliser secrètement.

« Carin Hegel…

— Salut. Quelque chose d'autre est survenu depuis que je vous ai vue ? Laissez-moi deviner. Ils ont encore avancé vingt motions pour nous faire perdre notre temps et gonfler ma facture d'honoraires. »

La voix de Gail Shipton est agréablement modulée, un peu aiguë, et assez adolescente.

Je ne détecte pas la colère sourde que l'on pourrait attendre en pareille circonstance. Elle aurait dû détester Double S, leur en vouloir, être stressée, d'autant qu'ils lui occasionnaient délibérément un surcroît de dépenses. Je demande à Lucy, qui s'exécute :

— Repasse ça, s'il te plaît.

Gail Shipton semble beaucoup trop calme. Une note d'artificialité dans son ton me surprend, celle d'un acteur de seconde zone qui récite une tirade platement. Je le remarque d'autant plus que je recherche n'importe quoi qui me semble incohérent. Lucy fait repartir l'enregistrement.

« Carin Hegel…

— Salut. Quelque chose d'autre est survenu depuis que je vous ai vue ? Laissez-moi deviner. Ils ont encore avancé vingt motions pour nous faire perdre notre temps et gonfler ma facture d'honoraires.

— Malheureusement, vous n'avez pas complètement tort, dit Hegel.

— Je suis au Psi Bar. Dehors, mais c'est aussi bruyant ici, déclare Gail Shipton. Pardon ? Je peux vous aider ?

— Je voulais vous informer au sujet de votre dernière facture arrivée sur mon bureau », poursuit la voix enregistrée de Hegel.

Une pause, aucune réponse.

« Il s'agit d'une somme considérable, comme vous pouvez vous y attendre puisque nous approchons de l'audience. »

Une autre pause.

« Gail ? Vous m'entendez ? Merde, résonne la voix impatiente de l'avocate. Bon, je raccroche et je vous rappelle. »

— Ce qu'elle fit, m'informe Lucy. Mais Gail n'a jamais répondu.

Elle nous repasse la première partie de l'enregistrement.

« Pardon ? Je peux vous aider ? » demande la voix de Gail.

Lucy repasse à nouveau le même extrait. Elle augmente le volume et affirme :

— Elle ne parle pas à Carin.

« Pardon ? Je peux vous aider ? »

Je tends l'oreille, cherchant à identifier les arrière-sons. Je perçois la musique lointaine qui parvient du bar. En revanche, je ne pourrais affirmer que Gail Shipton parle à quelqu'un sur le parking. Je n'entends rien d'autre que les faibles échos d'une musique new age, ce que diffuse le plus souvent le Psi Bar. Du moins lorsque je m'y rends.

— Depuis quand enregistres-tu les conversations téléphoniques de Gail ?

— C'est super simple lorsqu'elle utilise l'appareil que j'ai mis au point. Écoute cela, maintenant. J'ai nettoyé les bruits de fond et augmenté les sons qui m'intéressaient. Je me suis calée sur l'horaire et la séquence du moment où cela été capté. C'est-à-dire avant que Gail n'appelle Carin.

Elle fait défiler un enregistrement amélioré, plus précoce. Je perçois le son caractéristique d'un moteur de voiture qui tourne au ralenti. Puis quelque chose d'autre me parvient. J'entends ma nièce, sa voix enregistrée :

— … Nous en jetterons les bases quand je rentrerai de Washington. Le moment est mal choisi pour créer un nouveau problème, surtout avec le procès qui approche, même si tu penses que l'action en justice s'arrêtera avant. Il ne faut surtout pas que l'on puisse croire à un désaccord entre nous.

— Et pourquoi y aurait-il un problème ? Ils vont négocier. Ne t'inquiète pas, tout se réglera au mieux, déclare Gail d'un ton charmant, qui sonne faux.

Puis j'entends autre chose. Un bruit de moteur. Une voiture ronronnant doucement dans l'obscurité, derrière le bar. Si Gail s'en est rendu compte, ça n'a pas semblé l'inquiéter, ni même la rendre nerveuse.

Chapitre 26

Ma nièce précise :

— Un V8. Bonne puissance, quatre cents chevaux sans doute, un assez gros SUV ou une belle berline…

Des Goodyear adaptés aux terrains boueux, qui équipent en général les pick-up ou les tout-terrain, a relaté Benton. Quelqu'un qui aime les activités ou les sports extrêmes n'hésite pas à fracturer l'arrière d'un pick-up ou à traverser un terrain de golf.

— … Pas une voiture haute performance, nous n'obtiendrions pas ce type de son. Mais on l'entend durant toute notre conversation, ce qui signifie que le véhicule se trouvait déjà là lorsqu'elle est sortie du bar pour prendre mon appel. Elle n'y prête aucune attention, elle semble à peine consciente de sa présence jusqu'à ceci…

Lucy ouvre un dossier, passant la plage audio déjà entendue.

« Pardon ? Je peux vous aider ? »

— Elle ne s'adresse pas à Carin, mais à quelqu'un d'autre. C'est évident. Sa voix change. Certes, il s'agit d'un changement subtil. Pourtant, on sent vraiment que quelqu'un s'est approché d'elle, avec l'intention de lui parler, un individu d'allure calme, non menaçant.

Je résume :

— Donc, cet individu s'approche alors qu'elle discute au téléphone. Il n'hésite pas à l'interrompre, et elle ne semble ni alarmée ni sur ses gardes.

— Mais pas non plus amicale. Je ne pense pas qu'elle le connaissait, mais en tout cas il ne l'effrayait pas. Elle s'adresse à lui poliment, à l'évidence sans se sentir menacée. Et puis, il y a cet autre truc… si j'amplifie l'arrière-son au début de la conversation avec Carin… J'ai tout isolé, à l'exception de la voiture.

Ma nièce nous passe un nouvel extrait sur lequel je perçois très nettement le ronronnement d'un moteur. Rien d'autre, hormis ce son bas et régulier qui évoque un véhicule à essence de grande taille, en stationnement, moteur tournant.

Ma nièce indique :

— Et donc, à ce moment-là, elle s'adresse à quelqu'un.

« Pardon ? Je peux vous aider ? »

— En revanche, ce que tu n'entends pas, c'est une portière se refermer, reprend Lucy. L'individu qui se trouvait sur le parking est sorti de son véhicule et s'est approché de Gail, mais il a laissé sa portière ouverte. Du moins ne l'a-t-il pas complètement refermée, sans quoi nous l'entendrions sur cet enregistrement. Il n'existe aucune fluctuation des sons. Il est aussi silencieux qu'un chat et elle ne paraît absolument pas surprise, juste intriguée mais sereine.

Lucy repasse l'extrait sonore.

« Pardon ? Je peux vous aider ? »

— Il s'agit donc de quelqu'un qui n'inspire aucune méfiance, je constate.

Habillé d'une manière passe-partout, utilisant une technique d'approche impeccable. Une stratégie sans doute répétée qui a parfaitement fonctionné dans au moins trois autres meurtres. Sans doute aussi en maintes autres occasions, lorsque la cible traquée n'a eu aucune idée qu'elle venait d'échapper au pire. Ce type de criminels se délecte d'essais à blanc. Ils s'approchent et rencontrent de potentielles victimes. Ils jouissent de leurs fantasmes jusqu'à ce qu'ils consomment finalement en enlevant et en tuant l'une de leurs proies.

Lucy me dévisage d'un regard intense et demande :

— Tu penses que sa mort n'est pas un cas isolé. Est-ce aussi ce que croit Benton après avoir observé la scène de crime de Briggs Field ? Tu as examiné Gail là-bas. A-t-elle été assassinée, t'es-tu forgé une conviction ? Ce qui lui est arrivé t'évoque-t-il quelque chose ? Ou alors à Benton ?

— Qui d'autre aurait pu avoir connaissance des capacités de l'appareil, de la technologie sur laquelle Gail et toi aviez travaillé ?

Lucy m'épingle toujours de son regard vert et répond en désignant le téléphone posé sur la table :

— La personne qui l'a attaquée n'en avait pas la moindre idée. Aucune relation avec ce qui lui est arrivé, je suis catégorique. T'attaquerais-tu à quelqu'un équipé d'un tel Smartphone, si tu étais au courant ?

— Si j'étais au courant, je m'appliquerais à la prudence. Je m'inquiéterais d'être enregistrée.

— Par ailleurs, si le but était de voler la technologie, le téléphone n'aurait pas été abandonné sur le parking. L'individu qui l'a entraînée je ne sais où ne s'y intéressait pas, n'avait pas idée qu'il s'agissait d'un téléphone drone.

— Je ne sais pas trop ce que tu entends par là.

— Il s'agit uniquement d'un appareil robotisé, ultra-maniable. Il ne constitue pas une preuve dans cette affaire.

— Marino a décidé du contraire, Lucy.

— Marino est un connard.

— Il s'avère quand même que tu as subrepticement effectué des enregistrements…

— Parce que je ne pouvais pas faire confiance à Gail et que j'essayais de trouver le fin mot de cette histoire. J'y étais presque.

— Et à ce stade, Marino n'a plus confiance en toi, sentiment réciproque. Je ne veux pas que tu aies des problèmes avec lui.

— Il ne peut rien prouver. J'ai vu tout ce qu'il faisait. Lorsqu'il est enfin parvenu à contourner intelligemment le mot de passe avec l'analyseur que j'avais programmé et dont je lui avais appris à se servir, j'avais déjà dix longueurs d'avance sur lui. Je le surveillais, mais il ne pouvait rien voir sans que je l'aie décidé.

— Il affirme que les applications, les mails, les messages vocaux qui se trouvaient sur le téléphone lors de sa première consultation ont disparu.

— Dès qu'il l'a eu en main, je devais prendre certaines précautions, tante Kay.

— Je doute qu'il te fasse des faveurs, qu'il te fiche la paix. Je crains même l'opposé. Il va vouloir montrer à tout le monde qu'il n'a pas de chouchou et que le passé est mort.

— Le téléphone peut être expédié à la CIA, je m'en fiche. Personne ne peut rien prouver. Et je n'ai plus à m'inquiéter que les merdes malsaines qu'inventait Gail atterrissent en de mauvaises mains. Plus maintenant.

— Des merdes malsaines pouvant constituer le mobile d'un meurtre ?

— Certainement pas. L'individu qui l'a tuée n'a pas compris l'importance de l'appareil qu'elle avait en main. À ses yeux, il s'agissait juste d'un téléphone.

Lucy lève le regard vers moi et derrière son indignation, je perçois de la déception et de la peine.

— Gail n'était pas quelqu'un de bien, tante Kay. Elle a vraiment essayé de m'entuber. Elle a aussi essayé d'entuber Carin. Au bout du compte, Gail se foutait de tout le monde sauf d'elle. Il n'y avait plus rien en elle. Et je ne parle pas de l'argent.

Je demande assez candidement :

— C'est quoi exactement, un téléphone drone ?

La sonnerie de la baie se déclenche soudain, puissante et irritante.

— Dans mon idée, ça devait être réservé à un usage domestique afin d'aider les gens, explique ma nièce. Ça pouvait sauver des vies humaines. Imagine un peu : être capable de contrôler des drones avec ton téléphone, bien sûr pas des appareils militaires sans pilote, plutôt des petits. Ça peut permettre des vues aériennes de propriétés, d'événements sportifs, offrir un moyen simple de suivre les flux de voitures sur les autoroutes ou les modifications de la météo, servir à des recherches sur la vie sauvage, bref, des activités qui ne sont pas dépourvues de risque pour des pilotes.

Elle s'anime au fur et à mesure qu'elle évoque ce qui lui apporte tant de joie, des inventions, des machines qu'elle trouve plus envoûtantes qu'un coucher de soleil ou un orage.

L'humeur de ma nièce s'assombrit à nouveau lorsqu'elle avoue :

— C'était mon but. Mais Gail a pris une mauvaise direction, ou alors peut-être était-ce son intention dès le début. Des photos de paparazzi, des viols d'intimité. La chasse. La chasse aux animaux et aux humains. L'espionnage. Des agressions commises par des civils animés d'intentions inacceptables.

Je regarde le rideau métallique de la baie se soulever du sol. La lumière qui pénètre par le mince interstice n'est plus aussi éclatante que tout à l'heure.

La voix de Lucy s'est faite dure et impitoyable comme elle dénonce :

— Quelque chose lui est arrivé. Peut-être avant que nous nous rencontrions, mais ça a fini par la posséder tout entière. C'est une absolue certitude pour moi. Je l'aurais aidée si elle me l'avait demandé, mais au lieu de cela, elle a tenté de me faire du mal.

L'air glacial et humide de cette fin de matinée s'infiltre jusqu'à nous. La sonnerie de mon téléphone retentit et je vérifie qui m'appelle. Les bureaux du médecin expert en chef du Maryland, le Dr Henri Venter. Je prends la communication.

— Le signal est très médiocre ici, Henri. Puis-je vous rappeler d'une ligne fixe ?

Je me lève et m'approche du téléphone scellé sur le mur, non loin de la desserte à café improvisée.

— Comment allez-vous, Henri ?

— Je me démène tel un beau diable pour obtenir des crédits. Entre la grippe et les fêtes, mon personnel est amputé de moitié, et ils nous ont envoyé le mauvais filtre HEPA dans la dernière grosse commande qui vient d'arriver. À part ça, je vais bien. Que puis-je pour vous, Kay ?

Je commence par lui expliquer que nous nous retrouvons avec une situation très délicate concernant des prélèvements ADN provenant de trois affaires survenues à Washington. Il semble que nous soyons confrontés à un homicide en relation, perpétré à Cambridge, celui-là. Le Meurtrier Capital pourrait avoir rejoint le Massachusetts. J'ajoute d'un ton implicite :

— Inutile de vous préciser que tout ceci est extrêmement confidentiel, et à plusieurs niveaux. Il n'est pas exclu que nous ayons un problème avec les fédéraux.

— Oui, j'ai vu aux informations qu'on avait découvert un corps au MIT. Nous n'avons pas eu d'autres détails. Je suppose que sa tête était recouverte d'un sac en plastique provenant d'une boutique d'arts du bain ? Avec du ruban adhésif ornemental ?

— Ni sac ni ruban, mais elle était enveloppée d'un tissu blanc assez inhabituel et l'asphyxie fait partie des causes possibles que je retiens.

Le Dr Venter est aussitôt intéressé et réplique :

— Voilà qui est intrigant. En effet, en ce qui concerne le cas que nous avons vu passer, Julianne Goulet, je pense qu'elle a été suffoquée mais pas nécessairement avec le sac en plastique entouré autour de son cou par l'adhésif. Les artefacts *post mortem* m'ont assez dérouté. J'ai retrouvé des fibres bleuâtres dans les voies respiratoires supérieures et les poumons. Je me suis demandé s'il ne l'avait pas enveloppée dans une sorte de tissu.

— Du Lycra.

— En effet.

Je suggère ce que je pense réel :

— Alors qu'elle se débattait avec l'énergie du désespoir afin de respirer, elle a inhalé des fibres et griffé le tissu, expliquant qu'on retrouve les mêmes fibres bleuâtres sous ses ongles ?

— Précisément. Kay, selon moi, le sac en plastique et le ruban adhésif ont été ajoutés après les faits, une sorte d'ornement macabre. Tout comme, d'ailleurs, le tissu blanc et la manière dont le corps était disposé. Certes, il ne s'agit que de mon opinion.

— Henri, lorsque nous aurons réalisé notre analyse ADN, j'aimerais la comparer avec vos résultats initiaux obtenus dans l'affaire Goulet. Pas avec ce qui se trouve dans le CODIS. Pour être parfaitement claire, je ne veux pas comparer une quelconque empreinte ADN réalisée par nos soins avec ce qui est stocké dans le CODIS aujourd'hui.

— *Aujourd'hui* ?

— Je ne mets pas en cause l'intégrité du CODIS, du moins pas dans l'ensemble. J'ai en revanche des réserves en ce qui concerne un échantillon provenant du cas que vous avez traité, Julianne Goulet, et l'empreinte ADN que vos labos ont établie à partir de la culotte qu'elle portait. Je me demande si une erreur a pu se produire lorsque le profil a été téléchargé dans CODIS.

Le regard de Lucy est rivé sur moi. Henri Venter comprend parfaitement où je veux en venir et lâche :

— Dieu du ciel ! Voilà qui est très perturbant.

La porte métallique de la baie produit un vacarme agaçant. Par l'espace qui s'agrandit, j'aperçois de l'autre côté le fourgon mortuaire dont le moteur gronde en sourdine, une Cadillac à la calandre décorée d'une couronne de Noël.

— Si j'ai bien compris, Henri, l'empreinte ADN obtenue à partir de la culotte que portait Julianne Goulet correspondrait à l'ADN d'un suspect, un individu qui a disparu depuis dix-sept ans et dont quelques personnes pensent qu'il serait mort depuis longtemps.

Je tiens à lui fournir assez de détails afin d'illustrer une effroyable hypothèse de falsification de données.

— Mais on ne m'a rien dit au sujet d'un suspect, réagit le Dr Venter.

— Le FBI en a un.

— Personne ne m'a informé ni n'a évoqué une quelconque vérification avec nos prélèvements d'archives. Pourtant, il s'agit d'une procédure obligatoire lorsqu'on trouve une concordance dans CODIS. Le labo qui a réalisé l'analyse initiale doit confirmer, et ce que vous suggérez est proprement scandaleux.

— La tache en question serait du sang ?

— Pas exactement. Il s'agissait d'un mélange de fluides biologiques. Cette culotte portée par Julianne Goulet appartenait à la victime précédente, une femme retrouvée en Virginie une semaine plus tôt. J'essaye de me souvenir de son nom.

Je l'aide :

— Sally Carson.

— Ah, voilà !

— À ceci près que le profil ADN récupéré grâce à la culotte n'était pas le sien. Étrange, puisque l'on sait que Sally Carson la portait en quittant son domicile, avant de disparaître. Il semble que son ADN n'ait pas du tout été retrouvé.

— Je ne sais rien au sujet de l'affaire Carson. Elle a été traitée par la Virginie, et personne ne dit rien.

— Pour une raison dont je redoute qu'elle soit mauvaise, Henri.

— Je suis en train de ressortir le rapport concernant l'affaire Julianne Goulet, mais je suis presque certain que l'ADN n'était pas non plus le sien. Bien sûr, nous avons conservé son échantillonnage sanguin, et son empreinte. Nous saurions donc si l'ADN retrouvé sur la culotte qu'elle portait lui appartenait. À ce sujet, le tueur lui a probablement enfilé le sous-vêtement *post mortem*. Comme vous le savez, nous utilisons en routine certaines méthodes biospectroscopiques sur différents fluides biologiques. Nous recherchons surtout les marqueurs de l'acide ribonucléique, bref, des techniques que vous connaissez bien. Du coup, je peux vous dire précisément ce qu'étaient ces fluides, et s'il y avait un autre profil ADN mélangé au premier. Je suis à peu près certain que tel n'était pas le cas. Dans mon souvenir, tout provenait d'un unique donneur, une seule personne.

J'attends qu'il retrouve le fichier dans sa banque de données. Le moteur qui commande l'ouverture du rideau métallique de la baie s'arrête. Par la large ouverture, j'aperçois des nuages effilochés. D'autres s'amassent plus loin. Le long corbillard noir se rapproche doucement de la baie, son moteur presque silencieux, un véhicule neuf, lustré, aux belles lignes, ce que les employés des maisons de pompes funèbres appellent avec fierté une voiture landau.

Le Dr Venter reprend :

— Ah voilà, j'ai le rapport devant les yeux. Sécrétions vaginales, urine, sang menstruel, provenant tous de la même femme. Nous ne possédons que l’identifiant que nous lui avons assigné lorsque nous avons téléchargé l’empreinte ADN dans CODIS. Comme vous pouvez vous en douter, nous ne savons pas de qui il s’agit.

Malheureusement, cette information ne m’étonne qu’à moitié. J’informe le Dr Venter que le rapport d’autopsie de Sally Carson mentionne qu’elle avait ses règles lorsqu’elle a été enlevée et assassinée. Il est possible, sinon probable, que la tache retrouvée sur la culotte que portait Julianne Goulet aurait dû correspondre à l’ADN de Carson. Tel ne fut pas le cas, très vraisemblablement parce que quelqu’un avait modifié le profil stocké dans la banque de données CODIS du FBI. Je soupçonne, sans toutefois le formuler à haute voix, que l’empreinte ADN de Carson a remplacé celle de Martin Lagos, ce qui expliquerait que l’on puisse croire qu’il a abandonné du « sang », ainsi que Benton l’a nommé, sur le sous-vêtement enfilé à Julianne Goulet après son meurtre.

Le Dr Henri Venter lâche d’un ton sombre :

— Je consulte les documents. Nous n’avons certainement pas été informés que le CODIS avait trouvé une correspondance ADN. On aurait dû nous envoyer le profil du suspect pour que nous le comparions à nos propres analyses. Et je n’ai rien reçu.

— Profil ADN de suspect dont j’ai de bonnes raisons de croire qu’il a d’abord été réalisé en Virginie dix-sept ans auparavant. Un sujet de sexe masculin qui n’a jamais été revu depuis, m’a-t-on assuré.

— Sujet de sexe masculin ? s’exclame-t-il. Un homme n’a certainement pas pu abandonner des sécrétions vaginales et du sang menstruel.

— Exactement.

Agacé, Venter ajoute :

— L'État de Virginie aurait également dû être notifié, en vue d'une vérification.

— Je ne vais pas demander de précisions à la Virginie. L'été dernier, leur ancienne directrice de laboratoire a été nommée à la tête des labos nationaux du FBI. Une sacrée promotion. Je ne la connais pas personnellement.

Le Dr Henri Venter souffle :

— Voilà qui est terriblement perturbant. J'ai personnellement réalisé l'autopsie de Julianne Goulet et, très franchement, je me suis déjà inquiété du traitement réservé à ce dossier avant même que vous m'appreniez tout ceci. Celui qui était affecté à la division de Washington D.C. lorsque vous exerciez en Virginie et qui a depuis été nommé à Boston… Oh, vous avez sans doute dû le rencontrer à cette époque.

— Ed Granby.

Lucy ne m'a pas quittée des yeux. Le Dr Venter poursuit :

— Il m'a menacé en des termes à peine voilés. Il m'a carrément dit que je n'avais pas intérêt à me trouver du mauvais côté du ministère de la Justice, par exemple en lâchant un seul mot sur l'affaire Goulet. Il prenait des mesures extrêmes pour éviter des meurtres d'imitateurs.

— Ce qu'il persiste à affirmer.

Je lui révèle ensuite que nous avons retrouvé un résidu fluorescent partout sur le corps de Gail Shipton, résidu qui ne semble pas avoir été remarqué dans les autres cas. Je reprends :

— Je voulais juste m'assurer que vous l'aviez mis en évidence sur Julianne Goulet.

— Un matériau visqueux et grisâtre retrouvé dans sa bouche et ses narines, lit-il en ouvrant un autre fichier. Composé minéral analysé au microscope électronique à balayage, halite, calcite et argonite qui s'allument intensément en rouge vif, violet-bleu, et vert émeraude sous une source de lumière ultraviolette.

Sans entrer dans les détails, je renchéris :

— En effet, je me souviens avoir vu ce résidu visqueux mentionné dans les rapports que j'ai parcourus. Un matériau grisâtre retrouvé sur la langue et les dents de Goulet.

Toutefois, le Dr Venter sait qui est mon époux et peut deviner d'où je tiens mes informations. Lucy se lève et se rapproche de moi. Elle me dévisage, sans dissimuler qu'elle est tout ouïe. J'ajoute :

— Il n'était pas précisé que ces minéraux fluoresçaient sous lumière UV. Cela étant, une telle information ne serait pas nécessairement rapportée dans un rapport préliminaire.

— En effet.

— J'ai retrouvé un résidu similaire. Il fluoresce à l'identique sur le corps de la victime que j'ai examinée ce matin.

Je parle tout en regardant les deux employés des pompes funèbres, vêtus de costumes stricts, pendant qu'ils ouvrent le hayon arrière du corbillard. Ils me sourient et me font des petits signes de la main, ne semblant pas affectés par la tristesse de leur emploi.

Le Dr Venter explique :

— Ça s'est révélé assez dense au CT-scanner. Toutefois, nous n'avons pas pu mettre en évidence qu'elle avait aspiré ce résidu. Je n'en ai pas retrouvé dans ses sinus, bronches ou poumons.

— Dans le cas de Sally Carson, l'affaire confiée à la Virginie, il n'y a aucune référence à un tel mélange de minéraux. Mais ils n'ont pas de CT-scanner.

— Seules les nouvelles installations sont équipées. Du coup, c'est difficile à détecter et il est fort probable qu'ils soient passés à côté durant l'autopsie.

— Henri, pourriez-vous m'envoyer tout ce que vous possédez par voie électronique ? Le temps nous fait défaut.

— Je m'exécute pendant que nous parlons.

Je le remercie et mets fin à la communication.

— Tout va bien ? demande Lucy alors même que ce qu'elle vient d'entendre lui indique le contraire.

— Nous n'allons pas tarder à recevoir des rapports, expédiés par le médecin expert en chef du Maryland, le Dr Henri Venter. Peut-être pourrais-tu me donner un coup de main, vérifier ma messagerie et t'assurer qu'ils sont réexpédiés aux laboratoires concernés aussi vite que possible. J'attends aussi un dossier de Benton.

Je ne mentionne pas le nom de Gabriela Lagos devant les deux employés des pompes funèbres. Je ne prononcerai pas un autre mot et Lucy sait parfaitement qu'elle ne doit rien lâcher non plus.

Elle est déjà en train de vérifier la messagerie depuis son téléphone pendant que nous remontons la rampe jusqu'à la porte qui mène à l'intérieur. Je passe mon pouce sur la serrure biométrique. Les employés poussent la civière dans notre direction, ses petites roues cliquetant.

— Comment ça va, chef ? J'ai entendu dire que vous aviez passé un week-end effroyable.

— Tout va bien, je réponds en leur tenant la porte.

— Le monde se précipite vers le désastre.

Je referme la porte derrière nous et approuve :

— Vous n'avez sans doute pas tort.

— C'était une sacrée tempête qui nous a dégringolé dessus. On pourrait bien avoir de la neige dans un jour ou deux.

Ils poussent la civière vers l'aire de réception. Le mur du fond est recouvert d'immenses chambres froides et de congélateurs en acier inoxydable.

— La température a chuté de cinq, six degrés en moins d'une heure. Ça souffle depuis l'océan sur le South Shore. Plutôt glacial, pire qu'ici, on se demande s'il faut sortir les manteaux d'hiver ou pas. On vous amène une affaire bien triste. On dirait que beaucoup de gens se suicident à cette période de l'année.

— Ça fait toujours cet effet parce que personne ne devrait en arriver là…

Je vérifie l'étiquette attachée sur la housse externe en cuir artificiel bleu, brodée au nom des pompes funèbres, avant de poursuivre en abaissant sa fermeture Éclair :

— … Vous pouvez récupérer ça.

Une autre enveloppe à cadavre apparaît, plus légère et blanche. Elle recouvre la défunte dont les bras rigides semblent repousser le matériau, pliés et relevés à la manière d'un boxeur.

— Seulement trente-deux ans, me précise un des employés pendant que nous retirons la housse en similicuir. Elle s'était habillée comme pour aller à l'église, maquillée, et elle est morte dans son lit. On a retrouvé des flacons de pilules vides sur sa table de chevet. Du lorazépam et du Zoloft. Pas de message.

J’explique dans un murmure :

— C’est souvent le cas. Leur acte parle assez fort.

Chapitre 27

Ron est installé derrière le bureau de la sécurité, environné par les écrans plats qui diffusent les images de surveillance, protégé d'une vitre pare-balles. Il fait glisser le judas et je récupère un gros carnet noir pour enregistrer le dernier corps arrivé. Je recopie ce qui se trouve sur l'étiquette accrochée à la housse.

Heather Woodworth, F 32, Scituate, Massachusetts, trouvée sans vie dans son lit, possible suicide par overdose médicamenteuse.

Un vieux nom du South Shore gribouillé au stylobille, une jeune femme qui a décidé de mettre un terme à sa vie, dans sa pittoresque petite ville du front de mer. Je vérifie dans le carnet qui sont les nouveaux arrivants. Cinq autres cas pour le CT-scanner, ou sur les tables en acier inoxydable, à différentes étapes de préparation ou d'autopsie. Abus de diverses substances, coup de feu accidentel, suicide du pont Zakim, une vieille femme décédée seule dans une maison où elle accumulait tout ce qui lui tombait sous la main, et cet accident de voiture dont on m'a parlé. Toutefois, le nom m'interpelle.

Franz Schoenberg, M 63, Cambridge, Massachusetts, accident de la route.

Le souvenir s'impose à moi, me laissant perplexe. Le psychiatre que j'ai remarqué sur certaines des photographies passées en revue tôt ce matin. Sa patiente s'est suicidée quelques jours auparavant, en sautant d'un immeuble sous ses yeux. Peut-être la raison derrière l'abus d'alcool du spécialiste avant qu'il reprenne le volant. Les tragédies dépourvues de signification s'enchaînent. La plupart des gens décèdent ainsi qu'ils vivaient.

— Et ses médicaments ? je demande aux employés des pompes funèbres.

— Dans un sac, à l'intérieur de la housse, m'informe l'un d'eux. Les flacons vides se trouvaient sur sa table de nuit. Ses enfants avaient passé la nuit chez leur grand-mère, une chance. Encore petits, le plus vieux a cinq ans seulement. Le père s'est tué à moto, il y a exactement un an. C'est une voisine à qui elle devait donner une leçon de musique qui l'a trouvée. Elle n'a pas répondu au coup de sonnette mais la porte n'était pas verrouillée. À dix heures du matin, tapantes.

— Elle a tout organisé, réfléchi à tout.

Je fais glisser le grand carnet par le judas, de sorte que Ron puisse entrer les informations sur son ordinateur et programmer le bracelet d'identification qui sera passé au poignet de la défunte.

— Elle voulait être seule à la maison, et ne pas blesser ses proches, suppute un des employés.

Je contre :

— Réfléchissez un peu. Aujourd'hui, ses enfants sont orphelins, et ils détesteront probablement Noël pour le restant de leurs jours.

— Apparemment, elle était déprimée.

— Oh, j'en suis bien certaine, mais maintenant beaucoup d'autres gens vont l'être aussi. Pourriez-vous boucler cela pour moi ? je demande à Ron en lui tendant ma banane.

— Oui, m'dame, chef.

Il se penche pour taper la combinaison puis m'offre une petite mise au point sans que je lui demande :

— Tout se passe bien, enfin à peu près. Une camionnette de journalistes est passée à plusieurs reprises devant notre bâtiment, très lentement.

— Laissez-la sur la balance de sol, j'indique aux employés. Ron, pourriez-vous prévenir Harold ou Rusty qu'un cas vient juste d'arriver ? Il faut la peser et la mesurer, puis la pousser dans la chambre froide jusqu'à ce qu'Anne la passe au scanner. Je ne sais pas quel légiste lui attribuer. Celui qui est le moins occupé.

Ron range la banane dans le coffre blindé et en referme l'épaisse porte d'acier d'un geste sans douceur.

— Oui, m'dame, chef. La présentatrice que vous n'aimez pas est passée.

Lucy complète :

— Barbara Fairbanks. Elle filmait l'immeuble lorsque je me suis garée. Il se peut qu'elle ait enregistré des images de mon SUV pendant que j'attendais l'ouverture de la barrière.

Ron précise :

— Après ça, elle a traîné vers l'arrière du bâtiment. Elle espérait sans doute se faufiler pendant que la barrière se refermait. Elle a déjà fait le coup il y a quelques semaines et je l'ai menacée de la faire arrêter pour intrusion.

Ancien policier militaire, Ron est bâti comme un mur de granit et ses yeux sombres sont toujours en mouvement. Il sort de sa guérite de sécurité et attend que les deux employés s'en aillent.

— On va devoir récupérer la civière... déclare l'un d'eux.

— Oui, m'sieur. Lorsque vous viendrez rechercher le corps.

— Plus tard dans la journée, je promets.

Une autre porte donne accès à une rampe qui descend vers la salle des indices, un espace ouvert et sans fenêtre où les scientifiques sont enveloppés de la tête aux pieds de vêtements protecteurs en Tyvek blanc.

Ils sont en train d'installer un appareil qui diffuse des vapeurs de cyanoacrylate près d'une Jaguar verte protégée d'une tente bleue. Le coupé est plié, tordu, défoncé au-delà du réparable. Le toit a été arraché, le long capot déformé. Quant à la vitre de la portière côté conducteur, elle a été fracassée et ce qu'il en reste est couvert de traînées et d'éclaboussures de sang maintenant sec. Les portières et le coffre enfoncés sont béants. L'expert en traces, Ernie Koppel, est penché au-dessus du siège conducteur.

Il lève les yeux vers moi, dissimulés derrière ses lunettes de protection orange, une lampe à lumière alternative installée sur un chariot non loin. Il manie la baguette de sa main gantée et expertise la voiture avec le soin qu'il réserverait à un homicide.

— Bonjour, heureux de vous revoir. Saloperie de virus. Ma femme l'a attrapé.

Les bonnes joues roses et rondes d'Ernie contrastent avec le polyéthylène blanc qui les enserre, le matériau en fibres filées que l'on utilise pour recouvrir des bâtiments, des bateaux ou des voitures.

— Ne l'attrapez pas.

— Je suis passé entre les gouttes jusque-là, merci. J'ai vu l'engin garé dans la baie. Sacrée caisse que vous avez là, lance-t-il au profit de Lucy. J'ai cherché en vain la tourelle de la mitrailleuse.

Pince-sans-rire, elle répond :

— Ils ne le proposaient qu'en option.

Je récupère des blouses et des protège-chaussures jetables empilés sur un chariot.

— Lorsque vous aurez une minute, Ernie ? À l'évidence, ceci n'est pas un accident de la route classique. Un drôle de boulot.

— Je repasse un coup sur le siège conducteur et puis vous pouvez lancer les fumées pour récolter les empreintes digitales, crie-t-il aux autres scientifiques en atténuant l'éclairage.

Je noue ma blouse dans le dos tout en demandant :

— Avait-il sa ceinture de sécurité ?

— Impact latéral. Une ceinture n'aurait rien changé. Regardez un peu le pneu arrière gauche.

J'enfile mes protections de chaussures qui produisent un chuintement à chacun de mes pas et me rapproche de la voiture pour voir ce dont il me parle. Le pneu est à plat. Hormis ceci, je ne détecte rien. Ernie précise :

— Il a été crevé par un instrument pointu.

— Peut-on être certain que ça n'est pas arrivé durant l'accident ? Il aurait pu rouler sur un bout de métal coupant, par exemple ? Les pneus sont souvent à plat après un accident grave.

Ernie me détrompe :

— La cicatrice de crevaison est trop nette, sur le flanc du pneu, pas sur la bande de roulement. Ça m'évoque un truc du genre pic à glace qui provoquerait une lente fuite d'air jusqu'à ce que le conducteur perde le contrôle du véhicule. J'ai également noté la présence d'un transfert de peinture sur le pare-chocs arrière, très intéressant selon moi. Sauf bien sûr si ce petit dommage se trouvait déjà là. Cependant cela m'étonnerait, puisque la voiture était en parfait état.

Je repère immédiatement ce dont il me parle, une très légère incurvation avec un transfert de ce qui ressemble à de la peinture rouge réfléchissante. Je suggère :

— Peut-être s'est-il retrouvé avec un pneu à plat et quelqu'un l'a-t-il percuté, lui faisant quitter la route ?

Lucy enfile ses protections de chaussures, s'approche et détaille le coupé, incertaine :

— J'en doute, la voiture est trop basse pour cela. S'il a été heurté, c'était nécessairement par un véhicule aussi proche du sol que lui, ou alors par quelque chose de très gros mais équipé d'un pare-buffle. Certains sont réfléchissants. Surtout avec ces gangs qui bidouillent leurs bagnoles comme pas possible, en général des SUV.

Ernie se penche à nouveau dans la voiture. Il fait aller et venir la baguette lumineuse tout en me demandant :

— Accordez-moi encore une seconde.

J'en profite pour revenir à Gail Shipton, un sujet qui n'est pas encore clos pour moi :

— On a récupéré un carnet de notes dans son sac.

— Qui se trouvait où ?

— Le tueur l'a abandonné non loin de la scène. De toute évidence, il souhaitait qu'on le découvre. Il n'y avait pas d'argent dans son portefeuille, mais difficile de savoir si autre chose manquait. En revanche, le carnet de notes ne l'a pas intéressé.

J'affiche une des photographies que j'ai prises sur le chantier de construction et montre à Lucy la page du carnet portant cette étrange inscription :

61 : ENT 18/12 1733-1752 (<18m) REC 13-5-14-1-3-5

— Il s'agit de sa dernière note. Sans doute peu après sa communication téléphonique avec toi, peut-être quelques instants avant son enlèvement. Un petit carnet de notes noir avec des pages quadrillées qui ressemblent à du papier millimétré, et puis il y avait aussi ces autocollants, rouge avec un X au milieu. Ça te dit quelque chose ?

Lucy enfonce ses bras dans les manches de la blouse. Le matériau synthétique proteste en émettant des crissements.

— Bien sûr. Il s'agit d'un code rudimentaire, qu'une première année de lycée pourrait percer.

Épaule contre épaule, nous détaillons la photographie qui s'est affichée sur mon téléphone. Je commence par le premier nombre de la ligne codée :

— 61, par exemple ?

— Un code qui me désigne…

À son ton plat, on croirait qu'il était parfaitement normal que Gail la désigne ainsi. Elle reprend :

— … Les lettres de mon nom correspondent à des nombres. L-U-C-Y, donne douze, vingt et un, trois et vingt-cinq. Si tu additionnes le tout, ça fait soixante et un.

— Et elle t'a informée qu'elle t'avait attribué un nom de code ?

— Non.

— ENT signifie « appels entrants », je suppose. Les nombres qui suivent désignent la date, le 18/12 c'est-à-dire hier, et l'heure, dix-sept heures trente-trois.

— Juste ! Nous avons discuté durant moins de dix-huit minutes et le REC signifie « reçu », et dans ce cas, la suite des nombres signifie « Menace ». Même acrobatie basique avec les lettres de l'alphabet. En résumé, je l'ai appelée et elle a compris la conversation comme une menace. Je l'avais menacée. Ça, c'est un message à faire passer, en dépit du fait qu'il s'agissait d'un mensonge.

Je m'étonne :

— Et qui devait réceptionner ce message ?

D'un ton qui indique son peu de respect pour les capacités intellectuelles de Gail Shipton, ma nièce affirme :

— Il est destiné à quiconque devait s'en prendre à moi, un jour ou l'autre. Son codage n'est pas supposé être indéchiffrable, au contraire. Elle voulait que quelqu'un découvre ce carnet et comprenne cette entrée… que ça serve de preuve à un moment quelconque. Elle découpait les pages du carnet pour le cas où je mettrais la main dessus. Ainsi, je ne pourrais pas découvrir ses notes incriminantes, du moins le pensait-elle. Je n'apprendrais jamais qu'elle reportait de fausses informations à mon sujet dans un carnet qu'elle gardait jalousement.

— Ces indications étaient censées devenir des preuves dans l'action en justice contre Double S ou dans une autre ?

Lucy parle avec calme et détachement :

— Son but consistait certainement à m'intimider le moment venu, et j'attendais de pied ferme. Elle espérait un arrangement à l'amiable avec Double S. Ensuite, elle serait à nouveau partie en chasse, une autre cible, quoi ! Elle aurait affirmé qu'elle avait inventé chaque détail du téléphone drone. Ainsi, elle n'aurait rien eu à me payer, devenant propriétaire de l'ensemble. Dans la foulée, elle s'arrogeait une réalisation dont elle n'aurait jamais été capable. Un gain sans doute aussi précieux que l'argent. À vrai dire, elle n'était pas satisfaite d'elle. Toute cette histoire est pitoyable.

— Mais si elle arrachait les pages sur lesquelles elle transcrivait des notes malveillantes à ton sujet, avec quoi comptait-elle t'intimider ?

— Une vraie blague !

— J'avoue ne pas en percevoir la drôlerie.

Lucy m'éclaire :

— Pas étonnant qu'on ait pu si facilement la tromper. Les pages ressemblent à du papier millimétré parce qu'il s'agit en réalité d'un carnet intelligent. Gail photographiait chaque page, numérisait ses notes, dont les frauduleuses et malveillantes, pour qu'on puisse les appeler avec des mots-clés, ou des *tags* : les autocollants avec le X. Ensuite elle se débarrassait des entrées matérielles me concernant, celles sur papier. Elle détruisait les pages qu'elle avait photographiées afin qu'il ne reste qu'une trace électronique.

— Trace dont, bien sûr, tu étais informée.

Je sais ce que cela signifie, et cela confirme ce que je soupçonnais. Quelles qu'aient été les visées de Gail Shipton, et aussi intelligente pensait-elle être, Lucy gardait la main. Le cas échéant, ma nièce n'aurait pas hésité à fouiller dans le sac à main de Gail, ou sa voiture, son appartement. Pirater ainsi qu'elle le juge souhaitable, rien que de très habituel à ses yeux. Je me souviens que Marino avait remarqué qu'il n'y avait pas une seule photographie sur le téléphone de Gail. Lucy venait de les supprimer, notamment celles prises par Gail des mensonges qu'elle consignait dans son carnet de notes.

Du ton mesuré qu'elle utilise pour dissimuler une peine enfouie dans un recoin d'elle-même, ma nièce résume :

— Elle s'appliquait depuis des mois à monter un dossier contre moi. Elle aurait vite obtenu ce qu'elle voulait, et il fallait que je dégage de son chemin. Du moins était-ce ce qu'elle avait eu la sottise de croire. Tu sais ce qu'a dit Nietzsche. Choisis bien ton ennemi, parce qu'un jour, tu finiras par lui ressembler.

— Je suis désolée qu'elle soit devenue ton ennemie.

— Je ne parle pas de moi. Je faisais allusion à Gail et à Double S. Elle était bien partie pour devenir aussi malfaisante qu'eux.

Je jette un regard à un technicien d'empreintes digitales. Il règle les boutons d'une boîte de distribution connectée à d'épais câbles électriques rouge vif qui serpentent sur le sol recouvert d'une peinture époxy. Les humidificateurs à cyanoacrylate, les évaporateurs et les ventilateurs commencent à ronronner. Ernie se dirige vers nous. Il arrache ses gants et les jette dans une poubelle. Je lui tends un sachet à indices ainsi qu'un stylo. Il appose ses initiales sur les preuves que je confie à son laboratoire et je constate :

— Vous êtes débordé ce matin. Pardon d'en rajouter.

Il retire ses lunettes de protection et désigne la Jaguar irréparable en commentant :

— Une autre regrettable histoire qui pourrait devenir encore plus fâcheuse. Un psychiatre se dispute avec sa femme et file dans un bar. L'établissement risque d'être poursuivi pour lui avoir servi de l'alcool alors qu'il était déjà imbibé. Prétendument. Luke affirme que son alcoolémie est inférieure à la limite légale. Ce qui a tué cet homme, c'est que quelqu'un a percé son pneu, qu'il a perdu le contrôle du véhicule après une embardée. Il a ensuite percuté une rambarde de sécurité. Mais une autopsie ne pourra pas vous le révéler. En revanche, les traces laissées par les pneus au moment du dérapage sont sans équivoque. À l'instar du trou dans le pneu. La question importante consiste à déterminer si la crevaison s'est produite pendant qu'il était garé devant le bar, ou alors que sa voiture se trouvait chez lui. Qui pouvait y accéder ? Un individu a-t-il percé son pneu, pour le suivre ensuite et ajouter une bonne poussée arrière, expliquant du même coup le transfert de peinture sur le pare-chocs ?

Lucy souligne :

— Un truc typique des gangs, des jeunes délinquants. Récemment, il y a eu pas mal de pneus tailladés à Cambridge. Des jeunes lacèrent les pneus à coups de couteau d'une demi-douzaine de voitures sur un parking, puis se cachent pour assister à l'amusement. Parfois, ils suivent une de leurs victimes. Trop drôle de regarder le pneu qui se dégonfle puis de dévaliser la personne quand elle finit par se garer ! Une voiture telle que celle-ci, en parfait état, coûte plus de cent mille dollars. S'ils ont provoqué l'accident, ça valait le coup de voler le conducteur.

Ernie s'essuie le front avec la manche de sa combinaison de Tyvek et déplore :

— Eh bien, maintenant, leur petite farce a peut-être tué quelqu'un.

— Pourquoi pensez-vous que j'ai des pneus run-flat, avec lesquels on peut rouler même lorsqu'ils sont à plat ?

Lucy contourne l'épave, jetant un regard à l'intérieur, à la sellerie qui semble d'origine, au changement de vitesses et au volant en bois de rose. Des cheveux gris sont épars et du sang macule l'habitacle.

Ma nièce reprend :

— Il serait intéressant de savoir si d'autres voitures ont été vandalisées de la sorte hier soir devant le bar.

— Je fais passer l'information. Un point d'importance, en effet. Et que puis-je d'autre pour vous, docteur Scarpetta ?

Je lui parle des fibres, du résidu fluorescent et de cet onguent dont l'odeur rappelle une pommade décongestionnante mentholée et ajoute :

— Si vous pouviez analyser le résidu en microscopie électronique à balayage, ce serait idéal parce que j'ai une piste quant à sa composition chimique. Il se peut qu'on l'ait déjà retrouvé lors d'une précédente affaire, dans le Maryland. Un pilier de barrière, possiblement abîmé par un outil, ne devrait pas tarder à arriver.

— Et qui fait quoi ?

Ernie souhaite que je lui indique l'ordre dans lequel les examens doivent être réalisés.

— Vous êtes en première ligne pour tout, à l'exception de l'ADN. J'espère avoir un coup de chance avec la pommade, et puis ce sera votre tour. Peut-être parviendrons-nous à l'identifier avec précision grâce à sa composition chimique.

Dubitatif, il observe :

— Peut-être pas jusqu'à la marque. Mais on détectera du menthol, ça c'est sûr. Un alcool naturel de la menthe, plus de l'eucalyptus, du cèdre, du camphre, de la térébenthine pour n'en mentionner que quelques-uns. Un vieux remède maison, à ceci près que les gens peuvent se montrer extrêmement créatifs quant à ses utilisations.

— Avez-vous déjà rencontré ce genre de pommade dans une affaire qui vous était confiée ?

— Attendez… Des écouvillons anaux se sont révélés positifs. Il s'agissait d'un crime sexuel, il y a des années de cela. Il s'est avéré que la victime utilisait ce genre de pommade décongestionnante pour traiter ses hémorroïdes. On en a aussi retrouvé sur le cuir chevelu d'un individu. La police a pensé que ça faisait peut-être partie d'un rituel un peu spécial, ou que le défunt était timbré. En réalité, il l'utilisait pour traiter ses pellicules. J'ai aussi eu le cas d'une lampe-vaporisateur maison à flamme ouverte. Malheureusement, ça a explosé, et un très jeune enfant a été tué. Et puis, il y a tous les gens qui tartinent ce truc sur des plaies ouvertes ou des lèvres gercées, or le camphre peut s'avérer toxique.

Je lui explique que la pommade à base de vaseline a été découverte sur l'herbe d'un terrain de sport. Une des hypothèses reste qu'elle ait été utilisée pour prévenir les claquages musculaires, sans relation aucune avec la mort de Gail Shipton.

Mon technicien réfléchit puis lâche :

— Oh, certainement une composition voisine. Cependant, les crèmes analgésiques sont en général formulées avec des concentrations plus importantes de principes actifs. Rien n'assure que l'on parviendra à le discriminer.

— Ce ne sera peut-être pas nécessaire. Peut-être aurons-nous de la chance avec l'ADN. Quoi qu'il en soit, Ernie, pourquoi un individu utiliserait-il ce type de pommade dehors, sous la pluie ?

— Tout dépend à quoi il la destinait. Peut-être l'intention n'était-elle pas de l'appliquer sur sa peau.

— Quelles autres utilisations voyez-vous ?

— Certaines personnes saturent leurs voies nasales avec du Vicks pour faciliter leur respiration, atténuer leurs ronflements ou leurs problèmes d'apnée du sommeil.

Ma nièce intervient :

— Plutôt bizarre à l'extérieur, en plein milieu de la nuit.

Je me souviens des réflexions sinistres de Benton qui, sur le moment, m'avait frappée comme relevant de l'extrapolation dérangeante, un *non sequitur*, dont l'origine n'était autre qu'Albert Fish, meurtrier dépravé.

Inhaler une odeur extrêmement forte pour repousser les distractions, afin de se concentrer. Le plaisir mêlé de souffrance, un parfum qui contient du salicylate de méthyle. S'y ajoute l'appréhension de Benton qui redoute l'influence qu'il pourrait exercer. Il craint que le Meurtrier Capital s'inspire de certaines de ses publications, qui font allusion aux *Fleurs du Mal*. Je me souviens peu de la poésie de Baudelaire, survolée au cours de mes années de lycée, hormis cette sensualité cruelle, et sa vision selon laquelle les êtres humains sont des esclaves avançant avec peine le long de leurs vies incertaines et fugaces. Je le trouvais aussi déprimant qu'Edgar Allan

Poe, en cette époque où je persistais à croire les gens foncièrement bons.

Je tire mes gants et demande à Ernie de m'avertir dès qu'il aura quelque chose. La sonnerie de mon téléphone se déclenche.

À l'instant précis où Lucy et moi quittons la salle des indices, Bryce débite :

— Pour l'instant, vous n'avez rien à faire. Je vous mets juste au courant. Marino a entendu un appel. Cette fréquence de police qu'il adore écouter sur sa radio. Vous savez, quand il passe en revue les échanges des autres zones de police, à son habitude ? Ce que j'appelle fourrer son nez partout.

— Quel genre d'appel ?

— Il semble qu'un dispatcher du département de police de Concord ait mentionné NEMLEC. Ça a l'air vachement confidentiel, quoi que ce soit. Rien aux informations jusque-là. Je passe mon temps à vérifier. Marino m'a demandé si *quelqu'un était mort* et je lui ai répondu que *tout le monde était mort ici.* À part ça, il n'a pas voulu lâcher un seul détail. Mais je me dis que ça doit être quelque chose d'assez énorme si les troupes locales sont appelées.

— Et Marino répond à l'appel ?

Bryce ne peut s'empêcher d'ironiser :

— Oh, depuis qu'il est devenu le nouveau Sherlock, il ne manquerait ça pour rien au monde. D'autant que s'ils ont besoin de la brigade canine, il en a une bouclée dans sa voiture toute la journée.

Marino a dû proposer ses services au Conseil des forces de l'ordre du Massachusetts nord-est. Celui-ci regroupe plus de cinquante départements de police qui partagent leur équipement et leurs spécificités telles que les unités à moto, le SWAT, les techniciens de déminage et les spécialistes de scène de crime. Si le NEMLEC mobilise ses ressources, la situation doit être sérieuse. J'indique à mon chef du personnel :

— Assurez-vous que l'un de nos véhicules de scène de crime a le réservoir plein et qu'il est prêt à partir en cas de besoin.

— Surtout ne le prenez pas mal, mais qui s'y collerait ? Harold et Rusty sont occupés avec les autopsies. Je ne peux pas demander ça aux scientifiques ou aux médecins, et cela ne me traverserait pas l'esprit de le proposer à Lucy. Elle est à vos côtés ? J'espère qu'elle m'entend. Bref, jusqu'à ce que nous trouvions un remplaçant à Marino, et même alors, ce ne sera pas garanti… Attendez. Vous n'êtes pas en train de suggérer que je joue les pompistes ?

Agacée que l'on me rappelle à nouveau à quel point la démission de Marino a tout bouleversé, je l'interromps :

— Peu importe. Je m'en occuperai moi-même. Je rejoins Anne. Voyez si Gloria peut venir en salle de radiographie afin que je lui remette des échantillons pour recherche d'ADN.

Chapitre 28

Environnées de murs gris et d'une douce lumière, nous avançons, foulant un sol en pavés de verre recyclé vernissés de gris-marron, couleur « truffe ». Le plafond acoustique atténue l'écho de nos pas et dissimule des kilomètres de câbles et les transpondeurs RFID. Nous longeons la courbe du couloir qui forme une boucle. En effet, tous les couloirs de mon immeuble adoptent la forme d'un cercle.

La vie s'arrête où elle commence et ce qui était rectiligne devient boucle, justifiant que je définisse mon Centre de sciences légales comme un port et pas un terminal. L'image qui me vient du travail réalisé en ce lieu se résume à une partie du voyage, un voyage qui redéfinit, recrée, et non pas à une destination finale, sorte de point de non-retour. Les défunts aident les vivants et les vivants aident les défunts. Il me semble que les sept couloirs circulaires qui se superposent ici sont une métaphore de l'espoir, ou à tout le moins un tremplin pour rebondir vers une destination moins morbide.

Quelle est lointaine cette période où je ne réfléchissais pas à deux fois avant de baptiser le bureau du médecin expert en chef « la morgue » ou « l'hôpital des morts ». Aujourd'hui, nous devons toujours demeurer professionnels, user d'une terminologie appropriée dans tout ce que nous faisons ou disons. Cela fait partie de la feuille de route de mes employés et constitue une priorité dans notre formation. On ne sait jamais qui peut écouter, et ceux que nous servons ne sont pas des macchabées, des rôtis, des flotteurs ou des raidis. Ils sont nos patients et nos cas. Tous ont des familles, des amants, des amis. J'encourage vivement ceux qui m'approchent à comprendre que le CFC n'est pas un hangar à cadavres mais un laboratoire où des examens médicaux sont menés et où les indices et preuves sont scientifiquement analysés. Ceux qui demeurent après le décès d'un proche sont les bienvenus et peuvent en apprendre autant qu'ils sont capables d'en tolérer.

J'ai tenu à instituer un esprit de transparence qui permet aux visiteurs de nous regarder travailler par des baies vitrées d'observation. Celle que Lucy et moi venons de dépasser donne sur la salle des indices. Des vêtements ensanglantés suspendus à des tringles sèchent à l'intérieur de penderies équipées de filtres HEPA. Sur une table recouverte d'une grande feuille de papier blanc s'alignent une paire de lunettes cassées, un appareil auditif, des chaussures, un portefeuille, de la monnaie, des cartes de crédit, une montre dont le cadran a été fracassé. Les effets personnels de cet homme décédé dans un accident de voiture, l'épave que nous venons de voir, du moins je le suppose. La salle mitoyenne est réservée à l'identification. J'adresse un salut de la tête aux techniciens médico-légaux qui relèvent les empreintes digitales abandonnées sur un pistolet devant une table à poudre à flux descendant, d'autres étant occupés avec d'autres armes. Une barre à disques, un couteau, une sculpture en bronze, un manche à balai, tous ensanglantés et soumis aux vapeurs de cyanoacrylate.

Lucy vérifie son étrange Smartphone et annonce :

— L'hélicoptère des services d'urgence vient de demander une autorisation à l'aéroport de Logan, direction sud-ouest, altitude de mille pieds. Leur BK117 a décollé de Concord et se dirige vers Plymouth.

J'ouvre la porte de la salle de radiographie à grandes dimensions et résume :

— S'il ne se dirige pas vers un hôpital, cela signifie que c'est sans importance, ou que quelqu'un est mort.

Lucy fait défiler les menus sur son téléphone, vérifiant les données du contrôle aérien qui lui parviennent en direct.

— L'appareil s'est posé à Concord il y a exactement cinquante-cinq minutes. À l'évidence, il a répondu à un appel. Cela pourrait n'avoir aucun lien. Je continue à surveiller.

*

Je m'installe devant la console d'Anne. De l'autre côté d'une vitre plombée s'ouvre le CT-scanner à large anneau dans lequel ma technicienne fait glisser une couchette.

D'où je suis installée, j'aperçois une tête déformée, des cheveux gris maculés de tissu cérébral et de sang. Je vois une oreille lacérée et ensanglantée. Celle du psychiatre âgé de soixante-trois ans qui a percuté un rail de sécurité. Un homicide peut-être, attribuable à des jeunes qui ont trouvé amusant de crever le pneu d'un inconnu afin d'éventuellement le voler, ou alors peut-être l'alcool est-il à blâmer. Inutile d'avoir bu jusqu'à la limite légale pour s'endormir au volant et perdre le contrôle d'un véhicule.

J'enfonce le bouton de l'interphone afin de parler à Anne qui se trouve de l'autre côté de l'épaisse vitre de protection.

— Qui doit réaliser son autopsie ?

La voix de ma technicienne résonne dans le haut-parleur scellé sur son bureau :

— Lorsque Luke en aura fini avec la mort par feu. Mais il a déjà demandé une alcoolémie.

— À ce que l'on m'a dit.

— 0,4 grammes par litre. On ne peut décemment pas appeler ça une cuite, et en tout cas ça ne vaut pas le coup de mourir pour si peu…

Anne continue de parler tout en ouvrant la porte de communication entre sa zone de travail et la chambre du scanner :

— … Quoi qu'il en soit, sa super-hyper-avocate a déjà appelé.

— À ce que j'ai entendu.

Alors que ma nièce se trouve juste à côté, elle s'adresse à moi :

— Et comment va Lucy aujourd'hui ?

Timide-Anne, ainsi que Lucy a dénommé ma très compétente technicienne en radiologie, une jeune femme adorable mais qui ne parle des autres qu'indirectement et très souvent en évitant leur regard. Selon moi, elle devait être du bois dont on fait les premiers de la classe au lycée, ceux qui n'attirent l'attention des filles stars ou des joueurs adulés de l'équipe de foot que lorsqu'ils ont besoin d'aide pour leurs devoirs.

Lucy lance :

— La vie craint, Anne ! Et vous ?

Je répète ma mise en garde :

— À ce sujet, nous n'évoquons pas nos cas au profit des avocats qui appellent, hormis s'il s'agit de magistrats ou d'avocats de la défense, et de préférence s'ils peuvent brandir une commission rogatoire.

— Bryce ne lui a rien communiqué d'important mais il a été pendu au téléphone avec elle assez longtemps pour en prendre plein les oreilles, puis m'en mettre plein les miennes.

Je repère Benton qui avance d'une démarche rapide le long de la baie vitrée qui sépare la salle du couloir. Il se dirige vers nous, chaussé des tennis en cuir noir empruntées à Bryce.

— Il s'agissait de Carin Hegel ?

Lucy est collée à moi, étudiant ce qui s'affiche sur l'écran plat, les images *post mortem* de cet homme dont nous venons de découvrir la voiture endommagée au-delà du réparable.

Le Dr Franz Schoenberg vivait et exerçait à Cambridge, non loin du Longfellow Park. Les photographies de lui que j'ai étudiées il y a quelques heures ne cessent de me hanter. Les cheveux gris, un visage agréable et bienveillant mais qui en cette circonstance semblait dévasté, stupéfait. Il fixait le cadavre de sa patiente morte, patiente qui lui avait envoyé un texto selon lequel elle prévoyait de s'envoler pour Paris depuis un toit. Peut-être les drogues lui avaient-elles fait perdre la raison. Cependant, il semble qu'elle ait agi en le visant, ce que j'appelle « emporter quelqu'un avec soi ». Tant de suicides sont davantage inspirés par la colère et la vindicte que par la tristesse ou la souffrance. Je commente :

— Sa patiente est passée par le Centre il y a quelques jours. Une jeune créatrice de mode, un suicide. Elle a sauté du toit de son immeuble devant ses yeux.

Anne s'assoit à côté de moi. Elle porte une blouse de labo violette bordée de dentelle, avec des poches, aux pinces soulignées de plis, ce que j'appelle la parure *Grey's anatomy*. Pendant que j'étudie les scans du Dr Franz Schoenberg, elle suppute :

— Peut-être la raison pour laquelle il s'est disputé avec sa femme et qu'il est sorti boire un verre.

— Ça n'a pas dû arranger les choses.

Fractures multiples ouvertes des os temporal et pariétal gauches, vaisseaux et nerfs cisaillés, résultat d'une forte poussée rotationnelle. Sa tête a été propulsée par un choc avant de heurter avec violence une surface, probablement la vitre de portière, pas le pare-brise. Je me demande à quelle vitesse il roulait. Les traces de pneus devraient nous renseigner. Je remarque que l'œdème cérébral est très modeste. Il a survécu très peu de temps après l'impact.

— Carin Hegel a tenté de me joindre plus tôt, Anne. Aux environs de cinq heures trente, alors que je me rendais sur une scène au MIT. Elle a indiqué à Marino qu'elle souhaitait me parler. Je suppose qu'elle voulait m'entretenir de Gail Shipton.

— La période est florissante pour les chasseurs d'ambulance.

— On ne peut guère la qualifier ainsi.

Je suis amusée mais intriguée. Hegel et moi partageons peu de cas, pour l'excellente raison que la plupart de mes patients et de leurs familles ne peuvent s'offrir un avocat de son envergure. La majeure partie de ce que je vois défiler au Centre provient de la frange criminelle de la société et les super avocats des super riches n'apparaissent que très rarement sur mon radar. Pourtant, Carin Hegel en a émergé à deux reprises aujourd'hui.

Anne tire des relevés d'appels et de la paperasse d'un protège-dossiers posé sur son bureau au moment où Benton pénètre dans la salle. Il est suivi de près par Bryce, qui a remonté ses grosses lunettes de soleil en haut de son crâne. Mon chef du personnel est vêtu de jeans extra-slim, d'un épais pull en grosse laine torsadée, et chaussé de mocassins en daim rouge. Il cramponne une boîte de pizza, des serviettes en papier et des assiettes cartonnées. Lucy fonce vers le pas de la porte afin de l'intercepter, s'assurant qu'il ne se sauve pas avant que nous soyons rassasiés.

M'adressant à mon mari, je demande :

— Es-tu au courant de quelque chose qui serait survenu à Concord ?

À son regard je déduis que tel est le cas. Il s'approche et se plante derrière ma chaise.

— Il y a environ une heure, un appel a signalé un tireur embusqué, appel qui s'est révélé inexact.

— Expliquant pourquoi l'hélicoptère de secours s'est envolé et a fait demi-tour ?

— Sans doute.

À la façon dont il prononce ces mots, je comprends qu'il ne révèle pas tout.

Je me tourne vers Anne, à l'affût de détails supplémentaires sur le patient qu'elle a poussé dans le scanner, le Dr Franz Schoenberg.

— Que savons-nous d'autre à son sujet ?

Elle feuillette les pièces réunies dans son dossier.

— Il était déjà mort en arrivant au Cambridge Hospital vers quatre heures du matin. De ce que l'on sait, il aurait quitté le bar aux environs de deux heures du matin, mais il a fallu pas mal de temps pour l'extraire de sa voiture. Si vous l'examinez dans la baie, vous comprendrez pourquoi. Une de ces vieilles Jaguar classiques, une véritable beauté, avant que les outils hydrauliques la découpent telle une vulgaire boîte de conserve.

Toujours debout dans l'encadrement de la porte, Lucy déclare :

— Une Jaguar Type E, du début des années 1960. Probablement une grosse envie de jeunesse dès qu'il a su conduire, mais sans en avoir les moyens à l'époque. Problème de ces vieux modèles : ils ne sont pas équipés d'airbags.

— Quel bar ? je demande à Anne.

— Le pub irlandais, celui que Marino aime tellement. Il m'y a entraînée à plusieurs reprises en prétendant que ça n'avait rien d'un rendez-vous galant. Cela étant, j'admets que leur bière blonde et leurs fromages sont à tomber raide… Non, je ne voulais pas dire ça comme ça, désolée. Fado's. Ils servent une poitrine de porc lentement rôtie dans une réduction de cidre… On pourrait tuer pour une part. Bon, je vais arrêter d'en parler parce que mon syndrome de Gilles de La Tourette se réveille.

Benton observe :

— Fado's n'est pas véritablement situé dans le meilleur quartier de la ville. Pas très loin des cités de West Cambridge.

Je me souviens de l'appel radio de la police, plus tôt. Il y était question de jeunes entassés dans un SUV rouge que l'on soupçonnait d'avoir fracturé plusieurs véhicules sur un parking des logements sociaux qui s'élèvent dans Windsor Street. Je demande :

— Donc, il a quitté le pub. Sait-on où il se rendait ensuite ?

— Si l'on en croit ce qui est écrit ici, il se trouvait sur Memorial Drive, non loin du pont de Massachusetts Avenue. Peut-être rentrait-il chez lui, suppute Anne.

J'imagine les membres d'un gang dans un SUV rouge. Ils suivent la Jaguar, attendent que le pneu se dégonfle. Ils projettent sans doute de dévaliser le conducteur, et puis la situation dégénère. Peut-être ont-ils percuté la voiture, la propulsant contre le rail de sécurité. Je précise :

— S'ils mettent la main sur les jeunes qu'ils ont vus s'enfuir de la cité de Windsor, il faudra comparer la peinture de leur SUV rouge à celle qui a été transférée sur la Jaguar. Assurons-nous que la police de Cambridge en est informée.

— En tout cas, si Carin Hegel a tenté de vous joindre dès cinq heures trente, c'est clair qu'elle n'a pas perdu de temps…

Anne en a terminé avec ses métaphores et plaisanteries douteuses.

— … Elle nous a appelés il y a environ une heure, vers onze heures. Bien sûr, il faut que ce soit de la faute du pub. Le personnel n'aurait pas dû continuer à le servir. D'un autre côté, nous ne pouvions pas lui donner de précisions sur l'alcoolémie de son client. Le dosage prouve qu'il n'était pas en état d'ébriété. On ne peut pas lâcher d'informations à son sujet avant que l'enquête soit terminée, etc. Bref, le truc habituel, de ce que m'a dit Bryce, qui m'a bien sûr répété la même chose de cinquante manières différentes, vous vous en doutez.

L'intéressé proteste :

— Je viens d'entendre mon nom prononcé, et j'espère que ce n'est pas en vain.

Lucy tend les paumes de main vers Bryce afin qu'il y dépose ce qui s'annonce être une énorme pizza au bœuf, saucisses, salami, poivrons, tomates fraîches, oignons, ail, mozzarella double ration, et Asiago, ce que je commande toujours. J'explique à Anne :

— De toute évidence, Carin Hegel ignore qu'un pneu a été crevé et qu'il pourrait s'agir d'un homicide.

J'ai l'eau à la bouche, et la faim éperonne mon estomac vide. J'ai l'impression qu'il est complètement rétréci, presque tubulaire. Si les arômes étaient des sons, ils hurleraient si fort qu'on ne s'entendrait plus.

— Pas si vite, se débat Bryce en récupérant la boîte des mains de Lucy. Pas avant que vous m'ayez ordonné de lever les mains en l'air, faute de quoi vous tirez.

— Ne me tentez pas.

— Oh, je suis terrorisé. Vous n'êtes même pas armée.

— On parie ?

Bryce boude :

— Vous êtes un vrai monstre, même quand vous êtes gentille.

Anne poursuit à mon profit :

— Elle cherche quelqu'un à traîner en justice. Laissez-moi deviner… L'épouse veut récupérer de l'argent grâce à la mort de son mari, alors que nous n'avons pas encore autopsié ce pauvre type.

Je jette un regard vers ma nièce en demandant :

— Je suppose que Carin Hegel ne discute pas de ses autres clients ?

— Beaucoup de gens très riches dans sa clientèle, mais comment peut-on savoir si ce psychiatre en faisait partie ?

Bryce déclare à Lucy :

— Eh bien, c'est ce que j'ai supposé. Carin Hegel n'arrêtait pas de me poser des questions sur son état d'ébriété et s'il s'agissait de la cause de l'accident de voiture. Elle avait l'air assez bouleversé et sur les nerfs, pour une avocate de sa trempe, et n'arrêtait pas de répéter que la journée avait été effroyable. Peut-être le connaissait-elle ?

Intriguée, je demande à mon chef du personnel qui tape sur son téléphone :

— Il s'était disputé avec sa femme ? D'où tient-on ce détail ?

— Des relevés d'appels. Inquiète qu'il ne rentre pas à la maison, sa femme a composé le numéro d'urgence en larmes et décrit sa voiture. C'est là qu'elle a déclaré qu'ils avaient eu une dispute et que son mari avait quitté la maison en colère. Eh bien, mais regardez-moi ça ! Le Dr Franz Schoenberg a été cité comme témoin expert lors de plusieurs procès retentissants au cours des dernières années, et devinez qui était l'avocate ? Du coup, peut-être que Carin Hegel appelait à titre personnel. Elle venait de perdre un ami et un consultant qui l'avait aidée à gagner beaucoup d'argent.

J'insiste à nouveau :

— Nous n'autorisons pas les appels personnels émanant d'avocats. Aucune information ne lui sera fournie, ni d'ailleurs à quiconque au sujet de cette affaire ou de nos autres affaires. Nous n'accordons pas ce type de faveurs.

Toujours debout derrière ma chaise, Benton pose les mains sur mes épaules et m'informe :

— Granby veut une réunion à quinze heures,

— Voilà qui ne me surprend pas.

— Que dois-je répondre ?

Je me retourne vers lui :

— Si j'en juge par la façon dont la journée s'annonce, elle devra se tenir ici. Je réserverai la salle d'opérations ou le PIT, selon ce que nous devons étudier.

Le PIT, encore nommé Théâtre d'immersion progressive, est la pièce dans laquelle nous passons en revue nos cas en réalité virtuelle, en trois dimensions. Cette installation, une des dernières innovations de Lucy, s'intègre dans les persistants efforts de ma nièce pour débarrasser la planète entière du papier. Elle est équipée de la technologie haptique et d'un tunnel de télédétection par laser, appelé Lidar, entre autres avancées ultra-pointues.

Au moment où Gloria, la scientifique chargée des empreintes ADN, pénètre dans la salle, ma nièce lance :

— Je dois remplacer un projecteur sur la table tactile.

Je tends à Gloria les prélèvements qu'elle paraphe.

— Lorsque vous en aurez terminé avec, merci de les faire suivre à Ernie. Aussi vite que vous le pourrez.

Âgée d'une trentaine d'années, ses cheveux noirs hérissés, elle porte un piercing à la narine gauche. Gloria est spécialisée dans l'ADN à faible nombre de copies, et a l'habitude que je demande le résultat des examens pour hier.

— Je fais tout remonter en haut de la pile, docteur Scarpetta.

— Vous devriez recevoir des rapports de la part des bureaux de Baltimore, du Dr Venter.

— Je les ai déjà réexpédiés, m'informe Lucy.

Gloria m'adresse un long regard insistant avant de se diriger vers la porte. Une empreinte ADN concernant une affaire liée au Meurtrier Capital. Ma meilleure biologiste moléculaire n'est ni idiote ni mal informée. Quelque chose d'énorme et de néfaste se passe, et elle le sait.

Je soutiens son regard et souligne :

— Inutile de préciser…

— Bien sûr. J'aurai quelque chose dès demain matin, mais je fais tout mon possible pour raccourcir le délai.

Puis elle disparaît, file de l'autre côté de la baie vitrée, marchant d'un pas pressé vers les ascenseurs, son téléphone collé à l'oreille, comme tout le monde.

Anne reprend :

— Quand Benton est-il rentré de Washington ? Il va bien ? Parce qu'à le voir, on se dit qu'il pourrait prendre un peu de poids. Il n'a que la peau sur les os. Avez-vous vu l'espèce de tank que conduit Lucy ? Lorsqu'elle s'est garée dans la baie, on aurait cru qu'elle venait de poser son hélicoptère.

Lucy dépose la boîte de pizza sur un bureau et sourit :

— Je vous rappelle que je me tiens à proximité. J'espère qu'il y a une version végétalienne ou je vais vraiment vous tuer, Bryce.

Celui-ci me lance :

— Dites bonjour à Anne de la part de Benton, qui se tient derrière vous.

S'adressant alors à ma technicienne, il peste :

— Enfin, je veux dire, vraiment ! Bon, sauce tomate, champignons, brocolis, épinards, aubergines, déclare-t-il ensuite à ma nièce en comptant à l'aide de ses doigts. Ah, laissez-moi voir ça !

Il soulève le couvercle de la boîte et débite :

— Deux parts ennuyeuses à souhait juste pour vous...

Il lui tend une assiette cartonnée, s'efforçant de faire étalage de ses bracelets en cuir en tendant le poignet.

— ... Vous aimez ? Complètement faits main avec des fermoirs en dragon. Marron et bleu roi parce que... que voulez-vous... ? Ethan est tellement généreux. À propos, Anne... Lucy vous dit bonjour par mon intermédiaire et je vous dis bonjour par le sien. *On se comprend, là ?*

Anne est incapable de s'adresser directement aux gens, même lorsqu'ils se trouvent dans la même pièce qu'elle. Cependant, impossible de lui en tenir rigueur. Il s'agit d'une des femmes les plus charmantes que j'aie jamais rencontrées, avec son visage qui respire la gentillesse, son comportement dépourvu d'agressivité, sa façon de parler sans sous-entendu et ses manières simples. Les incessantes taquineries de Marino n'ont jamais réussi à la perturber. Même les âneries et la logorrhée compulsive de Bryce ne lui tapent pas sur les nerfs.

Elle ouvre des fichiers contenant les images en 3-D. La tête et le thorax de Gail Shipton envahissent l'écran plat.

Bryce étale un peu plus ses bijoux et ronronne de plaisir :

— J. Crew. Et celui-ci est carrément presque trop. Mais ma devise en l'occurrence serait « À cheval donné on ne regarde pas les dents » !

Il tire un bracelet de cuir noir orné d'une chaîne en acier.

— Pour aller avec…

Il exhibe un collier dissimulé sous son pull, un lien de cuir noir avec une sorte de motif tribal en métal, tout en déposant une part de pizza sur une assiette pour me la tendre.

La première bouchée se transforme en explosion de plaisir. Mon Dieu, je suis affamée. J'engloutis la moitié de la part avant de pouvoir prononcer un seul mot. Je m'essuie les doigts sur une serviette en papier et déclare enfin :

— Voici le point important. Ça commence par un matériau assez dense, fluorescent aux UV. Une sorte de poussière fine saupoudrée partout sur elle.

Je désigne du doigt des zones du scan de Gail Shipton d'un blanc intense, ses narines et sa bouche, celles où s'est accumulé le résidu. Une discrète et sombre zone correspond à de l'air piégé dans la cavité pleurale, un petit pneumothorax dans le lobe supérieur du poumon droit. Je clique sur différentes images, une coupe transversale du thorax et une frontale, qui me permettent de mieux apprécier le problème. J'explique à Benton et à Lucy :

— L'accumulation d'air dans un espace clos a dû augmenter la pression sur le poumon, empêchant son expansion,

— Rendant sa respiration plus difficile, traduit ma nièce.

Bryce s'exclame :

— Même moi je sais cela !

— Elle éprouvait déjà des difficultés respiratoires, le souffle court, m'informe Lucy. Elle soupirait très souvent comme si elle avait du mal à reprendre sa respiration.

Benton chausse ses lunettes de lecture.

— Je ne suis pas certain de comprendre. Un pneumothorax peut-il tuer quelqu'un ?

— Non traité, il aurait pu engendrer une détresse respiratoire sévère. Cela se serait répercuté sur le cœur et d'importants vaisseaux sanguins.

Mon mari se penche par-dessus mon épaule. Il scrute l'écran plat, et son haleine me caresse les cheveux.

— Je cherche toujours à me représenter la chose.

Anne l'aide :

— Cette zone noire, là. C'est la densité de l'air. Vous voyez ? La même à l'intérieur et à l'extérieur de la poitrine. Ça ne devrait pas ressembler à ça.

— On ne devrait pas retrouver de zones noires du tout dans l'espace pleural, j'ajoute. Cette autre surface, plus pâle, ici, dans les tissus mous de la poitrine, correspond à une hémorragie. On peut donc en conclure qu'un traumatisme quelconque a provoqué un affaissement pulmonaire. La première étape consiste à découvrir comment elle a récolté cela.

Chapitre 29

Il est midi et demi. Je récupère des vêtements de protection sur des étagères du vestibule.

J'enfile des protège-chaussures, des gants et passe un heaume de protection. Lucy et Benton m'imitent, bien que je sache que mon mari ne s'éternisera pas. Il apprendra tout ce qu'il peut du corps de Gail Shipton puis il devra en découdre avec le Bureau, et peut-être davantage. Je perçois lorsqu'une houle sombre l'envahit. On dirait que l'air se modifie, signe avant-coureur d'un orage. Je repense à l'ADN et à ce que m'a révélé le Dr Venter. Je demande à Lucy :

— Quelque chose de nouveau aux informations ?

— Juste ce qu'il vient de mentionner…

Elle regarde Benton, pour s'assurer qu'il n'a rien à ajouter.

— … Il y a environ une heure trente, le numéro d'urgence a reçu un appel prévenant qu'un tireur se baladait dans Concord. La police a répondu à l'appel mais il n'y avait pas d'homme armé, et puis, plus rien.

— Où cela à Concord ?

— Minute Man Park, où se trouvaient pas mal d'écoliers.

— Et un hélicoptère d'urgence médicale s'est rendu sur les lieux ?

Benton intervient :

— C'est à peu près tout ce que je sais. Un individu suspect, vêtu de noir, a été aperçu traversant le parc en courant. Il semble qu'une voiture ait pétaradé dans Liberty Street. Les gens présents ont aussitôt pensé à des détonations. Les gamins hurlaient, les professeurs paniquaient, tout le monde s'affolait à la perspective d'un nouveau Newtown.

— Et ont-ils arrêté cette personne ?

— Non.

— Et c'est tout ? j'insiste en le regardant.

— J'en doute. Des communications radio grandes zones prioritaires entre les départements de police indiquent que le NEMLEC est sur le pied de guerre, mais le FBI n'a pas été informé. J'ignore de quoi il s'agit. D'ailleurs, peut-être ne le savent-ils pas non plus. Granby me harcèle pour te rencontrer.

Je me sens devenir butée :

— En ce cas, pourquoi passe-t-il par ton intermédiaire ? Il n'a qu'à appeler mon secrétariat.

Mon mari lâche :

— Il a décidé que je ne serais pas associé à votre réunion. C'est la dernière en date.

— Donc, tu organises une réunion à laquelle tu n'es pas invité. Quelle grossièreté !

Ma nièce ironise :

— Il devrait s'efforcer de n'être pas si subtil. Un vrai crétin !

De mon coude, j'enfonce un gros bouton et la porte d'acier s'ouvre automatiquement. L'écho de l'eau qui cascade et des instruments qui cliquettent et claquent contre les planches à dissection nous parvient. Une scie oscillante geint, puis gronde bruyamment en attaquant un os. Les voix des médecins et des techniciens d'autopsie se mêlent en un brouhaha indistinct. Je perçois l'odeur du sang qui se décompose et des fermentations ainsi que celle de la chair brûlée.

La lumière naturelle du jour filtre au travers des vitres unidirectionnelles, et des rampes de lampes haute intensité projettent leur lumière depuis un plafond à neuf mètres de hauteur. Mon personnel s'affaire autour des éviers en acier inoxydable et des tables d'autopsie mobiles alignés le long d'un mur.

Luke Zenner termine une autopsie à son poste habituel, le numéro deux, juste à côté du mien, où le corps de Gail Shipton, rigide dans sa pose, est toujours enveloppé de draps plastifiés. On a retiré le sac qui protégeait sa tête, probablement le Dr Adams lorsqu'il a examiné sa denture.

Elle ne semble plus aussi indemne de tout outrage, maintenant qu'elle se trouve dans un environnement plus chaud et qu'un dentiste médico-légal a dû rompre la rigidité cadavérique de ses mâchoires pour ouvrir sa bouche de force. Ses lèvres se dessèchent, engendrant une rétractation lente qui se transforme en grimace de réprobation face à cette profanation dégradante, bien que nécessaire.

Les yeux d'un bleu intense de Luke me dévisagent à travers ses larges lunettes de protection. Ses cheveux blonds sont couverts d'un calot chirurgical de couleur vive. Il me lance :

— Heureux de constater que vous faites toujours partie du monde des vivants.

Lucy corrige et jette un regard au corps carbonisé allongé sur la table de Luke :

— On ne peut pas véritablement appeler ce lieu le monde des vivants. C'est la saison ?

La cavité abdominale couleur rouge cerise du cadavre brûlé a été vidée, révélant les côtes incurvées et blanches. Je vérifie :

— Niveau de CO ?

— Soixante pour cent. *Ja, in der Tat, meine Freundin*, déclare Luke dont la langue maternelle est l'allemand. Il respirait encore lorsqu'il a mis le feu à sa maison. Il fumait et buvait, son alcoolémie plafonne à 3,8 grammes par litre.

— Importante.

Luke essuie ses mains ensanglantées sur une serviette tout aussi souillée. Il retire son tablier maculé de sang et le jette dans une poubelle réservée aux déchets biologiques. Il appelle Rusty, qui se tient de l'autre côté de la pièce, lui demandant de refermer pour lui avant de m'éclairer :

— On pense qu'il se serait endormi ou évanoui et que la cigarette aurait mis le feu au canapé. Arrivée massive d'alcooliques aujourd'hui. On pouvait s'y attendre, juste avant les fêtes. Le Dr Franz Schoenberg est le suivant. Étrange ironie du sort. Un psychiatre qui éprouvait des difficultés à faire face.

D'un signe, j'indique à Harold que j'ai besoin d'aide. J'approche un chariot chirurgical. J'y récupère une paire de ciseaux et entreprends de couper le ruban adhésif.

— Je ne suis pas certaine qu'il n'y ait pas d'autres causes en jeu. Vous vous êtes occupé de l'une de ses patientes la semaine dernière, Sakura Yamagata, la femme qui a sauté du toit de son immeuble.

Luke écarquille les yeux :

— Mon Dieu ! Cette prétendue créatrice de mode de vingt-deux ans, du moins grâce à son papa bio-entrepreneur moléculaire et millionnaire qui lui a littéralement acheté une carrière ? Tout récemment, il a allongé un demi-million de dollars à une espèce de star de reality-show pour qu'il fasse une apparition lors d'un défilé de mode et soutienne les créations de sa fille, hideuses par ailleurs. Pour paraphraser l'inimitable Bryce, du drame high-tech mais pas d'histoire, ou quand les Jetsons rencontrent la bimbo de la télé.

— Et comment savons-nous tout cela ?

— Grâce à Google, me renseigne Luke. C'est dingue ce que l'on peut trouver là-dessus au sujet de nos patients.

— J'ai demandé au labo de toxico de vérifier l'éventuelle présence d'hallucinogènes tels que méphédrone, méthylone, MDPV.

— Bonne idée, il va falloir que nous parlions dès que vous aurez une minute. Je crains que ce Dr Schoenberg ne fasse partie des dossiers à haut risque.

Je tire le drap et le tends à Harold avant d'énumérer :

— Humeur vitrée, sang, urine, foie, on ne laisse rien passer. Sans oublier le contenu gastrique. Avait-il récemment ingéré des aliments ? Avait-il commandé un repas au pub ? Peut-être ne s'était-il pas rendu là-bas pour boire mais pour manger et se calmer avant de rentrer chez lui pour faire la paix avec sa femme. Peut-être espérait-il ordonner ses pensées, se convaincre qu'il n'était pas coupable du suicide d'une de ses patientes juste sous ses yeux.

Je soulève le tissu blanc ivoire qui recouvre le corps de Gail Shipton, nue à l'exception de la culotte pêche pâle qu'elle porte, un sous-vêtement de luxe, suisse, du coton de qualité. Sa blessure à la poitrine, en haut du sein gauche, est si discrète que l'on pourrait aisément passer à côté.

Cette zone circulaire de peau, du diamètre d'une pièce d'un centime, a pris une nuance rose pâle. Grâce à une loupe, je peux apercevoir au milieu la perforation occasionnée par une pointe acérée qui a pénétré dans son poumon droit, occasionnant son effondrement.

D'un ton dégagé, comme si ma question était purement théorique, je demande à Benton :

— Tu as déjà constaté une blessure de ce genre ?

Je ne peux faire une allusion directe aux meurtres de Washington. Il est exclu que je mette la puce à l'oreille d'un membre de mon personnel. Nul ne doit supputer que Gail Shipton est probablement une autre victime du tueur en série qui a terrorisé la capitale durant ces huit derniers mois. Il appartient à Benton de pousser cette porte s'il le désire.

Il regarde la blessure grâce à la loupe que je tiens, sa blouse jetable bruissant contre moi. Je perçois sa chaleur, son intensité.

— On dirait une piqûre d'insecte.

Son regard noisette me fixe par-dessus son masque chirurgical et j'y lis qu'il n'a jamais rencontré ce type de plaie. Elle le surprend.

— Non, Kay, j'ignore de quoi il s'agit, du moins ne l'ai-je jamais remarquée auparavant. De toute évidence, un insecte n'a pas pu pénétrer jusqu'à son poumon. Selon toi, une marque d'injection correspondrait-elle à cela ?

Je ne le pense pas.

Peut-être venons-nous de découvrir comment le tueur contrôle ses victimes. Il est possible que ce psychopathe avide d'attention ait laissé par inadvertance une clé menant à son *modus operandi*. Je peux maintenant voir ce que ce tordu a fait. J'ai une meilleure idée du genre de brute trouillarde à laquelle nous avons affaire.

Je soutiens le regard de Benton pour lui indiquer que je ne discuterai pas de l'origine de cette blessure, pas devant des tiers.

— Non, pas une marque d'injection.

Gail Shipton a été paralysée avec un pistolet neutralisant, une de ces armes électrique qui assomment leur cible, certainement pas le genre qu'un individu lambda peut se procurer sur Internet pour sa protection personnelle. Il se peut qu'elle ait été atteinte à plusieurs endroits, mais cette blessure à la poitrine indique que l'un des dards a visé sa peau nue et pénétré dans la paroi thoracique et le poumon. Si d'autres ont été tirés alors qu'elle était toujours habillée, je n'en découvrirai peut-être pas les marques. Nous ignorons ce qu'elle portait hier soir dans le bar, et je ne peux donc rechercher des déchirures dans ses vêtements. Les pistolets incapacitants sont silencieux. La victime est totalement anéantie pendant que les dards reliés à un fil délivrent un choc électrique de cinquante mille volts. Au fond, cela ressemble à un spasme cadavérique ou à une *rigor mortis* instantanée alors même que l'on est toujours en vie, si tant est qu'une chose aussi épouvantable puisse exister. On ne peut plus parler ni se relever. Les blessures les plus graves dans ce type d'attaque sont conséquentes à la chute de la victime, qui s'effondre au sol à la manière d'un arbre foudroyé, son crâne pouvant heurter une surface dure.

Benton me regarde droit dans les yeux et demande :

— Cela t'ennuie si j'occupe ton bureau un moment ? Je dois passer quelques appels et peut-être que Bryce pourra me raccompagner à la maison pour que je récupère ma voiture.

Je repousse mon heaume.

— Harold ? Pourriez-vous appeler Anne, s'il vous plaît ? Je reviens, nous allons commencer.

— À vos ordres, chef.

Chapitre 30

J'escorte Benton jusqu'au vestibule, qu'il connaît pourtant comme sa poche. Peut-être mon personnel pensera-t-il que j'ai besoin d'un moment d'intimité avec mon mari. Il retire ses vêtements de protection, arrache la ceinture en papier de sa blouse blanche, tassant celle-ci en boule avant de la jeter dans une poubelle rouge vif réservée aux déchets biologiques.

Je lui annonce la vérité, une vérité cruelle, aux implications encore plus inacceptables.

— Si elle a été tuée par le Meurtrier Capital, cela sous-entend qu'il utilise un pistolet électrique contre ses victimes. Du moins est-ce le cas pour cette dernière. Et pas n'importe quel modèle. L'arme qu'il a utilisée projette des fils terminés de dards. Ils se plantent dans la chair à la manière d'hameçons. En d'autres termes, il s'agit d'un pistolet neutralisant que j'associe aux forces de l'ordre.

Benton s'assoit sur un banc et retire ses protège-chaussures. Il argumente :

— Sauf s'il l'a acheté à un revendeur, dans la rue. Ça ne doit pas être compliqué. D'ailleurs, il y a fort peu de choses qu'on ne puisse se procurer en ligne.

— Possible, bien sûr. Néanmoins, il savait quoi acheter et le résultat qu'il obtiendrait.

Il arrache ses gants et son masque chirurgical, les lançant à leur tour dans la poubelle. Il replie ses lunettes de protection, me les tend et résume :

— Sadisme et contrôle. La simple idée de recevoir une telle pêche électrique doit être terrifiante.

— En effet.

Je pose les lunettes sur une étagère à côté d'autres paires de tailles variées et d'un spray désinfectant.

Le regard perdu, comme s'il visionnait une scène horrible, il murmure :

— Ainsi s'expliquent des victimes qui ne se défendent pas.

— La paralysie dure le temps que l'on presse la détente, sauf coup de malchance, comme je le subodore dans le cas de Gail Shipton. D'un autre côté, peut-être était-ce pour elle une délivrance, non intentionnelle. Peut-être cette arme à électrochoc et une mort prématurée lui ont-elles évité la torture et l'agonie que le tueur lui réservait. L'absence de sac en plastique, de ruban adhésif et de nœud-cadeau trouverait alors une explication.

— Il n'a pas réussi à obtenir ce qui le comble et son rituel a avorté.

Il plie les bras sur ses genoux et contemple ses mains nues, effilées et élégantes, évoquant celles d'un musicien, pâles du peu de soleil dont nous jouissons ici. D'un geste inconscient, il joue avec son alliance en platine, la faisant tourner avec lenteur.

— Nous verrons ce que l'autopsie nous révélera. Toutefois, s'il lui a tiré dessus avec un pistolet électrique alors qu'elle se trouvait sur ce parking obscur, ça peut expliquer pourquoi elle s'est tue brusquement au milieu de sa conversation avec Carin Hegel.

Je lui révèle ensuite la teneur des enregistrements que m'a fait écouter Lucy.

Je décris le ronronnement du moteur de voiture derrière le Psi Bar et Gail Shipton disant : « Pardon ? Je peux vous aider ? » Puis, plus rien. Je m'assieds à côté de Benton, épaule contre épaule, genou contre genou, mon pied dans son cocon en papier frôlant une de ses tennis de cuir noir. Puis je conclus :

— Peut-être a-t-elle lâché son téléphone, incapable d'un geste, de proférer un son. Elle ne s'est pas effondrée au sol, sans quoi nous constaterions des contusions, des éraflures, peut-être même des blessures plus sérieuses si son crâne avait heurté l'asphalte. Quelque chose l'a empêchée de tomber lorsque ses muscles se sont contractés.

— Il a pu la rattraper à temps et la traîner jusqu'à sa voiture.

Benton se représente la scène, fixant ses mains, le visage fermé, songeant sans doute qu'il est passé à côté d'un détail crucial depuis le début. Il poursuit :

— Elle devait être totalement désorientée. Elle n'allait pas se débattre, au risque de reprendre un choc électrique. Elle n'a pas hurlé, sans quoi on l'entendrait sur l'enregistrement que Lucy n'est pas supposée détenir et qu'elle aurait dû transmettre à la police.

M'appliquant à ne pas aborder ce que Lucy a fait ou pas, je rectifie :

— Tout le monde ne hurle pas, et certaines personnes s'évanouissent. Si Gail souffrait de problèmes cardiovasculaires sous-jacents ou autre, elle a peut-être été victime d'un arrêt cardiaque.

À cet instant, ce n'est pas la vision très personnelle qu'a ma nièce des protocoles ou son habituel manque de respect pour les règles qui m'intéresse. Que le patron de Benton, au FBI, adopte le même comportement m'inquiète davantage. Alors que nous nous relevons, Benton résume :

— Si Gail Shipton est morte d'une crise cardiaque, le tueur va se sentir floué.

Je sais ce qu'il ressent. Je le lis dans la rigidité de son visage, dans les ombres qui envahissent son regard, obstinés fantômes de tous les êtres saccagés sur lesquels il a enquêté. Il doit les convoquer, les rappeler d'entre les morts afin de les défendre. Il doit savoir à quoi ils ressemblaient avant qu'un prédateur leur arrache la vie. Il ne parvient pas à laisser partir les victimes. Elles forment maintenant une foule dans son esprit, une légion de spectres toujours plus nombreuse.

— Ne sois pas si dur avec toi-même. Je t'en prie. Tu ne peux pas connaître ce qui ne s'est jamais présenté. Tu ne peux pas l'inventer.

— Il doit exister des traces, n'importe quoi, de ce qu'il leur a fait subir, et je suis passé à côté.

— Si quelqu'un est passé à côté, ce sont les légistes. D'ailleurs, peut-être n'a-t-il pas eu recours à un pistolet neutralisant avec les autres.

Benton récupère son blazer et son manteau pendus à une patère.

— Non, Kay. L'absence de blessure me fait penser qu'il est parvenu à les soumettre de la même manière.

— Si elles ont été atteintes alors qu'elles portaient des vêtements, peut-être plusieurs couches, il existe une chance non négligeable que les dards n'aient pas laissé de marque, du moins repérable.

— Assister à la panique de la victime qui suffoque et sait qu'elle va mourir fait partie du frisson. Ce serait un échec si sa proie décédait d'un infarctus. Une sorte de *coitus interruptus* qui le frustrerait et le mettrait dans une rage folle. Il est interrompu et son envie compulsive n'a pas été satisfaite. Il s'en trouvait très près mais brusquement la voie se referme. Sa victime l'escroque. Il l'avait pourtant étudiée, et elle ne réagit pas comme il l'entend. Elle a le culot de mourir avant qu'il puisse la tuer. Il va tenter autre chose. Très vite. Je n'avais pas pris cet aspect en considération.

— Pourquoi l'aurais-tu fait ?

Il enfile son blazer et poursuit :

— Il s'agit d'un point crucial qui pourrait expliquer beaucoup de choses. Il n'a pu reproduire qu'un bout de son rituel. Le fantasme s'est dérobé. Il a été gâché par sa victime qui a réagi d'une façon imprévue et a eu l'outrecuidance de mourir sans son autorisation.

— Je vais m'efforcer de répondre à cela.

— Peut-être est-ce pour cela qu'il a eu besoin de Vicks alors qu'il était à ses côtés, aux côtés de son cadavre. Tout devenait plus difficile qu'à l'accoutumée. Il avait été bousculé par un événement qu'il n'avait pas anticipé. Il était en colère, distrait, s'efforçait à la concentration. Elle ne lui a pas permis de finir. Elle l'a truandé. C'est ainsi qu'il le voit. Les fleurs du mal n'ont jamais pu s'épanouir et la fureur l'a envahi.

— Nous devons entendre ce que nous dit le corps de Gail Shipton.

— Il est en train de perdre tout contrôle, murmure Benton d'un ton lugubre. Ça se produit toujours ainsi. Je ne pensais pas que cela arriverait si vite dans son cas, alors qu'en réalité, nous en étions déjà aux prémices. Ça explique son retour à Cambridge. Mon Dieu. Il est ici parce qu'il n'a plus aucune limite. Il est dominé par une force qu'il ne comprend pas, une force malfaisante. Cependant, il est en terrain conquis, ici. Tout commença ici et tout s'y terminera. Quelque chose.

Benton voit, tout en sachant qu'il ne pourra rien faire pour y mettre un terme. Il est tendu à l'extrême.

— Il décompense, de plus en plus prisonnier de ses fantasmes déviants et violents. Il est incapable de percevoir à quel point ils sont pathologiques, révoltants. À ses propres yeux, il n'a rien d'un individu cruel. C'est la faute des autres, pas la sienne…

Son regard fixe se perd vers le mur. Il reprend, alors qu'Anne pénètre dans le vestibule :

— … Il est convaincu d'être normal, aussi normal que toi et moi. Ce qu'il fait est justifié à ses yeux. Je dois récupérer ma voiture. Je dirai à Granby que s'il souhaite s'entretenir avec toi, ce sera à quinze heures et au CFC.

— Très bien. À quelle heure Bryce fait-il passer un entretien à la candidate au poste de Marino ? je demande à Anne.

Anne jette un regard singulier à Benton puis répond :

— À quinze heures, évidemment. Mais je peux lui conseiller de reporter l'entrevue à dix-sept heures.

— Si j'ai le temps de faire une apparition, je veux bien.

Benton ouvre la porte. Je lui demande, alors qu'une sensation de froid me gagne :

— S'agit-il d'une discussion nécessaire sur un dossier, ou bien de politique ? D'ailleurs, peut-être que je n'ai guère envie d'une telle réunion puisqu'il ne veut pas que tu y assistes.

Va au diable, Ed Granby !

De plus en plus ulcérée, j'ajoute :

— Ces magouilles politiques et projets secrets ne m'intéressent pas le moins du monde. La juridiction du FBI, et tout ce qui va avec, n'a rien à voir avec le CFC.

Je ne supporte pas l'idée que Granby me fasse perdre mon temps. De plus, je ne parviendrai pas à le regarder sans penser aux fluides vaginaux et au sang menstruel qui ne peuvent en aucun cas avoir été abandonnés par Martin Lagos. Je n'ai jamais apprécié le patron de Benton, mais aujourd'hui, je refuse tout contact avec lui tant que je n'ai pas découvert la vérité sur ce qui s'est passé avec le CODIS. Si Ed Granby a ordonné à quelqu'un d'altérer une empreinte ADN, je veux savoir pourquoi, et je veux qu'il plonge ainsi qu'il le mérite.

Debout dans l'embrasure de la porte, Benton remarque :

— Eh bien, voilà tout le problème, si j'ai bien compris : Marino a indiqué que j'avais travaillé sur la scène du MIT alors que nous n'avions pas été sollicités officiellement par le département de police concerné. Ensuite, le superintendant de Cambridge a appelé, il est monté sur ses grands chevaux. Granby s'efforce de tout régler. À ce qu'il affirme. En conclusion, je ne peux pas assister à la réunion puisque je suis le problème.

— Là n'est pas sa véritable raison !

Anne intervient :

— J'en conclus que les talents en société de Marino ne se sont pas améliorés. Pourquoi faut-il toujours qu'il se conduise comme un véritable abruti ?

Benton souligne :

— Nous avançons en terrain sensible. Il en faut bien peu pour que la police locale se hérisse dès que le Bureau tout-puissant est concerné. Granby veut apprendre ce que tu sais.

Je comprends qu'il s'agit là du véritable motif de cette réunion. J'ironise, tant cette sortie m'amuserait s'il s'agissait de quelqu'un d'autre :

— Ce que je sais ? En général ? Ça risque de lui prendre un sacré bout de temps !

— Oui. Je dirais… jusqu'à la fin de ses jours, renchérit Anne.

— Il affirme qu'il ne souhaite qu'y voir plus clair et comprendre ce que je faisais à Briggs Field, alors que personne n'avait officiellement requis notre aide.

Benton dévoile d'autres âneries mensongères de Granby.

— As-tu eu l'occasion d'expliquer ta théorie concernant notre cas du matin, celui qui a provoqué un ébouriffage de plumes ?

Avec une impavidité qui ne cache pas ce qu'il pense véritablement, Benton offre :

— Je fais mon métier, et donc mon rapport à mon supérieur.

Ed Granby a donc été informé que le meurtre de Gail Shipton était vraisemblablement lié à ceux de Washington. S'il a bidouillé les preuves, il doit être en pleine crise de paranoïa et savoir qu'il est confronté à un gros problème. Bien sûr qu'il souhaite me rencontrer afin d'entendre tous les détails de ma bouche, et bien sûr qu'il refuse la présence de mon mari. Ulcérée, je décide :

— Bizarre, j'ai le sentiment que je vais être terriblement occupée à quinze heures. Je viens justement de m'en souvenir. Tu sais quoi ? Il m'est impossible d'assister à une réunion aujourd'hui. Demain non plus, d'ailleurs. Je vais demander à Bryce de consulter mon emploi du temps et de me trouver un créneau.

Benton me sourit puis quitte le vestibule.

— Eh bien, c'est ce que j'appelle une vengeance, commente Anne en tirant des vêtements de protection des étagères.

— En tout cas, je n'ai aucune responsabilité là-dedans. Il veut jouer au plus malin ? Nous serons deux.

— Ai-je bien entendu le terme « pistolet électrique », docteur Scarpetta ?

— Non, rien n'a été mentionné devant vous.

Ma technicienne poursuit :

— Harold m'a dit que vous aviez besoin de moi. Que souhaitez-vous que je fasse, au juste ?

— M'assister. Harold peut donner un coup de main à Luke pendant que vous m'aidez. Nous devons réaliser une angiographie et scanner Gail Shipton à nouveau pour vérifier mes soupçons. Je veux savoir si elle souffrait d'un problème cardiaque sous-jacent la rendant plus susceptible de décéder subitement. Anne, pour l'instant, je souhaite une confidentialité absolue. Rien ne sort de cette pièce, s'il vous plaît.

Elle fait le geste de fermer hermétiquement ses lèvres et de jeter au loin une clé imaginaire avant de promettre :

— Les bavardages indiscrets, ce n'est pas trop mon genre. À quoi pensez-vous ?

— Il se peut que nous soyons confrontés à un tueur qui ait un lien avec la police.

— Un flic tueur ?

— Il serait prématuré que je m'avance. Cela étant, n'importe qui ne peut acquérir le type de pistolet neutralisant utilisé pour immobiliser Gail Shipton. De deux choses l'une, ou il l'a obtenu illégalement, ou il a des relations avec les forces de l'ordre ou avec quelqu'un qui en est proche.

— Et cela aurait provoqué son pneumothorax ? Pardon, j'ai failli dire, *je suis choquée*. Je ne pense pas avoir jamais vu de blessures occasionnées par ce type d'armes.

— Sans doute parce qu'en général on n'en meurt pas.

Elle enfile une blouse sur son uniforme violet et me raconte :

— Je suis sortie avec ce type durant un moment, un flic débutant, un bleu. Leur entraînement inclut de se faire tirer dessus avec une arme de ce genre. Il m'a affirmé que ça terrorisait bien plus que ça ne faisait mal, parce qu'il avait eu une trouille bleue.

— Vous êtes-vous déjà cogné violemment l'os du coude ? Eh bien, multipliez la sensation par mille et imaginez que ça parcourt tout votre corps durant cinq secondes ou plus longtemps. C'est à peu près aussi indolore qu'une crise d'épilepsie.

— J'en déduis que si vous infligez ça à quelqu'un, il ne vous résistera plus, au risque de se prendre une deuxième prune.

— Sauf s'il est défoncé à la cocaïne ou au PCP. Anne, étiez-vous au courant que Lucy allait chercher Benton à

Washington pour le ramener à la maison plusieurs jours plus tôt que prévu ? Une surprise qui m'était destinée.

Je peux poser n'importe quelle question à Anne, certaine qu'elle ne répétera rien ni n'émettra de jugement.

— Bryce me l'a dit. D'ailleurs, je pense que beaucoup de gens le savaient, et nous étions contents. Pour tout vous dire, on vous plaignait vraiment, avec ce que vous aviez enduré dans le Connecticut, et en plus vous aviez la grippe. Noël approche, Benton était parti, et son anniversaire est demain. Ça va peut-être vous surprendre, mais il y a pas mal de gens ici qui pensent que vous ne faites que travailler et travailler. On aimerait beaucoup que vous preniez des petits moments sympas pour vous et que vous soyez heureuse.

Je me rends soudain compte que j'éprouve un réel besoin de parler. Je ne peux m'empêcher de repenser à la suggestion scandaleuse de Granby, insinuant que le Meurtrier Capital serait influencé par des publications de Benton. Granby sous-entend par là que mon mari partage en quelque sorte une responsabilité dans ces meurtres sadiques. Du coup, il devrait prendre sa retraite, et le Bureau devrait se désinvestir du profilage, obsolète et dangereux. Granby tente d'instiller un poison dévastateur et sait comment s'y prendre. Je m'efforce de demeurer calme, objective, mais je sens la rage bouillonner en moi. J'énumère :

— Personne ici n'ignorait que Lucy ramenait Benton en hélicoptère aujourd'hui. Sans parler de ses collègues du FBI, de son foutu patron, du personnel de l'hôtel dans lequel il séjournait en Virginie du Nord et de ceux qui ont pu avoir accès au plan de vol de Lucy.

Je m'applique à sérier les informations. Je tente de déterminer comment le tueur aurait pu être au courant du retour de mon mari aujourd'hui, bien que toujours dubitative au sujet de cette hypothèse. Benton est contrarié et blessé. Il s'en veut. Je dois le comprendre sans toutefois me laisser influencer. De plus, cela n'a aucune importance. Quoi qu'ait pu apprendre le tueur, cela n'implique en rien une responsabilité de la part de Benton. Comment Granby ose-t-il suggérer une telle chose ? Comment ose-t-il balayer ainsi les réussites et les véritables sacrifices de mon mari ?

— Pourquoi, docteur Scarpetta ?

— Lucy connaissait Gail Shipton.

— Je l'avais compris.

— Benton s'inquiète de ce que le tueur ait orchestré son acte, programmé la découverte du corps de Gail Shipton en fonction de son retour à Cambridge.

— Oh, ça fiche la chair de poule, commente Anne.

Pourtant, je sens qu'elle n'y croit pas un instant. J'insiste :

— Je me demande si Lucy aurait pu dire quelque chose à Gail…

— Et du coup, Gail l'aurait répété à la personne qui comptait la tuer ? Du genre : « Hé, Benton rentre, pourquoi ne pas m'assassiner tout de suite ? » Ce serait la théorie de votre mari ?

J'enfonce à nouveau le gros bouton scellé dans le mur à l'aide de mon coude et les portes d'acier s'ouvrent grand.

— Certes, formulé ainsi, cela semble totalement insensé, je reconnais. Il s'agira peut-être d'une de ces questions auxquelles on ne trouve jamais de réponse, mais je ne supporte pas ce que cela provoque en lui.

Anne me suit à l'intérieur de la salle, embrayant :

— En revanche, s'il y a un truc sur lequel je n'ai aucun doute, c'est qu'il semble très stressé. Il a l'air épuisé, tendu et un peu déprimé. Personnellement, lorsque je suis dans cet état d'esprit, j'ai l'impression que tout est de ma faute. J'ai l'impression que quelque chose est caché dans la penderie ou sous mon lit. Je pète un peu les plombs, pour être honnête.

— Granby s'efforce de saper le moral de Benton.

— Ce sera donc à vous de déblayer le problème pour lui, docteur Scarpetta. Sans quoi, il continuera à se torturer.

— À ceci près que je ne sais pas trop comment procéder.

— Demandez à Lucy, me conseille-t-elle. À qui d'autre l'a-t-elle appris ? Ainsi vous parviendrez à une certitude.

— Je ne veux pas qu'elle puisse penser que je la rends coupable.

— Vous n'accusez personne, et il va falloir que vous cessiez de vous sentir responsable des sentiments des autres.

— Oh, ça n'arrivera jamais, chère Anne !

*

J'incise la petite plaie, attendant que Lucy réponde à une question qui la déstabilise. Je ne l'ai pas posée plus tôt, tant d'autres choses méritent d'être abordées. Les priorités ont changé. Cependant, je devine comment elle réagira.

Lucy hésite puis se décide :

— Comme ça, en passant, oui j'ai pu le dire. Je n'ai pas supposé un instant que ce soit important.

Ma brillante, intelligente nièce est si pataude lorsqu'elle se rend compte que je la soupçonne d'avoir commis une erreur. On dirait que les mots se forment soudain avec difficulté dans sa gorge. Je ramasse une paire de pinces sur le chariot chirurgical.

Plutôt indifférente, en tout cas pas sur la défensive en dépit du fait qu'elle n'aime pas les questions que je lui pose, elle ajoute :

— Je me souviens vaguement avoir dit un truc.

Après réflexion, elle admet qu'elle a pu évoquer la surprise anniversaire de Benton durant sa conversation téléphonique avec Gail Shipton, alors que celle-ci se trouvait au Psi Bar. Lucy venait juste d'atterrir à Dulles lorsqu'elle a passé cet appel. Elle devait retrouver Benton et le ramener à la maison le lendemain.

Plantée de l'autre côté de la table d'autopsie, elle discute et observe son ancienne amie morte. Une femme en qui elle a eu un jour confiance, quelqu'un qui lui mentait et tentait de l'escroquer, quelqu'un qui ne lui manquera pas. Elle concède :

— Je lui ai dit où je me trouvais et pour quelle raison.

Je lâche le carré de chair dans une fiole contenant de la formaline et m'enquiers :

— Es-tu certaine de ne pas l'avoir mentionné plus tôt ?

Sans que cela semble la perturber et quoi qu'elle m'en veuille de l'interroger, elle lâche :

— Si, sans doute.

Le trajet en hélicoptère destiné à ramener Benton à la maison a pu être évoqué plus tôt, selon elle. D'ailleurs, elle en est presque certaine. Lucy s'efforce de dissimuler ce qu'elle ressent. La colère, l'embarras, parce que, selon elle, je la mets en cause, et qu'elle est blessée que je ne lui accorde pas une confiance aveugle. Pour preuve, le fait que je la pousse dans ses retranchements. Elle réagit comme si je la rabaissais, me métamorphosant en sa mère, alors que je n'y songerais jamais. Ces émotions empruntent une boucle aussi vieille qu'elle-même, l'une engendrant l'autre, puis la suivante. Une boucle que je connais aussi bien que les couloirs de mon immeuble qui commencent où ils se terminent, en ce lieu où se côtoient la vie et la mort.

Il n'en demeure pas moins qu'elle ne se sent pas responsable. Ce que j'implique n'a rien à voir avec elle. De surcroît, elle n'a nulle intention de feindre une quelconque compassion envers cette femme, qui avait la ferme intention de l'arnaquer. Lucy se fiche royalement de ce qu'elle peut avoir révélé à Gail Shipton. Je préfère que ma nièce soit franche. Pourtant, surviennent parfois des situations qui me donnent à réfléchir à la façon dont elle est programmée. À la limite du tolérable. Je l'appelle souvent ma petite sociopathe, et Benton ne manque jamais de me rappeler qu'une telle association n'existe pas. Pas plus qu'on ne peut être « un peu » enceinte, « un peu » violée ou « un peu » mort.

Lucy me relate la visite chez elle de Gail Shipton dimanche dernier, le jour où la surprise d'anniversaire a été planifiée. Gail, Lucy et Carin Hegel se sont rencontrées chez ma nièce, à Concord, tard dans la matinée, pour discuter du procès qui approchait et revoir les dépositions ainsi que d'autres documents. Peut-être a-t-elle mentionné l'anniversaire de Benton au cours de cette réunion, mais également le fait qu'elle s'inquiétait de me savoir seule à la maison depuis mon retour du Connecticut.

Elle fait astucieusement ressortir ce point qui lui paraît le plus important, point que j'avais totalement négligé et balance soudain :

— Qu'elle soit assassinée juste après ne me semble pas relever de la coïncidence. On n'a parlé que de cela aux informations, que tu étais partie dans le Connecticut pour aider les bureaux du médecin expert en chef de là-bas.

— Bryce et sa grande bouche ! intervient Anne.

Mon chef du personnel devait le mentionner au médecin expert général des forces armées, mon véritable patron. Sans doute l'officier chargé de la communication externe a-t-il ensuite pensé qu'il tenait là matière à relations publiques. Le CFC est financé par le Commonwealth du Massachusetts et le ministère de la Défense. D'ailleurs, on me rappelle de temps en temps que je ne suis pas le chef ultime du Centre, hormis lorsque quelque chose se passe mal.

— C'est devenu viral sur Internet vendredi dernier. Tout le monde savait que tu avais répondu à l'appel en te rendant sur les lieux, dans cette école, pour collaborer aux autopsies.

Lucy continue de parler en détaillant le visage blafard de la morte, ses lèvres qui se déshydratent, ses yeux mornes.

La *rigor mortis* se désinstalle. Bientôt, elle aura disparu. Je songe toujours à un poing qui se détendrait, las d'avoir été trop longtemps serré. Je réplique :

— Je ne crois pas un instant que cela ait quelque chose à voir avec moi.

Aussitôt contrée par ma nièce :

— Selon moi, nous ne devrions pas partir du principe que Benton a quelque chose à voir avec cela. Et même en l'admettant, ce ne serait qu'un aspect anecdotique du problème. Peut-être le rôle que tu as joué dans le Connecticut est-il le véritable lien.

Anne semble approuver une théorie nouvelle à laquelle je ne m'attendais pas et souffle :

— Je vois où elle veut en venir. Benton s'inquiète de ce que le *timing* ait un rapport avec lui, alors qu'en réalité il ne concerne peut-être que vous.

Créer un spectacle, ne cesse de répéter Benton. Un drame violent dont je refuse de penser qu'il puisse m'inclure.

Lucy souligne :

— N'importe qui suivant l'actualité savait quand tu te trouvais dans le Connecticut et quand tu en rentrais. La deuxième pire tuerie survenue dans une école aux États-Unis, juste après le massacre de Virginia Tech. De quoi tourner la tête d'un psychopathe avide d'attention.

Un narcissique avec une personnalité borderline, a diagnostiqué Benton. Le tueur doit assister au drame qu'il crée.

— Toute cette publicité a dû mettre le feu à son tonnelet de poudre, tante Kay.

Je déclare d'un ton plat :

— Gail Shipton n'a pas été assassinée parce que j'ai prêté main-forte dans le Connecticut. Cela n'a aucun sens.

Elle me fixe d'un regard froid.

— Tu préférerais que Benton s'en sente responsable ?

— Je préférerais accuser le véritable tueur.

Le visage de ma nièce s'éclaire comme si elle venait de découvrir une réponse :

— Je n'ai pas dit qu'il s'agissait de la raison. J'ai dit que la tuerie de masse et le rôle que tu as joué dedans…

— Le rôle que j'y ai joué ?

Lucy conseille très calmement :

— S'il te plaît, ne te mets pas sur la défensive. Je suggère juste que cela aurait pu exacerber ce qui de toute façon allait se produire. Voilà tout. Gail était sa cible, mais peut-être a-t-il décidé de la tuer à ce moment précis en raison de tout ce qui passait aux informations. Ça l'excitait et nourrissait la merde qu'il a dans la tête.

Ma technicienne approuve :

— J'ai vu sur CNN que vous étiez là-bas, et ensuite ils ont mentionné que vous rentriez à Cambridge. Peut-être le tueur a-t-il formé un intérêt pour vous. Ce n'est pas de votre faute si ça l'a influencé.

Je ne veux plus rien entendre. Je revois le jeune homme caché derrière mon mur dans l'obscurité pluvieuse. Je brusque les deux femmes :

— Sommes-nous prêtes ? On ne peut pas traîner.

Chapitre 31

Nous consacrons la demi-heure qui suit à prendre des photographies.

Nous remplissons des diagrammes anatomiques et récoltons tous les indices possibles sur le corps et dans les orifices. Je découvre d'autres fibres bleuâtres dans la bouche et les cheveux de la morte. Certaines sont également collées à sa langue, prises entre ses dents et celles qui sont piégées dans ses narines m'étonnent : comment ont-elles pu remonter aussi haut ?

Elles ne proviennent pas du tissu modestement extensible, blanc ivoire, dans lequel Gail Shipton était enveloppée. Je doute qu'elles soient issues des vêtements que portait la victime lorsqu'elle a été enlevée et tuée. Les commentaires du Dr Venter me reviennent. Il supposait que Julianne Goulet avait pu inhaler des fibres d'un tissu en Lycra, sans doute bleu. *A priori*, je viens de découvrir un indice similaire.

Je soulève du bout de ma pince une fibre aussi délicate qu'un fil d'araignée et indique à Anne :

— Durant l'autopsie, il faudra vérifier les voies respiratoires et les poumons afin de rechercher la présence de ce genre de fibres.

Je la dépose sur une lame de microscope et la protège d'une lamelle.

Ma technicienne ouvre un PERK, kit qui permet le recueil des indices biologiques, autrement appelé « kit de viol », et commente :

— A-t-elle pu inspirer des fibres ? Ça paraît assez inhabituel, sauf s'il s'agissait d'un tissu qui perdait facilement sa matière.

— J'en doute. Si tel était le cas, on en retrouverait partout. En revanche, si un tissu bleu lui couvrait le visage alors qu'elle se débattait pour respirer, ça deviendrait cohérent.

— Comme lorsque les gens sont étouffés à l'aide d'un oreiller, réfléchit-elle. J'ai déjà vu de petits fragments de plume et des fibres dans les bronches et les poumons.

— En effet, mais en général, on ne remarque pas de blessures particulières puisque les oreillers sont mous.

— J'ai toujours pensé que ça pouvait être une explication dans certains cas de mort subite du nourrisson. Une dépression post-partum, et maman récupère la couverture toute douce de bébé, ou son oreiller.

— Mon Dieu, ce que vous pouvez être déprimantes ! intervient Lucy.

La lame en main, je me rapproche d'une paillasse sur laquelle trône un microscope en lumière polarisée. Je tourne l'objectif pour sélectionner un grossissement 100x, ajuste la mise au point et colle mes yeux au binoculaire. La fibre se révèle être un ensemble de fils plus minces, soudés les uns aux autres, multicolores, ressemblant à un faisceau de fils électriques, vert pâle et pêche avec une prédominance de bleu.

Je retourne vers la table d'autopsie et annonce :

— Du synthétique. À part ça, il nous faudra attendre les lumières d'Ernie… Dans ses cheveux, sur ses dents, en haut des narines au niveau des sinus.

Je continue à repenser aux fibres Lycra bleuâtres découvertes par le Dr Venter et tire un spéculum écarteur en plastique de son enveloppe stérile avant de poursuivre :

— Tout ceci m'incite à penser qu'elle a été étouffée à l'aide d'un tissu extensible. Un tissage synthétique multifilaments se caractérise par une certaine flexibilité.

Ma technicienne coupe les ongles de la morte et rassemble les rognures dans une enveloppe. Elle renchérit :

— Comme les pantalons en polyester que je portais quand j'étais gamine. Assez extensible pour bien mettre en évidence les bourrelets, car, oui, même si ça paraît difficile à croire, j'étais plutôt grassouillette. Du coup, je n'allais jamais au bal de l'école. En d'autres termes, ces fibres ne proviennent pas du tissu dans lequel elle était enveloppée puisqu'il est blanc ivoire.

— En effet. Ce linceul représente la touche finale, après son décès. Il a conservé la dépouille quelque part, de façon à disposer son corps, lui faire adopter la position dans laquelle elle se trouve. Ça sous-entend que la *rigor mortis* devait être fixée avant qu'il la déplace.

Lucy se recule de la table d'autopsie sans cesser de nous observer et demande :

— Et comment peux-tu affirmer cela ?

— Les artefacts *post mortem* qu'elle présente. Elle a conservé cette posture lorsqu'elle s'est refroidie et que le raidissement a commencé, alors que s'installaient la *livor* et la *rigor mortis*.

Lucy lève le bras et incline son poignet, vérifiant :

— Il a donc positionné son bras de cette manière.

— Oui.

— Comme une sculpture en argile qui sèche, offre Anne.

Après réflexion, Lucy s'étonne :

— Étrange. Pourquoi ?

Ce à quoi Anne rétorque :

— Pourquoi ces gens-là font-ils ce qu'ils font ?

— Ça doit avoir une signification.

Ma technicienne me tend une enveloppe afin que j'y appose mes initiales, et j'observe :

— Selon moi, ce genre d'individus n'ont pas la moindre idée de la signification de leurs actes. Ils commettent ces trucs épouvantables, mais si vous leur demandiez pourquoi, ils seraient incapables de vous répondre.

J'approuve :

— C'est probablement vrai.

— Peut-être que cela renvoie à l'époque où ils étaient bébés ou trop jeunes pour s'en souvenir. Vous savez, ça me rappelle la fois où j'ai claqué cette porte. J'ignorais qu'un chat se cachait derrière et je lui ai écrasé la queue. Je ne m'en suis jamais remise. Après tout, ça pourrait devenir ma signature, si j'étais criminelle, non ? J'ai été traumatisée quand j'avais dix ans, donc je fais du mal aux chats. Je leur écrase la queue.

Lucy jette :

— Vous savez quoi ? Vous êtes malade.

— Docteur Scarpetta, dites-lui que c'est faux, s'il vous plaît.

Nous entreprenons d'écouvillonner tous les orifices.

Lucy reporte son attention sur le corps allongé sur ma table.

— Et donc, elle était enveloppée dans un autre textile, avant de mourir ?

— Ça expliquerait les fibres sous ses ongles, dans ses cheveux et sa bouche.

Un moyen d'immobiliser ses victimes sans laisser de traces, me souviens-je avoir pensé alors que j'examinais les dossiers concernant les meurtres de Washington D.C.

Je me revois assise dans mon lit, imaginant chacune de ces effroyables agonies, un sac en plastique Octopus sur la tête des victimes. Un visage qui vire au rouge-bleu sombre, des yeux qui s'écarquillent de terreur. Le sang artériel afflue dans des vaisseaux obstrués par le ruban adhésif serré autour d'un cou. Une nuée d'hémorragies ponctiformes apparaissent sur les paupières et la conjonctive. Le résultat que l'on obtiendrait avec un tuyau d'arrosage embouché sur un ballon. L'eau déferle, puis ne trouve plus assez de place, la pression augmente et le ballon explose. J'imagine le rugissement dans la tête des victimes, leur besoin désespéré de respirer. Mais aucun sac en plastique n'enveloppait la tête de Gail Shipton. Peut-être n'a-t-il pas eu recours à cet accessoire pour tuer ses autres victimes.

Et si l'hypothèse du Dr Venter s'avérait exacte ? Si ces sacs n'étaient qu'un ornement morbide incorporé par le tueur dans sa symbolique, sa façon de disposer les corps ? Il a exclu cette touche finale dans le cas de Gail Shipton parce que sa mort prématurée a interrompu le rituel auquel il est attaché, le fantasme qu'il poursuit. Peut-être suffoque-t-il ses victimes, ce qui expliquerait l'absence de blessure de défense sur elles. Cela justifierait aussi la présence de fibres en haut des cavités nasales de Gail Shipton et dans les bronches et les poumons de Julianne Goulet.

Les gens qui étouffent se débattent avec l'énergie du désespoir. Pourtant, rien n'indique que tel fut le cas de ces femmes. Ainsi que Benton le formule, on croirait presque qu'elles ont accepté leur mort, une idée invraisemblable. Lors des asphyxies suicidaires, la biologie a toujours le dernier mot. La personne qui a décidé de passer à l'acte griffe le nœud coulant qui enserre sa gorge alors qu'elle se balance au bout de la corde. Elle tente de prendre appui sur la chaise ou le tabouret qu'elle a rejeté. Elle s'efforce d'arracher le sac qui emprisonne sa tête, ou se bagarre jusqu'au bout tout en se noyant. La souffrance et la panique modifient sa volonté quand chaque cellule hurle pour rester en vie. Je m'imagine enveloppant un être de la tête aux pieds dans un tissu synthétique un peu extensible.

L'examen pelvien ne révèle aucun signe d'agression sexuelle, pas de sperme, ni contusion ni inflammation, et je progresse rapidement. Ma mission ne quitte pas mon esprit, une autre étape scientifique avant l'autopsie. Je change la lame du scalpel pour pratiquer une incision en Y, qui descend le long du torse et contourne le nombril. Je repousse les tissus sans retirer la cage thoracique. Je trouve la bifurcation de l'aorte devant les articulations sacro-iliaques, au bord du détroit supérieur du bassin. À l'aide des angio-cathéters, je canule l'artère iliaque externe gauche et entreprends d'injecter le contenu de grosses seringues de fluide d'embaumement rose, additionné d'un agent de contraste non ionique qui va s'allumer en blanc intense sur le CT-scan.

La solution dévale dans les artères et les veines qui s'élargissent à l'œil nu sous la peau de Gail Shipton, donnant presque l'impression que le sang circule à nouveau. On pourrait croire qu'elle est toujours en vie. Cependant, mon poste de travail dans la salle d'autopsie sent aussi fort qu'une salle de préparation de thanatopracteur.

Je retire mes gants et mon heaume de protection et décide :

— Réalisons un nouveau scanner. Vérifions si quelque chose clochait au niveau vasculaire. Assurons-nous qu'elle est bien décédée d'un arrêt cardiaque avant qu'il n'ait eu l'opportunité de l'assassiner.

— Selon toi, qu'est-ce qui a véritablement tué Gail ?

Je regarde ma nièce avant de répondre :

— Selon moi, il faudra nous contenter d'un diagnostic d'exclusion. En éliminant certaines causes incohérentes, nous parviendrons à dégager la bonne. Je sais, par exemple, qu'à un moment donné sa pression sanguine a augmenté en flèche, provoquant les hémorragies pétéchiales de la conjonctive.

Je désolidarise la table d'autopsie de son évier, relâche les freins de ses roues pivotantes et explique :

— Une de mes hypothèses est qu'elle est morte d'un arrêt cardiaque lorsqu'elle a reçu le choc électrique du pistolet, ou peut-être pendant qu'il l'étouffait avec ce matériau qui a abandonné des fibres. Peut-être s'est-elle débattue afin de respirer. Toutefois, selon moi, la lutte fut brève, plus brève qu'avec une autre victime, surtout si le tueur s'applique à la lenteur, sadiquement, afin de prolonger son plaisir.

Anne suggère :

— Je vois : il attend qu'elle s'évanouisse, puis relâche un peu la pression du tissu pour qu'elle respire, et encore et encore.

— Possible, mais pas avec Gail. Pas avec un pneumothorax. A-t-elle jamais évoqué des douleurs de poitrine, un problème cardiaque en ta présence, Lucy ?

— Pas particulièrement. Elle se plaignait d'être très stressée. Ainsi que je l'ai mentionné, elle affirmait parfois se sentir essoufflée. Elle soupirait beaucoup, était facilement fatiguée. Ça pouvait résulter d'un état d'anxiété, d'autant qu'elle ne pratiquait aucun exercice physique. Au mieux, elle acceptait de marcher sur un tapis roulant.

Elle examine Gail Shipton, une expression fermée sur le visage, expression qui se fait de plus en plus dure au fil des minutes au point que je m'inquiète :

— Ça va ?

— À ton avis ?

— Il n'est pas nécessaire que tu assistes à cela.

— Si. Et ça ne me perturbe pas, contrairement à ce que tu pourrais penser.

Nous poussons la table sur laquelle est allongée Gail Shipton à travers la salle d'autopsie.

— Elle est à l'origine de ce qui lui est arrivé. Voilà ce qui m'ennuie.

— Faux ! je rétorque. Seul le tueur est coupable.

— Je ne prétends pas qu'elle soit responsable de ce qu'il lui a fait subir. En revanche, elle est blâmable pour ce qu'elle a déclenché.

— Évitons de l'accuser. Personne ne mérite d'être tué et peu m'importe ce que les gens ont pu faire.

De retour dans la salle de radiographie grandes dimensions, nous recouvrons la couchette du scanner avec des draps propres et y allongeons le corps sur le dos. J'injecte encore du fluide d'embaumement par l'artère iliaque puis Anne commande l'avancée de la couchette. Un ronronnement bas se fait entendre. Elle règle le statif, enfonçant un bouton rouge pour établir un point de repère à l'intersection entre le faisceau laser et la tête. Je décide :

— Nous allons commencer à la carina, le cartilage trachéal.

Nous nous rabattons vers le poste de travail d'Anne, protégé par la vitre plombée, enclenchant le témoin d'alerte rouge *rayons X en utilisation* avant de fermer la porte. Le niveau de radiations dans la pièce n'est supportable que si l'on est mort.

— Volume virtuel en trois dimensions, de l'intérieur vers l'extérieur, je précise. Coupe mince, très mince, d'un millimètre, avec un incrément entre elles. Qu'en pensez-vous ?

Anne lance l'examen de son ordinateur et suggère :

— 0,75 à 0,5 feront l'affaire.

Le scanner ronronne de plus belle. *Buzz-buzz, blop-blop.* Nous percevons l'écho des tubes à rayons X en rotation. Elle sélectionne « thorax » sur le menu et ouvre une fenêtre dans la zone d'intérêt, le cœur. Je veux savoir si Gail Shipton a été victime d'un problème cardio-vasculaire silencieux pouvant expliquer une mort subite qui, selon l'hypothèse de Benton, aurait spolié le Meurtrier Capital de sa satisfaction.

Lorsqu'il lui a tiré dessus avec un pistolet neutralisant, a-t-elle été victime d'une arythmie, est-elle morte avant qu'il puisse l'étouffer ? Son cœur s'est-il arrêté alors qu'elle se débattait pour respirer avec pour résultat de priver son tueur du plaisir de la torturer ? Les hémorragies ponctiformes multiples que j'ai repérées sur la conjonctive pourraient-elles être liées à une constriction vasculaire, peut-être en relation avec les valves cardiaques ? Les victimes de Washington présentaient quelques pétéchies sur les joues et les paupières, mais cette manifestation est d'une ampleur incomparable dans le cas de Gail Shipton.

Que t'est-il arrivé ?

J'explique à ma nièce :

— L'agent de contraste dans les vaisseaux sanguins permet de détailler les structures, à la manière d'un réseau routier parfaitement éclairé. Ah, voici le problème. Juste ici, j'indique en désignant l'écran de l'ordinateur. Un défaut dont elle n'avait probablement pas idée.

Anne bouge le curseur, ouvre une nouvelle fenêtre et affiche une image. Elle murmure :

— Waouh, trop bête ! C'est toujours affolant de penser à ce qui se terre en nous et va nous foutre la vie en l'air.

Je désigne pour Lucy le rétrécissement d'une artère coronaire qui a engendré une insuffisance d'irrigation.

— Sténose aortique, la valve est rétrécie. Épaississement du ventricule gauche. Ça peut être congénital, ou alors la résultante d'une infection bactérienne infantile qui a engendré une inflammation et des tissus cicatriciels. Un streptocoque, par exemple, qui a tourné à la forme rhumatismale. Ça pourrait expliquer les dégâts de son émail dentaire, du moins si elle a reçu un antibiotique tel que la tétracycline.

Me revient ce que Bryce a dit au sujet des dents de Gail Shipton. Ma nièce me questionne :

— Et ce problème de valve, quelle aurait été la conséquence pour elle ?

— Une détérioration du muscle cardiaque, avec une baisse de la fraction d'éjection du sang.

— En d'autres termes, c'était une excellente candidate à l'insuffisance cardiaque, n'est-ce pas, tante Kay ? Elle n'aurait pas connu une longue vie en pleine santé.

À son ton, on pourrait croire qu'elle souhaite le penser. Anne philosophe :

— Qui peut dire ce qui l'attend au juste ? Vous vous souvenez de Jim Fixx, le gourou du jogging ? Un jour, il sort pour sa petite course quotidienne et il s'écroule, mort d'un infarctus. Des gens très riches se font foudroyer sur un parcours de golf. Patsy Cline se crashe en avion. Elvis meurt sur ses toilettes, et c'est clair qu'il n'y avait pas songé un instant lorsqu'il s'est levé ce matin-là à Graceland.

Je reprends, tout en étudiant le scan :

— Quant aux symptômes… Un état de fatigue, le souffle court, avec des palpitations. Elle aurait aussi pu se sentir mal au cours d'un exercice soutenu, c'est cohérent avec ce que tu nous as décrit. Peut-être ses chevilles et ses pieds étaient-ils gonflés.

Lucy semble plus fascinée que sombre ou triste.

— En effet, elle se plaignait souvent que ses chaussures la serraient. Elle aimait les sandales, les chaussures que l'on glisse au pied.

Je me souviens du mocassin vert en imitation crocodile que Marino a découvert derrière le Psi Bar.

— Elle présentait donc les premiers symptômes. Se soumettait-elle à des bilans de santé réguliers ?

— Pas la moindre idée, si ce n'est qu'elle détestait les médecins.

Je continue d'expliquer :

— Son cœur devait fournir un effort supplémentaire pour pomper le sang.

Lucy poursuit sur sa lancée :

— Elle détestait les gens, vraiment. Elle était introvertie, antisociale. J'aurais dû me méfier quand elle a essayé de nous draguer.

Anne a fait pivoter son tabouret et s'enquiert, la bouche entrouverte de stupéfaction :

— Vous draguer ? Vous draguer, Janet et vous dans un bar ? Eh bien, elle faisait preuve d'un certain goût du risque.

— Au Psi Bar, un soir, au printemps dernier.

Je me souviens qu'à cette époque-là, je ne savais pas encore que Janet avait réapparu dans sa vie.

Je n'aime pas que l'on me remette à l'esprit ce que ma nièce me dissimule. Je devrais pourtant être maintenant blindée vis-à-vis de ses secrets ou de ses tromperies, ou du moins ne plus m'y attarder. Après tout, pourquoi devrais-je m'inquiéter de ce qu'elle cache, alors que mieux vaut que je ne sois pas au courant ? Je me suis posé cette question durant près de trente ans, déjà alors que Lucy était une enfant terrible qui tripotait mon ordinateur, fouillait dans mon bureau, dans ma vie personnelle, dans chaque recoin de ma vie. Elle connaissait Gail Shipton. Pourtant, elle se moque complètement qu'elle soit décédée, de contempler ses organes étalés, de sentir l'odeur de sa mort et le froid qui l'accompagne.

Lucy hausse les épaules et raconte :

— Elle nous a fait porter des consommations. Et puis elle a tiré une chaise et s'est installée à notre table. On a commencé à discuter. D'abord, j'ai pensé qu'il y avait un truc un peu bizarre chez elle. D'un autre côté, à quoi s'attendre d'autre avec le MIT ? Les gens sont un peu différents là-bas. J'avoue qu'elle a été extrêmement cordiale lors de cette rencontre, et pour cause ! Elle tenait son rôle.

Anne ne peut s'empêcher de commenter :

— Le rôle de quelqu'un qui est une crise cardiaque sur pattes. Il faut imaginer les valves comme des portes, et les siennes ne s'ouvraient ni ne se fermaient correctement. Difficile de penser qu'elle ne sentait pas un truc bizarre dans sa cage thoracique, peut-être même une angine de poitrine.

— Oh, elle aurait mis ça sur le compte du stress, rétorque Lucy. Ça constitue d'ailleurs un pan de l'argumentation de Carin Hegel contre Double S. Le stress qu'ils ont causé à Gail a affecté sa santé, lui occasionnant des douleurs de poitrine, des difficultés respiratoires, bref une profonde anxiété qui la handicapait et entravait son aptitude au travail.

Anne s'étonne :

— Tant qu'à porter l'affaire devant les tribunaux, pourquoi ne pas demander un bilan de santé ?

— Mais Gail ne voulait pas qu'on puisse contrer ses arguments. Elle ne voulait pas risquer que son bilan démontre qu'elle pétait la forme.

Je désigne un point sur l'écran et résume :

— L'ironie dans l'histoire, c'est que le résultat aurait été défavorable. Tu vois ce rétrécissement de la valve mitrale ? Peut-être même fuyait-elle.

— Bah, quand on ramasse sa victime au hasard, on fait avec ce qu'on trouve, observe Anne. Détresse physique aiguë, et elle est morte devant les yeux de cet enfoiré.

Lucy examine les images en 3-D du cœur dysfonctionnel de Gail Shipton. Le muscle devient sans doute à ses yeux une métaphore de ce que fut cette femme. Elle souligne d'un ton presque glacial :

— Nous savons qu'elle est morte devant ses yeux, d'une manière ou d'une autre. Défectueuse. Quel dommage qu'on ne puisse pas le détecter au premier regard.

Je conclus :

— La cause de la mort sera donc arrêt cardiaque dû à une sténose aortique avec pneumothorax gauche en facteur contribuant, en plus d'une détresse physique aiguë provoquée par un tir de pistolet neutralisant.

Anne résume, non sans ironie :

— Fichtre, un homicide par crise cardiaque. Les avocats de la défense vont s'en donner à cœur joie. Ils diront qu'elle s'est fait plumer par Double S et qu'elle est morte d'un cœur brisé, poursuit-elle à l'instant où la porte s'ouvre brutalement.

Bryce déboule dans la salle comme une tornade. Il brandit un relevé d'appels noirci de son écriture soigneuse. Il me tend la feuille, dont je devine d'un coup d'œil qu'elle résume une information transmise par Marino, et bafouille :

— Oh merde, bordel de merde ! Un massacre horrible, tout juste perpétré à Concord !

Chapitre 32

Le moteur V10 du SUV de Lucy m'évoque une sorte d'hybride entre un Humvee et une Ferrari. S'échappe de lui un son intermédiaire, grondement ou halètement, un vrombissement bas entrecoupé par le rythme à deux temps des épaisses bandes roulantes sur l'asphalte. Les énormes pneus semblent flotter au-dessus des rues les plus défoncées et j'ai presque l'impression que mon siège en cuir cognac devient un nuage.

Ma nièce appelle sa dernière acquisition un « écraseur de terrain sur coussin d'air ». J'ai sauté sur son offre de m'emmener. Je n'avais aucune intention de me déplacer en compagnie de Rusty et Harold dans le véhicule d'enlèvement large capacité que nous avons baptisé la « fourgonnette du boulanger ». Je ne vais pas être prête pour eux avant quelque temps. De surcroît, je n'avais pas non plus envie de m'arrêter pour remplir un réservoir, quel que soit le véhicule que Bryce m'a déniché. Les médecins sont surchargés d'autopsies en attente, sans compter celles qui doivent nous parvenir. Impossible donc d'en entraîner un vers cette nouvelle scène de crime, ni même d'emprunter Anne. Lucy peut m'aider et Marino sera sur place.

Je me sens bien mieux dans un véhicule blindé qui m'évoque des scènes de *Star Wars*, ou des potentats du Moyen-Orient qui doivent se préoccuper de guerre, de bombes et de balles. Je suis soulagée d'être installée dans le SUV de Lucy, à ses côtés. Les informations que m'a communiquées Marino alors que nous sortions de la baie du Centre sont bien maigres. Cependant, il semble que ce qui m'attend soit épouvantable, presque incroyable. L'appel d'urgence de ce matin qui faisait état de la présence d'un tueur n'était pas totalement erroné : un forcené semblerait avoir eu un accès de démence meurtrière à Concord.

L'individu suspect que l'on a vu traversant à la hâte Minute Man Park tard dans la matinée n'avait pas l'intention de décharger une arme sur des écoliers. Sans doute ne savait-il même pas que les enfants seraient présents lorsqu'il s'est enfui à travers les hectares de forêt qui séparent le champ de bataille baptisé Revolutionnary War des pâturages en pente douce, des dépendances, de la maison principale et du bureau central de Double S. Double S, un haras doublé d'une compagnie fiduciaire où au moins trois personnes sont mortes dans ce que Marino vient de me décrire comme un *bain de sang à la Jack l'éventreur*.

Selon lui, les victimes n'ont pas compris qu'elles étaient attaquées. Elles ont été égorgées alors qu'elles allaient chercher quelque chose à grignoter ou étaient installées à leur bureau. Le suspect, que les témoins ont décrit comme un jeune homme habillé de jeans et sweat-shirt sombre à capuche orné d'un portrait de Marilyn Monroe à la Andy Warhol, a filé vers les bois en empruntant un pont piétonnier. Il a littéralement fondu sur un groupe d'écoliers qui cheminaient sur un sentier, *les éparpillant comme des quilles de bowling*, selon les dires de Marino. L'homme a ensuite traversé Liberty Street pour se précipiter dans un parking public bondé de voitures.

Dans la confusion qui s'en est suivie, personne ne semble savoir ce qu'il est advenu de lui. Les déflagrations de pot d'échappement entendues ensuite, et évoquant des détonations, auraient provoqué une panique parmi les enfants et les professeurs qui se sont enfuis ou jetés au sol. Lorsque les unités de police et l'équipe spécialisée dans les opérations paramilitaires sont arrivées sur les lieux, l'homme avait disparu. Nul ne semble se souvenir d'un véhicule qui démarrait en trombe, ni même d'avoir remarqué une voiture juste après l'incident. L'hélicoptère des services médicaux d'urgence a été renvoyé à sa base. Quant à la police, elle aurait pensé à une fausse alerte, si un élément n'avait surgi.

Les policiers de Concord ont passé au peigne fin la zone du parc où l'homme avait été signalé. Ils ont découvert une enveloppe épaisse maculée de sang, avec au dos le nom de l'expéditeur : Double S compagnie fiduciaire. À l'intérieur étaient serrés dix mille dollars en coupures de cent. L'enveloppe se trouvait sous le pont en bois que l'homme avait emprunté en courant. On a supposé que le groupe d'enfants et de professeurs qui bloquaient le chemin l'avait surpris. Dans la panique, l'homme aurait laissé tomber ce que Marino appelle le « fric de la fuite ».

Lorsque je l'ai eu en ligne, il a résumé :

— Trois personnes sont mortes pour une somme minable, un peu plus de trois mille dollars par tête, vraiment pas grand-chose pour une vie humaine, mais j'ai déjà vu plus radin. Un sweat à capuche, avec le portrait de Marilyn Monroe, et bingo, Haley Swanson, qui s'était littéralement volatilisé, refait surface, et nous savons maintenant ce qu'il est. Bordel, quel bol que je me sois trouvé chez vous lorsqu'il vous espionnait, planqué derrière votre mur. Vous vous rendez compte ? Il bute Gail Shipton, et puis il est pris d'un petit coup de revenez-y, vous espionne, prêt à vous enlever. Il m'a sans doute vu descendre de voiture avec Quincy.

Marino s'obstine à croire qu'il m'a sauvé la vie, et je n'ai pas l'intention de le détromper. Aucune importance.

Il a poursuivi :

— Il n'avait aucun moyen de savoir que je passais vous chercher, et que vous ne vous rendriez pas sur la scène toute seule. Du coup, ça a fait foirer son plan.

Je me suis abstenue de lui faire remarquer que sa déduction était boiteuse. Marino n'en démordra pas, et aucun argument n'était donc de nature à le convaincre. Il n'en demeure pas moins que je ne crois pas un instant que le jeune homme que j'ai aperçu ce matin avait l'intention de m'attaquer. J'ignore ce qu'il cherchait au juste, mais les opportunités ne lui ont pas manqué durant ces jours et ces nuits que j'ai passés seule chez moi, grippée. Mes rêves fiévreux me reviennent à l'esprit, dont celui de l'homme encapuchonné. Je me demande si je n'ai pas eu des moments de clairvoyance. Je faisais l'objet d'une surveillance rapprochée. J'obsédais cet étranger et devais en avoir une vague intuition.

J'ai indiscutablement éprouvé la sensation d'être épiée lorsque je sortais Sock dans la cour, à la nuit tombée. Si Haley Swanson me traquait, ou surveillait ma maison dans la perspective de me voler ou pire, que n'a-t-il sauté sur l'occasion ? Parce qu'il a vu que j'étais armée, je suppose ensuite. Mais, même cette hypothèse ne me convainc pas. Peut-être la suggestion de Lucy est-elle moins bancale que les autres : le Meurtrier Capital aurait conçu un intérêt pour moi en raison des récents événements qui ont occupé les médias. Oui, une chose peut mener à une autre. La violence sexuelle débute par le fantasme. Ce qu'un tueur dément imagine est nourri par ce qu'il voit.

Je repense aux empreintes de pas le long de la voie ferrée. Notre maison n'est qu'à trois kilomètres de distance de l'endroit où le cadavre de Gail Shipton a été abandonné. Si le tueur s'informe, il devait se douter que je me rendrais sur la scène. Peut-être a-t-il surveillé ? Peut-être se cachait-il derrière ce mur pour observer les lumières qui s'allumaient chez moi ? Peut-être a-t-il repéré Marino garant son véhicule, auquel cas il m'a vue sortir mon lévrier ?

J'ai senti la présence de celui qui pourrait s'avérer être le tueur. Je l'ai entendu alors qu'il se dissimulait derrière le mur, l'ai entraperçu avant qu'il détale avec aux pieds ces étranges chaussures. Il est alors retourné sur le campus pour assister à mon arrivée et à l'atterrissage de l'hélicoptère. Le spectacle qu'il avait créé engendrait l'attention. Ensuite, ainsi que Benton l'a suggéré, il est reparti juste avant l'aube en suivant la voie ferrée pour récupérer sa voiture.

Marino a déclaré il y a quelques instants :

— Le mobile le plus évident et le plus vieux de l'histoire de l'humanité. L'argent. Nous savons de qui il s'agit et il n'a pas pu aller très loin. Peut-être qu'il se planque dans une ferme des environs, dans une grange ou une écurie. Nous appelons les policiers des départements voisins. On lance une recherche en porte-à-porte jusqu'à ce qu'on lui mette la main dessus.

Le *nous* employé par Marino sous-entend l'implication du NEMLEC.

— Haley Swanson a dévalisé Double S. Un truc a alors dérapé et il a descendu tout le monde, a poursuivi Marino.

Il ne s'agit que d'une version tronquée de l'histoire. Il n'est pas exclu qu'il se fourvoie totalement.

Ces meurtres n'ont rien à voir avec un cambriolage qui aurait mal tourné. Je suis convaincue que la police se trompe. Ils s'arc-boutent sur des soupçons formés très tôt au cours d'une enquête qui sera récupérée par le FBI. Minute Man est un parc national. Il tombe de ce fait sous la juridiction des fédéraux, qui d'ailleurs utiliseront cette localisation comme justification pour s'imposer. Je ne peux croire que Benton ne s'implique pas dans cette affaire. Il n'attendra pas l'invitation du département de police de Concord, ni celle de Marino et du NEMLEC, ni d'ailleurs de quiconque, dont son patron. Rien de tout cela n'arrêtera mon mari. Gail Shipton avait décidé de traîner Double S en justice. Elle est morte. D'autres personnes liées à Double S viennent d'être assassinées. Benton gardera le Meurtrier Capital à l'esprit. Le souvenir de l'hologramme de cette pieuvre qui décore les sacs en plastique utilisés pour envelopper la tête des victimes de Washington D.C. me perturbe.

Je vois presque de puissants tentacules s'irisant des nuances de l'arc-en-ciel, une créature de la mer, un habitant des profondeurs, à l'extrême souplesse et à l'étonnante élégance. Un maître du camouflage qui se tapit dans la moindre anfractuosité, quatre paires de bras contrôlés par une tête terminée d'un bec. L'invertébré a été utilisé pour symboliser des empires démoniaques, érigés sur des abus de pouvoir. Les gouvernements fascistes, des conspirateurs, des impérialistes, Wall Street. Le Dr Seuss, l'illustrateur, a dépeint les nazis sous cette forme.

Ne faut-il voir dans cette métaphore qu'une coïncidence ? Le tueur s'imagine-t-il tel un individu aux pouvoirs surhumains, tenant à sa merci ceux qu'il a décidé de dominer ? Quant à moi, je perçois un être bien plus banal et surtout défectueux, une sorte de désordre d'impulsions électriques qui conduisent à une étincelle, un incendie et une explosion.

Un branchement en pieuvre, trop de prises ajoutées sur une unique sortie. Un court-circuit, c'est exactement ainsi que j'entrevois les choses. Je discerne la rage et l'arrogance d'un individu silencieux et rapide. Je revois les rails le long desquels il a fui, chaussé de ses gants de pieds, sautant d'une traverse à l'autre dans l'obscurité humide. Un danseur criminel sans doute pas aussi admirablement équilibré et expert qu'il le croit, ni émotionnellement ni mentalement.

Je continue de rapporter à Lucy ce que Marino m'a révélé :

— Il semble que le suspect se soit introduit dans le bâtiment qui abrite les bureaux. On pense que la porte était ouverte. Il se serait faufilé à l'intérieur et aurait abattu les trois premières personnes qu'il a vues.

— On connaît leur identité ?

Nous suivons Massachusetts Avenue. D'un côté s'élève une église de la Christian Science, de l'autre le bâtiment de brique foncée de la faculté de droit de Harvard. Je remarque bon nombre de voitures de police.

Je vérifie mes mails à la recherche d'alertes d'urgences et réponds :

— Pas encore.

— S'il s'agit d'employés de Double S, comment se fait-il que l'on n'ait pas encore leurs noms ?

— Selon Marino, on n'a pas retrouvé de papiers d'identité sur les corps. Le tueur aurait dérobé leurs portefeuilles. Peut-être la police a-t-elle une idée, sans confirmation pour l'instant.

Lucy insiste et elle sait de quoi elle parle :

— Mais d'autres gens travaillent là-bas.

Elle a été citée comme témoin dans le procès intenté à Double S. Elle a dû déposer. Dimanche dernier, elle a passé des heures à étudier le dossier en compagnie de Carin Hegel et de Gail Shipton. Lucy est au courant de pléthore de détails. Elle en sait sans doute davantage sur Double S que la plupart d'entre nous. Je ne doute pas non plus qu'elle s'applique à s'informer méthodiquement à leur sujet.

— Marino m'a parlé de trois victimes, à moins que d'autres ne soient découvertes plus tard. De plus, la Sécurité publique est en train d'alerter les départements de police du coin et les écoles qu'une chasse à l'homme est en cours.

— Super, comme ça tout le monde va penser qu'on est en pleine attaque terroriste !

Je lis à haute voix ce qui a été publié jusque-là :

— Au moins trois décès, évoquant des exécutions.

— Et ça sort d'où ? Qui est en train de lâcher des communiqués de presse ? Laisse-moi deviner.

Je parcours les alertes parvenues sur mon téléphone et énumère :

— Harvard, le MIT, Boston University, toutes les facs ferment. Seul le personnel essentiel est censé rester sur place au McLean Hospital. Le FBI…

Elle siffle d'un ton de dégoût :

— Nous y voici ! Ils ne perdent pas de temps, bientôt ils vont grouiller partout.

— L'agent spécial chargé de la division de Boston, Ed Granby…

— Et une autre couche de propagande personnelle !

Je relate :

— Il encourage le public à communiquer toute information au sujet de l'homme que l'on a vu s'enfuir de Minute Man Park et à vérifier qu'il n'apparaît pas sur les photos ou vidéos que des promeneurs pourraient avoir prises.

Critique et même acerbe sur l'endroit où elle vit, ma nièce balance :

— Je lui souhaite bien du plaisir ! Les habitants de Concord ne sont pas vraiment dans le maintien de l'ordre communautaire, sauf si tu traverses des plantations protégées ou que tu roules à tombeau ouvert dans des marécages avec ton tout-terrain.

— Deux femmes et un homme tués. Marino n'en savait pas plus. Il va falloir que nous creusions toutes les informations que pourrait nous donner Carin Hegel. Sa cliente, Gail Shipton, est morte. S'ajoutent maintenant des employés de la société qu'elle poursuivait en justice.

— Carin ne pourra pas t'offrir grand-chose en la matière, réplique Lucy.

Nous traversons à toute vitesse Porter Square. Nous dépassons son centre commercial qui s'élève à notre droite, puis la poste, des églises, et une entreprise de pompes funèbres.

Elle résume alors :

— Elle était chargée d'une action en justice *a priori* très carrée, mais qui s'avère totalement tordue.

D'autres voitures de police nous dépassent, sirènes et gyrophares éteints. Cambridge, Somerville, Quincy. Bref, le NEMLEC.

Je lui apprends que j'ai rencontré l'avocate au tribunal fédéral de Boston le mois dernier. Elle a évoqué le fait d'habiter un endroit confidentiel et qualifié Double S de bande de voyous.

— Tu sais où elle réside ?

Un furtif sourire étire les lèvres de ma nièce, à croire que je viens de faire un involontaire trait d'humour.

Ou peut-être n'est-ce que la réverbération de cette lumière changeante d'après-midi, au temps incertain. Des nuages gris s'amoncellent au loin, au-dessus de l'océan et du port. Leur forme m'évoque des enclumes. La pluie a cessé le long du South Shore et de South Boston. Je regarde les nuages au-dessus de nos têtes, bousculés par un vent si changeant qu'on peine à suivre sa direction. Un orage se prépare. Ses cellules en lambeaux évoquent une gaze déchirée. Les averses ne devraient pas tarder. Heureusement, la scène de crime sur laquelle nous nous rendons se trouve à l'intérieur d'un bâtiment.

— Il n'est pas exclu qu'elle soit en danger, Lucy.

— Sa plaidoirie est casse-gueule, mais elle est en sécurité.

Je comprends soudain où se terre Carin Hegel.

— Tu l'héberges ?

Le même petit sourire en coin étire ses lèvres lorsqu'elle répète :

— Elle est en sécurité. Si un intrus du genre déplaisant se montrait, tu aurais encore plus de travail qu'aujourd'hui.

Je contemple son profil, anguleux mais puissant, ses courts cheveux or rose repoussés derrière les oreilles. Elle finit par admettre :

— D'accord… elle est à la maison, en compagnie de Janet.

Lucy est très à l'aise avec la part d'elle-même capable de tuer. Elle en a, d'ailleurs, fait la démonstration dans le passé. Il ne s'agit pas d'un territoire intime sombre ou désolant à ses yeux, ni même d'une partie d'elle-même qu'elle peinerait à rejoindre. Parfois, je l'envie de se sentir si sereine avec elle-même. Je suis du regard la courbe ferme de sa jambe droite. Son pied botté appuie sur l'accélérateur. Je tente de deviner la bosse d'un holster de cheville, en vain. Elle porte une veste noire de pilote sur son uniforme de vol, noir lui aussi. Je détaille la multitude de poches dans lesquelles elle fourre tout ce qu'elle souhaite dissimuler. Je jurerais qu'elle est armée.

Sans surprise, la circulation dans Cambridge-Nord est dense. D'énormes camions montés sur dix-huit roues et des bus se suivent dans la file opposée, celle qui se dirige vers Boston. Un ciel brumeux et couvert pèse sur la ville, pas aussi menaçant, toutefois, qu'à l'ouest. Plus haut, sur la ligne d'horizon, des nuages blancs sont escortés de cumulus gris. Lorsque des nappes de ciel bleu parviennent à s'imposer, le soleil étincelle et donne naissance à une étrange lumière, une apparente contradiction que l'on constate avant les violents orages, ou les ouragans, tels ceux de mon enfance à Miami.

Personne ne salue le passage du SUV à l'allure militaire d'un pouce approbateur ou d'un doigt insultant. Les passants le découvrent avec une expression qui mêle fascination et surprise, admiration et incompréhension. Personne ne nous colle aux pare-chocs ni ne tente de nous dépasser en queue de poisson. Seuls les gens plongés dans la rédaction d'un texto ou dans une conversation téléphonique se rapprochent de la grande machine noire qui gronde tel un chat sauvage, un énorme chat. Lucy prend garde de ne pas dépasser la vitesse autorisée. Les flics l'arrêteraient à la moindre excuse, juste pour satisfaire leur curiosité.

D'un ton péremptoire, qui ne souffre pas la controverse, elle assène :

— La porte ne pouvait pas être ouverte. Toutes les issues qui donnent à l'extérieur de la propriété sont équipées de verrous. La porte principale du bâtiment réservé aux bureaux est protégée d'une serrure biométrique à empreintes digitales, du même modèle que celle du CFC. Un prétendu inconnu n'est pas juste rentré au pif pour massacrer les gens à leurs bureaux.

J'hésite. Devrais-je lui demander comment elle est au courant de ces détails sur Double S ? Comme à l'accoutumée, je dois peser les conséquences de mes mots. Elles ne varient guère. Mon besoin d'en apprendre davantage vaut-il le conflit qui surgirait si Lucy avait encore commis des actes qu'on peut difficilement qualifier de légitimes ? Aussi, je biaise :

— Nous nous préoccuperons de cela une fois sur les lieux.

— Quelqu'un l'a fait pénétrer. Quelqu'un lui a ouvert la porte, ce qui signifie qu'il n'inquiétait personne chez Double S.

— Peut-être un employé ?

— Ça ne cadre pas trop avec ce jeune homme portant une capuche qui s'enfuit dans un parc en cramponnant une enveloppe bourrée de liquide. Pas un membre du personnel régulier, en tout cas, puisque la description ne concorde pas. Aucune des personnes travaillant chez Double S n'a moins de quarante ans. Marino l'a-t-il mentionné ? A-t-on recensé tous les membres du personnel ?

— Il m'a précisé que les associés n'étaient pas sur les lieux. Ils seraient en vacances.

Lucy ajoute, méprisante :

— Ils sont quatre. Comptables, investisseurs, avocats, des crapules dans l'ensemble. Ils ne travaillent pas à horaires réguliers et d'ailleurs ils sont rarement présents. Rien d'étonnant à ce qu'ils ne soient pas en ville. Ils se baladent plutôt aux îles Caïmans ou Vierges, tartinés de lotion, avachis au soleil. Bref, ils dépensent leur argent durement gagné.

— Marino n'a pas évoqué que quelqu'un manquait. De surcroît, s'enfuir en courant dans un parc public avec une enveloppe de liquide me semble plutôt relever de l'acte désespéré. J'y perçois de la panique et un manque de préparation.

Lucy cherche d'où peut provenir l'argent et ce qu'il récompensait et suppute :

— Dix mille dollars en coupures de cent, ça ressemble à un paiement. Une somme relativement modeste qui correspond à quelque chose de précis.

Parvenues sur Alewife Brook Parkway, nous contournons des plantations de feuillus dénudés en cette époque de l'année. Une piste cyclable désertée les traverse, m'évoquant une nette cicatrice.

— Tante Kay, la propriété est équipée d'un système d'alarme et de caméras un peu partout. Ils peuvent voir quiconque pénètre sur les lieux grâce à des écrans de contrôle, ou sur leurs tablettes, leurs Smartphones, tout ce qui se trouve à portée. J'insiste, il n'inquiétait personne, et c'est pour ça qu'il a réussi son coup. Malheureusement il n'y aura rien, pas d'enregistrement de ce que les caméras ont pu filmer.

— Pourquoi dis-tu cela ?

— Parce qu'on saurait déjà de qui il s'agit si le DVR l'avait enregistré et se trouvait toujours sur place. Or, je te parie le contraire. Caméras multiples, un système de surveillance basée sur IP… ça ne sert à rien s'il n'y a pas d'enregistrement. L'individu dont nous parlons est peut-être désespéré ou timbré, mais pas stupide.

Je me décide soudain :

— Tu t'es déjà rendue chez Double S ?

Amusée, ma nièce lâche :

— Je n'ai jamais été invitée.

— Si tu as fait quelque chose qui risque d'avoir laissé des traces, le moment est sans doute adéquat pour y réfléchir. Si tu te trouves sur ces enregistrements de caméras de sécurité, les ennuis vont pleuvoir. Surtout avec l'implication du FBI.

Je ne peux m'ôter Ed Granby de l'esprit et me demande à quoi nous allons être confrontées aujourd'hui.

Quelles forces ont été libérées et en quoi Ed Granby en est-il responsable, même indirectement ? Il débarquera à un moment quelconque. J'ai intérêt à agir très vite pour récupérer les indices qui me reviennent de droit et m'assurer qu'il ne puisse y avoir accès.

Lucy devient ironique quand elle évoque le FBI qui l'a virée de ses rangs alors qu'elle avait une vingtaine d'années, et sans prendre de gants :

— Non, on ne m'apercevra sur aucun enregistrement. Et si le DVR n'a pas été embarqué, je l'examinerai, hormis si nos mignons fédéraux parviennent sur les lieux les premiers.

— Mais enfin ! Il ne s'agit pas d'un téléphone portable que tu peux nettoyer !

— Ce Smartphone m'appartient. La situation n'a donc rien de comparable.

Son éthique très particulière refait surface lorsqu'elle ajoute :

— Inutile de s'inquiéter. Toutefois, quand tu études la façon dont est conçu Double S, tu déniches une mine de renseignements sur eux. Se mêlent malhonnêteté complaisante, crime organisé, business très lucratif alors que pratiquement personne ne travaille à horaires fixes… si tant est qu'ils bossent parfois. Leurs affaires ne se traitent pas à la surface. Les rumeurs ne sont pas récentes. Cependant, rien n'a jamais pu être prouvé. Le FBI a renoncé à de multiples reprises à creuser un peu plus profond. Pourquoi ? Maintenant des gens sont morts, il suffit d'attendre et de voir ce qu'il en ressort. Et je ne parle pas seulement des victimes.

— De qui, alors ?

— Je suis ennuyée pour Carin. Ce n'est pas sa faute mais il va falloir qu'elle lâche quelques explications.

Je la fixe et intime :

— Je ne veux pas que tu t'impliques dans ces histoires.

— Aucune raison que je le sois. Je me suis contentée d'une ou deux reconnaissances de fond, assez similaires à ce que je pratique en hélicoptère.

Je ne perçois pas trace d'inquiétude dans sa voix, seulement de la détermination. Je vérifie :

— Tu as survolé la propriété ?

— Quel intérêt ? Et bonjour la discrétion ! Mon hélicoptère n'est pas du genre silencieux. En revanche, je peux t'affirmer que si tu débarques sans invitation, tu ne dépasseras jamais l'écurie principale. Son périmètre est intégralement balayé par des caméras de surveillance, prétendument pour protéger des pur-sang Churchill avec des pedigrees de course longs comme le bras. Je le répète, le tueur n'a pas pu s'introduire à l'insu de tous. N'oublions pas la présence des rares employés qui travaillent à heures régulières chez Double S. La femme de ménage, les palefreniers, le jardinier, et un chef à plein temps. Quelqu'un connaît l'identité du tueur mais ne la dévoile pas.

— Marino pense qu'il s'agit de l'ami de Gail Shipton, Haley Swanson, apparemment quelqu'un dont elle était très proche.

— Ah oui, la personne qui a posté l'information la concernant sur le site de la chaîne Cinq. J'ai reçu une alerte et découvert son nom, mais j'ignore qui est ce Haley Swanson. De plus, je n'étais pas au courant que Gail eût des amis proches.

Lucy surveille ses rétroviseurs tout en parlant. Elle double, se rabat avec habileté, sans effort, de la même manière qu'elle marche, toujours devant, consciente de tout ce qui l'environne.

Explicite, je souligne :

— Il me semble que Gail ne te racontait pas tout.

— Inutile. De fait, j'ignore des choses la concernant. Disons que j'en sais assez.

— Haley Swanson travaille pour une société de management de crise, Lambant et Associés. Peut-être a-t-il collaboré à son affaire de poursuites.

— Et pourquoi aurait-elle eu besoin de management de crise ? Elle n'avait aucune notoriété, n'exerçait pas de profession publique et ne se préoccupait pas de perdre sa réputation. Pourtant, ça lui pendait au nez.

— Elle se trouvait au Psi Bar hier soir, Lucy. En compagnie de qui ?

— Elle n'y a pas fait allusion lors de notre conversation téléphonique. Je n'ai rien demandé, ça ne m'intéressait pas. Si elle était avec ce Swanson, elle ne l'aurait pas dit. Du moins, pas si elle sentait qu'il valait mieux le cacher, comme d'ailleurs la majeure part de sa petite vie malhonnête et calculatrice. Les gens sont très bêtes de croire qu'ils ne seront jamais découverts. Comment se peut-il que les gens soient si connement stupides ! siffle-t-elle.

Je ne parviens pas à déterminer si elle est en colère, ou blessée, ou simplement gênée à l'idée que Gail Shipton puisse l'avoir trompée. Je poursuis :

— J'ai attribué un genre masculin à Haley Swanson, celui de son permis de conduire, bien que des doutes planent sur son véritable sexe. Un policier qui lui a parlé tôt ce matin affirme qu'il aurait de la poitrine.

— Si Gail connaissait Swanson, elle ne m'en a jamais parlé pour une bonne raison. Peut-être l'a-t-elle rencontré par l'entremise d'une de nos relations communes.

Je perçois dans sa réponse une allusion à autre chose, une chose désagréable et néfaste. Alors que les premières gouttes de pluie s'écrasent sur le pare-brise, je lâche :

— Il a aussi appelé le numéro d'urgence pour signaler la disparition de Gail. Lorsqu'on lui a demandé de se déplacer jusqu'au département de police pour remplir un rapport, il a préféré poster l'information sur le site de la Cinq. Il a ensuite contacté la police, et spécifiquement demandé Marino. Tout ceci se justifie si Haley Swanson accompagnait Gail Shipton au Psi Bar, et si celle-ci est sortie pour prendre ton appel avant de disparaître.

— Lambant et Associés auraient pu être engagés pour faire un boulot de relations publiques au profit d'un autre client. Gail et ce Swanson auraient pu se rencontrer de cette manière ?

Il s'agit d'une sorte de charade à ses yeux, un problème intellectuel à résoudre, rien d'autre.

Je suis toujours aussi frappée par la capacité qu'a ma nièce de gommer cette relation. Le lien qui a pu exister entre elles deux est aussi mort que Gail Shipton. Une nouvelle démonstration de la sombre dextérité émotionnelle de ma nièce. Elle peut aimer une minute et replonger dans une indifférence totale la suivante. Ni colère ni peine, puisque ensuite ces deux émotions s'estomperont aussi. Elle reste avec ce que j'avais appelé son *haut-de-forme magique de l'amitié* lorsqu'elle était enfant, solitaire la plupart du temps. *Où sont tes petits camarades ?* je demandais. Elle haussait les épaules et faisait mine de plonger la main dans un chapeau haut de forme, main qu'elle ressortait vide. *Pouf*, disait-elle, avant de fondre en larmes. Puis tout cela disparaissait bien loin, aussi loin que sa mère qui ne l'a jamais aimée.

Chapitre 33

L'écho distant des grondements de tonnerre nous parvient par vagues alors qu'une pluie paresseuse commence à s'abattre en larges gouttes sur le pare-brise. J'apprends à Lucy qu'un individu m'espionnait, peut-être depuis que je suis rentrée du Connecticut.

— Il était tapi derrière la maison ce matin, aux environs de cinq heures trente lorsque j'ai sorti Sock. On pense qu'il s'agirait de Haley Swanson.

— Qui le pense ?

— La police. Et cela ne fait pas de doute dans l'esprit de Marino.

— Pourquoi ?

— Le SUV conduit par Swanson a été aperçu, et l'heure très matinale cadrerait. L'officier de police qui lui a parlé est convaincu qu'il s'agit bien de lui.

— Swanson l'a-t-il admis ? A-t-il avoué qu'il te connaissait, toi ou Benton, et qu'il se trouvait à proximité de ta maison avant l'aube ?

— Non. Toutefois, le policier ne lui a pas posé de questions aussi directes. De toute façon, il n'aurait certainement pas avoué qu'il me traquait ou surveillait notre propriété. Surtout s'il a pas mal de choses à cacher.

— S'il s'agit du Meurtrier Capital, veux-tu dire ?

— Rien ne me permet de le penser, d'autant que je n'y crois pas.

Ma nièce s'enquiert :

— Et le sweat à capuche orné d'un portrait de Marilyn à la Warhol ?

— Je n'ai rien remarqué de tel. L'homme était nu-tête. Peut-être n'avait-il pas relevé sa capuche à ce moment-là.

— Il pleuvait ?

— J'ai eu l'impression qu'il n'était pas habillé pour la saison. En tout cas, il ne portait pas de vêtements de pluie.

Lucy résume :

— Un individu en phase d'accélération, en surrégime, excité au possible. Si ça se trouve, la pluie ne le gênait pas, mais Swanson n'est sans doute pas le bon candidat.

— Lorsqu'il a été interrogé par la police, il ne semblait pas avoir été trempé. Je doute aussi que Haley Swanson ait été le jeune homme dissimulé derrière le mur. Curieusement, je ne crois pas qu'il ait eu l'intention de me faire du mal.

Ma nièce proteste :

— Pas encore, c'est ton éternel défaut. Tu refuses de penser que la profession que tu exerces puisse attirer vers toi des gens dangereux.

— Il en aurait eu maintes opportunités si tel avait été son but.

— Plus vraisemblablement, il n'était pas prêt et tu étais armée de ton Sig, non ?

— Il lui suffisait de me tirer dessus avec une arme neutralisante. Mon pistolet n'aurait fait aucune différence. Je me serais écroulée au sol.

Lucy contre d'un ton plat :

— Tu ignores de qui il s'agit. Que Haley Swanson ait été repéré dans ton voisinage n'implique pas qu'il est l'intrus. Et ce n'est pas parce que Marino a décidé que Swanson et le type qu'ils ont vu traverser Minute Man Park sont une seule et même personne que ça signifie quoi que ce soit. Je ne tire jamais de conclusions hâtives.

— Aucun de nous ne le devrait.

— Marino se base sur un simple sweat-shirt. Il décide que Swanson est le tueur à cause d'une capuche.

— Ce n'est pas l'unique raison mais nous devons rester prudents, je rectifie.

— Sais-tu où vit Swanson ?

Je lui relate les dires de l'officier Rooney :

— Près de Conway Park. Il affirme s'être arrêté au Dunkin' Donuts de Somerville Avenue.

— S'il est sorti du Dunkin' Donuts pour se diriger vers la cité de Windsor, il est assez logique qu'il soit passé juste derrière l'Académie des arts et des sciences. À quelques rues de ta maison. Il a sans doute emprunté Park Avenue pour rejoindre Beacon.

— Je suppose que son nom n'a pas été cité en relation avec l'affaire que défend Carin Hegel ?

— Non. Rien de surprenant à cela. Si je n'ai jamais entendu parler de lui. Elle non plus, sans doute.

Bien que consciente qu'elle ne va pas apprécier ce que j'implique, j'ajoute :

— Lorsqu'il a composé le numéro d'urgence, il a demandé à s'entretenir avec Marino. J'ai songé que tu avais peut-être donné son nom à Gail Shipton, expliquant que Haley Swanson le connaisse.

Sa sèche repartie ne se fait pas attendre :

— Je n'ai jamais discuté de Marino avec Gail !

Je me souviens des remarques que Benton a adressées ce matin au grand flic, alors que nous nous trouvions au MIT.

Il a fait enrager Marino en lui rappelant que son pick-up mal conçu lui avait coûté pas mal d'argent, après que le recours collectif en justice contre le concessionnaire a été débouté. Lambant et Associés représentaient ledit concessionnaire. La firme de relations publiques a lancé des rumeurs qui accusaient les propriétaires d'être d'exécrables conducteurs, responsables des dommages de leurs véhicules. Le litige est récent. Haley Swanson aurait pu savoir à titre professionnel qui était Marino, et son métier. Je fais part de mon scénario à ma nièce avant de reprendre :

— En revanche, ça n'explique pas pourquoi Haley Swanson a appelé le numéro d'urgence en demandant à discuter spécifiquement avec Marino.

— S'il était désespéré, pourquoi pas ? Admettons qu'il ait parlé à un des opérateurs du numéro d'urgence sans parvenir à ses fins ? Du coup, il aurait pu demander un policier par son nom.

— Tu as évoqué Marino avec Carin Hegel ?

— Non, ni lui ni personne d'entre nous. Néanmoins, l'endroit où je travaille, qui sont mes amis et ma famille ne relève pas véritablement du secret d'État. Nous appartenons ou appartenions tous aux forces de l'ordre, ou aux acteurs de justice pénale. Il est clair que Gail avait des raisons de s'inquiéter des gens qui m'entouraient. Elle s'est compromise dans un milieu pourri et au fond, mieux valait qu'elle meure. Qu'avait-elle à attendre si ce n'est ma réaction ? Il est regrettable qu'elle m'ait mise dans cette position. Tant pis !

Elle se montre sûre d'elle-même et de ses convictions, tenant le volant d'une main, l'autre posée sur le levier de vitesses en fibre de carbone. Ses doigts enserrent le pommeau. Nous sommes installées confortablement dans son cockpit en fibre de carbone lui aussi, environnées d'instruments et de joysticks dignes d'un avion.

— Et quelle devait être, au juste, ta réaction ?

Les essuie-glaces balayent le pare-brise et d'autres roulements sourds de tonnerre se font entendre, explosant en claquements secs.

Lucy confie :

— J'allais dire la vérité à Carin. Elle aurait viré Gail de sa clientèle, mais cela ne suffisait pas.

— Difficile de te reprocher ta colère après tout ce que tu m'as révélé.

— J'étais en train de monter un dossier et j'avais besoin de preuves. Du coup, j'ai attendu, jugeant que mes arguments n'étaient pas assez solides. Stupide de ma part. C'est la raison pour laquelle il ne faut jamais détester les gens. Dès que je sens que je m'achemine vers ce genre de sentiment, j'essaye d'y mettre un terme. Je m'y efforce. Pourtant, je n'y suis pas parvenue dans son cas et ce fut une erreur. La haine rend stupide.

Le vent ébouriffe l'étendue d'eau grise derrière la vitre de Lucy. De mon côté, défilent des rangées de petites maisons qui me rappellent le jeu de Monopoly ou les logements de fonction d'une base militaire. Je résume ce qu'elle vient de me dire :

— Vous vous rencontrez au Psi Bar. Vous partagez quelques boissons et tout d'un coup vous collaborez à un projet. Peut-être n'avais-tu pas entendu parler de Gail Shipton il y a huit mois, mais je ne serais pas surprise que l'inverse soit faux. Si ça se trouve, elle savait que tu fréquentais cet endroit.

— Je ne devrais fréquenter aucun endroit. Ce n'est pas judicieux.

— Et si les boissons qu'elle vous avait offertes relevaient d'une stratégie délibérée ?

Lucy approuve d'un hochement de tête :

— Délibérée sans doute. Puis les choses ont pris un tour très différent. Elle commençait à manquer d'argent. Dès l'été, Double S a mis un point d'honneur à faire augmenter de façon vertigineuse ses honoraires d'avocat. Elle était en train de plonger, trop fière pour l'admettre. Mais Double S le savait. Ils connaissaient le montant exact de l'argent qu'il lui restait et la vitesse à laquelle il fondrait. Ils l'avaient acculée à l'endroit précis où ils le souhaitaient.

Le tonnerre rugit sourdement. L'odeur de la pluie se mêle à l'air humide et frais qui souffle par les grilles d'aération. Lucy déteste la ventilation en circuit fermé tout autant que la chaleur. Me parviennent les effluves du cuir neuf luxueux et ceux de l'eau de toilette aux essences de pamplemousse qu'elle affectionne. Je dois encore emballer le flacon que je lui réserve pour Noël.

— Qui était présent lors de ta déposition ? As-tu rencontré quelqu'un de chez Double S ?

— Juste leurs ordures d'avocats.

La lumière chatoie entre les nuages pressés et irise la chaussée détrempée, lueur presque surnaturelle qui accompagne les orages. Je me contente de sa réponse. La pluie se fait plus discrète alors que nous nous enfonçons vers l'ouest. Le paysage se mue en d'immenses étendues d'eau peu profonde semées de bancs de sable, des terrains protégés qui préservent la diversité de la faune et de la flore.

— Et Gail ? Où se trouvait-elle lors de ta déposition ?

— Assise à la même table que moi.

Mes soupçons vont croissant et j'insiste :

— Et quelle a été son attitude ?

— Difficile à caractériser mais un truc m'a alertée. Gail était une piètre actrice. D'ailleurs, elle était devenue médiocre en tout.

Je songe qu'elle aurait dû se défier de cette femme bien plus tôt.

Nous nous rapprochons de Concord. Les bois cèdent peu à peu la place à des clairières, des prés ou des champs labourés endormis pour la mauvaise saison qui m'évoquent un velours un peu râpé. Les maisons, les étables et les écuries sont nichées à distance de l'autoroute, dans ce coin du monde où règnent les vieilles fortunes. Les gens y élèvent quelques poulets ou chèvres et proposent des terrains afin qu'ils soient transformés en zone préservée en échange d'une diminution d'impôts. Les fondations pour la paix, pour la protection de l'environnement et les cimetières célèbres pullulent dans cet endroit où abattre un arbre relève presque du délit. Les bouteilles d'eau ont été bannies, le plastique est synonyme de péché. Le véhicule goinfre en essence de Lucy doit être une insupportable offense aux yeux de ses voisins. Ce fut d'ailleurs sans doute une des raisons de son achat.

Quelques minutes plus tard, nous traversons Main Street, artère d'une ville dans laquelle on peut visiter les maisons de Ralph Waldo Emerson et Louisa May Alcott ainsi que leurs tombes, en plus de celles de Thoreau et de Hawthorne. S'y succèdent des échoppes, de petits restaurants pittoresques. Le moindre coin de rue regorge de monuments, de repères historiques, de champs de bataille.

Nous suivons Lowell Road, traversons une rivière. Nous dépassons d'autres prairies jusqu'à rejoindre Liberty Street et longer le Minute Man National Park. Des petits groupes se promènent. Des employés vêtus comme à la période coloniale s'activent au point que l'on penserait que rien n'est advenu. Ils ne paraissent pas remarquer les voitures banalisées de police ni les officiers en civil des forces de l'ordre qui passent au crible le parc. L'équipe de télévision arrivée sur place ne les intéresse nullement. La Cinq, encore. Barbara Fairbanks plantée sur un pont de bois commente, un micro à la main. Peut-être le petit pont que le tueur a emprunté avant de terroriser ces enfants.

La route s'incurve sur la gauche. Les bois deviennent impénétrables, une forêt typique de Nouvelle-Angleterre, épaisse futaie dépourvue de sous-bois ou de broussailles. Nous poursuivons durant encore deux petits kilomètres et dépassons un champ, jusqu'à parvenir au niveau d'une grille à commande électrique, figée en position d'ouverture. Un *SS* est gravé sur un pilier de pierre, sans autre adresse. Lucy ralentit et franchit le portail. Elle descend sa vitre. Nous nous arrêtons à côté d'une voiture de police de Concord garée juste après la barrière. J'extrais une pièce d'identité de mon sac et lui tends le mince portefeuille noir pendant qu'elle fouille dans une poche à la recherche de son badge du CFC.

Ma nièce montre nos papiers et nos badges à un policier qui semble n'avoir pas vingt ans, et précise :

— Centre de sciences légales de Cambridge. Lucy Farinelli. Le Dr Scarpetta m'accompagne. Comment allez-vous ?

Il se penche par la vitre baissée, un air admiratif peint sur le visage, et demande dans un sourire :

— Je peux vous demander ce que vous conduisez ?

— Oh, juste un SUV.

— Ouais, bien sûr ! Et moi, je pilote la navette spatiale. J'peux jeter un œil ?

— Eh bien, suivez-moi.

Le policier est également emballé par la conductrice.

— Oh, j'peux pas faire ça. Je dois m'assurer que les gens qui sont pas censés être sur les lieux ne rentrent pas. J'ai déjà fichu dehors une demi-douzaine de journalistes. Heureusement que le temps est vraiment moche. Sans cela, les hélicoptères des télés nous survoleraient sans répit. J'm'appelle Ryan.

— Vous avez fait un tour à l'intérieur ?

— Ouais, assez dingue. On croirait qu'un timbré s'est échappé du MCI, souffle-t-il en faisant référence à la prison pour hommes, non loin. Ça monte à combien ?

— Voilà ce que je vous propose Ryan, faites un saut lorsque vous serez moins occupé et je vous la prêterai pour un essai.

Je tente de joindre Marino par téléphone.

Lucy embraye et son mastodonte suit une allée goudronnée aussi large qu'une route. Devant nous s'étendent des hectares de prés clos et de paddocks entretenus avec soin, des appentis réservés à la maintenance, des écuries, dont la grande de couleur rouge qu'a mentionnée Lucy. La route est bordée des deux côtés de bouleaux dont les troncs pèlent. Leurs lambeaux d'écorce s'enroulent sur eux-mêmes. Quelques feuilles récalcitrantes, à l'agonie, s'accrochent encore à leurs branches ou collent à l'asphalte noir. Marino répond à mon appel et je lui précise que nous arrivons dans deux minutes.

— Garez-vous devant et je vous attendrai à la porte, Doc. J'ai votre mallette de scène de crime. Enfilez vos vêtements de protection. On dirait que quelqu'un a renversé une pleine cuve de bortsch, ici.

Chapitre 34

Situé juste après des dépendances et un petit étang naturel, le quartier général de Double S, un bâtiment d'un étage en bois, s'élève sur un tertre, point culminant de cette vaste étendue d'une scrupuleuse netteté. Il fait face à des paddocks et des pâturages. Des passages couverts le relient au reste d'un complexe invisible depuis la longue allée, hormis à son extrémité lorsqu'elle s'incurve. Lucy me décrit le plan de l'ensemble. Je ne lui demande plus pour quelles raisons elle le connaît.

Le toit très pentu est recouvert de plaques de cuivre terni comme une vieille pièce de monnaie et de robustes colonnes de pierre soutiennent chaque coin de la terrasse couverte. Des impostes en verre biseauté ornent le haut de la massive porte principale, et de larges fenêtres s'ouvrent au rez-de-chaussée et au premier étage. J'imagine l'imprenable vue que l'on doit avoir de ces champs en pente douce, de ces écuries et granges sans oublier des gens qui vont et viennent dans la propriété. Du moins lorsque les stores ne sont pas baissés, contrairement à aujourd'hui. Je repense à ces caméras de surveillance dont la mission consiste à détecter tout intrus.

Il ne pleut plus, et l'on pourrait presque croire que Double S commande le temps qui lui sied. Je renverse la tête et laisse l'air humide caresser mes joues et chahuter mes cheveux. Mon haleine se transforme en fragile buée. Le ciel s'est assombri, devenant presque crépusculaire en dépit de l'heure. Presque quatorze heures. Je tente de deviner ce que fait Benton et ce qu'il a déjà appris. Il arrivera sous peu. Il ne ratera cette affaire pour rien au monde. Je le cherche déjà du regard.

Je suis les alignements de bouleaux argentés. À la belle saison ils se rejoindront en voûte feuillue au-dessus de la longue allée. Mon regard balaie l'eau d'un vert terreux du paisible étang, puis les paddocks désertés protégés de palissades de bois grisé par les intempéries. Les chevaux sont sans doute regroupés dans l'écurie centrale en raison du temps. Les incessants conflits de fronts chauds puis froids pourraient se traduire par des averses de grêle ou de neige fondue. Après les barrières et un pré bordé de panics s'étendent des bois touffus. Ils rejoignent le parc où un homme, capuche rabattue, a effrayé des enfants et des professeurs quelques heures plus tôt. J'estime la distance entre les deux à un peu plus d'un kilomètre à vol d'oiseau. À l'instar de Lucy, je soupçonne que l'intrus de Double S n'en était pas un.

Une demi-douzaine de voitures de police de Concord et de véhicules banalisés sont garés sur une vaste aire de stationnement. J'ai remarqué une onéreuse Lincoln Navigator blanche et un Land-Rover de la même couleur, sans doute des voitures de société. Les vitres du SUV de Marino sont entrouvertes. Son berger allemand gémit et griffe frénétiquement la porte de sa cage installée à l'arrière depuis qu'il nous a senties arriver.

Lucy commente :

— Marino lui permet de dormir dans son lit. Ce chien est le comble de l'inutilité !

— Pas pour son maître. Et tu es quand même mal placée pour ce genre de réflexions. Janet et toi préparez du poisson frais pour Jet Ranger et des flocons de légumes pour ses petites collations. Jet Ranger, le bouledogue le plus pourri-gâté de la planète.

— Évitons l'épineux sujet de qui pourrit-gâte son chien.

Nous contournons le SUV de Lucy, garé à proximité d'une véranda toute de verre et de pierre. Détachée du bâtiment principal, elle est plantée au milieu des conifères, telle une hutte. Ses stores sont relevés et j'aperçois un canapé et deux fauteuils en cuir de style moderne. Des magazines sont éparpillés sur une table au plateau d'ardoise. Deux tasses à café y sont posées, non loin d'une assiette colorée de trois ou quatre caissettes marron à cupcakes et d'une serviette froissée en papier bleu. Des miettes, probablement de gâteau au chocolat, parsèment la table à côté de l'assiette. J'en déduis que le deuxième buveur de café n'en a pas mangé. La femme de ménage n'a pas nettoyé après cette collation.

Lucy continue de me décrire le ranch. Elle me précise que la véranda est une addition récente.

— Le bâtiment qui abrite les bureaux a été construit en chêne rouge d'Amérique, contrairement à la véranda peinte de la même teinte. Du simple pin. Comme par hasard, elle a été érigée au printemps, au début des meurtres de Washington. Il y a des caméras partout, sauf ici.

— Comme par hasard ?

J'examine le toit, l'entrée, une porte vitrée qui mène à l'intérieur du bâtiment de taille modeste, sans remarquer de système de sécurité. Je ne vois aucun pavé numérique dans la petite zone de réception qui se termine par ce qui ressemble à une salle d'eau ou un cabinet de toilette.

Ma nièce remarque :

— Je souligne juste la concordance de dates.

Elle ouvre le coffre. Nous en extirpons nos vêtements de scène de crime, des lunettes de protection, des protège-manches et des gants de nitrile à poignets montants.

Elle consulte à nouveau son téléphone. N'ayant pas la moindre idée de ce à quoi nous serons confrontées, je prends des kits de protections personnelles comprenant des respirateurs HEPA, des lingettes antimicrobiennes et des sacs pour les déchets biologiques. Lucy fait défiler le contenu de son pouce et annonce :

— C'est déjà sur Twitter. Massacre à Concord.

Inquiète que des reporters aient pu appeler mon chef du personnel et qu'il ait laissé échapper cette description abusive, je m'exclame :

— J'espère que la formule n'est pas de Bryce !

Plongée dans la lecture de son Smartphone, ma nièce me détrompe :

— Il a plutôt repêché le terme de *massacre* sur Internet. Voyons voir, des rumeurs, de la désinformation postée en prenant l'apparence de nouvelles fiables. On le retrouve partout, depuis plus d'une heure, *USA Today*, *Piers Morgan*, Reuters. Tout le monde, son oncle et son voisin, se la transmet. Homicides multiples dans les bureaux d'une compagnie financière internationale, au moins trois morts, probablement liées à un cambriolage. Je me demande qui a pu lâcher cette info. Ah, ça empire. Le FBI réfute l'existence d'un lien avec le corps retrouvé au MIT ce matin. En effet, la victime, Gail Shipton, attaquait Double S en justice. Aucun indice ne permet de soupçonner une relation, affirme le chef de la division de Boston, Ed Granby. Hello ? Et qui parle de liens ? « À l'instant présent, la cause de la mort de cette femme n'est toujours pas connue et rien n'indique qu'il s'agisse d'un homicide », a déclaré Granby.

Ma détestable intuition m'envahissant à nouveau, je m'insurge :

— Je ne vois pas trop ce qu'il pourrait affirmer ou infirmer puisque qu'il ignore tout de cette affaire. Benton n'a rien pu lui confier. Il sait très bien que je n'ai pas encore rédigé de communiqué officiel au sujet de Gail Shipton et que je m'y refuserai tant que je n'aurai pas les résultats des dosages.

— Ça ne vient pas de Benton. L'origine n'est autre que son ordure de patron qui diffuse ce qu'il souhaite que les gens gobent.

On a altéré le CODIS, et Granby a menacé le médecin expert en chef du Maryland. Il est maintenant en train de manipuler les médias au sujet des cas qui m'attendent ici. Une bouffée de colère me secoue, aussitôt remplacée par une sensation de danger imminent.

— Bref, si on résume, Granby prend la parole à ta place. Et pourquoi ?

Elle me détaille. Je sais très bien ce qu'elle a entendu de ma conversation téléphonique avec le Dr Venter, alors que nous nous trouvions toutes deux dans la baie. Sans même évoquer les informations que Benton lui a fournies.

Nous nous appuyons contre le pare-chocs pour enfiler des protections de chaussures en latex avec d'épaisses semelles, l'idéal sur une scène de crime particulièrement ensanglantée. Ma nièce reprend :

— Pour manipuler. Selon moi, ça va de pair avec le foirage de l'ADN.

— Je crains que ça n'aille très au-delà d'un foirage, comme tu dis !

— Granby s'est impliqué pour une raison précise. Peut-être protège-t-il des gens très riches, histoire de s'assurer un pécule qui complétera sa minable pension de retraite lorsqu'il abandonnera ses fonctions.

— Reste prudente dans tes déductions, je conseille à ma nièce.

Elle se défend :

— Il n'a pas sorti Martin Lagos de son chapeau au pif. Si ton intention consiste à bidouiller de l'ADN, il faut d'abord que tu trouves un profil de substitution. Pourquoi avoir choisi ce gamin disparu il y a dix-sept ans ? Pourquoi Granby l'a-t-il sélectionné ?

J'argumente, pour la forme :

— Nous ne savons pas qui a choisi le profil de substitution.

— Admettons qu'il s'agisse bien de Granby ? Quel serait son mobile ? Simple ! Il sait probablement que Lagos est mort. Ça explique qu'on n'ait jamais retrouvé la moindre trace de lui, et que je ne parvienne à le localiser dans aucune banque de données. Lorsqu'on vole l'identité de quelqu'un, quoi de plus précieux qu'un candidat dont on est certain qu'il ne ressurgira jamais pour se plaindre ?

Je renchéris :

— Granby travaillait pour la division de Washington D.C., à l'époque. Il est probable qu'il se soit souvenu de Gabriela Lagos. Une affaire très médiatisée.

— Ça, tu peux en être certaine ! La question de fond demeure : était-il impliqué ? Est-ce un atout pour lui, pour le but qu'il poursuit, de faire croire au public que le fils disparu de Gabriela n'est autre que le Meurtrier Capital ?

— Un truc terriblement fautif s'est produit avec l'analyse ADN de Julianne Goulet réalisée par le Dr Venter. La tache retrouvée sur la culotte qu'elle portait n'a pas pu être abandonnée par un homme. Martin Lagos n'a pas pu déposer de sécrétions vaginales ou de sang menstruel. Quelqu'un a altéré l'empreinte ADN dans le CODIS, sans vérifier la nature biologique de la tache… Cette personne ne s'est pas rendu compte que le profil était incompatible avec un sujet masculin.

Lucy résume :

— Une erreur stupide qui correspondrait bien à une enflure machiste du FBI du genre de Granby. S'il déboule ici, tu auras confirmation d'un intérêt tout personnel de sa part. Un chef de division ne s'emmerde pas avec une scène de crime, il n'ira pas se salir les mains. Pourtant, je te parie qu'il va se montrer. Je suis certaine qu'il pense que cette affaire est sa chasse gardée. Il doit en conserver le contrôle, parce qu'il poursuit son but, un but pourri.

— Eh bien, pour l'instant, il s'agit de ma chasse gardée.

Lucy examine le petit bâtiment de la véranda, les tasses de café. Une conversation s'y est déroulée, à l'abri des regards, avant que trois personnes soient massacrées.

Elle s'approche de la fenêtre et déclare :
— Un endroit sympa pour papoter d'activités troubles, dans le genre criminel…
Elle se déplace jusqu'à une autre fenêtre, colle son visage à la vitre en protégeant ses yeux de ses mains en coupe.
— … Pas de téléphone que l'on pourrait mettre sur écoute. Tiens, on dirait que nous avons un brouilleur de sons. Tu vois ces petits haut-parleurs blancs au plafond ? Il y en a sans doute aussi au niveau des gaines. Des systèmes équivalents sont installés aujourd'hui dans les salles d'audience. Personne ne peut plus rien entendre des échanges entre les avocats et le juge.
Ma nièce désigne ensuite les caméras. Elles sont installées sur le toit, au-dessus de la porte principale en acajou du bâtiment de bureaux et au faîte des réverbères en cuivre qui éclairent l'allée et l'aire de stationnement. Elle me précise :
— Résistantes aux intempéries, haute résolution en infrarouge qui bascule automatiquement d'un enregistrement couleur au noir et blanc lorsque l'intensité lumineuse décline comme aujourd'hui. Il ne s'agit pourtant pas d'un système sans fil. Tu vois les câbles ? Le gros problème avec les câbles, c'est que ça se coupe. Point intéressant, en revanche : tel ne semble pas avoir été le cas !
— Encore faudrait-il savoir où ils passent pour les couper… et y penser, dès que tu t'introduis dans la propriété.
Elle souligne tandis que la porte principale s'entrouvre :
— Pas le cas de notre intrus. Un argument dans le sens de l'absence de préméditation.

Marino s'encadre dans l'embrasure de la porte, son pied bloque le panneau de verre anticourants d'air pour l'empêcher de se refermer. Une barbe naissante ombre son visage tendu d'énervement. Ses grosses mains sont gantées d'un latex qui laisse deviner les poils très bruns de ses poignets.

Je devine à l'intérieur les silhouettes des techniciens de scène de crime en treillis. L'un d'eux mitraille les lieux de son appareil photo. Un autre utilise un laser topographique pour relever le plan.

Un homme et une femme, le NEMLEC sans doute. Je ne parviens pas à les reconnaître. Beaucoup de petites juridictions possèdent des experts et des équipements spéciaux. La formation du personnel et les achats divers sont financés par des lignes de subventions. Cependant, peu de crimes violents surviennent dans ces localités. Ainsi, nombre de policiers du coin n'ont jamais mis un pied dans mes bureaux.

Marino tire un paquet de cigarettes de sa poche et braille :

— On est prêt et on vous attend, Doc. Deux policiers de Concord, un gars de l'identité judiciaire de Watertown et moi. J'ai dit aux autres de décamper. On n'est pas au spectacle.

— Ça ne devrait pourtant pas tarder, rétorque Lucy. Le FBI est en chemin.

Marino fait jaillir une flamme de son briquet.

— J'ai dit : pas question de les appeler pour l'instant, pas tant que la Doc est pas arrivée. Leur présence ferait qu'aggraver les choses. Mon souci, pour l'instant, c'est de protéger la scène.

Lucy vérifie que son SUV est verrouillé.

— Ils n'ont pas besoin que vous les appeliez, pas plus que de votre permission. Granby est d'ores et déjà en train d'y aller de déclarations à la presse. De plus, je pense avoir aperçu deux fédéraux dans Minute Man Park lorsque nous sommes passées devant. Ils débarqueront ici, que vous les ayez sollicités ou pas. Je leur donne deux heures avant qu'ils récupèrent cette affaire.

Marino aspire une énorme bouffée de fumée et remarque :

— Avec le paquet de pognon en jeu et les merdes qu'on soupçonne dans cette affaire, c'est sûr que ça va leur être servi sur un plateau d'argent. Les meurtres équivaudront à du pipi de chat, à leurs yeux.

Marino tient sa cigarette ainsi que je l'ai toujours vu faire, par le milieu, le bout incandescent renversé vers l'intérieur de la paume. Le vent rabat vers moi l'odeur un peu âcre et toastée du tabac qui se consume. Un rituel qu'il m'est difficile de contempler. Il fait tomber la cendre d'une pichenette de son pouce et poursuit :

— Je pense qu'on est confronté à un méga-crime de cols blancs. Et encore, j'en ai pas vu la moitié. Certaines parties sont bouclées, hors d'accès, protégées par des portes blindées, au point qu'on dirait un foutu coffre de banque.

Lucy traduit :

— Vous n'êtes donc pas parvenu à y pénétrer ?

L'irritation de Marino à l'égard de ma nièce commence à se faire sentir, une irritation déjà latente et qui remonte à la surface :

— Y a des trucs que je voulais pas aborder avant l'arrivée de la Doc. On n'a pas touché aux cadavres. Mais vous verrez une fois à l'intérieur. On dirait que cet endroit sert de couverture.

— Depuis quand avez-vous recommencé à fumer, Marino ? Je pensais que vous aviez arrêté définitivement… après la dernière fois où vous aviez arrêté.

— Commencez pas, Doc.

— C'est plutôt moi qui devrais vous conseiller cela.

Il souffle la fumée du coin de la bouche et se justifie :

— Je tire trois taffes et je l'éteins.

Comme jadis, ne puis-je m'empêcher de penser. Fumer sur une scène de crime, tenir une cigarette de ses doigts gantés, des gants maculés de sang. Tout cela n'avait pas grande importance à l'époque. Que ne donnerais-je pas pour une longue bouffée de mon poison favori. Si l'on m'apprenait que je n'ai plus qu'une heure à vivre, j'allumerais une cigarette. Je m'installerais sur les marches, en compagnie de Marino, et nous fumerions, en buvant de la bière ainsi que nous en avions l'habitude dans les temps difficiles où les tragédies se succédaient.

— Combien, Marino ? Vous m'avez annoncé trois corps. Y en a-t-il d'autres ?

Lucy et moi avançons vers la terrasse couverte. Mon regard se pose sur des petites tables rustiques et des rocking-chairs, un endroit où se relaxer, bien que rien ne laisse suggérer une telle fréquentation. Les meubles sont arrangés avec soin, vernis de pluie. J'en retire l'impression que les discussions de nature privée chez Double S ne se poursuivent que derrière des portes closes, d'épaisses parois de verre, dans des lieux équipés de brouilleurs. Je ne peux m'ôter de l'idée ce que

Lucy m'a révélé au sujet de la véranda, construite au printemps dernier. À peu près à l'époque des premiers meurtres de Washington, des crimes en série qui maintenant impliquent une falsification d'un profil ADN et un chef de division du FBI qui pourrait être à son origine et a menacé au moins l'un de mes confrères.

— Bon, une minute pour que je vous mette au courant. Un homme, deux femmes…

La cigarette tressaute entre les lèvres de Marino au rythme de ses paroles, puis il l'arrache de sa bouche, clignant des paupières en soufflant un nuage de fumée.

— … D'abord, on a balisé à l'idée qu'il puisse y avoir plus de cadavres dans d'autres endroits du bâtiment. Ou ailleurs sur la propriété, puisque nous n'avons pas pu fouiller certaines zones bouclées. Ajoutez à cela que c'est immense, avec tous ces passages qui connectent différents bâtiments entre eux. Bordel, dingue ! Si vous les raboutiez les uns aux autres, on obtiendrait sans doute un bon kilomètre de long. Et puis, ils ont aussi des voiturettes de parcours de golf. Ce gros lard de Dominic Lombardi n'avait même pas à se bouger.

Je remarque qu'il vient d'utiliser l'imparfait. Lucy s'enquiert :

— Personne n'a les clés ?

— Si, mais j'avais pas l'intention de les toucher tant que vous n'auriez pas fait tous vos trucs. Elles baignent dans une mare de sang sous un corps. Mais si on en croit ce que nous ont révélé deux des employés du ranch, y a que trois cadavres au total. Les autres ont répondu présents à l'appel, à l'exception du dégénéré qui a commis ça.

— Et personne n'a rien vu, je suppose.

— À ce qu'ils affirment. Des conneries, bien sûr.

— On a des identifications ?

Marino porte les mêmes vêtements que ce matin à l'aube, lorsqu'il est arrivé chez moi sous une pluie battante.

Je perçois son odeur mêlée d'excitation et de stress. Une odeur très masculine et musquée qui tourne à l'âcre lorsqu'il travaille sans interruption, sans dormir ni prendre de douche. Encore huit ou douze heures et il sentira si fort la vieille sueur et le mégot qu'on pourra le flairer à dix mètres.

— Dominic Lombardi. Ou plutôt Dom, son petit surnom, comme le champagne. À mon avis ça sera une sale cuvée pour Dom. Ah, attendez, au sujet de l'autre…

Il plonge la main dans une poche, son gant de latex résistant contre le tissu, sa cigarette coincée à la commissure de ses lèvres, un œil fermé. Il tourne les pages d'un carnet, le tenant à distance parce qu'il n'a pas chaussé ses lunettes de lecture.

— Merde, j'arrive pas à prononcer le nom. *Jadwiga Caminska*. Ils l'appellent Ika. L'assistante administrative de Lombardi. Le SUV blanc très cher qui se trouve sur l'aire de stationnement est le leur. Dom et Ika ont été identifiés visuellement par les enquêteurs du département de police de Concord. Ils ont déjà répondu à un appel, vendredi dernier, tard le soir, lorsque Lombardi a signalé la présence éventuelle d'un intrus.

Lucy intervient :

— Présence vérifiée ?

Il se tourne vers elle et répond, sans la lâcher du regard :

— Peut-être. Les flics ont fouillé chaque recoin. Ils ont aperçu une ombre sur l'enregistrement vidéo d'une caméra de surveillance de l'écurie principale. Quelqu'un qui faisait gaffe au système de sécurité parce qu'il savait ce qu'il devait éviter, quitte à couper les fils. Le cadran concerné sur les écrans s'est obscurci alors que Lombardi bossait à son bureau aux environs de minuit. Il a été si content de l'intervention des flics qu'il a promis d'offrir dix mille dollars pour la collecte de Noël du département de police. Son compte en banque a été débité il y a deux jours de la somme en liquide. On a le bordereau de retrait dans le tiroir de son bureau, mais pas l'argent. La police de Concord n'en a pas vu la couleur.

— En d'autres termes, la somme exacte retrouvée dans l'enveloppe balancée sous le pont, résume Lucy.

— Tu ferais un bon flic.

— Ça va, j'ai déjà donné !

J'ai presque l'impression de deux belligérants qui s'évaluent.

— On peut donc déduire que le tueur a piqué le fric et tout le cash qu'il pouvait trouver.

Lucy a croisé les bras sur son torse et soutient son examen. Elle l'incite, sans mot dire, à déballer ce qu'il lui reproche, ce dont je pense qu'elle s'est rendu responsable. Elle renchérit :

— Ça paraît logique.

Marino écrase sa cigarette contre un pilier de pierre. De petites étincelles volettent et les cendres tombent au sol. Il fourre le mégot dans sa poche, soufflant les dernières volutes de fumée de côté pour nous épargner. Peut-être Lucy n'a-t-elle jamais été invitée chez Double S. Toutefois, cela ne signifie en rien qu'elle n'a pas examiné les lieux. Elle souligne :

— J'en déduis qu'ils n'ont pas encore mis la main sur l'intrus.

Marino la fusille du regard et martèle d'une voix forte :

— Si tu as bien fait ce que je crois, dis-moi juste pourquoi.

— En tout cas, je peux vous donner une piste expliquant que quelqu'un en ait eu envie. Si vous voulez fouiner dans le coin, il faut vous débarrasser de ces caméras. Vous pouvez esquiver celles qui pointillent l'allée. Plus ensuite, lorsque vous avez dépassé l'écurie. Sauf si ça vous tente de traverser l'étang à la nage.

Marino hurle presque :

— Deux enquêteurs se sont pointés et l'intrus continuait à se balader dans le coin ?

— Oh, ils ont sans doute visité l'écurie qui abrite les chevaux hors de prix. Ensuite, ils ont vérifié tous les verrous et serrures pour s'assurer que tout baignait. Après, ils sont partis.

— Et pourquoi quelqu'un serait intéressé par cette propriété ?

Je perçois le changement d'attitude de Marino. De suffisant et hargneux, il s'est fait dubitatif.

— Peut-être pas par la propriété, mais par les gens. Avec qui il couchait.

Le grand flic, maintenant incrédule, la pousse :

— Et on serait parvenu à le déterminer ?

Lucy désigne la maison d'un petit signe et suggère :

— Eh bien, vous pourriez le demander aux deux policiers qui ont répondu à l'appel. Lorsqu'ils sont arrivés sur les lieux vingt-trois minutes après que Lombardi a composé le numéro d'urgence, Gail était partie depuis longtemps.

La frustration de Marino explose et il vitupère :

— Bordel, ça aurait été vraiment sympa que tu m'en parles plus tôt ! Gail Shipton se trouvait ici vendredi soir ? Elle se fait assassiner, et tu le mentionnes comme ça, juste en passant !

— Je suis au courant de sa collusion avec l'ennemi depuis un moment. Ils sont probablement de mèche dans une fraude à l'assurance, sans parler du reste. Je me suis efforcée de trouver des arguments solides, démontrables.

Dégoûté, Marino s'exclame :

— Et elle couchait avec le mec qu'elle traînait en justice ?

— Pas par choix. Elle avait besoin d'argent.

Chapitre 35

Le travail m'attend et je bouscule un peu Marino :

— Il y a donc trois morts.

Je n'ai plus le temps de questionner Lucy. D'ailleurs, je n'ai pas vraiment envie d'en entendre davantage sur les errements de Gail Shipton, ni sur ce que Carin Hegel sera contrainte de faire lorsqu'elle en découvrira l'ampleur. Son affaire est fichue. Lucy a raison. Il n'y a plus d'affaire. Tout se résume à un mensonge, un stratagème. Double S s'est débrouillé pour que Gail Shipton soit aux abois financièrement. Quel meilleur moyen de pression que d'acculer quelqu'un pour se poser ensuite en sauveur ? Gail était faible, sans doute bourrée de défauts et dysfonctionnelle de bien des manières. Et je ne parle pas simplement de son cœur, de cette valve défectueuse, mais de tout son être.

Marino bougonne :

— J'ai pas la moindre idée de l'identité de la troisième victime. Elle se trouvait dans la cuisine lorsqu'elle a été attaquée… Peut-être en train d'ouvrir le réfrigérateur ou alors un placard. Vous verrez sur place.

Surprise, je demande :

— Le personnel ignore qui est cette femme ?

— Ils m'ont raconté que Lombardi avait été chercher quelqu'un à la gare de Concord ce matin. Ils ne savaient pas qui, juste que Lombardi avait pris son Navigator blanc. Il est revenu en compagnie d'une femme. Elle se serait retrouvée au mauvais endroit au mauvais moment. C'est ce qu'ils affirment, mais ils mentent probablement.

Lucy s'étonne :

— Et pourquoi ?

— Sans doute parce qu'ils ont l'habitude de raconter des bobards sur tout ce qui peut se passer ici. Contrairement aux deux autres, elle n'a pas été tuée d'un seul coup. Je pense que la première coupure n'a pas été fatale. À mon avis, elle a tourné la tête, peut-être en entendant arriver le tueur derrière elle. Il l'a ensuite achevée.

Il fait un mouvement circulaire de la main, imitant une lame de couteau, avant de poursuivre :

— Elle a avancé de deux ou trois pas, puis s'est écroulée derrière un comptoir. Là où se trouve son cadavre.

Lucy arpente la terrasse, lève les yeux vers les caméras, les arbres et vérifie :

— Vous avez retrouvé une arme ?

— Nan.

Je remarque que l'attitude du grand flic envers ma nièce a changé.

— Et ce type avec sa capuche, aucun témoin ne l'a décrit tenant une arme blanche alors qu'il s'enfuyait à travers le parc ?

— Nan. Personne a décrit Swanson avec une arme. Parce qu'on parle bien de ce mec !

Lucy le pousse dans ses retranchements :

— Sous prétexte qu'il portait un sweat-shirt Marilyn Monroe ? Vous connaissez donc avec certitude l'identité du tueur ?

— Ben, c'est pas très commun. En plus, Swanson avait bien ce sweat-shirt sur le dos ce matin, lorsqu'un policier l'a interrogé, après qu'on l'a repéré en train de mater la maison de ta tante. Deux et deux, tu vois ce que je veux dire ?

— Tant que ça ne fait pas vingt-deux ! ironise ma nièce.

— Peut-être que Swanson faisait un boulot de relations publiques pour Double S.

— Et donc sa mission de RP incluait de tuer Gail Shipton et d'espionner ma tante ? Car je suppose qu'à vos yeux Swanson est coupable de tout.

Marino ne répond pas. À la façon dont il la considère, je sens qu'il éprouve une sorte de respect envieux à son égard. Il en a fini d'espérer qu'elle disparaisse complètement de sa vie. Au contraire, il est en train de s'interroger sur le meilleur moyen de l'utiliser. Je demande :

— A-t-on dérangé le cadavre de la cuisine, ou les deux autres ?

— On a pris des photos et des vidéos, mais c'est comme je vous l'ai dit. Je me suis assuré que tous comprenaient qu'ils devaient passer au large. D'un autre côté, on pourra pas tenir les fédéraux à l'écart très longtemps.

Lucy rectifie :

— On ne pourra pas du tout les tenir à l'écart.

— Bon, ben vaudrait mieux battre le foin tant qu'il est coupé, avant la pluie, balance Marino.

Toujours aussi incrédule, je demande à nouveau :

— Et donc, personne n'aurait la moindre idée de l'identité de la femme morte dans la cuisine ?

Marino s'appuie contre le chambranle et précise :

— Faut vous dire qu'on n'a laissé personne s'approcher pour vérifier. Hormis le personnel essentiel. Bref, les flics.

Il regarde d'un air absent sa main gantée, la tache jaunâtre de nicotine qui macule un de ses doigts et qu'il gomme de son pouce. Il a dû fumer cigarette sur cigarette, et je me demande combien de mégots sont enfouis dans sa poche. Du moins a-t-il appris qu'il ne devait en aucun cas les semer sur la scène de crime.

— On peut pas vraiment tolérer un défilé. Pas besoin qu'un des palefreniers ou la femme de ménage déboule et laisse son ADN partout. Qu'il ou elle touche des trucs, ou vomisse ses tripes.

Lucy souligne :

— On retrouvera leur ADN partout.

— D'autant que j'ai pas non plus l'intention de me balader en brandissant sous le nez des employés des photographies des morts avec la gorge tranchée de part en part.

— Mais vous avez vérifié avec le personnel qui devait se trouver à l'intérieur de la maison ?

— Bordel, et maintenant j'en ai deux de la même famille sur les fesses !

D'un ton qui se veut conciliant, ma nièce affirme :

— J'ai la liste de ceux qui travaillaient ici. Noms, âges, adresses. Je sais beaucoup plus de choses sur ces enfoirés que je ne le souhaiterais. Décrivez-moi la victime non identifiée.

— À peu près ton âge et ta taille. La petite trentaine, enfin du moins à première vue, parce qu'on ne peut pas dire qu'elle ait l'air sexy, pratiquement décapitée. Cheveux courts, noirs. Blanche. Efflanquée, le genre la peau sur les os. J'ai l'impression qu'elle devait faire beaucoup de musculation, qu'elle se prenait pas pour de l'eau de boudin… et que les mecs étaient pas trop son truc.

Lucy ignore cette sortie et poursuit :

— Personne chez Double S ne correspond à cette description ni n'est aussi jeune. Les trois hommes qui s'occupent du ranch et le gardien ont respectivement quarante-quatre et cinquante-deux ans, le dernier vient de fêter ses soixante ans. Ils sont originaires du Texas, d'Arizona et du Nevada. Le cuisinier français est âgé de quarante-neuf ans. La femme de ménage est originaire d'Amérique du Sud. Elle a quarante-trois ans et prétend parler très mal l'anglais. Quant aux associés de la firme, ce sont deux Américains et deux Britanniques, des hommes de plus de quarante ans. Sans compter Lombardi et Caminska, dont la rumeur veut qu'ils aient été plus que de simples relations professionnelles. Et en effet, on la surnomme Ika, à prononcer avec un *i* long, termine-t-elle en se moquant de la prononciation de Marino.

Je sens que Marino est en train de faire machine arrière. Il ne considère plus que Haley Swanson est le tueur. Il réfléchit :

— Donc, l'assaillant est entré dans la baraque par cette issue, après ces colonnes, et il a ouvert la porte.

Lucy pointe vers le pavé biométrique en nickel brossé, tout en enfilant des gants :

— Et cette serrure ?

— Il a fait très beau jusqu'à il y a environ deux heures. Possible qu'ils laissent la porte principale ouverte lorsque le temps est clément, en ne fermant que celle-ci.

Il pousse la porte intérieure anticourants d'air. Elle ne se ferme que grâce à une petite serrure à bouton qu'il suffit d'enfoncer, mince rempart entre les gens de Double S et la personne qui les a égorgés.

Lucy, qui n'y croit pas un instant, relève :

— Quelqu'un a affirmé qu'ils laissaient la porte principale ouverte ?

Je l'étudie. Me reviennent les années durant lesquelles elle a travaillé dans les forces de l'ordre, d'abord agent du FBI puis de l'ATF. Ils se sont débarrassés d'elle parce qu'elle était trop stupéfiante. D'un autre côté, peut-être notre incapacité de travailler pour quelqu'un est-elle ancrée dans les gènes Scarpetta ? Nous sommes des solitaires. Nous devons être responsables de notre travail, et partageons une fâcheuse propension à nous fourrer dans les ennuis.

— On m'a dit que ça pouvait être une explication, se justifie Marino. Un des employés du ranch m'a assuré qu'il l'avait déjà vue ouverte par beau temps, ou quand il y avait beaucoup de passage.

— Ils mentent. Ils savent qui est le coupable.

— Quel pied que tu sois venue ! Il me reste plus qu'à rentrer chez moi et à regarder la télé.

Lucy charge :

— Les quatre associés sont en déplacement. Quel passage aurait-il pu y avoir ? De plus, il faisait frais ce matin, malgré le soleil.

— Y a une porte à l'arrière, et une autre qui conduit au sous-sol, toutes deux verrouillées. Il n'a pu pénétrer que par l'accès principal. Peut-être son empreinte digitale est-elle enregistrée dans la serrure biométrique ? Ça lui permettrait d'entrer. Ouais, j'suis d'accord avec toi, l'intrus était connu ici.

— Ce serait génial que nous récupérions son empreinte. Vous avez raison. Ensuite, vous pourrez rentrer chez vous et regarder la télé.

Marino s'efforce de ne pas sourire. Il se contraint tant à la sévérité qu'il finit par avoir l'air comique.

J'interviens, d'accord avec ma nièce :

— Ces gens semblent avoir été très conscients des problèmes de sécurité. Il m'est difficile de croire qu'ils laisseraient des portes ouvertes, déverrouillées.

— C'est clair, approuve-t-elle. Avez-vous vérifié ce qu'auraient pu enregistrer les caméras de surveillance ?

Marino grommelle :

— Bien sûr que non ! Faut vraiment que je sois crétin !

Quatre bureaux se suivent dans la pièce. Ils sont meublés de consoles en fer à cheval équipées de tables de travail avec blocs-tiroirs encastrés.

Sur chaque poste de travail trônent un téléphone multilignes et plusieurs écrans vidéo qui semblent indiquer que les experts financiers passent ici leur vie à surveiller les évolutions de la bourse et leurs investissements. Je ne remarque pas un seul bout de papier, pas un crayon ou un stylo, ni même le moindre indice que quiconque travaillant ici ait une famille ou un passe-temps. L'endroit évoque une compagnie transparente, des associés ouverts qui communiquent volontiers dans la franche camaraderie. Pourtant, il s'en dégage une sensation de vide, de fausseté. J'ai l'impression de pénétrer dans une salle d'exposition ou sur un plateau de cinéma. Je ne parviens pas à me convaincre que quiconque ait jamais vécu ici, avant d'y être massacré.

Un escalier flottant aux marches de métal et à la rambarde faite de câbles s'élève à ma droite. Des tableaux contemporains décorent le mur en vieilles briques qui le jouxte. Juste en face, des placards tapissent un autre mur gris cendre. L'endroit, d'une surface qui doit avoisiner les trois cent cinquante ou trois cent soixante-dix mètres carrés, est très masculin et manque de chaleur et de créativité. Une autre pièce lui succède. Des voix me parviennent par la porte d'acier massif entrebâillée. Les deux enquêteurs de la police de Concord sont à l'intérieur de ce qui semble être un autre bureau, la suite privée du PDG, située dans l'aile gauche du bâtiment où Lombardi et son assistante sont morts. La cuisine à l'américaine du bureau de devant est meublée de placards en bois exotique rouge sombre, presque de la même teinte que le bois de rose utilisé par les luthiers. D'où je me tiens, je vois un pantalon noir maculé de sang, l'intérieur blanc de ses poches retournées, ainsi que les chaussures de tennis ensanglantées de la victime non identifiée. Le sang coagulé s'est répandu sur le parquet à larges lattes, derrière une sculpture assez saisissante en zingana. L'œuvre d'art épouse le coin d'un mur passé au lait de chaux qui s'élève à gauche d'un comptoir en granit. Il me bouche presque complètement la vue. J'interroge Marino au sujet des poches.

— La police les a fouillées à la recherche d'une pièce d'identité ?

— Non, elles étaient déjà retournées à notre arrivée. Vous vous souvenez, je vous ai dit qu'il avait piqué leurs portefeuilles et les pièces d'identité, et aussi le liquide.

Lucy arpente les lieux et commente :

— Il a volé l'argent liquide et ce qui le tentait. Il a sans doute balancé les portefeuilles dans l'étang en s'enfuyant. L'endroit idéal, juste de l'autre côté de l'écurie. On passe devant lorsqu'on se dirige vers les bois à pied... pour se barrer d'ici vite fait.

J'examine les stations de travail. Les chaises ergonomiques, nettement repoussées, ne trahissent aucun signe de violence. Je suis à nouveau frappée par cette impression de vide. Un mercredi matin, à des heures normales de travail, et seules trois personnes se trouvaient à l'intérieur, en plus du tueur.

Une certaine réticence dans la voix puisqu'il déteste admettre que Lucy a raison, Marino annonce :

— Le DVR a disparu.

Elle lâche, amusée :

— Bon, ne reste qu'à cocher une deuxième case renforçant la non-préméditation.

Le grand flic hausse une épaule pour essuyer son visage luisant de sueur sur sa chemise et argumente :

— Fallait quand même qu'il sache où regarder.

Il a toujours eu tendance à transpirer. S'ajoute aujourd'hui sa tension élevée parce qu'il est à nouveau flic et qu'il refume. Lucy rétorque :

— Selon moi, ça ne devait pas être très compliqué.

Nous discutons plantés dans l'entrée, à proximité du policier chargé de relever le plan. Des mallettes en plastique noir sont ouvertes sur le sol. Une rallonge jaune connectée à un chargeur est branchée dans un mur et le policier, tout comme son scanner laser, est en mode pause, attendant. Il ne nous regarde pas, ne veut pas paraître nous écouter puisque nous ne lui adressons pas la parole.

Marino récupère ma mallette au pied de l'escalier.

— Y a un placard dans l'autre pièce avec tout l'appareillage son, le serveur, le sans-fil, leur système de téléphone et tous les circuits de sécurité.

Soudain aussi vigilante qu'un serpent épiant sa proie, ma nièce vérifie :

— Le serveur ? Le serveur de Double S ? Enfin, on en arrive aux choses sérieuses !

Elle se dirige vers un des quatre bureaux installés contre le mur. Elle déplace une chaise d'un coup de genou et soulève le combiné du téléphone.

Marino me tend ma mallette et s'obstine :

— Mais encore faut-il savoir ce qu'est un DVR. La plupart des gens n'y penseraient pas, sauf s'ils ont l'habitude des caméras de surveillance.

— Inutile d'avoir un doctorat de physique quantique. D'autant qu'il peut s'agir d'un individu qui connaît cet endroit. Il faut transporter le serveur jusqu'à mon labo.

Lucy examine les différentes touches du téléphone et en enfonce une avant de conclure :

— Le département de police de Concord peut signaler sa remise et je l'embarque.

Elle passe aux autres bureaux et vérifie chacun des téléphones. Puis elle retourne vers le premier et soulève à nouveau le combiné en conseillant à Marino :

— Peut-être serait-il souhaitable que vous notiez ceci. Aucun appel extérieur n'a été passé de ces téléphones depuis vendredi dernier. À croire que personne n'a travaillé dans ces bureaux. Une seule exception, celui-ci.

Elle lui communique le numéro de téléphone qu'elle déchiffre sur l'écran et lâche :

— Lambant et Associés !

Marino la rejoint en deux enjambées et s'exclame :

— Quoi ? Eh bien, grosse surprise. Du coup, j'avais raison. Haley Swanson est venu ici et il a appelé son bureau.

— Ou quelqu'un d'autre. Quelqu'un a passé un appel à Lambant et Associés depuis ce poste à neuf heures cinquante-six, appel qui a duré vingt-sept minutes. Si l'on a aperçu ce type en fuite dans le parc aux environs de onze heures, ça signifie que la personne a raccroché approximativement au moment où tout le monde s'est fait assassiner.

Marino a de nouveau tout compris à tout et revient à sa première conviction :

— Bon, résumons : on sait qui est le mec en question, celui avec le sweat Marilyn Monroe à capuche. Maintenant, on sait aussi qu'il se trouvait sur place et utilisait le téléphone. Haley Swanson. Lambant et Associés, spécialiste des relations publiques de gestion de crise, où le copain au sexe indéterminé de Gail Shipton travaille.

Lucy se contente de le regarder. J'interviens :

— Peut-être se chargeait-il des relations publiques de Double S. Peut-être Swanson est-il la personne que Lombardi est allé chercher à la gare ce matin.

— Exactement, Doc !

Lucy reprend d'un ton plat :

— Nous savons tous comment Gail l'a rencontré. Tous deux étaient lourdement impliqués avec Double S.

Êtes-vous parvenus à savoir qui l'accompagnait hier au Psi Bar ?

— Elle discutait avec quelqu'un, pas un habitué. Ça aurait pu être Swanson, assez logique puisqu'il a signalé sa disparition. Mais l'endroit était bondé. Selon les témoins, Gail s'est retrouvée coincée avec plein d'autres clients devant le bar. Je doute que nous obtenions d'autres informations.

Je m'étonne :

— Mais pourquoi quelqu'un prendrait-il un train de banlieue pour venir ici plutôt que sa voiture ? Surtout un professionnel des relations publiques.

Ma nièce renchérit, dubitative elle aussi :

— Haley Swanson ? Dans ce cas, il faudrait en conclure qu'une heure, une heure et demie plus tard, il a égorgé tout le monde avant de prendre la fuite.

Marino, déplaisant, la rembarre :

— C'est pas ton boulot de conclure !

J'interviens :

— Ce matin, on nous a précisé qu'il conduisait un SUV Audi.

— Ouais, on le cherche. On l'a pas trouvé à son adresse personnelle, dans Somerville, pas plus que là où il travaille à Boston. Les gens qui bossent avec lui chez Lambant et Associés ne l'ont pas vu aujourd'hui, ni son véhicule. Mais il les a appelés.

Lucy complète :

— L'appel passé d'ici. Quelqu'un s'en est chargé.

J'insiste :

— Pourquoi Swanson n'aurait-il pas conduit jusqu'ici ?

— C'est clair que quand on l'aura appréhendé, il va devoir nous expliquer pas mal de choses. À part ça, la première réponse serait qu'il ne voulait pas qu'on remarque sa bagnole chez Double S parce qu'il avait l'intention de buter ces gens. Ça me paraît une excellente raison de ne pas venir avec sa propre caisse.

Ma nièce argumente :

— Pas d'accord avec cette interprétation. Ces meurtres ne paraissent pas prémédités.

Toujours aussi discourtois, Marino balance :

— On te demande pas de jouer aux devinettes.

Sa grossièreté ne décourage pas ma nièce. Elle n'a même pas l'air de s'en apercevoir.

J'interviens à nouveau :

— A-t-on envoyé quelqu'un discuter avec son oncle qui vit dans la cité ?

— J'ai demandé à Machado de s'y coller. Pas de retour, pour l'instant.

Lucy descend à moitié la fermeture Éclair de son vêtement de protection et retire ses gants, comme si elle avait chaud, ou une idée bien précise derrière la tête. Elle précise à Marino :

— Je dois embarquer le serveur avant que ce soit plus possible.

— Ça va, j'ai compris !

Marino sait fort bien ce à quoi pense Lucy. Cependant, il se débat, en proie à un conflit intérieur, celui qu'il a déjà expérimenté avec le téléphone de Gail Shipton.

Il voudrait accepter l'aide de Lucy, mais elle l'inquiète. Il n'ignore pas que si le FBI met la main sur ce serveur avant nous, nous n'en entendrons plus jamais parler. Granby fera sa conférence de presse. Il parlera, avec des trémolos dans la voix, de la collaboration entre les différentes forces de l'ordre, les agences locales, un effort conjoint de tous. En réalité, lorsque les indices atterrissent dans les labos nationaux de la base de Quantico et que le magistrat n'est autre que le procureur fédéral, le terme de « collaboration » relève du vœu pieux.

Si, du moins, l'affaire se déroule limpidement. Marino n'est pas au courant de la falsification des preuves. Il ignore tout de Gabriela Lagos et de son fils disparu, Martin, qui a prétendument abandonné une tache sur la culotte portée par la dernière victime de Washington. Marino ne se doute pas un instant qu'il nous sera impossible d'enquêter sur les meurtres commis ici, sauf à agir dès maintenant et sans atermoiement. Je décide donc d'accuser les médias de toutes nos difficultés, un argument que Marino acceptera. Les médias sont pour lui un obstacle à contourner à tout prix.

— Tout dépend de l'importance médiatique que prendra cette affaire. Si ça devient énorme, nous serons confrontés à ce que j'ai déjà vécu dans le Connecticut. Des fourgons de télévision partout. Ceux d'entre nous qui tentent de faire leur travail seront piétinés.

Je sens qu'il mord à l'hameçon lorsqu'il gronde :

— Oh, bordel !

— Vous êtes-vous entretenu avec Benton ?

— Très brièvement.

J'en rajoute une couche :

— En ce cas, vous voyez très bien ce qui va arriver. Il fallait qu'il communique certaines informations à Granby, qui s'est empressé de s'adresser aux médias.

Lucy m'épaule :

— Des communiqués de presse bidon. Les fédéraux ont déjà récupéré l'affaire et ils ne devraient pas tarder à arriver.

Hargneux, Marino jette :

— Ouais, et le Père Noël sera là dans deux minutes ! D'ailleurs, je peux déjà l'entendre sur son traîneau. Il va atterrir sur le toit d'un instant à l'autre, bordel ! Conneries de merde ! Et qu'est devenu le fameux « on s'occupe des choses et on protège la population », ce qu'on est payé pour faire ? Du moins à ce qu'on m'a dit…

Je remarque, un peu attristée :

— Vous disiez pareil il y a vingt ans.

— Juste ! Ben, les gens sont toujours aussi merdiques.

— Nous disposons d'assez peu de temps avant de perdre le contrôle de la situation, Marino.

Lucy le presse à son tour :

— À moins d'être vraiment crétin, vous vous précipiteriez sur le DVR après avoir commis ces meurtres. Vous pénétrez ici, les caméras de surveillance enregistrent la scène. Sur le moment, ça vous est égal puisque vous avez une bonne raison pour vous présenter sur les lieux. En fait, vous n'avez pas débarqué pour massacrer trois personnes. Et puis, quelque chose dérape et vous devez régler le problème. Du coup, vous repérez le placard dans lequel se trouve le serveur parce qu'il est trop tard pour vous préoccuper de couper les câbles des caméras.

De nouveau irrité, Marino admet :

— Ouais, ça pourrait s'être passé de cette manière. Mais faut savoir ce qu'est un DVR pour le chercher !

— Il a dû le piquer. Cela étant, je doute qu'il se soit enfui dans le parc avec un enregistreur vidéo coincé sous le bras. Il a dû le balancer dans les bois, dans un coin où on ne risquait pas de le retrouver. Quelques plongeurs devraient sonder l'étang.

Dans l'espoir de donner l'impression qu'il résiste aux suggestions de ma nièce, alors que tel n'est pas le cas, Marino contre :

— Il marchera plus après un séjour dans la flotte.

Nous nous retrouvons tous les trois ensemble, situation guère différente de ce que nous avons toujours connu.

Lucy transige :

— Je ne suis pas trop sûre de ce qu'on pourrait récupérer. Tout dépend de la marque, du modèle et de la façon dont les données sont stockées. En fait, ma question est la suivante : les enregistrements vidéo et audio ont-ils été transférés en réseau puis balancés sur un ordinateur ? Peut-être sur une des bécanes de la propriété ? D'autres personnes auraient pu apercevoir ce qui se déroulait, du moins partiellement.

Sans la regarder, Marino avoue :

— J'ai pas eu l'occasion de tout vérifier.

Il déteste ce qu'il éprouve à son égard et se leurre en pensant qu'il peut le dissimuler. Impossible, qu'il s'agisse de Lucy ou de moi.

Lucy énumère, tout en s'appliquant à la diplomatie :

— L'écurie et les dépendances, les chambres. Bref partout, tous les postes de travail, les ordinateurs portables ou les iPads. Quelqu'un a pu voir quelque chose, sans penser à vous le signaler. Ça vous ennuie que je vérifie ?

— Tu touches à rien !

— Je dois récupérer le serveur.

— Tu t'approches pas du placard dans lequel il est, et tu touches à rien.

— En ce cas, qui va s'assurer que les données ne sont pas effacées à distance, de New York ou des îles Caïmans ou de n'importe où, à cet instant même ?

— C'est sûr que t'en connais un rayon sur l'effacement à distance.

— Qui va pénétrer les différentes couches de sécurité ? Mais peut-être que vous pourriez demander le mot de passe de l'administrateur-système ? Peut-être que quelqu'un va vous tendre un morceau de papier où c'est inscrit.

— J'ai pas sollicité ton aide, d'accord ?

— Eh bien, joyeux Noël, Marino. Le FBI atterrira sur le toit avant même que vous ne vous en rendiez compte. D'ailleurs, vous pouvez leur remettre le serveur en mains propres. Peut-être que juste avant votre retraite, ils vous expliqueront ce qu'ils ont trouvé dessus. Peut-être pas.

Elle tourne les talons et sort par la porte principale. L'écho léger de ses pas s'éloigne sur la terrasse. Elle descend les marches, puis je ne l'entends plus.

D'un ton très calme, je déclare au grand flic :

— Vous savez bien que vous devez le faire sortir d'ici. Benton vous conseillerait la même chose.

Je prends garde à mes paroles. Je me méfie des gens qui nous entourent. Néanmoins, le regard que je destine à Marino lui indique, sans équivoque, que nous sommes confrontés à un problème beaucoup plus épineux qu'il ne l'imagine.

Son visage a viré au cramoisi. Il fixe le flic qui manie le laser topographique, planté de l'autre côté de la pièce.

— Bordel !

Si l'officier de police nous écoute, rien ne l'indique. Peu importe, d'ailleurs, puisque aucun des flics du NEMLEC n'ira fayoter auprès du FBI.

— Elle sait ce qu'elle fait, tout comme moi. Et vous allez en apprendre.

Je soutiens son regard. Il ignore toujours où je veux en venir mais comprend que la situation est grave. Il tape un numéro sur le clavier de son téléphone et grogne dès que ma nièce décroche :

— Et merde, à la fin ! Tu déranges rien, et tu parles à personne. Emballe-le et embarque-le au CFC. Ensuite, barre-toi d'ici et t'as intérêt à rien foirer. J'te fais confiance.

Il met un terme à la communication et se retourne vers moi :

— Bon, je vais vous escorter, vous montrer ce que je crois qu'il a fait.

J'enfonce mes pieds dans mes protège-chaussures en latex.

— Pas tout de suite. Je vais d'abord permettre à ses victimes de me le raconter.

Chapitre 36

Je veux être seule avec les morts, avec mes pensées.

Je m'approche du policier chargé d'établir le plan des lieux avec son laser topographique monté sur un trépied robuste d'un jaune tape-à-l'œil. Il range un ordinateur portable et un câble Ethernet, son système à l'arrêt, le miroir oscillant et le faisceau laser aux rapides vibrations sur « pause ».

Je désigne la cuisine et vérifie qu'il en a déjà capturé les images et les dimensions :

— Avez-vous tout relevé ?

— Comment ça va, docteur Scarpetta ? Randall Taylor, police de Watertown.

Son visage large est tendu de fatigue. Sa chevelure parsemée de gris est peignée vers l'arrière. Ses lunettes de lecture sont perchées bas sur son nez. Habillé de son uniforme de terrain, une paire de treillis d'un bleu passé et une chemise de même couleur aux manches relevées, il m'évoque un vieux soldat qui a appris de nouvelles méthodes de travail mais dont la passion s'est tarie. Même les plus combatifs des flics finissent par être émoussés, à la manière d'un galet longtemps roulé dans le lit d'une rivière. Il a d'ailleurs cette allure assez douce.

Au contraire d'un Marino, pur produit de ce que la nature peut imaginer pour se protéger, oursin ou églantier.

Randall Taylor précise :

— On s'est rencontrés l'année dernière lors du dîner donné en l'honneur du départ à la retraite du chef. Oh, je me doute que vous vous en souvenez pas.

— J'espère que votre ancien chef savoure sa tranquillité.

— Ils ont déménagé en Floride.

— De quel côté ? J'ai grandi à Miami.

— Un peu au nord de West Palm, Vero Beach. J'essaye de me faire inviter là-bas. Ça, dès janvier, je le supplierai à genoux.

— Où en est-on ?

— J'ai relevé des scans multiples que je vais saucissonner, avec des densités de points par surface, des mesures en ligne de visée, et une analyse des trajectoires de sang. Du coup, on obtient chaque scène en 3-D. Je vous ferai passer tout ça dès que je serai de retour au bureau.

— Ce sera très utile.

— J'ai commencé par l'autre pièce, je viens juste de terminer ici.

— J'espère ne pas être dans vos pattes.

— Non, j'ai tout ce qu'il faut, mais je voulais m'assurer que vous n'auriez pas besoin d'une mesure supplémentaire.

— Et la technique des ficelles ?

J'aimerais savoir s'il va utiliser cette bonne vieille méthode, amplement éprouvée. Elle consiste à attacher des ficelles au niveau de chaque goutte de sang et panache pour déterminer le point de convergence.

Un moyen fiable pour reconstituer les interactions entre l'assaillant et la victime au moment où les coups ou les blessures ont été infligés.

Il tapote le laser de sa main gantée et affirme :

— Pas encore. C'est plus vraiment utile avec ce nouveau système.

Tout dépend de ce que l'on en pense, mais je n'ai pas l'intention de le froisser. Il précise alors :

— On a d'évidents panaches de sang artériel, d'origine assez facile à déterminer. La victime de la cuisine était debout, les deux autres assises. Bref, des scènes peu compliquées, sauf que vous vous demandez comment un seul tueur a pu égorger trois personnes ainsi. Ça a dû se dérouler super vite. Mais quand même, personne n'aurait rien entendu ?

— Si vous coupez la trachée d'un sujet, il ne peut plus hurler. Ni parler.

Il désigne la porte en acier entrouverte et résume en claquant ses doigts gantés de bleu qui émettent un son morne et caoutchouteux :

— Les deux là-dedans, morts à leur bureau, comme ça. J'ai fait très attention de ne pas effleurer les corps. J'attendais votre arrivée. Ils sont exactement comme à notre arrivée.

— À quelle heure ?

Randall Taylor jette un regard à sa montre :

— J'étais pas le premier sur les lieux. D'après ce que j'ai compris, il y a environ deux heures, lorsque la police de Concord a débarqué. Ils venaient de découvrir l'enveloppe bourrée de liquide dans le parc, celle qui se trouvait sans doute dans le tiroir du bureau de Lombardi. Vous vérifierez par vous-même. Tout a été retourné. Dans l'un des tiroirs en question, il y avait un reçu de retrait d'un montant de dix mille dollars datant d'il y a deux jours. Lundi, donc. Peut-être le vol est-il le mobile. Mais je suis assez d'accord avec ce que je vous ai entendue dire. Le coupable n'avait pas l'intention de tuer tout le monde. Quelque chose a foiré.

J'en reviens au point qui me turlupine :

— Et personne d'autre, aucun des employés de la propriété, ne sait ce qui a pu se produire ?

Il sélectionne un menu sur son écran tactile pour éteindre le système.

— Ouais, on est sur la même longueur d'ondes, je vois, docteur Scarpetta. Selon moi, personne ne veut se mouiller. Chacun attend que l'autre se décide à parler.

— Qu'est-ce qui vous fait dire cela ?

— Où que se pose mon regard, je vois des écrans d'ordinateur et des caméras de surveillance…

Il se rapproche du mur et débranche le chargeur de la batterie du laser.

— … Et vous me dites que personne n'a vu ce gars s'enfuir ? Personne s'est précipité ici, n'a appelé pour savoir ce qui se passait ? Du genre : « Hello, tout baigne ? » Avouez que c'est quand même dingue. Ensuite, la police de Concord leur a facilité la tâche en arrivant et en découvrant les corps. Et s'ils n'étaient pas venus ? Qui aurait composé le numéro d'urgence ?

Je renchéris sans toutefois m'avancer :

— En effet, assez incohérent avec la nature humaine que de tourner la tête lorsqu'on aperçoit un fuyard.

J'ai appris à la dure à rester très vigilante sur mes opinions, qui ont tendance à se propager en prenant l'allure de paroles d'Évangile.

Il dévisse des écrous et soulève le scanner du trépied pour le ranger dans une valise de transport tapissée de mousse avant de reprendre :

— Cet endroit me fait une sale impression. Je veux dire que c'est beaucoup trop calme et désert. Personne ne voit ni n'entend le moindre truc. J'associe toujours ce genre de choses aux entreprises qui ne sont que des façades, aux voisinages où tout le monde a un truc à se reprocher.

J'enfile un heaume en synthétique blanc pour couvrir mes cheveux et j'aperçois une petite zone propre où poser ma mallette de scène de crime à proximité de la cuisine. Puis je pénètre à l'intérieur, prenant garde où je pose les pieds. Des gouttes, des traînées, des giclées, des vaguelettes de sang sec d'un rouge qui tire vers le marron, sur les appareils ménagers, les placards, le sol. La femme s'est effondrée entre le réfrigérateur et le comptoir. Elle baigne dans une mare sombre, épaisse au milieu, le plasma se séparant aux bords. Je perçois l'odeur caractéristique du sang qui s'autolyse et du café trop longtemps réchauffé.

Elle est allongée sur le dos. Ses jambes sont étendues, ses bras repliés sur sa taille. Je devine immédiatement qu'elle n'est pas morte ainsi.

*

Je l'étudie avec attention durant un long moment. Je repousse des pensées parasites dans l'attente que son corps me conte la véritable histoire.

Je suis consciente de l'odeur lourde du sang. Il a pris une couleur rouge sombre qui tourne au marron rouille dans les zones où il est totalement coagulé. Visqueux et collant, le message qu'il me fait passer ne concorde pas avec une victime qui trébuche, se vide de son sang, pour s'écrouler finalement au sol. Le tueur a fouillé ses poches et les a retournées, mais il a fait autre chose. J'ouvre ma mallette et en tire un marqueur. J'inscris la date et mes initiales sur une étiquette autocollante. Je la colle sur une règle en plastique qui me servira d'étalon puis sors mon appareil photo.

Elle est grande, environ un mètre soixante-douze ou un mètre soixante-treize, avec des traits fins, des pommettes hautes, une mâchoire carrée. Ses cheveux très noirs sont coupés court. Elle porte de multiples piercings aux oreilles. Ses yeux sont à peine entrouverts, bleu marine. L'opacité les a gagnés. Les iris vont perdre toute luminosité. La mort installe peu à peu ses altérations destructrices. Elle raidit, refroidit, fait adopter au corps une posture qui m'évoque toujours une résistance indignée. Puis les dégradations s'accéléreront et les chairs abandonnées avoueront leur défaite.

Elle porte au cou une blessure large et béante. Son pantalon bleu marine et ses tennis de cuir blanc sont maculés de gouttes de sang, certaines de forme allongée, d'autres rondes parce qu'elles sont tombées selon des angles différents. Je ne suis pas surprise que ses paumes soient ensanglantées. Je m'y attends lorsqu'une carotide a été sectionnée. Le bout de son index gauche a été coupé à hauteur de la première phalange, presque séparé de l'articulation. Je la vois plaquer les mains sur son cou dans l'espoir d'endiguer l'hémorragie, tentative désespérée. Son agresseur l'attaque à nouveau. Il frappe, coupant presque totalement l'extrémité de son doigt. En revanche, un détail se révèle parfaitement incohérent :

du sang a trempé le dos de son gilet boutonné vert irlandais, en polaire, surtout l'arrière du col. Pas une seule goutte sur le devant du vêtement, alors que la plaie de sa gorge devait saigner à profusion. Je ne détecte que quelques petites taches, la plupart autour des boutons. L'intérieur du poignet de la manche droite est saturé de sang presque jusqu'au coude. Absolument pas ce que je devrais constater si elle avait porté ce gilet alors qu'elle se tenait debout au moment de l'attaque.

J'étudie la mare coagulée qui s'étend sur un rayon d'environ un mètre cinquante autour de son torse. J'en déduis qu'elle se trouvait au sol, à cet endroit précis, lorsqu'elle s'est vidée de son sang. Cependant, elle n'est pas morte dans cette position. Le corps a été arrangé après. Je prends des photographies pour fixer sa posture exacte. Je soulève ses bras, vérifie ses mains, de grandes mains puissantes. L'un de ses majeurs est orné d'une bague gothique en argent avec une améthyste en son centre. Elle porte un bracelet noir en cuir tressé au poignet droit. La *rigor mortis* commence à s'installer dans les petits muscles. Elle est encore tiède, mais se refroidit déjà en raison de sa très faible masse adipeuse et de la perte sanguine considérable.

Sa gorge porte deux plaies. L'une commence sur la face latérale gauche du cou, sous l'oreille, et s'interrompt environ sept à huit centimètres plus loin. La lame a lacéré la mâchoire. Le blanc de l'os contraste sur les tissus rouges qui se dessèchent. Je remarque une autre coupure, peu profonde et large, aux bords déchiquetés. La peau des berges se soulève par endroits, évoquant un copeau de bois. Une plaie comme je n'en ai jamais vu auparavant. Elle est parallèle à la blessure très profonde du début à la fin, évoquant un sentier mal délimité qui doublerait une route. Quelle arme pourrait occasionner une telle blessure ? Elle doit avoir une forme inhabituelle ou alors peut-être le bout de la lame était-il recourbé.

La seconde blessure a ravi sa vie en très peu de temps. L'incision double une autre coupure peu profonde et étrange, toutes deux commençant sur la face latérale droite du cou. Cette seconde plaie, fatale, est la plus profonde. Une robuste lame a plongé juste en dessous de l'extrémité droite de la mâchoire, puis tranché horizontalement la gorge d'un mouvement net et puissant. Elle a sectionné l'artère carotide et les voies respiratoires, tranché les tissus jusqu'à la colonne vertébrale. Je me relève.

Je scrute chaque centimètre carré de la cuisine à l'américaine. J'examine les deux comptoirs de granit face à face, l'un assez proche de la porte et l'autre dans lequel s'intègrent la cuisinière et le réfrigérateur. Je repère une boîte de gâteaux. À l'intérieur, deux cupcakes qui semblent frais embaument le chocolat et le moka. Ils proviennent d'une pâtisserie de Main Street, au centre-ville de Concord, si j'en juge par le logo sur le carton. Peut-être Lombardi les a-t-il achetés en allant chercher quelqu'un à la gare ? Je songe aux quelques caissettes froissées sur une assiette et à la serviette aperçues sur la table de la véranda. Quelqu'un peut-il engouffrer autant de cupcakes ? Un amateur de sucre !

À côté de la boîte de gâteaux trône une cafetière en acier inoxydable, un modèle à réservoir. Je soulève le couvercle et des effluves de café chaud très amer me parviennent. Du marc est tassé dans le filtre. Je vérifie le témoin de remplissage à l'arrière. Il reste encore l'équivalent de trois tasses, ce qui me remet en mémoire les deux posées sur la table, dans cet espace où des gens mènent une conversation privée que nul ne peut espionner ou entendre.

Mon regard se perd vers la pièce qui fait suite à la cuisine. Je n'aperçois aucune autre tasse à café sur les bureaux ni dans l'évier. Je ne découvre rien d'autre qu'une cuillère dans le lave-vaisselle. J'ouvre les tiroirs pour me rendre compte que certains sont factices. D'autres sont vides. Des lavettes neuves sont pliées dans l'un. Dans un autre, je découvre quatre ensembles de couverts. Je ne vois aucun couteau pointu. Je tire le compacteur de déchets pour constater qu'il n'est même pas tapissé d'un sac-poubelle.

De la vaisselle en simple porcelaine blanche est empilée dans les placards aux portes vitrées scellés au-dessus du lave-vaisselle, des services quatre pièces, à côté d'autres tasses à café comme celles qui traînaient dans la véranda. Je me rapproche du réfrigérateur. Je prends garde d'éviter le sang qui macule le sol et la porte à proximité de la poignée et ouvre le battant. Encore du sang sur le bord intérieur et le joint d'étanchéité.

De la crème pour le café, du lait de soja, des bouteilles d'eau, gazeuse ou plate, et un petit conteneur de traiteur. Je soulève le couvercle : un reste de sandwich grec est enveloppé dans du papier. Il ne semble pas frais et date sans doute de plusieurs jours. Des condiments et des assaisonnements allégés pour salade sont alignés dans les compartiments de la porte. Dans la partie congélateur traînent quelques glaçons et un autre container de chili de traiteur qui remonte à octobre 2010.

Elle est entrée dans la cuisine, probablement pour se servir du café ou prendre une bouteille d'eau. Je tire la lampe UV de ma mallette de scène de crime. J'éteins les lumières de la cuisine et m'accroupis à côté du corps. Je bascule mon poids sur mes talons afin d'examiner à nouveau le sang et les plaies béantes de son cou. J'allume alors la lampe UV dont la lentille vire au pourpre. Je dirige la lumière noire vers sa tête pour redescendre le long du torse, à la recherche de traces. Instantanément, les mêmes couleurs brillantes s'allument en fluorescence : rouge sang, vert émeraude, pourpre-bleu.

Le gilet en polaire qu'elle porte étincelle de tous ses feux puis redevient vert irlandais lorsque j'éteins la lampe à UV. Le même résidu que celui découvert ce matin saupoudre son gilet, et mes doutes ne font que croître : qui est-elle et comment se fait-il qu'elle soit habillée ainsi ? Je collecte des échantillons à l'aide de bandes adhésives et retire mes gants. J'appelle Lucy de mon téléphone portable. Dès qu'elle décroche, l'écho d'une télévision résonne en arrière-plan, de l'espagnol, une chaîne latino, probablement.

— Où es-tu ?

— Dans l'écurie. Il y a des écrans et des caméras de surveillance, des babyphones afin de s'assurer que les chevaux vont bien.

Elle sous-entend que le tueur n'aurait pu pénétrer en ce lieu sans être immédiatement repéré, dans l'éventualité où quelqu'un regardait les images de surveillance.

— Tu es seule ?

— La femme de ménage est là, assise toute seule, scotchée devant *Gracias por su ayuda. Hasta Luego* à la télé. Je vais récupérer le serveur avant que les fédéraux mettent la main dessus. Benton vient juste d'arriver. J'en conclus qu'ils ne sont pas très loin.

— Lucy, il faut que tu déposes les preuves et indices au labo d'Ernie. Dis-lui que je veux leur analyse immédiate.

Elle sort de l'écurie. Je peux entendre son souffle rythmé par sa course. Elle demande :

— Tu as un truc sympa ?

Je rétorque au moment même où je perçois le ronronnement puissant et bas d'une voiture de sport sur la zone de stationnement :

— Mais rien n'est sympa dans cette affaire.

Le moteur s'arrête et le silence retombe. Je peux presque voir Benton sortir de sa Porsche. Je sais déjà qu'il arpentera les lieux avant de me rejoindre.

L'écho des pas de Marino est lourd, une longue enjambée après l'autre, jamais rapide mais si régulière que l'on a presque l'impression d'entendre un train entrer en gare. Il apparaît soudain de l'autre côté du comptoir et me tend un kit à empreintes digitales. Je désigne l'incision qui part de la face gauche du cou de la victime vers sa mâchoire et explique :

— Il est arrivé par-derrière et lui a porté le premier coup.

— J'ai pas relevé les empreintes ici, ni dans les bureaux adjacents. J'attendais que vous en ayez fini.

Il connaît bien notre routine. Après tout, nous opérons ainsi depuis plus de vingt ans. Je résume :

— Jusque-là, pas d'empreintes évidentes, ni de sang ni de chaussures.

— Il a dû marcher dans le sang. Benton vient juste d'arriver. Il prend le vent à l'extérieur.

— Je ne vois rien de tel. Les deux blessures de la gorge ont été portées l'une après l'autre. Il est fort possible qu'il se soit écarté en la laissant se vider de son sang. Elle a dû perdre conscience en quelques minutes, en plus de l'état de choc.

Je continue de regarder par les fenêtres qui trouent le mur opposé, comme si je pouvais voir au travers des stores baissés. Je repense à ce que Lucy avait prédit.

Ed Granby ne tardera pas à faire son apparition, démontrant ainsi que cette affaire lui est d'importance. *Protéger des gens riches*, a-t-elle lâché lorsque nous roulions vers Double S.

Sa lampe torche en main, Marino éclaire de façon oblique la mare rouge foncé.

— Quand une scène est si ensanglantée, en général, ils marchent dedans. Difficile de l'éviter.

— Aucun indice dans ce sens, Marino. Rien ne prouve non plus qu'on ait tenté de nettoyer l'endroit. On a une empreinte partielle de semelle ici. Selon moi, celle de la victime, qui a marché dans son propre sang, probablement après le premier coup.

— Le SUV de Haley Swanson est toujours garé dans la cité où vit son oncle. Les quatre pneus sont à plat. Peut-être les mêmes connards qui fracturent les voitures et vandalisent le coin. Son SUV Audi de luxe y est souvent garé. C'est ce que l'oncle a raconté à Machado, une bagnole à soixante mille dollars neuve. Moi, j'ai l'impression qu'il ne s'arrêtait pas seulement pour une petite visite à son tonton plusieurs fois par semaine. Peut-être qu'il s'est compromis avec ces ordures de dealers là-bas ? Ceux qui revendent notamment ces drogues pourries.

— L'oncle ne sait pas où se trouve Swanson ?

Marino raccroche la torche à son ceinturon et hausse les épaules :

— À ce qu'il affirme. Mais Swanson est reparti de chez lui aux environs de huit heures ce matin, à pied. Il a précisé qu'il avait un rendez-vous et qu'il prendrait le train. Du coup, je pense qu'on sait qui Lombardi est allé récupérer à la gare de Concord.

— Pourriez-vous prendre les deux thermomètres, dans ma mallette ? Il y a aussi un carnet de notes. Vous pourriez m'aider à prendre des photographies. Elle était debout, face au réfrigérateur, la porte ouverte, lorsqu'il l'a attaquée par-derrière.

Il se penche au-dessus de ma mallette de scène de crime posée au sol et demande :

— Et comment vous pouvez savoir, pour le réfrigérateur ? Comment vous savez qu'elle tenait la porte ouverte ?

Je montre la poignée et indique :

— Le sang que vous voyez. Si elle était debout, la porte ouverte lorsque la lame l'a frappée sur la face latérale gauche du cou, le sang est tombé directement ici. De plus, on en retrouve sur le bord intérieur du réfrigérateur. Impossible si la porte avait été fermée. Le joint a été maculé lorsque quelqu'un a refermé la porte.

— Qui ça ?

— Je ne peux pas le préciser.

Marino se rapproche de moi, appareil photo en main. Il me tend les thermomètres et demande :

— Vous pensez qu'elle a fermé la porte après la première attaque ?

— Possible. En tout cas, quelqu'un s'en est chargé.

La porte anticourants d'air de l'entrée principale s'ouvre et Lucy entre. Je lui donne les sachets d'indices renfermant les bandes adhésives. Elle les fourre dans l'une des grandes poches de son uniforme de vol. Je lui annonce :

— Benton se balade dehors. Les autres ne tarderont pas.

— Je serai partie dans dix minutes au plus.

— Je veux dire qu'il n'est pas avec eux.

Ma nièce comprend exactement ce que cela implique et lâche :

— Pour arriver le premier.

Elle ressort par l'épaisse porte en acier. Elle fonce vers les bureaux, vers le serveur qu'elle convoite, installé dans un placard. Il est plus de quinze heures et je surveille tout véhicule se garant. J'attends Benton et l'arrivée des autres fédéraux. Il ne se comporte pas comme s'il faisait encore partie du sérail. Je me souviens de ses paroles alors que nous remontions la voie ferrée. Il évoquait le FBI en étranger, de l'extérieur. Benton est là pour résoudre ces homicides. Cependant, Granby a une autre priorité, une priorité qui me répugne.

Je déboutonne le haut du gilet de la victime et faufile un thermomètre sous l'aisselle. Je dépose le second sur le comptoir. Je mesure ensuite la longueur de la blessure qu'elle porte au côté gauche du cou.

— Il peut s'agir d'un réflexe lorsqu'elle s'est fait attaquer. Ce que vous suggérez colle aux faits, Marino. Il est arrivé par-derrière. Elle s'est retournée à l'instant où il assénait le premier coup, ratant de peu les vaisseaux majeurs. La lame a dérapé le long de sa mâchoire. Peut-être a-t-elle repoussé la porte du réfrigérateur à ce moment-là, ou est-elle tombée contre ? La blessure mesure huit centimètres soixante-quinze, de gauche à droite, et vers le haut.

Marino cligne des yeux en reportant cette information sur le carnet. Il se palpe dans l'espoir de retrouver ses lunettes, ne sachant plus dans quelle poche il les a rangées. Enfin, il les découvre, nettoie les verres à l'aide de sa chemise et les chausse.

Je lui communique les différentes mesures :

— On note d'étranges incisions, peu profondes, qui courent parallèlement, avec des bords peu nets et de la peau repoussée. Je ne sais pas trop… sauf si l'extrémité de la lame était recourbée.

Il lève le regard, ses yeux agrandis par ses lunettes :

— Et pourquoi il utiliserait un couteau dont la lame est courbe ?

— Peut-être qu'elle s'est incurvée à la suite de l'utilisation qu'il en faisait. J'ai déjà vu des pointes tordues après avoir frappé un os de la victime.

— Quelqu'un a été poignardé ?

— Pas elle.

— Pour ce que j'en ai vu, les deux autres non plus, déclare-t-il.

— Je n'en suis pas là.

Il souligne :

— Pas de sang dans leur dos, aucune indication évoquant d'autres blessures. D'après moi, il les a égorgés et c'est tout.

— C'est amplement assez.

— Ouais, sans blague !

— La seconde plaie est longue de treize centimètres. Selon moi, elle a été infligée alors que la victime faisait face à son agresseur.

Je lui montre la blessure profonde qu'elle porte à l'index gauche, au niveau de la première phalange. Je me redresse ensuite afin d'accompagner ma démonstration :

— Voici comment les choses se sont déroulées. La première plaie est portée alors que je suis de dos et que je me retourne.

Je mime la scène et Marino proteste :

— Je déteste quand vous faites ça, la poupée anatomique. Ça me fout les boules.

— À ce moment-là, je plaque les mains sur mon cou, notamment côté gauche, alors que des gouttes de sang tombent à l'aplomb, perpendiculairement au sol. Ces gouttes sont parfaitement rondes, tout comme celles à proximité de la porte du réfrigérateur et sur ses chaussures. Maintenant, je suis face à mon agresseur. Il me frappe de nouveau, tranchant mon index gauche. Je suis toujours debout mais je me déplace dans ce sens.

Je fais un pas vers la droite du réfrigérateur.

— Je me retrouve ici, face au comptoir, peut-être en m'appuyant contre, mes mains toujours plaquées sur la gorge.

Marino étudie les vagues de sang artériel qui ont séché sur le placard et suggère :

— Peut-être qu'il l'a maintenue. Peut-être qu'il l'a cramponnée par le dos jusqu'au moment où elle est devenue trop faible pour se sauver ou se débattre. Il aurait pu maintenir de la même manière les deux autres, ceux assis. Ils se vident de leur sang à leur bureau. Il les maintient, de sorte qu'ils ne puissent pas se relever. Ça n'aurait pris que quelques minutes. Ça expliquerait pourquoi on ne trouve de sang que sur leur bureau et en dessous. La plupart des gens tenteraient de se relever et de fuir, pas eux.

— Nous verrons lorsque nous les examinerons, Marino. Ici, sur ce placard, on voit nettement un panache artériel. Nous avons aussi cette constellation de petites gouttes sur la vitre, alors qu'elle s'étouffait dans son sang, l'exhalant avec force parce que sa trachée avait été sectionnée. Elle est en train d'aspirer son sang. Il s'accumule dans les voies respiratoires et les poumons. Ensuite, elle s'écroule. Nous voyons d'ailleurs le panache sur ce placard-là, sous la cuisinière et l'évier.

Je désigne du doigt des vaguelettes de sang, les crêtes et les dépressions de bourrasques rouges émises au rythme de son cœur. De larges gouttes sèches, avec de longues queues qui s'écoulent sur une porte de placard. En haut et en bas, de plus en plus modestes et basses. Je continue :

— À ce moment-là, elle est à genoux. S'expliquent les éclaboussures sur le sol, résultat du sang qui goutte dans le sang et trempe ses genoux et le bas de ses jambes de pantalon. Cette mare nous indique où elle est morte, mais en tous les cas, pas dans cette position.

Je lève le regard au moment où Lucy traverse rapidement le bureau, la tour du serveur serrée entre les bras. Elle sort en poussant les portes de son pied. Marino déplace la règle en plastique, son étalon pour les photographies. Je désigne des traînées de sang sur le sol qui me racontent le chapitre le plus important de l'histoire.

J'entends au loin le grondement sourd du SUV de Lucy qui s'éloigne en trombe.

J'indique un cercle cerné de rouge et une traînée, un motif très caractéristique en forme de têtard.

— Le sang avait déjà commencé à coaguler lorsqu'on l'a déplacée. Ceci est une goutte qui se figeait lorsque quelque chose a été traîné dessus, donc un certain temps après les faits. On a d'autres motifs de ce genre. Ici, ici et là.

Il mitraille de son appareil photo, plaçant la règle étiquetée à côté de chaque tache rouge. Soudain, il déclare :

— J'me demande si vous voyez la même chose que moi… Ses bras, sur son ventre. On croirait qu'elle dort. Ça me rappelle Gail Shipton.

— Hum… Très similaire.

— Le tueur arrange le corps dans une position qui évoque le repos, une grande paix. On dirait qu'il regrette ses actes.

Je contre d'un ton brusque :

— Il la dévisageait lorsqu'il lui a porté le deuxième coup à la gorge. Il ne regrettait rien. Selon moi, vous allez très rapidement découvrir que ce gilet n'appartient pas à la victime.

Je retire le thermomètre passé sous son aisselle, remarquant son soutien-gorge noir ampliforme.

Son tour de poitrine est important. En revanche, ses seins sont menus. J'indique, avant de récupérer le second thermomètre posé sur le comptoir :

— 26,9 degrés. Température ambiante : 21,6 degrés. En d'autres termes, elle est morte depuis au moins trois heures, probablement plutôt quatre.

Marino fronce les sourcils et demande :

— Qu'est-ce que vous voulez dire par *ce serait pas son gilet* ?

— Je pense qu'on le lui a enfilé après la mort. Il est recouvert du même résidu fluorescent. Il y en a partout sur le tissu. Quant au sang qui le macule, c'est parfaitement incohérent avec les blessures qu'elle a reçues et l'hémorragie qui en a résulté.

J'achève de déboutonner le gilet et retourne partiellement la victime sur le flanc. Son corps repose lourdement contre ma hanche protégée de Tyvek. La *livor mortis* commence à s'installer dans le dos, loin d'être déjà fixée. Sa chair blanchit lorsque j'y enfonce le doigt, comme si elle vivait toujours. Je remarque ses muscles bien dessinés. Je la bascule à nouveau sur le dos, déboutonne la ceinture de son pantalon et baisse la fermeture Éclair de la braguette. Elle porte dessous une culotte noire de femme. Je frôle ensuite son visage, et son maquillage se colle à mes doigts. Je demande à Marino d'ouvrir un des kits que j'ai apportés. J'indique en tendant la main :

— Il devrait y avoir des petites lingettes là-dedans.

Je nettoie les joues et la lèvre supérieure de la victime. Le duvet de sa barbe devait passer inaperçu. En effet, son visage est rasé de frais et recouvert de couches de fond de teint et de poudre. Sa poitrine et son abdomen ont été épilés à la cire, je suppose. Je descends ensuite sa culotte pour découvrir la réponse.

— Merde, je peux pas y croire !

— Un sujet masculin traité aux hormones féminines, que le tueur a vêtu de son propre gilet.

— Bordel, mais que… ?

— Il a échangé les vêtements parce qu'il avait besoin de se déguiser avec ce qu'il avait sous la main, au cas où il serait repéré. Le suspect qui s'enfuyait dans le parc aux environs de onze heures… Avouez que telle n'est pas l'attitude d'un criminel qui arrive sur les lieux avec la ferme intention de tuer. Il est venu pour une tout autre raison. La situation a terriblement dérapé et il a dû s'enfuir.

Stupéfait, Marino répète :

— Merde ! Le sweat-shirt noir Marilyn Monroe avec capuche, celui que Haley Swanson portait ce matin quand Ronney l'a interrogé dans la cité. Merde ! Il bute Swanson et il enfile son sweat-shirt ? Il devait être trempé de sang. Quel genre de tordu irait faire un truc pareil ?

Au moment où la porte anticourants d'air de l'entrée s'ouvre, je lui conseille :

— Essayez de nous dénicher une photographie de Haley Swanson, aussi vite que possible. Vérifions qu'il s'agit bien de notre victime.

Marino sort de la cuisine pour passer un appel, sans doute à Machado, et me jette :

— Oh ouais, sûr que c'est lui !

Benton traverse la pièce pour me rejoindre. J'entends au loin l'écho d'un autre véhicule, peut-être de plusieurs, qui descendent l'allée. Mon mari annonce d'un ton détaché :

— Ils sont arrivés.

Il pose son regard sur le corps et le sang comme je lui demande :

— Et ils savent que tu te trouves ici ?

— Ils ne vont pas tarder à l'apprendre.

Chapitre 37

Il est un peu plus de dix-huit heures. Il fait aussi sombre que durant une nuit sans lune, tandis que je range mon matériel.

J'ai fait mon possible. Bien peu en cette ultime étape, lorsque j'examine le saccage d'une biologie, sens sa déplaisante odeur et examine un cadavre qui paraît si peu naturel après que la vie l'a abandonné. Je sais ce qui a tué les gens de Double S. Je me retrouve confrontée à un problème d'une ampleur telle qu'aucun scanner, aucune autopsie ne le résoudra. Les victimes m'ont confié ce qu'elles avaient besoin de me révéler. Me voilà lancée sur les traces de leur tueur et de l'officiel du FBI qui le protège.

J'ôte mes vêtements de protection, mes protège-chaussures et mes gants. Je les jette dans un grand sac-poubelle rouge vif pour déchets biologiques, abandonné sur le sol, dans l'entrée où Benton attend. Un air d'absolue détermination est peint sur son visage. Il est terriblement conscient de ce qu'implique notre décision. Je dois rechercher le type d'arme utilisé. Le tueur ne l'a pas trouvée dans la cuisine, ni ailleurs dans ce bâtiment. Je doute fort qu'il l'ait déjà eue en main lorsqu'il s'est présenté ce matin chez Double S et a assassiné ces trois personnes.

Les corps et tous les indices sont sous ma juridiction, dont l'arme. Du moins est-ce l'argument que j'avance, prétexte assez éloigné de la raison qui explique mon refus d'abandonner cette scène de crime. J'entends, toutefois, prétendre le contraire. Alors même que je me contente d'exercer ma fonction de médecin expert en chef, je me sens comme une intruse ou une espionne. J'en suis réduite à planifier, conspirer, rôder. Ed Granby et ses agents ne me permettront jamais de pénétrer dans la maison de Dominic Lombardi, quoi que je puisse avancer comme justification légitime. C'est pourtant précisément là que je me rends.

Benton m'accompagne. Il contrecarre avec désinvolture un ordre direct puisqu'il n'est motivé ni par la politique, ni par sa promotion personnelle, et encore moins par la malhonnêteté. Ces choses-là n'ont aucune prise sur lui. La situation dans laquelle il se retrouve, pas véritablement nouvelle, mais qui empire au point de devenir insupportable, l'enrage. Qu'il s'attache à me respecter professionnellement et à accéder à ma requête pourrait le faire virer s'il avait encore un travail. Ed Granby l'a dépossédé de tout son pouvoir, de sa dignité, au vu et au su de tous. Nul besoin d'une boule de cristal, a eu le front de lancer Granby. Allez, buvez un verre ou deux ou trois, a-t-il plaisanté en nous souhaitant un joyeux Noël et une bonne année. Mais à la nouvelle année, Granby ne sera plus que poussière, je vais m'en assurer.

Je vais relever tous les indices avant qu'on les altère. Je prendrai des photographies pour préserver la vérité avant que Granby ne la torde, ne la manipule dans le but de servir son ambition pathologique et son besoin de dissimuler les mensonges et crimes qu'il a commis. Il ne s'en sortira pas. Nous ne le permettrons pas, et tout est en marche. Nous ne pouvons rien faire que nous soyons ensuite contraints de dénaturer, avons-nous décidé, Benton et moi, lorsque nous sommes sortis un peu plus tôt. Nos murmures étaient recouverts par le grondement du moteur diesel de la lourde fourgonnette blanche du Centre, garée devant le bâtiment, le hayon arrière ouvert, la rampe hydraulique abaissée.

Si nous prêtions le flanc à une accusation de tromperie, ou de fabrication de preuve, tout le reste serait discrédité. Nous allons donc conserver une trace de nos moindres mouvements et manœuvrer dans la transparence la plus totale. Benton n'aura pas à répéter une seule phrase qu'il n'aurait pas dû partager avec son amante, sa femme. Je me trouve sur les lieux parce que tel est mon droit. On me demandera au tribunal des précisions au sujet de l'arme et je devrai répondre. Quant aux informations confidentielles que Lucy envoie à Benton en évitant les réseaux filaires, est-ce ma faute si je puis les consulter au fur et à mesure qu'elles atterrissent sur le portable de mon mari !

Il n'a pas besoin de me communiquer de détails classifiés au sujet des mafias russes ou israéliennes ou du blanchiment d'argent ou d'autres crimes majeurs qui incluent vraisemblablement des meurtres sur contrat. Qu'y puis-je, si j'entends ou vois des éléments qui expliquent pourquoi Granby persiste à protéger un assassin avide de spectacle qui a perdu le contrôle de ses actes. Je peux presque le voir, le décrire, sa peau pâle et ses cheveux foncés, petit et musclé. Il porte des chaussures de course en caoutchouc, pointure quarante et un, qui ressemblent à des pieds nus. Je suis maintenant certaine que le tueur se trouvait derrière mon mur à l'aube. Je le revois dans l'obscurité pluvieuse, vêtu de son gilet de polaire vert irlandais, boutonné jusqu'au cou, tête nue, oublieux de la pluie et du froid.

J'imagine ses yeux écarquillés, ses pupilles dilatées. Son système limbique rugit alors qu'il constate que j'allume la lumière de ma chambre quelques minutes après quatre heures du matin. Puis la lumière de la salle de bains suit, puis celle qui illumine les vitraux de la cage d'escalier.

J'imagine son intense excitation alors qu'il m'observait, que j'ouvrais la porte arrière de la maison pour promener mon vieux chien inquiet. La femme docteur prête à se rendre sur une scène de crime, chorégraphie d'un être profondément malade qui se désire plus puissant et plus compétent que nous tous. Il n'est à mes yeux qu'un monstre cruel et dément, et peut-être est-il exact que sa surenchère est née après le massacre du Connecticut. Peut-être s'est-il alors intéressé à moi. Je me demande ce qu'il a ressenti lorsque j'ai ouvert ma porte à la volée pour lui crier dessus à la manière d'une voisine acariâtre.

Je ne crois pas l'avoir effrayé. Peut-être a-t-il été distrait, ou encore plus excité. Je l'imagine alors qu'il court agilement vers le campus du MIT, en suivant la voie ferrée. Il attend que j'arrive avec Marino, observe Lucy alors qu'elle atterrit, Benton qui descend de l'hélicoptère. Quel éclat, quelle récompense pour un sadique narcissique. Je suis convaincue qu'il m'a espionnée. Durant des jours, pendant qu'il préméditait le meurtre de Gail Shipton, recueillait la moindre information possible à son sujet, la traquait, fantasmait qu'il deviendrait un super-héros en semant encore plus de terreur. S'ajoutait à ses yeux un atout : il éliminait ce que sa logique lui désignait comme un tracas pour Double S. Si tant est qu'il soit capable de rationaliser, de trouver des raisons à ses actes.

Nul n'a été besoin de demander au tueur d'assassiner Gail Shipton. D'ailleurs, Benton a répété au cours des heures qui viennent de s'écouler qu'il doutait qu'on le lui ait suggéré. Cet individu délirant, violent n'a eu besoin d'aucune incitation pour régler le sort de quelqu'un qui, dans son esprit, représentait une épine au flanc de Lombardi. Lorsque le meurtrier solitaire s'est présenté ou a été convoqué ce matin chez Double S, il est probable qu'il se soit attendu à des félicitations ou à une récompense en dévorant des cupcakes dans une véranda à l'abri des indiscrétions. Mais les choses ne se sont pas déroulées ainsi, a théorisé Benton, peu avant qu'Ed Granby lui passe un bras faussement amical autour des épaules, en lui conseillant avec condescendance de rentrer chez lui.

Le tueur décompense rapidement. Peut-être sa psychose s'est-elle développée, a expliqué Benton alors que les corps enveloppés de housses étaient portés jusqu'à ma camionnette dans leurs cocons noirs. Lombardi était à l'évidence la cible choisie, sans que son meurtre soit prémédité. L'assassinat de son assistante, Caminska, est, lui aussi, personnel, pas autant toutefois. Quant à la troisième victime, vraisemblablement Haley Swanson, elle se trouvait au mauvais endroit au mauvais moment.

Swanson a pris le train de banlieue jusqu'à Concord pour rencontrer Lombardi à la suite d'un dilemme inattendu pour un professionnel des relations publiques.

C'est ce qu'a tenté d'enfoncer Benton dans la tête de ses collègues du FBI. Lombardi connaissait le tueur mais l'assassinat de Gail Shipton ne faisait pas partie du plan de Double S. La compagnie fiduciaire n'y avait aucun intérêt, bien au contraire. Un tel développement risquait surtout d'attirer sur eux une attention dont ils se passent volontiers, une visibilité extrême, bref la dernière chose que souhaite le crime organisé. Il est fort possible que Lombardi ait été furieux lorsqu'il a été averti.

Un véritable management de crise a dû se dérouler ici, tôt ce matin, selon la formulation de Benton. Le tueur a sans doute été violemment critiqué et réprimandé pour son acte imprudent. Benton l'imagine repartir, piqué au vif, se sentant déprécié, puis changer d'avis et revenir à pied afin de massacrer Lombardi et ceux qui se trouvaient en sa compagnie. Mais Granby n'a pas écouté, et pas parce qu'il s'en moque. À l'inverse, tout ceci l'intéresse au plus haut point, parce qu'il ne peut pas résoudre ces affaires honnêtement.

Il sait que l'ADN a été falsifié et le CODIS altéré, même s'il croit que nous l'ignorons. Il doit être conscient que l'ADN retrouvé dans le cas du Massachusetts ne sera pas mis en concordance avec Martin Lagos, puisque celui-ci ne peut laisser d'indice biologique sur une culotte ou ailleurs. Martin n'est plus qu'une série de chiffres dans une banque de données.

Je passe en revue le contenu de ma mallette de scène de crime, inventaire de dernière minute, et déclare à Benton :

— Les prélèvements sanguins réalisés au cours de l'autopsie de Sally Carson en Virginie devront être doublés. Cependant, n'en parlons à personne pour l'instant.

Nous devrons attendre que l'horizon se dégage pour demander une nouvelle analyse.

Je soulève enveloppes et conteneurs étiquetés et scellés, des indices prélevés de ces trois personnes sauvagement assassinées, leur trachée sectionnée de part en part, et explique :

— Ainsi, nous pourrons démontrer la falsification en prouvant que le profil de Sally Carson a été interverti avec celui de Martin Lagos. Nous allons y parvenir. Cela étant, il convient impérativement de bien choisir le moment. Or, pour l'instant, nous ne savons pas à qui accorder notre confiance, et certainement pas à la directrice de vos labos à la base de Quantico. Je m'inquiète qu'elle se soit terriblement mouillée avec Granby.

— En tous les cas, quelqu'un l'épaule.

— Peut-être est-ce ainsi qu'elle a été nommée à ce poste. Énorme promotion pour une ancienne directrice des laboratoires de Virginie que de se retrouver propulsée à la tête des laboratoires nationaux. Elle a été désignée l'été dernier, à peu près au moment où Ed Granby a récupéré la direction de la division de Boston. Deux meurtres et quelques mois plus tard, un profil ADN est corrompu dans le CODIS. Il s'agit donc de quelqu'un qui peut accéder à la banque de données et qui sait comment trafiquer les informations stockées.

Nous sommes seuls dans la grande pièce abritant les bureaux, ignorés des autres. Debout près de la porte principale, son regard fixé au mien, Benton prévoit :

— Le Bureau accusera une contamination de laboratoire ou une erreur de saisie informatique. D'ailleurs, ça n'ira même pas aussi loin. L'affaire sera discrètement balayée sous le tapis.

Je continue à vérifier les indices. Je m'assure que tout ce que j'ai récolté sur la scène de crime est étiqueté et traçable, et murmure :

— Nous verrons. Selon moi, ton patron savait déjà en avril qui avait assassiné Klara Hembree. Il savait que le tueur avait des accointances avec Double S. Ainsi s'explique la nomination de Granby ici. Elle lui permettait de se rapprocher de Lombardi.

— Klara Hembree est selon moi la clé du problème. Il peut y avoir un mobile objectif dans son cas. Cependant, en arriver à une chose aussi grave qu'altérer le CODIS ne s'est révélé nécessaire qu'après les meurtres de Sally Carson et de Julianne Goulet.

— Parce qu'elles ne devaient pas mourir, je rétorque, en colère. Parce que cet individu est pire que tout et n'obéit qu'à son désir. Un véritable fléau. Je suis sidérée que personne ne l'ait encore descendu.

— Peut-être était-il déjà trop tard pour cela. À mon avis, nous sommes confrontés à un phénomène dont les racines sont terriblement profondes.

Incapable de dissimuler ma rage, je lance :

— Aussi profondes qu'il est possible !

— Tu devrais peut-être enfiler ton manteau.

Benton me le tend, et je vois dans ce geste tout l'amour qu'il éprouve pour moi. Je le lis dans son regard. Pourtant, j'y déchiffre également une ombre de dégoût et d'indignation, comme une sorte de fièvre. Ed Granby aurait tout aussi bien pu le piétiner physiquement. J'en suis l'involontaire témoin, et Benton en sort éprouvé. Il craint que je le déconsidère un peu, et cette idée me rend encore plus furieuse. Ma détermination n'en devient que plus inflexible.

Je veux respirer à pleins poumons l'air sain, mêlé d'une agréable odeur, cet air tonifiant qui m'aidera à penser plus clairement. Je dédaigne mon manteau.

— L'air frais me fera du bien. J'ai besoin d'avoir un peu froid.

L'adrénaline a aboli la fatigue. Ma faim s'est estompée. J'envoie un texto à Bryce lui ordonnant de contacter le Dr Adams pour qu'il revienne au plus vite au CFC afin de confirmer des identifications.

Avant même que j'aie terminé de taper ma phrase lui indiquant que je vais être retenue durant un moment, un message de mon chef du personnel me parvient :

Il est en chemin. Gavin a bien dû téléphoner dix millions de fois, poursuit Bryce en faisant allusion au reporter du *Boston Globe*, un de ses proches amis. Du coup, il fait l'objet d'un traitement préférentiel contre lequel j'ai cessé de m'insurger.

Gavin Connors est un bon journaliste qui emmène Bryce et Ethan à des concerts ou à des matchs. Ils font la cuisine ensemble et lorsque le couple doit s'absenter, Connors s'occupe de leur chatte Scottish Fold prénommée Shaw. Je réserve une histoire juteuse à Gavin Connors. Cependant, il devra patienter jusqu'à ce que ma certitude soit absolue et que je sois prête à tout révéler d'une façon qui me permette de rester dans l'ombre. Je suis bien certaine que Barbara Fairbanks reprendra ensuite l'info pour la propager. La nouvelle sera bien trop sensationnelle pour que le gouvernement puisse l'enterrer. Je fais savoir à Bryce que je m'occuperai des médias dès mon retour. Il devra aussi me raconter par le menu toutes les entrevues qu'il a eues afin de trouver un remplaçant à Marino.

J'ai tout reprogrammé. Surprise ?

Je lui réponds, debout près de la cuisine : *Bien joué. Je ne veux pas de visiteurs au CFC en ce moment. Personne ne vient sans mon autorisation, y compris le FBI.* Le sang a totalement séché, passant d'un rouge vif à un rubis sombre et terne, à la manière de lumières qui s'atténuent avant de s'éteindre.

Benton m'attend, l'air préoccupé. Il consulte son téléphone, fait défiler les messages, échange avec Lucy qui fouille le cyberespace et les banques de données du serveur de Double S.

Elle dispose de peu de temps. Néanmoins, je suis certaine qu'il ne lui faudra que quelques heures pour récupérer le moindre octet d'information. Lorsque le FBI débarquera au CFC en exigeant la remise du serveur, ils ne découvriront rien qui puisse indiquer que nous l'avons ne serait-ce que branché. Mes labos croulent sous les retards, j'expliquerai si nécessaire. L'excuse sous-entendra que nous n'avons pas eu l'opportunité d'analyser l'appareil. Granby et ses semblables nous ont contraints à ce type de mensonges. Travailler contre le FBI, travailler contre ceux qui devraient être du même bord que nous parce que nous ne parvenons plus à les discerner de nos ennemis.

Un nouveau texto de Bryce atterrit, salué par un carillon, et je lui fais savoir que tous les cas doivent être traités au cours de la nuit.

On vous en garde un ? me répond-il, au point que l'on pourrait croire qu'il fait allusion à une part de gâteau ou à un sandwich.

Non. Assurez-vous que Luke réalisera l'autopsie de la victime pour l'instant identifiée sous le nom de Haley Swanson.

OK. Ernie a des résultats. Il est rentré. Vous pouvez le joindre chez lui. Il se couche tard.

Comme à son habitude, Bryce se montre d'humeur pour une petite causette.

Merci, je tape, me retournant en direction des pas qui se rapprochent.

Un agent du FBI vêtu d'un polo, d'un pantalon de treillis et chaussé de boots militaires me dépasse, un Glock pendu à son ceinturon. Il tient une carabine M4 dont le canon court est pointé vers le sol. La sangle en nylon noir bat contre sa hanche.

Il s'arrête pour nous regarder et nous adresse un sourire éclatant, sans la moindre trace de chaleur. Il ouvre la porte en acier et la referme derrière lui. Il rejoint ses collègues qui s'affairent dans d'autres pièces depuis des heures, passant en revue tous les documents.

Le regard de Benton se perd en direction des bureaux. Il est parfaitement conscient de ce qui se déroule sans lui. Il conseille soudain :

— Nous devrions y aller.

Alors que j'examinais le corps de Caminska, effondré sur son bureau ensanglanté, il a été fait mention de la brigade chargée du crime organisé eurasien au FBI. Elle traque en priorité les criminels possédant des liens avec les anciennes républiques d'URSS et l'Europe centrale. À l'évidence, la propriété est maintenant une scène de crime, chasse gardée du FBI.

L'entrée qui mène à l'allée est gardée, barricadée. Il deviendra très vite impossible de faire un pas sans tomber sur des agents armés de fusils d'assaut ou de mitraillettes. Benton et moi nous ferons repérer avant d'en avoir terminé. Mon prétexte est prêt : une arme du crime inhabituelle, qu'il m'appartient de rechercher.

— Et les clés ? je demande.

J'ai vu Marino tendre un volumineux trousseau à l'agent qui vient de passer devant nous. Juste après que le grand flic et Benton sont revenus de leur fouille confidentielle de la propriété. Sans permission, bien sûr. L'agent a pris les clés des mains de Marino. Il lui a décoché un regard intrigué, se demandant où il les avait trouvées. Peu avant, elles baignaient dans le sang, sur le bureau de Lombardi, à moitié dissimulées sous son corps presque décapité. Puis les clés ont disparu. Benton n'a fourni aucune explication à son jeune collègue du FBI. Marino s'est volatilisé dans la nuit, accompagné de son chien, braillant qu'il devait apprendre à Quincy à faire copain-copain avec les chevaux sans se faire botter ou piétiner. Il a insisté sur les verbes *botter* et *piétiner*, afin de m'avertir qu'il avait compris ce qui se tramait. Un seul instant a suffi pour que Marino, jusque-là fermement décidé à s'opposer à mon mari, devienne son plus fiable allié. Benton me rassure :

— Pas besoin de clés.

Je ne lui demande pas comment il espère pénétrer à nouveau dans les zones privées, verrouillées, que Marino et lui ont explorées, les chambres secrètes de Lombardi, son garage spacieux. Je le découvrirai moi-même, profitant d'une très mince fenêtre de temps disponible. Benton et moi ne disposons que d'une heure, à peine davantage, sans risquer d'interférence, une interférence que nous ne pouvons nous permettre.

Je tire des gants et un petit appareil photo de ma mallette et les fourre dans ma poche, avant d'affirmer :

— Tout va très bien se passer.

Mon mari ne me répond pas. Il continue de regarder en direction des bureaux où le FBI s'affaire. Ils ont ordonné aux policiers du NEMLEC de libérer les lieux et lui ont conseillé de rentrer chez lui et de ne pas reparaître au travail tant qu'on ne ferait pas appel à lui. C'est-à-dire jamais, a-t-il traduit. Seul un des policiers de Concord est demeuré avec eux. Il poireaute, ignoré comme une vieille chaussette. Sa présence n'est requise que pour conserver les apparences, c'est-à-dire que le FBI coopère à une opération conjointe. Aussi conjointe que possible avec une ordure sans scrupule telle qu'Ed Granby !

— Tout va bien. Nous avons une bonne longueur d'avance sur eux, Benton.

Mon mari me lance un regard dénué d'expression et rétorque :

— Nous ne devrions pas en être réduits à ça.

— Peu importe. Nous avons de l'avance sur eux. Attachons-nous à la conserver…

Je jette un regard vers les bureaux où Granby et son équipe enquêtent sur l'« affaire-mère », ainsi que l'a baptisée Marino après que lui et Benton sont passés de bâtiment en bâtiment, de pièce en pièce. J'ajoute :

— … Ils sont très occupés avec ce qui est bouclé dans les placards, les tiroirs, sans oublier toutes ces boîtes empilées dans la zone d'archives. Ils ne s'intéressent pas encore à l'ordinateur et au serveur.

— À mon avis, ils ne savent pas qu'il a disparu. Ils se demandent toujours ce qui a pu arriver au DVR et si, d'ailleurs, il en existait un.

— Ils n'obtiendront rien de nous. Pas la moindre once d'éclaircissements.

Je claque les énormes fermetures de ma mallette de scène de crime, soulagée que Lucy soit partie avec le serveur avant que Granby n'arrive flanqué de ses subordonnés.

Je n'ai rien communiqué au sujet d'indices déposés dans les labos ou en cours d'acheminement. Le FBI ne peut pas juste débarquer et tout rafler. Il existe une donnée incontournable appelée la « chaîne de détention des indices ». Ils devront s'en dépêtrer avec les départements de police de Concord et de Cambridge. Et si des traces ou des échantillons d'ADN sont dès lors en ma possession, c'est à moi qu'ils devront les demander. Je peux m'attacher à ce que le processus de remise soit laborieux et bureaucratique au possible, plus décourageant qu'ils ne l'ont jamais redouté. Rien ne justifie que les indices de mes affaires du Massachusetts atterrissent dans les labos de la base de Quantico. Du moins, si l'on exclut la volonté d'Ed Granby de falsifier, détruire, ou simplement dissimuler des preuves. Je ne lui donnerai rien avant d'en avoir fini.

Pendant ce temps-là, Lucy est installée devant ses claviers, entourée d'écrans plats. Elle creuse pour déterrer la vérité, et est d'ores et déjà en train d'occasionner à Granby les pires ennuis qu'il ait jamais eus. Des ennuis parfaitement mérités. Il peut aller au diable, sa destination lorsque j'en aurai terminé avec lui.

— Je suis prête.

Chargée de mon équipement, je franchis la porte principale et avance sur la terrasse couverte. Je suis ravie que Granby fasse partie des gens qui ne me prennent pas au sérieux. Il ne m'a jamais accordé la moindre considération, même lorsqu'il prétendait le contraire. En dépit des multiples occasions où nous nous sommes rencontrés, dans son bureau ou les miens, lors de dîners, ou à la maison, il ne me connaît pas. Il ne comprend que ce qu'il projette de lui-même et ce qui filtre au travers de son égocentrisme. Au demeurant, il ne connaît pas davantage Benton.

Je ne sais pas encore au juste jusqu'où Granby s'est enfoncé, mais quiconque falsifie des preuves est capable de n'importe quoi. De plus, je ne parviens pas à m'ôter de l'esprit sa trajectoire professionnelle. J'avais lu dans la presse qu'il avait été nommé agent spécial responsable de l'antenne de Boston. Je l'ai entendu discourir *ad nauseam* de toutes les choses exceptionnelles qu'il avait réalisées.

Alors que j'étais toujours le médecin expert en chef de Virginie, il avait été nommé agent spécial assistant, l'ASAC à la tête de l'antenne de Washington D.C. Il y était chargé de la corruption et du crime violent, entre autres prestigieuses responsabilités, responsabilités qui incluaient la Maison-Blanche. Il avait ensuite passé de longues années en bureaucrate du Hoover Building, le quartier général. Il supervisait les inspections des différentes antennes et les investigations ayant trait à la sécurité nationale. Puis, soudain, l'été dernier, il avait débarqué à Boston.

Benton m'avait alors expliqué qu'il s'agissait d'une promotion latérale, requise par Granby parce qu'il était originaire de la région. Je suis maintenant certaine que la raison est autre, une raison nauséabonde. Son transfert concorde avec le moment où Klara Hembree, plongée dans un âpre divorce, a quitté Cambridge. Elle a déménagé à Washington pour se rapprocher de sa famille, parce qu'elle ne se sentait pas en sécurité. Lucy a déniché que l'époux dont elle s'est séparée était un des gros clients de Double S. Ma nièce a aussi découvert des contrats de vente et d'achat de propriétés de luxe et des preuves de toutes sortes de paiements et de transferts d'argent entrant ou sortant de différentes banques et comptes d'investissement. Elle envoie des textos de synthèse à Benton presque en temps réel. Je les entends atterrir sur son portable. Je les vois s'afficher en vert lumineux sur son téléphone.

D'une voix optimiste qui dissimule mon indignation et ma fureur larvées, je répète :

— J'en suis certaine. Tout va bien se passer.

Chapitre 38

Nous déposons mon matériel et le sac rouge bourré de vêtements de protection souillés dans le coffre de la puissante voiture de sport de Benton. Un moyen de signaler notre intention de quitter les lieux sous peu.

Il le verrouille et la télécommande émet une faible stridulation. Nous quittons l'aire de stationnement à pied, nous faufilons sous une haie de pins aux branches basses. Nous nous éloignons de l'allée en direction de bosquets, d'un pré, et d'hectares d'enclos, suivant la direction précise qu'il a déterminée plus tôt. Il surveille les hauts lampadaires qui projettent une terne lumière jaune, leurs caméras de surveillance pointant tels des périscopes pour saisir tout mouvement le long de cette bande d'asphalte que nous évitons. Nous progressons avec circonspection dans l'obscurité brumeuse vers la maison que Lombardi occupait seul.

Son domaine a été parfaitement agencé. Le bâtiment de bureaux a été édifié après environ un kilomètre et demi d'allée goudronnée en lacets. Un passage en verre le réunit à un autre, plus imposant. Benton m'apprend qu'il renferme un spa, une salle de gymnastique et une piscine. Ce deuxième bâtiment est lui-même connecté aux très confortables appartements réservés aux invités par un nouveau passage vitré. De là, un autre encore conduit à une maison peinte en vert foncé, au toit de métal de même couleur et aux volets marron. Enfouie sous les pins, elle est très difficile à repérer depuis les airs. Mon mari précise que la tanière du défunt milliardaire est une réussite architecturale en matière de camouflage.

Les portes qui mènent à l'espace personnel de Lombardi sont protégées de serrures antiforçage et antiperforation à leviers de verrouillage, chacune possédant une clé qui ne peut être dupliquée. Toutes les zones du complexe, à l'exception des écuries, des appentis de maintenance et de la véranda, sont connectées entre elles par les couloirs de verre et de pierre qui m'évoquent des ponts couverts, d'une longueur inhabituelle. Alors que nous contournons le périmètre détrempé dans une obscurité d'encre, Benton m'explique l'agencement des lieux et leurs systèmes de sécurité. Je ne puis m'empêcher d'imaginer une pieuvre qui étendrait ses tentacules sur tout le domaine, par-delà un horizon obscurci de nuages menaçants, jusqu'à d'autres villes, d'autres États, d'autres pays et d'autres continents.

— Tu jugeras par toi-même, Kay. Difficile d'imaginer que ceci se passe ici. Quoi qu'il en soit, ça ne devrait pas être la priorité. Ça peut attendre, bordel. Il va encore tuer. Et personne ne le recherche.

— Si, nous. Mais on ne parviendra jamais à l'arrêter tant qu'on n'aura pas neutralisé Ed Granby. Je mettrais ma main au feu qu'il sait très bien qui est ce type.

— Pourquoi s'efforcerait-il de le protéger, s'il ne le connaît pas ? Il ne s'agit pas juste d'élucider les cas de Washington, fâcheux pour la politique et le tourisme. Granby veut que ces meurtres soient attribués à quelqu'un d'autre pour une bonne raison, peut-être parce que Lombardi le souhaitait. Coller trois meurtres sur le dos d'un homme disparu, probablement décédé, et tout passera comme une lettre à la poste. Sauf si le Meurtrier Capital tue à nouveau, quelque part où l'ADN ne peut être bidouillé. Exactement ce qui s'est produit, et nous voici ici alors que Granby doit être en pleine panique.

Sa voix ne trahit aucune satisfaction. Benton ne se montre ni dur ni vindicatif, alors que je peux sans doute adopter ces deux comportements. Il me guide afin de m'éviter les branches basses que je vois à peine. Lorsque je les frôle de l'épaule, des gouttes de pluie glaciale me dégringolent dessus. J'enfile mon manteau et le boutonne. Je passe mes doigts dans mes cheveux humides et demande :

— Si nous suivions l'allée, qui nous verrait et que se passerait-il ?

— Les caméras projetteraient nos images sur les écrans. Ils débouleraient en deux secondes et Granby nous ferait escorter séance tenante vers la sortie du domaine.

— Tu le penses vraiment ?

— Ce ne serait pas une promenade de santé.

Je me rassure comme je peux :

— S'ils ne sont pas trop occupés pour nous repérer.

— Tel est probablement le cas en ce moment. En revanche, dès que les renforts arriveront, notre chance tournera et nous serons à court de temps. Je suis d'ailleurs étonné qu'ils ne soient pas déjà sur place.

— Et que va-t-il se passer une fois que nous serons parvenus devant la maison de Lombardi ?

Benton me renseigne :

— La porte située à côté du garage est équipée d'un système de sécurité mais l'alarme est débranchée. Le cuisinier l'a désactivée plus tôt, sans penser à la remettre en service. Aucune caméra ne surveille cette issue, sans doute parce que Lombardi voulait aller et venir avec ses différents contacts, collègues, mafieux, ou ses maîtresses, sans être vu ni enregistré.

— *Collègues*, un synonyme pour personnes haut placées ?

— C'est un peu ce qui se dégage.

— Et *maîtresses*, comme Gail Shipton ?

— Pour la contrôler. Pour la dominer.

— Il ne s'agissait donc pas seulement de sexe.

— Le pouvoir, répète Benton. Il l'a contrainte au sexe parce qu'elle n'en voulait pas. Et il l'a remise à sa place. Carin Hegel a d'abord pensé qu'elle était de taille à lutter contre ces gens. Elle n'avait pas la moindre idée de qui elle affrontait. Elle a cru qu'il s'agissait juste de poursuites légales. Et Lombardi était en train de la remettre à sa place elle aussi.

— Oh, elle ne pense plus qu'il s'agit juste d'un procès, puisqu'elle se terre chez Lucy. Et je me demande combien d'autres anciens clients de Lombardi ont dû s'y résoudre. Il a ratissé tout ce qu'ils avaient d'une façon assez habile pour qu'on ne puisse jamais le prouver. Puis il a réglé l'affaire avec l'argent de l'assurance dont il a obtenu une part, la plus grosse, j'en jurerais. Ou alors peut-être est-il parvenu à les dissuader de le traîner en justice : ils ont soudain compris qu'ils n'avaient pas le choix, à moins de souhaiter se faire tuer.

Mon mari observe :

— Le litige qui l'opposait à Gail Shipton ne représentait qu'une petite transaction, à ses yeux.

— Petite transaction, cent millions de dollars ?

— Le montant de la négociation, une indemnisation des assurances, de l'argent de poche pour lui, mais un vif amusement parce qu'une diva des prétoires comme Hegel osait le traîner en justice. Gail était faible et aux abois. En un rien de temps, il la possédait ainsi que toutes les technologies pour lesquelles elle pouvait l'aider...

Il ne cesse de consulter son téléphone, lisant les informations que lui envoie Lucy tout en poursuivant :

— Si elle n'avait pas été tuée, elle aurait été inculpée pour escroquerie. Elle aurait été virée du MIT. De toute façon, sa vie était foutue.

— Granby est-il au courant de cet aspect de l'histoire ? Que Gail Shipton était en collusion avec Lombardi ?

Benton lâche d'une voix inflexible :

— J'ignore jusqu'où il est au courant mais tu as entendu ce que je lui ai dit. J'ai exposé les points les plus importants. Je ne lui expliquerai rien d'autre. Après tout, je suis rentré à la maison pour les fêtes ! Et nous ne sommes pas là, sauf s'ils ont remarqué ma voiture.

— Ils feraient de bien médiocres enquêteurs, sans cela !

— Ils ne s'aperçoivent de rien en ce moment, hormis de ce que renferment les documents qu'ils épluchent. Ils sont sans doute parvenus à ouvrir le coffre, et je n'imagine même pas ce qu'il peut contenir. Probablement des millions en liquide, de l'or, des devises, les numéros de comptes offshore. Granby doit être pendu au téléphone avec le quartier général. Il manœuvre, explique comment il a résolu une autre affaire formidable. Il est prévisible et pense qu'il a tout compris, alors que l'individu qui devrait nous inquiéter s'est évanoui de leur écran radar. Personne ne regarde dans sa direction pour une excellente raison. Granby leur offre une diversion.

Nous foulons un tapis de graminées qui devraient produire une nuée de fleurs sauvages au retour du beau temps. Je résume :

— Il a falsifié l'ADN. Il n'a strictement rien résolu et maintenant, que va-t-il faire ? Il va classer les dossiers de Washington D.C., accuser Martin Lagos des meurtres. Comment se débrouillera-t-il pour que ce massacre soit considéré comme une affaire distincte, une affaire qui implique le crime organisé et des exécutions sur contrat ?

— Une théorie illogique. Quelqu'un finira bien par le souligner, un jour. Tous les agents du FBI ne sont pas incompétents et corrompus.

En réalité, il refuse de croire que tel puisse être le cas. Je rétorque :

— Nous ne pouvons nous permettre le luxe d'attendre un revirement de situation, *un jour* !

— Un tueur à gages apporte sa propre arme pour exécuter un contrat. Il n'abandonne pas des vêtements sur la scène de crime ni n'embarque un sweat-shirt à capuche imbibé de sang piqué à sa victime pour se déguiser. Il ne s'enfuit pas à toutes jambes, terrorisant un groupe de gamins, pour rejoindre l'endroit où il a garé son véhicule. Il ne fauche pas une enveloppe pleine de liquide pour ensuite l'égarer dans un parc, une enveloppe maculée de sang et portant une adresse de retour.

Benton prend garde où il pose les pieds, ses tennis d'emprunt trempées. Le vent est beaucoup plus glacial que je ne le pensais et tout ce que nous frôlons est saturé d'eau.

— Nous parlons d'un individu qui a totalement perdu le contrôle. Il n'a pas massacré les gens de Double S pour de l'argent, reprend-il. Peut-être souhaitait-il une récompense, une gratification d'ego, être remercié parce qu'il les avait débarrassés de Gail Shipton. En revanche, les autres meurtres sont personnels. Peut-être pas Swanson, toutefois. Il s'est trouvé sur son passage, rien d'autre.

Les jambes de mon pantalon sont imbibées d'eau et mes mains glacées. Je renchéris :

— Ils connaissaient le tueur et le sous-estimaient, ou l'ignoraient. Des gens de ce genre n'ouvrent pas une porte ni ne se mettent en position de vulnérabilité face à quelqu'un dont ils se défient.

— La rage. Lombardi a blessé cette personne. Il l'a insulté, humilié et j'ai le sentiment qu'il ne s'agissait pas de la première fois. Nous allons découvrir une histoire ancienne. Il le connaissait et je maintiens que personne chez Double S ne lui a demandé d'assassiner Gail. Ils ne l'auraient jamais fait à cause de l'escroquerie dans laquelle elle était impliquée. D'ailleurs, il ne l'a pas tuée pour cette raison.

— Mais lui croit peut-être le contraire.

— Il est convaincu que ce qui le pousse à agir est rationnel. En réalité, la seule chose qui importe se résume à son excitation, Kay. Peut-être a-t-il perdu les pédales, expliquant qu'il vient de commettre un acte dangereusement insensé. Je suis surpris qu'un homme aussi implacable que Lombardi soit passé à côté de tous les signaux, jusqu'à ce que son sang se déverse sur son bureau.

— L'arrogance. Un tyran au-dessus des lois qui se croyait intouchable. Ou peut-être existe-t-il une autre raison à son manque de vigilance.

Benton lâche d'un ton morne :

— Granby cherche fébrilement un gangster russe à arrêter. Je parie qu'il le découvrira quelque part.

Je revois Ed Granby, toujours net et soigné, avec ses petits yeux brillants, son long nez pointu, ses cheveux coiffés vers l'arrière, grisonnants aux tempes. Sa chevelure est si parfaite que je suis certaine qu'il se teint. Mon indignation monte alors que j'avance côte à côte avec Benton, le frôlant. Puis je me calme. Nous nous rapprochons de la maison, distante de quatre cents mètres environ, plongée dans le noir à l'exception d'une lumière au rez-de-chaussée.

Je vérifie les messages parvenus sur mon téléphone. Le cadran brille dans l'obscurité tissée de brouillard. Les lumières au loin la trouent à peine, diluées par la brume. J'ai presque l'impression de me retrouver sur le pont d'un navire qui approcherait d'un rivage dissimulé par un épais voile de fumée. Un message d'Ernie Koppel me rappelle que je peux le joindre chez lui si je le souhaite. Je compose son numéro tout en avançant. Dès qu'il décroche, je lui explique :

— Je suis dehors et il y a beaucoup de vent.

— Je suppose que vous êtes toujours à Concord. On dîne scotchés devant la télé. C'est sur toutes les chaînes.

— Vous avez quelque chose pour moi ?

Un cadeau de Noël en avance, pas mal de trucs.

— Voilà qui fait plaisir.

— Une marque d'outils, oui, mais ça ne vous surprendra pas puisque vous le soupçonniez. Et vous aviez raison au sujet de l'affaire du Maryland. Même composition minérale que ce que vous avez collecté sur le cadavre du MIT, mais également que le résidu que vous venez tout juste de prélever sur la scène de crime à Concord.

— Les bandes adhésives que Lucy vous a déposées ?

— Tout juste ! La même composition minérale se retrouve sur le gilet en polaire de la victime. De la halite, bref, du sel gemme. Sous le microscope électronique à balayage, il est évident qu'elle a été artificiellement préparée en saturant de l'eau salée et en la faisant évaporer. Ça m'incline à penser que ce résidu que l'on retrouve partout provient d'une substance manufacturée dans un but commercial précis.

— Une petite idée de ce que ça pourrait être ?

— La calcite et l'aragonite sont fréquemment employées dans la construction, dans le ciment et le sable, par exemple. Je sais que la halite est utilisée pour la fabrication du verre et de la céramique, et aussi pour faire fondre le verglas sur les routes. Cela étant, identifier les trois mêmes minéraux avec la même empreinte élémentaire que dans l'affaire du Maryland et maintenant celle-ci, dans tous les échantillons que j'ai expertisés, étonnant, non ? Il pourrait s'agir d'un produit vendu à des potiers ou des sculpteurs, peut-être des pigments minéraux pour la peinture à la détrempe, ou des effets particuliers. C'est bien sûr iridescent sous une lumière noire.

— Et les fibres, Ernie ?

— Celles prélevées sur Gail Shipton, les bleues, sont du Lycra, tout comme le tissu blanc ivoire dans lequel elle était enveloppée. Une autre concordance avec les fibres retrouvées sur les scènes de crime de Washington. Peut-être les mêmes tissus dans les trois cas, mais provenant de différents coupons. La chose qui m'a interpellé n'est autre que la pommade mentholée. Je ne peux pas préciser la marque, mais le profil de fragmentation spectrale a permis de l'identifier. Avec une grosse surprise à la clé. À l'évidence, quelqu'un espérait davantage que se dégager les sinus. MDPV !

— Incroyable !

— Incroyable mais vrai. Le labo des empreintes ADN m'a filé un échantillon tard dans l'après-midi. J'ai fait une touche en spectroscopie à infrarouges à transformée de Fourier. Avec ce résultat. Toutefois, je ne suis pas toxicologue. Si vous ne voyez pas d'inconvénient à ce que l'on utilise un peu de l'échantillon, je suggérerais une chromatographie liquide couplée à une spectrométrie de masse, pour confirmation. À ce sujet, le labo de toxico m'a indiqué qu'il s'agissait du même analogue de la méthcathinone que celui retrouvé dans les prélèvements du suicide de la semaine derrière. Vous savez, la dame qui s'est jetée du toit de son immeuble. Une drogue de synthèse particulièrement dangereuse. Quelqu'un est en train de la vendre dans les rues. La même que celle qui a provoqué des ravages l'année dernière, j'en ai bien peur.

— Merci, Ernie.

— Bon, je sais que ça n'est pas mon rôle, mais je me lance quand même. Je crois qu'il s'agit du même type. Il leur fait un truc bizarre, les enveloppe peut-être dans ce tissu extensible. Ensuite, il utilise une substance quelconque réservée aux artistes. Je ne sais pas, peut-être qu'il les peint après leur mort, qui peut dire ? Prenez soin de vous, Kay.

Après avoir interrompu ma conversation, je résume au profit de Benton :

— Des chevaux de course et des sels de bain. Si l'on veut se concentrer, tout en jouissant d'une euphorie et d'une énergie surhumaines, en plus de bousiller ses neurotransmetteurs, une solution consiste à mélanger un peu de *monkey dust* et de pommade décongestionnante. Ensuite, on sniffe le mélange.

— D'où l'acte qu'il vient de commettre. D'ailleurs, ça expliquerait bon nombre de choses. L'amplification des crises de paranoïa, de l'agitation, de l'agressivité et de la violence.

Je repense au jeune homme tête nue, sans manteau, sous une pluie glaciale.

— Il doit fonctionner à plein régime, avoir chaud, transpirer, avec une tension artérielle au plafond. Il peut devenir psychotique.

Protégé par l'obscurité, il me regardait lorsque je suis sortie de la maison. S'interrogeait-il sur qui je suis, qui est Benton ? Qui sommes-nous, notamment ses victimes, à ses yeux ? J'explique :

— Le plus terrible avec cette drogue, c'est qu'on ne peut pas en décrocher et qu'on ne sait jamais quelle dose on trouvera dans un sachet. Du coup, l'effet peut être modéré ou bien te pousser à la folie et causer des dommages cérébraux. Un jour ou l'autre, elle te tue.

— Pas assez rapidement.

Nous nous rapprochons des fenêtres éclairées du rez-de-chaussée. J'écarte les branches de conifères odorants, des cèdres peut-être. Nous prenons garde aux caméras, nous assurant que personne ne se trouve à proximité. Je ne peux m'empêcher de jeter des coups d'œil furtifs derrière moi, à la manière d'une fugitive.

Je ne détecte aucune lumière, ni voiture, ni lampe torche. Nous sommes seuls dans la nuit brumeuse et humide. Nos haleines se concrétisent en buée, et je n'entends que le chuintement produit par les chaussures détrempées de Benton. Selon moi, la distance qui sépare la maison de Lombardi de l'entrée du domaine, d'où part l'allée sinueuse qui dessert les dépendances et le bâtiment des bureaux, doit être d'environ trois kilomètres. Nous traversons avec peine un potager endormi pour la mauvaise saison et parvenons devant un court de tennis, dont le filet manque, et un barbecue de pierre. Un bassin de natation, long et étroit, est recouvert pour l'hiver.

Nous découvrons une autre aire de stationnement, celle-ci arrondie et dallée de pavés dont je soupçonne qu'ils sont chauffés. Derrière se découpent quatre larges portes d'épais métal, ressemblant à des volets anti-ouragan. Benton m'explique que Lombardi y gare ses luxueuses voitures, Ferrari, Maserati, Lamborghini, McLaren, et une Bugatti, toutes possédant des plaques minéralogiques de Miami, les colifichets des super-riches et/ou des super-escrocs. À l'instar des yachts, des jets privés, des appartements-terrasse, il s'agit d'un bon moyen de blanchir l'argent sale. Les voitures devaient sans doute être expédiées vers le port de Boston, à destination de l'Asie du Sud-Est et du Moyen-Orient, complète Benton.

Une robuste porte de bois ouvre sur le long boyau de verre. Je m'en approche et distingue à l'intérieur une voiturette de parcours de golf et du bois de chauffage. Le couloir vitré relie une dépendance dans laquelle sont installés un spa, une cuisine privée et un salon, la chambre principale à l'étage et le garage au rez-de-chaussée. Benton ouvre une autre porte, celle qu'il a complaisamment laissée déverrouillée lors de sa première visite en compagnie de Marino. Nous pénétrons dans la cuisine de Lombardi, un grand espace ouvert avec une vaste cheminée, non loin de la table et d'un zinc de bar. De larges baies vitrées offrent une vue imprenable sur le domaine.

Le plancher est troué d'une dalle d'épais verre qui permet d'apercevoir une cave à vins. Lorsque je la traverse, un léger vertige me saisit, une vague crainte de tomber, désagréable sensation. Je m'écarte et la longe. Je m'interdis de regarder les centaines de bouteilles couchées dans des présentoirs circulaires de bois, les tonneaux décoratifs et la table pour les dégustations.

Des casseroles et poêles en cuivre, aussi brillantes que l'or rose, sont suspendues à un râtelier en fer forgé au-dessus d'un billot de boucher en érable. Y sont posés des sacs en plastique d'épicerie à moitié renversés, abandonnés à la hâte par le cuisinier de retour de courses tard dans l'après-midi. Du lait et d'excellents fromages, sans oublier de la viande. J'y vois la preuve de la panique qui a saisi le chef après qu'il a découvert les voitures de police dans la propriété.

Sa voiture a sans doute dépassé ma grosse camionnette blanche sur laquelle est peinte *Bureaux du médecin expert en chef du Massachusetts*, sans oublier notre blason en bleu sur les portières. Quoi de plus angoissant que l'arrivée de mon personnel et de notre matériel. Une appréhension viscérale saisit les gens, appréhension que j'ai tendance à oublier, surtout lorsque je débarque à l'improviste, presque toujours. Je résiste à l'envie de ranger les denrées périssables dans le réfrigérateur. Quel gâchis ! Au lieu de cela, je les photographie. Je m'arrête devant la table de cuisson française pour examiner l'ensemble de couteaux avec leur manche en hêtre vert. Éplucheur, désosseur, couteau à légumes, à pain, couteau à viande, larges ou étroits et mesurant jusqu'à trente-cinq centimètres de longueur. Je repère également des fusils aiguiseurs, le tout rangé dans les fentes correspondantes des deux blocs qui leur sont destinés. Je prends d'autres photographies. Je préserve avec soin les images de chaque endroit, de tout ce que je touche. Benton continue de vérifier les messages de Lucy qui atterrissent sur son portable dans une rapide succession de carillons d'alerte. Il a choisi le *cling-cling* irritant d'une vieille sonnette de bicyclette, afin de ne pas en rater un seul.

Chapitre 39

Benton semble à présent plus à l'aise pour me communiquer ce que Lucy vient de lui envoyer. Sans tergiverser, il m'informe :

— Tous les téléphones ici sont gérés par un logiciel du genre PBX, un autocommutateur téléphonique privé. Un bon plan pour Lombardi s'il voulait garder des traces sur tout ce qui se faisait et s'échangeait dans ses locaux. Il a reçu un appel ce matin à quatre heures cinquante-sept, d'un numéro masqué. Aucune des seize lignes téléphoniques de Double S, dont celles de cette maison, n'accepte les numéros non identifiés.

Étrangement, mon mari ne manifeste pas de contentement, ni même de véritable satisfaction, alors que j'en suis envahie au fur et à mesure que les faits se dégagent.

J'ouvre le tiroir pour y découvrir des boîtes en bois de couteaux à steak et une multitude d'ustensiles de cuisine, de maniques et de torchons. Des menus pour commander des pizzas ou des plats chinois sont empilés, bien que je doute fort que quiconque ait jamais livré un repas ici. Benton embraye :

— L'individu en question a dû finir par taper son numéro, à l'instar de n'importe quel pauvre type sur la planète, sans quoi son appel aurait été refusé. Lucy m'a demandé si je le reconnaissais. Il s'agit de celui du portable de Granby. Ce n'est pas la première fois qu'il appelle ici. Elle affirme que ce même numéro a été enregistré à de multiples reprises. La question est : quand ?

Il tape sa réponse à ma nièce. Nous avons maintenant la preuve de l'implication criminelle d'Ed Granby. Le serveur de Double S se révèle une véritable mine, et nous n'en sommes plus à l'étape où nous n'avions que notre parole contre tous. La période des soupçons ou des preuves circonstancielles est dépassée. Il sera maintenant impossible de nous accuser de tronquer la vérité. Ces données sont irréfutables et stockées en toute sécurité dans mes bureaux. Quant au patron de Benton, il n'a pas la moindre idée de ce qui va lui tomber dessus. Je souligne :

— Marino est arrivé à la maison ce matin aux environs de cinq heures. À ce moment-là, la découverte d'un cadavre sur le campus du MIT et sa probable identité faisaient déjà le buzz sur Internet. Granby a donc appelé Lombardi, sans doute pour l'informer.

Une agaçante sonnette de bicyclette retentit. Benton prend connaissance du message qui vient de s'afficher et murmure, dos appuyé au comptoir :

— Beaucoup d'appels entre les deux, dont un grand nombre en mars, en avril, à l'époque où Granby prenait ses fonctions dans le coin, et des douzaines le mois dernier, certains passés les jours où les cadavres de Sally Carson et de Julianne Goulet ont été découverts. Mon Dieu ! Bordel, c'est effroyable !

— Nous nous en doutions.

— Et à propos de quoi Granby aurait-il pu appeler Lombardi, si ce n'est au sujet de Gail Shipton ?

— Selon moi, tu connais la réponse.

Benton constate que son hypothèse de départ s'avère exacte et résume :

— Une raison simple. Gail ne devait pas être assassinée. Personne n'a demandé à ce tordu de l'éliminer, et Lombardi a pété les plombs. Ce n'était pas la première fois qu'il était confronté à la violence de cet individu. À ceci près que les conséquences devenaient largement plus dangereuses dans ce cas, puisque Gail était directement liée à Double S. Un peu comme de demander à un poivrot de gérer ton bar.

Je tire un couteau à lame carbone de presque vingt-trois centimètres de long, incurvé pour faciliter la découpe autour des os et corrige :

— Effectivement, on n'engage pas un poivrot pour gérer son bar. Sauf lorsqu'on ignore son alcoolisme ou qu'on a avec lui un rapport très personnel.

— Tu convoques un tueur incontrôlable et ton chargé de relations publiques, tu leur sers des cupcakes et tu tentes de régler le problème.

De ma main gantée, je vérifie l'équilibre du couteau et apprécie le contact, à la fois dur et lisse, de son élégant manche de bois. Je souligne :

— Haut les cœurs si ton tueur « incontrôlable » est défoncé à je ne sais quoi, manifeste une compulsion pour le sucre, a perdu toute maîtrise et se trouve à un cheveu d'exploser.

Une mauvaise option pour un meurtre. Je le range dans la fente de son bloc. Il s'y glisse en produisant un soupir métallique très doux.

Inutile que j'inventorie toute la cuisine de Dominic Lombardi. Je conclus :

— Le cuisinier devra indiquer si un de ses ustensiles manque. N'importe lequel de ces couteaux pourrait tuer.

— Mais il ne s'est pas servi de cela, n'est-ce pas ?

Je secoue la tête en signe de dénégation.

L'arme des crimes n'a rien à voir avec les instruments que je découvre. Il s'agit d'un truc bizarre. Je continue de mitrailler à l'aide de mon appareil photo et explique que la lame que nous recherchons est courte, étroite, à un seul tranchant. Sa pointe est arrondie et très incurvée.

— Pour affirmer cela, je me base sur ces incisions peu profondes à berges éraflées qui courent parallèlement aux plaies profondes et sur la peau soulevée. Le motif que l'on a retrouvé sur la serviette utilisée pour nettoyer le couteau nous donne aussi un indice de son état. La lame doit présenter des irrégularités, expliquant les fils d'éponge tirés lors de l'essuyage. On ne constate en général pas cela sur des couteaux, sauf lorsqu'on les aiguise.

Une nouvelle sonnette de bicyclette retentit, un long texto de Lucy. Elle informe Benton que la seconde femme de Lombardi passe la plupart de son temps dans les îles Vierges, où nombre des compagnies de son mari sont enregistrées. Des compagnies écrans, suggère Lucy, notamment des galeries d'art, des spas haut de gamme, des boutiques, des hôtels, des entreprises de construction ou de promotion immobilière. Benton synthétise :

— Bref, pléthore d'activités favorables au blanchiment d'argent et sans doute au trafic de drogue. Peut-être également des laboratoires d'où proviennent les drogues, ici ou ailleurs.

Il pousse une porte donnant sur un cabinet de toilette équipé d'une cuvette de WC et d'un lavabo. L'appui de fenêtre ploie sous les magazines de cuisine. *Bon appétit*, *Gourmande !*, *Yam*. Les lectures de détente d'un cuisinier français qui se retrouve brutalement au chômage. Des gens tels que lui se recrutent à la pelle à Paris, où sa femme vit avec un autre homme et où ses enfants n'ont rien à faire de lui. *Tout est perdu. Je suis foutu*, a-t-il déclaré en français à Benton lorsqu'il l'a croisé, alors que Marino et mon mari poursuivaient leur visite clandestine.

Nous gravissons des marches moquettées, quatre, pour atterrir sur un palier éclairé d'appliques en gouttelettes de cristal fixées sur des murs en faux stuc. J'imagine Lombardi montant cet escalier. Il s'arrête un instant pour se reposer, reprendre son souffle. Sa main épaisse aux courts doigts boudinés se pose sur la rambarde de cuivre poli. Sa bague de diamants enfoncée à son auriculaire droit et le bracelet de sa montre en or cliquettent contre le métal alors qu'il traîne son corps adipeux. Évoluer autour de son complexe ou même jusqu'à sa chambre à l'étage n'a pas dû être aisé, étant donné sa corpulence.

Benton ouvre une autre porte, non verrouillée, il s'en est assuré. Une vaste pièce se dévoile, écrasée par les antiquités italiennes de bois précieux. Les moulures élaborées, les reliefs en trompe-l'œil sur les murs et le plafond sont plaqués à la feuille d'or. Un lustre multicolore à breloques en verre de Murano descend d'un plafond décoré par une réplique de la Création d'Adam de Michel-Ange. Un fauteuil confident en satin doré est poussé contre le pied d'un lit à l'arrogance impériale. La tête de lit, d'un rouge vivace décoré de feuilles d'acanthe dorées, doit bien mesurer un mètre quatre-vingts de haut.

Un bureau Renaissance devant lequel est poussée une chaise florentine semble incapable d'accueillir l'embonpoint d'un Lombardi. Les commodes vénitiennes aux faces miroitées ont dû lui renvoyer en permanence son mécontentement et son ennui d'homme gavé. Les doubles-rideaux en velours cramoisi tirés devant les hautes fenêtres qui montent du sol au plafond sont lourdement brodés d'or et d'argent. J'en tire un. La doublure d'épaisse soie dorée caresse ma main. Je jette un regard à son monde, si suffisant et boursouflé, où chaque chose avait un prix bien que ne signifiant probablement rien. Un monde acheté au prix du sang et de la souffrance de quiconque pouvait être malmené pour en tirer le moindre bénéfice, qu'il s'agisse de sexe, de meurtre, d'argent ou de ces drogues qui vous rendent fous et vous tuent.

Les passages vitrés qui relient les constructions sont obscurs. On les devine à peine dans l'obscurité brumeuse de ce début de nuit. Il n'y a pas non plus de lumière dans le bâtiment du spa. Je remarque pour la première fois que l'arrière de celui qui abrite les bureaux est dépourvu de fenêtres. Les lampadaires qui parsèment l'allée sinueuse ressemblent à des bavures jaunâtres. Derrière s'étendent les paddocks, les prés et l'étang, sans oublier la grande écurie au toit mansardé. Elle se détache, massive sur l'horizon d'un noir d'encre. Des rais de lumière filtrent par les interstices de la grande porte coulissante et par ses fenêtres équipées de volets et de barreaux. Je m'interroge : qui séjourne ici à l'exception des chevaux ? Le personnel – qui n'a rien vu, rien entendu – s'est volatilisé. Je suis bien certaine que Marino souhaiterait nous attendre, bien que doutant qu'il le puisse. Il appartient au NEMLEC, une insignifiance. Je gage que les hommes de main de Granby lui ont fait savoir que sa présence n'était pas requise et qu'il pouvait partir. Je continue de détailler fenêtres et portes, de rechercher la moindre trace lumineuse, de tendre l'oreille, me demandant quand le même ordre nous sera asséné.

Je me rapproche de la table de chevet sur laquelle trône une lampe d'albâtre, une carafe en cristal taillé et un verre à eau. J'ouvre le tiroir et découvre à l'intérieur un pistolet Desert Eagle à la finition nickel satiné, un calibre 50 avec assez de munitions pour exterminer quiconque dans le domaine, dans les fermes voisines et même plus loin. Lombardi n'a pas jugé nécessaire de s'armer lorsqu'il est allé chercher Haley Swanson à la gare ou lorsqu'il s'est installé avec une connaissance défoncée qui se fantasmait en assassin ou en héros.

Je referme le tiroir et me déplace vers une bibliothèque en miroir qui s'élève à droite du lit. Des photos encadrées de Lombardi qui le représentent au cours des différentes périodes de sa vie ornent ses étagères réfléchissantes. Un jeune garçon assis sur les marches du porche d'une petite maison coincée entre d'autres, dans ce qui semble un quartier difficile. Probablement prise durant les années 1950, si j'en juge par les voitures garées le long du trottoir. Il avait les cheveux blond sable et de jolis traits, quoique déjà durs. Je découvre bon nombre de photos de lui en compagnie de femmes, dont certaines célèbres, dans des boîtes de nuit ou des bars. Il est ensuite installé à une table en fer forgé, en compagnie d'une élégante femme brune, sans doute sa femme. Ils sont environnés d'une luxuriante végétation tropicale, au bord d'une magnifique piscine de pierre.

Sur une autre photo apparaît en arrière-plan une splendide villa très ancienne qui évoque la Sicile. Suivent d'autres clichés du couple et peut-être de leurs trois enfants, un garçon et deux filles en fin d'adolescence ou âgés d'une vingtaine d'années. Ils sourient sur un yacht blanc. Le bateau fend des eaux turquoise environnées de montagnes couvertes d'une végétation d'un vert profond et de villages aux toits rouges comme ceux que l'on admire dans les îles Ioniennes. Puis Lombardi vieillit, s'enveloppe pour devenir énorme. Son visage est soufflé. Ses petits yeux réduits à des fentes semblent mécontents, ennuyés alors qu'il pose sur un pont de teck, environné d'un luxe et d'une beauté bien au-delà des rêves les plus fous du petit garçon assis sur les marches d'un porche, dans un quartier pauvre. Si tant est que Lombardi se soit encore souvenu de ce garçonnet. Je doute qu'il y ait repensé, ou même qu'il en ait rêvé.

Une photographie détone parmi les autres. Je la saisis et l'examine avec soin. Elle représente un éléphant gris. À ses côtés, le jeune homme qui lui donne un bain ressemble à un nain, il tient un tuyau d'arrosage et une étrille. J'incline le cliché sous la lumière de la lampe de chevet afin d'étudier la petite silhouette aux muscles puissants, aux cheveux très bruns, torse nu. Il porte un large short de commando. Son regard vide et glacé fixe l'appareil photo.

Un frisson me parcourt lorsque je remarque ses chaussures, des gants noirs de pieds, et ses jambes puissantes et bronzées. La photographie a été prise dans une zone herbeuse, entourée de cocotiers derrière lesquels court un grillage. Plus loin, on aperçoit des eaux bleues, un hors-bord. Encore plus loin, des bateaux de croisière blancs mouillent dans ce que je reconnais comme le port de Miami. Je demande à Benton :

— Qui est-ce ?

Il se rapproche, étudie la silhouette, puis s'écarte, et je continue de scruter le cliché.

— Je l'ignore, mais il conviendrait de le découvrir.

Je repose le cadre sur son étagère en miroir et remarque :

— Le Cirque d'Orléans est originaire de Floride du Sud. Le premier de ce mois, il est arrivé ici. Le train est resté garé à Grand Junction durant plusieurs jours. Au beau milieu du MIT.

— Je ne serais pas étonné que Lombardi possède aussi un cirque. Un excellent lieu de réunion pour écouler la drogue, un bon moyen pour blanchir l'argent, en bidonnant les ventes de tickets et Dieu sait quoi d'autre. Peut-être même a-t-il touché au marché clandestin d'espèces animales exotiques. Qui peut le dire ?

Je prends des photographies, inclinant l'appareil afin d'éviter le reflet, et j'interroge Benton au sujet de Dominic Lombardi et de sa famille :

— Selon Lucy, sa seconde femme vit dans les îles Vierges, très probablement la femme que l'on voit sur pas mal de ces clichés. Et ses enfants ? Lucy a-t-elle mentionné quelque chose ?

— Je vais le lui demander, propose-t-il en tapant sur son téléphone.

Benton se tient devant un miroir inclinant, sculpté de chérubins musiciens. Je vois le reflet de son dos alors qu'il me fait face.

Je détaille un tableau de Luca Giordano représentant des forgerons. La toile est accrochée à côté d'une femme assise avec un arrière-plan abstrait de rouges et de verts d'André Derain. Les Pierre Bonnard, Cézanne et Picasso sont présentés sans imagination, alignés sur un mur. Suis-je en train de contempler d'excellents faux ?

— Je parie qu'il s'agit de la version qu'il a donnée à tous ceux qui ont pu les admirer. Qu'en penses-tu, Kay ?

— Je ne suis pas trop sûre. J'oscille entre la sensation de me trouver dans une galerie d'art ou dans un palais au comble de la vulgarité. Un peu des deux, sans doute. J'ignore si ces tableaux sont des originaux. Toutefois, il ne s'y est probablement jamais intéressé, hormis en songeant à leur valeur.

Benton suit mon regard et précise :

— Le Maurice de Vlaminck devant lequel tu te tiens a été volé à Genève dans les années 1960. Il a été évalué à environ vingt millions de dollars.

— Et les autres ?

— Le Picasso faisait partie d'une collection privée, à Boston, dans les années 1950. Aux enchères, il partirait pour une quinzaine de millions. Cependant, vendre des toiles volées s'avère compliqué, sauf si tu trouves un acheteur que ça ne gêne pas. Il en existe pas mal. Des œuvres de cette qualité terminent dans des collections très confidentielles. On les suspend dans des yachts ou dans des avions privés. Elles passent de mains en mains jusqu'à refaire surface, à l'instar de ceux-ci. Quelqu'un meurt ou se fait arrêter. Quelqu'un se rend soudain compte que la toile qu'il a sous les yeux n'est pas une réplique. Bref, tous ceux qui sont là.

— Et comment le sais-tu ?

— Lorsque j'étais enfant, nous avions un Miró dans le salon. Il a été remplacé par un Modigliani, puis par un Renoir. Nous avons aussi eu un Pissarro, une scène de neige avec un homme sur une route.

Benton se déplace pour contempler le Vlaminck, une vue de la Seine aux couleurs intenses et fascinantes. Il poursuit :

— Nous avons gardé le Pissarro longtemps. Quelle déception lorsque je suis rentré un jour du lycée pour constater qu'il avait disparu ! Les tableaux étaient exposés au-dessus de la cheminée et changeaient assez souvent. Mon père les achetait, les revendait, ne s'attachant jamais véritablement à eux. En revanche, pour moi, tous devenaient presque comme un chat ou un chien que je finissais par aimer ou au contraire par ne pas trop apprécier. Mais tous m'ont manqué lorsqu'ils ont été remplacés. Un peu de la même manière que l'on regrette son copain d'école ou même le plus ennuyeux des professeurs, ou encore le petit tyran de la classe. Difficile à expliquer.

J'étais au courant de l'intérêt de son père pour l'art, de la fortune qu'il en avait tirée. Toutefois, mon mari évoque pour la première fois cet endroit dédié au-dessus de la cheminée et le Pissarro qu'il a tant regretté.

Benton agite son portable, devenu notre lien le plus fiable avec la vérité et la justice, et explique :

— Cinq minutes m'ont suffi pour remonter l'histoire de ces œuvres. J'ai envoyé par mail des photographies à nos bureaux avant que Granby me réexpédie dans mes pénates. Le petit bronze posé sur la table de chevet est un Rodin. On aperçoit la signature du sculpteur à la base du pied gauche… d'une collection privée à Paris en 1942, disparu des écrans radar depuis.

Des bouts de papier et des reçus sont pincés dessous. Lombardi utilisait le Renoir en presse-papiers. Ma détestation du personnage ne fait que croître lorsque je pénètre dans son dressing bourré de costumes, de chemises, de chaussures sur mesure, sans oublier des centaines de cravates italiennes en soie. Je ne devrais pas m'autoriser ce genre de sentiments, puisqu'une scène de crime doit toujours demeurer impersonnelle. Dans la salle de bains attenante, je découvre un lavabo plaqué à la feuille d'or, encastré dans un meuble en œil-de-tigre. Dessus trône un nécessaire de rasage en ivoire de mammouth.

Le mur contre lequel s'adossent la cabine de douche et la baignoire est décoré d'un prétentieux trompe-l'œil. Il représente Lombardi en costume-cravate, posant devant un splendide cheval arabe dans une écurie anglaise. Derrière se dessine une arche de pierre qui ouvre sur un paysage bien plus évocateur de la campagne toscane que de celle de Concord. Sa main potelée est posée de façon possessive sur l'encolure svelte du cheval. Un maréchal-ferrant, protégé d'un long tablier et d'épais gants de cuir, se penche vers un des postérieurs pliés afin de parer le sabot. Les petits yeux glacés de Lombardi tranchent sur ses bajoues flasques. Ils semblent me dévisager alors que je m'approche encore pour examiner le trompe-l'œil.

L'établi est équipé d'un étau et nombre d'outils y sont suspendus, des pics, des râpes, des pinces, des limes affûteuses, sans oublier un cuir à rasoir. Surtout, c'est ce que le maréchal-ferrant tient fermement dans sa main droite qui me transporte dans un endroit bien différent des appartements privés de Lombardi. Soudain, je suis projetée dans une grande écurie au toit mansardé. Je suis hypnotisée par un couteau muni d'un long manche en bois et d'une courte larme biseautée d'un côté et rectiligne de l'autre, avec une pointe recourbée qui sert à débarrasser le sabot d'un cheval de la corne fendue, séchée, ou excédentaire.

Pointant l'établi poussé dans un large box aux poutres de bois sombre et au sol semé de paille, je demande :

— L'écurie que vous avez visitée avec Marino ressemblait-elle à cela ?

Mon mari rétorque d'un ton ironique :

— Pas aussi jolie et nette, et sans arche de pierre ouvrant sur des vignes. En revanche, il y avait pas mal d'outils. Le cheval s'appelle Magnum.

Chapitre 40

Je frôle l'outil peint sur le trompe-l'œil et déclare :

— Un couteau de parage. La pointe recourbée mais tranchante expliquerait la plaie plus large et peu profonde qui a repoussé la chair par endroits. Elle court parallèlement à l'incision plus profonde provoquée par le fil droit et très aiguisé de la lame. Il se peut que le tueur se soit rendu directement à l'écurie, sachant y trouver un outil adéquat et comment l'utiliser. En conclusion, impossible d'imaginer un instant qu'il ne connaisse pas le domaine et que personne ne l'ait vu.

Je suis du doigt le long manche de bois marron, puis la lame courte et étroite couleur argent, jusqu'à terminer sur la pointe recourbée. Je peux sentir les épaisses couches de peinture apposées sur le marbre à l'ancienne. Quelle ironie ! Alors qu'il prenait sa douche ou son bain, Lombardi avait sous les yeux l'outil qui, un jour, le décapiterait presque.

J'envisage de récupérer un de ces couteaux de parage afin de l'expérimenter contre un bloc de gélatine balistique pour déterminer avec précision les ravages qu'il provoque. Je reprends :

— Certes, difficile d'imaginer l'arme du crime sans savoir *a priori* ce que l'on recherche. Si tu voyais un outil de ce genre traîner sur un établi, tu ne te rendrais peut-être pas compte immédiatement de son efficacité. La lame est assez aiguisée pour trancher dans la corne, mais conçue pour ne pas blesser le pied du cheval. On ne parle donc pas d'un rasoir, difficile à manipuler lorsqu'on est ensanglanté ou dans un état second. Le maréchal-ferrant possède une expertise toute particulière pour aiguiser ses outils, ils ne doivent être ni trop coupants ni trop émoussés. Ça lui permet de réaliser son travail sans danger pour lui ou l'animal.

Benton longe la profonde baignoire pour étudier la peinture murale et commente :

— Un choix assez déroutant et qui, de surcroît, semble illogique. Toutefois, je n'ai vu aucun couteau normal dans l'écurie. Peut-être a-t-il attrapé la première chose qui lui tombait sous la main, défoncé qu'il était à ce moment-là. S'il a déjà vu comment on parait des chevaux et observé les maréchaux-ferrant qui s'efforcent de maintenir les chevaux tranquilles, cela a pu lui donner des idées. Peut-être même était-il présent lorsque l'un d'entre eux s'est coupé ou lorsqu'il aiguisait son couteau de parage.

Il contemple un autre de ces outils représenté sur le mur, serré, celui-là, dans les mâchoires de l'étau fixé à l'établi. Il se rapproche de l'esprit du tueur et enchaîne :

— Alors que ses pensées se déstructurent de plus en plus, ce couteau signifie quelque chose pour lui. Il se voit tel un cheval, une autre possession de Lombardi. Une possession que celui-ci contrôle et enferme dans un box. Lombardi la traite avec un total manque de respect, avec indifférence. Peut-être qu'il l'a réprimandée le matin même, cravachée de façon verbale. Il pourrait y avoir là-dedans un autre symbole, à l'image de la pommade décongestionnante, des outils coincés sous des cailloux. Le pouvoir. Je gagne, tu perds. Tout tourne autour de cela, mais se nourrit également de son fantasme.

— En tout cas, je peux affirmer sans trop de risque de me tromper que le coupable ne s'est pas trimballé jusqu'à l'écurie par hasard. Il n'est pas tombé par accident sur cet outil inhabituel avec cette courte lame recourbée, pour songer soudain qu'il s'agissait d'une arme parfaite.

Benton affirme :

— Il connaît les chevaux, cette écurie et cet endroit. Ses délires ont complètement imprégné sa vie. Ils ont viré a l'obsession.

— Pourquoi donc le personnel a-t-il refusé de préciser son identité ? De crainte qu'il les retrouve et se venge ?

— Peut-être l'inverse. Peut-être n'ont-ils pas peur de lui parce qu'il ne les craint pas. Surtout s'il était occupé à l'écurie avant le carnage et se montrait amical. Il est devenu un de leurs familiers.

— Ce qui en fait des complices du meurtre après les faits, coupables d'obstruction à la justice.

— Si on peut le prouver, en effet.

Je photographie la peinture murale représentant Lombardi et le maréchal-ferrant tenant son couteau de parage et observe :

— Il ne s'agit sans doute pas d'une attitude récente de leur part.

Le timbre de bicyclette retentit à nouveau, signalant un message de Lucy. Benton m'informe aussitôt :

— Il a eu trois enfants de sa deuxième femme. Un fils, planificateur financier à Tel-Aviv, et deux filles qui étudient à Paris et à Londres.

Le cliché du jeune homme avec un éléphant doit être expertisé par Lucy. J'éprouve à son sujet une impression étrange, désagréable. J'ironise pourtant :

— Une charmante famille.

Benton et moi quittons la maison et retrouvons la nuit qui semble encore plus hostile et froide. Les pins touffus, chahutés par un vent fort, que nous traversons sont plus détrempés qu'auparavant. Leurs branches lourdes de pluie s'accrochent à nous. D'autres voitures banalisées se sont garées sur l'aire de stationnement durant notre absence. Des lumières illuminent chaque fenêtre du rez-de-chaussée et du premier étage du bâtiment de bureaux. Les corps ont été emportés, sans doute déjà autopsiés et remisés dans mes chambres froides.

J'ai l'impression qu'il est beaucoup plus tard que ce que m'indique ma montre. Le puissant grondement de la Porsche turbo de Benton me paraît plus bruyant alors que nous remontons l'allée. Nous dépassons l'imposante écurie rouge et nous arrêtons aux barricades où une fourgonnette noire du FBI aux vitres fumées stationne. Un véhicule de surveillance. Les agents sont en poste à l'entrée de l'allée, hors de vue, dissimulés dans leur fourgonnette ultra-équipée. Je sais qu'ils ne se déplacent jamais seuls. D'autres doivent être en place afin de surveiller Concord et les routes qui y mènent ou en repartent, les intersections que la « cible » aurait pu emprunter. Je trouverais ce déploiement rassurant s'il pistait le véritable coupable.

Benton met le véhicule au point mort et serre le frein. Il baisse sa vitre et attend. Il sait exactement comment le FBI réfléchit, l'importance de ne rien faire de façon brusque ou nerveuse, au risque qu'un geste soit mal interprété. Peut-être les agents qui se trouvent dans la fourgonnette savent-ils à qui appartient la voiture, et qu'elle a été garée dans le domaine durant un moment. Néanmoins, Benton ne les préoccupe en rien. Ils surveillent chaque voiture, chaque camion ou moto qui passe dans la rue, communiquent avec d'autres agents motorisés ou à pied, prêts à utiliser toutes les diversions, pièges ou appâts. À la première alerte, ils mettront en place ce que Benton appelle leur cage flottante, cette cage impalpable qui se referme sur leur cible.

Benton frôle un bouton du tableau de bord et ma vitre descend dans un léger bourdonnement. Je regarde la nuit tissée de brouillard. Un agent se matérialise devant moi, vêtu d'un uniforme noir de terrain, sa carabine barrant sa taille, son index prêt, posé juste au-dessus de la sûreté de la détente. S'il n'avait pas déjà su à qui appartenait cette voiture, il aurait demandé des renseignements sur la plaque minéralogique en nous priant de rester assis dans l'habitacle. Il ne se montre pas plus agressif que détendu. Son visage sévère s'encadre derrière ma vitre ouverte. Il est jeune, les cheveux coupés ras, plaisant à regarder, mince et musclé comme tous ses collègues. Lucy les appelle des mutants aux physiques parfaitement dessinés et à la programmation identique. Elle doit savoir de quoi elle parle puisqu'elle en a fait partie. Des agents fédéraux dont le vernis, le pouvoir et la photogénie sont une réclame pour l'Amérique, affirme-t-elle.

Il est au fond facile de vénérer des héros, de souhaiter leur ressembler, et ma nièce n'a pas échappé à cette règle. Elle adorait le Bureau lorsqu'elle y a fait ses débuts en interne alors qu'elle était toujours au lycée. Il n'y a rien de plus impressionnant et de plus sexy que le FBI, vous expliquera-t-elle aujourd'hui. Du moins jusqu'à ce que vous soyez confrontés à leur manque d'expérience pratique et à leur absence de contre-pouvoirs, bref, de poids et de contrepoids. Jusqu'à ce que vous vous trouviez nez à nez avec un Ed Granby qui ne répond qu'à Washington, je pense. Je ne me montre absolument pas chaleureuse avec le jeune agent lorsque je lui explique qui je suis, et que je quitte la scène de crime.

Je ne lui tends pas mes pièces d'identité. Il devra les demander. Son regard passe de moi à Benton, qui ne dit rien et l'ignore. Cette attitude provoque l'effet attendu. L'incertitude se lit sur le visage de l'agent lorsqu'il comprend que, face à lui, une autorité s'impatiente et ne le craint pas. Puis, quelque chose de plus subtil émerge. L'agent sourit. Je sens son agressivité avant même qu'il ne situe Benton.

Son bras repose sur la carabine dont la bandoulière est passée à son épaule. Il se baisse un peu plus et demande :

— Et comment ça va ce soir, monsieur Wesley ? Personne n'a précisé que vous seriez encore là, mais j'ai pensé que vous n'étiez pas parti. Vous n'abandonneriez pas une voiture de ce prix.

Benton feint une absolue indifférence pour ce que l'autre est en train d'impliquer et acquiesce :

— En effet.

Sa voiture de sport a donc été remarquée. Tous en ont sans doute déduit que nous étions toujours sur le domaine, furetant à droite et à gauche, mais de si peu de conséquence qu'il était superflu de s'en inquiéter. Nous ne faisons pas partie de l'énorme machine en action, et tout le monde s'en fiche. Nous ne représentons pas une menace. Peut-être même Granby s'en est-il convaincu.

Un deuxième agent apparaît du côté de la camionnette que je ne peux pas voir d'où je suis. La jolie femme en treillis, ses cheveux noués en queue-de-cheval passés sur la bride arrière de sa casquette de base-ball, se rapproche de son collègue et me sourit. D'un ton qui pourrait donner à croire que nous sommes des invités réunis lors d'une charmante soirée, elle s'enquiert :

— Tout le monde va bien ?

Je tourne le regard en direction des paddocks. Une courbure de l'allée me dissimule le bâtiment au toit mansardé qui abrite les chevaux. J'indique :

— Il est probable que l'arme que vous recherchez provienne de la grande écurie. Un couteau utilisé pour les sabots des chevaux, avec un long manche en bois, une courte lame très aiguisée qui se recourbe à la pointe.

Sans détacher son regard de nous, l'agent masculin répète :

— L'arme du crime pourrait se trouver dans l'écurie ?

D'un ton plat mais affable, je précise :

— Je doute qu'il se soit précipité à l'écurie après avoir assassiné trois personnes pour y ranger le couteau. Cependant, selon moi, vous en trouverez d'autres, similaires. Il est possible que le meurtrier soit passé dans ce bâtiment plus tôt. C'est le point important. Peut-être serait-il souhaitable que vous communiquiez cette information à l'équipe chargée des indices.

Plus curieuse que concernée, l'agent féminin intervient :

— Et sur quoi vous basez-vous pour affirmer cela ?

— Les blessures du cou des victimes sont cohérentes avec le couteau que je viens de décrire. À moins qu'il n'en ait apporté un ce matin, il a bien fallu qu'il le trouve dans la propriété. Je ne vois vraiment pas quelle autre arme aurait pu causer les plaies que j'ai examinées.

— Vous êtes sûre qu'il s'agit bien d'un genre particulier de couteau ? demande-t-elle comme si ce détail l'intéressait alors que je suis certaine du contraire.

— Absolument.

— Et donc, il est inutile que nous cherchions d'autres types de couteau, par exemple de cuisine ?

— Une perte de temps, et une surcharge superflue pour vos laboratoires, en effet.

L'agent masculin ôte sa main de la portière et recule de quelques pas avant de décider :

— Bon, je vais m'assurer qu'on vérifie ça. Un très joyeux Noël à vous deux.

Il déplace les chevalets qui bloquent le passage. Benton passe la première, puis la seconde et pousse le puissant moteur avant d'enclencher la troisième. Sa façon de leur dire : « Allez vous faire foutre ! » Il ne peut certes se permettre de se montrer plus clair, et je songe soudain que Granby a dû avoir recours à cette injonction le premier. D'ailleurs, sans doute continue-t-il en ce moment.

Alors que je compose le numéro de téléphone de ma nièce, je m'inquiète de ce qu'Ed Granby a d'ores et déjà pu mettre en place. Une bouffée de paranoïa m'envahit et des pensées se télescopent dans mon esprit.

Selon moi, il sait que nous avons arpenté la propriété durant une heure, sans autorisation. Calculateur et obsédé par le secret, il n'a rien tenté. En politicien consommé, il ne veut surtout pas donner l'impression qu'il a poussé le médecin expert en chef du Massachusetts vers la sortie alors qu'elle enquêtait sur un triple homicide qui fait la une de tous les médias.

Une telle attitude de sa part serait du plus mauvais effet. L'on soupçonnerait aussitôt qu'il dissimule quelque chose. En résumé, il s'afficherait soudain pour ce qu'il est. Il n'aurait pas hésité à faire escorter Benton vers la sortie par des agents. Mais Granby n'est pas stupide, et il aurait procédé de façon bien plus sournoise avec moi. Il aura donc retenu son équipe chargée des indices et les autres agents, les empêchant de grouiller dans la propriété jusqu'à notre départ. Exactement ce qui s'est déroulé. Soudain, je songe que mes communications électroniques ne sont sans doute plus sécurisées. À l'instar du reste.

Lorsque Lucy décroche, je prends garde à ma formulation, mon moyen de lui faire comprendre qu'une extrême prudence s'impose :

— Nous quittons les lieux à l'instant et je serai brève.

— Bien sûr.

— Je ne sais pas quand je serai de retour à la maison, et je m'inquiète pour Sock.

Elle sait que je tente de lui faire comprendre autre chose. En effet, Janet est allée chercher mon chien aux environs de dix-sept heures, lorsque Rosa, notre femme de ménage, est partie. Lucy m'a déjà rassurée sur le sort du vieux lévrier.

— Il va bien. À propos, Rosa te prévient que si tu n'achètes pas d'arbre de Noël, elle s'en chargera. Si tant est que Bryce ne déboule pas le premier, trainant un sapin derrière lui.

— Je vais m'en occuper, Lucy.

— Sock ne pourra pas rentrer ce soir.

Et je comprends que ni moi ni Benton ne devons rejoindre notre domicile. Le tueur a déjà repéré notre propriété. Impossible de prédire jusqu'où sa folie le mènera. Sock est probablement en train de ronfloter chez Lucy, à peu de distance d'ici. J'aimerais avoir le temps de m'arrêter. J'aimerais tant que la vie s'apaise et devienne assez sereine, au point de partager un souper tardif en compagnie de ma famille et de mon chien. Je demande :

— Y a-t-il encore beaucoup de gens au Centre ?

— Bryce, la sécurité, moi. Marino est parti avec Machado. Les médecins ont terminé et sont rentrés chez eux.

— Et Anne ?

— Elle et Luke sont sortis pour trouver de quoi grignoter. J'ignore où elle doit se rendre ensuite. Ils ont promis de revenir à fond de train si tu avais besoin d'eux.

Mes soupçons se confirmeraient-ils ? Je suppute depuis un moment qu'Anne sort peut-être avec le très beau et très séducteur Luke Zenner. Non que la chose m'importe véritablement. Néanmoins, leur liaison ne durera guère. Tout va bien si Anne en est consciente, elle aussi.

— Inutile, mais conseille-leur de rester très prudents. Nous avons d'excellentes raisons de nous inquiéter de l'instabilité du suspect recherché par le FBI.

— Je m'en doute, puisqu'il a assassiné quatre personnes en vingt-quatre heures, sans même préjuger de ce qui suivra.

Cherchant une façon de lui demander ce qu'elle fait, c'est-à-dire disséquer le serveur de Double S, je lance :

— Tu vas bien ? Des demandes concernant sa localisation ou sa condition ?

— Message reçu.

En d'autres termes, le FBI a compris que nous détenions l'appareil, et ils ont contacté le CFC. Ma nièce précise :

— L'habituelle paperasserie risque de prendre un peu de temps.

Elle est en train de les promener pour gagner quelques heures. Elle saisit la perche que je lui tends et s'efforce de ne rien révéler qui puisse renseigner quiconque écouterait notre conversation.

— À part ça, je vais vraiment très bien, tante Kay.

— Lorsque j'arriverai au Centre, je me rendrai directement au théâtre d'immersion progressive, s'il a été préparé.

— PIT prêt ! J'ai remplacé le projecteur défectueux. Dis-lui de me rejoindre en haut dès qu'il arrive. J'ai un nouveau moteur de recherche vraiment cool que je souhaite lui montrer.

Elle évite de mentionner le nom de Benton et a trouvé d'autres informations incriminantes au sujet d'Ed Granby. Quoi qu'il soit en train d'échafauder, il ne peut pas suivre les parades de Lucy. Cependant, il calcule en ce moment même une riposte et nous devons rester sur nos gardes.

Surtout, nous devons nous montrer très intelligents et retors.

— Je n'y manquerai pas.

J'interromps la conversation et pose mon téléphone sur mes cuisses. Mon regard se perd par la vitre, vers la nuit noire, alors que nous longeons Minute Man Park, une étendue désertée et brumeuse à cette heure. Seules se dessinent la vague silhouette des statues et celle du pont de bois arqué que le tueur a emprunté ce matin dans sa fuite. Les lumières distantes du Double S semblent vaciller à travers la masse sombre des arbres alors que nous progressons le long de la rue où ne traîne plus âme qui vive. Benton lâche soudain :

— Ce que tu impliques constituerait une écoute illégale.

— Je ne me souviens pas avoir impliqué quoi que ce soit.

Je me rends compte avec un pincement de tristesse qu'il va les défendre, une tristesse qui s'aggrave en créant un gouffre entre nous.

— Je connais ta manière de parler, Kay.

— Et tu sais aussi pourquoi j'ai des raisons de m'inquiéter.

Je ne suis pas certaine qu'il acceptera de reconnaître à quel point les choses se sont délabrées. Une sensation lugubre et violente me mine à nouveau. Benton idéalise le Bureau, celui du début de sa carrière, lorsque la vie était pleine de promesses. Il a commencé en agent de terrain, puis gravi les échelons jusqu'au zénith lorsqu'il a été nommé chef de ce qui s'appelait alors l'unité des sciences du comportement de Quantico.

Je comprends son dilemme. Lucy aussi. À ses yeux, admettre de quoi le FBI et le ministère de la Justice, dont il dépend, sont maintenant capables serait comme pour moi d'être contrainte de croire qu'une autopsie n'est rien d'autre qu'un projet scientifique dépourvu de cœur. Rien d'autre que la dissection d'une grenouille.

— Ils justifieront tout ce qu'ils peuvent, qu'il s'agisse d'intrusion secrète dans la vie des citoyens ou des journalistes ou même d'un médecin expert en chef. Rien de nouveau, même si ça empire…

Une vérité que je répète bien trop souvent ces derniers temps. Pourtant, je m'obstine :

— Une fois que cette barrière cède, il est bien plus aisé pour un individu tel que Granby de franchir les limites légales en toute impunité.

— Je refuse que tu deviennes paranoïaque. Il n'a aucun argument pour nous placer sur écoute.

— Oh, je t'en conjure, Benton, cesse d'être aussi convenable ! Voilà un adjectif qu'Ed Granby ignore ! Il peut bafouer toutes les règles qu'il souhaite, et quel recours aurons-nous ? On traîne le gouvernement en justice ?

— Efforçons-nous au calme.

— Mais je suis calme. Je ne pourrais être plus calme. Je connais les affaires en cours aussi bien que toi. Mais pour chacune de celles dont nous avons connaissance, combien d'autres nous échappent ? Un nombre incalculable. Et tu le sais encore mieux que moi. C'est ta foutue agence fédérale, Benton. Tu sais ce qui s'y passe. Le ministère de la justice, le FBI, décident d'espionner sans commission rogatoire d'un juge, et qui va les en empêcher ?

— Granby n'a rien à voir avec le FBI que je connais, ni que tu connais.

— Le FBI que nous connaissions, en effet. Voilà une vérité indiscutable.

Ma repartie n'est pas désagréable. J'évite de me montrer véhémente, sinon Benton se mettra encore davantage sur la défensive.

Je n'utilise pas la dénomination d'*État policier*, bien qu'elle me démange le bout de la langue. Inutile de nous en prendre l'un à l'autre alors que nous sommes épuisés et stressés. Benton et moi avons déjà eu nos bagarres au sujet du ministère de la Justice ou du ministère de la Défense, chacun campant sur ses positions. Cependant, en temps normal, nous parvenons à une compréhension mutuelle.

Malheureusement, nous ne sommes pas en « temps normal ». Inévitablement, il sera contraint de déboulonner son patron Ed Granby. Benton est celui qui doit s'en charger, et il le sait. Ses principes moraux lui font regretter d'en être arrivé à ce stade. Le problème est qu'il insistera pour trouver un règlement discret et digne. Mais ça ne marchera jamais, étant donné la vipère à laquelle nous sommes confrontés. Lucy et moi devons trouver un moyen d'aider Benton à devenir un peu plus rusé et moins honorable. Et le moyen s'impose à moi. Une idée germe dans mon esprit.

Sans me regarder, les yeux fixés sur la route, Benton continue :

— Le Bureau n'est pas parfait, mais n'est-ce pas le cas d'à peu près tout ? Il recevra ce qu'il mérite, Kay.

— J'ai la ferme intention de m'en assurer.

— Il ne s'agit pas de ton combat.

Il rétrograde et le ronronnement de gorge du moteur baisse d'une octave alors qu'il ralentit à une intersection nichée derrière un rideau d'arbres touffus.

Je lui fais part de ce que ma nièce vient de sous-entendre :

— Ton bureau souhaite que nous leur remettions le serveur de Double S. J'accepte, dès ce soir, mais Granby devra signer le bordereau de remise. Faute de cela, je m'efforcerai de freiner des quatre fers, et le FBI ne le récupérera pas avant plusieurs jours. Je doute qu'ils donnent l'assaut au CFC.

Benton me jette un regard et je perçois sa résolution mêlée d'une profonde déception.

— Bien sûr que non. Voilà une excellente suggestion. Il doit se présenter en personne.

Mon téléphone étincelle sur mes genoux comme s'il attendait de comprendre ce que je vais tenter. *Des témoins*, je pense. Des témoins qui n'appartiennent pas aux forces de l'ordre mais qui ont tissé des liens avec des gens puissants. Des avocats qui n'ont rien à faire des fédéraux, et qui d'ailleurs les considèrent comme du menu fretin. La compagne de Lucy, elle aussi ancien agent du FBI, est devenue une célèbre avocate spécialisée dans l'environnement. Sans oublier Carin Hegel, amie du gouverneur et de l'*attorney general*, pour ne parler que d'elles.

Benton oblique à gauche dans Lowell Road, ralentissant avant le passage piéton. Puis la route à deux voies enjambe le ruban noir d'une rivière. Elle nous ramène vers le centre-ville, d'où nous rejoindrons Main Street puis l'autoroute à péage. Je pose ma main sur son bras et sens ses muscles tressauter alors qu'il enclenche le levier de vitesses en titane protégé dans sa gaine de cuir. Je rappelle ma nièce.

— Pourrais-tu informer les personnes qui t'ont contactée que nous serions ravis de collaborer ? À la condition, toutefois, que la chaîne des indices demeure intacte, afin de satisfaire tous mes protocoles. En d'autres termes, je remettrai l'objet en mains propres à leur chef de division, sans quoi le processus risque de traîner en longueur. Ils peuvent venir rechercher cette preuve jusqu'à minuit. Je suis en route. Hormis cela, j'aimerais qu'on ramène immédiatement Sock au Centre.

Lucy reste coite. Elle tente de comprendre entre les mots. Je poursuis au profit de quiconque pourrait suivre notre conversation :

— Il est déjà assez difficile et peureux, sans ajouter un tueur qui se balade dans la nature. J'ai décidé que nos bureaux étaient l'endroit le plus sûr pour nous tous, jusqu'à ce que le FBI trouve le suspect ou nous assure qu'il a quitté le coin.

Peut-être ne sommes-nous pas espionnés. Cependant, la raison commande de prendre toutes les précautions.

Lucy lance :

— Pas de problème. Je vais faire passer le message, m'assurer que l'info remonte à qui de droit.

— C'est exactement ce que je voulais dire. À la lumière des circonstances, je doute que nous ayons le choix.

— Je m'occupe de tout. Je vais commander quelque chose de bon pour le dîner.

Elle va convaincre Janet et Carin Hegel et s'assurera que le FBI comprend bien que s'ils veulent le serveur, Ed Granby doit venir le récupérer au CFC en personne.

Je réfléchis à ce que je puis offrir :

— J'ai du ragoût et un excellent minestrone dans le congélateur. Et puis des lasagnes avec une sauce bolognaise dont vous me direz des nouvelles. Ah, n'oublie pas de ramener une boîte d'aliments pour Sock, ses pilules, et aussi une de ses corbeilles.

Chapitre 41

Je suis seule dans la salle du PIT. Tous connaissent mes piques habituelles et remarques sarcastiques à son sujet. Selon moi, avoir recours à une telle technologie revient à admettre à quel point nous errons dans le brouillard.

Dans ces moments, je suis particulièrement consciente que si le monde n'était pas vicié ni les êtres humains si limités, je n'aurais pas besoin d'un théâtre d'immersion progressive. Je me passerais de ses tables tactiles, ses interfaces, ses projections en 3-D ou son tunnel de données pour déterminer comment des événements sinistres ou malfaisants se sont traduits par des tragédies. Le PIT permet sans doute de mieux les comprendre mais pas de les défaire.

Mon père, alors qu'il était à l'agonie, incapable de se lever ou de s'alimenter seul, ne cessait de répéter : *Si mon souhait pouvait se réaliser, Kay, je serais assis au soleil, dans mon jardinet, en train de peler une orange.* Le défunt Dr Schoenberg avait *souhaité* empêcher sa patiente, Sakura Yamagata, de s'envoler de son toit d'immeuble vers Paris. Elle avait oublié qu'elle ne possédait pas d'ailes. La défunte Gail Shipton avait *souhaité* dépasser ce qui l'avait freinée depuis sa plus tendre jeunesse. S'ils avaient pu choisir, aucun d'entre eux n'aurait *souhaité* devenir accro aux drogues, malhonnête, faible, déprimé, et mourir si prématurément.

Les gens échouent, tout se dérobe. Nous sommes nés en croyant à une sorte de magie que nous nous acharnons à faire vivre. Et puis, nous en doutons pour finir par la redouter. Elle rouille, pourrit, se dilue, se casse, flétrit, meurt, pour redevenir poussière. L'unique réponse qui me reste est toujours identique. Je nettoie derrière. Ce que je fais alors même que je me tiens devant une longue table interactive équipée de projecteurs de données qui affichent des images de documents et des photographies. Je les effleure pour les faire glisser de fichiers virtuels, les déplacer, les interchanger comme s'il s'agissait de pages, les agrandir ou les rapetisser. Je passe en revue les rapports d'autopsie, de laboratoire et de police concernant Gabriela Lagos.

Non loin, son image virtuelle est projetée sur un mur incurvé et brille, énorme et amplifiée en 3D. J'ai effectué de multiples allers-retours de la grande table vers une plus petite où un clavier et une souris sans fil reposent. J'ai presque l'impression de me trouver dans sa salle de bains, à proximité de sa baignoire dans laquelle croupit l'eau, à quelques centimètres du corps gonflé. Je peux suivre le cheminement de chaque veine, chaque artère. Elles ressortent en vert noirâtre sous la peau translucide qui se désolidarise de la chair et puis en dessous, au niveau de ses brûlures épaisses, rouges et crevassées. Je déplace les images d'une façon qui me donne l'impression que j'arpente la salle de bains. Je l'étudie comme si j'étais sur place. Il ne tient qu'à moi d'expertiser cette scène de crime sans la confier à mon ancien assistant chef, le Dr Geist, qui doit avoir maintenant près de quatre-vingts ans. Il vit, confortablement installé, dans une maison de retraite très chic de Virginie du Nord.

Lorsque je finis par le joindre au téléphone, à presque vingt-deux heures trente, il se montre d'abord cordial. Il m'assure du plaisir que lui procure mon appel après toutes ces années et insiste sur le fait qu'il adore sa retraite. On le consulte parfois au sujet d'une affaire. Pas autant que lorsqu'il était en fonction, juste assez pour lui permettre de garder le contact et de conserver une activité intellectuelle. Pourtant, au fur et à mesure de la conversation, il devient plus condescendant, plus brusque, et carrément belliqueux lorsque je le pousse dans ses retranchements afin d'obtenir des détails sur Gabriela Lagos. Nous nous sommes déjà affrontés en 1996 à ce sujet. À ceci près qu'aujourd'hui, j'ai appris ce que j'ignorais alors.

Le 3 août de cette année-là, il répondit à un appel et se rendit chez la victime à treize heures onze pour déterminer que sa mort avait été accidentelle. Simplement parce qu'il la voulait ainsi. Il savait déjà ce qu'il trouverait chez Gabriela Lagos et de quelle façon il l'interpréterait. Malheureusement, je n'étais pas parvenue à réunir les pièces du puzzle jusqu'à maintenant.

À son débit un peu ralenti, je devine qu'il a bu.

— Je me souviens avoir découvert son cadavre dans la baignoire, remplie d'eau, peut-être à mi-hauteur. Une noyade sans équivoque, rien qui pouvait laisser penser le contraire. Je crois me souvenir que vous et moi avions eu des divergences d'opinion à ce sujet.

J'insiste :

— Mais avec le recul, ne soupçonnez-vous pas que la scène aurait pu être maquillée ?

J'espère que les ans ont dilué ses mensonges au point qu'il ne perçoive plus leur raison de persister. Peut-être que, l'âge aidant, il aimerait avoir l'opportunité de terminer son existence sur terre en honnête homme.

Toutefois, sans surprise, je le découvre inchangé. Il déclare se souvenir qu'il faisait terriblement chaud dans la maison. Une atmosphère confinée y régnait et des mouches noircissaient les fenêtres de la salle de bains. Il me décrit leur bourdonnement insupportable comme elles se débattaient entre les stores baissés et les vitres. La puanteur était si horrible qu'un flic avait vomi et que deux autres s'étaient rués à l'extérieur. Gabriela Lagos avait bu de la vodka avant de prendre un bain très chaud, augmentant ainsi le risque d'arythmie. Elle avait plongé dans l'inconscience et s'était noyée, me récite le Dr Geist.

En vérité, il n'y avait rien d'inhabituel ou de suspect sur cette scène, affirme-t-il comme jadis. Son histoire ne varie pas d'un iota parce que rien ne s'est passé au cours des dix-sept dernières années qui l'incite à revisiter sa version, ni même à protéger la peau de ses fesses. Avant que je l'appelle, sans doute n'avait-il jamais repensé à cette affaire.

Je le pousse dans ses retranchements :

— Et personne n'est intervenu dans la salle de bains, pour la remettre en ordre par exemple, en votre présence ou avant votre arrivée ?

— Oh, ce serait invraisemblable.

— Vous en êtes absolument certain ?

— Je n'apprécie pas votre insinuation.

— La porte de la cuisine menant à l'extérieur était déverrouillée. Vous avez aussi dû remarquer que le système de conditionnement d'air avait été éteint, docteur Geist. Or, Gabriela n'aurait pas eu l'idée de s'en passer. On était à la fin du mois de juillet et il faisait plus de trente degrés.

Je passe en revue les photographies qui se sont affichées sur la table de données tout en lui parlant. Le thermostat dont l'interrupteur a été abaissé. La porte déverrouillée. Par les vitres de la fenêtre, j'entraperçois un vaste jardin planté d'arbres serrés et songe que n'importe qui aurait pu accéder à sa maison à la nuit tombée dans le but d'altérer la scène de crime. Quelqu'un qui aurait su ce que les enquêteurs chercheraient. Quelqu'un de bien informé, à l'aise avec l'idée d'une manipulation, les mensonges, ou la création de fausses preuves. Toutefois, le Dr Geist n'est pas assez courageux pour se rendre coupable d'un acte criminel. En revanche, il aurait fort bien pu passer sur certains détails si un officiel persuasif lui avait fait comprendre que là se trouvait l'intérêt de tout le monde.

Je tire un rapport et le parcours avant de poursuivre :

— Son alcoolémie ne dépassait pas 0,1 gramme par litre et résultait sans doute de la décomposition. Aucun dosage de toxicologie ne permet de penser qu'elle avait consommé de l'alcool.

— Je crois me souvenir que la police a retrouvé une bouteille de vodka vide et une brique de jus d'orange dans la poubelle de la cuisine.

Son ton désobligeant et arrogant me fait l'effet d'un disque rayé que j'ai déjà entendu maintes fois.

— À ceci près que nous ignorons qui a pu boire la vodka. Son fils ou quelqu'un d'autre…

À son habitude, il m'interrompt grossièrement :

— À cette époque, je ne connaissais rien de son fils ni des accusations portées contre lui. D'ailleurs, ladite accusation résulte principalement de votre insistance à transformer cette noyade accidentelle en affaire à sensation. Vous avez créé un fichu tapage. Le boulot d'un anatomopathologiste légal ne consiste pas à faire des déductions. J'ai toujours pensé que vous vous rendriez service si vous cessiez de vous impliquer à ce point. J'aurais espéré que vous l'apprendriez après votre démission qui, bien sûr, fut un événement douloureux pour nous tous.

— Certes ! Au demeurant, je ne doute pas que ma prise de position dans cette affaire ait eu une relation directe avec ce « douloureux événement ». Cela étant, vous avez pu ainsi bénéficier de quelques bonnes années sans chef au-dessus de vous pour contrer vos décisions ni générer de tapage… avant que vous preniez votre retraite en continuant à gagner fort bien votre vie comme consultant sur des affaires, principalement fédérales. Je vous prie de m'excuser pour cet appel tardif, et croyez que je ne vous l'aurais pas imposé s'il n'était important.

D'un ton qui se veut rassurant, il assure :

— Kay, je me suis toujours montré extrêmement respectueux dans mes différentes évaluations de vous. J'ai insisté sur votre compétence et votre grande capacité de travail…

Je suis bien certaine qu'il y est allé de commentaires vindicatifs et vipérins auprès de quiconque a décidé de mon futur professionnel à Richmond. Il poursuit :

— Mais il a toujours fallu que vous poussiez le bouchon. Vous êtes responsable du corps, et n'avez rien à dire sur l'auteur du crime ou ses mobiles. Votre mission n'inclut pas que vous vous en préoccupiez, ni même que vous suiviez ce que le tribunal décidera.

Geist me fait la leçon, comme jadis. Mon animosité envers lui est aussi vivace que la dernière fois que je l'ai vu, lors d'un congrès juste après que j'ai quitté la Virginie pour de bon. Il m'avait accueillie avec ce visage de rapace, ses dents jaunes, m'écrasant la main en guise de salut, le dos voûté. Il m'avait assuré être désolé par la nouvelle de ma démission. Mais du moins étais-je encore assez jeune pour recommencer ailleurs, et peut-être même envisager une carrière d'enseignante dans une faculté de médecine.

Je sens qu'il vient de basculer dans l'agressivité ouverte et lui balance sans ambages :

— J'ai ici une copie du dossier complet, notamment des relevés de messages. Je remarque que le FBI vous a appelé au sujet de Gabriela Lagos. Une trace de cette communication est portée dans son dossier, trace annotée par le numéro d'identification qui lui avait été attribuée.

— Il s'agissait d'une personne d'importance puisqu'elle jouissait d'un laissez-passer de sécurité en raison de son travail à la Maison-Blanche. Une mission en relation avec des expositions artistiques... D'autant qu'elle avait été mariée à un ambassadeur ou quelque chose de ce genre. Je vais devoir vous laisser.

— Docteur Geist, l'agent spécial assistant chargé de la division de Washington, Ed Granby, vous a appelé à dix heures trois le 2 août 1996, pour être précise.

— J'avoue ne pas voir où vous voulez en venir, et il se fait très tard.

— Le corps de Gabriela n'a pas été découvert avant le lendemain, le 3 août.

Avant qu'il puisse m'interrompre ou carrément me raccrocher au nez, je lui rappelle que l'on avait approximativement fixé la mort de Gabriela Lagos au 31 juillet, en début de soirée. Le 3 août, une voisine inquiète de voir les journaux s'accumuler dans son allée avait remarqué une nuée de mouches grouillant sur les fenêtres, et appelé la police.

Certaine qu'il n'a jamais pensé que j'en viendrais là, j'attaque :

— Je serais très intéressée de savoir pourquoi Ed Granby vous a contacté à propos de cette affaire la veille de la découverte du cadavre. Comment aurait-il pu être au courant d'une chose qui ne s'était pas encore produite ?

— Je pense qu'on se préoccupait de la disparition des garçons.

— Des garçons ? Il y en avait plus d'un ?

Sa voix a pris en force. Il tente de m'impressionner.

— Mes souvenirs s'emmêlent un peu, mais je me rappelle un ennui à ce sujet.

Sans prendre de gants, je précise :

— Je soupçonne que Granby s'est entretenu avec vous afin de s'assurer qu'il n'y aurait aucun problème si, et quand, un regrettable incident serait découvert. Découvert très vite. Le lendemain, quelle coïncidence !

— J'apprécierais que vous ne me rappeliez pas à ce sujet !

— La prochaine fois, ce n'est pas moi qui serai votre interlocutrice, docteur Geist.

La tromperie délibérée du Dr Geist saute aux yeux, en 3-D et haute résolution. J'étudie l'intérieur de la salle de bains, avec son décor à l'ancienne et la porte ouverte. Je la scrute en embrassant toute la perspective de l'extérieur, comme si je venais juste d'arriver. Puis je m'avance virtuellement.

L'abattant noir de la cuvette blanche des toilettes est rabattu, laissant à penser que quelqu'un s'est assis dessus. Le carrelage mosaïque noir et blanc du sol est partiellement recouvert d'un tapis de bain blanc en éponge épaisse. L'empreinte de tennis d'homme en creux s'y devine, approximativement une taille 43 ou 44. Je me représente un sujet masculin, sans doute jeune, installé sur l'abattant. Ses grands pieds chaussés de tennis reposent sur le tapis pendant que Gabriela prend son bain rituel. La scène est cohérente avec ce que révèle le journal intime de Martin Lagos, âgé de quinze ans, que Benton a parcouru. Des pages téléchargées du disque informatique sont étalées sur la table de données.

Elle se tartine le visage avec cette merde blanche dégueulasse & m'appelle encore & encore. « Martin ! MARTIN ! » Jusqu'à ce que je finisse par la rejoindre & elle me regarde de cette façon qui me fout une putain de trouille, son attitude habituelle lorsqu'elle passe en mode timbré. Je ne sais pas trop comment le décrire, d'ailleurs je devrais pas, & aussi je ne comprends pas pourquoi je lui réponds. Je me déteste. Je me déteste grave de la rejoindre mais elle hurle & donc je finis par obéir. Je déteste ça, je déteste !

LA HAINE ! Je ressens de la haine même si je n'ai pas envie. Mais au fond, c'est ce que la nature humaine provoque en vous alors que ça avait commencé plutôt bien pour vous. Les gens font des trucs qui vous démolissent. Je sais que je verrai son visage tout blanc comme celui d'un clown ou du Joker entouré par les flammes pour le restant de mes jours & puis aussi cette vapeur qui a la même odeur que la merde qu'elle me colle partout en me massant quand j'ai un rhume & je me souviens que ça a commencé comme ça lorsque j'avais six ans, au lit & qu'elle est venue & que je voulais mourir. J'y repense sans arrêt, à chaque fois que je la rejoins & qu'elle me hurle dessus. « Martin, arrive ! Viens, assieds-toi & parle à ta mère ! »

Les flammes des bougies votives ont été réarrangées sur le bord de la baignoire après la mort de Gabriela. Il est impossible que le Dr Geist n'ait pas remarqué qu'elles dégoulinaient de cire refroidie, deux d'entre elles fendues et craquelées. De minuscules gouttes de cire avaient séché au sol ou flottaient à la surface de l'eau. Je les vois distinctement sur les photographies que Lucy a raboutées et projetées sur le mur incurvé. À un moment donné, les bougies ont été renversées. Elles sont tombées sur le carrelage et dans la baignoire, et la cire chaude liquide a pris en masse de façon irrégulière. Puis quelqu'un a réorganisé les bougies, les écartant pour faire accroire que rien ne s'était passé.

Mon regard passe des épais draps de bain blancs pliés avec soin sur leur barre aux petits tableaux encadrés avec recherche alignés sur un mur de pierre grise. Un peignoir est pendu à une patère, juste à côté de la cabine de douche vitrée. Sur un gant de toilette posé sur le comptoir, à côté du lavabo, trônent un pot de masque facial au thé blanc qui porte toujours son étiquette d'un magasin d'arts du bain nommé Octopus et une bouteille d'huile de corps à l'eucalyptus. L'essence a dû imprégner l'air humide de la puissante et caractéristique odeur d'une pommade décongestionnante. Tous ces objets ont été rangés avec soin pour corroborer l'histoire que le Dr Geist voulait voir accepter par tous : Gabriela avait appliqué son masque de beauté, versé l'huile aromatique dans son bain juste avant de souffrir d'un problème quelconque, mais naturel, provoquant un évanouissement suivi de noyade.

Mon ancien assistant chef était certes intelligent et compétent. En revanche, sa réalisation de scène de crime pèche. Fort heureusement, la plupart des gens sans morale commettent des erreurs, surtout ceux qui ne sont pas motivés par des raisons personnelles. Le mensonge qu'ils tentent de faire avaler aux autres devient alors plus friable. Geist se moquait complètement du sort de Gabriela Lagos. Il ne se sentait pas le moins du monde concerné. Grâce à sa morgue et à son bagage professionnel, il pouvait soutenir sa version, et presque finir par se convaincre de ses conclusions.

En réalité, le Dr Geist n'était préoccupé que de lui-même. Il a sans doute pensé que le seul impératif de l'agent spécial Ed Granby se limitait à éviter que l'affaire ne devienne trop sensationnelle. Ses supérieurs au ministère de la Justice, dans les bureaux de l'*attorney general* et même éventuellement bien plus haut, redoutaient de délicates conséquences politiques. L'élection présidentielle débutait trois mois plus tard. Il était hors de question de jeter une ombre salace sur la Maison-Blanche. D'autant que Gabriela Lagos était très connue et qu'elle organisait les expositions là-bas, acquérant des pièces pour la première famille. Gabriela Lagos était de piètre importance. Le Dr Geist devait être très satisfait de fournir son aide s'il en tirait des avantages personnels. Il se rassurait de l'idée qu'il ne causait aucun dommage.

Un aspect m'a échappé lorsque j'ai examiné à l'époque les tirages papier des photographies : ce que voyaient les deux personnes qui auraient pu se trouver ensemble dans la salle de bains avant que les choses basculent d'effroyable manière. J'ai besoin du PIT pour ce faire. Si Martin s'est bien installé sur l'abattant des toilettes, ses grands pieds posés fermement sur le tapis de bain, il regardait directement le visage d'une pâleur de craie de sa mère. Quant à elle, elle se contemplait dans le grand miroir scellé au mur, juste à côté de lui. Il le mentionne dans son journal, un document électronique dont Benton pense qu'il relate des faits authentiques.

Elle nous fixe tous les deux dans un miroir & alors que je ne veux vraiment pas, je la regarde nous regarder & je voudrais qu'on soit tous les deux morts. Quand les choses ont-elles pu devenir si merdiques ? Ça va tellement mal pour moi en ce moment (non pas que ça ait été génial avant)... Mais j'en ai finalement parlé à Daniel, le meilleur ami que j'aie jamais eu.

Ça me mine quand je pense que je n'aurais peut-être pas dû mais je lui ai raconté toute cette putain d'histoire, en remontant aussi loin que je me souve-

nais. On buvait de la bière dans le sous-sol de sa maison & j'étais complètement secoué parce que cette merde que je vis chez moi flingue mes notes & que tout le monde me déteste. J'arrive pas à comprendre ce qui a pu se passer, c'est comme si j'étais OK et puis soudain je me mange un mur. BAM ! Je sens bien que les gens me regardent comme si j'étais une espèce de monstre & j'ai soudain compris que la vie n'est rien d'autre qu'un châtiment & que je n'ai pas grand-chose à en attendre.

Au moins, Daniel ne m'a pas dit que j'étais tordu & il affirme que c'est de sa faute à elle & que si je continue à l'accepter, il pourra plus continuer à être mon ami. Il dit qu'il faut que j'enregistre tout parce qu'il a besoin de preuves & que, sans ça, il ne me croira pas. Il faut donc que je le fasse, que j'installe une caméra cachée & ensuite, quand il sera convaincu que je dis la vérité, il s'occupera de la « salope ». D'ailleurs, j'ai rien ressenti lorsqu'il a dit ça. Je la DÉTESTE, c'est la vérité & s'il me quitte, je serai si seul sans ami. Demain, j'irai à Radio Shack et je me procurerai un de ces enregistreurs vidéo espions & il faut que je prenne de l'argent dans le coffre sans qu'elle s'en aperçoive…

Chapitre 42

Je déplace les pages du journal. J'écarte leurs bords de l'index afin de les agrandir, les fais glisser vers Benton qui vient de me rejoindre après plusieurs heures passées dans le laboratoire de Lucy. Il a rapproché une chaise résille pour s'installer. Je lui résume la conversation que je viens d'avoir avec le Dr Geist. Puis je déclare :

— Martin Lagos n'a pas pu abandonner les empreintes de gants de pieds que nous avons trouvées le long de la voie ferrée. Il ne peut pas avoir tué sa mère. Tu as sans doute raison de penser qu'il est mort, et ceci depuis sa prétendue disparition. Sans doute la personne que l'on a vue sauter du haut du pont de la Fourteenth Street.

— Signalé de façon anonyme depuis une cabine téléphonique. Une ruse.

— En tout cas, il semble extrêmement vulnérable et suicidaire dans ses confidences.

— Je pense qu'il a été assassiné et que certains le savent. Un sérieux encouragement à emprunter son identité génétique.

Il parcourt les écrits intimes de Martin Lagos, modifie la position des pages d'un geste mécanique qui indique qu'il les a lues et relues à maintes reprises.

Ed Granby doit finir en prison, je songe avec colère tout en me demandant s'il existe un châtiment assez sévère pour lui. Pourtant, je poursuis :

— Qu'espérer de mieux ? Quelqu'un disparaît alors qu'il est recherché par la police, et tu sais de source sûre qu'il est mort. Le problème, c'est qu'un montage de ce genre n'est possible que pour un nombre très restreint de gens, ceux qui reçoivent ce type d'information.

— Granby devait être au courant puisqu'il est à l'origine de la falsification de l'ADN. De surcroît, il était sans doute assuré de ne pas risquer grand-chose.

Je tente de contrôler mes émotions, qui ont évolué bien au-delà d'un besoin de vengeance viscérale, et assène :

— Il est derrière tout cela. C'est lui le responsable de la mort d'au moins sept personnes.

Je demande ensuite à mon mari s'il possède des détails sur ce Daniel, et si Martin a bien réalisé les enregistrements vidéo secrets mentionnés dans son journal.

— Si tel est le cas, on ne les a pas trouvés. Mais il y fait référence à plusieurs reprises, jusqu'à environ une semaine avant le meurtre de sa mère. Je suppose que ses bains sexuellement explicites ont été enregistrés et auront alimenté les fantasmes violents d'un tueur débutant.

Je veux savoir si nous possédons une description physique de ce Daniel et si nous savons de qui il s'agit.

— Cheveux et yeux bruns, Blanc. Nous ne savons pas quels poids ni taille il pourrait avoir maintenant.

— Très mince, s'il est accro au MDPV.

Benton ajoute :

— Il doit mesurer entre un mètre soixante-huit et un mètre soixante-dix, si on se fie aux photos récupérées sur les annuaires du collège et du lycée.

— Tu peux les confier à Lucy ?

— Je viens juste de le faire.

Je lui rappelle la photographie que nous avons retrouvée dans la chambre de Lombardi :

— Petit aux cheveux très bruns, comme le jeune homme qui douchait l'éléphant.

— Voyons ce que Lucy peut en tirer. Pourquoi affirmes-tu que Martin n'aurait pas pu tuer sa mère ? Je n'en doute pas un instant, mais j'ai besoin des preuves les plus solides que je puisse trouver.

Je fais glisser une photographie vers lui. Martin souffle ses quinze bougies plantées sur un gâteau au chocolat, le 27 juillet 1996, quatre jours avant sa disparition et la prétendue noyade de sa mère. Je déclare :

— Voilà pourquoi.

Un garçon grandi trop vite, tout en jambes, maigrelet et à l'évidence malhabile, avec de grands pieds et d'immenses mains. Il porte un débardeur et un short large. Ses oreilles paraissent décollées par contraste avec ses cheveux coupés trop court. Sa lèvre supérieure est ombrée d'un duvet. Je zoome sur son bras droit maintenu dans un plâtre blanc qu'une seule personne a décoré d'un : « Souviens-toi de ne jamais faire ce que je dis, mon frère. HA ! HA ! HA ! » Son ami Daniel a tracé les lettres majuscules au marqueur rouge. Juste à côté de sa flamboyante signature est dessiné en bleu vif un personnage de dessin animé en forme de tablette de chewing-gum souriante à deux pattes, assis derrière le volant d'une voiture à pédales.

— Martin n'a pas pu noyer sa mère, j'en suis certaine. Impossible de maintenir ses deux chevilles d'une seule main.

— Il m'a pourtant l'air assez fort. Admettons une grosse décharge d'adrénaline. Tu es sûre qu'il ne pouvait pas la maintenir d'un seul bras ?

— Non. L'agresseur s'est servi de ses deux mains…

Je lève les miennes, faisant mine d'agripper quelque chose, avant de continuer :

— Les blessures de Gabriela ne permettent aucune équivoque à ce sujet. Il ne l'a pas tuée ! Cela ne signifie absolument pas qu'il n'était pas d'accord, ni qu'il n'a pas assisté à son meurtre depuis le meilleur fauteuil de la maison. La cuvette des toilettes.

J'imagine la personne qui a pris la photographie de Martin lors de son anniversaire. Je scrute le sourire forcé de l'adolescent et son regard qui paraît hanté. À la façon dont il fixe l'objectif, comme s'il y était contraint, je soupçonne sa mère d'être l'auteur du cliché. Un détail m'intrigue :

— Sait-on comment il s'est cassé le bras ?

— Il aimait beaucoup le skateboard. Je ne peux pas en dire plus sans évoquer sa mère, et je ne le souhaite pas pour l'instant.

— Peut-être pratiquait-il ce *hobby* avec son ami Daniel ? Son unique ami.

— Daniel Mersa. Il le mentionne souvent dans son journal. Ça m'avait déjà ennuyé à l'époque où j'en ai pris connaissance. Pas autant que depuis quelques semaines, cependant, lorsque j'ai entendu que les empreintes ADN avaient été falsifiées.

Je repense aux commentaires du Dr Geist au sujet *des garçons* et demande :

— Sans doute Daniel a-t-il été interrogé après l'assassinat de Gabriela Lagos ?

— Dans un premier temps, la police n'a pas pu le localiser. Lorsque enfin on lui a mis la main dessus, sa mère a fourni un alibi selon lequel il aurait rendu visite à sa tante à Baltimore. Bien sûr, ladite tante a corroboré. Daniel a été interrogé et il a juré ses grands dieux qu'il n'avait pas la moindre idée de ce qui avait pu arriver à la mère de Martin. Il a continué en racontant que Martin avait de mauvaises notes, que les filles ne l'appréciaient pas, qu'il était déprimé, buvait trop. L'interrogatoire s'est arrêté là, il y a dix-sept ans de cela.

Mon commentaire fuse :

— Il s'est arrêté là parce que quelqu'un ne souhaitait pas qu'on creuse davantage !

— Granby.

— Je soupçonne fortement qu'un individu très sûr de lui et assez compétent s'est rendu sur la scène de crime avant que le corps soit découvert. Il a arrêté l'air conditionné, rempli la baignoire d'eau bouillante. Il a rangé la salle de bains, fait disparaître la caméra vidéo cachée, et peut-être embarqué le disque dur de l'ordinateur de Martin, sans se douter qu'il existait un backup caché dans sa chambre. Des gamins ne penseraient pas à tant de choses, bien que le boulot n'ait pas été parfaitement réalisé. Assez évident.

— Granby est assez évident, renchérit Benton.

— À ce stade, je ne vois pas trop comment tu pourrais le prouver.

— Je ne peux sans doute pas prouver qu'il a maquillé la scène de crime. Mais je ne serais pas surpris qu'il soit l'auteur de cette mascarade. Surtout si ça sent l'amateurisme.

Je souligne :

— Du moins avons-nous le relevé d'appels. Il a donc appelé le Dr Geist au sujet de Gabriela Lagos la veille de la découverte de son cadavre. C'est la preuve qu'il était au courant.

— Il m'en faut une copie papier.

J'envoie par texto le numéro d'identification du document à Lucy et lui transmets la demande. Je ne précise pas de quoi il s'agit ni ne donne une raison. Je lui demande juste de descendre la pièce. Elle me répond aussitôt, toujours par texto. Elle m'indique que de la « compagnie » est en chemin et je comprends pourquoi mon mari exige une version matérielle de la preuve. Je crois savoir ce qu'il compte en faire. Certaines personnes pourraient s'en réjouir. Tel ne sera pas son cas.

Il déclare alors :

— Après l'assassinat de Gabriela Lagos, avant que son corps soit découvert, quelqu'un a indiqué à Granby que ce meurtre poserait un gros problème. Sans cela, je ne vois pas comment il aurait pu être au courant si tôt. Quelqu'un qui savait ce que Daniel avait commis, quelqu'un de très puissant que Granby voulait aider.

— En d'autres termes, Daniel doit s'être confié à cette personne.

— Bien sûr. Nous avons un gosse qui vient de tuer la mère de son meilleur ami, une femme connue comme le loup blanc à Washington, qui achète des œuvres d'art pour la Maison-Blanche. Daniel a dû prévenir cette personne parce qu'il avait besoin d'aide pour s'en sortir.

J'imagine à nouveau une pieuvre et résume :

— La personne qui est donc au centre de cet échiquier. Quel âge avait alors Daniel ?

— Treize ans.

— Vraiment ? J'aurais pensé qu'il était le plus âgé des deux.

— Extrêmement autoritaire et organisé, il dominait dans la relation. Il aimait prendre des risques et manifestait un goût certain pour la frime. Un besoin excessif de stimulations et une très grande tolérance à la douleur. Il ne ressent pas la peine ou la peur de la même manière que le commun des mortels.

Je peux parfaitement imaginer l'emprise de Daniel, poussant Martin dans des parties extrêmes de skateboard qui ont pu se terminer par un bras cassé, d'autres blessures ou humiliations.

Benton continue d'expliquer :

— Martin avait deux ans de plus que Daniel, il était en avance de deux classes sur lui. Cependant, il était plombé par une très mauvaise estime de soi, très intelligent mais peu doué pour le sport. Un garçon assez solitaire.

— Étaient-ils amis depuis longtemps ?

— Il semble que leurs mères étaient très proches.

Je repense aux tableaux volés exposés dans la chambre de Lombardi.

— Avoue que ça tombe à merveille ! La mère de Martin est experte en matière de peinture et monte des expositions. Elle acquiert des œuvres d'art pour la famille présidentielle.

— Nous sommes donc sur la même longueur d'ondes, Kay.

Je lui demande ce qu'est devenu Daniel Mersa, et où il se trouve aujourd'hui. Benton m'apprend qu'il a commencé à récolter des informations lorsque Granby a affirmé à la BAU que l'ADN du Meurtrier Capital avait été identifié et appartenait à Martin Lagos. Mon mari a alors discuté avec la mère de Daniel. Il l'a convaincue qu'il devait impérativement savoir si quelqu'un avait entendu parler de l'ancien ami de jeunesse de son fils, Martin, peut-être en danger, ou représentant un danger pour les autres.

Elle a certifié qu'elle ne savait rien. Elle n'avait plus entendu parler de son fils Daniel depuis qu'il avait quitté un programme d'études d'été à Lacoste, en France, alors qu'il avait vingt et un ans. Reconnaissant que Daniel avait accumulé les bêtises, étant renvoyé de nombre d'écoles avant d'être expédié à l'étranger, elle a alors précisé qu'il n'avait jamais obtenu de diplôme et qu'elle n'avait plus rien à voir avec lui.

— Et tu la crois ?

Benton rapproche l'image projetée d'un dossier et admet :

— À ce sujet, oui. Je pense sincèrement qu'elle s'inquiète.

— À cause du Meurtrier Capital ?

— Je ne l'ai pas mentionné.

Il fait glisser des documents d'un dossier virtuel et en tourne les pages. Détail savoureux, les feuillets informatiques produisent le même son que le papier.

— Toutefois, j'ai eu le sentiment qu'elle comprenait où je voulais en venir lorsque j'ai mentionné Martin et le fait que nous devions impérativement le localiser. Quelque chose dans son attitude m'a fait soupçonner qu'elle savait très bien que nous ne parviendrions pas à le trouver. Parce qu'il était mort. Cela ne signifie pas que Daniel n'est pas lâché dans la nature, tuant des gens, et elle s'en doute.

Il aligne les feuilles d'un rapport disciplinaire à l'en-tête du Savannah College of Art and Design. Il tapote la vitre de son index. La page se rétrécit puis s'élargit. Il explique :

— Un des nombreux endroits dont Daniel a été viré, et ça saute à la figure quand on lit son curriculum vitae. Il a forcé le vestiaire d'un autre étudiant, s'est faufilé dans le dortoir des filles. Il a volé de la lingerie dans la buanderie, mis le feu aux poubelles d'un conseiller d'orientation. Puis il a noyé un chien pour s'en vanter, a perturbé la classe et s'est livré à des actes de vandalisme. Une très longue liste qui inclut ses années de secondaire.

— La police n'a jamais été impliquée ?

— On ne les a pas appelés. Les problèmes ont été réglés avec une discrétion assez typique dans ces écoles, mais peut-être y avait-il dans ce cas une autre raison.

— Sa mère n'a rien révélé d'autre ?

— Qu'elle avait fait tout ce qu'elle pouvait pour lui, ne renâclant devant aucune dépense en matière de conseil ou de thérapie. Alors qu'il était encore enfant, on a diagnostiqué chez Daniel un trouble du traitement de l'information sensorielle. Selon sa mère, dans le cas de Daniel, ce TIS ne se manifeste pas par une surréponse aux sensations mais plutôt par le fait qu'elles ne sont jamais assez intenses. Les médecins avaient d'abord confondu son syndrome avec des troubles du déficit d'attention avec ou sans hyperactivité, un TDAH. Son attrait pour les situations provoquant des sensations, son incapacité à rester assis tranquillement, son besoin de toucher des choses et son goût prononcé pour les activités à haut risque pouvaient justifier ce diagnostic. Il adorait marcher sur des échasses, grimper aux poteaux télégraphiques et aux châteaux d'eau. Il passait par les fenêtres, se laissait glisser des gouttières, paradait devant les autres gamins qui essayaient de l'imiter et, bien sûr, finissaient par se blesser. Elle a dit qu'elle ne parvenait pas à le maîtriser, quoi qu'elle tente.

— J'ai l'impression qu'elle essaie de lui trouver des excuses parce qu'elle soupçonne qu'il a commis l'irréparable.

— Elle voulait surtout insister sur le fait qu'elle s'était comportée en bonne mère. Elle lui avait procuré tous les outils thérapeutiques domestiques recommandés dans le cas de TIS. Les balançoires, les courses d'obstacles, les barres parallèles, le trampoline, les balles de gymnastique, les chaussettes sensorielles de corps. Elle supervisait personnellement la pratique d'arts tactiles comme la peinture au doigt ou le modelage de glaise.

— Le modelage, la peinture ? je répète. Ce qu'Ernie a trouvé.

— Ça m'a traversé l'esprit.

Je repense à voix haute à ce que m'a dit mon technicien :

— Une empreinte minérale qui pourrait provenir d'une substance utilisée pour l'art, la peinture ou la sculpture sur argile.

Des fibres de Lycra provenant d'un tissu extensible comme un justaucorps, ou ces chaussettes sensorielles qui enveloppent complètement le corps et la tête. Je réorganise les photographies de Martin afin de les regarder de plus près. Je scrute le dessin de Daniel sur le plâtre blanc, ce personnage de dessin animé bleu vif en forme de tablette de chewing-gum, sanglé dans un justaucorps. Il pourrait parfaitement représenter un garçon moulé de la tête aux pieds dans ce qui ressemble à une housse de corps cousue dans un tissu coloré et fin mais robuste. Une chaussette de corps thérapeutique permet de s'étirer et de poser dans des attitudes créatives devant un miroir ou en ombre chinoise sur un mur. On peut voir au travers. Elle est impossible à déchirer, et si la fermeture Éclair était bloquée, personne ne pourrait s'en dépêtrer. On peut respirer, ce qui ne signifie en rien qu'on ne parviendrait pas à suffoquer quelqu'un en l'enroulant de façon serrée autour de son visage.

Quel bon moyen d'immobiliser quelqu'un, le tissu doux et soyeux provoquant des blessures minimum. J'imagine Gail Shipton, déjà paralysée par le pistolet électrique, et enveloppée dans l'une de ces chaussettes. Ainsi s'expliqueraient les fibres de Lycra bleu qu'on a trouvées sur le corps, sous ses ongles et entre ses dents. Je la vois se débattre à l'intérieur de cette prison en forme de housse extensible, alors qu'elle a été jetée dans la voiture du tueur. Elle griffe, mord le tissu alors que sa panique augmente, son cœur abîmé s'affolant dans sa poitrine.

J'espère qu'elle est morte rapidement. Avant qu'il puisse lui faire subir le reste, un « reste » que j'envisage avec de plus en plus de précision alors que je m'attache à recréer ce que ce tordu a pu faire. Peut-être a-t-il étalé la chaussette ouverte sur le siège de la voiture. Il a ensuite poussé sa victime dessus et remonté la fermeture Éclair. Il lui a affirmé qu'il ne lui ferait pas de mal si elle se conduisait gentiment, car bien sûr, elle ne voulait pas recevoir d'autres décharges du pistolet neutralisant, n'est-ce pas ?

Je le vois conduire sa proie dans un endroit précis. Il fait nuit. Peut-être lui parle-t-il alors qu'elle ne résiste pas. Et puis il arrive dans ce lieu qu'il a sélectionné. Il tire le tissu extensible autour de son visage et la suffoque. Ça n'a pas dû prendre plus de temps que s'il l'avait noyée, sauf si son sadisme l'encourageait à agir avec lenteur. Il lui suffisait alors de tendre puis de relâcher le matériau, de permettre à Gail de reprendre son souffle avant de recommencer. Aussi longtemps qu'il le souhaitait, aussi longtemps que l'organisme de sa victime pouvait supporter cette torture avant de lâcher.

Ensuite, il a mis en scène la dépouille. Il l'a parée afin de satisfaire ses fantasmes malsains. Il lui a recouvert la tête d'un sac en plastique fermement maintenu autour du cou grâce à un ruban adhésif décoratif qui n'a laissé qu'un léger sillon *post mortem*. Puis il a ajouté un nœud du même ruban sous son menton avant de lui enfiler la culotte de sa victime précédente. Des symboles. Tout est né dans son esprit tordu, une chorégraphie de son imagination démoniaque, de son art immonde, une inspiration déviante. Tout remonte au tout début de sa néfaste existence, probablement nourrie par les films confidentiels des bains infects de Gabriela Lagos lorsqu'elle séduisait son fils.

Je vois ensuite Daniel Mersa traîner le corps, jeté sur une sorte de luge ou de civière sans roue. Il le dispose près d'un lac, non loin d'un parcours de golf. Un bras étendu, le poignet incliné, rappelant la façon dont le bras gauche de Gabriela a été arrangé alors qu'il flottait à la surface de l'eau de la baignoire. Sa main était plongée dans l'eau, son autre bras replié au-dessus de sa taille.

Une telle image a dû rester gravée de manière indélébile dans l'esprit de Daniel, dominé par la violence. Il a dû admirer le corps nu et inerte de sa victime, puis flasque. Le corps s'est enfoncé dans l'eau. Ses bras sont remontés à la surface comme si elle se relaxait dans son bain chaud trop odorant, environnée de buée et par la lumière des bougies, d'immenses et moelleux draps de bain blanc à portée de main. Peut-être a-t-il enregistré son meurtre pour le regarder en boucle, nourrir ses délires alors qu'il plongeait dans la folie.

— On ne se débarrasse pas nécessairement du TIS en grandissant, explique Benton. Bien sûr, la pire des choses que puisse faire un sujet atteint de ce désordre comportemental consiste à prendre des drogues, des stimulants du type MDPV.

Je le regarde et m'efforce de repousser les visions qui ont envahi mon esprit.

— Et rien de ce que tu me révèles au sujet de Daniel Mersa n'a été pris au sérieux par la BAU ?

Je suis épuisée, frigorifiée et tente de clarifier le désordre qui règne dans ma tête.

— Personne ne m'a écouté parce que la seule chose qui les intéresse aujourd'hui, c'est l'ADN. Le profil de Daniel Mersa n'a pas obtenu de corrélation dans le CODIS. En réalité, il n'est jamais rentré dans la banque de données ni n'a été arrêté, et pour une excellente raison.

La vision de ces femmes qui meurent s'incruste dans mon esprit. Je perçois leur terreur, leurs souffrances alors qu'elles étouffent. « HA ! HA ! HA ! », l'écriture lourde de fioritures de Daniel sur le plâtre de Martin.

Benton continue :

— Beaucoup de gens présentent des syndromes de ce type, ou des vécus dysfonctionnels, et ne terminent certainement pas dans la peau d'un tueur en série. De plus, Granby m'a discrédité aux yeux de la BAU. Je ne sais pas trop comment, ni même quand ça a débuté. Cela étant, facile de provoquer ce genre de rejet lorsque les gens sont inquiets pour leur boulot et fonctionnent dans la compétition.

J'entrevois la direction dans laquelle toutes les routes convergent, vers une même origine, au centre de cette incroyable cruauté. Je demande :

— Le père de Daniel Mersa ? Il n'en est fait aucune mention.

— Une banque de sperme. Sa mère a toujours affirmé qu'elle ignorait l'identité du père biologique. On est donc fondé à se demander comment elle a pu offrir à son fils des thérapies, le collège, des études à l'étranger. Veronica Mersa est une ancienne reine de beauté. Elle n'a jamais été mariée, a été secrétaire d'un représentant du Congrès, élu du New Hampshire, qui vient tout juste d'abandonner la politique. Bref, elle ne touchait pas un salaire mirobolant et n'a pas d'autres sources de revenus. Étrangement, elle ne semble pas avoir jamais manqué d'argent.

J'insiste lourdement :

— Je ne téléchargerai rien dans le CODIS ou toute autre banque de données tant que je ne serai pas assurée de la sécurisation des éléments. Nous réaliserons toutes les comparaisons dans mes labos. Je vais réclamer une enquête génétique familiale pour rechercher des ascendants, descendants ou collatéraux au premier degré. Bref, les similitudes ADN parents-enfants et frères ou sœurs. Si Daniel possède des liens de famille avec quelqu'un et que nous avons stocké l'ADN de cet individu, on le mettra en évidence.

Mon mari approuve :

— Ça expliquerait des choses. Beaucoup de choses. Et Granby aurait pu s'en sortir si tu avais laissé Geist n'en faire qu'à sa tête en décidant que la mort de Gabriela Lagos était accidentelle.

— Il n'existe pas l'ombre d'un doute que c'est faux ! D'ailleurs, la question n'aurait même jamais dû se poser.

— Montre-moi comment tu peux affirmer que le tueur a utilisé ses deux mains. Il faut que je le voie de mes yeux. J'ai besoin de pouvoir l'expliquer de façon incontestable.

J'effleure la plaque vitrée sous laquelle s'alignent côte à côte le rapport d'autopsie et les photographies de Gabriela Lagos.

Chapitre 43

Je lis à haute voix le protocole d'autopsie de Gabriela Lagos rédigé par le Dr Geist. Certaines données sont incluses, d'autres omises :

— Antécédents médicaux : aucun. Pas d'histoires d'AVC, d'évanouissement, de problèmes cardiaques, rien. Et voilà qu'un soir, elle prend un bain et décède à l'âge de trente-sept ans. Recherche de drogues négative. L'alcool retrouvé dans le sang résultait des processus de décomposition…

J'indique du doigt à Benton les quatre pages du document projeté sur la table avant de poursuivre :

— Écume blanchâtre dans le nez, la bouche, les voies respiratoires, impossible alors de maquiller le fait qu'elle s'était noyée.

Benton se lève et s'avance dans le PIT, environné par la salle de bains de Gabriela et son corps attaqué par la décomposition. Leurs zones éclairées ou ombrées projetées sur le mur se réfléchissent sur le visage de mon mari alors qu'il s'assied devant la petite table, ce que Lucy appelle le cockpit. Le clavier et la souris sans fil lui permettent de réorienter tout ce qu'il souhaite, de déplacer la scène de crime comme s'il la visitait physiquement.

La baignoire tangue vers la droite puis se rapproche, jusqu'à ce qu'il contrôle mieux ses gestes.

Les longs cheveux châtains de Gabriela flottent à la surface de l'eau trouble. Surnage à proximité un élastique noir décoré d'un nœud brillant de même couleur dont elle s'était sans doute servie pour relever sa chevelure avant d'être noyée. Une traînée de masque de beauté blanc subsiste sur la couche supérieure de son épiderme qui a glissé, se désolidarisant des chairs. Son visage évoque maintenant un batracien, rouge vif du menton vers la gorge. C'est ainsi que le corps a été submergé lorsque la baignoire a été vidée pour être remplie à nouveau d'eau brûlante. Le Dr Geist a également oublié ce point important. Il n'a pas détaillé les zones pâles de la peau, celles émergées : le haut du visage, des poignets, alors que le reste du corps était pratiquement ébouillanté.

— En effet, si l'eau avait été bouillante lorsqu'on la noyait, chaque centimètre carré de son corps et de sa tête présenterait ces brûlures de troisième degré. Une information cruciale puisqu'elle démontre que l'eau n'est devenue brûlante qu'après son décès, impliquant sans contestation possible un homicide.

Benton agrandit le visage de Gabriela à l'aide de la souris, un visage bouffi par les gaz de putréfaction, ses yeux protubérants au point qu'on pourrait croire qu'ils se souviennent de l'horreur dont ils ont été témoins.

Benton fait avancer la flèche sur la mousse blanchâtre accumulée entre les lèvres saillantes de la victime et réfléchit :

— Je n'ai jamais bien compris cette histoire d'écume. Donc, les gens sont immergés mais l'écume persiste quand même. Pourtant, elle devrait en quelque sorte être nettoyée par l'eau.

— Ça peut paraître déconcertant à première vue, mais en réalité le phénomène ne se limite pas aux lèvres. Lorsque quelqu'un se noie, tente de reprendre son souffle à toute force, cette écume se forme dans les poumons, la trachée. Une sorte de mousse très compacte. C'est d'ailleurs dans ces localisations anatomiques que l'on en retrouve la majeure partie. Ce que tu vois ici est juste une remontée partielle dans la cavité buccale. En d'autres termes, l'eau ne l'élimine pas parce qu'il y en a beaucoup. Geist savait qu'il ne pouvait pas porter une cause de la mort autre que la noyade. Il savait que le corps de la victime ne lui permettrait pas de proférer un tel mensonge. Ne lui restait qu'une solution : prétendre que ladite noyade était accidentelle.

Je rejoins Benton et détaille à nouveau Gabriela Lagos. Je me souviens de ce que j'ai ressenti à l'époque, lorsque je me suis rendue dans ces pompes funèbres de Virginie du Nord. Les contusions ne sont pas aisées à remarquer en raison de la condition du cadavre. Cependant, elles sont bien là, des zones rouge sombre, dont certaines égratignées, sur la joue et la mâchoire droites, la hanche droite, et sur les deux mains et les coudes. De petites ecchymoses en forme de doigts parsèment ses deux chevilles et ses mollets. On en détecte de plus larges, mais moins bien définies, derrière les genoux.

— Pour en revenir à ce que je disais, ces marques sur la peau de la victime correspondent aux deux mains de l'agresseur. Pas des mains larges, telles celles du fils Martin. Comme tu le vois ici, ces ecchymoses circulaires typiques résultant de la pression des doigts sur ses mollets et de ses chevilles sont de taille modeste. Pas plus grandes que les marques laissées par mes doigts. Quelqu'un a maintenu très fermement Gabriela, attrapé ses chevilles, a soulevé les jambes et les a coincées à l'aide de ses bras repliés. Ça explique les contusions derrière les genoux.

Je joins le geste à la parole afin de lui montrer.

— Donc, maintenant elle est immobilisée. Ses mollets sont serrés contre la poitrine du meurtrier et la partie supérieure de son corps est complètement immergée. Quant aux autres ecchymoses sur la hanche, les mains, les coudes et le visage, elles trahissent le fait que Gabriela s'est débattue et a heurté les parois de la baignoire. On évoque donc un meurtre violent, avec de l'eau qui se répand partout, des bougies balancées sur le sol et dans l'eau. Et puis tout a été terminé en quelques minutes.

— En effet, je ne vois pas très bien comment quelqu'un qui a le bras dans le plâtre pourrait y parvenir.

— Martin ne peut pas être l'auteur du meurtre. En revanche, je pense qu'il y a assisté. Assis sur l'abattant des toilettes, ses grands pieds posés sur le tapis de bain blanc. L'endroit où il a sans doute passé la majeure partie de sa vie, quand sa mère exigeait sa présence lors de ses bains séducteurs et répugnants. Difficile de lui en vouloir d'avoir souhaité qu'elle meure, de se libérer d'elle. Mais selon moi, il n'a pas du tout anticipé la réalité de la scène.

Je peux presque le voir, yeux écarquillés, paralysé et choqué alors que sa mère est assassinée devant ses yeux. Une fois les choses en marche, il ne pouvait plus les arrêter. Peut-être l'a-t-il voulu, sans y parvenir. Je poursuis :

— Un spectacle insoutenable. Je peux te garantir que son fils n'a jamais imaginé à quel point ce serait épouvantable.

Benton corrobore mes déductions :

— Il ne s'en est pas réjoui. Martin Lagos n'était ni un sociopathe ni un sadique. Il n'avait pas besoin de surstimulations, de chercher frénétiquement la prochaine excitation, dans ce cas l'intense frisson du meurtre.

Repensant au jeune homme douchant l'éléphant sur la photographie, je demande :

— Quelle taille chaussait Daniel Mersa ?

Je perçois un changement dans l'air. La porte s'ouvre dans nos dos et la lumière du couloir se déverse dans la pièce. Lucy surgit, une feuille de papier à la main, l'air particulièrement heureux. Elle nous offre le genre de visage qu'elle a lorsqu'elle est sur le point de coincer quelqu'un ou de lui faire payer ses fautes durablement. Guillerette, elle annonce :

— Granby et ses troupes viennent de débarquer. Au bureau de la sécurité. Je leur ai dit qu'ils devaient patienter et que tu descendrais bientôt. Le serveur est emballé et prêt à partir. Ron le chouchoute. J'ai déjà signé toute la paperasserie. Tout est prêt pour que tu leur fasses les honneurs de la remise. Encore beaucoup de boulot pour tout passer en revue, mais j'ai copié l'intégralité et ils ne le savent pas. Carin et Janet sont en haut.

— Très bien.

Lucy jette un regard à son téléphone puis lève les yeux vers moi en souriant. Elle tend la feuille de papier à Benton et lui demande :

— Alors ?

— J'y arrivais.

Ma nièce me lance d'un ton réjoui :

— Il y a de mauvaises nouvelles qui en sont de bonnes.

Je repère Bryce dans le couloir. Il s'avance dans notre direction, dépenaillé et fripé en cette heure tardive, mais avec cette nervosité et ce regard élargi qui indique assez que nous sommes au paroxysme du dernier drame, du moins avant le prochain. Il couine en pénétrant :

— Le *Globe* est ici… Oh mon Dieu ! Ah, elle est affreuse sur cette projection ! Peut-on éteindre et se débarrasser de cette photo, s'il vous plaît ?

Il détourne le regard de ce qui s'affiche dans le PIT et débite :

— Bon, je l'ai déjà dit mais je le répète, si je meurs, de grâce ne tolérez pas que je ressemble à ça. Découvrez mon cadavre instantanément ou alors jamais. Sock est en haut, dans votre bureau, roulé dans sa corbeille, et je lui ai donné une petite gâterie. Il y a à manger dans la salle de repos et Gavin se trouve sur le parking, tous feux éteints. Il vient juste d'apercevoir les véhicules du FBI. Il va débouler ici dans une minute. Je vais l'introduire dans le Centre en prétendant qu'il travaille ici. Alors là, c'est sûr qu'on s'offre l'histoire la plus dingue ! Je veux qu'il soit là pour entendre de ses propres oreilles lorsqu'ils exigeront qu'on leur rende le serveur et tout le reste.

Je le mets en garde :

— Bryce, vous parlez trop.

Lucy embraye, devançant Benton qui n'avait pas mentionné cette information :

— Des paiements de dix mille dollars par mois, prétendument pour le loyer des bureaux de Washington D.C. Des virements dans une banque de New York, fractionnés en sommes de montants différents puis retransférés vers une autre banque. Et on recommence avec une troisième banque et ainsi de suite. Le tout avec une régularité de métronome depuis dix-sept ans, précisément depuis août 1996. À l'évidence, ça ne relève pas de la coïncidence. Peut-être n'aurions-nous jamais pu épingler Granby comme destinataire de ces fonds, de l'argent blanchi, s'il n'avait fait quelque chose de particulièrement bête. Pas lui directement. Un mail, poursuit ma nièce, de plus en plus radieuse. Environ six mois plus tôt, Granby a déjeuné avec un investisseur qui l'a raconté par courrier électronique à Lombardi.

Elle me tend son téléphone sur lequel le message est affiché :

De : JP
À : DLombardi
Objet : « *Gran* Gusto »

Merci de m'avoir mis en relation, super déjeuner avec un type d'envergure (rien de petit concernant son ego FBI & je n'avais même pas réalisé le jeu de mot en l'invitant dans mon restaurant italien préféré !). Je m'arrange pour que son compte soit déplacé à Boston maintenant qu'il est en poste ici. Petit solde en liquide, le reste en actions et obligations, etc. Il connaît quelqu'un qui peut m'aider dans mon exaspérant problème de contrôle fiscal, enfoiré de fisc ! Cordialités.

Je longe d'un pas vif la courbe du couloir qui conduit à l'aire de réception. Ma blouse de laboratoire couvre mes vêtements de terrain que je ne remarque même plus. J'ai atteint cette limite de l'épuisement proche d'une sensation de désincarnation. J'ai l'impression d'être extraordinairement alerte mais ralentie dans mes mouvements. Je lance à Benton :

— Je suppose que ni toi ni Marino ne pouvez l'arrêter sur-le-champ ?

— Il niera tout en bloc.

— Bien sûr.

— Dès demain matin, il sera entouré d'une haie d'avocats.

— Je m'en fiche. Il est fini, Benton.

Je me suis assurée que la défaite de Granby éclaterait au grand jour.

Benton me regarde. Je ne doute aucunement de sa résolution, du fait qu'il fera le nécessaire. Pourtant, alors qu'il devrait être satisfait, je ne perçois pas le moindre contentement en lui.

Tandis que nous pénétrons dans l'aire de réception, je murmure avant de me taire :

— Aucun avocat ne peut le tirer de là. Aucun de ses bons copains décideurs politiques à Washington ne voudra plus l'approcher à moins de dix mètres.

Ron se tient dans sa guérite dont la vitre de protection est ouverte. Durant un instant, je suis totalement décontenancée par Granby et les agents qui l'accompagnent. Il semble fatigué mais demeure courtois, conscient d'empiéter sur mon territoire. Il me remercie avec effusion de le recevoir. Trois agents en treillis et veste de terrain se tiennent à quelques pas derrière lui. Je me rends soudain compte qu'Ed Granby a peur, la dernière chose à laquelle je m'attendais.

Je me demande s'il soupçonne que Lucy a inventorié les mémoires du serveur de Double S, puis conclus qu'il sait ce qui va se passer. Ed Granby n'est pas naïf. Il n'ignore rien de ma nièce ni de ses capacités. Qu'il ait connaissance, ou pas, d'éventuelles informations incriminantes qu'elle pourrait découvrir, il doit s'attendre au pire. Ainsi vont les choses avec des gens aussi coupables que lui. À chaque faute que l'on déterre, il en existe au moins cent autres encore ensevelies.

Sans regarder Benton, il me dit :

— Désolé pour le dérangement.

Il n'a pas la moindre idée de qui est Bryce ou ce jeune homme barbu à ses côtés vêtu d'une chemise écossaise, d'une veste de sweater, de jeans et de tennis.

Lucy nous dépasse et se dirige vers l'ascenseur. J'entends le panneau coulisser. Granby bafouille nerveusement, trop poli, avec un sourire forcé :

— À l'évidence, nous voilà confrontés à une importante affaire impliquant des col-blancs et nous vous remercions de respecter… Euh… de comprendre à quel point il est important pour nous d'expertiser le serveur de Double S dans nos laboratoires. Croyez que nous vous sommes très reconnaissants de votre coopération.

Sans lui rendre son sourire ni me montrer le moins du monde amicale, je réplique :

— Bien sûr.

Je me tourne vers Ron, qui acquiesce d'un petit signe de tête.

— Oui, m'dame, chef. Tout est prêt, il est là avec tous les formulaires remplis.

Peut-être le manque de sommeil me monte-t-il à la tête, mais je crois apercevoir l'ombre d'un sourire jouer sur les lèvres de Ron.

Je fixe Granby. Il lisse de ses deux mains sa chevelure parfaitement en place et ses tempes artificiellement grisonnantes. Je déclare :

— Et il y a bien sûr ces homicides. Nous allons continuer d'investiguer à ce sujet et fournir au FBI toutes les informations nécessaires.

— Encore une fois, j'apprécie beaucoup.

Il ne cesse de plaquer sa chevelure tout en regardant Ron ouvrir la porte de sa guérite et pousser un chariot sur lequel trône le serveur suremmailloté de plastique. Histoire de marquer un point, Lucy l'a emprisonné sous des couches de ruban adhésif d'un rouge pétant sur lequel est écrit en grosses lettres majuscules noires : *PREUVE SCELLÉE. NE PAS ALTÉRER.*

Je tire un feutre de la poche de ma blouse et fais glisser le récépissé de remise de preuve de son logement transparent collé sur l'emballage du serveur. J'appose mes initiales et la date devant tout le monde. Je le tends à Ed Granby, suivant scrupuleusement le protocole. Je remets officiellement une preuve au FBI à fin d'analyse, une analyse dont nous nous moquons maintenant. Je me demande quand, pour la dernière fois, un chef de division est venu en personne retirer une preuve ou faire une apparition dans un centre médico-légal. Je ne serais guère surprise qu'Ed Granby n'ait jamais assisté à une autopsie.

Caressant à nouveau sa chevelure, il se tourne vers Benton :

— Je suis surpris de vous voir ici. La raison de votre présence ?

— Je profite de mon temps libre. Sans doute plus que vous n'en aurez l'occasion.

Les yeux d'Ed Granby s'étrécissent encore davantage. Son agressivité remonte à la surface, mais il parvient à conserver son sourire :

— Pas moi. J'ai bien trop de choses à faire.

— Je crois que vous allez bientôt profiter de beaucoup de temps disponible, Ed.

L'écho de pas énergiques me parvient depuis l'ascenseur. Lucy, Janet et Carin Hegel débarquent. Elles se positionnent à côté de Bryce et de Gavin Connors, haie de témoins réunis ainsi qu'il avait été convenu.

L'attention de Granby se focalise sur l'avocate et il la foudroie du regard. Il siffle entre ses dents :

— C'est quoi ça ?

Bien sûr, il sait qui est Carin Hegel, et pour un tas de raisons. Mêlée à des procès très médiatiques, elle passe souvent à la télévision. Elle est devenue une sorte d'athlète professionnelle de la loi. Mais surtout, elle était l'avocate choisie par Gail Shipton qui s'opposait à une compagnie fiduciaire, laquelle a graissé la patte de Granby durant des années. Assez d'argent liquide mensuel, et une multitude de faveurs annexes dont il a joui. Sans doute Ed Granby s'est-il rassuré en se disant qu'il n'avait pas de souci à se faire tant qu'il ne se laisserait pas piéger par ses propres mensonges. Mais tel fut le cas. La vie dont il a profité va bientôt se terminer.

Benton ne l'a pas quitté des yeux et lui conseille :

— Si vous savez de qui il s'agit au juste, Ed, le mieux est de l'admettre tout de suite. Ce n'est pas Martin Lagos que nous recherchons. J'ai compris ce que vous aviez fait, ainsi que nous tous ici.

— Je n'ai pas la moindre idée de ce que vous insinuez mais vous frisez la calomnie !

— Votre but consiste à coller les meurtres de Washington sur le dos d'un gamin qui a disparu il y a dix-sept ans. Vous vous basez sur une empreinte ADN qui, pour rester diplomate, doit être erronée. Une mauvaise manipulation de labo ? Je parie que telle sera votre explication.

Granby se défend d'une voix hargneuse :

— Ce n'est ni le lieu, ni le moment ! Nous en discuterons en privé.

— Certainement pas, intervient Carin Hegel.

Je remarque à cet instant qu'elle s'est habillée en femme de pouvoir, en dépit de l'heure.

L'avocate est une petite femme fougueuse, aux courts cheveux châtains, au visage avenant. Elle donne l'impression d'être inoffensive, jusqu'au moment où elle ouvre la bouche. Elle a pris le temps d'enfiler une veste de cachemire sombre avec un volumineux col et de larges boutons argentés, un pantalon noir et des bottes. D'un ton de juge, bien plus que d'avocat, elle ordonne :

— Tout ce qui sera déclaré le sera devant nous.

— C'est une plaisanterie ! proteste Granby.

Il n'a pourtant pas l'air de trouver la situation distrayante. Son appréhension est palpable.

Je le vois se tasser, à la manière d'un animal prêt à bondir, et l'idée qu'il puisse s'enfuir me traverse l'esprit.

Benton tend à Granby la sortie d'imprimante et ajoute :

— J'ai pensé que ceci vous intéresserait. Certes, beaucoup d'années ont passé, mais peut-être vous souvenez-vous d'avoir passé un appel au Dr Geist. Il fut le légiste nommé pour réaliser l'autopsie de Gabriela Lagos, une noyade et surtout un homicide dont vous souhaitiez qu'il le qualifie d'accidentel.

Ed Granby fixe la feuille comme s'il redoutait qu'elle le brûle. Mon mari assène :

— De solides preuves nous permettent d'affirmer que la scène de crime a été altérée.

Et il l'illustre de précisions, évoquant l'arrêt du conditionnement d'air, le remplissage de la baignoire d'eau bouillante, la cire répandue des bougies, le rangement de la salle de bains.

— De plus, son fils Martin avait un bras dans le plâtre et ne pouvait donc en aucun cas attraper et tirer les deux chevilles de sa mère pour la noyer. Je puis vous montrer les contusions de ses jambes, les marques d'empreintes de doigts visibles sur sa peau, si toutefois cela vous intéresse.

Ed Granby est si abasourdi qu'il ne remarque même pas que le jeune homme barbu en chemise écossaise et veste de sweater prend fébrilement des notes. Ni que la jolie jeune femme blonde qui se tient à côté de Lucy serre dans la main un enregistreur numérique dont elle a souligné qu'il était en marche. Janet a répété ce même détail à plusieurs reprises, prévenant qu'elle enregistrait notre conversation. Si une des parties refusait de donner son accord, elle devrait se manifester aussitôt, à défaut de quoi son silence équivaudrait acceptation. Granby reste muet, contrairement à moi. Je précise qui sont Janet et Carin, avocates toutes deux, et souligne la raison pour laquelle elles sont présentes. Son visage se fige lorsque j'annonce :

— Des preuves médico-légales lient les meurtres de Gail Shipton, Haley Swandon, Dominic Lombardi et Jadwiga Caminska à ceux de Washington D.C., et vos protestations n'y changent rien. Des fibres, une empreinte minérale, et nous ne faisons que commencer. De surcroît, je sais de façon certaine qu'un profil ADN du CODIS a été falsifié. L'échantillon dont vous avez obtenu une empreinte génétique et que vous avez ensuite attribué à Martin Lagos provenait d'un sujet de sexe féminin, d'un mélange d'excrétions, notamment de sang menstruel.

Carin Hegel le dévisage ainsi que les agents qui se tiennent derrière lui et martèle :

— Nous allons nous occuper de tout cela en utilisant les voies appropriées, les miennes. Je n'ai aucune confiance en votre façon de procéder, ni d'ailleurs en rien qui vous concerne. J'ai déjà laissé un message à l'*attorney general*...

Elle est soudain interrompue par la fuite de Granby.

Le relevé d'appels qu'il tenait à la main volette au sol alors qu'il se rue vers la porte qui mène à la baie de déchargement. Il l'ouvre à la volée, avec une telle violence qu'elle rebondit contre le mur. Il se précipite dans le parking à l'instant où Marino descend de son SUV. Lorsque celui-ci nous voit tous émerger de l'immeuble, il réagit selon son habitude de flic de Richmond. Il crie à Granby qui court vers sa voiture :

— Wooh, mec ! Et où on fonce ?

Marino l'intercepte en quelques longues enjambées. Il le cramponne par l'arrière de sa ceinture et le soulève de l'asphalte, au point que seuls ses orteils l'effleurent encore. Ed Granby s'agite, en vain. Marino lui palpe le corps de son autre main, à la recherche d'une arme, un pistolet qu'il découvre dans un holster d'épaule sous sa veste.

— Je vous reposerai quand vous arrêterez de vous débattre, explique d'un ton suave le grand flic à Granby.

L'autre hurle, ses agents ne faisant pas un geste pour intervenir :

— Ôtez vos putains de mains !

Ils attendent en retrait, témoins de l'humiliation de leur patron. Le visage dépourvu d'émotion, ils sont assez malins pour savoir discerner le bon côté de la barrière, qui n'est plus le sien.

Benton traverse mon parking inondé de lumière et ponctué de camionnettes blanches de scènes de crime et se rapproche de Granby. Il insiste :

— Dites-nous qui il est et où il se trouve. Il ne peut pas s'agir de Martin Lagos, sans quoi vous n'essaieriez pas de le faire accuser de meurtre. Je suis certain qu'il n'est plus en mesure de se défendre, et ceci depuis qu'il a disparu. Avez-vous contribué à son élimination, ou son ami Daniel Mersa s'en est-il chargé ?

Ed Granby le dévisage sans un mot, toujours à moitié suspendu au-dessus de l'asphalte. Ses bras et jambes se sont complètement immobilisés. Marino le repose sans ménagement sur le sol, sans toutefois desserrer sa poigne de sa ceinture.

— Où se trouve-t-il, Ed ? Prendrez-vous la responsabilité qu'il tue encore ?

Granby le dévisage d'un regard insondable. Benton gronde :

— Vous n'en avez vraiment rien à cirer, n'est-ce pas ?

Je perçois à nouveau la désillusion de mon mari. Granby marmonne d'un ton plat et morne :

— Allez vous faire foutre !

Alors que je sais qu'il ne parviendra pas à émouvoir Ed Granby, Benton lui offre :

— Il vous reste une dernière chance de rectifier le tir. Je connais ces états de désespoir, le vide glacé et la dureté qu'ils instillent en certains. Je sais où cela se termine.

Chapitre 44

Un peu à l'ouest d'où je me tiens, le sifflet d'un train lâche une plainte en mode mineur, lugubre et un peu dissonante.

Il s'agit d'un convoi différent que j'entends rouler sur une ligne distante, pas de cette succession de wagons rouge pomme d'amour, ornés de lettres d'or. Ils rutilent sous le soleil hivernal de Floride, garés sur un aiguillage qui flanque les parkings bondés ces derniers jours, et la nuit dernière, de gens désireux d'être distraits et émerveillés par les voltigeurs, les acrobates, les clowns, les numéros de domptage. Sans oublier, bien sûr, les lions, les tigres, les chameaux et, clou du spectacle, les éléphants d'Asie, plus légers que les Africains mais tout de même imposants, gris, et si tristes.

Un SDF du nom de Jake, qui s'installe derrière la grande piste la plupart du temps, nous a appris pourquoi les éléphants oscillaient de droite à gauche. Ils tentent d'effleurer leurs congénères parce qu'ils se sentent terriblement seuls. Lorsqu'on leur offre de grands espaces de liberté, ils barrissent, grognent et grondent en se poussant les uns les autres, aussi heureux et joueurs que des enfants. Les éléphanteaux prennent soin de leur mère et tous les individus du groupe s'occupent des autres.

Ils sont capables de communiquer avec leur troupeau à de grandes distances grâce à des vibrations et à des odeurs que les humains ne parviennent pas à sentir ou à entendre. Les éléphants sont très intelligents et sensibles et Jake les a déjà vus pleurer.

Notre nouvel ami nous a affirmé que si nous leur permettions de vivre aussi libres que lui, nous pourrions les utiliser pour trouver de l'eau dans le désert, pour prévoir de soudains affaissements de terrain, des tremblements de terre, des tsunamis et nombre d'autres dangers, notamment les gens mauvais. En suivant l'exemple des éléphants, nous pourrions mieux accepter notre mort. J'ai souligné à ce moment-là que si les humains pouvaient devenir plus respectueux de la mort et moins effrayés par elle, un gros progrès serait accompli. Cependant, je n'ai pas osé mentionner à Jake mon travail, ni même à quel point je ne parlais pas en l'air.

Il me faut encore le prévenir que ma nièce et moi rôdons derrière la piste, à proximité du train du cirque, parce que nous attendons l'arrivée d'un ami enquêteur et de mon mari, profileur du FBI, afin d'examiner une scène assez stupéfiante. La tanière qu'un tueur a aménagée dans un wagon identique à ceux qui sont réservés aux éléphants, à ceci près que les éléphants ne font de mal à personne. Jake n'a pas la moindre idée que ces deux nouvelles copines du Nord ne sont pas venues à Miami pour passer les fêtes en famille. Elles sont impliquées dans l'enquête criminelle liée à ce cirque, qu'à ses dires il connaît depuis qu'il est né. Je n'ai rien révélé et n'entends pas lui fournir d'explication.

Très franchement, je préférerais continuer de discuter d'éléphants avec lui, puisqu'il se considère un peu comme leur gardien. Il affirme qu'il les étudie depuis son invalidité en 1985. Cette nuit-là, son bateau d'excursion a été pulvérisé par un tanker. L'accident lui a brisé la plupart des os et l'a conduit à de multiples reprises sur une table d'opération. La piste n'était pas en place en 1985, aussi ne pourrais-je certifier que l'histoire de Jake est véridique, pas plus que le reste de ses confidences. En revanche, je crois ce qu'il nous explique au sujet des éléphants et de ce jeune homme d'un stupéfiant sang-froid qui réalisait des acrobaties sur leur dos. Du moins jusqu'à hier, avant qu'il soit arrêté dans son wagon, embarqué menottes aux poignets, encadré par les flics en civil, dont Benton et Marino. Les photos de l'arrestation ont été publiées dans *The Boston Globe*, puis diffusées à la télévision ce matin.

Vraiment petit, presque aussi petit qu'un enfant, on n'aurait guère prêté attention à Daniel Mersa. Du moins jusqu'à découvrir son visage mince et dur et ses yeux d'un gris cruel, ainsi que Jake a décrit le tueur dément, amoureux d'odieux spectacles. Il ignorait son nom mais Lucy lui a montré l'article du *Globe* qu'elle avait affiché sur son téléphone. Gavin Connors s'est conduit très correctement et n'a rien publié avant que Mersa soit arrêté. Je dois dire qu'il en a tiré un papier étonnant. Pour paraphraser Bryce, l'histoire se serait maintenant « répandue partout sur la planète ». Mon chef du personnel a décidé que son ami reporter méritait de gagner le prix Pulitzer, que le Père Noël offrirait à Ed Granby « un chouette uniforme orange pour son petit réveillon » et que Daniel Mersa « serait extradé en Virginie afin qu'on lui réserve l'aiguille ».

Depuis que nous l'avons abordé ce matin, Jake n'a cessé de marmonner :

— J'l'ai jamais aimé. Et donc c'est son nom, Mersa, comme la saloperie de staphylocoques résistants aux antibiotiques dont on parle partout ?

Il ponctue son appréciation de hochements de tête. Je souris.

— MRSA, en effet.

— Et comment qu'ils l'ont trouvé ?

Lucy nous tend des cafés au lait et l'informe, du ton détaché de celle qui n'a rien à voir là-dedans :

— Grâce à des logiciels. Ils ont maintenant des programmes qui permettent de reconnaître des gens grâce aux traits de leur visage. Du moins, s'ils arrivent à mettre la main sur une photo d'album de collège et à la comparer à d'autres plus récentes, par exemple celle d'un acrobate de cirque. Ensuite, bien sûr, ils peuvent confirmer cette identification grâce à l'ADN et à d'autres preuves.

— J'me sers pas d'ordinateur. Jamais de ma vie.

— Je n'ai pas l'impression que vous en ayez besoin.

Assis sur la digue contre laquelle sa vieille bicyclette est appuyée, Jake répète pour la dixième fois :

— J'vous le dis, j'ai toujours détesté ce petit enfoiré, du jour où j'ai posé les yeux sur lui. J'l'ai vu avec les éléphants. Il leur attrapait le postérieur avec le crochet. Il se débrouillait pour piquer le tendon et leur faire un mal de chien. Et puis il arrêtait pas d'les taper comme ça, sans aucune raison, déclare-t-il en mimant le geste d'une main tannée. Et il leur visait les yeux avec l'eau du jet, augmentant la pression au maximum, en rigolant.

Il imite Daniel Mersa, tenant un tuyau d'arrosage imaginaire.

Lucy lâche :

— J'aurais adoré être présente.

Jake désigne la zone grillagée qui s'étend devant nous, au bord de l'eau, et poursuit :

— J'avais vraiment envie de passer par-dessus cette foutue barrière. J'lui aurais couru après avec le crochet juste pour voir comment ça lui plaisait d'se faire harponner l'arrière du mollet.

Pour le plus grand plaisir de notre nouvel ami, Lucy renchérit :

— Eh bien, je vous aurais donné un sacré coup de main, mais en utilisant autre chose qu'un simple crochet.

Je pressens déjà que s'il lui est possible de garder le contact avec cet homme dont le domicile se résume à son vélo et à tout ce qu'il peut charrier, elle le fera.

Ma nièce et moi devons nous trouver sur place pour plusieurs raisons. Alors que j'attends l'arrivée de Benton, je me rends compte que ce que j'ai devant les yeux m'apaise. Des wagons d'un rouge joyeux qui se succèdent sur un kilomètre et demi, entre les parkings et la chaussée blanche de la Northeast Sixth Street, alors qu'elle oblique depuis la terre ferme pour enjamber l'eau et rejoindre Watson Island. Le train, d'un rutilant rouge que j'ai vu tant de fois à Cambridge, à deux mille kilomètres au nord, est presque silencieux, pour l'instant. De robustes et larges rampes de métal relient les portes ouvertes des wagons au sol, alors que les ouvriers terminent de charger dans les voitures tout ce qui fait le cirque d'Orléans.

Tous ces gens et créatures exotiques vont bientôt quitter Miami pour s'arrêter d'abord à Orlando, puis Atlanta. Ils entreprennent à nouveau leur périple vers le nord comme si rien ne s'était passé. On croirait qu'il n'y a rien d'étrange à ce qu'un profileur du FBI et un enquêteur de la police de Cambridge aident les forces de l'ordre locales à collecter des preuves dans la huitième voiture en partant de la queue du convoi et dans le gros SUV noir. Il est arrimé sur un wagon plate-forme, le moyen préféré de beaucoup d'artistes de cirque ou d'employés pour remorquer leur véhicule de ville en ville, puisqu'ils vivent sur les rails.

L'arrestation de Daniel Mersa s'est déroulée sans drame. J'y vois une sorte de justice presque poétique pour un tueur avide de spectaculaire, premier rôle dans un film d'horreur se déroulant dans la campagne du Massachusetts alors qu'il a égorgé trois personnes. Dont son père biologique, Dominic Lombardi. En réalité, nul n'eût été besoin des agents du FBI de l'antenne de Miami, des flics de Dade County en uniforme d'intervention. Ils ont cerné le wagon qu'occupait Daniel Mersa. Benton et Marino s'en seraient pourtant aisément tirés seuls.

Je n'ai pas assisté à la scène. Je n'en ai appris les détails que plus tard, lorsque Benton m'a appelée du centre de détention fédérale situé au coin de Northeast Fourth Street et de North Miami Avenue, à quelques rues d'ici. Il m'a raconté que Mersa semblait totalement désorienté et ahuri. Il divaguait, redoutait d'être kidnappé par des extraterrestres avant l'Apocalypse. Il voulait qu'on le laisse tranquille afin de pouvoir faire son pèlerinage dans un village des Pyrénées françaises, à Bugarach, connu pour sa montagne inversée, ses outils de bois et ses chapeaux. Son père était mort brutalement quelques jours avant la fin du monde, saigné à blanc par ces mêmes extraterrestres qui ne peuvent survivre sur terre qu'en volant du sang. Daniel avait amassé assez d'argent pour emmener avec lui, à Bugarach, tous ceux qui voulaient le suivre avant qu'il soit trop tard.

Marino, s'emmêlant un peu entre la fin du monde prévue par les Mayas et le Ravissement chrétien, lui a alors balancé :

— Devine quoi, sac à merde, c'est déjà trop tard. Le 21 décembre, c'était y a trois jours, et t'es parti nulle part.

Poursuivant sur sa lancée, Marino a menacé de remettre Daniel à ces mêmes *aliens* qui l'attendaient de pied ferme, survolant Miami, prêts à lui soutirer son sang ou à lui faire subir des choses encore pires.

Benton a mis en garde Marino contre le fait de tenir ce genre de discours à un sujet délirant.

Du moins est-ce ce qu'il m'a raconté au téléphone alors que Lucy et moi nous débrouillions avec ma mère et ma sœur Dorothy à Coral Gables, où nous avons passé la nuit. Benton et moi avons échangé à plusieurs reprises pendant que je retrouvais mes anciennes habitudes dans ce coin de terre qui m'a vue naître. J'ai cuisiné et rangé, décoré pour les fêtes, m'assurant que chacun avait ce qu'il lui fallait. J'ai dormi seule dans la deuxième chambre alors que Lucy s'assoupissait sur le canapé.

Je retrouverai bientôt Benton. Nous serons tous réunis et nous émergerons tous ensemble des choses terribles dont nous avons été les protagonistes, toutes débutant dans le Connecticut et se terminant ici. Si tant est que les choses se terminent un jour.

Lucy et moi attendons à proximité de la digue qui s'élève derrière la piste du cirque, baptisé l'American

Airlines Arena d'aussi loin que je me souvienne. Cependant, elle n'existait pas encore lorsque j'étais enfant. Le cirque d'Orléans montait une énorme tente à cet endroit même, non loin de l'aiguillage où l'interminable train rouge stationnait.

Juste derrière nous s'élève le Bongos Cuban Café, surmonté d'un dôme de verre en forme d'ananas. Il est presque quinze heures et nous nous sommes régalés de bananes plantains vertes farcies, de porc rôti et de riz végétarien. Jake s'est réjoui d'engloutir un sandwich de poisson grillé. À notre gauche chatoie la palette de bleus de Biscayne Bay, dont l'eau environne le port de Miami. Des bateaux de croisière sont alignés et m'évoquent de minuscules villes blanches. Juste en face de nous, de l'autre côté d'un grillage, est installé le village de tentes du cirque, qui n'a en réalité plus rien aujourd'hui du campement de mes souvenirs d'enfance.

La surface qu'occupe le cirque ne doit pas excéder quatre hectares d'herbe et de cocotiers. Les caravanes blanches et les camions en stationnement forment une sorte de village improbable à chaque fois que le cirque s'installe ici pour quelques jours, avant de reprendre la route. Un enclos a été aménagé pour les éléphants afin de les laisser « sortir », nous a expliqué Jake. Il est déserté à cet instant. Pourtant, je ne peux m'empêcher de regarder dans cette direction, alors même que je sais que je ne verrai plus les pachydermes.

Lorsque nous sommes arrivées très tôt ce matin, nous avons observé la police qui fermait l'accès de Biscayne Boulevard devant la grande piste. Ils ont complètement arrêté la circulation entre les Northeast Sixth et Heighth Streets, de sorte que les éléphants puissent profiter de leur promenade méthodique, la trompe de l'un retenant la queue de celui qui le précède, depuis la zone protégée de grillage jusqu'à un parking abandonné. Ils ont ensuite été regroupés sur la Northeast Sixth Street avant d'être poussés vers la voie de chemin de fer, puis encouragés à grimper les rampes métalliques pour rejoindre leurs wagons de transport.

Lucy et moi avons été fascinées par les grands animaux. Ils avançaient le long d'une promenade publique qui semblait les laisser indifférents, et peut-être sans haine ni reproche. Qui peut le dire ? S'ils ont échangé des signaux, nous ne pouvions ni les entendre ni les flairer. Toutes deux figées, nous sommes restées là, silencieuses, à proximité de cette petite troupe joyeuse. D'incohérente façon, la vision de ces énormes mammifères m'a fait monter les larmes aux yeux. Je me suis discrètement tamponné les paupières, accusant la réverbération du soleil subtropical encore bas au-dessus de la baie.

Je me suis surprise à cligner des paupières à maintes reprises, à inspirer avec lenteur. Je les ai regardés passer lourdement jusqu'à ce qu'ils disparaissent à ma vue. Nous avons ensuite rejoint la digue où Lucy et moi nous sommes maintenant assises en compagnie de Jake. Je le trouve aimablement réconfortant alors que nous discutons, la brise marine nous effleurant, le chaud soleil caressant mes cheveux et ma fine chemise à manches longues. Heureux, nous avons ressuscité un passé dont nous nous souvenons bien, puisque Jake et moi avons approximativement le même âge. Bien que je n'aie pas vécu au grand air la majeure partie de ma vie, nous partageons beaucoup de choses, tous deux enfants de

Miami. Nous nous comparons un peu à des éléphants perdus dans un monde surconstruit qui ne comprend plus grand-chose.

Lorsque j'étais enfant et que le cirque s'arrêtait en ville, les éléphants offraient à la foule massée une longue et fascinante parade sur le boulevard. Le monde s'arrêtait, du moins le croyais-je. J'ai décrit ce genre de souvenirs, de détails à ma nièce parce que je veux qu'elle en apprenne davantage sur le passé dont elle est issue. Avant que mon père soit si malade qu'il ne pouvait plus m'emmener voir les éléphants, ai-je expliqué. Pourtant, je revois encore leur allure mesurée. Les créatures massives et grises avançaient avec lenteur. Je me souviens de leur crâne parsemé de touffes de poils bruns, de leurs petits yeux ronds entourés de peau fripée, de leurs longues oreilles tombantes. Si puissantes sur leurs pattes qui m'évoquaient des piliers. Chaque éléphant entourait sa trompe autour de la queue du congénère qui le précédait comme s'ils se tenaient la main pour traverser la rue.

Aujourd'hui, seule une poignée de spectateurs s'étaient attroupés le long du tronçon de boulevard interdit à la circulation. Quelques voitures pie et des policiers de la circulation surveillaient la scène. Je doute que quiconque ait compris pour quelle raison une jeune femme à l'allure sportive et une autre, plus âgée et bien moins sportive, se tenaient l'une contre l'autre, en silence, émerveillées et émues. Puis nous nous sommes reculées jusqu'à la digue où un SDF, que nous n'avions pas encore rencontré, effrangeait une feuille de palmier en minces rubans. Il les a ensuite tortillés pour en faire un lézard, un poisson, un criquet et un oiseau. Je lui ai tendu vingt dollars pour le criquet. Il s'est alors présenté sous le nom de Jake.

Les sacoches cabossées de sa vieille bicyclette bleue appuyée contre la rambarde de la digue débordent de sacs-poubelle dans lesquels il a fourré ses possessions. Il pointe soudain l'océan pour attirer notre attention vers un dauphin qui poursuit un poisson, traînée argentée sous l'eau que trahissent des rides de surface. De douces vaguelettes se forment et le dauphin apparaît. Il semble rire de la bonne fortune qui lui a permis d'attraper le petit poisson qu'il tient entre ses mâchoires. Il le lance en l'air comme s'il s'amusait à rattraper une balle. Je souris du bonheur de l'animal.

Jake observe les dauphins et les éléphants depuis de longues années, toutes ces années durant lesquelles il a vécu dehors, sous un soleil de Floride qui lui a tanné la peau jusqu'à lui donner l'aspect d'un vieux cuir marron. Ses cheveux blonds grisonnants sont serrés en queue-de-cheval. Ses bras musculeux sont couverts de tatouages et de cicatrices. Ses yeux sont presque du même bleu que l'eau peu profonde de la baie, un léger bleu-vert qui adopte des nuances plus sombres lorsqu'il philosophe et plonge dans sa mémoire pour nous faire partager ses réflexions.

Je regarde les dernières photographies que Benton m'a expédiées, celles du wagon de Daniel Mersa, la tanière dans laquelle il a vécu ces huit dernières années, sur la route, suivant le cirque. Me tournant vers Jake, je demande :

— Et qu'avez-vous prévu de faire pour Noël ?

Il extirpe une brassée de rubans de feuilles de cocotier d'une des sacoches de sa bicyclette et déclare :

— Oh, pas grand-chose. Chaque jour ressemble au précédent. La seule chose qui compte, c'est le temps.

— Et pourquoi ne pas dîner avec nous ?

— Je pourrais faire un ange avec ces trucs, parce que c'est ce que vous êtes toutes les deux, décide Jake. Le problème, c'est que je les trouve ennuyeux.

— Je n'ai vraiment rien d'un ange, le détrompe Lucy.

Aucune vérité ne fut jamais plus éclatante. Jake hésite :

— Alors pourquoi pas une fleur d'hibiscus ?

— Ma tante est une assez bonne cuisinière.

Je ne lève pas les yeux de mon téléphone. Je protège l'écran de ma main en coupe, la lumière solaire estompant ce qui s'y affiche. Cependant, je proteste :

— *Assez* bonne ?

Chapitre 45

La voiture du train ressemble à une caravane deux pièces, et les photographies que m'a envoyées Benton révèlent un lit d'une place, un canapé, une table basse, plusieurs lampes, une télévision et une kitchenette très propre et méticuleusement rangée. Rien d'inhabituel à l'exception des masques.

Lucy tente d'encourager Jake qui noue de longs et minces rubans de feuilles de palmier ensemble, leurs faces brillantes étincelant lorsqu'elles fouettent le soleil.

— Laissez-vous tenter, partagez notre dîner de Noël.

Les masques de céramique sont maintenus par des crochets fixés à une étagère scellée en haut du mur. Sept visages iridescents sous la lumière noire invisible installée au-dessus. Rouge sang, vert émeraude, pourpre-bleu. Sept visages, sept femmes, dont Benton me précise par texto qu'il n'en reconnaît que quatre. Les victimes de Washington D.C., et plus récemment Gail Shipton.

Un autre texto de Benton parvient sur mon téléphone : *Il a bien tué avant Washington.*

— À Coral Gables, précise Lucy à Jake.

La fleur d'hibiscus prend forme sous ses doigts agiles pendant qu'il explique :

— Quand j'étais gamin, j'allais souvent à la Venetian Pool. Les Gables sont devenus si chers, plus personne peut vivre là-bas.

— Et où ma grand-mère vivait ? Un quartier juste après Seventy-Ninth Street.

— La pire des rues de Miami. J'y mets jamais les pieds.

— Ce n'était pas le cas avant. Nous avons dû la faire déménager.

— Dans les Gables, donc. J'y vais pas non plus. Trop d'fric là-bas, mais c'était une chose super sympa de votre part de la faire déménager. Aucune grand-mère devrait être victime du crime.

— Dans ce cas précis, je m'inquiéterais plutôt de l'autre, du criminel, assène Lucy, et Jake s'esclaffe.

Je tape en réponse à Benton : *Lucy pourrait essayer la reconnaissance faciale sur les trois masques qui ne t'évoquent rien. Que sait-on des femmes portées disparues ou présumées mortes dans les villes qu'a traversées le cirque ? Et si on comparait les masques à leurs photos ?*

Sa réponse me parvient : *Les victimes pourraient être des femmes dont DL voulait se débarrasser. Ça pourrait remonter à des années auparavant.*

DL est bien sûr Dominic Lombardi. La théorie est qu'il a pu demander à son gênant sociopathe de fils biologique de se débarrasser occasionnellement d'inconvénients tels que Klara Hembree. En revanche, il n'a jamais souhaité que celui-ci massacre des gens par plaisir. Benton pense que Daniel Mersa aidait son géniteur à diffuser les drogues qui ont précipité sa fin. La méthylènedioxypyrovalérone. MDPV. Les fameux sels de bain que les criminels de Double S achètent à des laboratoires chinois pour les distribuer dans les villes américaines, notamment Cambridge.

Le texto de Benton m'informe des derniers développements :

— Sa voiture a dû se retrouver au nord il y a peu. Le cirque s'est arrêté à Boston au début du mois de décembre, puis à Brooklyn avant de redescendre vers le sud. Le SUV est transporté sur le wagon plate-forme. Donc à sa disposition lorsque le train s'arrête quelque part.

Neuf passagers tiendraient sans problème dans le véhicule de Daniel Mersa – s'il n'avait enlevé tous les sièges à l'exception des deux de l'avant ainsi que je l'ai remarqué hier sur les photos. Un panneau recouvert de moquette noire sépare l'habitacle de l'arrière et dissimule son petit atelier, tapissé de contreplaqué peint en noir, doublé d'un isolant phonique. L'endroit où il suffoquait ses victimes et réalisait des masques mortuaires d'argile avant de positionner le corps dans la position qu'il avait déterminée. Un bras étendu, le poignet arqué – le bras droit de Gabriela Lagos après qu'il l'a noyée dans sa baignoire. Les corps des défuntes étaient ensuite enveloppés dans un linceul blanc ivoire, rappelant les larges draps d'éponge suspendus dans la salle de bains.

L'argile séchait en même temps que s'installait la *rigor mortis*. Il enfilait alors à sa dernière victime la culotte de la précédente. Une fois parvenu à l'endroit qu'il avait déterminé, il tirait sa cargaison morbide sur une civière de bambou remisée à l'arrière de sa « crime-mobile », ainsi que l'a baptisée Marino. Lui et Benton ont récupéré des chaussettes de corps en Lycra de différentes couleurs et des sacs en plastique provenant de la boutique d'arts du bain Octopus. Ils ont aussi trouvé des rouleaux d'adhésif décoratif et différents pistolets neutralisants, en plus de douzaines de cartouches, sans oublier des liens blancs soyeux, en Lycra aussi. Ces sortes de longues lianes font partie de la panoplie professionnelle des acrobates comme Daniel. Ils tombent, se balancent, se suspendent à elles et les utilisent afin de voler dans les airs en réalisant des chorégraphies risquées qui fascinent et enchantent leur public.

Ils ont également ramassé des centaines de vidéos pornographiques, violentes pour la plupart, dans le wagon de Daniel. Notamment celles qui mettaient en scène Gabriela Lagos durant ces bains lubriques alors que son fils Martin la contemplait, assis sur l'abattant des toilettes, le bras dans le plâtre. La vidéo des quelques minutes durant lesquelles Daniel Mersa la noie ne manque pas à l'appel. Au fil des ans, il a recopié ses films sur des DVD, puis plus récemment sur son iPad. Il possède maintenant une collection d'histoires et d'enregistrements consacrés aux criminels violents les plus célèbres, dont ceux que mentionne Benton dans ses publications.

Il ne peut subsister aucune incertitude quant à l'identité du Meurtrier Capital, ni sur ses agissements. Pourtant, je reste perplexe. Comment expliquer que ses associés du cirque ne se soient jamais étonnés de l'étrange aménagement de son SUV, ni des masques de céramique étincelants qui décoraient l'intérieur du wagon dans lequel il a vécu des années ? Cela étant, le monde dans lequel il évolue n'est pas exactement traditionnel. Les attentes ne sont pas les mêmes lorsqu'on se déguise, se peint parfois le visage, avant de pénétrer sur une piste pour sauter sur la croupe de chevaux, pirouetter ou effectuer des saltos arrière sur le dos d'éléphants. J'imagine Mersa qui se suspend, vole, passe périlleusement de lianes en cordes, puis au travers de cerceaux, avant de se tasser dans une balle et de rouler tel un hamster dans sa roue.

Lucy persiste à convaincre Jake de partager le dîner de Noël avec nous :

— Je peux venir vous chercher si vous me dites où. Bien sûr, vous ne vous amuserez pas trop avec ma grand-mère, et je vous conseille vivement d'ignorer ma mère.

Je lève le regard vers le train que Benton et Marino ont presque fini d'examiner et souris :

— Ça, c'est ce que j'appelle un argument enthousiasmant.

Jake offre à Lucy la fleur tissée de lanières végétales vertes. Elle ne ressemble que très vaguement à un hibiscus, mais autant que le pourrait une fleur réalisée en lacets de feuilles de cocotier. Il se décide :

— Bon, d'accord. Vous pourrez me trouver ici, à n'importe quelle heure, mais faut aussi embarquer ma bicyclette.

— Oh j'y arriverai. Je préférerais que vous me précisiez une heure.

— C'est-à-dire que je me fie surtout au soleil.

— À quelle heure passerons-nous à table, tante Kay ?

— Tout dépendra de ma mère.

— Bon, tout dépend de ma grand-mère, ironise ma nièce.

Jake précise :

— De toute façon, je reste la majeure partie de la journée ici, alors ça n'a pas d'importance. Demain c'est donc Noël, je suppose. J'y aurais jamais pensé. Comme je l'ai dit, pour moi, la seule chose importante, c'est le temps qu'il fait. Ce qui me préoccupe vraiment, c'est où je peux m'abriter quand il flotte, en plus, j'aime pas les éclairs.

À son ton, je sens qu'il a autre chose derrière la tête. J'annonce en me levant du mur de la digue :

— Ah, ils arrivent.

— Les tuniques rouges ?

Jake plaisante. Pourtant, j'ai presque l'impression qu'un nuage a occulté le soleil. Une sorte de tristesse un peu lointaine, que je ne puis interpréter, ombre son visage. Je déchiffre à haute voix le dernier message de mon mari :

— Marino meurt d'envie de manger des travers de porc. Il veut savoir où il en trouvera. Je vais lui recommander Shorty's sur la South Dixie Highway.

— Janet peut aller les chercher, propose ma nièce.

— Marino insistera pour s'y rendre. Tu n'y penses pas ! Des publicités au néon pour la bière, des roues de chariots, des crânes de bovins, des selles un peu partout. Un rêve, pour lui. Si ça se trouve, on ne le reverra plus jamais.

Jake déclare soudain :

— Je sais où on peut manger le poisson le meilleur et le plus frais que vous ayez jamais vu de votre vie !

Benton et Marino s'écartent du long train, se dirigeant vers nous. Je force mon enthousiasme et réponds :

— Je suis d'humeur à avaler une pleine assiette de conques si elles viennent d'être décoquillées et dans l'eau de mer. Et une limande à queue jaune grillée, avec une marinade japonaise toute simple. Lorsque le poisson est frais, une sauce légère est idéale.

— Il suffit de suivre la Sixth Street jusqu'à la Miami River. À peine à dix minutes d'ici.

Alors même que je sais parfaitement m'orienter dans ce coin, je suggère :

— Vous pouvez me montrer ?

— Sûr !

La maison qu'occupe ma mère n'est qu'à vingt minutes du centre-ville, du moins lorsque la circulation est fluide comme maintenant.

Benton et Marino nous rejoindront lorsqu'ils auront récupéré les travers de porc, la salade de chou, les épis de maïs, et tout ce que Marino aura envie de commander chez Shorty's. Il s'agit d'un célèbre restaurant barbecue dans le style texan, décoré d'une énorme cheminée dans l'arrière-salle, sans doute l'unique vestige de l'ancien bâtiment incendié jusqu'aux fondations au début des années 1970. J'ai connu l'original lorsque j'étais enfant. Nous y allions souvent pour mon anniversaire, lorsque mon père était encore en pleine santé et qu'il gagnait sa vie grâce à sa petite épicerie.

Je m'enfonce dans Coral Gables en suivant Granada Boulevard. Le feuillage des vieux arbres est luxuriant. Du lierre grimpe le long des murs de corail érigés durant les années 1920. De hautes haics séparent les propriétés, touffu mélange de palmiers chinois et de pruniers du Natal avec leurs fleurs blanches en forme d'étoiles très odorantes et leurs redoutables branches épineuses. Les noms des rues étroites et paisibles sont peints en noir sur des pierres de bordures. D'immenses chênes des marais ombragent les chaussées blanches. Les racines épaisses et tenaces des ficus s'infiltrent sous terre. Elles crevassent les routes, les trottoirs, les piscines et s'attaquent même aux canalisations.

Les maisons du coin vont des réussites architecturales de taille modeste aux demeures à colonnades, en passant par d'opulentes villas. Nous avions l'habitude de visiter cette petite ville riche à cette période de l'année. À l'époque, mon père se sentait assez bien pour conduire et nous montrer les décorations de Noël, bien plus époustouflantes que ce que j'ai pu voir depuis. Je me souviens de reconstitutions de scène hivernales semées de bonshommes de neige, de Pères Noël de taille humaine installés dans leurs traîneaux tirés par des rennes, en équilibre sur les toits, de tant et tant d'illuminations qu'elles se voyaient à des kilomètres à la ronde. Mon père conduisait une Chevrolet blanche de 1950, avec jupes latérales et garde-boue. Me revient l'odeur du tissu de garniture lorsqu'il faisait chaud et que nous roulions vitres baissées.

La maison de ma mère ne mérite de faire partie d'aucun circuit touristique de Noël. Des petites bougies électriques décorant ses fenêtres, sans oublier un piètre cyprès de Lambert en pot que j'ai acheté en vitesse dans une boutique d'aliments naturels. Laissée à elle-même, ma mère ne lève plus le petit doigt pour décorer ou cuisiner. Ma sœur engage le plus souvent quelqu'un pour se charger de ces tâches, en fonction de la situation financière de son *hombre del dia*, ainsi que Lucy et moi avons pris l'habitude de nommer son compagnon du moment. Du moins ma mère ne manifestera-t-elle aucune opposition lorsque nous débarquerons avec un SDF que nous avons invité pour le dîner, ou d'ailleurs plusieurs dîners. Elle n'a jamais oublié ce que signifiait d'être pauvre. Contrairement à ma sœur Dorothy, qui semble née avec une cuillère d'argent dans la bouche pour ceux qui la rencontrent, ce que je ne souhaite à personne.

J'oblique à gauche dans Milan Avenue. De stuc blanc, couverte d'un toit de tuiles rouges ondulées, la maison se dresse au coin. Elle ne possède qu'un étroit garage pour la berline Honda que j'aimerais tant que ma mère cesse de conduire. Je vois les stores en lattes de bois frémir contre une fenêtre de façade. Elle vérifie qui vient d'arriver, alors même que je lui ai répété cent fois qu'à partir du moment où elle indiquait sa présence chez elle, il était plus difficile de refuser de répondre au coup de sonnette. Bien sûr, Lucy et moi avons fait équiper sa maison d'un œilleton de porte et d'un système d'alarme avec des caméras de surveillance sur le devant et sur l'arrière. Mais elle ne s'approche que rarement de l'écran. Elle préfère écarter des lattes de store et regarder par l'interstice, ainsi qu'elle l'a fait durant toute sa longue et dure vie.

Je me faufile dans l'allée, tout juste assez grande pour que l'arrière de la voiture ne dépasse pas dans la rue. Lucy, Jake et moi descendons.

La voix de ma mère nous parvient avant même qu'elle n'entrouvre la porte, une autre vieille habitude :

Qui as-tu amené ? J'espère que ce n'est pas cet affreux bonhomme que tout le monde pourchasse !

Je la rassure :

— Bien sûr que non, maman. Il a été arrêté et jeté en prison.

Je pousse la porte. Elle sort sur le pas, vêtue de la même robe d'intérieur qu'hier, un tissu à grosses fleurs bigarrées sur fond blanc qui la fait paraître plus large et plus petite. Par contraste, le blanc éclatant de l'étoffe jaunit ses cheveux et confère à sa peau un aspect cireux. Inutile d'en faire la remarque, ce dont je me garde toujours, hormis lorsqu'il s'agit d'hygiène, exceptionnellement. Une tache qu'elle ne peut pas voir ou une odeur que son odorat déficient ne peut plus percevoir.

Ma mère scrute ma nièce de la tête aux pieds comme nous avançons en file indienne, charriant une glacière remplie de poisson. Elle crie presque :

— Et pourquoi Lucy est-elle habillée ainsi ?

— Je porte les mêmes vêtements que ce matin, mamie. Un bermuda de treillis et un sweat-shirt.

— Je ne vois vraiment pas pourquoi tu as besoin de toutes ces poches.

— Pour piquer dans les magasins ainsi que tu me l'as appris. Où sont passés Janet et les chiens ?

— Ils font leurs besoins dans le jardin et elle a intérêt à ramasser. Trois chiens ! Ma maison n'est pas assez grande pour ça. Et Quincy n'arrête pas de mâchonner des trucs. Quelle idée de baptiser un chien du nom d'une émission télé crétine ?

— Où est maman ?

— Chez la manucure. Ou alors chez le coiffeur. Qui pourrait suivre avec elle ?

Lucy ironise :

— Je doute que Machin-Truc puisse tenir la distance. Il est vieux et il se goinfre toujours autant que lorsqu'il était adipeux. Ce ne sera pas joli le jour où il fera exploser l'anneau qui lui enserre le gosier. Mais bon, il est riche. J'espère qu'elle ne l'amène pas ce soir ?

Une fois parvenue dans le salon, je récupère la glacière que porte Jake et annonce :

— Je te présente Jake.

— Comment allez-vous, m'dame ?

Il tend à ma mère une fleur qu'il vient de faire.

— Eh bien, ça, c'est quelque chose ! Quoi, au juste ?

— Une fleur d'hibiscus comme celles que vous faites pousser devant votre maison.

— Elles ne sont pas vertes. Faut-il que je la mette dans l'eau ?

Je porte la glacière dans la petite cuisine, au sol de terrazzo, décorée d'une peinture suspendue à côté du réfrigérateur représentant Jésus en prière dans le jardin des Oliviers. Durant la demi-heure qui suit, je rince des filets de thon et prépare une marinade de sauce soja, de gingembre frais râpé, de vin doux japonais, de saké et d'huile de colza. Je réserve ensuite le poisson dans le réfrigérateur et en tire une bouteille bien fraîche d'un très agréable sancerre. Des effluves de fleurs et de pamplemousse me parviennent lorsque je la débouche et me sers un verre. Je m'attelle ensuite à la confection des beignets.

— Je peux vous aider ?

Janet se tient dans l'embrasure de la porte, très blonde avec des yeux lumineux et un léger hâle, Sock et Jet Ranger à ses pieds. Quincy déboule dans la cuisine. Sa queue qui bat de contentement cogne contre mes jambes.

Je lui souris :

— Il n'y a de place que pour une opératrice. Un verre de vin vous tente-t-il ?

— Pas tout de suite.

— Ce serait une bonne chose que vous entraîniez nos amis canins avec vous, s'il vous plaît.

Elle les encourage en sifflant et en tapant dans les mains :

— Allez, allez, Quincy. Allez, les gars !

Je débite la chair ferme des conques, les poivrons verts, le céleri et écrase l'ail. Je saisis au vol des bribes de conversation qui proviennent du salon. Lucy, Janet, ma mère et notre invité papotent comme s'ils étaient amis de longue date. La voix de ma mère devient plus forte au fur et à mesure que sa surdité gagne du terrain. Les appareils auditifs que je lui ai achetés restent le plus souvent sur le meuble de salle de bains, à côté des diverses pâtes dentaires et brosses dont elle se sert pour entretenir son dentier. Lorsqu'elle est seule, c'est-à-dire la plupart du temps, elle enfile la même robe d'intérieur et se moque de ne pas entendre ou de ne plus avoir de dents.

Je presse des citrons Meyer et découvre la friteuse dans un placard au moment où j'entends la porte de la maison s'ouvrir à nouveau. Me parvient très vite l'odeur des travers de porc. Marino les apporte dans la cuisine, fourrés dans d'énormes sacs blancs ornés du nom du restaurant *Shorty's Bar-B-Q* en lettres rouges et de leur logo, un cow-boy de dessin animé, la tête enfoncée dans un énorme chapeau troué d'une balle.

Je récupère les sacs des mains de Marino et le pousse hors de la cuisine dans laquelle nous ne pouvons tenir tous les deux :

— Allez, ouste, dehors ! Oh là, je pense que vous n'en avez pas prévu assez !

Marino marmonne :

— J'ai besoin d'une bière.

Je remarque alors son expression, tout comme celle de Benton lorsqu'il s'encadre dans le chambranle. Mon mari lâche :

— Quand tu pourras t'arrêter une seconde.

Et je suis alors certaine que quelque chose s'est produit.

J'essuie mes mains au torchon et les regarde, vêtus de jeans, la chemise boutonnée jusqu'en haut, leurs coupe-vent informes dissimulant leurs pistolets. Le teint de Marino est rosé des longues journées passées au soleil. Ses joues s'ombrent d'un duvet de barbe. Quant à Benton, son visage fermé trahit que quelque chose ne va pas du tout.

— Que se passe-t-il ?

— Je suis surpris que ton bureau n'ait pas appelé, commente-t-il.

Je vérifie les appels parvenus sur mon téléphone portable pour découvrir un mail expédié par Luke Zenner, message que je n'ai pas remarqué lorsque j'étais chez le poissonnier, puis au volant et enfin distraite par ma mère. Luke m'informe que tout est sous contrôle, de ne pas m'inquiéter, qu'il ne pourra entreprendre l'autopsie que tard dans la nuit, lorsque le médecin expert général des forces armées, le général Briggs, sera arrivé. Celui-ci doit s'envoler de la base Air Force de Dover afin de collaborer à l'autopsie et d'en être le témoin officiel. Quelle merde qu'un truc de ce genre tombe le jour du réveillon. Je vous souhaite de bonnes fêtes, termine Luke.

Benton partage les informations qu'il détient, peu de choses. C'est en général le cas lorsque quelqu'un prend la décision de mettre fin à ses jours par un moyen facile. Il conclut :

— De toute façon, il est préférable que tu ne sois pas présente.

Ed Granby a attendu que sa femme quitte la maison pour se rendre à son cours de stretching à seize heures. Puis il a verrouillé toutes les portes de leur maison de Brookline. Il a bouclé des verrous qui ne peuvent s'ouvrir que de l'intérieur, au cas où elle rentrerait plus tôt que prévu. Il ne voulait pas qu'elle le découvre la première. Il a ensuite envoyé un mail à l'agent spécial assistant-chef, un ami proche. Il lui demandait de se rendre aussitôt chez lui et de pénétrer en brisant une des vitres de la fenêtre du sous-sol.

Le mail de Granby a été transmis à Benton, qui me le montre alors que nous nous tenons tous deux dans la cuisine de ma mère et que l'huile chauffe dans la friteuse. Granby a écrit : *Merci mon pote. Je suis fini.*

Il est ensuite descendu au sous-sol, a attaché une corde autour de la mentonnière d'un appareil de musculation à câbles, s'est entouré le cou d'une serviette, puis s'est assis par terre, se pendant.

— Suis-moi, Benton.

J'éteins le feu sous la friteuse et attrape la bouteille de sancerre et deux verres. Benton et moi sortons de la cuisine, traversons le salon où tout le monde s'est installé. Des piles de cadeaux, résultat de ma crise de shopping compulsif, sont alignées autour du petit arbre.

Ma sœur Dorothy vient juste d'arriver, vêtue d'un pantalon de marque ultra-collant en imitation lézard, d'un body très échancré moulant des prothèses mammaires exagérées aussi rigides et rondes que des balles en caoutchouc. Son maquillage vire au plâtrage et lui donne l'air de ce qu'elle redoute le plus : vieille et flasque. Elle regarde la bouteille de vin et me lance :

— Oui, volontiers !

Je hoche la tête en signe de dénégation, un *Pas maintenant* muet.

— Eh bien, désolée, je crois qu'il va falloir que je me serve toute seule.

— Justement, si nous sommes descendus en Floride, c'est précisément afin de te servir, lâche ma nièce.

— Quoi de plus normal ? Je suis ta mère.

Lucy ne relève pas, contrairement à son habitude, le regard fixé sur Benton et moi alors que j'ouvre la porte de derrière. L'air plaisant de cette fin d'après-midi me frôle le visage. J'observe les longues ombres projetées dans le petit jardin de ma mère, qui n'a rien à voir avec le jardin de mon enfance. Je me souviens qu'à chacune de mes visites, je suis désorientée, ne reconnaissant rien, ni les plantations, ni la maison, ni les meubles. Tout a été refait à neuf et manque d'âme.

L'herbe est drue mais tendre sous mes pas. L'air frais charrie avec lui les senteurs des vieux orangers et pamplemoussiers encore lourds de fruits. Nous nous installons sur des chaises d'extérieur, non loin du jardin de rocaille orné de palmiers et de petites statues – un ange, la Vierge Marie, un agneau – environnées de tournesols et de pieds de russélie.

Je sers le vin et tends un verre à Benton avant de commenter :

— Et donc, il décide de faire subir ça à sa famille juste avant Noël. Je n'éprouve aucune tristesse pour lui. En revanche, je suis désolée pour eux.

Je me laisse aller contre le dossier et ferme les yeux. Le souvenir du citronnier que ma mère avait fait pousser dans notre jardin lorsque j'étais enfant fait une incursion dans ma mémoire. Le chancre des agrumes l'a exterminé. Qu'importe puisqu'il ne s'agit ni du même jardin, ni du même lieu. Benton saisit ma main et entrelace ses doigts aux miens. Nous demeurons silencieux alors que le soleil couvre de langues orange vif le toit bas et plat de la maison des voisins. Il n'y a rien à dire. Rien de ce qui s'est produit n'est une surprise, aussi dégustons-nous notre sancerre sans proférer un mot.

Nos verres sont presque vides et la pénombre a envahi le jardin. Le soleil est maintenant trop bas pour que nous puissions l'admirer, ne nous laissant qu'une traînée mandarine sur la ligne d'horizon qui s'assombrit. Il m'avoue qu'il savait que Granby allait se suicider. Je souligne :

— Il paraissait logique qu'il en arrive là.

— Je l'ai su à l'instant où Marino l'a soulevé du parking par l'arrière de sa ceinture. J'ai vu dans le regard de Granby que quelque chose venait de disparaître pour ne plus jamais renaître.

— Il n'y a jamais rien eu dans son esprit qui puisse renaître.

— Mais je l'ai vu, et pourtant je n'ai rien fait.

J'admire son élégant profil qui se découpe dans le crépuscule et objecte :

— Et qu'aurais-tu tenté ?

— Rien, avoue-t-il.

Nous nous levons et rentrons, l'air devenant presque froid. Je décide qu'il vaut mieux que j'arrête de boire si je souhaite conserver une main experte pour manier la friteuse et le gril.

Benton m'enveloppe les épaules de son bras et je passe le mien autour de sa taille. L'herbe épaisse laisse échapper un geignement sous nos pas. Les pamplemousses sont énormes cette année, d'un beau jaune pâle. Quant aux oranges, elles aussi sont de belle taille avec leur peau grenue. Le vent chahute les arbres alors que nous traversons le jardin dont je paye l'entretien, bien que ne le visitant que rarement.

J'ironise comme nous gravissons les trois marches qui mènent à la porte :

— Bien, il suffit d'encourager Dorothy à parler d'elle. Nous serons assurés de ne pas avoir à nourrir la conversation.

— Ça devrait être d'une simplicité enfantine pour nous, sourit mon mari.

Patricia Cornwell
dans Le Livre de Poche

LES ENQUÊTES DE KAY SCARPETTA
(derniers titres parus)

Havre des morts n° 32541

À Dover, sur l'unique base aérienne militaire américaine qui reçoit les corps des soldats tués au combat, Kay Scarpetta se forme aux techniques révolutionnaires de l'autopsie virtuelle. Elle est très vite mise à l'épreuve : un jeune homme a été trouvé mort près de chez elle, à Cambridge. Crise cardiaque, selon les premières constatations. Mais comment expliquer qu'il ait saigné après son arrivée à la morgue, sinon parce qu'il était encore vivant ? Une radiographie en 3D révèle des blessures que Scarpetta n'a jamais vues. Elle se trouve dès lors confrontée à un passé qu'elle croyait enfoui et à un dilemme plus que complexe. Déterminée à conclure avant qu'il ne soit trop tard, le Dr Scarpetta utilise les techniques de pointe apprises au Havre des morts pour confirmer ses soupçons.

L'Instinct du mal n° 32149

Kay Scarpetta est experte en sciences légales sur CNN et conseillère auprès du médecin en chef de l'institut médico-légal de New York. Le producteur de CNN souhaite que Scarpetta lance une nouvelle émission. Mais cette notoriété accrue semble déclencher une série d'événements inattendus. Alors qu'elle intervient en direct au sujet d'une affaire très médiatisée, la disparition et la mort présumée d'une millionnaire, Kay reçoit un appel surprenant d'une téléspectatrice, qui se révèle être une ancienne patiente de son mari Benton Wesley, et, de retour chez elle, elle trouve un inquiétant paquet. Scarpetta, dont la vie est menacée, se lance alors dans une enquête qui implique un acteur célèbre, qu'on accuse d'un crime sexuel, et sa nièce Lucy, qui aurait eu des liens avec la millionnaire disparue...

Scarpetta n° 31720

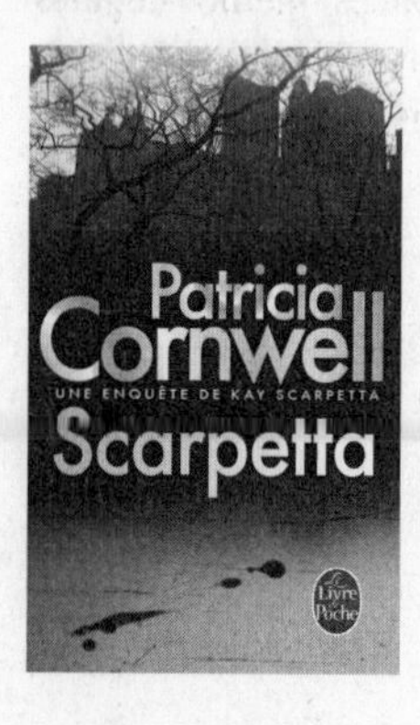

Blessé, terrorisé, Oscar Bane exige d'être admis dans le service psychiatrique de l'hôpital de Bellevue. Il prétend avoir échappé au meurtrier de sa petite amie, et ne se laissera examiner que par Kay Scarpetta, médecin légiste expert, l'unique personne en qui il ait confiance. À la demande du procureur, Jaimie Berger, Kay se rend à New York avec son époux, Benton, et sa nièce, Lucy. Une chose est sûre :

une femme a été torturée et tuée, et d'autres morts violentes sont à craindre. Très vite une vérité s'impose à Kay : le tueur sait précisément où se trouve sa proie, ce qu'elle fait, et pire encore, il est au courant des progrès de l'enquête. Kay Scarpetta doit affronter l'incarnation du mal...

Vent de glace n° 33322

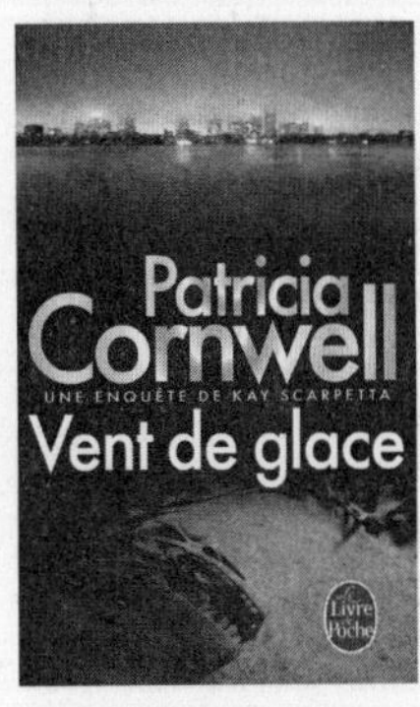

Une éminente paléontologue disparaît d'un site de fouilles renfermant des ossements de dinosaures au fin fond du Canada. Un message macabre parvient à Kay Scarpetta, lui laissant la détestable impression qu'il pourrait correspondre à cette disparition. Quand elle est appelée peu après à repêcher dans le port de Boston un cadavre de femme, les événements s'enchaînent. Kay Scarpetta se retrouve face à un tueur en série fort intelligent et n'ayant aucune crainte d'être arrêté. Comme les indices semblent établir un lien avec d'autres affaires non résolues, les sciences médico-légales les plus pointues sont sollicitées. La chasse du coupable commence dans la ville de Boston prise sous un vent de glace.

Voile rouge n° 32891

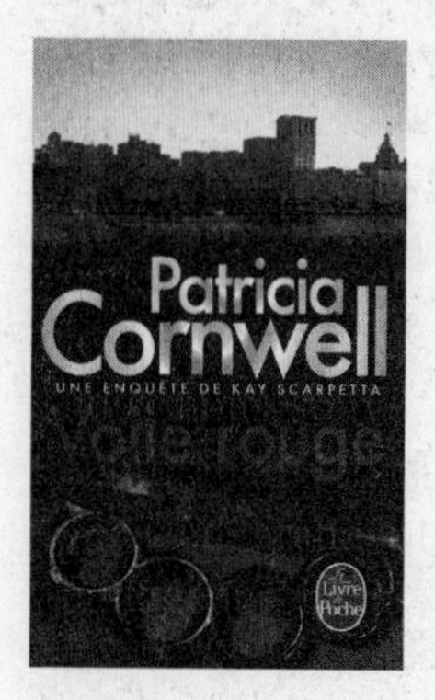

Kay Scarpetta, bien déterminée à découvrir les raisons du meurtre de son assistant Jack Fielding, se rend au pénitencier de femmes de Géorgie, où une prisonnière affirme détenir des informations sur ce dernier. Elle évoque aussi d'autres assassinats sans relations apparentes : une famille d'Atlanta décimée des années auparavant et une jeune femme dans le couloir de la mort. Peu après, Jaime Berger, ancienne procureur de New York, convoque Kay Scarpetta à un dîner, mais dans quel but ? Kay comprend que le meurtre de Fielding et celui auquel elle a échappé autrefois constituent le début d'un plan destructeur. Face à un adversaire malade et dangereux, elle traverse enfin le voile rouge qui l'empêchait de comprendre.

Le Livre de Poche s'engage pour l'environnement en réduisant l'empreinte carbone de ses livres. Celle de cet exemplaire est de :

600 g éq. CO_2

Rendez-vous sur www.livredepoche-durable.fr

Composition réalisée par Nord Compo

Imprimé en France par CPI
en octobre 2015
N° d'impression : 3013740
Dépôt légal 1re publication : septembre 2015
Édition 02 - octobre 2015
LIBRAIRIE GÉNÉRALE FRANÇAISE
31, rue de Fleurus - 75278 Paris Cedex 06